М. ГОРЬКИЙ

高尔基文集

纪念高尔基逝世八十周年

EX-LIBRIS

编号: 03221

М. ГОРЬКИЙ

高尔基文集

1

短篇小说

特写

诗歌

1892
|
1895

人民文学出版社

图书在版编目(CIP)数据

高尔基文集:全20册/(苏)高尔基著;巴金等译.—北京:人民文学出版社,2015
ISBN 978-7-02-010824-4

Ⅰ.①高… Ⅱ.①高…②巴… Ⅲ.①高尔基,M.(1868~1936)—文集②俄罗斯文学—作品综合集 Ⅳ.①I512.15

中国版本图书馆CIP数据核字(2015)第055692号

出版统筹　仝保民
责任编辑　张福生
特约策划　李江华
装帧设计　刘　静
责任校对　吴钟璜

出版发行　人民文学出版社
社　　址　北京市朝内大街166号
邮政编码　100705
网　　址　http://www.rw-cn.com

印　　刷　北京凯达印务有限公司
经　　销　全国新华书店等

字　　数　8600千字
开　　本　710毫米×1000毫米　1/16
印　　张　655
印　　数　1—4000
版　　次　2015年10月北京第1版
印　　次　2015年10月第1次印刷

书　　号　978-7-02-010824-4
定　　价　1880.00元

如有印装质量问题,请与本社图书销售中心调换。电话:01065233595

М. Горький

马克西姆·高尔基

新版说明

《高尔基文集》二十卷于一九八一年开始出版,是当时我国出版的收入作品和集结卷数最多的一套大型外国文学作家文集。它的出版,无论在出版界、读书界,还是在外国文学研究领域都是一件令人鼓舞的大事。

高尔基在我国介绍的外国文学作家中占有特殊的地位,其作品对我国的无产阶级革命和社会主义文化事业的发展都起过十分重要的作用。人民文学出版社自一九五一年成立就十分重视高尔基作品的出版。一九五六年至一九六四年有计划地出版《高尔基选集》,共出版了十六种主要作品。

十年"文革"结束后,在文化、出版界老一辈领导的关怀下,成立了由社科院外国文学研究所和人民文学出版社有关同志,以及高等院校一些对高尔基具有专长研究的学者组成的高尔基著作编辑委员会,在人民文学出版社出版的《高尔基选集》的基础上,参考苏联版《高尔基文集》三十卷集和六十卷集,重新调整选目,组织翻译,有计划地完成这一艰巨的出版工作。

由于当年出版能力、印刷技术和纸张配额所限,该文集从一九八一年至一九八五年陆续出版了五年。如今铅排纸型已改成电子制版,印刷技术有了根本性的变化,为一次印行二十卷提供了可靠的质量保证。

今年是这套文集出版三十周年,明年是高尔基逝世八十周年,为此,我们将二十卷重新整理,一次印行。由于许多译者都已去世,健在的也都年逾古稀,故除个别作品有所修订,译文大多保留了原译,未做改动。

在此重版之际,谨向当年所有为这套文集出版付出辛勤劳动的前辈表示敬意,并以此纪念已故去的编委会成员:夏衍、巴金、韦君宜、戈宝权、叶水夫、孙绳武、陈冰夷、姜椿芳、曹靖华、楼适夷,以及许多优秀的译者和文集的责任编辑陈斯庸同志。

人民文学出版社
二〇一五年七月

《高尔基文集》总目次

第 1 卷　短篇小说　特写　诗歌　　　　　　　　（1892–1895）

第 2 卷　短篇小说　特写　诗歌　　　　　　　　（1895–1896）

第 3 卷　短篇小说　素描　诗　　　　　　　　　（1896–1897）

第 4 卷　短篇小说　特写　速写　　　　　　　　（1897–1900）

第 5 卷　短篇小说　散文　童话　　　　　　　　（1901–1912）

第 6 卷　短篇故事集　　　　　　　　　　　　　（1912–1917）

第 7 卷　短篇小说　特写　诗　　　　　　　　　（1913–1923）

第 8 卷　短篇小说　特写　　　　　　　　　　　（1924–1936）

第 9 卷　苦命人巴维尔　福马·高尔杰耶夫　　　（1894–1898）

第 10 卷　瓦莲卡·奥列索娃　三人　　　　　　　（1898–1901）

第 11 卷　母亲　夏天　　　　　　　　　　　　　（1906–1909）

第 12 卷　没用人的一生　忏悔　奥库罗夫镇　　　（1907–1910）

第 13 卷　马特维·科热米亚金的一生　大爱　　　（1909–1912）

第 14 卷　意大利童话　俄罗斯童话　三天　老板　旧事（1911-1917）

第 15 卷　童年　在人间　　　　　　　　　　　　　　（1913-1916）

第 16 卷　我的大学　阿尔塔莫诺夫家的事业　苏联记游（1923-1928）

第 17 卷　克里姆·萨姆金的一生（一）　　　　　　　（1925-1936）

第 18 卷　克里姆·萨姆金的一生（二）　　　　　　　（1925-1936）

第 19 卷　克里姆·萨姆金的一生（三）　　　　　　　（1925-1936）

第 20 卷　克里姆·萨姆金的一生（四）　　　　　　　（1925-1936）

总　序

在莫斯科的白俄罗斯车站广场，至今矗立着高尔基的纪念像，它的底座上镌刻着："伟大的俄罗斯作家马克西姆·高尔基"。在俄罗斯历史悠久、影响颇大的《文学报》报头上，高尔基头像也和诗人普希金的头像并列，作为俄罗斯文学的优秀代表，每周出现于读者面前。与此相对应的是，苏联解体以后，俄罗斯科学院世界文学研究所计划编辑出版的八十卷本《高尔基全集》仍然在陆续问世，系列丛书《高尔基：资料与研究》《高尔基档案》等连续出版物还在继续出版，国际性的"高尔基系列报告会"依旧是每隔两年如期举行一次，历届学术报告会的论文也随之结集出版，代表高尔基研究新水平的专题研究著作仍在不断出现。这一切都表明，人文科学研究并不总是像时局和市场那样变动频繁。显示于俄罗斯高尔基研究领域的，更多的是一种对于民族文学和文化遗产的坚定守护。岁月的流逝和历史风云的变幻并没有使人们都像一些与时俱进的评论者那样，认定高尔基及其作品早已过时，而是依然感觉到他的文学遗产具有不可替代的文化与艺术价值。基于同样的认识，我国的人民文学出版社决定重版三十多年前初版的二十卷本《高尔基文集》。这是我国出版部门为广大读者提供优秀外国文学作品的一项十分有益的举措。

一

马克西姆·高尔基(1868—1936)原名阿列克谢·马克西莫维奇·彼什科夫,一八六八年三月二十八日生于俄罗斯伏尔加河畔下诺夫戈罗德市一个木工家庭。他幼年丧父,在开染坊的外祖父家度过童年,仅上过两年半小学。母亲去世后,十一岁的他就开始进入"人间"独立谋生,先后当过鞋店学徒、轮船洗碗工、圣像作坊学徒、装卸工、烤面包工人、杂货店伙计、车站守夜人和律师事务所秘书。由于"过早地目睹了人间的贫困与丑陋"(罗曼·罗兰语)和外祖母去世而产生的憋闷,一八八七年在喀山,这位十九岁的年轻人曾开枪自杀,结果肺部受伤,复原后回面包房继续干活。难能可贵的是,这期间,他依靠刻苦自学、漫游俄罗斯和在社会"大学"中学习而获得了广博的知识,为日后的创作积累了丰富的素材。

一八九二年,阿·彼什科夫以"马克西姆·高尔基"为笔名发表短篇小说《马卡尔·楚德拉》,开始走上文学道路。在老作家柯罗连科的引导下,从一八九五年起,高尔基先后在萨马拉和下诺夫戈罗德的几家报社担任编辑和撰稿人,同时继续发表作品。一八九八年,他的两卷本《特写与短篇小说集》出版,进一步引起读者和评论界的注意。一八九九年,高尔基第一次来到彼得堡,他的第一部长篇小说《福马·高尔杰耶夫》也于同年在那里的《生活》杂志上刊出。二十世纪初,他在彼得堡知识出版社和莫斯科"星期三"文学小组的活动,使他成为俄国现实主义文学的核心人物。他还积极参与反对沙皇专制、争取民主自由的斗争,虽几经搜捕、关押和放逐,却仍矢志不移。第一次俄国革命爆发后不久,高尔基由芬兰出国,途径瑞典、瑞士、德国和法国,一九〇六年三月到达美国纽约,同年秋折回欧洲,择居于意大利卡普里岛,并在那里完成长篇小说《母亲》。

从《马卡尔·楚德拉》的发表到《母亲》的问世,是高尔基创作的第一阶段。高尔基是带着热情和焦虑、带着"过于饱和的印象",呐喊着进入文坛的。他力图通过自己的作品唤起民众意识的觉醒,鼓舞他们起来改变自身的命运,推翻封建专制统治,建立一个民主、自由、充满理性与爱的新世界。这就决定了他这个时期的创作具有社会批判的思想指向,呈现出追求以气势与力度取胜的基本格调和刚健明快、激越高亢的总体美感特征;也决定了他不拘一格,无论创作方法、题材选择、体裁样式,还是表现手段、语言风格,都是灵活变通,丰富多样。他的作品以巨大的情绪冲击力而"开风气,振人心"(茅盾语),不仅在当时的俄罗斯文坛吹起了一股清新的风,而且以空前的艺术力量震动了俄国社会。

仅在创作活动的第一时期,高尔基就已在各类体裁、各种文学样式上一显身手。他的作品,举凡小说、童话、故事、散文、特写、随笔、戏剧、诗歌、寓言等,几乎无所不包,而且每种文体皆有佳作。他的最大成就无疑是在小说创作方面,但也写出了《底层》(1902)这样的剧本,不仅震撼本国剧坛,更演遍欧洲舞台,横荡天涯,经久不衰。一曲《海燕之歌》(1901),以象征和寓意的手法,传达出"山雨欲来风满楼"的时代气氛,诗句挺拔而意境高远,问世之初就在广大读者中不胫而走,至今仍广为传诵。《时钟》(1896)和《人》(1904)等篇,熔哲理和抒情于一炉,既有透辟精湛的议论,又凝聚着巨大的感情力量,成为现代散文艺术的又一典范。《屠犹暴行》(1901)不过是作家记载亲眼所见的一桩事实的特写,却能成功地把驳杂繁复、混乱不堪的场面和特定的氛围十分清晰地再现于读者面前,取舍精当,剪裁得体,点面配合而错落有致,取得了绘声绘色、可感可闻的艺术效果。

在短篇小说领域,高尔基更是得心应手,名篇迭出,且手法决不雷同。如《在盐场上》(1893),不仅画面鲜明,人物语言极富个性色彩,而且结构布局甚为高妙:开卷从容不迫,收笔无限低回,中间以戏剧性的冲突组织高潮,起承转合自然流畅,首尾呼应,深刻隽永,耐人寻味。《有一次,在秋天》(1895)和《盲人之歌》(1901),则把充满真情实感的叙述与逼真形象的景物描写结合起来,构成独特的意境,并每每插入精彩的抒情性议论,用深沉、悲愤的旋律喊出了俄罗斯人的心灵苦痛与朦胧向往。在《万卡·马金》(1897)中,作家欲扬先抑,成功地运用了美丑对照、烘云托月等艺术手法,突出了那位外表丑陋的同名主人公的道德力量,使一个篇幅不大的短篇跌宕起伏,引人入胜。

高尔基的短篇小说艺术是世所公认的,但是对于他的长篇小说,不少论者却颇有微词,甚至连俄国早期马克思主义批评家沃罗夫斯基也认为他的"大部头小说都写得不成功"①。沃罗夫斯基所指的是高尔基的第一部长篇《福马·高尔杰耶夫》《三人》(1900)和他在国外完成的《母亲》(1906—1907)。关于《母亲》,作家本人后来在回忆录《列宁》和《〈母亲〉法译本序》中都谈到:由于"写得很匆忙",它的缺点显然是存在的。这当然不只是歉辞。平心而论,仅从艺术角度着眼,即使把《母亲》同作家的其他作品相比较,也可以看出它的不足。但是,这种不足并没有妨碍这部小说在当时和以后成为一部有较大社会影响的作品。在俄罗斯文学史上,它毕竟最早表现了"第四等级"的意识觉醒及其为改变自身命运而进行的大胆尝试;而且,艺术上的不足并非作家才力所限。对此,沃罗夫斯基曾引用"忧郁的诗人"涅克拉索夫的两句诗予以说明:"斗争妨碍我成为诗人,诗歌妨碍我成为战士。"批评家正确地指出:"高尔基毫无疑问是一位诗人……然而像我们所看到的,他给自己规定了'向人们指出生活中光明和善良的东西'的课题,而这就已经意味着从诗歌转向斗争。他也正就是在这里,碰到了自己的对头。"②作为一位真诚的艺术家,高尔基不可能拿艺术来吞没公民感。相反,他倒是常常把公民感、使命意识以及作品的社会效果,看得比艺术更为重要,于是便出现了《母亲》这部为了公民感而部分地牺牲艺术的作品。但是,对《福马·高尔杰耶夫》和《三人》却不可作如是观。前一部小说显示了高尔基善于观察生活和刻画人物性格的

---

① 沃罗夫斯基:《论文学》,程代熙、陈燊等译,人民文学出版社,1981年,第291页。
② 同上,第346页。

才能,提供了俄罗斯文学中不可多得的商人阶层生活的内面史,并标志着作家正在走向以更宏阔的规模对当代生活做出现实主义的艺术概括。《三人》则更胜一筹,它成功地塑造了伊里亚·卢尼奥夫这一出色的社会心理典型,表现了十九至二十世纪之交一代俄国青年的苦闷与挣扎、追求与幻灭,形象地传达出那个时代的思"变"心理、探索热情和危机氛围。列夫·托尔斯泰和契诃夫曾异口同声地称赞过这部作品,绝非出于偶然。

然而应当指出的是,尽管高尔基在各种体裁的创作上皆有成就,他仍然并非一名自觉的文体家。他只是随时准备运用各种文学样式,只要这些样式适合于表达自己的思想与激情。在创作方法的运用上,他也同样毫不拘泥。从《马卡尔·楚德拉》《少女与死神》(1892)、《小仙女与青年牧人》(1892)和《伊则吉尔老婆子》(1895)等充满异域情调和神奇色彩的作品中,不难看出作家对于浪漫主义的浓厚兴趣。但是,现实主义毕竟是高尔基的主要艺术方法。他主要是借助于现实主义小说这种文学样式,绘制了俄罗斯生活的一幅幅真实图画,当之无愧地成为俄罗斯文学史上契诃夫之后最伟大的现实主义作家。当然,作为现实主义作家的高尔基,也并未和浪漫主义绝缘。他的小说中感情色彩浓烈的叙述语言,用重墨泼染的无数风景画幅,时而不惜中断情节进展而插入作品的抒情和议论文字,对人物心灵中闪光点的着意发掘和放大,都表明他与浪漫主义的千丝万缕的联系。

不过,这样说仍然不能充分说明高尔基创作方法的多样性。他的短篇小说《水泡》(1900)就是一篇借鉴表现主义方法写成的作品。主人公伊·伊万诺夫因为成了"著名的天才小说家"而给自己举行单人新年枞树晚会,枞树上挂着一张张赞美其作品的剪报,还有一些动物玩具象征着批评其作品的评论者。他把这些小动物奚落一番之后,便将剪报铺在沙发上,躺上去尽情"享受"。这时,"荣誉"女人光顾了他,把他带到"当代的帕纳斯山"——诗神居住地。他发现自己变成了水洼中的一只水泡,周围也全是一些大大小小的水泡,它们你推我搡,吵嚷不休,不时迸裂,又有一些新的水泡出现。不久,他自己也终于胀破了。原来这是南柯一梦。作品运用象征、寓意、梦境等手法,表现了文坛弊端和某些作家的心态,形式新颖,别开生面。《马车夫》(1895)、《一场噩梦》(1896)、《瓷猪》(1898)和《谈魔鬼》三篇(1898、1899、1905)等作品,也采用了象征主义、表现主义方法,且铺陈自然,手法娴熟,不露斧凿之痕。在《福马·高尔杰耶夫》中,作家把主人公的内心独白、联想、梦境、幻觉有机地糅合在一起,在虚实结合、扑朔迷离的描述中,揭示出福马欲追求自由和人道的生活,却难以一下子摆脱财富桎梏时的内心波澜,看似头绪紊乱,实则恰到好处地表现了人物的复杂心理和精神动荡。看来,这部现实主义小说也并不排斥灵活运用揭示人物内心世界的各种艺术手法,远不是仅仅对生活做"照相式的机械反映",更不是只反映"表层真实"。

　　刻画性格,塑造人物形象,高尔基总是从给读者造成强烈印象这一要求出发,借助肖像描写、细节描写和个性化的语言,在大反差的对比或尖锐的冲突中,凸现形象的性格特征。请看《圣诞节前夜》(1898)中作家给故事讲述者的画像:"此人身材细长,颧骨突出,是个秃子,在他那焦黄的顶门上头发掉得一根不剩。他两腮凹陷,两旁颧骨鼓得尖溜溜的,颧骨上的皮肤绷得紧紧的,紧得发亮,脸庞上却布满了一丝丝的皱纹。"寥寥数笔,便勾画出一个显然是被挤到底层、落在污水坑中的人物。《该隐与阿尔焦姆》(1898)中的那个该隐,则是"尖尖的脑袋,黄黄的瘦脸,颧骨和下巴上长着一绺绺坚硬的红毛……一双灰色的小眼睛在帽檐和稀疏的红眉毛下面滴溜溜转来转去。"在这里,作家借助肖像画笔画出了一颗卑微的灵魂,一个谄媚的个性。有时作家并不借重肖像描写,甚至也不求助于心理分析,却同样能使人物的个性鲜明突出。如在小说《查理·曼》(1906)中,全篇几乎没有直接描写主人公肖像和心理的文字,只是通过他那阴沉的目光、冷淡的、干巴巴的语言,永远是不紧不慢的动作,非常人所能理解的处事方式,使一个极度自私、异常冷酷的性格跃然纸上。《切尔卡什》(1895)

则以漆黑的夜晚、沉睡的大海和浓重的乌云为背景,在紧张的走私活动和因分款而引起的直接冲突中,呈露出切尔卡什和加弗里拉对金钱的不同态度,从而刻画出两者迥然不同的性格,表现了各自的复杂心理,成为作家"流浪汉小说"系列中的上乘之作。另如《我的旅伴》(1894)、《老搭档》(1898)、《该隐与阿尔焦姆》《红头发瓦西卡》(1900)等作品,都是在激烈冲突或鲜明比照中分别勾勒出"我"与沙克罗、"拐子"与"想得开"、该隐与阿尔焦姆、瓦西卡与克秀什卡等人各自的鲜明个性,构成一组组彼此依存、又互为反衬的形象,给读者留下难以忘却的印象。

有时,高尔基主要借助于个性化的语言来突出人物的个性,如小说《骗子》(1897)中普罗姆托夫的语言就极有代表性:

"生活就是赌博!我把一切(其实等于零)都当赌注下在自己的牌上,而又老是赌赢……除了我的生命之外,没有输掉其他东西的危险。"

"我总认为,夺取比央求好……"

"你可以对自己采取毫不懊悔的宽厚态度……人不管怎么生活,终归一死;干吗自己跟自己过不去。"

"我呢,自幼就忍受不了道德。"

"善于撒谎是一种高级享受……也许一切谎言都是美好的,或者反过来说,一切美好的东西都是谎言。"

"除了我自己的信条之外,我什么都不信!"

"人把畜生带坏了……总有一天,畜生也会变得像您和我一样虚伪……"

即便未通读全篇,仅从这些道白中,读者对普罗姆托夫的性格也已了然。这个人物显然屡遭生活的欺骗,于是反过来欺骗生活;他如此寡廉鲜耻,却对生活中的恶有深刻洞察。这一切都令人想起歌德笔下的魔鬼靡非斯特和巴尔扎克笔下的苦役逃犯伏脱冷。读过《骗子》,故事情节可能遗忘,主人公的性格却能久留脑中。这种艺术效果的取得,首先归功于个性化语言的提炼。

  同样是为了造成强烈的艺术效果,这一时期高尔基作品的叙述风格,也显示出务求色彩浓烈的特点。作家广泛运用象征、寓意、对比、夸张、渲染、拟人化等艺术表现手段,无论写景、状物、描述事件、铺排场面,总施以浓墨重彩,恣肆点染,豪放不拘,使对象的面貌与特征充分暴露。《沦落的人们》(1897)中阴森潮湿的"夜店",《切尔卡什》中喧闹而又沉闷的港口,《二十六个和一个》(1898)中阴湿得令人窒息的地窖,《奥尔洛夫夫妇》(1897)中的主人公们居住的那间令人沮丧的地下室,《因为烦闷无聊》(1897)中小车站"上层社会"的人们俗不可耐的日常生活,经由作家详细、逼真的描写和交代,都获得了特殊的意义。它们不只是主人公活动的背景,起到了渲染环境气氛、为主人公性格的显现做铺垫等作用,而且事实上构成主人公的生活写照,作为极富表现力的艺术画面与主人公形象彼此交叠,给读者以难以割裂的整体印象。短篇小说《小女孩》(1905),写的是一个年仅十一岁的小姑娘,竟不幸沦为妓女的辛酸故事。作品以鲜明的对照手法,突出了小女孩玉石般纯洁的本性和不幸遭际之间的巨大反差,揭示了这颗过早遭到戕害的灵魂的累累伤痕。作家没有直接描写悲剧性的情节和激烈的冲突,只是以饱蘸悲愤的凝重笔触绘制了一幅感情色彩浓郁、令人肝肠寸断的凄惨生活画面,在短短的篇幅中涵纳了深刻的社会内容,在读者心底掀起层层波澜。

  高尔基作品中景色描写的拟人化手法,历来为人们所称道。一些评论者乐于将这种手法的大胆运用,解释为由于作家对大自然的热爱与依恋。这固然有一定的道理,但更应注意的是,高尔基从不离开作品的总体构思而忘情地描写自然美景,在他运用拟人化手法写景、显现景色的动态之美时,总是力求将其与场面氛围、人物情绪及创作主体的情感态度相配合。如"海浪在忧伤地含糊不清地诉说着什么"

(《在盐场上》),不正是主人公在无辜遭受欺侮后那种难言苦衷的表露?"河水已经感觉到冬令的逼近,正恐慌地向某处奔流,以免就在今夜被北风可能带来的寒冰封住……天则洒滴着流不尽的眼泪"(《有一次,在秋天》)。"风用非常痛苦地颤抖着的呼啸声敲打仓库的墙壁,就像它自己也被冻僵了一样"(《骗子》)。这不也是两篇作品中为饥寒所迫的"我"情绪感受的外化?同样,"海——在笑"(《玛莉娃》,1897)就是女主人公那种放荡不羁、热爱自由的天性的外射与延伸;"小屋的玻璃窗由于年陈日久而变成浊绿色,用卑怯的骗子似的眼光互相瞅着"(《沦落的人们》),显然是象征着库瓦尔达及其伙伴不得不生活于其中的充满虚伪、欺骗与谎言的世界;"月儿双眉高挑,张口结舌地望着大地,嘴唇由于强忍住笑而发抖,它似乎不相信自己的眼睛"(《水泡》),这事实上体现了作家自己对他笔下那位自命不凡的主人公的情感态度。在所有这些拟人化的景色描写中,要找到作家对自然的热爱或依恋的感情,是相当困难的;可以发现的倒是,他的风景描写始终服从于作品的总体构思,以增强艺术效果、造成深刻印象为目的。毫无疑问,高尔基成功地实现了自己的初衷。

事物的优点往往又是它的弱点。当高尔基怀着鼓舞人们起来改变现存秩序的热切愿望,以犷悍泼辣的风格气派,笔意纵横地绘制出一幅幅色彩斑斓的生活图画时,有时难免也有泼墨过多、用笔过重的不足。列夫·托尔斯泰当年就向高尔基指出过:"您总是想用自己的油漆涂满所有的缝隙……应当写得更简朴一些。"[1]契诃夫也曾批评高尔基的艺术描写"缺乏矜持"。两位大师所言,指的都是同一个问题:由于看重增强艺术效果,有时便忽视了把握艺术分寸感。这些批评应当说是恰如其分的。不过也有例外的情况:高尔基的两篇儿童题材作品《科柳沙》(1895)和《孤儿》(1899),就是相当简洁、含蓄的。但是总体来看,简练毕竟不是高尔基第一时期创作的显著特色;而当他的创

---

[1] 《高尔基文集》(30卷本)第14卷,莫斯科:国立文学出版社,1951年,第270页。

作进入第二阶段之后，随着作家思想探索重心的转移，其艺术风格也相应地发生变化，则又当别论了。

二

一九〇六年秋，当高尔基已离开硝烟弥漫的俄罗斯，辗转来到幽静的那不勒斯海湾，从远处回眸刚刚过去的第一次俄国革命风暴时，他开始陷入沉思中。这场革命所高举的无疑是正义和进步的旗帜，它所提出的历史任务终究是要实现的，斗争不过是延期而已。高尔基对此深信不疑。基于这种信念，在革命失败之初，他仍然通过自己的作品鞭挞专制黑暗势力（《没用人的一生》，1907—1908），讴歌民众意识的觉醒（《夏天》，1909），并积极寻找新的精神武器，企图经由高扬人民群众的巨大创造性给他们以充分的自信心（《忏悔》，1908），以求将他们的意志和情绪保持在进行一场新的革命所需要的高度上。然而，对革命失败的经验的沉痛反思，却使高尔基意识到自己的任务并不在于继续进行这种悲壮的努力，而在于深入揭示俄罗斯民族性格、民族文化心理的基本特征及其与历史发展之间的内在联系，发现民族历史发展滞缓的原因，探测未来历史的动向。于是，他的思想与艺术探索便出现了一种全新的转折。

一九一三年底，高尔基回到阔别多年的俄罗斯。在不间断地进行创作的同时，他还积极地为推动民族文化的发展而尽力，先后创办了"帆"出版社和《年鉴》杂志，并开始筹备出版《名人传记》丛书。他热情欢呼一九一七年推翻沙皇政权的二月革命，却不能理解和接受十月革命。历史的巨变把革命与文化的关系问题注入他的思索中。十月革命前后，高尔基针对当时的现实，在《新生活报》（1917.5.1.—1918.7.16.）上连续发表了八十多篇政论和随笔，其中有五十八篇使用了"不合时宜的思想"这个统一标题。这些文章，后来结成两本互为补充的文集：第一本名为《革命与文化：1917年论文集》，共收入三十四篇文章,一九一八年在柏林出版;第二本名为《不合时宜的思想:关于革命与文化的札记》,收有四十八篇文章,同一年在彼得格勒出版。后来,人们往往把这两本书统称为《不合时宜的思想》(1917—1918)。这一组"关于革命与文化的札记"具有巨大的价值,不仅显示出一种思想家的目力,而且具有显而易见的现代意义。高尔基写道:"不理解或没有充分估计知识的力量,这是通往文明之路上的一个最大障碍";"思想是不能以强力的方式战胜的";"哪里政治太多,哪里就没有文化的位置"①。这些穿透浩瀚历史风云的文字,至今依然闪耀着思想的光华。《不合时宜的思想》不仅体现了高尔基这位正直知识分子的强烈社会使命感,而且已成为关于那个历史转折时期的一部独特的编年史,一部关于革命与文化的忧思录。

在十月革命和国内战争的严酷年代,高尔基凭借自己的声望和影响,为保护"理智的力量"做了大量鲜为人知的工作,为拯救文化、保护知识分子付出了极大努力,如为作家伊万·沃尔科夫被错捕一事致电列宁请求公正处理;写信请人民教育委员部发给"颓废派"作家索洛古勃"保护证书";为身患重病的诗人勃洛克申请出国治病一事四处奔走,写信给卢那察尔斯基并转列宁请求尽快解决;为阿克梅派诗人古米廖夫因莫须有的"塔冈采夫阴谋事件"而被错捕一事直接到莫斯科去找列宁;给贫困交加中的宗教哲学家、作家罗赞诺夫寄去一大笔生活费。他还在彼得格勒创办世界文学出版社,建立"艺术之家",使包括曼德尔什塔姆、霍达谢维奇、什克洛夫斯基、楚科夫斯基等人在内的一大批文艺界人士免于饥寒。后来在高尔基的协助下出国的作家扎米亚京曾写道:"在俄罗斯,特别是在彼得堡,许多人都怀着感激之情回忆作为一个人的高尔基。不止十个人的生命和自由多亏有了他。"②然而他本人却常常处于痛苦的精神矛盾之中。一九二一年秋,他再度

---

① 高尔基:《不合时宜的思想:关于革命与文化的札记》,莫斯科:苏联作家出版社,1990年,第100、145、159页。
② 叶·扎米亚京:《马·高尔基》,载《文学俄罗斯报》,1987年6月26日,第26期。

离开俄罗斯,先后在德国、捷克等地逗留,一九二四年迁往意大利索伦托。在国外,高尔基曾创办《交谈》(1923—1925)一刊,致力于"恢复俄罗斯和西方知识界的联系",并在俄罗斯国内文学和域外文学"两岸"之间搭桥。在柏林出版的高尔基的随笔《论俄国农民》(1922)以及那一时期他致列宁、致罗曼·罗兰等人的一系列书信中,同样可以看到一位忧国忧民的思想家形象。

高尔基先后两次迁居意大利(卡普里和索伦托)之间完成的六大系列作品,构成他创作道路第二阶段的主要艺术成果。与前一时期的创作相比,这些作品无论在思想指向还是在艺术风格上都发生了明显的变化。其中,"奥库罗夫三部曲"(《奥库罗夫镇》,1910;《马特维·科热米亚金的一生》,1911;《大爱》,1912)以一九〇五年革命的变动年代为背景,集中考察俄国外省小市民的精神文化特点,生动地说明了"奥库罗夫习气"作为一种带有普遍性的处世态度和心理特征,已成为俄罗斯民族前进的沉重负担。由《童年》(1913)、《在人间》(1916)和《我的大学》(1923)构成的自传三部曲,以及本拟作为自传体作品第四部《在知识分子中》的一组作品(含短篇小说《初恋》《哲学的害处》和《守夜人》等,均1923),不仅是作家本人早年生活的形象化录影,更是表现俄罗斯民族风情、民族文化心理的艺术长卷。这组自传体作品那浓烈的生活气息,纯熟洗练的艺术描写,行云流水般优美自如的语调,常常是带有抒情色彩和思索性质的叙述文字,体现着作家忧患意识的沉郁风格,使读者获得了极大的审美享受。其中的那些情、景、意浑然一体的篇幅,那些由作者直接倾吐心曲、抒发情怀的段落,与其说是散文,毋宁说是诗行,令人想起屠格涅夫笔下的一些充满魅力的篇章。

与上述两个三部曲并列的是四个系列短篇作品。《罗斯记游》(1912—1917)包含二十九个短篇,着力勾画"俄罗斯心理的若干特征和俄罗斯人的某些最典型的情绪"[①]。含有十六篇故事的《俄罗斯童

[①]《高尔基全集·书信集》(24卷本)第10卷,莫斯科:科学出版社,2003年,第113页。

话》(1911—1917)则为国民劣根性及其在斯托雷平统治年代的显现,提供了一组绝妙的写照,正如这部作品的中译者鲁迅所说:"虽说童话,其实是从各个方面描写俄罗斯国民性的种种相。"①"短短的十六篇,用漫画的笔法,写出了老俄国人的生态与病情。"②完成于国外的《日记片断》(1924)的二十七个短篇,更是对于民族生活和文化心理特征的"直接的研究"和"如实的写生"。《1922—1924年短篇小说集》(1925)所含的九篇作品,以及同一时期发表、主题与风格与其相近的《蟑螂的故事》(1924)、《肯斯科依家的大娘》(1925)等小说,已开始呈现出将民族文化心态同个人与民族的命运结合起来思考的动向,孕育着作家创作道路上的又一次转换。

以上几组作品,以开阔的艺术视野,绘制了一幅幅令人目不暇接的俄罗斯生活风情画,展示了根植于这种生活土壤之上的民族精神风貌,从各个不同侧面揭示出俄罗斯人的精神文化特征,在总体上又彼此呼应,互为补充,共同构成一部表现民情风格、世态人心的百科全书式的巨著。作家对于俄罗斯社会各阶层日常生活的丰富知识,对于民族文化心理的谙熟,他的惊人的观察能力和对"人"、人的心灵的浓厚兴趣,使得他的这些具有同一思想指向的作品虽以若干系列连连推出,却并不令人感到繁冗单调,而是始终保持着各自的思想分量和艺术新鲜感。目光如炬的批评家卢卡契曾把高尔基的创作同巴尔扎克的《人间喜剧》相比③。虽然高尔基并不像后者那样,事先就有一个明确的总体构思和创作计划,然而,当他在某一主导思想的作用下产生创作冲动时,从他笔下的确涌出了其内涵和价值可同《人间喜剧》相媲美的一部部俄罗斯"人间的悲剧、喜剧和悲喜剧"④。

纵观高尔基这一时期的创作,可以看出,随着作家思维热点的更

---

① 鲁迅:《鲁迅全集》第10卷,人民文学出版社,1991年,第399页。
② 鲁迅:《鲁迅全集》第8卷,人民文学出版社,1991年,第457页。
③ 参见卢卡契:《卢卡契文学论文集(2)》,中国社会科学出版社,1982年,第266页。
④ 同上,第276页。

换,探索重心的转移,其作品的艺术表现形式也焕然一新。当作家致力于揭示俄罗斯民族性格的基本特征,特别是它的精神心理弱点,企盼着民族文化心理素质的提高时,他的浪漫主义手法、赞歌笔调和慷慨激昂的情感表现,便渐趋淡化以至隐逝不见了。现实主义成为他观照现实、把握生活的根本艺术法则。透过作家以清醒的写实笔法所绘制的一幅幅民族风情和心理素描,不难发现笼罩这一时期创作的总体美感特征:沉郁和悲凉。前一时期作品中那种热情洋溢、犀利刚健的特色为冷峻凝重的风格所替代。作家显然已不再借重于高亢激越的音调和色彩浓烈的画幅,力求从情绪上感染和惊醒读者,而是把自己的各种印象、感受和思考融入日常生活画面的真切描绘中,让读者"发现"自身的生活与心理现状,引发长久的思索。中国古典文论有所谓"和平之音淡薄,而愁思之声要妙,欢愉之辞难工,而穷苦之言易好"①之说;近人亦称:"绝壮的音乐,多是悲凉的音调。"②当高尔基全身心地感受着民族的苦难与悲凉,以浸透着忧患与愁思的笔触,用对于日常生活和民族心理的忠实描绘来震撼国民灵魂的时候,从他的笔端倾泻而出的,也是要妙之声,绝壮的音乐!那是从苦难的俄罗斯"生活的散文"中提取的幽婉动人的"生活的诗"。

如果说,凝视"当前的现实",力求捉摸到时代的脉搏,及时地对当代生活做出自己的艺术反应,是某些现实主义作家取得成功的原因之一,也是高尔基前一时期创作的重要特色,那么,在他转入第二阶段、即民族文化心态批判时期以后,情况就很不相同了。民族文化心态研究要求不能仅仅着眼于当代现实。正如一个民族的文化心理结构的形成总有一个较长的积淀过程那样,对它的系统考察也应当是一种远距离的、全方位的观照。这也许就从一个方面说明了:为什么高尔基在完成《母亲》《夏天》等作品之后,便似乎是突然地匆匆告别了"当前

---

① 韩愈:《荆谭唱和诗序》,见《韩昌黎文集校注》,古典文学出版社,1957年,第153页。
② 李大钊:《牺牲》,载《新生活》,1919年11月9日,第12期。

的现实",转而记忆、向过去的俄罗斯生活吸取自己的诗情。于是我们看到,那些保留在作家心底的自童年时代起的无数生活图景,那些在作家生活的各个阶段出现的形形色色的人物,那些曾经引起作家注目和思索的现象,便在他的笔下一起活了起来。回忆因素、自传因素,在作家这一时期的整个创作中明显增多,"回忆录—自传体小说"连篇出现。这些作品所回望的往昔,正是俄罗斯从漫长的农奴制下挣脱出来,背负着因袭的重载向现代艰难行进的时代。俄罗斯民族的力量和弱点,它的文化心理特征,在这一历史转换期的日常生活中一览无余地显现出来。高尔基在自己的生活历程中感受到了本民族文化心态的形象外现及其与民族历史发展滞缓之间的内在关联,因此对于他来说,考察民族文化心态的最好途径与形式,莫过于回首亲身经历的往事,并以一种文化眼光予以观照。再者,日常生活、凡人小事往往最能表现一个民族的精神文化特征,所以高尔基在他这一时期的作品中,主要不是作为重大历史事件的见证人,而是作为日常生活的参与者出现的。回忆录—自传体小说所特有的亲切语气,以日常生活为基本素材所决定的浓郁生活气息,丰富的民族文化心理解剖学内容,使高尔基这一时期的作品赢得了各类读者和各类批评家的广泛好评。如法国《拉罗斯大百科全书》认为高尔基的几部自传体小说是"俄罗斯文学的杰作之一";英国《大英百科全书》称《我的大学》是"俄文中最好的自传作品之一";意大利都灵版《俄国文学史》认为自传体三部曲和回忆录《列夫·托尔斯泰》等构成高尔基全部创作中"卓越的阶段";瑞典学者托·柴特霍姆和英国学者彼科·昆内尔合编的《彩色插图世界文学史》则肯定自传三部曲是高尔基"最伟大的文学贡献"[①]。审美趣味高雅、目光"苛刻"的美国批评家哈罗德·布罗姆,也在《西方正典》中把高尔基的自传三部曲和《回忆托尔斯泰》列入二十世纪俄罗斯文学"经典书目"中。

[①] 托·柴特霍姆、彼科·昆内尔编著:《彩色插图世界文学史》,李文俊等译,漓江出版社,1991年,第216页。

从艺术结构上看，高尔基这个时期的作品，一般很难说它们是"以动作和情节为纲"或"以人物性格为纲"。在他笔下，不仅很少以情节取胜的作品，而且出现了一些故事性明显弱化的小说。在这类作品里，常常没有统领全篇的若干重要的矛盾冲突，甚至缺乏贯穿作品始终的明晰的情节线索，更难寻得紧张激烈的戏剧性场面；占据作品主要篇幅的，往往是一幅幅平淡无奇的生活画面。这一特色，在《罗斯记游》和《日记片断》的一些篇章中表现得非常明显。一篇《公墓》（1913），不过是三组镜头的结合：关于墓地景色的描写，"我"与出现在公墓附近的退役中尉的对话，"我"对于房东威鲁鲍夫及其邻居的印象。全篇几乎没有"情节"可言，却构成关于俄罗斯人心态的一幅可感可闻的写照。《小城》（1924）与《公墓》相近：城中日常生活的片断录影，几位不无特点的居民肖像的简扼勾勒，观察者"我"的点滴感受与联想，即已构成全篇。这篇作品显然不能引起任何冲动性情绪，却能唤起读者一种难言的惆怅与忧伤。《尼卢什卡》（1913）或许稍有些"情节"，但同样是仅由几幅画面组接而成，却也为读者提供了一个透视俄罗斯外省城镇精神文化特征的有效视角。

上述特点同样体现在高尔基的自传体三部曲中。《童年》《在人间》和《我的大学》都没有一般小说的那种序幕、开端、发展、高潮和结局，全部作品似乎就是无数镜头的精心剪辑与有机组合。作家仿佛只是从无穷无尽、无始无终的生活之流中截取了一个段落，这个段落的起点是幼年的阿辽沙开始记事之时，终点是他青年时代来到里海岸边卡尔梅克人的一个肮脏的渔场。在此之前，生活之流早已奔泻了无数个日月；在此之后，它仍将不息地流淌。但作家所注目的仅仅是他从这条巨流中所截取的那一段，并且他还不是着意描写生活之流本身，而是偏重表现对于它的印象与感受。当读者被作家带进这段生活之流的时候，也会看到五光十色的场景，形形色色的事件，生动有趣的故事，但所有这一切，都似乎是"偶然地"被作家摄入作品中来的，它们往往彼此独立，并不作为一个主要事件的部分或分支出现，并不在总体上构成一个完整的故事。它们只是同自身所由出现的背景,同作者的常常是带有抒情色彩和思索性质的叙述有机融合在一起,交织成一幅幅映现出民族精神风貌的生活剪影。当读者被作家带出这段生活之流时,他可能会感到自己没有因任何"情节"、故事而激动过,但他一定获得了关于俄罗斯人生活与心理的一系列深刻印象。这种独特的艺术效果,或许正是作家所希望达到的。看来,作品故事性的弱化,情节结构上的开放性、剪辑性特色,也为作家创作的思想动因所制约。

不以情节为纲的作品,往往"以人物性格为纲",但高尔基这个时期的作品却是一种例外。有些作品常常没有通常意义上的所谓"中心主人公",即没有作家在该作品中全力塑造的典型形象,如自传体三部曲;作品中的情节,往往并不经由某一主要形象而展开,众多的事件,也并不围绕某一人物而发生,如《奥库罗夫镇》《守夜人》和《罗斯记游》中的一些短篇。过去不少评论者,认为自传体三部曲着力刻画了阿辽沙这一新人形象。实际上,阿辽沙在整个三部曲中自始至终主要是以一个观察者身份出现的,并起着串联故事的作用。他察看周围万花筒般的生活和各色人等,获得种种强烈的印象和深切的感受,同时也参与他所描述的生活,并对这些生活场景中的人和事发出自己的感慨和议论。作家没有铺叙阿辽沙这一形象的性格发展史,而主要是通过他的目光观照俄罗斯人的生活,透视俄罗斯人的精神心理特征。如果没有注意高尔基在其创作的第二阶段思维热点已发生变化,拿一般现实主义小说的结构形式、以人物为中心的框架来看待他的自传体三部曲,就难免得出不符合作家创作实际的结论。在高尔基的《奥库罗夫镇》中,小市民瓦维拉固然是一个重要人物,却也同样不是作品的"中心主人公"。这部小说四分之三的篇幅所描写的,是与瓦维拉并无关系的事。这一形象与小说中其他重要人物(如季乌诺夫、西马·杰武什金等)一样,只是作为奥库罗夫镇上有特点的居民之一,从一个侧面显示出俄国小市民的生活方式与心理面貌。若将瓦维拉视为"中心主人公",就必然导致对这部作品整体意义的忽略。

检视高尔基这一时期主要创作的形象体系,还会发现,作家并不注意一个个人物形象的完整性。在一些作品中,往往是一个人物出现了,又消逝了,另一个人物再出现,再消逝,犹如一条长长的活动的形象画廊在读者面前缓缓移过。作家并不一一交代这些人物的来龙去脉,也无意于描述他们各自的命运,只是经由这些一度出现旋又消失的形象,来凸现民族文化心理的重要特征。在长篇小说《马特维·科热米亚金的一生》中,科热米亚金家中的看院人索宗特,教堂读经员科列涅夫,流浪者马尔库沙以及另一个看院人阿列克谢等,都是一些来去匆匆的人物。即便是政治流浪者曼苏罗娃和马克这两个形象,也没有完整的性格发展史,也都是一度出现旋又消失。然而所有这些人物,又都是作品的整个形象体系所不可或缺的组成部分。对于《童年》中的"好事情",《在人间》中的轮船厨师斯穆雷、司炉雅科夫·舒莫夫,《我的大学》中的民粹主义者罗马斯、青年知识分子费多谢耶夫等形象,也应当如此看待。有的评论者说,在《我的大学》中,费多谢耶夫"出现后没有作任何交代,就在书上消逝了",这是高尔基的一个"疏漏之处"[①]。得出这样的结论,显然是由于没有很好地理解高尔基的自传体三部曲在人物设置上的一个重要特点。

在高尔基这一时期的创作中,景色描写也有了显著的变化。他渐渐放弃了先前那种使用浓墨重彩、尽情泼染的手法,不再致力于描绘色彩浓烈的图画,而逐步转向运用较经济的笔墨,勾勒出线条简洁、色彩恬淡的画面。在《忏悔》和《夏天》等作品中,读者还可以看到作家在其创作的第一时期所惯用的景物描写手法的某些余痕。《忏悔》中的马特维在寻找信仰的漫游途中所见到的大自然景色,似乎还散发着某种神圣的光辉(从中可以窥见作家对民众力量的崇拜与赞美之情)。《夏天》中特罗菲莫夫眼中的高家村,也还是一派生机勃勃、五彩缤纷的夏日图景(那也许是作家历史乐观主义的一种

---

① 王远泽:《高尔基研究》,湖南教育出版社,1988年,第149页。

表露)。但是,当作家开始对民族精神文化特征进行系统的研究时,这一类景色描写就难以寻见了。在《奥库罗夫镇》中,景色描写的文字已经不多,除作品开头有关小镇自然地理状况的介绍外,小说中出现的几处景色描写,都不过是寥寥数笔,如:"被贫穷所腐蚀、吞噬和被粗野行为所破坏的后河区的那些黑压压的小木屋痛苦地沉睡着……";或者:"天空像一顶沉重的灰帽子扣住镇子,挡住了远方的景物,同时撒下灰蒙蒙、亮晶晶的细雾。"即便是在《罗斯记游》这样的在题材上极为接近高尔基早期流浪汉小说的短篇作品中,色彩浓烈的风景画面也较为少见。

然而,更重要的变化尚不在此。这个时期高尔基的作品中的风景描写和环境描写,已经不只是为人物活动提供相应的场所,或只是为了烘托气氛、间接地表现人物情绪。在很多小说中,这类描写本身就是"内容",成为揭示作品主题的不可缺少的部分;它们在作品中的地位,已从人物形象和情节展开的背景,提到了与人物、情节并驾齐驱的高度。如在长篇小说《马特维·科热米亚金的一生》中,关于奥库罗夫镇自然风光、街头景物的描写,往往和小镇居民日常生活场面的描写融为一体,构成一幅幅呈露出小市民迂缓、停滞生活特点的风情画。在短篇小说《公墓》中,城市的龌龊、杂乱、喧嚣和到处弥漫的恶浊的空气,墓地一带的秋风、阴云、老树、寒鸦、落叶和丧家犬等富有特征的景物,以及出没在这里的一些幽暗的无声息的身影,同这里的人们那种污秽、无聊的生活,也是有机融合、浑然一体的。在自传体三部曲中,街头即景、环境写生、自然画面,更带有直接揭示作品主题的意义——周围景物既构成彼时彼地的人们活动于其间的特有的条件和氛围,又是人们的生活和心理的某种外现,透过它可以看到人们的生活方式、风俗习惯和情绪心理。在一些短篇作品中,同样可以看到这一类画面。如小说《火灾》中写道:

> 我们那条小忙街从陡峭的山坡上一泻而下,顺着斜谷两侧直

达河边……由于住人过多而显得臃肿的旧房子,用它们淡色眼珠似的小窗互不信任地对望着,或是紧紧挤在一起,不知是要小心翼翼地往下走,走向那宽阔的河面,还是要吃力地向上爬,爬向富商和豪门的幽静的城市。

再看《尼卢什卡》中的一段描写：

山谷里自上而下地点缀着一些小屋,它们只开着一两个窗子,矮矮地蹲伏在地面上,这就是托尔马奇哈村……从每一间房子里,从颜色杂乱的玻璃窗上,从用树皮板修理过的长满绿苔的屋顶上,处处都无情地透露出俄罗斯式的贫困——这情景实在叫人沮丧……在村里,从生活的一切声息中,最常听到的是啼哭和粗野的谩骂,然而一般说来,这里的生活是安静的,只是显得有点凄凉……

这几幅画面,也已不是一般的景色描摹、风光写照,而成了一帧帧现实主义的风俗录影。在这里,一切都带着生活于其中的人们精神心理的投影,一切都显示出一种文化意蕴、文化的选择与水准,一切都是某种人生态度和传统习惯的折射。透过这一类表征出民族风情的画面,可以明显地体察到作家在看待日常生活、看待周围事物时的那种历史、土地、环境和人相统一的文化目光,那种深深的忧患意识。

同前一时期的创作相对照,可以明显地看到高尔基这个时期着意表现民族精神风貌的作品,呈现出另一种叙述风格。阅读《老板》(1913)、《初恋》《蟑螂的故事》和《肯斯科依家的大娘》等中短篇小说,进入奥库罗夫三部曲、自传体三部曲,我们着实会感到,这是具有另一种审美特色的作品。洗练代替了繁复,平易代替了铺张,恬淡代替了浓烈,冷峻代替了激昂;笔锋所及,舒展自如,恰似行云流水，而绝少斧凿之痕。这是高尔基的小说艺术达到炉火纯青的高度、驾驭文学语言臻于成熟的标志。但是，新的风格决不是作家早期作品风格的自然延伸与发展，而是他在民族文化心态批判时期的思想探索和新的美学追求的一种综合体现。题材上偏重于对往事的回忆与沉思，力求从生活本身所提供的大量印象中揭示国民灵魂的主要特征，不得不触及民族文化心理上的各种病灶，难以摆脱在思索民族命运时所产生的那种沉重感，决定了高尔基这一时期作品的清醒的现实主义笔法和凝重冷峻的语言风格。他以冷色调为主色绘制出逼真的、暗淡的生活图画，他以忧愤沉洪的音调哼唱着引发灵魂震颤的旋律，虽然他仍然注意发现人们心灵中的亮色，也并不排斥激动人心的乐章。《奥库罗夫镇》和《马特维·科热米亚金的一生》，从一横一纵的两个不同角度详尽展示了俄罗斯外省城镇居民的文化心理特征及其历史延续性，通篇笔调沉重，只有曼苏罗娃、马克和柳芭等形象程度不同地闪现着某些文明与爱的光彩。自传体三部曲的主要篇幅，是在一种民族自我批判精神的统摄下，透视俄罗斯人的落后文化心理特征，在显示出阿辽沙等渴求知识、文化、理性和美的人们，能够得以摆脱民族精神心理网索羁绊的同时，也表现了这一历程的苦痛与艰辛。《罗斯记游》《俄罗斯童话》《日记片断》及一系列中短篇小说，同样以民族文化心态批判为主旨，其中虽有《一个人的诞生》《流冰》和《初恋》等色彩较为明朗的热情洋溢之作，但是大多数作品却是意在暴露国民弱点，忧郁、低沉的音调清晰可辨。从总体上看，渗透于高尔基这一时期主要作品的，已不是那种奔涌而出、一泻千里的激情，而是一种融和着痛心与挚爱、厌恶与同情、失望与希望的复杂感情，一种为民族精神文化现状而忧心的不安与愁思。这种复杂感情与内心意识的表露，又造成了一种独特的诗意氛围。作家以一个足迹踏遍俄罗斯大地的漫游者的眼光，用一种带有浓厚抒情色彩的笔调，和人们讲述着他的见闻、印象、感受与思索，往往引起人们的无限遐想。我国作家茅盾早就指出：在自传体三部曲和《日记片断》等"精妙的艺术品"中,再显明不过地呈示出"诗人的高尔基"①形象。这是极有艺术见地的公正评价。

"一切出色的东西都是朴素的,它们之令人倾倒,正是由于自己的富有智慧的朴素。"②这是高尔基在一九二〇年代的一封信中说过的话。此时,他显然早已摈弃了当年列夫·托尔斯泰和契诃夫所中肯地指出过的那些缺点(如"缺乏矜持"、缺乏节制等),转而追求写得更为简洁、凝练和素朴了。这种追求,不仅体现于高尔基这一时期的创作在景物描写方面的由浓到淡、由繁到简的变化上,同时也显示在肖像描写、事件交代、场面铺叙诸方面。作家早期创作中所常见的那种施以浓墨的详尽的人物肖像画,到《奥库罗夫镇》《童年》及《罗斯记游》的起首诸篇,已始见减少,而愈接近晚期则愈不多见。在《我的大学》中,作家对中学生古里·普列特尼奥夫、警长尼基福雷奇、民粹派活动家杰连科夫和罗马斯等人的肖像描绘,都不过是寥寥数笔,一带而过。然而所有这些形象给读者的印象又都是深刻的。在这一时期,高尔基更为注重的首先是人物的精神心理特点,而且他总是能够通过人物言行成功地将这些特点揭示出来,因此对于众多的人物,尽管他均着墨不多,却仍然使形象跃然纸上。

高尔基在国外创作的中篇小说《蟑螂的故事》,尤其可以使我们一窥作家成熟洗练的叙述风格。在这篇作品里,自主人公叶列明父子的形象出现后,景色描写的文字便很难见到,肖像描写也极为简洁,甚至对于中心人物普拉东·叶列明,作家也未给予更多的照顾,不过是在他长到十六岁时对其相貌作了几笔勾画。更引人注目的是,通篇作品几乎看不到心理分析,亦无"内心独白"之类的文字。主人公的心理、个性、精神面貌,完全经由人物言论和行动鲜明清晰地表现出来。作品的语言风格是看似轻松而不乏幽默,实则深沉而严峻。作家把对于那种彼此仇恨、互相折磨的人际关系的反感和痛心,隐藏在含蓄凝练的叙述中,把关于人

---

① 茅盾:《关于高尔基》,载《中学生》杂志,1930年,创刊号。
② 《高尔基文集》(30卷)第29卷,莫斯科:国立文学出版社,1955年,第446页。

的价值、人的命运等问题的深邃思考融入日常生活图景的实录中,使人感到这个中篇涵纳着极大的内在思想力量。这部作品的开头部分,即引出叶列明父子形象之前的那段伴有景色描写的夹叙夹议的文字,博引旁征,如数家珍,风格老到而稳健,带有耐人寻味的哲理意蕴和人世沧桑的感叹,已经开始呈现出作家晚期创作的某些新特色。

三

十月革命后高尔基在国外期间,一直关注着苏联国内的文学和社会生活。一九二四年列宁的逝世,曾给他以强烈的思想与情感的震动。一九二八年五月,他回到离别七年的国内小住,十月返意大利,以后每年(除1930年未回国外)几乎都在相同的时间内往返一次,直至一九三三年五月最后回国定居。在"拉普"等极左势力猖獗、个人崇拜泛滥的时期,高尔基为保护扎米亚京、布尔加科夫、皮利尼亚克、普拉东诺夫等受到不公正批判的作家和知识分子挺身而出,与极左思潮展开了针锋相对的斗争。他对"谢拉皮翁兄弟"作家、叶赛宁、左琴科、帕斯捷尔纳克等人的赞扬,同样具有抵制极左路线的意义。为了抗拒极左路线和政策利用成立苏联作家协会理事会和确立"社会主义现实主义"为惟一创作方法之际粗暴地干涉文学,他多次写信给苏联最高领导,伸张正义,旗帜鲜明地表达自己的态度。他不顾来自上层的一次次催逼,断然拒绝写《斯大林传》。直到逝世前不久,他还为横遭批判的音乐家肖斯塔科维奇辩护,对"批判形式主义"运动提出怀疑。高尔基的上述活动,为他招来了无数非难、指责和批判,导致他心力交瘁,一九三六年六月十八日逝世于莫斯科。

一九二〇年代中期以后历史语境的置换和高尔基本人思想的演变,使他晚期创作的思想指向再度发生变化。回眸一个古老民族走向现代的艰难行程,综合考察俄罗斯和"俄罗斯人的灵魂",探测民族命运的前景,成为作家这一时期文学思维的重心。这一时期他的主要创作成果是两部长篇小说:《阿尔塔莫诺夫家的事业》(1925)和《克里姆·萨姆金的一生》(1925—1936)。《阿尔塔莫诺夫家的事业》在自一八六一年农奴制改革后到十月革命前夕的时间跨度上,以农奴出身的麻纺厂主阿尔塔莫诺夫家族为中心构成形象系列,通过描述这个家族三代人的不同个性心理以及他们的分化和归宿,在与旧式贵族、小市民、农民等社会阶层的多重比照中,揭示出俄国资产阶级的先天不足、发育不全的特点,勾画出俄国资本主义尚未真正站稳脚跟便很快日薄西山的命运。作品还暗示:这一切既是俄罗斯的独特历史文化传统所决定的,又从一个特定角度昭示着这个民族未来的历史行程。整部小说不只是为读者提供了一幅关于俄国资本主义盛衰兴亡的漫画式的写照,还涵纳了关于俄罗斯民族历史发展独特性的深邃思考,而对历史的沉思又为认识现实、把握未来的意念所内在地制约着,从而形成了深广的历史蕴涵。小说中的吉洪·维亚诺夫这一形象的设置,他那带有东方哲学之聪智与玄奥的议论,他在作品整个形象体系中的作用,以及形象本身的精神文化特征,也使读者产生更多的联想。

在人物形象刻画中,这部小说还运用了西方现代主义文学在心理描写、心理分析方面的某些成功经验。如在描写主人公之一彼得的内心冲突时,曾多次写到"在同一个人身上活着的两个人"之间的激烈矛盾。当这种内在冲突变得经常化时,彼得感到,仿佛又有一个彼得出生了,这个人和他——真正的彼得生活在一起,形影不离地紧跟着他。他要做的任何事情,这第二个彼得都要干预。在一次酗酒之后的迷狂状态中,彼得似乎突然看见他对面坐着一个人,就是这个人妨碍着他像别人那样轻松愉快地生活,并带着一种悲伤、怜悯、责备的眼光,一边瞅着他,一边流泪。

"怎么着,坏蛋?"阿尔塔莫诺夫问自己的敌人。那敌人不动,也不答话,光是动了动嘴唇。

"你哭了吗?"彼得·阿尔塔莫诺夫幸灾乐祸地叫起来。"你这混蛋,把我搅得乱七八糟,你自己倒哭了吗?可怜自己了?哼哼……"

他从桌子上拿起酒瓶,抡开胳膊,朝着那略略光秃的脑袋上砸过去。

彼得砸碎的只是一面镜子。他在醉眼蒙眬之中,误把镜子里自己的影子当成了"另一个彼得"。这一幻觉场面是彼得内心矛盾的外化。作品借助这一场面描写,挖掘了彼得的深层意识,使他的内心面貌充分显示出来。不难看出,仅就长篇小说创作而言,《阿尔塔莫诺夫家的事业》的艺术成就,在高尔基以前的作品中,恐怕只有《马特维·科热米亚金的一生》能与之媲美。

高尔基的最后一部作品、四卷本长篇小说《克里姆·萨姆金的一生》(以下简称《萨姆金》),既是一部思考俄罗斯民族历史、现实和未来的史诗性巨著,又是作家长期进行民族文化心态研究的总结性成果。作品的中心人物萨姆金,十九世纪七十年代出身于俄罗斯外省某城市的一个"中等"家庭,其父亲是一个曾被逮捕和监禁的民粹派知识分子。萨姆金在家乡读完中学后,便到彼得堡某大学法律专业学习,不久即因躲避学潮而休学回家,担任一家报馆的编辑。这期间,由于同革命党人的接近,他曾被宪兵队传讯。后来他又到莫斯科续读法律专业,在那里也由于同样的原因两次受宪兵队审讯。大学毕业后,他与瓦尔瓦拉正式结婚,并给一名律师当助手。一九〇五年革命期间,他曾目睹一些重要事件和场面,也一度"被推进"起义者的行列,又"无意中"当过告密者。革命高潮中,他曾避居故乡,再次被捕,旋又获释。革命失败后,萨姆金与瓦尔瓦拉分手,迁居诺夫戈罗德,并短期旅居国外,回国后不久即迁往彼得堡。他曾设想自己在文学界、新闻界取得成功的可能性,也尝试过以某些"不平凡"的见解引起人们的注意。第一次世界大战期间,他曾作为"地方与城市自治联合会"的成员前往里加了解难民情况,又到前线调查过军队给养遗失之事。二月革命时期，他再次希望有所动作，但始终只是作为一名旁观者存在。一九一七年四月列宁返回彼得格勒时，他被密集的人群挤倒，践踏而死。

　　作品的副标题是"四十年间"。沿着萨姆金的生活轨道，小说艺术地再现了自十九世纪七十年代到十月革命前俄罗斯生活中的一系列重大事件，塑造了社会各阶层的人物众生相，描绘了从城市到乡村、从首都到外省、从国内到国外的五光十色的生活图画，多层次地表征出俄罗斯人的人生态度、思维模式、情感方式和价值观念。俄国民粹派运动及其失败，一八九六年沙皇尼古拉二世的登基大典及由此而造成的"霍登广场惨剧"，下诺夫戈罗德的全俄工业博览会，俄日战争所造成的社会心理冲击波，一九〇五年的"流血星期日"和莫斯科武装起义，一九一二年的连纳惨案，第一次世界大战中的俄国，一九一七年的二月革命浪潮及其后形势的迅速变化，等等，都被巧妙地编织进主人公萨姆金的"灵魂史"中，通过他的眼光和思维而得到了特殊形式的映现。作品还经由主人公的所见所闻，多方位地暴露了皇宫秘事、政府丑闻、司法界的黑暗、财政金融的混乱，反映了工人罢工、士兵骚乱、农民暴动和大学生风潮。诚如作家所言，在这部小说中"活动着所有阶级的代表人物"[①]。书中出现了贵族、官僚、地主、商人、企业家、政治活动家、思想家、教师、医生、作家、演员、报刊编辑、记者、大学生、工人、农民、渔民、手工业者、马车夫、扫院人、小市民、流浪汉、妓女、教派分子、律师、法官、警察、士兵、军官、哥萨克人、犹太人等各种身份与职业的人物。许多真实的历史人物，如最后一个沙皇尼古拉二世，沙俄政府首相斯托雷平，临时政府总理克伦斯基，"一月九日事件"中的神秘人物加邦神甫，赞助革命的工业巨头莫洛佐夫，著名作家安德列耶夫和歌唱家夏里亚平，民间女说书艺人费多索娃，革命领袖列宁，甚至还有赴俄访问的清朝大臣李鸿章，都出现在作品所绘制的巨大艺术画幅中。这些历史人物与艺术形象的并存，大量的历史场景与艺术画面的

[①] 《高尔基文集》(30卷本)第19卷，莫斯科：国立文学出版社，1952年，第544页。

叠合,鲜明的编年史意识与深广的民族历史生活内容,使得这部作品拥有了一种长河涛涛般的气势,一种波澜壮阔的史诗风范。

构成这部长篇作品情节基本因素的,并非人物的行为、人物与人物之间在行动上的冲突,而是人物的意识活动、精神世界,人物与人物之间的思想矛盾、精神冲突。小说通过主人公萨姆金观察、听取或参与各种场合、各个层次、各色人等的谈话和争论,在诸多人物之间的复杂精神纠葛中,表现了近半个世纪中俄国社会政治、哲学、宗教、美学、道德伦理等领域的各种思潮、学说、流派的交嬗演变,揭示出那个时代俄国社会思想和精神生活的基本面貌。即便是主人公萨姆金这个贯穿作品始终的人物,读者也很少看见他的行动。这固然是由于他缺乏"行动意识"和行动能力的特点所决定的,但更主要的还是作家的艺术构思使然:高尔基所要表现的主人公"灵魂的历史",且要通过这一颗灵魂去观照形形色色的社会思潮及其消长变化。无庸讳言,由于高尔基意在展示出主人公"灵魂的历史",并力求经由主人公来联系和观照形形色色的思潮流派及其消涨起落,而且作家又往往偏重于经由对话和议论来直接呈现思想,这就必然导致作品中出现了大量的、直接表达的观点和见解,大量的格言警句。这一方面固然加大了作品的思想含量和哲理色彩,另一方面也造成了"思想的超载",为一般读者的审美接受设置了障碍。

当然,萨姆金绝不只是作品结构意义上的一个观察者。四十年间变动着的俄国现实,既是他的观察对象,又是他的性格和心理赖以生成的环境。他在各方面都是中等水平,却要竭力表明自己不平凡;他希望得到人们的尊重与崇拜,却不愿承担任何义务。他对什么都不相信、不入迷,总是给自己披上一件超越于一切思想分歧之上的"怀疑论者"的服装,为的是既保持独立自由,又能使别人把他看得比一切人都更高尚、更优越。他缺乏独到见解和明确的思想,但又不愿承认思想上的贫乏与空虚,反而要以一个思想深刻、见解独特的人自居,因而只能用别人的思想和言论的碎片来拼合自己的"思想体系"。他缺乏对人的信任、尊重和爱，往往较为冷漠，隐含着一种敌意；即便是对于妻子瓦尔瓦拉，他也从来没有过真正的爱。他具有强烈的嫉妒心，无论在哪一方面都不愿让别人专美于前，常为别人的失败和痛苦而幸灾乐祸。他曾标榜自己对革命采取"不偏不倚"的态度，在大学时代曾装成"像是一个革命者的样子"，觉得这样可以提高自己的身价；但是他也批评过学生运动和工人运动，认为采取这种态度可以令人尊敬。一九〇五年革命期间，他"既没有决心，也没有勇气置身事外"，革命失败后他说自己参与莫斯科起义的事"只能用地形学的原因来解释"。他始终没有任何坚定的信仰，没有任何明确的社会理想，更不会为任何一种革命而献身。

萨姆金的性格特征、思维方式、文化心理和命运归宿，在很大程度上具有可据以认识俄罗斯、了解俄罗斯人灵魂的意义。他的精神文化性格，既从一个侧面体现了俄罗斯民族文化心理的某些消极特征，又是这一民族文化环境的必然产物。他的空虚无为的一生，既表征出横跨两个世纪的四十年间俄国部分知识分子的沉浮起落，又显示了这一部分知识分子无可回避的命运轨迹。借助萨姆金这一形象，高尔基艺术地揭示了部分俄国知识分子市侩化的历史真实，对民族文化心理弱点、对俄罗斯国民性进行了痛切的批判。从作品中还可品味出作家关于提高民族文化心理素质、创造良好的社会文化环境和知识分子历史作用的发挥等几个方面互为条件、互为因果的思考，聆听到一代忧国忧民的真诚知识分子的心声。

《萨姆金》不仅是高尔基长期思想探索的一种总结，也体现了他自一九二〇年代起在小说艺术上的试验意识与求新精神。他的《日记片断》《1922—1924年短篇小说集》等作品就已显示出试图走出以往的书写模式、寻求新的艺术形式和表现方法的意向；在写作《萨姆金》这部长篇小说的过程中，作家则更为自觉地努力"寻找另外的形式、另外的格调"[①]。如果说，着重表现"思想"本身，作品中往往有着较多的对

[①] 《高尔基全集·文艺作品集》（25卷本）第17卷，莫斯科：科学出版社，1973年，第604页。

话和争论，本是俄国长篇小说的共同特色之一；那么，在展现这些对话和争论的艺术手法上，《萨姆金》则显示了一种独特性。小说中常常会刮起一阵阵"杂语风暴"，或称"纵横交错的议论的风暴"。这种所谓"风暴"，既不是指在少数人之间展开的激烈的辩论，也并非某一人物所进行的具有论战色彩和风暴般力量的演讲，而是指那种由部分知名者和更多的不知名者参与其中的众口纷纭的交谈和论争。在《萨姆金》中，当作家试图再现某些人声鼎沸的场面和氛围时，常常似乎是信手拈来般地随意选取了置身于其中的某人所说出的一些简短的话语，或是没有下文的一句话的开头，或是一段议论的末尾的片断，甚至只是一些不连贯的词句，等等，来构成这种特殊的、其内容彼此之间风马牛不相及的言语的"风暴"。以下是一九一〇年代初期彼得堡"维也纳饭店"的一间聚集着文艺界名流的烟雾弥漫的大厅里卷起的一场议论的"风暴"的片断：

"哈哈哈！叫现实见鬼去吧。"
"现实也是疯狂的。现实是人为的假相。"
"是大臣们在杜马里炮制出来的。"
"不要触动大臣们。"
"还是请您先使卡里班①有点人性吧。"
"大臣们是一触即发的。"
"德国正在变成社会主义国家。"
"主啊！不要让我们饮这杯苦酒吧。"
"不要拿这个开玩笑！"
"我们并不是在开玩笑，我们是在祈祷。"
"我们在哭泣……""打倒政治！"
"诸位！如果……"

---

① 莎士比亚剧作《暴风雨》中的人物。

"生活一天比一天昂贵……"

"而且越来越人心惶惶……"

在《萨姆金》中,这类"纵横交错的议论的风暴"还出现于一九〇五年"流血星期日"之晨彼得堡涅瓦大街的一间教室里,翻滚在全俄总罢工和莫斯科起义爆发前的两大都市街头,激荡于从莫斯科到罗斯格罗德、从彼得堡到里加的火车车厢中,回旋在一九一二年彼得堡某演员家的新年晚会上,在第一次世界大战期间诺夫戈罗德车站的餐厅里,在二月革命前夕彼得格勒一位律师家的客厅内……作品中不时刮起的一阵阵众口议论的"风暴",以一种独特的形式逼真而生动地再现了一场场由无数人参与其中的对话或争论。每一场"风暴"的出现,都好像是从一片混乱的喧哗声中,飘过来一些片言只语回响在读者的耳际,读者未必知道究竟是谁在说话,却能感觉到人群的存在,能够明了这些人关注的热点是什么,他们为什么问题而激动不安,不吐不快。出现于这些"风暴"中的大量嘈杂言论,其内容庞乱不堪,涉及社会生活的各个方面,巨细皆有,乍一看去,难免让人感到"丈二和尚——摸不着头脑"。然而,只要联系作品的上下文,还是可以从这种喧嚣杂乱的声浪中,通过这种颇具特色的言说方式,感受到某一历史时期的普遍心理、社会风气和情绪氛围。如上述一场"杂语风暴",就涉及国际关系、国内政局、党派斗争、人生态度和日常生活等诸多方面。因此可以说,出现在《萨姆金》中的这些众声喧哗的"风暴",无异于一幅幅特技摄影,活脱脱地映现出十九世纪末、二十世纪初俄罗斯的精神文化情状。

作为一位现实主义作家,高尔基晚期创作的情节铺叙、场面展示、形象塑造和细节描写等,无疑都是以写实手法为主的,然而这并不妨碍作家多方面地借鉴现代主义艺术形式。在《萨姆金》中可以看到,作家往往经由人物的梦境、幻觉、联想、潜意识来展露其内心状态,或以象征、隐喻、荒诞的手法来表现人物的内心分裂和精神危机。在作家笔下,主人公萨姆金往往在梦幻情境中被分成若干个"他",这些"他"

之间往往展开激烈争论,其中每一个"他"都显示出人物内心面貌的某一侧面。如在小说第三部,在一场由回忆而变成的噩梦中,萨姆金梦见自己的幽灵——一个同自己一模一样的"另一个"幽灵般的萨姆金和他并肩而行,这使他非常惶恐不安。

> 那幽灵一声不吭,用肩膀把萨姆金撞到道上的泥坑和土沟里,撞到树上……萨姆金把他高高举起来,远远地扔到地上,于是他摔得粉碎,于是,在萨姆金周围立即就出现了几十个和他完全一样的人形;他们把他围起来,和他一道向前猛跑,尽管他们都没有重量,跟影子一样透明,然而他们都拼命挤他,把他推到路旁,赶着他往前跑——他们变得越来越多,都是些急性子,而萨姆金就在这样一群无声无息的幽灵中气喘吁吁地跑着。他把他们推到一边,用手揉搓他们,撕他们,于是这些家伙就在他手里像肥皂泡似的破裂了;有一刹那,萨姆金看到自己胜利了,可是立刻,他的幽灵又多得不可胜数了,他们又把他包围起来,在没有影子的旷野里驱逐着他向云雾蒙蒙的天空跑去……

这一荒诞不经的梦境,其实可以在萨姆金的精神特点中找到其形成的内在根源:这位主人公的整个意识结构是支离破碎的,他缺乏主体意识,却能迅速收纳各种流行观点;他仿佛不能够自我掌控自己的思维,而常常是沿着各种时髦见解的合力作用的方向滑行;他也希望拥有独立自主性,然而他却无法摆脱他人思想的制约。作家就是运用这种梦幻的形式,以极经济的文字,贴切而形象地把主人公的内心状态刻画得惟妙惟肖,远胜过一般冗长的心理分析。

与这种梦境的描写有着相似艺术效应的,是通过写幻觉和联想来揭示人物的内心世界。《萨姆金》中写道:一天晚间,萨姆金由"一轮皓月高悬在消防队的瞭望塔楼上"的景象,联想到十九世纪法国浪漫主义诗人缪塞的一行诗:"就像字母 i 上面的圆点",又由此联想到月亮、地球和太阳的旋转,再联想到"在地球的一个最渺小的圆点上,在一个众犬吠月的小城里,在一条空旷的街道上,有一个叫克里姆·萨姆金的人站在那里仰望着月亮毫无生气的圆脸。"当这幅图景消失后,在主人公的幻觉中又出现了三个萨姆金之间的无声的争论。争论围绕着主人公的能力、生活目标、思想特征,他和社会革命及宗教的关系等问题展开。每一个萨姆金都表达出主人公的某一见解或内心意识。这一幻觉场面和前述那场噩梦一样,都曾在萨姆金的回忆中重现,且增添了新的联想内容。这些梦境、幻觉和联想,将主人公的内心矛盾充分显露。高尔基运用这类表现手法,不仅更深入地揭示出萨姆金的精神面貌和内在心理纠葛,使得《萨姆金》这部现实主义作品同时具备了某种现代主义特色,也表明作家在其晚期创作中曾致力于吸收各种新鲜的艺术经验,善于博采众长而熔铸一新。

《萨姆金》中还有一个十分独特的现象:一句别人说过的话——"这里真的来过一个小孩吗?"——反复出现于主人公萨姆金的思绪中,伴随着他的全部生活,贯穿于整部作品的始终。这句话首次出现在萨姆金中学时代的一场学生落水事件。那是某年冬季的一个礼拜日,一群孩子到城外河边的溜冰场去溜冰。萨姆金家的房客、承包商季莫菲·瓦拉甫卡之子包里斯不慎掉进了冰窟窿。这时,萨姆金把一根皮带的一头扔给了眼看就要被淹没的包里斯,但在后者刚拉住皮带头时,萨姆金却很担心自己会被拉到冰窟窿边上,于是便因害怕而闭上了眼睛。这样,他手里的皮带就松开了,而包里斯也就很快沉入汹涌翻滚的水流中。当众人都走拢来时,萨姆金听到有人问道:"这里真的来过一个小孩吗,也许根本就没有小孩来过吧?"随着时间的推移,萨姆金渐渐忘却了包里斯被淹死的场面,不再记得当时他所感到的恐惧,惟独这句话却被他牢牢记住了,并经常在他的耳边回响。他似乎领会到了这句话的模棱两可、纠缠不清的语意,进而仿佛喜欢上了它,心甘情愿地把它当作指导生活的至理名言。后来,这句话真的变成了他的一句口头禅,成为他的一种"思维话语"。在他看来,这句话似乎表明,现实生活中的一切都是虚幻的、杜撰出来的、可有可无的,因此他可以任意地去做任何事情,而不必履行什么义务。他还对这句话的含义做了进一步的发挥。作品中写道:"克里姆记得他曾经一再地说服自己'这里没来过小孩',这就使他萌生一种希望,即他所憎恨的一切都可以被语言所吞没,或沉溺于语言之中,就像小瓦拉甫卡淹死在河里一样,而生活的潮水将会顺着冲刷得深邃的故道川流不息。"于是,每当萨姆金对某些他曾目睹的现象是否确实存在、对其意义产生怀疑时,每当他有了某种不光彩的经历而又不愿别人知道时,每当他希望避开某些对他不利的人或不想让自己的某些思虑扰乱内心平静时,每当他不敢确定他的言论能否准确无误地表达他的真正见解时,每当他在颓丧失落之际试图重新树立信心时,他都会立即想起这句话,并脱口而出地说出来。他还常常借用这句话来应付那些要求他做出判断、表明态度、履行义务的场合或事件。这一反复出现的话语,与其出现的不同语境联系在一起,显示出萨姆金性格中的含混、杜撰、推诿、模棱两可乃至自欺欺人等特征,成为对于他的复杂个性和特殊心态的一种独特表现方式。

善于运用对照的方法,在人物与人物的相互比照中显示形象的性格特征,是《萨姆金》人物塑造方面的一个重要特色。作家运用"多镜聚焦"的结构原则,始终让主人公萨姆金处于由众人围绕的中心位置上,就像站在许多面镜子中间一样;而站在他周围的其他人物,则每一个人都像一面镜子一样照着他,将其性格的某一侧面映照出来,他们同时又在萨姆金面前显露出自己的某些性格特点。在作品形象体系中作为镜子存在、环绕于萨姆金四周的人物,按照他们与主人公的不同关系,大致可以分为"父辈"和"同辈"两大类。属于父辈的,除了克里姆·萨姆金的父亲伊万·萨姆金和母亲维拉·彼得罗夫娜之外,还有他家的房客季莫菲·瓦拉甫卡、家庭教师兼哲学家托米林等人。颓废女诗人涅哈叶娃从年龄上看属于主人公的同辈,但就其对于后者的特殊影响力而言,却可列入"父辈"一类。这类父辈人物,在主人公的个性和人生观刚刚开始形成时就对他产生了直接的影响,如伊万·萨姆金的"美好的东西都是杜撰出来的"这一经验之谈,维拉·彼得罗夫娜的"何必太认真"的行事作风和对儿子姑息养奸的态度,瓦拉甫卡宣扬的"英雄与群氓"的历史观,托米林的绝对个人主义观点,涅哈叶娃对于神秘主义和色情文学的倾心,都不仅成为萨姆金性格赖以形成的基础,而且从各个不同侧面预先显示出主人公精神心理的某些重要特征。若干年以后,曾作为民粹派活动家的伊万·萨姆金在"大火已经熄灭,花已凋谢"的哀叹中悄然退出了生活;维拉·彼得罗夫娜迁居喧嚣浮华的巴黎消磨着自己孤寂的晚年,以一种潦倒贵夫人的眼光从远处打量着故国;欲壑难填的瓦拉甫卡在贪婪的追逐中耗尽了精力,最后臃肿得如同一只大气球瘫在沙发上;满腹经纶的怀疑论者托米林晚年皈依了上帝,变成了一个传教士;涅哈叶娃则嫁给了外国巨商,成为一个狂热的教派信徒。这些人物各自的归宿,又都同萨姆金的人生道路和最后结局之间形成映照,给读者留下了开阔的联想空间。

处于萨姆金周围的"同辈"人物,有贵族遗少图罗博叶夫,资产者营垒中的"浪子"柳托夫,妇科医生兼女性问题研究者马卡罗夫,流浪汉、无政府主义者伊诺科夫,小市民型的钻营者德罗诺夫,色情狂莉吉雅,商人兼教派头目玛琳娜·左托娃,布尔什维克活动家斯捷潘·库图佐夫,地下工作者索莫娃等。其中,德罗诺夫是一个不顾廉耻、品位低劣的人,却敢于公开暴露自己的内心世界。他曾直言不讳地承认,自己将不惜采用任何手段捞取钱财,力求在生活中占据有利的位置;而萨姆金甚至在独处时也不可能像他这样坦然地自我表白,总是竭力把自己灵魂的真实面貌掩盖起来。但是,萨姆金性格的某些重要方面,却漫画般地经由德罗诺夫这面镜子折射出来。德罗诺夫不加隐讳地宣称自己总是根据最近读过的书报决定自己的见解;萨姆金则不动声色地收集各种时髦思想和流行话语,将其稍稍改头换面再抛售出来。德罗诺夫善于捕捉风潮,及时把握新动向,并随之迅速调整自己的方略,只要能够得到好处;萨姆金却善于保持沉稳、独立的模样,冷眼旁观似的关注新潮,不慌不忙地进行追踪,力求使自己显得既不保守,也不轻率。德罗诺夫对他人、对生活抱有一种显而易见的仇恨和报复情绪,而萨姆金却宁愿将自己与周围世界格格不入的心态藏匿在平静的外表下。作品中的这两个人物是彼此接近、相互依存的。正因为如此,德罗诺夫才觉得萨姆金和自己具有一种"亲近的、共同性的感情";而萨姆金则把德罗诺夫视为一个衡量时局波动幅度的仪表,一只测定生活热度的温度计。

与德罗诺夫相似,《萨姆金》中的其他"同辈"人物也和中心主人公形象形成对照,如同一面面镜子从不同角度映照出萨姆金性格的某一侧面,并对他做出不同评价,这其实是"多镜聚焦"结构原则的又一表现形式。如图罗博叶夫早就注意到了萨姆金在各种场合都想显得与众不同,说他对任何问题都想"发明第三种答案";柳托夫发现了萨姆金的模棱两可,含混不清,所以称他为"冒号",而"在这冒号后面还不晓得是什么东西";伊诺科夫则评价萨姆金道:"与其说他是一台会思考的机器,倒不如说是一台会议论的机器。"所有这些人物以各自的眼光对萨姆金所作的类似于鉴定性的评说,往往一针见血,就像一面面镜子从不同角度聚焦于萨姆金,使这一形象的某一基本特征得以呈现;在这些镜子的综合映照下,主人公性格和心理的复杂性、多面性便得以充分显露。

《萨姆金》所取得的多方面的艺术成就,使它获得了各国诸多学者的好评。如德国学者尤·吕勒在《文学与革命》(1960)一书中,曾专辟一章"知识分子的安魂曲"论《萨姆金》,称它是"现代最伟大的作品之一",是"理解那个时代的俄罗斯、特别是那个时代的一般人的钥匙"[①]。《美国百科全书》(1980年国际版)称这部"未完成的史诗"是"一九一七年革命前四十年中俄国社会、政治和文学生活的缩影";法国《拉罗斯大百科全书》(1974)称该作是"一部从一八八〇年到革命

[①] 转引自亚·伊·奥甫恰连科:《高尔基与二十世纪的文学探索》,莫斯科:国立文学出版社,1982年,第188页。

的俄罗斯精神生活的编年史";日本《万有百科大辞典》认为《萨姆金》"堪称二十世纪的精神史,是一部空前规模的长篇叙事诗。作为思想小说,达到最高成就。"①进入二十一世纪,当代俄罗斯研究者德·贝科夫仍然断言:"《克里姆·萨姆金的一生》是一部真正伟大的长篇小说,对于任何希望理解二十世纪俄罗斯的人来说都是一部必需的书。它在俄国文学中独树一帜,正如高尔基本人其实也是一个奇异的、不可重复的人物那样。"②

四

作为一名作家,高尔基是在十九世纪俄罗斯现实主义文学的直接养育下成长起来的,列夫·托尔斯泰、柯罗连科和契诃夫都是他的文学导师和引航人,但是他没有拘囿于前辈作家的题材领域和艺术经验,而是以文学创新者的姿态出现在两世纪之交"白银时代"的俄国文坛。他的创作的独特意义在于:他以犀利的笔锋揭示了俄国人的精神病灶和心理痼疾,对阻遏民族历史发展的国民文化心态做出了痛切批判,同时又力图给人们指出一条走出愚昧和庸俗的泥淖、建构一种新型文化人格的和民族精神的道路。无论是在流派纷呈、新潮迭起还是万马齐喑、归于一统的文学时代,他始终高举现实主义大旗,但决不排斥浪漫主义、自然主义、象征主义、表现主义乃至"意识流"文学的成功经验,在新的时代条件下大大深化和拓展了现实主义。对于同时代各种不同流派的作家,高尔基不免时常与其争论,但是却总是能抱着一种客观、公正和宽容的态度看待他们的艺术成就和贡献。这也使他赢得了各派作家的尊重。即便是像梅列日科夫斯基这样的与之有着较

---

① 参见高尔基著作编辑委员会《英、美、法、德、意、日等国家大百科全书高尔基条译文》,翟厚隆、杨志棠、高慧勤等译,大连全国高尔基学术讨论会资料,1981年6月。
② 德·贝科夫:《高尔基存在过吗?——传记随笔》,莫斯科:阿斯特列尔有限出版公司,2008年,第282页。

深矛盾的作家,也曾如此评价说:"高尔基所获得的荣誉是理所当然的,他发现了新的、前所未有的国度,精神世界的新大陆;他在他的领域是空前的、想必也是绝后的惟一的一人。"①另一象征主义诗人勃洛克、俄罗斯流亡批评家费·斯捷蓬等,也曾给高尔基以很高的评价。

高尔基又是一位参与意识极强、具有强烈责任感的知识分子,时代的风云变幻使他不能安坐于艺术的象牙塔中,文学只是他介入、干预生活的一种方式。尽管官方宣传曾为他戴上了一顶顶他所不需要的桂冠,但站立在俄罗斯知识界和广大读者心目中的高尔基,却是一个有着高尚人格、和他们一起痛苦、一起欢乐的普通人。因此,高尔基的猝然离世,对于俄罗斯人民来说,不仅意味着失去了一位可亲可敬的作家,更重要的是失去了一种抵御极左路线的中坚力量。正如二十世纪英国著名思想家以赛亚·伯林所说:"高尔基直到一九三六年才逝世;而只要他还健在,就会利用其巨大的个人权威和声望保护一些杰出的引人注目的作家免受过分的监管与迫害;他自觉地扮演着'俄国人民的良心'的角色,延续了卢那察尔斯基(甚至是托洛茨基)的传统,保护着有前途的艺术家免受官僚统治机构的毒手。""高尔基的逝世使知识分子失去了他们惟一强有力的保护者,同时也失去了与早先相对比较自由的革命艺术传统的最后一丝联系。"②

高尔基去世后,他的思想、创作和人格,依然浸润着他身后的一代代俄罗斯作家的心灵。他对于提高民族精神文化素质问题的忧心关注,对知识和知识分子的历史作用的充分肯定,他关于政治与文化之关系的卓越见解,对民族文化心理条件、道德水准与民族命运之关系的深邃思考,对于思想文化领域中的矛盾的特殊性、规律性的深刻洞察,等等,都为二十世纪俄罗斯文学中陆续出现的《静静的顿河》《切文

---

① 《梅列日科夫斯·基全集》(17卷本)第11卷,圣彼得堡—莫斯科:伏尔夫出版社,1911年,第42页。
② 以赛亚·伯林:《苏联的心灵》,潘永强、刘北城译,译林出版社,2010年,第5页、8页。

古尔镇》《日瓦戈医生》等揭示历史复杂性的作品提供了思想上、认识上的准备,并在这些作品中获得了形象的展开。一九五〇年代初期作为当代苏联文学之先声的"解冻"文学的出现,其实是高尔基一贯坚持的现实主义和人道主义精神得到恢复和重新确认的标志。一九六〇至一九七〇年代苏联文学中大量涌现的道德题材作品,则是对高尔基所致力的民族文化心态批判的一种悠远的呼应。一九八〇年代"回归文学"中出现的一系列带有历史反思色彩的作品,同样可视为当年高尔基的思考、探索和追寻的延伸。

高尔基在中国的影响同样是巨大的。早在一九〇七年,他的作品就被译介到我国来。五四以后,中国文学界更为重视对高尔基作品的翻译和研究。鲁迅、茅盾、瞿秋白、巴金、郁达夫、柔石、冯雪峰、周扬、夏衍、穆木天等现代中国文坛上成就斐然的人物,都是高尔基作品的译者,而且,他们大都留下了评价高尔基其人其作的精彩文字。中国文学界历来有鲁迅是"中国的高尔基"之说,这不仅是指他们两人在本国文学中的地位和作用相当,更主要的是因为他们的创作具有改造国民性、重铸民族灵魂的相同基本意向。鲁迅评介高尔基《俄罗斯童话》的两篇文字,可直接移用来评论他本人的作品。鲁迅看到了自己与高尔基的思想契合和精神相通之处,也从他那里受到启示与鼓舞。茅盾所受高尔基的影响更为具体,即如他自己所言,一是使他"增长了对现实的观察力",二是"其特有的处置题材的手法"使他获益颇多。巴金则十分推崇高尔基"把心交给读者"的创作态度,"用第一人称叙述故事"的体裁样式和那种"美丽的、充满了渴望的、忧郁的"语言风格,他本人也正是接受了高尔基这几个方面的影响。路翎、艾芜、张天翼、蒋光慈、夏衍、王西彦等现代作家,也在不同方面受到高尔基创作的直接影响。高尔基对中国文学的影响一直延续到当代。这种影响既有精神、思想和人格层面的,也有具体创作方面的。高晓声、张贤亮、高行健、乔良、舒婷、梁晓声、张炜等当代作家,或曾满怀深情地谈到高尔基对自己的震撼与影响,或显示出和高尔基相近的创作意向与风格,这都充分表明当代中国文学依然受到高尔基思想与文学遗产的滋养。一九八〇年代，在我国新时期文学观念的历史性转换中，理论界重提"文学是人学"这一命题，对于文学的起死回生和复归本位，起过至关重要的作用。人们当然没有忘记，最先做出这一精辟概括的正是高尔基。

人民文学出版社于一九八〇年代编辑出版二十卷本《高尔基文集》，是在由夏衍、巴金、戈宝权、韦君宜、叶水夫、孙绳武、陈冰夷、姜椿芳、曹靖华、楼适夷组成的编辑委员会的主持下进行的。这一编选工作联系着这些老一代学者自一九二〇年代以来的珍贵文学记忆，凝聚着他们参与现代中国新文化建设的心血，也寄寓着他们让人类优秀文化遗产薪火相传的美好愿望。现在这套文集的重版，无疑是对老一代学者的一种真诚的纪念。据悉，当初编委会曾计划编选《高尔基文集》三十三卷，后来由于种种原因而压缩至二十卷，所收作品主要是高尔基的小说，兼收部分特写、童话和少量诗歌。这样，高尔基的剧本、回忆录、文学论文、文学史著作、政论和大量书信等，便未能在我国获得一次系统的翻译、整理和出版的大好时机。这当然更是一项十分有益于文化建设和广大读者的工作，我们愿把希望寄托于未来。

汪介之
二〇一四年六月于南京

编辑说明

高尔基(1868—1936)是"无产阶级艺术的最杰出的代表"(列宁)。他的作品早在二十世纪初叶即开始被译成中文,三十年代后更被大量介绍过来,对我国革命文学的发展和广大读者的思想教育都起过很大的作用。三、四十年代,我国曾出版过一些选本,甚至筹划出版《高尔基全集》,惜未能实现。中华人民共和国成立以后,对高尔基著作的翻译介绍有了新的进展。一九五六至一九六四年间,人民文学出版社有计划地编了一套《高尔基选集》,陆续出版了他的十六种主要作品。十年浩劫,百花摧折,《选集》的编纂、出版工作也陷于停顿。

现在,我国社会主义文化建设已进入新的历史时期,为了提高全民族的科学文化水平,为了艺术上的借鉴和研究工作的开展,翻译出版较为完备的高尔基文集,是一项急需进行的工作。但是,高尔基一生的著作卷帙浩繁,丰富多彩,举凡小说、诗歌、戏剧、政论、文论、回忆录等各种形式的作品,几乎无所不包。根据目前的出版条件,这项介绍工作只能逐步进行。因此,我们在人民文学出版社原《高尔基选集》的基础上,参照苏联四十年代末至五十年代中期出版的《高尔基三十卷集》和六十年代末开始出版的六十卷的《高尔基全集》,先将高尔基的文学作品(不包括剧本)选编成这套二十卷的《高尔基文集》,在近年内出齐。以后再继续编印高尔基的其他著作。

本《文集》一至八卷以短篇小说为主,兼收一部分特写、童话等样式的短文和极少量的诗歌。这八卷共选二百三十多篇,其中一百多篇是第一次与我国读者见面。九至二十卷是中、长篇小说,计二十种。整个《文集》基本上是按作品写作或首次发表年代为序编排的。希望这样做能使读者对高尔基的文学创作道路有个比较系统的、完整的了解。

本《文集》的编选工作是在高尔基著作编辑委员会领导下进行的。编辑委员会成员为夏衍(主编)、巴金、戈宝权、韦君宜、叶水夫、孙绳武、陈冰夷、姜椿芳、曹靖华、楼适夷。

本《文集》所收作品的译文都根据原文作了校订。具体编选、校订、增译、注释等工作由高尔基著作编辑委员会编译室卢永福(主任)、李辉凡(副主任)、孙静云(副主任)、孙新世、张佩文、陆桂荣、周圣、蒋望明、谭得伶等担任。责任编辑为陈斯庸。

高尔基著作编辑委员会
一九八〇年十月

目　　次

马卡尔·楚德拉 …………………………………… 1
少女与死神(童话) ………………………………… 16
像大路上的流浪者 ………………………………… 27
小仙女与青年牧人(瓦拉几亚童话) ……………… 28
自作聪明的萝卜 …………………………………… 66
使我心灵蒙受创伤的事实和思绪 ………………… 76
传记 ………………………………………………… 94
科利亚的梦 ………………………………………… 103
叶美良·皮里雅依 ………………………………… 119
在盐场上 …………………………………………… 133
报仇(几个类似的故事) …………………………… 146
撒谎的黄雀和爱真理的啄木鸟 …………………… 162
开诚布公的谈话(一个不大确切却完全可能的故事) ……… 171
阿尔希普爷爷和廖恩卡 …………………………… 182
女乞儿 ……………………………………………… 207
一件罕有的事 ……………………………………… 224
我跑掉了 …………………………………………… 234
醒悟 ………………………………………………… 251
一个诗人的故事 …………………………………… 258

1

伊则吉尔老婆子 ················· 265
切尔卡什 ····················· 290
两个流浪汉(特写) ·············· 327
我的旅伴 ····················· 356
错误 ························· 386
有一次,在秋天 ················ 413
鹰之歌 ······················· 422
没有冻死的男孩和女孩(圣诞节故事) ··· 428

马卡尔·楚德拉[*]

从海上吹来潮湿、寒冷的风,把波浪冲击海岸的拍溅声和岸边灌木飒飒声的沉思般的旋律吹散在草原上面。一阵一阵的疾风时时带来一些枯黄的落叶,把它们卷进篝火里面,把火煽得更旺;环绕在我们四周的秋夜的黑暗颤抖起来,惊恐地退开了,一下子就露出来左面的一望无际的草原,右面的无边的大海,我的正对面是老茨冈马卡尔·楚德拉的身形,他在看守他那个浪游队[①]的马群;浪游队的帐篷离我们这儿有五十步的光景。

寒风吹开他那件高加索的上衣,露出他的毛蓬蓬的胸膛,毫无怜悯地吹打它,可是他一点儿也不在乎。他用一种漂亮的、有力的姿势斜斜地躺着,脸对着我,不紧不慢地抽他那只大烟斗,从口里、鼻里喷出一团一团的浓烟来,他的眼光越过我的头,一动也不动地凝望着草原上死一般沉寂的黑暗,嘴不停地跟我讲话,任凭疾风吹打,也不想法挡一挡。

"那么你就这样流浪吗?这很好!你给自己拣了一条挺好的路,鹰[②]。就应该这样:到处走走,见见世面,看够了,就躺下来死掉——就

---

[*] 本篇最初发表于一八九二年九月十二至十四日《高加索报》。译自《高尔基三十卷集》第一卷。

[①] 茨冈,亦译吉卜赛人,是一种以占卜、卖艺为生的流浪民族。浪游队指他们的结伴流浪的队伍。

[②] 在俄国民间传说中,"鹰"是对男人的亲密称呼。

是这么一回事。"

"生活？别的人？"他带着怀疑的神情听完了我对他那句"就应该这样"的反驳，便接着说下去。"哼！这跟你有什么相干？你自己不就是生活吗？别的人没有你也在活着，而且没有你也会活下去。难道你以为有人需要你吗？你不是面包，又不是手杖，谁也不需要你。

"你说，得学习，得教人吗？可是你能够学到怎样使人幸福吗？不，你不能够。你得先等头发白了，再来说什么教人的话。教什么呢？每个人都知道他自己需要什么。聪明一点的人看见有什么就拿什么，蠢一点的人便两手空空，什么也拿不到，每个人自己会学习的……

"你们那般人①真可笑。偏偏挤在一块儿，挤得紧紧的，可是你看世界上的地方有多少。"他伸出一只手向草原上大大地一挥。"他们整天在做工。为什么？为的谁？没有一个人晓得。你看见一个人耕田，你就会想：现在他把自己的气力跟汗水一块儿一滴一滴地耗费在地上，随后他就躺在地里，在地里烂掉。他连一点儿东西也没有留下来，他等不及看见自己的田里长出什么来，就死掉了，他死的时候跟他生下来的时候一样——是个傻瓜。

"怎么，难道他生下来是为了在地上挖来挖去，连自己的坟也来不及挖好就死掉吗？他了解自由吗？他懂得草原的辽阔吗？海浪的谈话会使他的心快乐吗？他生下来就是个奴隶，一辈子都是个奴隶，就是这样罢了！他又能够对自己怎么样呢？倘使他后来变得稍为聪明一点，也只好去上吊罢了。

"可是我呢，你看，在五十八年里头，我见过了那么多的事情，倘使要把它们全写在纸上，那么像你那个口袋②，就是有一千个也装它不下。喂，你说有什么地方我没有到过？你就说不出来。我到过的地方，有的你压根儿就不知道。应该这样地生活：走吧，走吧——就是这样罢了。不要在一个地方长住——那有什么意思

---

① 这是指俄罗斯人说的，因为说话的是一个茨冈。
② 旅行用的袋子。

2

呢?你瞧,白天同黑夜绕着地球互相追逐,跑个不停,你也得像那样地躲开生活的思虑,一直跑下去,省得让你自己厌倦生活。你要是多想一下,你就会厌倦生活了,事情总是这样。我也有过这样的事情。哎!有过的,鹰。

"我坐过牢,那是在加利西亚①。'我为什么活在世界上呢?'——我感到寂寞的时候就这样地想,——牢里真寂寞,鹰,唉,多寂寞啊!——我每回从窗里朝田野望出去,苦恼就抓住我的心,抓紧它,好像把它夹在钳子里一样。谁能够说出自己为什么活着?没有一个人说得出来,鹰!而且也用不着拿这个问自己。活着就是了。你只要在自己四周走动走动,到处看看,那么苦恼就绝不会抓住你了。那个时候,我差点儿用腰带吊死自己,真有这样的事!

"嘿!有一回我跟一个人谈过。他是个严肃的人,是你们的人,俄罗斯人。他说,'你不应当照你自己所想的那样去生活,你应当遵照上帝的意旨活着。你要服从上帝,你不论向他求什么,他会全给你。'可是他自己却穿一身破衣服,到处都是窟窿。我就对他说,让他求上帝给他一套新衣服吧。他却大发脾气,臭骂一顿,把我赶走了。他刚才还说过,应当宽恕人,应当爱人。即使我的话冒犯了他的尊严,他也得宽恕我啊。这也算是——教师!他们教你少吃一点儿,可是他们自己一昼夜就吃它十顿。"

他朝篝火里吐了一口痰,不作声了,又在装他的烟斗。风悲伤地低声呻吟,马群在黑暗中长嘶,帐篷里送出来柔婉而多情的抒情歌子。唱歌的是马卡尔的女儿,美人儿农卡。我熟悉她那低沉的胸音,不管她在唱歌或是单单说一声"你好",她的声音总是那么奇怪,那么不满,那么严厉。在她那张没有光泽的浅黑色脸上凝结着一种女王的高傲,在她那仿佛被一种阴影罩住的深褐色眼睛里闪露着她对她那种不可抗拒的美丽的自信,和她对自己以外的一切的蔑视。

---

① 历史地区名,在今乌克兰东部。

马卡尔把烟斗递给我。

"抽烟！妞儿唱得好吧？是不是！你想有个这样的妞儿爱你吗？你不想？好极了！应该这样——不要相信妞儿，跟她们离远点儿。固然跟妞儿亲嘴比抽我这只烟斗更好，更快活，可是你跟她亲过嘴以后，你心里的自由就死掉了。她用一种看不见的东西把你绑在她身上，你挣不脱，你就把你整个的灵魂交给了她！真是这样的！要当心妞儿！她们永远在撒谎！她说：'我爱你胜过爱世界上的一切，'可是只要你拿别针刺她一下，她就撕碎你的心。我知道的！唉，我知道的多着呢！喂，鹰，你要我给你讲一个故事吗？可是你得记住它，只要你把它记住，你就会做一辈子自由的鸟。

"从前有过一个左巴尔，这是一个年轻的茨冈，叫作洛伊科·左巴尔。整个匈牙利和捷克，斯拉沃尼亚①以及所有的沿海各国都知道他，——他是个勇敢的小伙子！在那一带地方，一个村子里总有五个十个居民对天发过誓要杀死洛伊科。可是他仍旧活着，而且要是他看上了一匹马，你就是派一团兵去看住它，左巴尔还是要骑着马跑掉的！哼！难道他怕什么人？就是魔王带领所有的部下来抓他，他即使不把刀子戳进魔王身上去，一定也要扎实地臭骂'他'一顿，而且在小鬼们的丑脸上给它一顿脚踢的——一定会是这样的。

"所有的浪游队，不论是闻名或者见面，大家全知道他。他就只爱马，旁的他全不爱，就是马他也爱不多久——他骑了一阵子，就卖掉了，换来的钱，谁要就让谁拿去。他没有一件他挺宝贵的东西，你要他的心，他也会亲手把它从胸膛里挖出来给你，只要这个对你有一点儿好处。他就是这样的一个人，鹰啊！

"我们的浪游队那个时候正流浪到布科维纳②——这是大约十年前的事情。有一回在春天的夜里，我们大家正坐在一块儿：有我，有那

---

① 原南斯拉夫历史上的省份，在克罗地亚东部。
② 古代地区名。北部为乌克兰的契尔纳维茨省，南部属于罗马尼亚。

个跟着科苏特①打过仗的老军人丹尼洛,有老努尔,还有别的一些人,还有丹尼洛的女儿拉达。

"你认得我的农卡,是不是?她不是女中皇后吗!然而可不能拿农卡跟拉达相比,——这未免太抬高农卡的身份了。关于她,关于这个拉达,你简直找不到话来形容。她的美,也许可以用提琴拉出来,可是也只有那个懂得提琴像懂得他自己的灵魂一样的人才拉得出。

"她烧干了多少年轻人的心,啊,真不知有多少呢!在摩拉瓦河②上,一个贵人,这是个蓄额发的老头儿,他一看到她,就不能够动了。他坐在马上,望着她,像发寒热似的浑身打战。他像过节日的魔鬼一样打扮得漂亮极了,'菇绊'③上绣着金线,只要马蹄在地上顿一下,他腰间挂的一把剑就像电光似的亮起来……这把剑全身镶满了宝石,他帽子上的浅蓝色天鹅绒就像一小块的天似的——这个老绅士真是神气极了!他望着,望着,随后就对拉达说:'喂,给我亲一下,我就给你一袋子钱!'可是她只把身子掉到一边去,就完了。'要是我得罪了你,请你原谅我,你不可以更和气点瞧我一眼吗?'那位老贵人立刻减了些威风,把钱袋扔到她的脚边——满满的一大袋,兄弟!可是她仿佛不经意地一脚把它踢到污泥里就完事了。

"'啊呀,这样的女孩子!'他叹息地说,于是举起鞭子打马——只见一阵尘土像云似的升腾起来。

"第二天他又来了。'她父亲是谁?'他响雷似的对着帐篷大叫。丹尼洛走了出来。'把你女儿卖给我,随便你要什么都成!'可是丹尼洛对他说:'只有潘们④才什么都肯卖,从他们的猪卖起,一直卖到他们的良心为止,可是我跟随科苏特打过仗,我不做什么买卖!'贵人大发脾气,伸手去抽他的剑,可是我们中间有人把燃着的火绒塞进马耳朵

---

① 科苏特(1802—1894),匈牙利争取民族独立的爱国者。
② 摩拉瓦河,多瑙河左面的支流。
③ 从前波兰和乌克兰人穿的一种短上衣。
④ 革命前俄国西南部和波兰对绅士、主人、地主的称呼。

里,马跳起来,一下子就载着他跑掉了。我们也就收了帐篷,往前走了。我们走了一天,第二天,我们一看——他赶上来了!他说:'喂,你们,当着上帝,当着你们说,我的良心是干净的。把妞儿给我做妻子:我把我所有的东西都拿出来跟你们平分,我真的很有钱!'他激动得厉害,好像风里的茅草一样,在马鞍上摇晃个不停。我们在考虑。

"'好,女儿,你说吧!'丹尼洛翕动着他的胡髭,喃喃地说。

"'要是一只雌鹰自动地走进乌鸦的窝里去,她算是什么呢?'拉达向我们反问道。

"丹尼洛笑起来!我们大家都跟他一块儿笑了。

"'说得好,好女儿!听见没有,大人?没有办法!还是去找小鸽子吧,她们倒柔顺些。'于是我们又朝前走了。

"那位大人抓起他的帽子扔在地上,打起马跑了,跑得那么快,连地也直打战。拉达就是这样的一个女孩子,鹰!

"是的!有过这么一回,在夜里,我们都坐着,听见——音乐在草原上飘荡。很好听的音乐!它使我们的血沸腾起来,而且它在唤我们到什么地方去。我们都觉得,这音乐给我们唤起了一种渴望,我们渴望着什么东西,要是得到了它,连活着也没有意思了,除非是活着做全世界的王,鹰!

"一匹马从黑暗中浮现出来,马上坐着一个人在奏乐,他走到我们跟前。到了篝火旁边,他勒住马,停止奏乐,带笑地望着我们。

"'啊呀,左巴尔,原来是你!'丹尼洛快活地对他叫起来,这就是他,洛伊科·左巴尔。

"他的胡子垂到肩头,跟他的卷发混在一块儿,眼睛像明亮的星星似的在闪光,笑容呢,——上帝保佑,它就是整个的太阳!他连人带马都像是用一块铁铸出来的。他站在那儿,映着篝火的火光,好像全身涂着血一样,他露出发亮的牙齿在笑着!啊,即使他不跟我讲一句话,或者他简直不知道世界上还有我这么一个人活着,我也会像爱自己一样地爱他的,不然,我就是个大混蛋!

"不错,鹰,就有这样的人!他朝你的眼睛看一下,他就捉住了你的灵魂,你自己不但不觉得这是可耻的,你反倒因此骄傲起来。你跟这样的人在一块儿,你自己也会变好的。这样的人很少,朋友!啊,少,倒是对的。要是世界上好东西太多,那么好东西也就不会给人当作好的了。是这样的!你再听下去吧。

"拉达也说:'洛伊科,你拉得好啊!谁给你做的这只提琴,会拉出这么响亮、这么好听的调子来?'那一个却笑起来:'我自个儿做的!而且它不是用木头做的,它是用我热爱的一个年轻女孩子的胸脯做的,我拉的弦子是用她的心弦做的。提琴还不算太好,可是我知道怎样运弓!'

"谁都知道,我们的兄弟①想马上就蒙住妞儿的眼睛,免得它们烧他的心,反倒让它们为他的缘故罩上一层哀愁,洛伊科就是这样做的。可是他扑了一个空。拉达掉转身子,打了一个呵欠,说:'大家都说左巴尔聪明、灵活,——原来他们撒谎!'随后就走开了。

"'啊呀,美人儿,你好一副伶牙俐齿啊!'洛伊科闪一下眼睛,从马上跳下来。'你们好,兄弟们!我来看你们了!'

"'欢迎客人!'丹尼洛回答他道。大家亲嘴,聊天,后来就躺下来睡了。可是到了早晨,我们看见左巴尔的脑袋上缠着一块布。这是怎么一回事?说是他在梦中给马踢伤了。

"哈,哈,哈!我们知道这匹马是谁,便在我们的胡髭下面暗笑,丹尼洛也微笑了。什么,难道洛伊科配不上拉达吗?不,没有这样的事!不管妞儿怎样美,她的灵魂总是窄狭、卑贱的,即使你挂了一普特②的金子在她的脖子上,也还是一样,不会使她比本来好一点。啊,得啦!

"我们就在那个地方住下来,那时候我们的事情很如意,左巴尔跟我们在一块儿。他真是一个好伙伴!他的聪明比得上一个老年人,什么事他都通晓,他还懂俄文和匈牙利文,能读能写。要是他开口讲起

---

① "同胞"、"同族的人"的意思。
② 一普特约合16.38公斤。

话来,你就一辈子也不想睡,只想听他讲!说到拉提琴——倘使世界上还有什么人拉得像左巴尔那样的话,就让雷打死我!只要他拿他的弓在弦上拉一下,你的心就会颤抖起来,再拉一下,心听着就停止跳动了,可是他一直拉着,还在笑。你听他拉的时候,不觉同时想哭又想笑。这一阵子你听见什么人在痛苦地呻吟,哀求帮助,好像拿刀子在割你的心似的。过一阵子是草原在对天空讲故事,悲伤的故事。再一阵子又是一个女孩子哭着送别她的年轻的情人!又一阵子是一个活泼的年轻人在唤他的妞儿到草原里去。于是突然间——嗨嗬,一阵自由、活泼的曲子像雷声似的响了起来,好像连太阳也跟着这个曲子在天上跳舞了!就是这样的,鹰!

"你身体里的每根血管都懂得这个曲子,你在身心两方面都做了它的奴隶。要是那时候洛伊科喊一声:'伙伴们,拿起刀子来!'不管他指着哪一个人,我们大家会一齐拿起刀子朝那个人身上冲过去。他能够随便叫人做任何一件事情,大家都爱他,爱他爱极了,只有拉达一个人连瞧也不瞧他一眼;倘使单单是这样,也还罢了,可是她还取笑他呢。她扎实地刺痛了左巴尔的心,啊,扎实地!洛伊科咬紧牙齿,揪自己的胡须,眼睛看来比深渊还阴沉,有时候也闪出一股叫人灵魂战栗的光芒。在夜晚,洛伊科远远地深入到草原里去,让他的提琴在那儿一直哭到天明,它哭着,它在埋葬左巴尔的自由。我们躺着,听着,心里想着:怎么办呢?我们知道,要是两块石头你朝我、我朝你地滚撞起来,你不可以立在它们中间,——会撞坏你的。事情就是这样。

"有一回我们大家围坐在一块儿,商量事情。谈得乏味了。丹尼洛便央求洛伊科道:'左巴尔,唱支歌,给我们快活快活。'左巴尔向拉达看了一眼,拉达躺在离他不远的地上,脸朝上望着天空,于是他拿起弓在弦上拉过。提琴开口讲话了,好像它真是少女的心一样。洛伊科唱道:

咳——咳!我心里燃着火焰,

多辽阔啊,这一片草原!
我的骏马风也似的奔跑,
我一双手啊,铁一样地坚。

"拉达掉过头来,用胳膊肘支起身子,望着唱歌人的眼睛微微一笑。他的脸红得跟朝霞一样。

咳,哈卜——咳!喂,我的伙伴们!
打起马儿向前飞奔?!
草原上罩着深浓的黑暗,
在那儿等我们的却是黎明!
咳——咳!我们飞去迎接白天。
在平原的上空飞翔!
只是请不要把那鬃毛
挨到娇美的月亮!

"他就这样地唱!现在已经没有一个人像这样地唱了!可是拉达却好像在滤水似的一个字一个字地说:

"'洛伊科,你不要飞得那么高,当心你会摔下来,鼻子陷在泥水塘里,把你的胡子给弄脏了。'

"洛伊科野兽似的望着她,什么话也没有说——这个小伙子忍耐下去了,他自己又唱:

咳——哈卜!白日突然来到,
看见我们仍在睡乡。
哎,咳,那时耻火燃烧,
我们羞得无处躲藏。

"丹尼洛说：'这才配叫作歌！我从来没有听见这样的歌；要是我说了一句谎话，就让魔王拿我去做他的烟斗吧！'

"老努尔也摸摸胡髭，耸耸肩头，我们大家都满意左巴尔的这支勇敢的歌子。就只有拉达不喜欢。

"'从前一只蚊子想学鹰叫的时候，它也是这样嗡嗡地吵着的。'她说，这好像把雪水泼在我们的头上一样。

"'拉达，也许你想尝尝鞭子的味道吧？'丹尼洛跳到她面前，可是左巴尔把帽子扔在地上，他的脸黑得像土地一样，他说：

"'等一下，丹尼洛！烈性的马需要钢的马衔！把你的女儿给我做妻子吧！'

"丹尼洛笑道：'现在话说出口了！只要你能够，你就娶她吧！'

"'好。'洛伊科说，随后他转身对拉达说：'喂，女孩子，请你听我说几句话，不要傲慢！我见过你们很多的姐姐妹妹，真的，很多很多！可是没有一个像你这样地打动我的心。唉，拉达，你把我的灵魂捉住了！那么怎么办呢？要来的事终归会来的，并且……世界上也没有一匹这样的马，它可以驮着你躲开你自己的！……我凭着上帝，凭着我的名誉，在你父亲，在所有这些人的面前，娶你做我的妻子。可是，你当心，不要妨害我的自由——我是一个自由的人，我高兴怎样生活，就怎样生活！'他牙齿咬紧，眼睛发光，走到她跟前去。我们看见他把手伸给她——我们想，现在拉达已经把辔头套在这匹草原骏马的脑袋上了！突然我们看见他举起两只手，后脑袋着地，倒了下去！……

"这是怎么一件怪事？好像一颗子弹打中了这个年轻人的心似的。原来是拉达拿了根皮鞭一挥，绕在他的脚上，然后往自己跟前一拉，——所以洛伊科就摔倒在地上了。

"妞儿又躺在地上，不动一下，只是默默地微笑着。我们瞧着接下去会发生什么事情，然而洛伊科坐在地上，两只手紧紧抱住脑袋，好像害怕它会炸开似的。随后他静静地站起来，也不瞧谁一眼，就走进草原里去了。努尔轻轻地在我耳边说：'看住他！'我便跟在左巴尔后面，爬进草原里夜的黑暗中去了。就是这样,鹰!"

马卡尔敲出了烟斗里的灰,重新装进烟丝去。我把大衣裹得更紧些,躺着看他那张年老的、让烈日和寒风弄黑了的脸,他严肃而又严厉地摇着他的脑袋,喃喃地在自言自语;他的灰白的胡须飘动着,风在梳理他的头发。他好像一棵老橡树,虽然被闪电烧焦了,可是仍旧强健、结实,而且为了自己的力量在骄傲。海仍旧像先前那样地对着岸窃窃私语,风也仍旧把海的密语送到草原来。农卡已经不唱了,聚在天上的云使这秋夜显得更黑暗了。

"洛伊科一步一步地走着,头埋下,手像鞭子似的垂在两旁,他走到溪边一个峡谷里头,在一块石头上坐下,呻吟起来。他呻吟得那么痛苦,连我也因为怜悯伤心起来了,可是我并没有走到他身边去。空话对悲哀不会有用处——是不是?!唉,唉!他坐了一个钟头,坐了两个钟头,三个钟头——他坐在那儿,一点儿也不动。

"我躺在离他没有多远的地上。这是一个光辉的夜,明月把它的银光撒在整个的草原上,远处的什么东西都看得见。

"我突然看见:拉达从帐篷里急急地走过来。

"我高兴了!我想道:'啊,好极了!拉达真是个有胆量的妞儿!'她走到他跟前了,他却没有听见。她拿一只手放在他的肩头;洛伊科吃惊地打了一个颤,放开手,抬起了脑袋。他跳起来,马上抓他的刀子!哎呀!我明白,他要杀妞儿了,我已经想向帐篷那边大声叫唤,想跑到他们跟前去了,可是我忽然听见:

"'扔掉它!不然我要打碎你的脑袋!'我仔细一瞧:拉达手里拿着一支手枪,对准了左巴尔的前额。真是个魔王的妞儿!我想:好的,现在他们两个势均力敌了,往后会出什么事呢?

"'听我说!'拉达把手枪插进她的腰带里去,对左巴尔说,'我不是来杀你,我是来讲和的,把刀子扔掉!'那一个扔掉了刀子,凶恶地望着她的眼睛。这真奇怪,兄弟!两个人站在那儿,像野兽似的你望着我,我望着你,然而他们俩又是一对这么出色、这么勇敢的人。只有明月跟我在旁边瞧着他们——就是这样罢了。

"拉达说：'喂,听我说,洛伊科,我爱你!'那一个只是耸了耸肩头,好像手脚都让人绑住了似的。

"'我见过不少的年轻人,可是你在灵魂上、在相貌上都比他们更勇敢,更漂亮。他们里头每一个人,只要我瞟他一眼,就会剃光自己的胡髭,倘使我要他们跪在我脚下,他们都会这样做。可是这有什么意思呢?他们本来就是不够勇敢的,可是我会把他们全弄得像女人一样!世界上勇敢的茨冈剩得真少,真少啊,洛伊科。我从来没有爱过任何一个人,洛伊科,可是我爱你。可是我仍旧爱我的自由!这自由,洛伊科,我爱它胜过爱你。可是没有你我就活不下去,犹如你没有我也活不了一样。所以我要你在灵魂上、在身体上都成为我的人,你听见吗?'——那一个微微笑起来了。

"'我听见的!我很高兴听你讲话。喂,再说下去!'

"'可是我还有话说,洛伊科,不管你怎样躲闪,我总会征服你的,你要变做我的人。所以你不要白白浪费时间——我的接吻和拥抱在前面等着你……我要热烈地亲你,吻你,洛伊科!我的接吻会使你忘记你那勇敢的生活……还有你那使得年轻的茨冈个个欢喜的生动、活泼的歌声也不会再在草原上飘荡了……你只唱温柔的爱情歌子给我,给拉达听。……所以你不要白白浪费时间,——我已经说过了,那么你明天就服从我,像年轻人服从他的长辈一样。你当着全帐篷的人跪在我脚跟前,并且亲我的右手——那时候我就做你的妻子。'

"你瞧,那个魔鬼的妞儿耍的就是这一套!这连听都没有听说过;据老年人说,只有古时候在黑山①人里头才有这样的事情,可是在茨冈中间从来不曾有过!喂,鹰,你能够想出什么更可笑的事吗?你就是拼命想它一年,你也想不出来!

"洛伊科闪在一边,对着整个草原大叫一声,好像胸口受了伤一

---

① 即门的内哥罗(照意大利文讲是"黑山"),从前是东南欧的一个王国。二〇〇六年黑山正式宣布独立。

样。拉达打了一个颤,可是她却不露声色。

"'好,那就明天见吧,明天你要做我叫你做的事。你听见吧,洛伊科!'

"'听见了! 我做,'左巴尔呻吟着,伸出两只手给她。她也不回头看他一眼,可是他却像一棵给大风吹断的树木似的摇晃了两下,倒在地上了,他又哭,又笑。

"你瞧,那个该死的拉达把这个孩子折磨到这个样子。我花了很大的工夫才使他清醒过来。

"唉! 为什么魔鬼要人们痛苦到这个地步呢? 谁高兴去听这伤心断肠的呻吟呢? 你去想想看! ……

"我回到帐篷里,把这一切都讲给那些年老的人听了。他们商量了一阵,决定等着瞧以后发生什么事情。事情这样发生了:第二天傍晚我们大家围坐在篝火旁边,洛伊科来了。他现出心神不定的样子,一夜来他瘦得多了,眼睛也陷下去了;他把两眼朝下,跟我们讲话的时候也不抬起它们来,他说:

"'伙伴们,就是这么一回事情:这一夜我查看过了我自己的心,我在它里面找不到一个地方容纳我从前那种自由的生活了。只有拉达一个人住在那儿——就是这样! 就是她,美人儿拉达,她像女王似的微笑着! 她爱她的自由比爱我更多,可是我爱她却远远超过我爱我的自由,所以我决定听她的吩咐,跪倒在她的脚跟前,让你们各位看见这个勇敢的洛伊科·左巴尔,在认识她以前一直是像老鹰玩弄鸭子一般地玩弄女孩子的人,现在怎样给她的美征服了。这以后她就要做我的妻子,她要拥抱我,亲我,所以我已经不想再唱歌给你们听了,而且我连我的自由也不爱惜了。是这样吗,拉达?'他抬起眼睛来,阴沉地望着她。她不响,只是严厉地点了点头,拿手指指她的脚。我们瞧着,一点儿也不明白。我们甚至于想走开,到别处去,免得看见洛伊科·左巴尔拜倒在一个妞儿的脚跟前——即使妞儿就是拉达。我们都觉得有点儿害臊,有点儿惋惜,有点儿难过。

13

"'喂!'拉达向左巴尔喊道。

"'啊,不要急,有的是时间,还够你厌烦的……'他笑了。笑得跟钢的声音一样。

"'伙伴们,事情的原原本本都在这儿了!还有什么要讲的呢?要讲的就是我要试一下究竟拉达的心是不是像她给我看的那样地硬。我就来试一下——原谅我,兄弟们!'

"我们还来不及猜到左巴尔要做什么,可是拉达已经躺在地上了,左巴尔的弯刀齐刀柄插在她的胸口上。我们都惊呆了。

"拉达把刀子拔出来,扔在一边,拿一缕她的黑发堵住伤口,微微笑着,声音响亮、清楚地说:

"'再见,洛伊科!我知道你要这样做的!……'她就死了。……

"你懂得了这个妞儿吧,鹰!?她是个这样的——就让我永世受诅咒也罢,——魔鬼的妞儿!

"'啊!骄傲的皇后,现在我要跪在你的脚跟前了!'洛伊科大声叫着,他的声音响彻了整个的草原,他扑倒在地上,拿他的嘴紧紧贴住死了的拉达的脚,一动也不动。我们都揭下帽子,默默地站在旁边。

"对这件事情你怎么说,鹰?唉,唉!努尔倘使说:'应当把他绑起来!……'没有人的手会举起来绑洛伊科·左巴尔,谁的手也不会,努尔也知道这个。他把手一摆,就走开了。丹尼洛把拉达扔在旁边的刀子拾起来,看了它好一会儿,他的灰白胡髭一直在颤抖,刀子上面拉达的血还没有干,刀子是那么弯,那么尖。随后丹尼洛就走到左巴尔跟前,把刀子插进他的背,正巧刺在心上。老军人丹尼洛不愧是拉达的父亲!

"'做得好!'洛伊科回头看看丹尼洛,声音朗朗地说,他跟着拉达去了。

"我们望着。拉达躺在那儿,手里握着一缕黑发紧紧地按住胸口,她的一对睁开的眼睛凝望着蓝天,在她的脚边直挺挺地躺着勇敢的洛伊科·左巴尔。他的鬈发盖在他的脸上,他的脸也看不见了。

"我们站着,想着。老丹尼洛的胡髭一直在颤抖,他的浓眉皱紧了。他凝望着天空,不说一句话。然而头发全白了的努尔却把脸朝下伏在地上哭起来,只哭得他的老肩头一上一下地动个不停。

"这是值得一哭的啊,鹰!

"……你流浪,不过要走你自己的路,不要转到路边儿去。要一直朝前走。也许你不会白白地毁了自己。就是这么一回事,鹰!"

马卡尔住了嘴,把烟斗放进烟口袋里,把上衣在胸口上裹紧。雨一滴一滴地在落,风刮得更厉害了,海愤怒而低沉地咆哮着。马一匹跟着一匹地走到快要灭了的篝火旁边,用它们的聪明的大眼睛看我们,它们一动也不动地站住了,在我们的四周围成了一个密密的圈子。

"哈卜,哈卜,哎嗬!"马卡尔亲密地唤它们,他用手掌拍拍他那匹心爱的黑马的脖子,掉过头来对我说:"是睡觉的时候了!"于是他拉起上衣蒙住了头,蛮有劲地把身子在地下一伸,就睡着了。

我却不想睡。我望着草原上的黑暗,在我的眼前,空中浮现了拉达的皇后般美丽而骄傲的身影。她的手里握着一缕黑发,紧紧地按住她胸前的伤口,从她那浅黑色的细长的手指缝间渗出来一滴一滴的鲜血,像火红的小星星似的落在地上。

在她的背后,紧靠着脚跟,浮现了勇敢的年轻人洛伊科·左巴尔;他的脸给浓密的黑色鬈发盖住了,头发下面滴下来急骤的、冷冷的、大颗的泪珠……

雨落得更急了,海正在给这一对骄傲的茨冈美男子和美人儿——洛伊科·左巴尔和老军人丹尼洛的女儿拉达唱起阴郁而庄严的赞歌来。

他们两个轻快而沉默地在黑暗的夜空里飞旋着,美男子洛伊科怎么也赶不上骄傲的拉达。

巴 金 译

少女与死神[*]

童　话

一

皇帝打完了仗经过村庄。
无比愤恨剐着他的心脏。
接骨木丛林后面他听到
有一个少女在哈哈大笑。
吓人地蹙起红色的眉毛,
皇帝用马刺把马一敲,
他向那少女扑去像风暴,
甲胄铿锵作响,他叫道:
　"怎么,"他凶狠粗暴地号叫,
　"你这丫头,怎么露齿讥笑?
　"敌人把我打了个大败仗,
　"我的全部亲兵都被杀光,
　'敌人俘去我半数随从,

---

[*] 本诗写于一八九二年,最初发表于一九一七年印行的短篇小说集《混乱》。译自《高尔基三十卷集》第一卷。

"我回去要把新军调动,
"我是皇帝,我正伤心气恼,——
"怎受得了你无知的嬉笑?"
　把胸前的短衫整整好,
　那少女便回答沙皇道:
"我正在跟爱人讲恋爱!
"老伯,你最好还是走开。"

　　讲恋爱,那还顾什么皇帝,
　　哪有空跟皇帝谈天说地!
　　有时爱情燃烧得更迅速——
　　比火热的神庙里的细烛。

　　皇帝暴跳如雷,浑身发抖,
　　当即命令他顺从的喽啰:
"快,快,把这丫头投进监牢,
"或是,最好,立刻把她处绞!"
　　皇帝的高官显贵和马弁,
　　个个露出丑脸奉承佞谄,
　　像一群魔鬼,扑向那姑娘,
　　把她交给了死神①的魔掌。

二

　　死神向来听从魔王吩咐,
　　可是那天她正巧闹情绪——

---

① 传说死神是一个身穿黑衣,手拿大镰刀的阴险可怕的老妇。

春天爱情与生命的嫩芽
甚至也在老妇心里长大。
跟腐烂尸首周旋真寂寞,
老是消灭人体上的病魔,
用死期计算时间多无聊——
很想把日子过得更逍遥。
谁都免不了要去会见她,
会见前谁都是万分害怕,
她厌恶了人们的害怕相,
并且厌恶了出殡和墓葬。
在又污浊又多病的世上,
她做着徒劳无益的事情,
她虽把这事办得很高明,——
  人却说她是多余的恶神,
  这个当然使她非常气愤,
  她被人类气得怀恨在心,
  于是有时怀恨着的死神
  从世上收去不该死的人。
只要让她爱上撒旦①魔王,
把地狱热气呼吸个舒畅②,
她也会由于恋爱的痛苦,
和红发的撒旦抱头痛哭!

三

  少女来到死神面前站定,

---

① 撒旦是魔鬼的头目,一译魔王。
② 相传地狱中因有油锅煎人,炎热非常。

勇敢地等候可怕的不幸。
　死神踌躇，——她可怜这牺牲：
"你这姑娘,唉,是多么年轻!
"你怎么得罪了你的国君?
"为了这事我来要你的命!"
　　"你别这样凶狠,"少女回答,
　"你这样对我凶狠做什么?
　"在那绿色的接骨木林里,
　"爱人第一次和我接了吻,——
　"我那时怎么会想到皇帝?
　"皇帝正巧打败仗往回奔,
　"我就对我们的皇帝说道:
　"老伯伯,你最好还是走开!
　"看样子,我的话说得很好,
　"想不到事情弄得这样坏!
　"无法逃开死神的手掌心,
　"我没有爱成,却先要送命。
　"我诚心求你,亲爱的死神!——
　　"让我再去跟他接一次吻!"
这些话死神觉得很奇怪,——
从来无人向她这求情!
她想:"我还活在世上做甚?
"假使人们都愿放弃亲吻?"
　　让春天的阳光晒着骨头,
　　死神诱惑着蛇,喃喃开口:
　"你就去接吻吧——不过要快!
"天亮杀你,你有一夜欢爱。"
　于是她坐在石头上等待,

蛇用舌头舐着她的镰刀。

那少女欢喜得哭了起来,

"快些走!"死神不住地喊叫。

四

春日阳光柔和地温暖她,

她把走破了的草鞋脱下,

躺卧在石头上,朦朦胧胧,

死神做了一个不吉的梦!

  仿佛看见她的父亲该隐①,

  和她的重孙加略人犹大②,

  衰老的二人向山上攀登,

  好像是两条蛇,偷偷地爬。

"上帝啊!"该隐阴沉地呻吟,

他迟钝的眼睛注视上天。

"上帝啊!"恶犹大高声求情,

他不抬起眼睛,凝视地面。

  在高山上,在红色云彩里,

  上帝在看书,斜倚着身体;

  银河是那本书的一页,

  星星是那本书的字迹,

  天使长站在高山的顶上,

---

① 该隐是亚当和夏娃的第一个儿子。据《旧约·创世记》载:该隐是种地的,他的弟弟亚伯是牧羊的,该隐因妒忌亚伯蒙上帝喜爱,便在田间把亚伯杀死,所以该隐是人间第一个杀人犯。

② 原文只用"加略人",是指十二门徒中出卖耶稣的犹大,关于他,《新约》和《四福音书》都有记载,说当局要捉拿耶稣,但兵丁不认识他,犹大得了三十块钱的贿赂,出卖了自己的先生,他跑去和耶稣亲嘴,让兵丁认出而捉住。

雪白的手握着一束电光。
他严厉地呵斥爬山的人：
"走开，上帝决不接见你们！"
"米哈伊尔①呀！"该隐苦苦哀求，
"我知道对世人罪孽很深，
"我生了毁灭生命的凶手，
"我是该死的'死神'的父亲！"
"米哈伊尔！"犹大也恳求哀切，
"我的罪孽比该隐的更深，
"因为我把光明如太阳的
"上帝的儿子出卖给死神！"
他们两个又同声地呼救：
"米哈伊尔，我们已经不恳求
"上帝的饶恕，只求给我们
"说句话，求他施舍些怜悯！"
天使长给他们低声回答：
"我把这话对他说过三次，
"他两次都对我一言不发，
"第三次他才咕噜几个字：
"'现在死神还毁灭着生命，
"'决不能饶恕犹大和该隐。
"'让那些能永久对抗死神
"'之力的人们去饶恕他们。'"
弑弟的凶手、卖主的叛徒
当下都哀切地哭泣呼号，
于是他们两个互相拥抱

---

① 米哈伊尔是天使长的名字。

一同滚进山下的臭泥沼。
　　　吸血鬼、吃人精,各种妖魔
　　　正在泥沼里欢呼和疯狂:
　　　他们一齐把蓝色的鬼火
　　　喷吐在该隐和犹大身上。

五

死神醒时已将近中午,
她一看,那少女还没有来!
死神睡眼蒙眬地叽咕:
"看来春宵太短,你这淫妇!"
她在篱外折下葵花一朵
闻嗅;并且欣赏着太阳
怎样用它那活生生的火
把白杨叶子照得金黄。
　　　看看太阳,突然低声歌唱,
　　　用鼻音,照她所会的那样:
"人们用无情的手
"杀死自己的亲友,
"然后埋葬,还歌唱:
"'灵魂安息在天上!'
"我不懂:残暴君王
"把人民毒打、逐放,
"他死了,人们也唱
"这歌来把他埋葬!
　　　"善人或小偷死亡——
　　　"也怀着同样哀伤

"演奏悲痛的合唱!
"'灵魂安息在天上!'
"我的手杀死莽汉、
"傻瓜、畜生或混蛋,
"人们也固执地唱:
"'灵魂安息在天上!'"

六

她唱完了歌越想越气恼:
一昼夜以上已经过去了,
少女还没回来,这真糟糕,
怎么能够和死神开玩笑!
死神越来越狂暴和凶险。
她裹上脚布又穿上草鞋,
她几乎等不及月亮上升
就动了身,比乌云还狰狞。

  她走了一阵,看见那姑娘,
  坐在露华浓的胡桃树下,
  月光闪闪,在如茵的草上,
  简直像春天的女神一样。
少女无邪地袒露着胸膛,
  像早春的大地赤裸空旷,
  在她细腻如绸的肌肤上,
  亲吻的印痕像红星明亮。
奶头像双星点缀着素胸,
一双眼睛也像一对星星,
温顺地柔和地仰视天空,

　　　　仰视蓝天上银河的路径。
　　　　　　眼睛下面有淡蓝的暗影，
　　　　　　湿润殷红的双唇像伤痕。
　　　　　　少年的头枕在她的膝上
　　　　　　在假眠，像倦了的鹿一样。
　　死神一看，怒火便悄悄地
　　在她空洞的脑壳里熄灭。
　　"你这是做什么，好像夏娃
　　"逃避上帝，躲藏在丛林下。"
　　　　　　像一个星月结成的天穹，
　　　　　　少女用身躯挡住了死神，
　　　　　　遮住了爱人，勇敢地回答：
　　"慢一点，请你先不要骂人！
　　"别嚷，别吓坏我的好情郎，
　　"别把锋利镰刀铿锵作响！
　　"我马上就到坟墓里睡倒，
　　"但要把他远远地保护好！
　　"对不住，我没有准时来临，
　　"我想反正离死神已很近。
　　"再让我把少年拥抱一次：
　　"他跟我一起，快活得要命！
　　"并且他是多么美好！你瞧，
　　"他留下了多好看的记号
　　"在我的面颊上和胸脯上，
　　"你看，像火红的罂粟怒放！"
　　　　　　死神，害羞地，低声地笑道：
　　"啊，你好像和太阳接了吻，
　　"可是，我不仅要你一个人，

"我要讨成千成万人的命!
"我要为时间忠实服务,
"事情很多,我已经年老,
"我必须爱惜每一分钟,
"快走吧,少女,时候已到!"
少女还是那套:
"要是爱人拥抱,
"无论是天或地都没有了。
"灵魂充满非人间的力量,
"心里燃起非人间的光亮。
"不再害怕任何样的命运,
"既不需要神也不需要人!
"像小孩——为愉快而愉快!
"并且也为恋爱而恋爱!"
　　死神默不作声,深思良久,
　　她知道打不断这支赞歌!
比太阳更美的,世上没有,
也没有比爱火更烈的火!

七

　　死神不说话,但少女的话
　　却像炉火把她骨头熔化,
　　使她一会发热一会发冷,
　　让世人来看看死神的心。
死神虽非母亲,究是女人,
她的心也能够战胜理性,
在死神阴暗的心里也有

怜悯、愤怒和苦闷的感情。
　　谁的心被强烈爱情咬啮，
　　她就对谁爱得更加热烈，
　　夜里，她喜悦地轻声赞美
　　那种伟大的静谧的快慰！
死神说："好吧，就来个奇迹！
"我准许你继续活在人间！
"不过我要一直和你一起，
"我将永久在爱神的身边！"

就从那时起，爱神和死神
形影不离地像姊妹一样，
死神带着镰刀跟着爱神
到各处去，像牵线的婆娘。
着了妹妹的魔东奔西走，
到各处参加婚礼喝喜酒，
不眠不休，不倦不怠，建筑
爱情的欢乐，生命的幸福。

林　陵　译

像大路上的流浪者*

千万个大地的儿女
迷惘、彷徨、悲伤,
像大路上的流浪者,
走过我的心房。

有几个
留下了亲切难忘的印象,
是他们
给我这燃烧的心以无穷的力量。

谁践踏了我的心灵,
谁要扑灭我心中熊熊的火光,
他们的名字我早已忘记,
就连你们也将不复留在我的心上。

孙静云　译

---

* 本诗写于一八九二年,最初发表于一九三八年三月二十八日《消息报》。译自《高尔基全集》第一卷。

小仙女与青年牧人*

瓦拉几亚童话

人间有许许多多忧伤的童话，且不说这是为什么，先让我们听一个这类的传说，一个流传在多瑙河一带的、老题材的新童话……

在多瑙河之滨，有一片古木参天、郁郁葱葱的森林，它从岸边一直伸延到遥远的田野深处，林木的枝丫低垂在河水喧嚣的、蓝色的波浪上面，虬根盘节、披满苍鳞的树根被河水亲吻和沐浴着。河水拍打着河岸，发出轻轻的、温柔的响声。

就在这片树林里面，住着一些仙女①和小仙女。还有年迈睿哲的地神，②在树根下面筑起了自己的宫殿；他们就坐在那里面，思索着有关生命以及做一个智者所必须思索的一切。

每逢深夜，他们就来到树影婆娑的河岸边，坐在长满了柔软的苍苔的石头和被暴风雨折断的老树干上，望着那来自烟波浩渺的远方、静静奔向大海的河浪，倾听着河浪的喃喃细语。

在这片森林里，还住着一位年老的仙后和她的四个女儿；其中以最小的女儿尤为快乐、美丽和勇敢。她长得娇小玲珑，她那小小的头上长满了银色的、波浪式的鬈发，像朵盛开的百合花。

---

* 本篇写于一八九二年，最初发表于一八九五年五月十一、十四、二十、二十一和二十四日《萨马拉报》。译自《高尔基三十卷集》第一卷。
① 古代日耳曼神话中的自然神。
② 西欧神话中地下宝物的守护神。

28

她整天在树林里跑来跑去,跑累了就坐在一棵有窟窿的老青冈树的枝头上;这棵树靠近与草原相接处的树林边沿。这儿是她心爱的地方。从这儿,透过那每当微风轻拂时就像海浪起伏的馥郁葱茏的翠幔,她可以看见茫茫无际的草原;这草原从林边直伸向蔚蓝中略带玫瑰色的远方,在草原与长天连接处则是一抹柔和的淡蓝色。

她高高地坐在树枝上,微风轻轻地摇曳着她身下的树枝,她一边在阳光下舒展着身子,一边唱歌,歌唱她作为一个小仙女,住在浓荫蔽日的古老的树林里有多么美好。

鸟儿呀,蝴蝶呀,所有同她生活在一起的生灵都非常喜爱她,她生活得美满,非常美满。

但多瑙河上的渔人们给我讲的那个使人黯然神伤的故事却正是发生在她的身上。

那是五月——景色明媚、风光怡人的五月。鲜嫩翠绿的幼叶一片欢腾;树叶的喧响像一道宽阔的、淙淙的溪流涌向清澈透明的碧空;白絮似的云朵在天上轻轻地飘浮着,渐渐消融在春天欢快耀眼的阳光里。

小仙女坐在一棵坚实的青冈树的枝头上,她摇荡着,唱着歌;老树枝轻悄悦耳地吱吱哑哑地响着,绿叶发出轻轻的沙沙声,赞赏着美丽的小仙女的歌唱:

良辰美景五月天,
青冈枝头荡秋千。
林涛溢香人欲醉,
人欲醉啊多甜美!

这是一支她喜欢的、唱也唱不完的长歌。

快活松鼠窜林间,

跳来跳去似闪电，
银爪蹬得蛛网破，
蛛网破啊多欢乐！

忽然另一首响亮勇敢的歌儿传到了她的耳边，像是在同她应和：

漫漫草原暖洋洋，
缕缕轻云飘天上。
仰望长空浩如海，
浩如海啊多舒畅！

小仙女感到惊奇，还有一点害怕；这歌声来自草原，那唱歌的人是个好歌手；他的歌声既嘹亮又谐调，就像在激她来赛歌。

暴风阵阵
在草原上狂奔，
似乎想吹灭
天上的点点星辰！

没有一只百灵鸟，也没有一只夜莺唱过这样的歌！她熟悉它们所有的歌。这到底是谁在唱呀？她想弄个明白。

高大的橡树和榆树的绿枝
织成了多么美丽的翠幔！

她停止了歌唱，——并且，由于她是一个女人，她有虚荣心，因此她马上想到，森林有生以来从未听到过像她刚才所唱的那样好听、那样嘹亮的歌声。但是树林还没来得及用喧嚣的林涛来向她致谢，草原那边又传来了歌声：

> 亲爱的、茫茫无际的草原！
> 你为灰白色的茅羽草盖遍；
> 自由的风温柔地将草儿戏弄，
> 像只健壮的鸟儿在你头上盘旋，
> 还把好梦吹到你身边……
> 在你的上空，很远、很远，
> 在那蓝色的高天上
> 流云轻渡，袅袅如烟。

小仙女像只小松鼠一样，攀上青冈树梢，向草原张望。草原上暮色将临，被歌颂的草原的尽头染上了鲜艳的红色，仿佛那儿张挂着一张巨幅的、天鹅绒的幕布一样，幕布的褶缝都闪烁着金光。就在这华丽的天幕的背景上，现出了一个肩披白羊皮袄、束着腰带、手持长棍的漂亮而又陌生的身影。那边有许多小山丘，山丘下面住着黄鼠和田鼠，那个身影站在其中一个小山丘上，双手伸向树林，唱着歌。此外就看不见什么了。当这首嘹亮、雄壮的歌儿唱完之后，小仙女真想走近去看看那个歌手。她正要举步向那边奔去，忽然想起母亲讲的故事，说是草原上常有人类往来，如果不想遭遇到不幸，最好别和他们碰上，——于是她克制着自己，只是默默无言地、目不转睛地、久久地望着歌手。那歌手呢，唱完了歌，把木棍在头顶上挥舞了一下，打了一声唿哨，对着森林大声喊道："嗳！再见了！"随后，迈开轻快的步伐向草原走去，草原上暗蓝色的暮霭正向他迎面飘来，——他走了，又唱起了歌。

> 有什么比那光秃的原野
> 看来更加死气沉沉?！

她的声音像银铃一样清脆,当她唱起这支挑战的歌后,回答她的是:

> 那森林古老又阴暗,
> 黑色的枝丫把它遮遍,
> 我若在林里仰望蓝天,想必是
> 觅而不得,欲睹不见。

这使小仙女很气愤。难道说透过树枝看不见蔚蓝色的天空?唱这支歌的人从来没进过森林。在那光秃秃的、大得一望无际的原野里又有什么好东西,——这连智者都难以回答!她对草原大声喊道:

> 若是草原上起了风暴,
> 风雪肆虐,狂呼怒号,
> 森林既惊恐、又烦恼,
> 可怕的喧嚣将梦魂惊扰。

当她侧耳倾听时——草原上有人高兴地笑了起来。
"哎,这多没有礼貌!"小仙女呵斥道,她感到非要击败对方不可。

> 我要为森林唱赞歌!

她高声唱道。整个森林,包括最后一棵小灌木,都用一簇簇丝绒般的嫩叶,发出柔和的沙沙声。而她的歌声,则像云雀一样,冲入云霄。

> 鸟儿们,请听我歌唱!……

唧唧喳喳的小鸟儿们立刻安静下来,准备听一听,学一学怎样赞美森林。

> 我的歌儿！声音嘹亮，
> 请你飞到美丽的天上！
> 太阳啊！请你把我的歌
> 裹上金色的光芒，
> 将它变成团团火花，
> 纯洁、温顺、明亮！……
> 让它们像无词的歌曲
> 在夜林里飘荡，
> 让它们像萤火虫，在高大的
> 橡树的绿叶之间，闪闪发光！……

这时她站到青冈树的一根粗壮的树枝上，充满激情地仰起头，将一双雪白的小手伸向天空，继续唱道：

> 我的古老、善良、美妙的森林！
> 你是一个神秘的世界、奇迹的世界！
> 在你娇艳的花丛中，
> 在那浓郁的花香里，
> 快乐的鸟儿用奇妙的合唱
> 齐声地赞美着你！……
> 在你的每根树枝下，每片叶底
> 都有小甲虫、小蝴蝶在生息……
> 在你树根下漆黑的地洞里
> 住着威严的鼹鼠，
> 胆小的野兔和狐狸，
> 黄颔蛇，浑身是刺的刺猬，

还有活泼的仙女、睿智的地神，
　　都在你这里找到了栖身之地，
啊，森林，百鸟齐声赞美你，
纵使它们千秋百载、千歌万曲——
日日夜夜、日夜不息——
　　也唱不尽对你的赞许，
我的古老、奇妙、雄伟的森林啊！

　　　微风轻逐着白云，
　　　草原上飘过云影
　　　茅羽草被云影压弯——
　　　低下了小小的头颈。
草儿的簌簌低语
缓缓地飘到空中，
就像是细语声声
说着故事，使欢乐
　　　　充满了我年轻的心胸。
　　　凶猛的鹫鸟翱翔在云端，
　　　在高空里恰似个小弹丸
　　　它的啼鸣远远来自天边，
　　　那是强大而好斗的呐喊。
　　　力量与自由的王国啊——
　　　我的壮丽的草原……

　　后来，歌词渐渐听不清楚了，但余音仍在林间缭绕，小仙女听着歌声，感到很甜蜜；当歌声也在无边无际的草原上消失后，歌手的身影也随之消失在一片苍茫的暮霭里。这时，她心事重重地从树上爬下来，默默地回到自己的宫殿里；从此，以前使她感兴趣的一切，——仙女们和小蝴蝶的游戏呀,萤火虫的闪光呀,善于持家的蜘蛛们在树枝间的操劳呀,脚下树叶的沙沙声呀,遮蔽万物的淡淡的阴影呀,散着步的弯腰驼背的地神呀,——这一切都再也不能引起她那双明眸的顾盼;她心里想的是谁在草原上唱了那么多歌,又唱得那么好听,她非常想弄明白,到底是怎么一回事。现在她回到家里来了。她的母亲和姐姐们正准备去参加一位德高望重的鼹鼠的婚礼,她们叫她一同去,可是她连这也不愿意;她的母亲问她道:

"你怎么这样忧伤,玛娅?你是累着了呢,还是又被那些老强盗——乌鸦们吓着了?"

"不是,不是因为这,妈妈,完全不是!"

于是她讲了自己遇到的一切,然后问那是怎么一回事。

她讲的事一点也没有使她的姐姐们感到奇怪,她们叫道:

"这不过是一个牧人!可你呢——是一个小傻瓜!"说完,一边笑,一边彼此扔着鲜花,跑了开去,并且叫道:"我们等着你们!"

"对了,这只不过是一个牧人,我的女儿!"小仙女的母亲说。"他可能还年轻,所以唱得那么起劲;他再过几年,就不会再唱了。"

这是一位见多识广的仙后。

"什么叫牧人呢,妈妈?"玛娅问道。

"牧人——也就是一种人。他牧羊,所以叫牧人。不过,当牧人的还是比别的人好,不像别的人那么凶狠、虚伪,这可能是因为牧人老是和羊群住在一起的缘故。"

"他不会害我吧,妈妈?"

"他吗?不,我想会的,因为他总归是人呀。不过他不会到你跟前来,你不是也不会到他那儿去吗?不是这样吗?这就没什么可怕的,孩子!"

我再说一遍,仙后是一位罕见的女人;她聪明而且很了解人,但是看来,她这一回有所疏忽。

玛娅不作声了,她们一同去参加鼹鼠的婚礼。那儿非常热闹,几乎森林里所有的生灵都来了:一大群纺织娘和蜻蜓组成了一个声音洪亮的乐队,演奏得十分出色;仙女们、小蝴蝶和森林里的其他小生灵们在跳舞、唱歌,仙后和女儿们坐在郁金香花做成的华丽的宝座上,金龟子在侍候她,一会儿端来露水调紫罗兰汁冲成的饮料;一会儿又端来了野核桃浆以及其他各种肴馔和甜品;睿智的地神们在一起谈论着生命和其他一些秘密的事儿;最睿智的地神们则越发认为万事都不过是徒劳无益、枉费心机而已。总之气氛是非常愉快的!

新郎既殷勤又神气,此外,他既不愚蠢又非常阔气。客人们对一切都称心满意,他们面带微笑地聆听他的议论,他认为社会生活中最主要的是家庭,他明白这一点,所以才结婚,以便对社会有所贡献。在社会的基本组合——家庭的总数上,再增添一个。

看来新娘非常幸福,因为她一直默不作声,每当有人问她什么的时候,她总是报之以非常温柔而又非常善良的微笑。

玛娅感到很寂寞,她找了个机会问鼹鼠,对牧人有什么看法。

"牧人?!哦哦……哦!我可是太了解他们了!是啊,小公主,我可是和他们打过交道!他们都是穷鬼,因此也都是恶棍、强盗。是啊,这可是真的!就是这样!牧人?!哎呀!他们都是穷光蛋,没有一点财产;只要是没有财产的人都是贼,要是不当贼,他们靠什么过活呢?!不过,他也许是一个要饭的,那就更糟糕了,因为偷东西无论如何还要花点力气呀。有一回,一个牧人抡起他的长棍子朝我扔来,随后又追我,一直追到我逃进洞里,是的,就是这样!"

"为什么他要朝你扔棍子呢?"玛娅问道。

"为什么?我想,只不过是因为我过路时不小心,离他近了点,就这么回事,再没别的原因。要知道,牧人是人,是人你就别想从他们身上得到什么好处。"

玛娅感到更加寂寞了。在她眼前发生的一切都不如从前那么有趣了。当妈妈说该回家时,她特别高兴。于是她们便走了。萤火虫飞到她们面前给她们照亮。森林入睡了,天空也已入睡,只有繁星若有所思地、静静地微笑着,从天空俯瞰着大地。

后来她们回到了家中。

玛娅睡在自己用铃兰花做的小床上,她刚入睡,就梦见了无边无际的、辽阔的、被太阳晒枯了的草原,在那边的小山丘上,有许多手持长棍的牧人,风儿吹拂着他们黑色的鬈发,他们高声唱着关于自由和草原的可怕的歌,他们追赶田鼠,一边跑一边大声喊叫"嗳嗬!嗬!"他们既凶恶又可怕,使她感到惊惧,但是就这也没能阻止她在太阳刚刚升起时立即跑到自己心爱的地方,爬上了青冈树。

他在那里,还唱着歌:

在森林里的河边住着一位小仙女,
每当夜深人静,她便在河里沐浴。
有一次她不小心
落进渔夫的网里。
　渔夫们望着她十分惊奇……
　他们喜爱的伙伴马尔柯
　将娇柔的仙女双手抱起
　他用力吻她,满怀热烈的情意。
小仙女像柳枝一样袅娜,
在强壮的双臂中挣扎
她望望马尔柯的俊眼
抿着嘴不知道在笑啥
　他俩整天吻个不停
　黑夜刚刚降临——
　美丽的小仙女就无踪无影,
　马尔柯的气力也随之耗尽。
白日里他不停地在森林里找寻,
到夜晚苦守在多瑙河滨

"小仙女在哪里?"他向波浪询问,
波浪笑着回答:"我们也弄不清!"
马尔柯自尽在一棵白杨树上,
那白杨在簌簌发抖,胆怯而悲伤。
朋友们在峡谷里将他埋葬,
埋在那蓝色的多瑙河旁。
小仙女夜夜走来,
坐在他的坟墓上……
坐在那儿不知笑些什么……
没有一丝悲伤!
像和马尔柯相识前一样,
小仙女仍在多瑙河里沐浴……
而马尔柯已不在人间!
只有这首歌将他回忆!

这是一首很愉快的歌,在牧人的歌声里可以清楚地听见笑声,这笑就像他本人一样,无忧无虑、自由自在。

"这真是一首奇怪的歌!"小仙女心里想。"他这是跟谁学的呢?这首歌里的小仙女也真怪,马尔柯也令人奇怪。为什么他要自尽,自尽又是怎么一回事呢?"她觉得这不是一首欢乐的歌,而是非常悲伤的。可是牧人却把它唱得那么欢乐……她透过树梢望着牧人,盼望着他走得近一些。

但是他没有走过来,依旧唱着歌,还合着自己歌子的节拍在空中挥舞着棍子;唱完了一支歌,大声地吆喝道:"嗳嗨!"又开始唱另一支歌。

且听另外一支歌,
唱的是年老的哥萨克,

他深夜泛舟在河上
想去什么地方。
　　桨声阵阵
　　吵醒了鱼儿,惊动了水乡……
　　夜空睡意蒙眬
　　月儿浮在天上
绚丽的繁星点点
闪烁着熠熠柔光
老人面临的遭遇
它们已深知底细。

　　玛娅一边听一边想着歌手,看来谁也没他会唱那么多这种歌曲!这都是一些多么动听、多么悲怆的歌呀!当他唱到那些能预知明天和明天以后将发生什么事情的星星时,唱得多么真切呀!这样新颖的歌曲听起来真舒服……玛娅不知不觉地攀着树枝一直来到了林边。

　　要知事情的端详,且听我歌唱:
　　一个鱼美人,突然来到船上
　　笑盈盈地从老人手里
　　夺去了船桨……

　　歌手继续唱着,唱到这儿就停了下来,沉思地眺望着远方,轻轻地用口哨吹出自己所唱歌子的旋律。"嗳嗬!"

　　她年轻貌美,
　　赤身裸体,
　　长发上流下的水珠,
　　像钻石粒粒。

她笑着将哥萨克的胡须抚弄
　　嘴里说着温存的话语：
　　"你想爱我吗，
　　　白发老翁？"
你但是，你还有什么用！
你已经衰朽，老态龙钟，
你的抚爱已经不能
平息我火似的爱情。
　　你不能紧紧地搂我，
　　你太衰弱，哥萨克……
　　啊，喂，来吻我，
　　像我一样！……这样做！……这样做！……
鱼美人紧抱着老人，
开始把他亲吻，
并在他耳旁
轻轻地歌唱。

　　玛娅一边听着，一边心里想，这够多美：在明月的清辉下，鱼美人的身躯似乎是淡蓝色的、透明的。浓密的鬈发披散在身上，鬈发下面露出的身躯光艳照人，令人目眩。她像蛇一样伏在哥萨克宽阔的胸脯上扭动着。老人银白色的胡须和鱼美人绿色的长发缠绕在一起。鱼美人婉转、温柔地唱着，她的歌声像秋水微波的絮语一样轻柔。她的眼睛是那么明亮，亮得像在深蓝色天鹅绒也似的长天上闪闪发亮的星星；星星在微笑，把轻柔的光辉倾泻在河水和小船上，照着在船上彼此吻着的那两个人……这真美呀！而且还有音乐……那波浪的低语声和接吻声，那被柔和的苍茫暮色笼罩着的河岸上树叶的沙沙声，以及鱼美人轻柔的歌声相互交织在一起形成的音乐……这一切汇合在一起，谱成了一首低声的、温柔的赞歌，它的名字是——生的幸福！

而歌手继续唱道：

> 青春的余力
> 在哥萨克身上苏醒
> "我能够！……"从微睡的河面上
> 传来了他的喃喃私语。
> 　　这低语没有吵醒
> 　　在夜色中沉睡的河岸
> 　　像一片云朵飘在晴空
> 　　轻轻飘浮、渐渐消融……
> 飘到一处，郁郁不动……
> 那个夜晚大地睡得正酣，
> 除去这声低语，
> 它什么也没听见。
> 　　像往常一样，明媚的河，
> 　　波涛汹涌、滚滚流过，
> 　　但在生者之中，再也见不到
> 　　那可怜的哥萨克！
> 现在鱼美人的媚眼，
> 再也不能将他诱惑……
> 可怜的人被深深埋葬，
> 于是……一切都化为云烟。

　　牧人的歌就这样唱完了！玛娅没有料到如此结局，她感到伤心。歌的内容是那么美，而结局却那么可怕！而且为什么要说"一切都化为云烟"？这歌里有过那么多美好的东西！她望着歌手——这时他离她很近——并且看得出歌手也很伤心，默默地摇着低垂的头，看着地面。她想跟他说话，也顾不得这将引起什么后果，她叫道：

"你好！请你告诉我,为什么你那些快乐的歌曲的结局却那么悲惨?"

牧人从地上站了起来,一直走到林边,用他那双褐色的眼睛找到了枝头上的小仙女,微微笑了一下,向她点了点头,回答道:

"为什么? 就因为所有的歌都得有结局! 到目前为止,我所听到的任何事情的结尾和开头都不一样。是你在树林里唱得那么起劲吗? 哦,你原来是这个模样呀! 我本来就想象你是个小巧、灵活而又苗条的姑娘;你的歌声也像你本人一样。"

他们俩都不说话了,彼此端详着。他将一只胳膊肘撑在棍子上,用这只手的手掌托着头,仰望着树梢,而她那又白又嫩的小脸蛋上的一双明亮的、褐色的眼睛正透过枝叶笑盈盈地望着他。这张小脸衬着五月的绿叶,着实迷人。

"你唱得多美啊!"玛娅出神地望着他那双像无底深渊一样漆黑的眼睛和长着金黄色茸毛的黝黑的双颊。

"我尽我所能唱歌,我不会比这唱得更好,也不会比这唱得更坏,小姑娘! 你下来吧,让我更近地看看你,你是一个美人呢,知道吗?"

嗯,这个她可知道得再清楚不过了。夜里,当林中的小溪都入睡以后,她真的常常欣赏自己映在水中的小脸儿和身影。天下的美女都知道自己美,而且总是早就预料到是这样;如果不是这样的话,恐怕别的事也就不会发生了。

玛娅想下树,但是想起了母亲和鼹鼠对她的叮咛。

"你凶吗?"她问。

"我吗? 不知道……我是一个牧人……"

"这我知道!"玛娅急忙说道。"这么说,你是善良的啰?"

"我不知道!"牧人高兴地摇了摇他那长着一头鬈发的脑袋。

"嗯,那我不上你跟前去了,因为也许,你是凶恶的! 人只有善良和凶恶之分,再也没有别样的了,所以你是在骗我。"

"嗳,你多傻气呀!"牧人喊道:"随你的便,你不想来——就别来,要是你来的话——我就要吻吻你!"

"我不愿意你吻我!"

"嗯,你这是骗人!每一个姑娘都巴不得有人吻她;你以为我连这都不知道?"

"可是我就不愿意!"

"现在——可能不愿意;过一会儿,或者到了明天你也就会愿意了。你不会爬一辈子树的,对不对?嗯,就是这样!"

玛娅沉思起来。她想:"假如这是不可避免的,是不是最好现在就吻他一吻呢?他一笑面颊上就出现两个酒窝,要是亲一亲他这边面颊上的酒窝,再亲一亲那边颊上的那一个,该有多好。"

"嗯,那好吧,我就下来!"她笑了起来,从树枝上一跳,直接跳到了他张开的手臂里。

"你真轻盈呀!"牧人望着小仙女的一双美目说着,吻了吻她的双唇。

啊,这是多么美好呀!……像铃兰汁一样甘甜,像夏天的炎阳一样灼热,亲吻犹如奇妙的新鲜的血液一样,顺着血管流向心房,心儿就甜蜜而又剧烈地跳动起来,跳得使人发痛。

她自己也吻了他,他一次又一次地回吻了她,他俩就这样吻来吻去,吻个不停。

黄昏已近。夕阳西下;森林逐渐暗了下来。暮色,那夜的使者,从远处沿着草原渐渐袭来。这时玛娅想到,应该回家了。她并不愿意回家——和牧人在一起是那么美好!……

"你就要走了吗?"牧人问她。"马上就走!那你明天再来吧;你来后我要告诉你一件事。"

"我一定来,跟你在一起我感到太美了;可是你要告诉我什么,现在就告诉吧,免得我夜里老惦记着。"玛娅说。

"那么,当你知道了以后,难道就不会去想吗?"

"知道了,还有什么可想的呢?"

"还是不说吧,你去吧,明天见!"

"明天见!"

他俩又吻了一次,玛娅往自己的森林里走去,而牧人唱一首自己的歌送她离去。只不过这次唱的是一首犹如夏日黄昏一样轻柔的歌儿,而不是过去唱的那些像草原上的风一样的强劲而又豪放的歌。

玛娅回到家里,把当天她所经历的一切事情都说了。喝,她的妈妈和姐姐们听完她所讲的一切之后,是那么惊恐、痛心,这是她有生以来从没有见过的。妈妈一会儿生气,一会儿哭泣,不停地说着:"你做了什么事呀,傻丫头!什么事呀?!"姐姐们沉默不语,森林也默不作声,若有所思、不以为然地默不作声。玛娅感到这一点,产生了某种害怕的心情。

"我的女儿!"母亲哭着说:"你把自己给毁了!"

姐姐们悲痛万分地缄默着,并且也在哭泣。

"这是为了什么呢,妈妈?要知道,我们接吻,一点也不可怕,只是感到很愉快。而且,他还说,反正总是要接吻的;不是现在——就是明天,这是不可避免的!"

"我的女儿呀!可是他是人呀!"

但是玛娅不明白在人这个字的后面,隐藏着多么深的深渊,所以还是讲她自己的,说接吻愉快,说牧人多么好,说发生的一切都是不可避免的。母女两人都觉得自己有理,越吵越认为自己正确,和往常一样,吵到末了她俩都感到自己受了委屈,你生我的气,我生你的气。

"你再也不许走出家门,越过这棵橡树一步路!"母亲说。

这棵橡树离玛娅的小闺楼才三步远;这更使她感到委屈。她走到树下,坐在那稠密的、暗绿色枝叶交织成的华盖下面。就剩她一个人了,因为母亲和姐姐都到宫殿里去了。她们走的时候,还一面交头接耳、激动地说着什么。经过这一切之后,她感到十分疲倦,于是一下便睡熟了,——说实在的,她的良心本来就像天上刚降下的露珠一样纯洁,——她睡熟了,并且梦见草原上烈日当空,还梦见牧人;

他唱着歌,笑眯眯地吻着她;他的两只眼睛闪着明亮的光辉,浓密的小黑胡髭下面的洁白的牙齿像珍珠一样晶莹;她简直高兴极了!而当她醒来时,她——哎呀,你呀!——多么希望跑到草原上去呀;但是她想起了,是不许玛娅小姑娘这样做的,于是她感到委屈和悲伤。也许,在家里不提起牧人就好了!……可是她不会掩饰她心里想到的和她所经历的一切……现在母亲来了。风舞弄着她苍苍的白发,小蝴蝶们围着她的头盘旋飞舞,像个花冠一样。它们留神着不让一小粒微尘落到她那年迈而又慈祥的脸上,这张脸现在是如此悲痛、如此严肃。

"我要到草原上去,妈妈!"玛娅像是在请求,又像是已经下了决心。

"你绝对不能去,女儿!你要是去了就没命了!"母后走到她跟前开口讲道,她讲了好久,她说最好不要遇上那种只能带来短暂的欢乐,却会使人终生痛苦的事,还说,只有无所爱恋的心灵才是自由自在的,她说人因为过分喜爱自己,所以不能长久地喜爱旁人,还讲了许许多多聪明的,而且也可能是正确的话,但是它们可不像牧人的亲吻那样令人愉快,甚至根本不能和它相比。玛娅全神贯注地听着,听了好久好久,一直听到一声"嗳嗨!"从草原上传来,这声音在林中雷鸣般震响了一阵之后,随着传来了牧人的非常悦耳的、音韵和谐的歌声:

　　谁想见多识广,
　　谁想生活欢乐,
　　就莫将时光错过!
　　谁想过幸福生活,
　　就莫将时光错过!
　　　噢,来吧!我热情地等着你!
　　　快来吧!……我将在心中为你寻觅
　　　许许多多快乐的歌曲……
　　　噢,快来吧!莫将时光错过!

玛娅听着这首歌,心里也跟着唱了起来,妈妈的话,就像蜜蜂在嗡嗡,可是歌声——却像鹰鸣长空。

"不,我要去!"玛娅说道。树林喧嚣起来,似乎在回答母后痛苦的高声呼叫:

"女儿,别去呀!!"

"这太残酷了,妈妈!我愿意——你不愿意;干吗非得要你愿意呢?你要明白,是我愿意,我愿意!……"

"我的女儿!我知道这会有什么结果!你别去!……"

"我不知道,我要去!"

"要是这样,那你就不再是我的女儿了,"仙后高声喊道。她的喊声在森林里不断地回响着。

可怜的母亲们,不知为什么总忘记她们自己当女儿时的情景,因此就有了许多不必要的喊叫;但这一点也影响不了事情的照常发展。

玛娅害怕了,当她见到母亲离她而去时更加害怕了。但是从草原上传来了歌声:

噢,来吧!生活中的幸福本来不多!
快点来吧!生命又是如此短促!
应将生命之杯一饮而尽,
快些吧——趁杯中酒热!

玛娅四下看了看……橡树曲曲弯弯的小树枝和白杨树柔嫩的枝条彼此交缠在一起,缠得那么密,因此从来也没有像今天这样,阳光几乎透不过这枝叶的密网!空气潮湿、窒闷;树林里散发着的,与其说是花香以及五月嫩叶的清芬,还不如说是腐烂了的树叶以及别的类似的难闻的气味……而那边,在草原上,又辽阔、又明亮!从那儿传来了歌声:

噢,来吧！想要生活,就要勇敢！
快来吧！……不要害怕,也别嗟叹！
只需将自己的心儿珍惜,
切莫违反自己的心意！

玛娅觉得森林里的树枝缠得更密了,似乎想拦住她不让她走,树梢都在向她鞠躬,似乎在小声说:"别离开这儿！……那里等待着你的是痛苦和别的东西！"她感到,它们就要倒下来拦住她的去路……但是她无论如何都要去,而且非去不行。一支简直是发自内心的挑战和希望之歌脱口而出:

这些迷人的歌,
悄悄地给我心灵以欢乐,
噢,森林,为什么你变得这么狭小？
我害怕！……这些迷人的歌
赐予我的更多！……
我的森林！在你这儿阳光这么少,
在你这儿谁都不会这样唱歌！……
我寂寞！我倦于在林中生活！
你的树丛郁郁不乐,
树丛下阳光又这么弱,这么弱！
我要自由,我要草原！
你的阴影重压着我的心田！
我不要这些绿色的锁链！……
放开我！……不然你就是我的敌人！
我要自由、太阳、草原！……

"玛娅!!"姐姐们高声喊道,她们都站在她旁边,挡着她的去路。

"女儿！你要把我的心都撕碎了！……"仙后向她伸出双臂,悲痛地喊道。

玛娅停下了脚步。她又冷又怕,以前她从未这样过……但从草原上传来了:

> 来吧！我的姑娘,
> 我的心因等你而疲倦,
> 生活里虽然幸福很少,
> 我却能把它全部奉献！……

玛娅看都没看妈妈和姐姐们一眼,她冲向前去,推开她们,就走掉了,而当她们醒悟过来时,她已经不见了,森林闷声闷气地呜呜叫着,满头银发的仙后躺在一棵巨大的橡树根旁,伸开两臂,停止了呼吸。

"我来了！"玛娅跑到牧人身边叫道,"我来了！你的歌声把我从树林里扯了出来,把我听到你歌声前心里的一切也都扯了出来,连根拔掉,又让我心里产生了一种新的、强有力的东西,于是我便抛弃了森林、母亲和一切……来到了你身边！"

"嗯,好呀！太好了！现在你自由了,你瞅呀,这就是它,草原,它无边无际,而且它全都是属于你的！如果需要,我也是你的,而你——是我的！或者这样——这里既没有你,也没有我,只有我们俩,而你——也就是我！你看,这够多么美妙呀！只有在草原上好,因为这儿有自由！咱们俩将像鸟儿一样生活;我给你唱我的歌,你给我唱你的歌,咱们俩都将感到那么幸福,这是任何人、任何时候都未曾有过的。忘掉你从前的一切,做我的亲人吧！"

"好！"玛娅叹道,"我做你的亲人！你唱得那么好听！我已经忘记了森林里的一切。我不心疼森林……和母亲……还有姐姐们……只是森林里还有我的用铃兰花做的小床……真可惜！你看这儿那么硬,我在什么东西上面睡觉呢?!"

"原来,她惦记的是这个!你可以睡在我的手臂上,把你的小脑袋枕在我的胸前。难道这不好么?就这么办吧,我轻轻地给你唱歌,我用歌声来给你催眠。我会唱的歌可多啦。"

牧人将她抱起来,小仙女将小小的脑袋贴在牧人黝黑健壮的胸脯上……牧人开始唱起来了,太阳从明亮的碧空上望着他们俩;天空明净得像小仙女的处子之心,没有一丝云意,只听见肉眼望不见的云雀在千啾百啭,穿梭般地往返于一道道阳光之间……在草原上面,在一望无际的天空上飘荡着美妙无比的、响亮的乐声。牧人坐在一棵孤零零的白杨树下。这棵白杨树因为热爱自由,远远地离开森林,移到了草原之上,它骄傲而勇敢地挺立在那里,受到大海吹向草原的风的爱抚,轻轻地摇曳着它的枝条。牧人凝视着玛娅的眼睛,抚弄着她肩上披着的一条用一片片蝴蝶翅膀做成的披肩,温柔地对她唱道:

> 哦,我的小花!你因炎热而感到疲乏,
> 请你把那丝绒的衣裳从肩上脱下……
> 天空一碧如洗
> 树荫里凉风习习
> 在这炎热的日子里,
> 躺在树荫下面休息,多么称心如意。

他的歌声像一串银铃那样清脆响亮:

> 风儿柔和、芳香,
> 它从四面八方
> 吹来了鸟语、虫鸣和树叶的轻响……
> 哦,我们将甜蜜地进入梦乡
> 由于这美妙的日子,

咱俩的梦也将纯洁、安详！……

玛娅在歌声中入睡了,做着幸福的、甜蜜的梦,在蒙眬的梦境里,她看到牧人眼睛里射出的光辉直照进她的心房。牧人不停地吻她,像火一样热烈,她也慷慨地用亲吻回答牧人。这是那么甜美！之后,她好像一只小鸟一样迅速地飞去,天空以热情、炽热的笑靥迎接她……

当她醒来时,夜色已经笼罩着草原……自由和爱情,你们是多么美好和威力无穷啊！玛娅唱了一支古老的、歌颂爱情的夜莺曲,并按自己的意思加上了对自由的赞颂。然而酒和火是不能掺在一起的,也不能用酒来代替火！……因此她的歌唱得很不成功；在歌中对自由的赞颂唱得勇敢而响亮,但这勇敢、响亮的歌声和那赞美爱情的轻声细语、情意绵绵的旋律格格不入。但是牧人吻着她,她吻着牧人,因此,除了小鸟,谁都没有注意到自由之歌和爱情之歌是不协调的。

他们就这样开始了新的生活。天一蒙蒙亮就又唱歌又接吻,草原上夜幕刚一降临就又接吻又唱歌。他们漫游在草原上,像鸟儿一样自由和欢乐。他们就这样生活着。偶尔,在傍晚时分,当夕阳西下,薄暮笼罩着草原时,玛娅的心灵也蒙上了一层阴影,使她的明眸有些暗淡；但是这时牧人就更加频繁、更加用力地吻她,而当他亲吻她时,一轮明月从林后冉冉升起,把银色的光辉倾泻在整个草原上,于是无论是草原上的阴影还是小仙女心灵上的阴影就都被驱散得无影无踪了。他们生活得非常美满！……

但是有一次,在那边,在远方酝酿着一场暴风雨:它不为人们所觉察地酝酿着,起先出现一小朵灰蓝色的云块,这朵云块急急忙忙地飞过烈日当空的草原,而当它飞过时,投下了黑影,草原感到这些黑影似乎是一种阴暗的、负疚的微笑,似乎云朵想说,它遮着太阳、恐吓着鸟儿,都不是出于它的本意,而是受风的驱使。这块云朵飞过后,别的云朵,有的较大、有的较小,也随着它慢慢地飘了过来,——它们一边飘着,一边阴郁地望着草原和坐在草原上的玛娅和牧人；然后,它们开始聚集成暗蓝色的、阴森森的大片乌云,遮着了整个天空。

突然,一股怪风从草原向着大海的那边疾驰而去,它一面飞驰,一面可怕地狂啸,在自己前面催赶着一堆干枯了的树叶;茅羽草胆怯地弯到地上,玛娅惊惶地扑到牧人的怀里,他却高声喊了一声:

"嗳嗨!"就紧紧地吻着小仙女的面颊,问道:"你怕什么?这只不过是暴风雨就要来了。你将看到,这会有多么愉快!世上再没有比暴风雨更强有力、更壮丽的了。嘿,它将怎样飞掠过草原,它将向大地投射多少支金箭,它将为草原轰隆隆地唱多少支威严的歌呀!……你知道,为什么会有暴风雨吗?嘿,你啊!……不知道!你要明白,这是因为天空看着大地,看着看着,生起大地的气来,因为大地忘了它。天空怜惜大地,可能,还有些爱它……就这样,它一生气,就把天上所有的乌云都调集在一起,给它们配上闪电,让它们随着滚滚的雷声在地面上飞腾,你瞧,它说,只要我愿意——就能使你马上成为齑粉!……这就是暴风雨。现在你知道了吧?"

"我现在感到害怕!"玛娅叹道。"咱们上那边去吧!"她指着森林那边说。

"离开暴风雨!你瞧你说的!如果你不喜欢它,你就迎上去,——那么它就会更快一些地走过你,可是逃避它——那反正是逃避不了的!再说,你也用不着怕它。暴风雨!!……哎呀!你这是怎么啦?你要坚强起来,就行了!"

但是他所讲的一切,一点也不能安慰她;她胆战心惊、索索发抖,紧紧地抱着他,甚至不愿意往那边——现在已经变得漆黑的远方,瞄上一眼。

现在又冷又大的雨点开始落到地面上,雨点落处,扬起了细小的尘雾。之后,从远方传来了沉闷的隆隆声,也就在那远方闪起了蓝色的火花。突然乌云腾空而起,随着那可怕的、震耳欲聋的雷声裂成碎片,银蛇似的闪电划破了乌云,照亮了黑暗,直冲向地面,但还没有飞到就熄灭了。

轰隆隆的雷声滚过草原,像广阔的、阴沉的波涛一样奔腾呼啸而去,森林发出了回声。大雨倾盆而下,——好大的雨啊!……

闪电撕扯着乌云。乌云却又重新聚拢,在草原上空奔驰,黑压压的,令人胆战心寒。有时,炸雷响处,一个圆圆的、像太阳一样的东西,发出耀眼的蓝光,从天上落到地上;这时乌云也耀武扬威地闪亮着,一眼看去就像一大群可怕的黑魆魆的鬼魂,穿着金缕丝绒衣服,挥舞着黄金铸成的、刚出炉就拿在手中的宝剑。这些鬼魂们发出轰隆隆的震响,威胁着因恐惧而噤声的草原。他们的诅咒和威胁浩如海洋,势如汹涌澎湃的巨浪,接连不断地驰向远方,发出像高山猝然崩裂,轰然倒地的巨响,把大地砸得粉碎,随后又同它一起向那无垠的太空飞去,化作纷纷的石雨,——因此那声音又像天空崩裂成碎块,从那蓝色的苍穹急落而下时发出的轰鸣……那些乌云就是这样震响着。

在那轰隆隆的雷鸣散成一阵阵霹雳的刹那间,不禁使人惊心动魄。而霹雳仍在咔嚓嚓地响着,乌云裂开了,把金箭似的闪电从密布的浓云中射向大地。雷声轰鸣,乌云在燃烧,喷着可怕的蓝色的火焰,天空在颤抖,大地也在胆怯地震动……世界上再没有比辽阔草原上的雷雨和海洋上的风暴更为有力、更加可怕的现象了!……

草原胆怯地、奇怪地沉默着,狂怒的隆隆声在草原上空响个不停。而当乌云变成黑魆魆的颜色时,像钢丝一样的细雨在乌云的火光中闪烁着;雨淅淅沥沥地下个不停,它单调地哭泣着,好像在为什么人伤心落泪……

牧人像山岩一样,坚定地站在草原中间,听凭狂风暴雨拍打着他的胸膛;就连在天上跳跃的闪电,似乎也不敢落到他身上,好像它们怕一触到牧人黝黑的胸膛,自己就会变成四溅的火星。……他含笑望着乌云,欣赏着它那阴森的美和力,在他那漆黑的眸子中燃烧着对乌云妒忌的火光,那火光明亮得好似闪电一般。他把躺在地上的玛娅也忘记了。她用自己纤细的双臂抱着他的腿,把自己的小脑袋紧紧贴在他的腿上,——他也忘了自己,忘了草原……他自己也想和乌云一同飞翔,和它们一同放声歌唱……

雷雨已经不像先前那样无休无止地隆隆作响了,而是不时地停上一分钟、两分钟、三分钟,就像在端详那个独自站立在它面前的勇敢的人似的。雷雨闷声地埋怨着,想必是它不太明白,那个人站在那里干吗,在空旷的草原上淋着雨等待什么……可是稍稍沉默了一会儿之后,它重新又抖动着乌云,舞弄着闪电,把它们像冰雹一样接连不断地撒到地上,如丝细雨从天上飞落下来,不住地在电光中闪烁,宛如大雷雨后撒向地球上的一张钢丝网,为的是让地球落入网中,那时大雷雨就会把地球带到黑夜和它自己居住的地方,那儿永远是黑暗的,那儿大雷雨已经抓来了许多像地球一样的球体,当它感到寂寞又不能出门时,就拿它们来消遣。

草原上寒冷、黑暗而阴森。当闪电在草原上空飞舞时,它似乎在沉重地、疲倦地叹息,它那因吸气而隆起的开阔的胸膛,似乎吓得不敢动弹了,而当闪电落到草原上时,它又呻吟着瘪了下去,黑暗压迫着草原,雨在草原上单调地哭泣着。

牧人站着,唱着歌,那使他敢于独自一人挺身屹立于大雷雨之前而无所畏惧的强大而勇敢的东西一直在他胸中燃烧着。他一直在唱着歌,有一次,当满天乌云一齐喷发出耀眼的蓝色火焰时,他无意中往地上看了一眼,只见被他忘却了的玛娅正躺在他的脚旁。她浑身湿透,躺在湿漉漉的地上,她的小脸发青,像死人的脸色一样,她合着双眼,玫瑰色的红唇变成苍白色,紧紧地闭着。

"死了!"牧人惊异地喊道,"怎么会死的呀?"

他俯下身去,把她抱起来,贴在自己的胸口上。她是那么可怜,在她的眼角上挂着两滴小小的泪珠;娇小、柔弱无力的她,头向后仰着,两只小手臂可怜地,无力地垂着。

"你死了,玛娅?"他轻声问她,感到万箭钻心似的疼痛难忍。他从来没有这样痛苦过,甚至在他有一次摔折臂骨时也没有这样痛苦过,——这种痛苦是出自怜惜。

他甚至发出一种可怕的、号啕似的呻吟声……回答他的是头顶上霹雳发出的野蛮的、嘲弄的哈哈大笑声。

牧人战栗了一下，俯下身来，环顾四周，想找个地方让小姑娘玛娅躲避雷雨。他平生第一次为没有帐篷感到遗憾。他对女孩的怜惜变成了为她担心。他用双手将玛娅高高地举在自己的头顶上，满怀忧伤地大叫了一声，叫声是这样凄厉，以致使他感到他的心因此而被撕得鲜血淋漓，——他满怀忧伤和恐惧，用尽全身气力喊道：

"留留情吧！……"

雷声隆隆，乌云滚滚，雨下个不停，如泣如诉，草原在震颤，而在那边，在远方，森林沉郁地、悲痛地号啕痛哭着……但是在乌云从那儿飞来的暗处渐渐有些发亮，偶尔还露出蔚蓝色天空的亲切的微笑。

牧人站着，将小仙女高高地举在头顶上，忧伤地望着高空，高空里乌云飞驰，它们完全不理会牧人和小仙女。它们为来而来，去也是因为去的时刻已到。它们如果把牧人击毙，也就击毙了。但是这事并没有发生，——他们对牧人和小仙女根本不予理会；可能，它们希求着什么，但绝不是牧人和他的小仙女这种微不足道的东西！它们在大地的上空急驰而过，自得其乐。

太阳从那远远的、没有被乌云遮着的天际露出脸来；那儿随即展现出一条宽阔的、长带似的、清澈的碧空。

可是牧人站在那里，始终捧着玛娅，将她举向天空，悲伤地等待着，太阳会不会很快地照耀在他的头顶上；他甚至没想到，可以迎着太阳走去。

太阳终于大放光辉……在被大雨折断了茎子的茅羽草上一颗颗金刚钻和红宝石似的雨珠在阳光下光华四射；太阳的光辉也照到了玛娅的小脸和她的胸膛上……而在那乌云飞逝的地方，还隆隆地响着雷声。

这时小仙女嘘了一口气，低声呻吟着：

"噢，妈妈！妈妈！……"

牧人将她紧紧地贴在胸口上,他是那么高兴!

"这么说,你活着!嗳,这可太好了!我还以为你被雷电击死了呢!"

"我要回森林去!在这儿,我害怕!……"玛娅轻声说道。

"可是它已经过去了,那暴风雨!"牧人喊道。

"它还会回来的!把我送到林子里去吧!"

"可是我怎么把你送去呢?我不去那儿!那儿有什么?尽是些树!……"

"不,快把我送走!"小仙女坚持道。

"那么让我一个人留在这里吗?"牧人问她,并沉思起来……这事有些不对头……一个人又怎么样?他一直就是一个人。而且草原对他又如此可亲可爱。那为什么他不愿意将她送回森林呢?……而他确实非常不愿意把她送走!

"你知道吗?"他说,"我觉得,如果我把你送到那边去,这就像是我把我自己切成两半,各自东西似的,——一半去草原,另一半去森林,就这么一回事!请你最好别这样做。嗯?你说呢?"

"可是我害怕待在这儿!我要回森林去!没有你我也会感到寂寞……你以为不会吗?那你就想错了!会非常……可我还是要回森林!我害怕待在这儿!……多厉害的雷雨呀!!……"

"嗯,那么咱们怎么办呢?没有我你不行,没有你我也不行。跟我留在一起吧!雷雨能把你怎么样?它要是再来,我就唱歌,直唱到它离开草原,——这就行了!"

"哎呀,难道你能对付得了它?它会连你带我都抓着,还会把我们远远地扔到大海里去的!"

"到海里去,这并不远!……"牧人沉思地说道:"但是我既然很不愿意,我又怎能把你送走呢!……嗳?!何况——在这里我曾使你幸福,你也使我幸福,可是在森林里……好吧,你说,你在那儿见到过什么呢?"

55

这时玛娅也陷入了沉思,她沉默了一会儿,伤心地说道:

"你说得对,幸福在这里!可是……它是这么少!这一点我在初次见面时就想说了。看来,幸福只不过是一种期待;这就是你所谓的幸福!……"

随后他俩都伤心起来;而在他们头上,雷雨后明净的天空宁静而亲切地微笑着。牧人望了望天空和四外的远方,但是那儿也找不到排解忧思的答案。

"好,走吧!我把你送到林边。"

牧人默默地抱着她走去,已不像从前那样看着她的眼睛,而是望着被雨水淋湿了的土地;她坐在牧人的怀里,也沉默不语。在他们两人心里都产生了一种他们并不理解、却又妨碍他们像从前那样愉快地互相亲吻的新的感觉。

"再见了!……你什么时候再走出森林到我这儿来?"他问,一面把她从手臂里放到林边空地上,放在洒满了雨珠的枝叶下面,这些雨珠在暴风雨后静静地休憩着,在阳光照射下像宝石一样,闪闪发光。

"再来?我不知道什么时候,当……当我想来的时候——我就来!"玛娅回答道。

"那么吻别吧。"

她紧紧地、紧紧地拥抱了他并且吻了他一下——这是一个充满了疑虑的、痛苦的亲吻,之后,她没有回头看他一眼,便走进了森林。大滴的、冰冷的雨水从被惊扰的枝叶丛中落到她身上,使她感到寒冷。森林忧郁地、凝神地沉默着,小径不知怎的被封得更加严实,却并不像以前那么美了,花儿也不似以前那么美丽,那么繁盛了……一切都显得那么陌生,与往日不同,就仿佛玛娅换了双眼睛一样。

而在草原那边是多么辽阔,多么明亮啊!也许他正坐在黑柏树下,双手捧着头,望着远方,陷入沉思。他常常这样坐着,思绪万千。经常是当她在他的怀里打着瞌睡,而他不再哼着歌曲催她入睡时,她睡眼惺忪地打量着他,虽然她觉得他的心没和她在一起,但是望着他那双火热的眼睛总是很舒服的!……小仙女走着。树枝小心翼翼地碰着她的肩膀和手臂,似乎想小声地告诉她什么事;但是她除了满怀悲伤外,什么也没有感觉到……

在她经过的路上有一朵雍容华贵的盛开着的百合花,那饱含雨水的、银灿灿的柔软丰润的花盅不知何故悲伤地摇晃着。这朵百合花是那样雪白、纯洁、新鲜!而且它似乎也在为此而甚感骄傲。

玛娅一脚踩上了它,花茎哀怨地咔嚓响了一声……这朵纯洁的百合花就这样躺在污泥里,整个儿被踩烂了。

玛娅望着它,不禁产生了一种羞愧与怜悯之情。

"我现在做的事,就像他在草原上对我讲过的可怕的命运之神所做的事一样!哦,已经回到母亲的宫殿了!"

它矗立在那里,像从前一样美丽,但是宫里却笼罩着一层忧郁的气氛。

"妈妈!!……"玛娅望着宫殿门前的台阶,大声哭叫道。宫殿的大门上像以前一样绕满了深绿色的常春藤;在丝绒一样的绿叶丛中闪现着芬芳的白茉莉花和黄杜鹃花,向宫殿的几个敞开着的窗户,吐着浓郁的芳香。玛娅的姐姐们从一个摆着鲜花的窗口往下看着她,她们的脸虽然看上去也像几朵白色的郁金香,但这时是那样严肃而又悲伤。

"妈妈呢?!……"玛娅还没走上台阶便噙着眼泪问道。森林悲伤地随着她重复了一声:"妈妈呢!?……"姐姐们悲伤而严厉地摇了摇头;树林也摇着树梢,从它们的枝叶上抖落下了密密麻麻的大滴的泪珠。

"你把她气死了!"大姐说。

"你再也不是我们的妹妹了!"另外两个姐姐加上了一句。

玛娅望着她们,心都凉了……母亲真的死了?……死了?!……

小仙女低低地垂下了头,她感到,似乎有一条小蛇啮着她的心……"可是母亲已经是上了年纪的人了,她是因为我没听她的话而去世了呢,还是由于死的时辰来到了呢,姐姐们未必知道!……"那么,她们的口气为什么那么严厉,她们为什么现在又在楼上窗口的花丛中讥笑她呢?还是因为对她说了那番话之后她们会觉得好受些呢?她做了什么对不起她们的事?什么也没有!嗯,随她们去吧!她不怜惜她们,因为她们欺侮了她,就连森林也不再惹她喜欢了。

玛娅走向林子里她那棵心爱的青冈树,攀上它那被雨水洗过的、枝叶葱茏、香气扑鼻的树顶。她眺望天空;那儿已经是满天星斗了。星星尚小,也不甚明亮,它们忧郁地眨着眼睛,天空也是那样凄凉;她觉得,似乎森林的沉默也带着责备、冷淡和愤怒的神气……她只剩下一个人了,于是便哭了起来。

她的泪珠落到青冈树的树叶上,从一片滴到另一片,又滴到另一片上,最后落到地上……当她第二天清晨醒来时,青冈树下的绿草中开出了许多蝴蝶花,而在森林的上空则飘来了从草原上传来的歌声:

> 嗳!嗳!……为什么不见你的踪影?
> 天空早已放晴,
> 但现在太阳已经不能使我温暖,
> 我的心在胸中沉睡不醒!
> 不知道为什么,心里唱不出歌……
> 嗳唷!……等待是怎样把人折磨!
> 嗳!嗳!如果我会飞上那
> 明亮的蓝天,
> 我将从雷雨那儿
> 夺来许多炽热的闪电,
> 我将用它们锻成王冠,
> 向昨天我吻过的人儿奉献!……

"他已经在唱了!今天他的歌声是多么悲伤啊!我回答他……"她想到这里就唱了起来:

阴郁的森林
幽暗、静谧……
只有一簇簇树叶
在温柔地低声细语。
透过葱郁如云的暗色枝丫
太阳的光芒
照向那被阴影覆盖的小溪。
这明媚的阳光
照亮了溪流、赐予它以生机，
整个小溪燃起了
五彩缤纷的火花，
就好像地神魔法师
用自己慷慨的手掌，
将无数宝石
洒进了溪水一样……

"嗳嗬！！……"从草原上传来了欢快的吆喝声。

你的嫋嫋歌声
萦绕在我心上！
听了咱俩的歌唱
太阳也更明亮！
嗳嗬，我是多么如饥如渴，
把你清脆的歌声捕捉！
辽阔的草原已不如我意，
看呀，我是多么的爱你！！……

她接着唱道：

我正在吮吸
花儿的香气，
我要赶忙来
快快地吻你！
花儿对我说：
"请你给他带去
我们的芬芳馥郁！"
我这就去！……

两分钟后，她已经到了林边。

他迎面跑来，她感到，由于他的亲吻，整个天空都燃起了玫瑰色的火焰。多么甜蜜啊！……

他们重又生活在一起。日子一天天飞也似的过去了，当他俩互相习惯以后，便感到枯燥无味了。牧人总愿意东走西奔，可是玛娅的两只小脚已经走得疼痛不止了。

有一天他俩之间不知不觉地出现了阴影。这种事儿人人都知道，勿须多说！

一次他们无言地并肩坐着。白昼是那么明亮、生气勃勃和充满了力量。它简直就像草原上的一个勇士！而他俩却闷闷不乐。玛娅看了看牧人的眼睛，发现这双眼睛是那样阴郁，两道黑眉也紧紧地锁到了一起。

"你怎么什么也不跟我说呀？"她轻声问道，并且开始轻轻地抚弄他的鬈发。

"能跟你说什么呢？"他耸了一下肩膀。"我能对你说的也就是那烟雾弥漫的、柔和的地方在吸引着我，喏，就是那边，可以看得见阳光普照的远方……我要告诉你的就是这些，可是你不会跟我到远方去的；你的小脚会走疼的！可是没有你，我怎么能去呢？"

他不说话了，玛娅也沉默着，悲伤地垂下了头……可草原却一下子响起了千万种声音。

"嗯,我还可以对你说几句话,要是你不因此而生我的气的话。"

玛娅爱抚地望了他一眼。

"在我遇到你以前,我是无忧无虑的。那时我是自由的,没有什么希求,也不怜惜任何人;那时候真好极了,一面过活,一面唱歌,从草原的这头走到那头,夜里就望着天空,心里想,谁要天上那么多星星干吗?或者想,天空再往上还有什么呢?那时我有过好多愿望……我什么都想知道,什么都想干——可是现在你跟我在一起,我已经不能像我希望的,也不能像以前一样生活了,因为要是我一个人走开——会惹你生气,而我又爱你,心疼你;瞧你多么美丽,多么年轻!一个人若是在爱、在怜悯、或者有某种愿望和担忧,那他就不自由了!这就是我对你说的话!我因为这些都是真情而感到难受……"

说完这番话,牧人就沉默了,他望着远方,悲切地对什么东西点着头。

玛娅听完他的话以后,感到心头发冷,不禁潸然泪下。

"你说——这是真情,我要说的也是实话。过去我在森林里过得怎样,难道不好吗?哦,不是的!……要是你没有忘记的话,正是你用自己的歌声把我从那儿引诱出来的!我来了,因为我想——我在这里与你在一起更好。我来了——因此失去了母亲、姐姐,我的家,一切的一切!……你说说,我丢开这一切是为了什么?难道不是为了那些亲吻热烈得灼人的时刻吗?!所付的代价确实太大了……我从你那儿得知的一切,还不如不知道的好,因为我心不由己,总得想着它!……你给我讲过命运,还讲过死亡……可这里面有什么好东西呢?要是我不知道有这些东西,还会高兴一些;一个人由于善于思考并不会过得更好些!……瞧,我也把自己的一些想法告诉了你,要是我能把心从胸膛里掏出来,捧到你眼前,让你瞧瞧我心中的一切,你就更能了解我了!你是个聪明人,你说说看——咱俩的事怎么搞成了这种样子呢?"

他自己心里想的也是这个……真的,这究竟是为什么?他们俩彼

61

此从对方得到的和彼此给予的都一样多吗?

对第一个问题,不管是牧人本人,还是他感伤地环顾着的草原和天空——都没有回答,而对第二个问题他和玛娅已经回答过了。

"嗳嗨,——无边无际的草原和辽阔深邃的天空,都是多么美好、宁静、有力啊!不,我的小宝贝,没有一个智者能说得清楚——这是为什么;我想,还没有这样的智者;如果你观察得更仔细些,那么可能还会发现缺少许多东西!……我们彼此之间有谁对不起谁吗?我想,没有!躺到我的胸前吧,让我抱你、吻你吧!"

玛娅望了望他。他从前是漂亮的,健壮而勇敢,长着开阔的前额和一双火热的眼睛!现在稍许瘦了些,一副心事重重的样子——但仍然是漂亮的。他的目光变得像天空一样深邃。她拥抱了牧人,将头靠在他的胸前,说道:

"给我唱一首你从前的歌吧!你好久都没唱过了。"

"我现在不想唱;不想唱,亲爱的!看起来,我所有的歌都已经唱完了!……你知道吗?那些歌并不是我的,都是别人的——大家都唱,我听了,自己也唱了起来……而这些歌可能没什么……不过也可能会有对心灵有害的东西。"

他说着,伤心地摇着脑袋;而小仙女则在哭泣,因为除此以外,她还能做什么呢?……

他们就这样生活着。就这样,四目相视,越来越感到彼此是多余的。越来越感到彼此妨碍,相互之间越来越了解,彼此看到的也越来越多……牧人就越发想走得远远的,到一个他一点也不熟悉甚至想象不出来的远方去。玛娅却日渐消瘦、苍白,老是想着:"这是为什么?……这是为什么?……"

秋天已经临近。雷雨更加频繁地掠过草原,天空经常是阴沉沉的。白昼渐短,黑夜愈长了……玛娅有时在长夜中梦见白发苍苍的母亲。母亲悲伤地摇着脑袋,老眼中流露出无限悲愁……这时森林已着上深红色的秋装,被太阳照耀得金光灿灿。

牧人老是坐在玛娅身旁,不时贪婪地望着远方,一言不发;有时又突然抱着玛娅,吻得她在他的怀里几乎喘不过气来。玛娅一天天地愈加憔悴了。

一天早晨,——那完全是一个秋天的早晨,阴晦的早晨,沉重阴沉的乌云低悬在大地上方,似乎马上就要落到草原上,用它那深灰色的、厚茸茸的被单把草原给盖上一样——就在这样一个早晨,玛娅醒来后,对牧人讲:

"我要死了,亲爱的,是的,我要死了!……"

牧人的双眼闪耀着悲喜交集的光芒,他把她从地上抱起来。

"别这么说,亲爱的!"他惊惶不安地说。

"不,我要死了!……夏天已经逝去,我也要跟着它去了!快把我抱到森林那里去吧!"

他抱起她来,往林边走去。

树林幽暗而阴森;它已经不像往日那样既温柔又有力地窃窃私语,从前曾是绿油油的树叶已经染上了秋天的色彩,缤纷的落叶堆满在树根旁。森林里悄然无声,树木默默地挺立着,思念着逝去的夏日;乌云低低地、低低地压着树梢,秋雨绵绵,淅淅沥沥,如泣如诉。

在林边,玛娅让牧人停下来,低声对他说:

"把我放到地上!"

他把她放了下来,自己坐在她身旁。

一阵风从草原上刮来,吹掉了许多树叶,树叶又大、又红,纷纷落到了玛娅和牧人的头上;树木喧嚣了起来——声音异常单调,——听不出它们是在向玛娅致意,还是在嘲笑她和责备她。

"永别了!"她对牧人说道:"还有你,森林,也永别了!乌云后面的太阳,也永别了!还有你们,乌云,永别了!你们勇猛无畏,从前曾使我感到恐惧,可是现在我知道了,你们是受风的驱使,而风呢——又受别的什么的驱使,而命运之神是主宰万物的女王,连她也可能是听命于别人的,可能是受着想要将我带走的死神的支配……不过,死神大概也身不由己！她总是干呀干地,忙个不停……这是为什么呢？……算了吧,永别了,再说一次,我的勇敢的人！现在你又可以像鹰一样的自由了；可这对你有什么用？你问过自己吗？……永别了！将来不管我是海上的泡沫,还是山间的蓝雾,或是草原上的暮霭,我将永远不会忘记你。永别了！再吻我一次吧！……"

当他吻她时,她死了。

她躺在树下,树木用喑哑的声音在抱怨着什么；她是那么娇小、安静,她的小脸比百合花还要苍白……乌云在草原和森林上方垂得更低,而且哭得更凄厉了……牧人悲痛欲绝,哀伤充满了他的胸膛……

牧人望着她,——她已经不像活着的时候那么美丽,但是现在对牧人说来,她更为珍贵了,在这伤心的时刻,牧人越发爱她了。是的,牧人更加爱她,因为失去了她……牧人的心隐隐作痛,心在哭泣……他悲愤填膺。

他唱了起来,这可能是最后一次唱歌：

是谁第一个将生活之杯
注入了痴情的毒药,
就让他自己去饮这苦水,
  久久地、久久地、没完没了！……
并且,想死,却活着,
  永远死不了！

接着森林里响起了低沉的回音："永远死不了！……"

但是这算什么歌？！……牧人已经看出,这不是歌,因此他感到既惋惜又羞愧。

他在自己头上挥动了一下他的长棍,轻轻地、哀怨地打了一声唿哨,迎着乌云,向远方走去——接着就在那儿消失了。

小仙女却仍然在林边躺着,湿漉漉的树叶不断地纷纷扬扬地落在她身上……黄昏时分,阳光穿透乌云,但除了林边一堆高高的红黄两色的落叶外,它什么也没有看见;在那堆落叶上方,在那橡树的黑色的、潮湿的树枝上,有一只翠鸟在低声悲啼。这时阳光又躲进了云层;天黑了,快乐的、娇小玲珑的小仙女玛娅就这样埋葬在秋天的落叶下面了……

这就是整个故事。

在那天晚上,在多瑙河边,有三个睿哲的地神坐在被风暴吹倒了的、长满了青苔的橡树枝上谈论着快乐的玛娅之死。他们已经知道她死了,因为不论什么地方发生的事他们都知道,甚至明天可能发生的有些事他们也能未卜先知,他们谈着谈着,其中一位这样说道:

"这就是小玛娅的一生!这有什么!她能得到的全得到了,真的,她没有什么可遗憾的。"

"我认为,爱情之所以被称为享乐,只不过因为它是非常强烈的痛苦,我不可怜玛娅,没什么好可怜,——因为一切都很愚蠢!"过了一会儿,比前者更为睿智的第二位地神说道。

而第三位地神,手里捡满了石头子儿,若有所思地把它们扔到微波荡漾的河水中,面带微笑地望着那些被石子激起,随后又被流水冲散了的一圈圈波纹;虽然他想的不比自己的伙伴少,而且额上的皱纹比他们还多,但他连一个字也没说。他什么也没说。

他才是最最睿哲的。

好啦,我的童话也讲完了。这个童话不是新的,可能生活本身早就将它写在你心中了;因为据说,世界上从未有过以前没有发生过的事!……

……可我却那么想把它讲出来!

孙新世 译

自作聪明的萝卜[*]

……拙见是正确的——因为对此大家都默然无语。

"是的,在这儿,只有我配称作有思想的生灵。这是事实!"萝卜想道。"太太!"她对长在邻畦上的蔓菁说,"您的叶子离我太近,都挨着我的叶子了——这可并不使我感到特别高兴,我想恭请您挪动一下。"

"哎哟!"蔓菁说,"我倒想问问,我往哪儿挪呀?这儿无法再挤了,再说,无论往哪儿挪,都无济于事。这只会增添麻烦,弄得汗流浃背,仅此而已。有些人说,要相互挤紧些,以便……"

"见您的鬼去吧!"萝卜勃然大怒,"命运之手把您插在哪儿,您就杵在哪儿好了,您可休要胡言乱语,惹我不高兴。可是,这儿所有的人都是那样庸俗,那样渺小!没说的,我可算是落到了一个受人尊敬,令人愉快的环境里了!看来,正像这个老辣根所说的,我是该动身去旅

---

[*] 本篇写于一八九二至一八九四年间,可能由于书刊检查的原因,未能刊布,直到一九四六年六月十五日才第一次发表在《文学报》上。译自《高尔基全集》第一卷。原作无题,篇名是《全集》编者所加。高尔基通过这篇讽刺寓言,主要反对当时某些德国哲学家所宣扬的主观唯心主义,嘲讽不可知论。作品中"萝卜"的议论就是这种思潮的反映:"生存的价值等于零","命运……充满了无数随时都会发生的威胁和危险","自然界的活动是盲目的"。作者辛辣地称萝卜是"自作聪明"。但由于它的"根生来就是烂的",因此它的本质是虚弱的。最后,萝卜被车轮——历史的车轮辗得粉碎。十九世纪八十年代俄国一部分青年知识分子受到不可知论的影响,产生了悲观厌世的思想,自杀事件层出不穷。高尔基针砭时弊,以讽喻的形式揭示了造成这种社会现象的哲学思想基础。

行了。不过,早在我听到老辣根说这话很久以前,我头脑中就产生要去旅行的念头了。如果我真的要去旅行,那倒并不是因为老辣根认为旅行有什么裨益的缘故,而只是因为我想去。这又是怎么回事呢?"

在果园和菜地之间的篱笆旁,站着一头公山羊和一头母山羊。公山羊对着自己的女伴温声柔气地咩咩唱道:

> 无论菠萝还是蜜桃,
> 大自然都不是为我们造。
> 亲爱的,别瞪眼瞧着菠萝和蜜桃,
> 瞪得再大也是白瞪!
> 瞧那蔓菁,绿叶青葱,
> 瞧那萝卜,一片苍茏,
> 要知萝卜才供我们食,
> 要拔、要吃正适时。

"且慢,你们听听,这唱的是什么玩意儿?"萝卜气急败坏地说,"真是万万没有料到!这一对可敬的、膻臭的山羊,他们竟认为,我是为他们生长的?这是什么鬼话!这真是令人义愤填膺——这简直是最最无耻的异想天开嘛。这简直是卑鄙无耻、粗暴无礼到了极点!就这样决定了——我一定要离开这儿!非离开不可!我是一个生来就富有思考能力的生灵,我感到一切存在都只不过是荒诞无稽,不值一提。正是我,一个能领悟到在这令人生厌的蓝天下生存的价值等于零的人,却要成为山羊的食物吗?成为这些在篱笆旁用犄角互相搔痒的愚昧无知的畜生的食物吗?这些用难听的嗓子貌似温和地唱着残忍的歌曲的畜生!不,'命运'夫人,感谢您,我既不完全是,也不永远是您的温顺奴仆。我要走了,夫人!"

于是萝卜从泥土中拔出自己的尾巴,把它裹在自己的叶子里,像披上了斗篷一样。她为自己所下的决心感到自豪,穿过篱笆上的洞口,向田野滚去。

"这下我可自由了!"她在路上边走边想,"是呀,现在我可从令人窒息的臭气中,从辣根、蔓菁和我所有的左邻右舍的呼气中,从菜园子狭小的天地中挣脱出来了,——只要一有可能,我相信,我一定能冲出这称之为天空的拉得紧紧的陈旧的蓝色帷单,我一定能冲出去,飞升到思想的光辉境界,——我将是飞升到那儿去的第一个萝卜。如果可以说,当我感觉到大地在自己身下,并能观察到大地上的一切就是自由的话,那我现在就是自由的了。"

"然而太阳是多么肆无忌惮地灼烤着我!如果它还继续这样使劲地烤人,恐怕我就会变得比芦笋还细了。真是个愚蠢的老煎锅!你早就该为你所干的一切而羞愧得无容身之地了,而你却还杵在那儿,扬扬得意地微笑着,欣赏你所建立的一切秩序和由于你而诞生的生命!呸,不要脸的东西!那你就杵着,杵在那儿吧,反正总有一天你会从那儿摔下来,撞在你亲自在地球上造成的荒唐之山上,碰得鼻青脸肿。"

"可是多热啊,是吗?虽然,实际上这不应该和我有什么关系,因为我只不过感觉到这一切,而我又没有自己感觉的真实标准,所以有可能实际上我既不热也不冷。但即使当我感到炎热或寒冷时,我有充分而合法的权利在前一种情况下躲到荫凉的地方去,在后一种情况下出来晒太阳!但愿没有任何人敢对我这个权利提出异议吧?"

她神气地回头看了一眼,只有一条狗在路上向她跑来。从它的肥胖程度,从它由于炎热而伸出的舌头以及那像烟筒似的高高翘起的尾巴来判断,它与哲学是毫不相干的。

随后萝卜往路旁接骨树丛的荫凉处一躺,继续思忖着:

"严格说,我的旅行,如同大地上一切无穷无尽的行为和现象一样,是荒唐的,也是我所不需要的。但是,话又说回来,我又为什么不去旅行呢?在前面将会有许多感觉来充实我已有的全部感觉。将会有新的材料供我思考。但无疑——思考是为了最终被人把我擦成细丝就着克瓦斯①一起吃掉……而它,这条狗还是朝我走来了!让它在走近我以前先瞎掉眼睛吧。它到底还是过来了!看,它也会把我吃掉的。然而……然而就它来说,这将是既愚蠢又卑鄙的。这儿很冷,在这荫凉的地方犹如在雪中一样,冷得我浑身发抖。啊,你这条愚蠢的狗!永别了,一切我所……"

"真——热啊!"狗坐到萝卜旁边,一面嘟哝着。"这可真热得够呛!哪儿都没水,连一滴也没有!哎,这是什么?是个萝卜!是哪个鬼东西把萝卜种在这儿,种在接骨树丛下!真是太愚蠢!不过,我要是吃一点萝卜——这也许能解渴吧?让我来尝尝——萝卜!"

"对不起,太太!且慢!首先,我认为我有义务告诉您,您的可尊敬的愿望显然完全是出于对我的本性一无所知。作为一个萝卜,我实质上是辣的,味道冲鼻,能使心动加速,而决不能用来解渴。再则,请允许我向您指出,我是一个和您一样有思想感情的生灵,——我胆敢这样认为——既然您和我,或换言之,我们——啊,请您不要把牙齿锉得可怕地咔咔作响,请您闭上尊嘴!——既然我和您——反正都一样,那,据我所知道的法律上的关系,既然我不应被您咬,或换言之,我不愿被咬,对不起,同样也不存在要被咬死的正当……——那我就有生存的权利。"

但狗龇牙咧嘴,倒并不是因为要啃萝卜,而是因为它的职业是杂志评论家,所以,正如它的极其尖酸刻薄的词句,或换一种更为确切的说法,正如它对谩骂的嗜好一样,这副怪相是它的常态。

"真是个笨萝卜!去你的吧,笨蛋!"狗诧异地吠叫起来。"从来没见过比这更为痴呆的萝卜了!我想喝水,你懂吗,我要喝水!你味辣,还有些什么其他的……总之,你是毫无用处的废物,因为你的根是腐烂的,你身上散发出一股土腥味,——总而言之,你对我毫无用处。还是见你的鬼去吧!你却高谈阔论:'权利!权利!'当我想喝、想吃的时

---

① 一种用面包干发酵制成的清凉饮料。

候,别人的权利又与我何关呢?生活——这就是为生存而斗争。这个萝卜真是个笨蛋。如果不是这么热的话,我就会讲给你听,你是多么愚蠢,——依我看,你还是需要这种开导。真是个臭萝卜!呸!"

被惹恼的狗愤愤地唔唔叫着,跑开了。

萝卜苦笑了起来。

"世界上的一切都是如此。我是想要开导它,这野蛮的狗,对它解释清楚法律关系方面的问题,我想给它确切地讲清人的价值,它却对我狂吠乱叫了一通,然后走了。对我的一片心意毫不理解,没有丝毫感激之情!当然,感激——这其实对我来说不过是小事一桩,因为这些狗、猫以及自然界产生的诸如此类的错误对我的关系,在我看来,是不足挂齿的。不过,从另一方面看,它非但没有把我吃掉,反而嗤之以鼻,这简直是侮辱!这是它认为我不配它的口和胃吗?难道还能有比这更荒唐的事吗?而且它还说,我的小尾巴烂了,——就算它说对了,但是,第一,当我还长在土里的时候,尾巴就已经烂了;第二,现在这个时候,哪儿还有完好无缺的萝卜呢?所以我是平白无故地蒙受了侮辱!绚丽迷人的生活原来就是这样啊!噢,死神,——你冰冷的怀抱……也许,这只乌鸦为了取乐也会产生啄一啄我的念头吧?啊,生活!命运使你充满了无数随时都会发生的威胁和危险,甚至连我理智的慧眼也无法预测命运的打击,你不是生活,而是痛苦、灾难,你是无穷无尽的、深沉难熬的灾难,——也许不,你是生活,因为找不到比这更坏的定义了,否则我本可以把对你的更多的蔑视和愤怒赋予这个定义!我要离开这儿了,首先,因为这种荫凉已变得使我不再感到愉快;其次,因为这只乌鸦完全不是那种一眼看上去就可以使人信得过的乌鸦。我要走了。也许,将来会有一天,在我休憩过的地方,竖起一根柱子,上面写着,'她旅行途中曾在此地休憩!'或别的什么类似的话。但这都是些无聊的蠢话和区区小事,而每个有理智和有思想的生灵应该研究的主要事实,就是生活中无所不包的各种现象及其无法避免的固有的一切不便和荒谬。啊哈,命运本身显然被我在思想领域的思辨所吸引,并对之感兴趣——这又是一个材料。"

在萝卜面前,路上扔着一块甜瓜皮,旁边有几只吃撑了的苍蝇。其中有些还活着,在尘土里爬着,并试着想飞起来,但翅膀再也不能把它们托起来了,于是它们又去吃——因为反正总要死!那还不如吃饱了肚子死。其他的苍蝇在空中像一片乌云似的飞着,乱哄哄地嗡嗡直叫。

"这真是生活的一种奇妙的捉弄!"萝卜思考着。"生活创造了甜瓜皮和苍蝇,并且赋予后者酷爱一切甜食的习性。然后,生活又把这块甜瓜皮扔到路上,现在苍蝇吃了它就死了。请问:同时创造瓜皮和苍蝇有何意义呢?因为前者的存在就是后者的死亡。"

"为什么用一只手去创造为的是用另一只手去毁灭呢?目的何在?我以完全理智的、毫无偏见的态度来看待这一事实,我不能不得出这样的结论:无论是这一事实,还是其他无数类似的事实,都是荒谬绝伦而又令人憎恶的。于是,我认为自己有权从这里得出一个结论:自然界的活动——是盲目的!既然我迟早一定要被人就着克瓦斯一起吃掉,那为什么又要创造我这个萝卜呢?很清楚,自然界的创造只不过是一种漫不经心的随心所欲罢了。"

"别了,可怜的苍蝇,别了,你们这些命运手里不计其数的玩物!我本来可以建议你们别吃这一块瓜皮,不过,这一块或与它相似的另一块不都是一样的吗!?死亡——是一切生灵命中注定的。别了!我要上路了!我又要走上艰难困苦的、宏伟遥远的道路,走向解决生活和其他万物之谜的目标……畜生,你给我滚开!"

这是一只苍蝇不知怎么的忽然爬向她的眼睛。苍蝇嗡嗡地在萝卜周围飞绕,还撞到她的脸上——飞开不久,然后一会儿冲着萝卜的鼻子,一会儿冲着她的脸颊直撞过来,一面还呻吟着,大声地央求着,并且悲哀得令人厌烦地哼哼着什么。

谁知道呢?可能,因为这只可怜的苍蝇的胃难受,认为萝卜是懂点医道的人,所以想向她求医。这是很可能的,因为萝卜的仪容庄重,她的模样儿看来可以使人认为,她就是一个知道生死秘密的人!不管怎么说,这个萝卜的自负甚至足可以做两位医生,——不过,也不会再多。

"你滚开!"萝卜发怒了,"你——这个微不足道的家伙!我说,给我滚开,我讨厌你。啊,你不愿意?那好,你惹得我忍无可忍,如果你乐意的话,我就弹你一下。卑鄙的东西,我要弹你一下!啊,你逃跑了,逃跑……"

这时,萝卜已怒不可遏,她抓起扔在路上的一根棍子,在空中抡着,去追逐苍蝇,而苍蝇拼命嗡嗡地叫着,机灵地避开棍子,东藏西躲。可是它终于还是被打下来了——棒梢打着了它,把这只死苍蝇打得老远。

"啊哈!"萝卜感到心满意足,又往前走了。

"这又是一个证明,证实了我关于无法逃避命运的打击以及罪恶无所不在的思想。我这个与人无争的正在旅行的萝卜做了什么对不起这只苍蝇的事呢?它整整一小时嗡嗡地哼着令人讨厌的、内容与我毫不相干的调子,以此来妨碍我的生活。我根本没有做什么对不起它的事!它就这样破坏了我内心生活的平静和谐调,迫使我经受了一个有思想的生灵所不应有的感觉。为什么?有什么权利这样做?任何人,包括她自己在内,也回答不了这个问题。而事实却仍然是:我的生存不可能不遭到别人暴力的虐待,别人这样做或是对他有利或仅仅是为了取乐。这就是你所能得出的结论,如果你能正常地思维或认真地观察生活的话!噢,生活呀,生活!你究竟是为了什么?还有:既然这不足道的苍蝇接连几分钟在我耳旁尖叫,破坏我思维过程的谐调,那自然界使我的心理功能受到周围条件的制约这种做法难道是合理的吗?——答案是一清二楚的。然而我的逻辑越来越得到发展和巩固。太好了!"

萝卜就这样推论着继续往前走。

"瞧,玫瑰花绽开着!花姿极为瑰丽!艳丽饱满的蓓蕾吐露出芳香,我尽情地深深吸着这芬芳的香气。如果我不知道这些花朵会被人采摘,会枯萎凋谢,会像世上的万物一样化为灰烬,我本可以高高兴兴地享受一番。啊,玫瑰,玫瑰!要是你具有思想的能力,你就不会开得这样茂盛了。不过,我有权摘你一朵,因为我或者别人采摘,岂不都是一样吗?是的,我要摘一朵盛开的花。你们这些奇臭无比的花真该死!刺得我好痛啊!啊,所有的玫瑰和走近它们的傻瓜们都见鬼去吧!"

这是一根刺扎进了萝卜的肚子,因为她想采一朵花而过分走近了一株玫瑰花丛,结果倒在这株花丛上了。

"这就是尽善尽美的东西!这就是高于生活中的一切,高于生活的东西。它原来如此!我观察了它,但在它里面我也找到了证明,证实生活是无数虚无缥缈和离奇的幻觉,而且生活中最美好的东西只不过是一种掩饰,在它的掩盖下一定隐藏着某种卑鄙丑恶的东西。我的肚子做了什么得罪这株卑鄙的花丛的事呢?什么也没做——但在肚子上却戳着一根该死的刺,使我疼痛。老实说,我当然可以用转移对它的注意力的办法,使这疼痛消失,但是从另一方面看,为了完善我的智力,我还必须对这疼痛加以研究,以便弄清楚,这疼痛的实质究竟是什么东西。"

"我要继续往前走!由于我感觉的真实,我感到疼痛不只是因为该死的刺,还因为我的烂尾巴。当我还在土里长着的时候,我的尾巴就已经烂了。可见,我生下来就带着一条烂尾巴,这是我可敬的爸爸和妈妈的过错。请问:难道我要为父母的行为负责吗?其次:为什么偏偏是我,而不是别的萝卜出生时带这么一条烂根呢?还有:为什么要有那么一个萝卜生下来就带着烂根呢?这些问题,就像其他一切问题一样,是得不到答案的。不过,对任何一个有思想的生灵来说,这种荒谬绝伦是显而易见的。大自然使我想起了一个园丁,他漫不经心到了极点,他不是像应该做的那样把沙子铺撒在小路上,而是撒在种着刚破土而出的青菜畦里,把喷壶里的水浇在自己的靴子里,而不是去浇菜畦,有一次甚至还把草莓种在一畦豌豆地上;这菜畦也和他一样异常,干出了同样荒唐的事情,其恶果有过之而无不及——我用我自己生存的事实就足以证明。我的尾巴疼痛,全身瘫痪无力,我连走路都很困难。"

"严格说,我在目前的状况下旅行是尤其不适宜的。而到某地去远途旅行的渴望那就更是荒唐的。因为地球上每一点从它和另一点的关系来说都是远方,因此身处目前这一点上,我已远离所有其他各点了。"

如果注意到,许多城市和国土的名称都是以同一字母开头,比如,Англия(英国),Австралия(澳大利亚),Париж(巴黎),Пекин(北京),Рим(罗马)和Ромны(罗姆内)①,那恐怕就未必能认为,它们中每一个都是独立的,因为有些特征,比如,它们名称的第一个字母就说明,它们之间有某种共同之处。然后再来看事实,处在地球上的一切东西——正因为都在地球上,所以,由于地方狭窄,彼此就必然要接触,有了接触,就更有必要相互仿效彼此的生活方式,表达思想的方式等等。由此可以大胆得出一个结论:世界上的一切都是平庸而又愚蠢,这一点我早就预料到了,而且我所进行的这次旅行使我对这一点更彻底地深信不疑。

"不过今后我可以动身回到我的菜畦上去,并着手写一篇文章。为这篇文章想个题目也不会有多大困难,而且我观察所得的材料对这样一篇文章来说,是足够用的,甚至还绰绰有余。"

"这样,事情到此为止,而荣誉——只要我的小尾巴不在我需要之前烂掉,——荣誉就会降临到我头上。我已经看见……"

萝卜一面考虑着,一面走在路当中。她在展望未来时,忘记了回头看看,在身后有一辆载着垃圾的马车正朝她驶来。瞧,它向萝卜压了过去。

---

① 罗姆内是俄罗斯的一个城市。

"对不起，"萝卜叫了起来，"我是个循规蹈矩的萝卜。"

但马车的车轮对哲学一窍不通而又残酷无情。车轮若无其事地压碎了萝卜，毫不在乎地发出吱吱扭扭的声音，继续向前驶去，在车后的路面上扬起一阵阵尘烟。

这个自作聪明的萝卜就这样结束了生命！

正如你所看到的，萝卜的遭遇是极其不幸的，但我应该告诉你，萝卜毕竟还是有益处的——这不仅因为它可以丰富我们的食谱，而且还因为，萝卜擦成碎丝敷在脚上可以祛除头热。

尽管如此，这个萝卜并不是菜园里最后的一个。这一情况既可以增加，又同时可以减少你对它的惋惜。

周　圣　译

使我心灵蒙受创伤的事实和思绪*

> 阿德莉！
> 为什么我无论对你说什么,你总是从坏的方面去理解?……
> 　　　　　　　（引自德国小说）

> 尝一尝,吃过了一点蜜那我就可以死去了。
> 　　　　　　　《创世记》第二章①

一八九三年四月五日

记　述

一八六八年三月十四日②,深夜两点钟,性喜恶作剧的造物主为了

---

* 本篇写于一八九三年,最初发表于高尔基世界文学研究所一九四〇年《纪念高尔基报告集》,系作者第一篇自传体作品。作者后来在一九一二至一九一三年创作自传性小说《童年》时本篇手稿失落而未能加以使用,因此本文与《童年》两者的情节有许多不一致的地方。译自《高尔基三十卷集》第一卷。

① 应是《旧约·列王纪上》第十四章。
② 按高尔基的生日是三月十六(二十八)日,不是十四日。

给它历来创造的种种荒诞现象再添新趣,将它那神来之笔一挥——我就来到了人世间。

尽管这一情节是那样重要,可我自己并不记得。不过外祖母对我说过,当我刚刚成了人形时,我便哭叫了起来。

我愿把这哭叫声视作愤懑的抗议和呐喊。

我记忆中的第一个印象。

一队出殡的行列沿着狭窄而昏暗的街道在缓缓移动,两旁是高大、肮脏的红色楼房。房舍的上空铺展着一幅灰蒙蒙的旧棉布般的幔帐,它遮住了天空。雨水渗过幔帐变成冰冷的潇潇细雨落到地上。人们在为我的父亲送葬。我坐在外祖母的膝盖上,外祖母乘着一辆四轮马车,马车在没到轮毂的泥泞中行走,向四外溅起泥浆。我凝视溅起的泥浆,思念着父亲。

父亲身材魁梧,生着一双深邃的灰色大眼睛,嗓音洪亮而又柔和,此外再也想不起别的什么来了。不过也还有一点,那就是他叫我小胖子,我称他爸爸。显然这是我们俩各自应有的权利,并没有什么新奇之处,所以也就根本没有引起我的任何情感。

马车驶进沼地,这里也就是墓园。人们把父亲的灵柩抬到积了半坑水的墓穴边放下。两个牧师:一个是大块头,长满了浓密的毛发,因而脸上只露出一个尖溜溜的红鼻子和一双阴森可怕的眼睛;另一个是小个子,说起话来尖声尖气的,——他们拖长声调祷告了不一会儿,就把父亲放进墓穴里,许多青蛙吓得从坑里蹦出来。我吓得哭了起来。母亲走到我的跟前,满面怒容,神色严厉,于是我哭得更凶了。外祖母递给我一个"8"字形的小面包圈,母亲把手一甩,什么也没说便走开了。我对父亲的回忆就这么多。太少了。

要是我的话,也许能给儿女多留下点什么,至少不会忘记向他们请求宽恕,因为由于我的过失(起码有一半),他们必须活在世上。

这是每一个像样的父亲应尽的责任,不可推卸的责任。

我记忆中的第二个印象。轮船。沉闷的隆隆声。船舱。汹涌的河水泛着白沫流经窗外，不知奔向何方。我坐在像圆饼一样的舷窗口看着：船舱里除我以外，还有母亲和外祖母以及放在桌子上的一口小棺材。我知道，棺材里躺着我的弟弟马克西姆，他是在我父亲去世那一天出生的，八天之后他也死去了。此举表明他具有非凡的聪颖的天赋。河水开始缓慢而平静地在窗外流过，甲板上的喧闹声显得更大，传来了一阵沉重的脚步声，这时一个穿着蓝衣裳的人走进船舱，他两手捏着一顶缀有飘带儿的白色制帽，在他那令人可怕的大脸膛上从左额到右颊斜着划有一道红色伤疤。

"可以带走了吗？"他问道。我哭了，因为不愿意那个穿蓝衣裳的人把我们当中的任何一个人带走，可他走到桌子跟前，把弟弟夹在腋下，画着十字带走了。母亲的脸刷地红了起来，外祖母不知从哪儿掏出一块红手绢，用它捂着自己的双眼，号啕大哭起来，哭得是那样伤心。后来只觉得周围的一切连同我自己不知往什么地方沉了下去。

阁楼上的一间小屋子。明亮、暖和而又寂寞。我坐在椅子上，一本厚厚的书摊在我的面前，书上尽是挺可笑的大字母。外祖父坐在我的对面，他那长满火红胡子的脸孔非常凶狠，我问他："不与渎神者同流乃为善者"是指谁呀？是亚科夫舅舅吗？

"笨蛋！"外祖父骂道。可他没有说清楚谁是笨蛋——是善者还是亚科夫舅舅。

"蠢驴！"外祖父又骂道，他的胡子直哆嗦。蠢驴——这可是指的我，——那么，笨蛋指的也是我了。这样的推理一点儿也没有使我不高兴，我一面拉长声调说："不与罪人合流……"，一面用手指甲刮去滴落在书上的蜡油。房门开了，外祖母走进屋来。

"老爷子！"她喊道，"来了个外国将军，说是要找你。"

"什么—么？"外祖父慢慢地欠起身子，两只眼睛可笑地盯住门口，一个高个子站在那里，他头戴一顶金光闪闪的三角帽，身穿一件缀着红色大纽扣的红色俄罗斯男式短外套,过膝的长筒袜子和一双漂亮的带金属扣环的小皮鞋。他的脸威武而严厉,长长的红红的鹰钩鼻子,鼻尖上有个疙瘩。

"您—好,阁—下!请—请……坐—坐!"外祖父的面色刷白,浑身直打战,在屋子里可笑地来回打着转儿。将军笑了,外祖母也笑了,外祖父的两只眼睛瞪得滴溜儿圆,我这才认出是我母亲。我心里又难过又害怕。

"妈妈!"我喊道。"都给脱下来吧。"她笑得更起劲儿了。突然,她收敛起笑容,吓唬我说:

"你现在要是再淘气,不好好学习,——我就送你去当兵,叫你装炮弹,等到打炮的时候,让你骑在大炮上面!"

我害怕,害怕那些该死的大炮;兵营里开炮的时候,窗子上的玻璃吓得直打战,我觉得,要是接着再发一炮,就要天崩地裂,我们家的房子也就得倒塌。我心里怪委屈的:我的母亲素来都是那么端庄和美丽,可现在却显得那么难看和可笑,在她身上再也没有什么东西能使我害怕,反倒有那么多地方叫我看着不顺眼,特别是这几个衣扣——我从来没见过有这么讨厌的大纽扣。

"妈,脱掉吧,这多难看。"我恳求说。

"傻孩子!"她笑道,"现在是过圣诞节,所以我才打扮成这样,明天我就同往常一样了。"

可是我要她现在就同往常一样,我非常生气地嚷嚷,偏要她脱下那身衣服。她一个劲儿在笑。这时,我从椅子上跳起来,抓住她红外套上的一个扣子,连哭带叫地闹着把它往下扯。

"哎哟,你这个小崽子!"头一记耳光没有使我慑服,但后来一连几个耳光把我打到墙角里去了,我一个人待在那里,他们却把灯吹灭了,然后又从外面把门锁上,走了。屋子里一团漆黑,心里怪害怕的。我不再哭了,谛听着楼下的喧闹声。那儿在跳舞、奏乐、嬉笑。我只觉眼前有个庞大的黑乎乎的东西在浮动,一串串金星在四壁上忽明忽灭地跳跃。后来,我就睡着了。

这里,我想起一个梦。那是个令人终生难忘的、抚慰心灵的美梦。假若我不用文字写下来,而只是打上删节号,也许更好一些,不过我有一个目的——有点儿古怪和玄妙,也可能是无法达到的,说得明白些,这是疯子和有病的人才会想出来的。但纵然如此,全部问题在于:我的目的是排除任何方式的沉默。

窗户敞开着,园子里的丁香树和苹果树的簌簌声和芳香连绵不断地穿过窗户传进屋来。我躺在被窝里,极力想数清从窗口望出去所能看到的那一小块夜空上的星星。别看这么一小块,可是星星密密匝匝,数来数去也数不清。

"你怎么不睡觉?"母亲问道。她坐在我的身旁,不时地站起身来,凭窗朝楼下的花园张望。

"我不想睡!"我回答。

"什么我不想睡,睡吧,睡吧!"母亲不满地说。

可我想要亲亲她,并且大声地这样说。今天我很喜欢她——而且是纯真和深挚地爱她,在她面前不感到害怕和难为情,不像平素那样在带着其他种种复杂的感情的同时多少夹杂着这两种心情走到母亲跟前。她心不在焉地亲吻我,不住地重复说:"睡吧! 睡吧!"

可我不喜欢她这么亲我,沉默了一忽儿,又唱起来了。

"睡觉!"母亲吆喝道。我不再唱了。我很伤心,索性想受点委屈。

"跟你说,睡觉!"可我偏要唱,就这样得到了满足——蒙受了委屈。我既伤心,又快慰;我一面啜泣,一面打起盹来——只觉母亲轻微、温暖的亲吻,我含着微笑进入了梦乡。

房间里洒满了月光,我透过床上的纱帐看见一个身材高大、脸色苍白、蓄着乌黑浓密的唇髭的男人,长长的头发垂在前额和面颊上,他亲吻和爱抚着我的母亲,一手搂住她的腰,一手把她的脑袋贴在自己的胸前并抚摸着她的头发。母亲抬起头来望着他的眼睛。此刻,她浑身上下都显得那么美丽、善良而又温柔,我看到她很快活,因此我也很高兴,一来是因为,除了外祖母,全家谁都不喜欢她;二来是因为她懂得了当一个人有人爱抚的时候,该是多么幸福的道理,往后她就会更加疼爱我了。

"我一直在等你,等你来,"她小声而又清晰地说,"但我与其说是作为一个女人,不如说是作为一个人在等你。在这个家里,我觉得憋得慌,——除了母亲,谁都恨我,即便是她,也不敢当着大家的面爱抚我,我像是一个被遗弃的人,孤苦伶仃,——但我在他们面前寸步不让,我不愿意,也不能屈服,所以……"

"别说这些了!快熬到头啦,快啦。再忍耐一下,你快亲亲我吧!"那个蓄黑胡子的人说。他说得无比温柔,两眼发出美得不能再美的神采。

我也希望他能爱抚我一下,于是便说:

"妈妈!让他也吻吻我吧,哪怕只吻一下也好!"

他们两人都吓了一跳,并一同往我这边凑过来。

"你还没睡吗?"母亲问。"你怎么不睡觉呵?该睡啦,廖尼亚①。"说罢,她笑眯眯地用那只颤抖的手抚摩着我的脑袋。

"我早就睡了,正在做梦呢。"我安慰母亲说。"妈妈,这个人很好!"我一边望着那个人,一边肯定地说。他面带沉思的笑容,仔细地端详着我。

"是吗?孩子,你喜欢我?啊呀,我倒愿意跟你更亲近些!"他说着,把我抱起来,亲了一下,又亲了一下,然后把我抱到窗前。

"您每天夜里到我们这儿来吧,就这样吧。您是梦,只在夜里出现,对吗?"他和母亲两个都轻轻地笑了。

"小心,别让他着凉了!"母亲说。

"不会的,不要紧。不过,你还是递我一条毯子吧!"我被裹在一条

---

① 高尔基的名字阿列克谢的昵称。

柔软而暖和的毯子里,躺在那个留着黑胡子的人的怀里,听他讲述他自己和许许多多同他一样美的梦——讲述那远在天涯海角的梦景。

我不住地瞧瞧他又瞧瞧母亲,仔细地谛听他讲故事时的温存而悦耳的声音,领略着花园中飘来的芳香,渐渐地入睡了,又像是沉到什么地方又像是飞向哪里。

清晨,我醒来后看到母亲坐在我的床边,她和平常一样,恬静而又威严。我躺在床上,一面望着她,一面思索和回味梦境。

"怎么,睡醒了?"母亲问道。我用肯定的神情懊丧地点点头。"告诉我,你梦见什么啦?"她定睛细看着我的眼睛,严肃地问道。我就说了。

"好吧,廖尼亚,这梦你不要告诉人家——即便对外祖母,也不能讲,对谁都不能讲!因为做这样的梦可不好。"

我问她,为什么不好。她那冗长的解释叫人听了心烦。我不知她在说些什么,于是便穿衣起床……

我浑身尽是痘痂,躺在床上,照着镜子。满脸恶心透顶的脓疱使我感到沮丧,我都怔住了。为了使我不抓不挠,我的手脚都被绑在床上。因为怕传染,除了外祖母,谁也不来看我一眼。我整天独自一人躺在床上为这张丑脸心里感到难受。那时我刚七岁,好像还不善于思索,但已经有了直觉。

早该掌灯了,但不见外祖母来。我忖度着,这时外祖母在哪儿,她在干什么。

忽然间,我仿佛觉得她躺在过堂屋的门后面,穿着一件衬衣,喉咙已被割破,就像有一次被我们那个看院子的罗曼宰掉的那只大母鸡一样。我心急火燎,一跃而起,扯断把我捆在床上的绷带,扑向窗口,砸开窗子,纵身往下跳去,跌进了软绵绵的雪堆里。

我病倒了,——由于在雪地里躺得久了些,两腿已经麻木。外祖母进屋来,手里抱着一个包,包里有个什么东西在动弹,在尖声哭叫。

"这是什么?"我问。

"这是上帝赐给你的小弟弟。"外祖母一边说,一边让我看襁褓里那个满脸皱纹、滑稽可笑的紫红色皮肤的婴儿。

"他是母亲生的吗?"

"嗯,当然不会是外祖父生的喽!"

这一切并没有激起我多少好奇心,我一声不响地躺着。

外祖父唉声叹气地走进屋来,坐到我的床沿上。

"你瞧,多谢老天爷,果真没出所料!"他说着,无可奈何地笑了。

"唉,老爷子,得啦,就是四条腿的马也还有绊倒的时候!"外祖母一边温存地说着,一边走到他跟前,解开婴儿的襁褓。

"滚开,老畜生!这都是你的不是,都是你!没管教好女儿!哼,你这个妖婆!"外祖父咆哮如雷,他那火红的胡须在颤抖、跳动,脸部表情变得十分吓人。他动手打外祖母,把她头上的发罩打掉了。

"老爷子,你这是怎么啦,清醒点嘛!"她惊恐地退缩着。

"我要你的命,给我滚开!"

外祖父的两只拳头像骤雨般地落在外祖母的脑袋上和肩膀上。她一面往门口退去,一面不知所措地来回躲闪着,竭力护着婴儿,不让外祖父的拳头挨到他。外祖父尖声嗥叫:"你这该死的,你这该死的!"我又惊又气,也扯开嗓门大叫起来。最后,外祖母终于逃出了门外,外祖父也累得气喘吁吁,靠在火炉旁,擦着他脑门上的汗水。

"你嚷什么?闭嘴!……"他挥舞着拳头威胁我说。可是恐惧和勇气一起涌上了我的心头,我仍旧在喊。

"我叫你闭嘴,听见了吗!"外祖父向我弯下身来,咬牙切齿地说。

"不讲理,不讲理,你这个不讲理的红胡子鬼!"我冲着他的脸使劲嚷嚷。

"呸,你这小强盗!完全和你老子一个模样!"说完,外祖父便举起拳头照我的脑门给了一记,然后撒腿就跑,嘴里还嘟囔着:"这群魔鬼!这群害人精!"

说我和爸爸一模一样,我很得意,虽说脑门被打疼了。

……这是我所记得的第一次打架。从那以后,一连串的给人以深浅不同的印象的厮斗便开始了。这样的恶仗在我们家中一打就是两三场。两个舅舅喝醉酒,回家来就砸玻璃,还动手扇外祖父和外祖母的耳光,外祖父、外祖母也回手打舅舅,把他们扭送到警察局去,至亲之间争的是什么,我不得而知,但是这种殴斗起先还令人感到心惊胆战,后来却使我也产生了好斗心理,促使我也去参加厮斗,可是当我就要同人交手的时候,却又失掉斗志而吓得丧魂落魄了。

但是,有一次我忍无可忍了。

我很乐意回忆这件事,因为它后来成了我培养自己的独立性格和自尊心的契机。那一次,我在花园里玩耍,听见母亲从屋子里发出一声尖叫。我霎时间便来到了她身边,——她站在那里,用一张桌子作掩护,两手攥着一只沉甸甸的烟灰缸,朝着站在她对面的米哈伊尔舅舅说:

"给我滚开,米什卡[①]! 你真不是东西,滚开,不然我就要砸烂你的脑袋!"

"放屁,今天不狠狠揍你一顿,我决不罢休!"对手咬牙切齿地嘶叫着,他绕着桌子逼近母亲。母亲扬起手来,这时我纵身跳过去,两手抱住舅舅的一条腿,怀着极痛快而又害怕的心情使劲咬住他的腿肚子。

一件令人毛骨悚然的事情发生了。

夜晚,当我清醒过来的时候,感到浑身瘫软,四肢的筋骨像被折断了一样。母亲、外祖母、外祖父——都在怜爱地笑着,亚科夫舅舅则亲吻着我说:

"小胖子,你真是个英雄!"

我感到自豪而又幸福,同他们搂抱,我哭了,嘴里还胡说了些什

[①] 米哈伊尔的昵称。

么,惹得大伙儿笑得更欢了,这当然怪不得他们,因为人们素来就为那种应受到处罚的行为而相互称赞和尊敬。次日傍晚,我已经能起床走动,而且还鼓动我表哥一同上街去打一个小伙伴,当他不知为什么拒绝这一蛮有意思的建议时,我轻蔑地对他说:

"你这个胆小鬼!"

"你知道吗?"有一次我表哥,亚科夫舅舅的儿子,对我说:"你听我说——地窖里有好多彩蛋①,咱们偷出来卖掉它,拿卖蛋的钱去买巧克力糖和羊拐子,好吗?"

我有些害怕,但一转念便同意这么干了。我同表哥爬进地窖,口袋里、怀里都塞满了鸡蛋,用它们从街坊的孩子们那里换来了满满当当一匣羊拐子。我们在庭院里尽兴地玩了一整天羊拐子游戏——家里人怕我结交坏人受到不良影响,很少放我上街去。到了晚上,外祖父把我们叫到他跟前,厉声问道:

"孩子们,你们可知道是谁从地窖里偷了鸡蛋?"

"我们没偷!"表哥理直气壮地回答说。他这样一回答正应了一句俗话——"慌中有错!"

"我还以为是你们呢,"外祖父说,"原来不是你们呵!"他意味深长地望着我。我一声不吭,感到又窘又羞又怕。外祖父、母亲、外祖母——他们的目光都那样严厉。

从此,我开始变成一个善于思考而又好撒谎的人。

"你怎么不言语,廖尼亚?"外祖父问,并发出一声冷笑。

"这可不是我干的!"我勇敢地望着大家的眼睛答道。

"也许是这样,你就直截了当说吧,别遮遮掩掩的,这样更糟糕,"外祖父用平静得吓人的声调说。我摇头否认。

"那么这是你干的啰,亚历山大,当着大家伙儿的面,你就痛痛快

---

① 庆祝复活节时用的染了颜色的鸡蛋。

快地承认吧。"

表哥看着我,垂下眼睛,怯生生地、低声下气地说:

"饶了我吧!……这是我们干的……"

"他胡说!我没动鸡蛋!"我大声申辩说,并带着非常傲慢而又镇定自若的神情和对表哥的愤恨直眉瞪眼地盯着他。

"是这样吗?萨沙①,到底是怎么回事,快说!"我母亲问道。

表哥把事情的经过和盘托出,我认为,他这是一种可耻的背叛。

"他瞎说,瞎说,瞎说!"我跺着脚说,"我什么也不知道,也不想知道!"

"那么你敢对上帝发誓吗?"外祖父问。我生来就不怕上帝,这我记得很清楚。此前,人们对我所说的关于上帝的一切,并没有唤起我对它有一丝一毫的感情。人家对我说——天上有一个上帝。我不能想象,有谁竟敢独自一个生活在那样高的地方。人家对我说——上帝主宰万物和整个人类。可我们家的人都由外祖父主宰,而不是上帝,至于超出我们家门之外的事情,我并不感兴趣,因为这与我毫不相干。人们对我说,人是上帝生的,可我常常听人说,人是女人生的。说是应该祈祷上帝,我就祈祷。说要听从上帝,可我虽然害怕外祖父,却很少听他的话,更何况上帝呢?上帝能赐予一切,可我什么都不要。

出自以上种种考虑,我就跪下了,而且郑重其事地矢口否认我参与了偷窃鸡蛋的活动。

"那么,萨沙,我现在就来抽你一顿!"外祖父说,"你呢,廖尼亚,也跟去接受点儿教训吧。"于是我便跟去接受教训了。

表哥服服帖帖地脱下了衣服,我瞅着他,一种又似鄙视,又似怜悯的情感涌上我的心头。长辈们准备施行体罚时那副专注而庄重的模样简直使我胆战心寒。

但我还是不吭声。

---

① 亚历山大的昵称。

表哥在挨打,他连声叫喊:

"我再也不敢了!我再也不敢了!"他哭哭啼啼,放声大叫,叫得那样下贱,而我却不知为什么直打哆嗦,一声也不出。

"你再也不敢啦?嘿!为什么一开始不承认这是你干的呢?"外祖父一面恶声恶气地放低声调说,一面狠狠地抽打着表哥。"你干吗要诬赖阿列克谢呢?骗人精!他没跟你一起,你承认啊,没跟你一起吗?"

"哎哟,他没有,没有,没有!"表哥喊得越发响亮和可怜。

"他撒谎!"我竭力想说得平心静气一些,但因激动得全身打战,便大声说道。

"什么?"外祖父十分惊愕,不由地住手了。

"他骗人——是我同他一起偷来着!"大伙儿都笑了。他们以为我是出于要解救表哥的好心,不惜让自己受屈。但我非常镇静地向他们表明我也去偷了,表哥也恶狠狠地证实了这一点。我很高兴我坦白交代了自己的过失,此刻我因为承认自己是个犯了过失的人而感到无比的慰藉。

"那你又为什么要赌咒发誓呢?"他们惊异地问我。"你为什么撒谎?为什么?"

这一问,问得我可就无法向他们解释了!

"不为什么!"我回答说。其实我可以告诉他们我是从谁那里学会撒谎的,但是他们并没有问起这个。

"不为什么?那好吧!"我因为撒谎撒得不是地方,被他们抽打了起来。我叫嚷道:

"我还要撒谎!偏要!偏要!偏要!"

我挨了一顿毒打。

这桩小事所引起的后果使我大大地疏远了全家人,而全家人,除了外祖母,也大大地疏远了我。从此以后,他们便注意上了我,一味找碴儿,看我是不是又在干坏事。我从小过着那种富裕的市民阶层的极其刻板的生活，七岁上就在庭院和花园玩耍，学读日课经和赞美诗①，在石板上学写字之类的。我最不乐意跟外祖父上教堂——他总是按着我的脖子，逼我鞠躬，按得我怪疼的。

我常常感到有一种烦闷和受冷落、受委屈的情绪，于是就到花园去，在花园的浴室后边有一个杂草丛生的土坑，我爬到坑底，躺在那里仰望天空。我越是凝神望着它，越觉得它深不可测，这往往使我产生惆怅而又忧郁的心情。我这时似乎离开人世很远很远——尘世的喧嚣隐隐约约地传送到我所在的坑底，而当花园里掠过一阵风的时候，坑边和坑里的杂草便发出枯燥而悲切的窸窣声。我躺在那里，有时哭泣，有时咬着牙，屏着气，谛听着园中树木的飒飒声。我喜爱这样离群独处——因为这能使人的自尊心得到某种满足并给人一种超凡脱俗的感觉。这样独处三两个小时之后，我便觉得我的亲属们都不如自己，然而应该说，只有少数真正具有高尚品格的人在观察站得比他们低的人的时候，也许才不至于产生自负感。倘若认为，对于儿童的心灵来说，这样一种情感是复杂的话，那就不免太幼稚了。

一次，我和舅舅从野外散步回来，遇见母亲同一个高个子的年轻人挽手而行。那个年轻人蓄着一撮山羊胡子，有一双灰色大眼睛，身材匀称，声调柔和温存，不过我并不喜欢他。母亲严厉地扫了我一眼，说我早该回家去了，母亲的伴侣也瞧了瞧我，还向她询问了些什么。母亲笑了笑，脸上泛出一层红晕，她用愤怒的目光瞥了我一眼。回到家里，我又见到了一个陌生的女人。

"你们这孩子的个儿真大啊！"她说。"你好，亲爱的！"她说起话来发出嘎吱嘎吱的声音，像只生了锈的铰链，她是那么亲热地龇着又尖又长的白牙，仿佛要把我吃掉似的。她的面孔绿森森的，两只眼睛是绿的，帽带也是绿的，她穿着黑色衣裙，这使她显得格外的绿，因此

---

① 日课经是希腊正教会的经书，载有礼拜和祈祷的仪式和语录。赞美诗是赞美上帝和圣徒的圣诗。在古代两者都被用来作为初学识字者的课本。

我避开她跑掉了。

接着,我见到了外祖母,她对我说,我快要有个新父亲了。我一点儿也不感到需要有个父亲,不管是新的还是老的,所以也没有把她的话儿放在心上。可到了晚上,来了许多客人,人们把我介绍给我曾遇见过的和母亲在一起的那位先生,并对我说,这是我的新爸爸。新爸爸用胡子戳了一下我的面颊,说要给我买一盒水彩。这倒不错。接着,人们又把我带到了满身绿颜色的女人跟前,说这是我的新祖母。新祖母并不那么新。她两只手掌上的手指头细长得异乎寻常。她把手指插到我的头发里,开始问长问短,可我不愿意同她啰唆,我的两只眼睛寻觅着母亲。她在那儿呢。今天,她比往常更美丽,想必也特别善良——她那双眼睛炯炯发光,显得那么温存。我走到她跟前,请求她让我明天和看院子的一块儿到兵营去,并且不再让我诵读那首抒写尘土飞扬的大道的长诗。

但她推了推我的肩膀说:"走开!"这使我感到诧异:我已经懂得,当一个人的心情愉快的时候,他便显得善良,于是我又开始请求了。

"跟你说别缠着我!"她吆喝了一声,并在我的脑门上弹了个爆栗。我难过极了。

次日,母亲和新爸爸举行婚礼。我很苦闷,这我记得非常清楚。总之,从那以后,一切事情我几乎一点不拉地都记得清清楚楚。我记得,全家人从教堂回来,我在窗口看见了他们之后,不知为什么觉得有必要藏到长沙发下面去。而今天我打算把这一举动解释为想要了解他们见不到我时会不会想起我来,不过当我钻到沙发底下的那一刻不见得就是怀着这种念头的。很久很久他们都没想起我来!继父同母亲坐在沙发上,屋子挤满了客人,大家喜气洋洋,一阵阵欢声笑语,我不由得也高兴起来——我都想从下面爬出来了,可是怎么才能爬出来呢?

然而,当我正想着主意,怎样悄悄地出现在客人们中间时,不禁委屈和伤心起来,在这种感情的支配下我便不再想爬出去了。后来,人们终于想起了我。

"我们的阿列克谢在哪儿啊?"外祖母问。

"在外面野跑跑累了,不知在哪个角落里睡觉呢。"母亲冷冷地答着话。

我记得她的确是冷冷地说这些话的,我不能不记得,因为我曾那样急切地等待着母亲究竟会说些什么。

"该送他上学啦,"外祖父说,"都快七岁了。"

"是啊,该上学了!"母亲赞同地说。"不然的话,就要变成一匹谁也对付不了的野马啦。"

"是个怪小子,"外祖父补充道,"要么野得很,恨不得一小时揍他十次八次,要么整天都没精打采的。"

随后人们又把我置于脑后了,这是我永远也不能忘记的,尽管想把它忘掉……

不久,母亲和继父到莫斯科去了,把我留在外公和外婆的身边。如今,只有一双眼睛盯着我,外祖母看着我什么都不加干涉,因为她喜欢我,再就是因为她常常喝得醉醺醺的。她喝得可凶呢,有一次差点儿没送命。我记得,人们还用水泼她,她在被窝里躺着,脸色发青,两只可怕的、暗淡无光的眼睛睁得大大的。我也很喜欢外祖母,她总是那样的慈祥和滑稽可笑,她常常给我讲一些动听的,但又吓人的故事,讲得非常好听。她讲故事时,头一句话总是:"听着,我的小爷子!……"她那布满皱纹的、酒后变得通红的大鼻头好像总是把她的脑袋连同浓密的黑发一起往下坠着似的。她还有一对乌黑的大眼睛,这对眼睛时时刻刻,甚至在她生我气的时候,也总是显得那样温存。

有一回,外祖父殴打喝醉了酒的外祖母,外祖母栽倒在地,躺在那里叱骂外祖父:"打吧,红胡子鬼,打吧!你打一打吧,尽管打吧!你这个老不死!"我睡着了,后来被他们的打闹声吵醒,我从床上跳起来,等到看明白是怎么一回事以后,便操起点着的灯盏,朝外祖父扔了过去。差点儿没着火,外祖父的两条腿烧伤了,我挨了一顿揍。诸如此类的纠纷数不胜数,其中总少不了我,因而外祖母更喜欢我,外祖父则更讨厌我。在母亲外出的整个时间,我似乎一直没想念过她。那个时候,街头生活渐渐吸引了我,同时学习也占去了不少时间。我同外祖父读完了赞美诗和日课经之后,就读起约翰·兹拉托乌斯特[①]的书来。根据我的记忆,读了这些书之后,无论在我的心灵上或脑海里都空空如也。

有一次,外祖父皱着眉头恶狠狠地对我说:

"明天你母亲就要回来了。他们那儿着火了,全部家当都烧光了。我跟她说,让她好好收拾你一顿。"

我听了这番话,只觉得好奇和害怕。这就是我当儿子的全部感情。过去,在她改嫁之前,我曾听到她说过一些话,那些话把我对她的好感统统毁掉了。那次,我躺在园中自己的土坑里,她和她的女友,一个军官的妻子,在离我不远的小道上溜达。

"我在上帝面前是有罪的,"她说,"但我不能爱阿列克谢。马克西姆(我的父亲)得霍乱病不就是他给传染的吗?今天,难道不正是他捆住了我的手脚吗?要不是他,我该有多自在!可是脚上戴着这么一具镣铐又怎么能远走高飞呢!……"

起先我没醒过味来,事后又觉得伤心难过起来了,我第二天醒来,去向母亲道早安时,在跨进她的房门之前,站在门外迟疑了许久。我不想去见她。走进去之后,我都不敢正眼看她,这是因为我对她作了假而感到心中有愧——我不愿吻她的手却又吻了,她作为我的母亲,这是我应对她表示的敬重和爱戴,但我心里很清楚,那时我已经不爱她了。而且也难说我曾爱过她,不,从前大概是因为怕她,所以才敬重她。

——想要寻欢作乐的女人,为了使自己不受任何束缚,当自己的

[①] 兹拉托乌斯特(约347—407),俄国东正教活动家,教会作家。

孩子怀在肚子里的时候,当他们刚刚具有生命的时刻就应该把他们毁灭掉,否则,在从生活中摘取了享乐之花后,而为此向生活付出代价①,这对一个女人来说是不诚实的。

母亲回来了。她已不再是一年前去莫斯科时的那个美人了。她的面色煞白,两眼流露出惊惶而又可怜巴巴的神情。不知为什么,我见到她很高兴。她慈祥地对我微笑,说我长结实了,长高了。外祖父说,我是个倔强的野小子。其实不是的,我和外祖母都反对他。母亲又默默地对我微笑。继父像是生着谁的气,他独自一个坐在旮旯里不爱搭理人。我等了一会儿,满以为给我带回了什么礼物呢,结果我的指望像无数人们的指望一样落空了。

后来,他们把我打发走了。接着从花园传来了争吵声,母亲粗重而洪亮的嗓门压倒了所有人的声音。如此激烈的恶骂接二连三地延续了好几天。

不久以后,继父和母亲到索尔莫沃②去了,我依旧留在外祖父家。我满心高兴,外祖父有病,外祖母爱喝酒,我呢,整天逍遥自在,想干什么就干什么。那时候,我没有朋友,因为我的性情过于喜怒无常和过分暴躁,不招人喜欢。到后来,不知为什么,同龄人见了我都害怕。

就此打住③!

阿德莉!不论我对你说什么,你总是从坏的方面去理解!你那被权威和成见以及积习和偏见扯得长长的鼻子,你那谄媚地搜索着大智

---

① 在高尔基的手稿中,在"代价"之前尚有"像我这样的一两条生命的"等字样,但后来作者本人又将它删去了。——《高尔基三十卷集》编者注
② 下诺夫戈罗德(现在的高尔基市)的大工业区。
③ "就此打住!"的这个结尾部分与正文主题没有直接联系。篇首的题词和这里提到的阿德莉是奥莉加·卡明斯卡娅所译的一本德国世俗小说中的主人公。卡明斯卡娅是高尔基早年爱过的一个女子。这里作者对阿德莉的讽刺是对当时的现实生活所发的广泛议论,同时也间接地反映了他同卡明斯卡娅的争论。

大慧的论断的可恶的鼻子,你那如此经常地被形形色色的骗子牵着走的可怜的鼻子,你那异常迟钝的鼻子在评判别人的时候,总是发出响亮而又刺耳的声音,而且几乎从来没有发出过公道的声音!

阿德莉,阿德莉啊!从前,在我对你的纯真的爱情中,既没有怜悯,也没有鄙夷,从前,我这个傻瓜还以为你很有主见,不仅不附和丑恶和渺小,而且显得完美和博大,——可是,咳,阿德莉,阿德莉!当我确信,你的作为并未给美好和伟大的事业增光添彩的时候,我是多么伤心。

不过,阿德莉,这与本题无关,——是的,与本题无关,——我将对你另加惩罚!

阿德莉,我所以离开本题,是想要说明:我的坦率陈词,也许会使品德高尚的你感到厌恶,你也大概会把我的坦率当作厚颜无耻,——附带说一句,对此我并不感到伤心,因为我知道,你这个头脑迟钝的女人总是凭着自己一时的好恶,把蛮横称作勇气,反之亦然;把真诚称作矫揉造作,反之亦然;把果敢称作狂妄,反之亦然,如此等等。我亲爱的,你理屈词穷了,你头脑贫乏,——我亲爱的,你没有主见,你没有主见,我的阿德莉,但愿生活的圣灵和理智饶恕你那大大小小的过失,就像我饶恕你的过失一样!——我这样说,想必你会因为我对我母亲的亡魂不敬而感到愤慨,——但是,阿德莉,我要坦率地、始终不渝地对你说:我崇拜理智,——世上最神圣的东西莫过于理智,因为理智本身是至高无上的,理智便是上帝!

阿德莉,重要的并不是父亲们,也不是母亲们,重要的是众人,所有的人[①],也就是说是你,我可怜的潮流的奴婢。

蒋望明 译

[①] 本篇的主要篇幅用于描写高尔基个人对他童年时经历的事件的关系,注意力多放在文中小男孩对母亲的依恋和种种思绪上。在结尾部分,即这里提出的"重要的并不是父亲们,也不是母亲们,重要的是众人,所有的人"的说法,表明高尔基这时对以后创作自传体小说《童年》的主题思想已经形成:它将以描写各种人物性格和社会生活为中心,而不仅仅囿于个人的际遇。

传　记*

　　她①身穿黑色裙衫和白皮镶边的黑色丝绒短上衣,头戴装饰着许多绦带和一根雪白大翎毛的黑色阔缘帽。"我亲爱的②,您看见了吧,我并不忽略天赐的美好事物,而且能把它连同所有的细节统统记住。""显然,这位娇小的女人是您的先驱!她好还好在很快便走掉了,因而她所给予我的东西将永远保持其纯洁和完美。您也许会想,这里包含着我的什么暗示和企图,那您就错了。""我爱您,这您知道。倘若人们播种是出于使土壤肥沃这一愿望,而不是为了收获,那该多好!——这就是我想要说的,我知道,这是愚蠢的。难道可以怀疑一个人的公正无私而同时又去指望他。"

　　我又回到了主人的家庭里去了。

　　"病好了吗?"一位主人用慈善的当家人的口吻问道。"往后你该不敢再看书了吧?"另一个用讥讽和警告的声调问道。就这样算见了面。于是又开始了那种所谓教养远亲孤儿的不成体统的老一套。

　　我照样看书,偷钱买蜡烛,终于有一天,当我手里紧捏着刚从人家

---

*　本篇约写于一八九三年,最初发表于一九四九年《高尔基三十卷集》第一卷,是《使我心灵蒙受创伤的事实和思绪》的续篇、自传体小说《在人间》的前身,但由于作者在创作《在人间》过程中本篇手稿失落而未能加以利用,因此《在人间》与这个《传记》里所描写的情节不尽一致。译自《高尔基三十卷集》第一卷。

①　按即后来在《在人间》第八章里所描写的那个剪裁师傅的妻子。

②　按即前篇《使我心灵蒙受创伤的事实和思绪》里写到的阿德莉,影射卡明斯卡娅。

衣兜里掏出来的当十五戈比的辅币时,被当场捉住了。随之而来的是一场严厉而又不厌其详的诘问。我想进一步挑逗审问人,便坦白交代了他们至今还不知道的全部过失,我觉得好汉做事好汉当,把怎样搜索一只只衣袋的细枝末节,一五一十统统说了出来;不过,有一小部分偷来的钱我是交给了外祖母的,对这一点,我可是一字未提。我吃了一顿鞭子,但事情还没完,说是等外祖父一到,还要找两个消防队员来一道儿同我算总账。

　　天色渐渐黑下来了。那是一个诱人出游的春夜,我从厨房的窗口仰望着夜空,天空里的一切都显得优美、明净而又抑郁,同平常的夜空没有两样,但是那夜却是第一次显得如此温柔可亲,情趣怡人。于是我打开窗子,爬上了房顶,窗户也没有关,就从房顶溜到了邻居家的院子里,我知道那家的大门夜间向来都是不上锁的,我从这儿又走上大街,朝田野奔去,因为任何地方都不像田野那样更助人遐思。可是那夜我却没有找到值得思索的题材,只是躺在那里仰望着火花似的灿烂群星,直到进入梦乡。

　　太阳烤热了我的脸,我醒来了。本来想去找外祖父,可是想起了他说过的话,而且我知道,他是个说话算数的人,我也就改变主意,不去找他了。我压根儿没想过回到我出逃的地方。我站起身来,信步走去。不知不觉地来到了滨河街,我停下脚步,望着准备起航的轮船。肚子饿了。一个身穿白上衣,头戴白圆帽的人走过来了。那是个厨师。他手里提着一篮长圆形的白面包。"叔叔,给我一个面包吧!""走开!"那个人吆喝道。"慢着,等一等,跟我来!"厨师突然改变了口气,加上他又是朝着那艘就要开航的轮船走去的,这使我感到很害怕。我想挣脱开。"走吧,小傻瓜,别害怕,我让你吃得饱饱的,一辈子都不觉得饿。"他说得那样亲热而恳切,以致使我的恐惧心理一扫而光,就这样我欢蹦乱跳地跟随他走了。我们来到了厨房。整个厨房都是用铁板做的,炉灶铁板烧得像炭一样赤热,屋里散发着香喷喷的味道,真馋人,在那里像在火炉子里一样热烘烘的。"你一边吃一边听我说。"他把面包和几块凉肉饼递给了我,我且吃且听。"你愿意当小厨工吗?"因为嘴里塞满了食物,我只好点头示意,表示"愿意!"一小时之后,我卖力地刷洗碗碟,累得满头大汗,哧哧地抽着鼻子,用衣袖把它擦拭干净,哗啦哗啦地左右溅着水,东一下西一下,把四周搞得乱七八糟——所有这些加在一起就叫作——"当小厨工"!

我喜欢这种充满各式各样的见闻、自然景物千变万化、人来人往、喧腾热闹的生活。厨师们和仆役们不消说是又肮脏又粗鲁又鄙俗,但不知为什么他们都喜欢我,因此我也就自然喜欢他们。工作日是从早晨六点开始,一直手不停歇地忙到晚上十点多钟,之后我就没事了,于是一种妙不可言、使人心胸开阔的时刻便来到了。我拾掇好厨房以后,有时独自一人,但多半是同厨师们和仆役们一起来到轮船抽水机旁,准备好茶水,摆开桌子,久久地坐在那里谈天说地,话题往往是些日常生活琐事和使在座的人挤眉弄眼、嗟叹不已的怪人怪事,再就是谈些迷惑难解的奇闻轶事,有时也讲些神话,就这样谈呀谈呀,谈得越久就越失去愚昧、粗俗的气味,变得越发干净和高尚。这是因为月儿总是在河面上倾注亲切而又柔和的光辉,因为河水在轮翼下发出沉思般令人神往的隆隆声,因为河水拍击两岸,发出徐缓而使人心情平和的汩汩声,因为两岸一派诗情画意和难以用笔墨形容的绮丽景色使人不禁产生更加深沉、更加纯洁和善良的思想情感。

"我们对上帝都是有罪的呀!"当过老掷弹兵的厨师长波塔普·安德列耶夫叹息道,一面凝视着在那明澈的夜空笼罩下,披着晶莹的银色月光飘然而过的两岸景色。大家也都叹息着,有的用个人的经历,有的用自己的见闻来证明,情况的确如此。在他们的谈吐和语调里蕴藏着大量的、启发我去理解人、热爱人的温厚、诚挚、善良和美好的东西。这种在谈及这样那样的不良行为时毫不顾及个人自尊的当众忏悔,比五百卷书籍都更简单明了地说明:人毕竟是好的,如果说他肮脏鄙俗的话,那么这似乎并非是他的罪过,而是由某个人或某种需要所造成的;此外,那些公开忏悔还使人感到:人的愚昧更甚于邪恶。

我有时也讲一些在书里读到过的故事,当我要结束故事的时候,波塔普便把我抱到他的膝盖上坐下,目不转睛地望着我的面孔说:

"廖尼卡①,你将来准是个不寻常的小伙子,准没错!等这一趟跑完之后,我去同老板说说,叫他干脆把你留在厨房得啦。现在先去睡觉吧!"

但是我没有睡意,就留在抽水机旁,欣赏着由两岸茂密的树林和灌木形成的一簇簇奇妙的花边似的倒影,欣赏着伏尔加河上那使人感到亲切的巨浪汇成的一面宽阔的平镜和那平镜欢悦地映出的星光灿烂、深不见底的夜空以及所有能够映入伏尔加河的一切。面对这广阔的空间,我对自己未来的生活浮想联翩。我的生活始终朴实无华,它是无数有教益的善行形成的。我东奔西颠,四处漂泊,帮助人们,教他们识字或做些别的好事。人们都喜欢我,亲近我,我走到哪里,哪里的人就把我当作亲人,我也同样把他们看作难舍难分的亲人,天知道,生活在那甜美的乐声中是多么令人如痴如醉,酣畅快活,这是由诗意盎然的充满波浪絮语的大自然以及孩子般纯洁的梦想和其他许许多多至今已被忘却,而且永远再感受不到的东西所谱成的悠扬动听的音乐。我也有过痛苦,但暂且可以把它搁在一边。这并不会有损于什么。

首次出航回来以后,我悄悄给外祖母捎了个信,并托人带去了三个卢布。这是我第一次挣来的钱。后来,我继续随船出航,直到那年深秋。最后一趟跑航终于结束了,我怀着惆怅迷惘的心情登上了岸,不知往何处去,也不知如何使用囊中的二十七个卢布。我来到了外祖父那儿。"啊,流浪汉,回来啦!你好!你好!"瞧他那副凶相,我感觉得出来他想要揍我一顿。但是,在离开他的棍棒教育之后的五、六个月已使我消除了对他的恐惧心,并增强了我的独立性,此外,二十七个

---

① 高尔基的名字阿列克谢的昵称。

卢布也增添了我理直气壮的气概。我拿定主意决不示弱,不许他对我施加暴力。我大大咧咧地把背褡子往地板墙角里一扔,大模大样地说:"您好!"并且照样大模大样地从衣兜里掏出一支烟卷抽了起来。

这使外祖父大为吃惊,他目瞪口呆地坐到我对面的椅子上。乌拉①!我决计继续用这样的气度对付他,我一面一口口地吸着烟,一面打问他,一个月收我多少饭钱?不出我所料——他的贪婪胜过了他对失掉面子和威风所感到的痛苦。

当外祖母走进屋来的时候,我已经同外祖父坐在那里一本正经而又亲亲热热地谈着话了。

两个星期之后,我来到萨拉巴诺夫的圣像作坊当了没有工钱的学徒。作坊里的二十三个绘制神像和圣徒像的工人都是些酒鬼和挺不错的伙伴,他们性格豪放,举止粗犷,我们彼此之间相处得十分融洽。下工以后,我们就到小馆子里去喝喝唱唱,一直闹到深更半夜。

过了两个月,我被一家小铺子雇用,仍旧当学徒。我的顶头上司不管从哪方面说都是个小人,他就是账房先生 С·Ш·,他最初对我还慈眉善目的,很关心我,而且还根据我的请求和建议到图书馆去办了个借书证,和我一道读萨利阿斯②、莫尔多夫采夫③、德·特莱尔④的小说,对我能读懂书上所说的道理甚表赞赏。然而,有一次我向他指出,偷窃那个非常宠爱他的好酒贪杯而又年老体弱的女主人的财物,是不好的,他显然是担心我会把他的偷窃行为告诉女主人,这便使我们俩人的关系改变成更正式的、掌柜与学徒之间的、适合于各自身份的关系了。其实,我指出这件事来,并不是因为我确认偷窃有罪,而是鉴于这种行径与我们双方一致认为的、整个人类生活都应加以效法

---

① 此处表示取得了胜利的欢欣。
② 萨利阿斯·杰·图尔涅米尔,叶·安·(1841—1908),俄国作家,作有《布加乔夫分子》等历史小说。
③ 达·卢·莫尔多夫采夫(1850—1905),俄国小说家、历史学家。
④ 亨利·德·特莱尔(1842—1900),新闻记者和作家,多卷本《英国社会生活》的作者。

的、阿多斯①、波尔朵斯②、阿拉宓斯③、亨利四世国王④以及其他一些小说里的主人公的高尚行为迥然不同。我在这家小铺子里大概待了五个月[？]⑤之后就同掌柜闹翻了，还挨了他一记很不体面的耳光，一记十分怯弱而又犹疑不决的耳光。我回敬了他，把他的脸打破了，从而我被赶出了这家铺子。

我非常友好和热情地告别了曾经使我得到过爱的圣像作坊，重又登上了轮船。又是五、六个月的自由而美好的生活，尽管活儿繁杂、又脏又累。好在我很壮实，对我来说，干活儿算不了什么。每当工作即将结束的当儿，便有一种令人神往的美好的东西在等待着我——这就是读书、同水手们和餐室人员谈心，再就是观赏伏尔加河的美景。我读的书是在集市上买的，尽是一些迷人的小说，里面描写真挚的爱情和总是那样完美无私而又富于自我牺牲精神的人类的功绩和善行。对于现实生活，书里却毫无反映，不过也无须要求它做到这一点，因为即使没有书本，所有的听众也已经对现实生活了如指掌。而我对现实生活比任何一个同龄人了解得更多些。有时我的心痛得发紧，我感到烦恼，感到苦闷，以至久久不能平息，整天整夜地被痛苦折磨着。可不是吗，书里没有描写的人物，现实生活中却比比皆是，在书里甚至连恶人都是那样纯洁，而且有他们自己的那种诚实和人情味。可是现实中的"好人"却要粗鲁、鄙俗、肮脏得多、无论如何都要狭隘得多。因此，每当讲到某一个心灵犹如晨露般纯洁的英雄人物的时候，我那亲爱的听众们便常常在中途打断话题，去谈论某一件逗趣或淫秽的琐闻，一个个津津乐道，喜形于色，满嘴尖刻的俏皮话；要不就是一经人提议，便玩起纸牌来了。那时候，不知为什么我对那些耸人听闻的趣事十分反感，当他们把它当作谈话的主题时，简直叫我恶心。我不喜欢玩纸

---

① ② ③ 法国作家大仲马(1803—1870)的小说《三个火枪手》里的主人公。
④ 亨利四世，一五八九年至一六一〇年的法国国王。当时有些小说把他描写成接近人民的好皇帝。
⑤ 方括号及问号系《高尔基三十卷集》的编者所加，表示原稿的字迹不清楚。

牌,因为人们在打牌的时候总是吵吵嚷嚷。咳,要不是期待在这个世界的背后还有一个阿多斯们、波尔朵斯们、达尔大尼央①们以及其他与之相类似的人的世界的话,我早已对人们身上美好的和纯洁的东西丧失信念了!况且大自然温暖可亲,促使我去更接近人们,虽则尚未教会我更深地去探索人们的心灵——因此,在我的心目中大自然比人还高大。有时我充满着一种莫名其妙的情绪——恨不得不动声色而又冷酷无情地惹恼我跟前所有的人,叫他们气得哭起来!这是为什么?我也说不出个所以然。不过这念头很快就消失了,跟着来的是热望弄清楚"因为什么?""为了什么?""怎么样?"等问题的强烈的好奇心。当我刨根问底,使水手们大伤脑筋时,他们便说:"廖尼卡这孩子什么事都要问个究竟!"当我多管闲事的时候,他们便制止说:"你问这些做什么?一边去!"当然,我不知道为什么要刨根问底,而只是感到需要问问。他们常常夸奖我,对我赞叹不已,我看,这未免有点儿过分。大家知道,人们往往迂阔得很,尽管他们眼界狭窄,但也总是不免言过其实。不过,我不能不指出,这些赞扬,我只是听听而已,并没有自我陶醉。至于自我欣赏的时刻,是很短暂的,刹那间便被外来的以及我本身不断产生的要求所吞没。我努力探索、追求、剖析,感到自己是个微不足道的软弱无能的小孩子,如若不赶紧掌握一门专长,为自己寻找立足之点,那么在不久的将来一定要被生活所吞噬。环顾四周,展望未来,我看到,难以指望来自任何方面的帮助,心里有着说不出的苦恼和委屈。我不由得想起世上有多少中学生和其他有学问的人,他们根本不愿意成为这样的人,可我却……愿意,但没有工夫……②时光一天天地飞逝,一夜夜地悄悄流〔去?〕③,我呢,卖着苦力,终日汗流浃背,灰头土脸,我想啊、想啊,不停地想。然而都无济于事。这常常使我暗自饮泣,产生沮丧孤僻的情绪,想避开人们。但是我没有避开他们,也

---

① 达尔大尼央是《三个火枪手》里的主要人物之一。
② 此处手稿不全。——《高尔基三十卷集》编者注
③ 手稿残缺,方括号内的字系《高尔基三十卷集》的编者所加。

没有失掉乐天派、活泼的小伙子的称号,因为我依稀懂得,能克制自己不是件坏事。因此,我不得不处处撒谎,弄虚作假,常常这么干。我巴望着有人来助我一臂之力,可是出现在我眼前的不是我所期待的帮助,而是人情世态中那些犹如浑浊的水泡般的、令人生厌而又不可能不看到的细节。我看到的那种水泡一样的细节愈来愈多了,同时它的伪善、庸俗以及狡诈的直率或者说直率的狡诈使我感到吃惊。我探索到了一些令人诧异的现象。譬如说吧,甲在一小时之前还同乙情投意合地共饮了一瓶烧酒,但他却对丙说,乙是恶棍,而乙则友善地告诉丁说,甲是傻瓜,还说什么,为了上帝的荣誉、为了未来的科学而诈骗他一下并不是坏事。丁向甲讨好、告密,并在获取应分的报酬之后又串通丙去一致对付甲。至于戊、己、庚以至第一百零一个人,也都无不在盘算着如何才能更堂而皇之地去进行尔虞我诈。人们扯谎、弄虚作假是出自各种各样的动机的:有的出于需要,也就是说,是为了把事情办成功;有的并无私心,只是为了科学和技术;有的是以大公无私、为扯谎和弄虚作假的纯艺术服务的面目出现的;最后,还有的则是无缘无故而撒谎和弄虚作假的。当然,无私的友情、舍己为人与互助精神的事例也是有的。我就见过很多,其中有些事例至今还是尽善尽美,纯洁无瑕。但是经过一番研究之后,发现大部分善美的东西原来比丑恶的东西更丑恶。人们要么直截了当以善美自吹自擂,要么行善是出于哗众取宠。人们在自我吹捧的时候,往往傲视公众,而众人当面捧场,背地里则在窃笑、恼恨,并且竭力显示自己是不受这种良好品行的良好影响所左右的。当然,对这一切我与其说是理解了,不如说是感受到了。无疑,这一切使我苦恼,使我忧郁,有时我像野兽似的大发野性,有时我想自尽,我在心灵深处期待着解开疑团,迫不及待地向四周探寻,看是不是能有谁来给我一个立足之点,生活不可缺少的立足之点。

通航期结束了。我结过了账,为寻找工作,在外祖父那里已经待了约有一个星期。那些日子,我的心情特别烦躁。身上带来的钱不多,外祖父催我快走,不要成为他的累赘。有一次,不知道为什么他大发脾气,干脆要撵我出门,也不管我有没有地方好去。我心事重重地走进了穿堂……

蒋望明　译

科利亚的梦[*]

一

起初科利亚安安生生地躺在自己的小床上,但后来,他觉得并不想睡,于是,便掀掉身上的被子,一只胳膊肘儿支在枕头上,另一只手撩开罩着他的薄纱帐,仔细察看了一下房间。房间里洒满了从敞开的窗口照射进来的月光。窗户正对着花园,紧靠窗户有几株亭亭玉立的枫树,枫树叶的斑驳影子在窗台和地板上缓缓移动,并在白纱帐的许多蓬松的皱褶上轻轻地摇曳。

"妈妈!"科利亚用尖细、清脆的童音轻轻地喊了一声,又向窗外看了看。

柔和的暖风轻轻地吹拂着枫树枝,把刚刚绽开的苹果花、樱花和茉莉花的芳香不断送进房间。透过枫树交错如织的枝条可以看到一块块暗蓝色的夜空和金光闪闪的星星。

"好妈—妈!"科利亚执拗地拖长着声音叫了一声,在床上坐起身来,想把帐子上的影子抖掉。他这样做当然是徒劳的,因为影子跳动几下就又落到了原来的地方。科利亚对抖动帐子和等候妈妈已开始

---

[*] 本篇最初发表于一八九三年十一月八日至十六日《伏尔加人报》。译自《高尔基全集》第一卷。

不耐烦了。

"娘—姨！……娘姨！……"他任性地拉着长声叫了起来。

在隔壁房间里的地毯上发出了一阵轻柔的沙沙声，接着妈妈就出现在敞开的房门口。她的脸上显露出一种烦闷和不高兴的神色。

"你说，你要干什么？睡觉吧！"她一边往科利亚的小床前走去，一边低声地说。

"我不想睡觉，好妈妈！"科利亚央求道："还不如让我坐到窗前看看花园呢！……"

"快别胡思乱想了！睡你的觉吧！都快十一点了。"

"要是我不想睡呢？！"科利亚问道。

"你数到一百，就想睡了。躺下吧，我给你盖上。"

妈妈让他侧身躺在小床上，用柔软的被子把他裹得严严实实，然后拉上帐子，悄悄地走开了。

这一切都使科利亚感到不高兴。妈妈来去匆匆，有点异常；她竟忘了吻一吻她的科利亚，并且也没有看到她往常吻他时总带有的那种慈祥的眼光。这使科利亚很难过。科利亚把脸转向墙壁，将身子缩成一团，把被子往脑袋上一蒙，开始使劲地呼吸起来。这样一来，他感到很热，好像更觉烦闷了。……于是他掀去被子，侧耳细听。

窗前的枫树在窸窣作响，远处可以听见守夜人打更的声音……这就是可以听得见的所有声音了。

"妈妈躺下了没有？"科利亚想了想，然后轻轻地拉开帐子，向隔壁屋子张望了一下。

妈妈那张全是用花边装饰起来的宽大的床已经铺好了，但她还没有躺下。

"她在做祷告！"科利亚这样想。他又躺到枕头上，并全神贯注地听着，想从风和枫树叶的沙沙声中听出妈妈祈祷的低语声。……但什么也听不清。

"妈—妈！你在干什么？"他轻声地问，脑袋仍然躺在枕头上，没有抬起来。

没有人答理他。

"好妈妈……我害怕!"科利亚喊了一声。他真的感到害怕,差点儿没从帐子里跳下地来。

"哎呀,天哪!真是个讨厌的孩子!"妈妈大声嘟囔了一句,很快地走到他跟前,低声而严厉地说:

"你干吗?想惹我生气是吗?真可恶!睡觉!别再嚷了!要不然我明天……"

这时候母亲说话的语气使科利亚感到委屈,他就猛地往枕头上一扎,暗自哭了起来。

他噙着眼泪听见妈妈还在严厉地对他说些关于爸爸、淘气、坏孩子们以及七岁什么的,最后她那样冷漠漠而又匆忙地吻了一下他的脖子就走了。这一吻却使他更觉委屈了。

科利亚躺在那儿一面低声地抽泣,一面想,近来家里所有人——爸爸、妈妈、娘姨都郁郁寡欢,板着脸,而且都不再疼爱他了。谁都不说话,谁也不和他亲热亲热。他究竟干了什么错事呢?只不过打碎了爸爸的一只高脚酒杯,把他书房桌上的小兔的两只耳朵给掰掉了,再就是在客厅的沙发上洒了点墨水……

连娘姨也是气哼哼、干巴巴的没有一点儿意思,故事也不讲了,还总是一个劲儿地反问:"啊?啊?"……

科利亚感觉到泪水沾湿了枕头,因此脸颊也有点凉,就轻轻地把枕头翻了个个儿,打定主意,明天早上醒来谁也不理……让他们来问他:睡得怎样,梦见了什么。……他将一声不吭。就这样办!

在妈妈房间里像是有什么东西在沙沙响。科利亚吓了一跳,把被子裹得更严实,闭上了眼睛。

几分钟过去了。在这几分钟时间里,科利亚觉得他马上就要睡着了,于是他又缩成一团,翻了个身,脸朝着通向妈妈那间屋子的房门。

四周是那样异乎寻常地安静……大概妈妈把对着花园的窗户关

上了。

"上帝保佑!"科利亚心里默念着。他在睡意蒙眬中想了想明天午餐将吃什么糕点后,轻轻地打了个呵欠。

"亲爱的……终于还是盼到了!……我一直在等呀,等呀!……"

科利亚哆嗦了一下,睁开了眼睛。

他觉得好像房间里的寂静飞出了窗外,而花园里树木的瑟瑟声仿佛变成了许多人的窃窃私语,他和妈妈的房间以及周围到处都充满了这种声音。这些音色不同,但声调却同样委婉的嗓音汇成了美妙而动听的音乐,并像在叙述一个难懂、但又使人感到亲切的故事。这些声音互相交错,而又重重叠叠地响着。

"这是开始做梦了!"科利亚这样想着,把纱帐拉开了一点,想看看房间里发生了什么事情。

房间里像刚才一样洒满了淡蓝色的月光,树叶的柔和的影子仍然在地上、墙上和妈妈床边的地毯上默默无声地、慢悠悠地摇曳。好像正是这些柔和美丽的影子所发出的幽幽的乐声在温存而亲切地为一个受了妈妈的委屈的小男孩催眠……

科利亚在梦幻中微微一笑,然后把纱帐的缝拉得更宽些,把脸贴在编成十字花纹的床带上。

"这种痛苦会很快就结束吗?!"从妈妈房间传来了充满惆怅和激情的低声感叹。

科利亚又微笑了一下……没错,这正是妈妈在说话。

"唉,等等,再稍微等等!凡事总有个尽头。当我们知道,我们的幸福即将到来时,又何尝不能等一等呢!……"

"这好像是一个熟人的说话声,"科利亚想了想,"像是斯捷潘·尼基季奇,原来是他!"于是科利亚联想起了,这个非常和蔼可亲的斯捷潘·尼基季奇有一次曾送给他一个会滑稽地吱吱叫,还会爬绳的橡皮小丑。

"那么,他现在怎样了呢?还是那样和气吗?"

科利亚往小床的紧里边仰面一躺,用两个小拳头开始使劲揉着困得睁不开的眼睛。

妈妈站在自己的房间里,她比任何时候都显得更加美丽,穿着一身白色的衣裳,满是蓬松的皱褶。披散着的乌黑的头发像丝绸一样又软又亮,一缕缕动人的弯弯曲曲的发卷垂在她的肩背上,夹在衣服的皱襞里,看起来犹如一条条黑蛇一样,也是那么纤细而柔韧。她那被月光照得蓝莹莹的裸露的双臂那样优美地向上举着,放在一个身材高大的男人的双肩上。那人蓄着浓密的唇髭,在他凑近妈妈低下来的脑袋上长着一绺绺蓬松的长发,一直向后垂到他宽阔的肩膀上。他们两人侧身对着科利亚站在那里:妈妈两手搭在这个身材高大的人的双肩上,而这个人一只手搂住妈妈的腰,另一只手在抚摸她的头,摆弄着她的头发。如果斯捷潘·尼基季奇不是早就离开了这个城市的话,那么这个人简直就像是斯捷潘·尼基季奇。

他们两个人都那样美丽,从头到脚沉浸在月光和斑驳的树影中,而且两人都那样柔情蜜意地匆匆倾吐着什么……他有时弯下身来亲吻妈妈的脸庞,这时他的胡子和妈妈的发髻缠在一起,他长长的头发落在妈妈的手上……他长得像妈妈有一次讲过的那个强盗,既可怕又英俊,身材也像那个强盗一样魁梧……

"我亲爱的!"妈妈对他说,"没有你我简直痛苦万分!……"

他紧紧把妈妈搂到怀里,然后抱在手上,吻她,热烈地吻她,并对她说着耳语……

现在科利亚可以看见他们的脸了。

这个人大概是个很和善的人。他有一双大眼睛,在稍稍扬起的浓眉下这双眼睛闪烁着亲切而明亮的光辉……妈妈在他的手上显得那样娇小,就像个小姑娘一样……妈妈把头偎依在他的肩膀上,他们的头发缠在了一起。而妈妈的那双又大又黑的眼睛盯着他的脸,眼睛里好像迸发出许多火花似的。

窗外微风习习,而周围的一切就如在神话和梦境中一样美妙……

科利亚的小脸上带着凝聚的微笑,他在尽情地观赏。突然,他产生了一种想要置身于这一梦境的愿望……

"妈妈!……"他高喊了一声,蓦地从床上站了起来,并向他们伸出了双手。"妈妈!告诉他,让他也这样吻吻我!……我非常想要他吻我!"

但发生了一件奇怪的事情……妈妈像一条蛇一样从那个人的怀里滑到地上……他也一下子就消失得无影无踪了。科利亚的脸上感到了妈妈呼吸的气息,肩膀上感到了她颤抖的双手,听见她断断续续、惊慌不安地在对他说:

"你怎么啦?怎么啦?……你是梦见什么了吗?是吗?你是在做梦!这是梦,我的孩子!……我可爱的孩子!……"

她用像火一样炽热的嘴唇吻他,并让他躺下睡觉,这时科利亚对她低声讲道:

"是,我知道,这是梦……但他那样亲热……我多么想让他吻吻我,妈妈!"

"他走了,可爱的孩子!他已经不在了!这儿谁也没来过……这只是个梦!睡吧,上帝保佑你!睡吧!……"

但这时候,科利亚听见隔壁屋子里有笃、笃的响声和克制着的暗哑的咳嗽声。他高兴地微笑着,并喊道:

"这就是他!……是他……是您吗?……这是他。好妈妈!让我看看他……我非常想见他!您是梦吗?是吗?上我这儿来!请来吧!我非常爱您!……妈妈,告诉他!……"

"我的宝贝,这是你梦见的!……"妈妈心慌意乱地说道,她浑身颤抖着转过身去……

而他站在门口,对着妈妈和科利亚微笑,笑容可掬。

"是吗?我可爱的小男孩,你喜欢我?……"

他说话的声音是那样轻微,而又有韵味,一面说一面点着自己的大脑袋。他浓密、蓬松的长头发抖动着,披散在肩膀上显得格外美丽。

"啊！您原来是这个模样……完全和斯捷潘·尼基季奇一样！……您是谁呢？您早就来了吗？……您从哪儿进来的？是从花园进来的？您是梦吧？"

科利亚站在小床上，一只手朝窗户的方向伸着，身上穿着一件露胸的长长的薄衬衣，小小的脑袋上长着淡褐色的鬈发，在泛着红晕的稚气的小脸上显露出惊喜和好奇的神色，一双淡蓝的眼睛睁得大大的，模样非常可爱！

"是的，我是梦，我的小美男子！我是梦，我来自遥远的地方，就是从这扇窗户进来的！"这个高大的人说道，他已走到科利亚小床的紧跟前，把一只手放在他长着卷发的小脑袋上。"你喜欢我吧？是吗？"

"噢！……"科利亚想说些什么，但又想不出要说什么，就可笑地把小嘴唇努成要接吻的样子，向他伸过去。

"我亲爱的孩子！……"梦和妈妈两个人异口同声地说道。当科利亚和新相识的人说话时，妈妈一直默默地站在那儿，时而带着欣喜和害怕的神情看着科利亚，时而显出害怕同时又夹杂着恳求的神情望着这个梦的脸……

梦紧紧地抱住了科利亚，用双手把他从床上抱起来，并那样亲昵和热烈地吻了他一下，甚至把科利亚都弄疼了。

"您想陪我干点什么呢？"科利亚好奇地问，同时用信赖的目光看着他的眼睛，并且用两手轻轻地摸着那弄得他的胸口发痒的浓密的红色髭须。

"我只不过想要和你坐到窗前，给你讲个有趣的故事！"

"啊！太好了！"科利亚叫了起来。

"小声点儿，亲爱的！小声点儿！……"妈妈吃了一惊，向他凑近一步，并对抱起科利亚的人说：

"在窗户跟前你会使他受凉的……哪怕拿条被子把他裹起来也好。啊，天哪！……"妈妈愁容满面地感叹道。"所有这一切是多么奇怪啊！往后会怎样呢？……再说他也该睡了。要是他明天突然把一切都说出来呢?!那会怎样呢……"说完,她用疑问的眼光望着蓄着红胡子、身材魁梧的人,并把一只手放在他的肩上。

"哎,用不着担心!这不过是梦而已!"

他说这句话时含着微笑,同时坐到靠近窗户的圈椅上,很快用温暖、柔软的被子把深深陶醉了的、默不作声的科利亚裹了起来,然后对他说:

"你要我讲讲我自己?是吗?"

"是的!"科利亚轻声地说道,一面看着他的眼睛,躲着弄得他的脖子和脸颊怪痒痒的胡子。

妈妈把一张小凳子挪到圈椅旁边,在凳子上坐下,把头挨着科利亚的那双小脚,看着想要说些什么和正要在深深的圈椅上坐得更舒适些的那个人的脸。

"好,听着!"他开始讲了,一面抚摸着科利亚的头。"我是梦——是从那个地方到你这儿来的,看,就是从透过树枝可以看到的那个遥远的地方……晚上,当蓝色的天空燃起欢愉的点点星辰时,我们就从蔚蓝的天际静悄悄地飞到地面上,来到孩子们的身旁……我们排成一行行,在花园上空飞翔,向窗户里张望,看有没有好孩子在那儿睡觉。只要我们一看见有孩子小小的脑袋,我们就在它上面飞翔,于是在这个头脑中便产生了无论在生活中还是在童话中都从未有过的景象!……"

"我亲爱的诗人!"妈妈低声地说了一句。

科利亚颤动了一下。他被轻轻地摇晃和音乐般的故事所催眠,他似睡非睡,脑子里出现一些形象,他在想象,在深邃莫测的天空,在淡蓝的月光沐浴下,轻盈、洁净得犹如夏日有时出现的云朵一样的奇妙的梦幻在跳着环舞,轻轻地歌唱,不时地望着大地、进入梦乡的大人和孩子……

妈妈的低语声把他惊醒了,把他想象中的,出现在透过花园的树枝可以看到的天空上的一切形象都赶走了……他眨着惺忪的睡眼看了看妈妈,然后微笑了一下,把头紧紧依偎在那个讲故事的人的宽阔、强壮的胸前。

而那个人还不停地在给他讲故事,一面摇晃着他,用手抚摸他的头。科利亚重又听着故事,并给自己描绘着一幅幅图景。

柔和的溶溶月色透过树枝映照着他们三人,美丽斑驳的树影在他们身上投下了奇妙的图案。……那个身材魁梧的人坐在圈椅上,两腿向前伸直,把自己的头低向紧紧依偎在他胸前的孩子的金黄色头发的小脑袋。他在喃喃低语,于是他那垂下来的浓密的八字胡就不住地在抖动。科利亚有时睁开自己的眼睛,不由自主地幸福地微笑着,看看向他低下的脸。

每当他这样做的时候,坐在他们脚旁的妈妈,就吻吻讲故事的人放在膝上的手,她的脸颊一直紧贴在这只手上。

科利亚渐渐入睡……他梦见,好像他也加入了那些婀娜多姿地在空中旋转的梦的环舞……和他们一起在高空中翱翔于绚丽多彩、晶亮夺目的繁星之间,这些星星在向他微笑,让他沐浴在自己的光芒中,使他感到一种特别惬意的温暖……

二

科利亚的爸爸个子矮小,脸色苍白,略微有点驼背,他坐在桌前,慢慢地呷着玻璃杯里的早茶,以一种异常专注的目光惆怅地望着前面,这目光好像透过了屋墙,并在墙外那边,看见了什么似的,因而使他额头上刻着的皱纹变得更深了,嘴角下垂,脸上带着痛苦的表情和憔悴的病容。

一双深陷在眼窝里的眼睛通红,干涩无光。头上稀疏的淡黄色头发梳得漫不经心。外套皱褶不平,而且也没有洗刷干净……因此科利亚的爸爸整个人都让人感到好像是一个大病初愈的病人。

有时,他有点可笑地耸着鼻子,时而让鼻子尖垂在稀疏的胡子上,时而翘起上嘴唇,不知为什么还用舌头在上嘴唇上舔来舔去。

桌子上放着茶炊,它的背面朝着他,由于它挡着,他看不见自己妻子低俯在书上的脸。

她穿着一身布满波浪形皱褶的、宽大而舒适的白色晨装,使她的双臂、颈项的黝黑中透着金黄色的皮肤和披散在双肩上的油亮的鬈发显得更加动人。

茶炊渐渐熄灭,它断断续续地哼哼着,就像蚊子叫一样……在宽敞、明亮的屋子中间放着一张桌子,他们两人坐在桌旁,一扇大玻璃门通向露台和花园,在这屋子里既沉闷又寂静。端端正正地靠墙摆着的家具显得那样冷冷落落,而沿墙挂着的发黑的版画也给人一种冷清而忧郁的感觉。

"科利亚还在睡觉吗?"爸爸问道,在椅子上略微探过身去,看了看妻子正低着的头。

"大概是!"她连看也没看他一眼,简短地回答了一句。

他又恢复了原来的姿势,从杯子里喝了一口茶,把茶匙弄得叮叮嗒嗒地响了一阵,然后用几个手指在桌上敲起点儿来了。

"他今天睡的时间太长!"他又说了一句。"我在上班前想看看他,吻吻他。你在读什么,索尼娅?"

"洛蒂。"①

"喔……这书好吗?"

"非常好。"

"我不喜欢法国作家。他们不惜笔墨着力于外表的描写,却不擅长心理分析。这一位——当然也是这样啰?"

"这是洛蒂。"

她仍然是那样回答他,既不抬头也不看他。她的最后这个回答不知为什么使他极其痛苦地摇了摇头,在椅子上显出局促不安的神情。

---

① 皮埃尔·洛蒂(1850—1923),法国小说家,写有小说《冰岛渔夫》等。

科利亚的梦

"你大概很快就根本不和我说话了？是吗？"他轻声并恭顺地问道。

"不知道。"

她的简短而冷淡的回答并未遭到反驳。他的脸抽搐了一下，而且头垂得更低了。

几分钟过去了，茶炊发出了一两声忧伤的吱吱声就不响了。门外传来了脚步声，接着，脸色红润，又干净又精神的科利亚跑进房间，把娘姨弯腰驼背的暗暗的身影留在了门口。

"爸爸，你好！……"

但在笑逐颜开的爸爸还没来得及从椅子上欠起身去迎他的时候，科利亚便已经跳上他的双膝，吻着他的脸颊了。

"好，好啦，科列奇卡①，睡得怎样？说说吧。"

"噢！爸爸！……"科利亚突然变得严肃起来，庄重而又神气地向上举起右手，直直地伸着一个小指头，急急忙忙而又前言不搭后语地说了起来：

"太好了！……我还做了一个特别好的梦！……啊！这还是第一次呢！……梦自己走到我这儿来，向我说了他自己的事！你懂吗?!我还看见了你，妈妈……你好！我忘了向你问好了……你不见怪吗？原谅我！你生气了？……你那么严厉地看着……你真的生气了！好啦，好—妈—妈！……不要生气！好吗？……"

他从爸爸膝盖上跳下来，跑到她跟前。

"吻吻我！"

妈妈一手推开书，另一只手拉拉他身上的衬衣，向他俯下身，吻着他的前额。她面带倦容，眼圈发黑，目光冷淡而坚决。

"下次你可不能忘记吻吻我！可得记住！现在喝茶吧，别再提你那胡说八道的梦了。快点喝，喝完跟我一起去散步。坐下！"

---

① 科列奇卡是科利亚的昵称。

113

"不,我要说,好妈妈!……这你也会喜欢的……多美的梦啊!……"

科利亚用小手兴奋地拍了一下膝盖,准备要讲了。

"不要讲!我对你说,不要讲。我不想听!"她严厉地说,用白眼瞪了他一下,又神经质地把茶壶盖弄得直响。

"嗳,怎么能禁止小孩儿讲梦呢?"爸爸表示反对,然后对着胆怯地把头低在桌上的科利亚,又说道:

"说吧,小朋友,我听你说!说吧,这可能也会使你妈妈感兴趣的。她头疼,所以有点生气。说吧!"

妈妈猛地挪动了一下椅子,然后冲着丈夫大声而坚决地说:

"巴维尔·叶戈罗维奇,您要让他讲吗?是不是?"

巴维尔·叶戈罗维奇惊讶地扬起眉毛,使劲扯了一下自己的胡子。

"索尼娅,你今天非常暴躁;你最好上床去躺着。孩子想讲讲梦有什么可使你激动的呢?唉,天啊,这简直是怪事!"

她高傲地昂起头,带着讥讽的神情对着丈夫的脸冷冷一笑。

"您明确说一句:您是不是一定要他把这个梦说给您听?"

"是呀,我是要他讲!但我不明白,为什么这使你这样恼怒,真不明白!……当着孩子要克制点儿自己。要知道,你若是被别针刺痛了或是头痛,孩子们根本是没有过错的……"

"您把您的训话留给您自己、留给仆人、留给娘姨或别的什么人吧!……那您就听着吧!科利亚,你就把你的梦讲一讲!"

她刻薄地笑了笑,往椅背上一靠,神经质地紧闭双唇,带着报复的神情,两眼直盯着丈夫的脸。

"是呀,当然,说吧,科利亚,这样我们可以给妈妈解解烦闷。说吧,我的孩子!"巴维尔·叶戈罗维奇简短地说道,为了尽量避免和妻子的目光相遇,他向科利亚俯下身子,一面还用手帕擦着额上的汗。

科利亚为难地看了看妈妈,然后怯生生地向爸爸微笑着开始讲道：

"你可知道，爸爸……要知道，是怎么回事……起初我老半天睡不着，惹得妈妈有点生气了……后来睡着睡着……有点儿快要睡着了……可是突然听见，在妈妈房间里有人在悄悄说话……说话声音很低、很低……说了好多……这时候我就干脆从帐子里往外看了看……这么一来，我就看见了一个梦，这梦和斯捷潘·尼基季奇一模一样……就是过去很久以前常来我们家的那个，你记得吗？真是完全和他一样！他的胡子和穿的衣服都一样……也是个大高个儿。他还搂着妈妈，吻妈妈，妈妈也吻他……后来我说我也要……"

"好啦，科利亚，别说了。我知道这个梦。我见过这个梦好多次了。是的……回你自己屋里去吧……娘姨，你替科利亚把茶拿去！回你自己屋里去吧……去吧……"

巴维尔·叶戈罗维奇慢慢地擦拭着前额，惘然若失地微笑着，看着那个皱着眉头、脸色阴沉的娘姨走到桌子跟前，一只手端起盛着茶的杯子和放着奶油面包的茶碟，另一只手牵着科利亚，科利亚缩作一团，低着眉头，胆怯地瞟着一面轻声地发出银铃般清脆的笑声，一面在椅子上摇晃的母亲，——他目送他们出去，看见房门关上以后，便把自己惘然若失的目光移到了妻子身上，而她则报之以挑衅性的响亮的笑声，并且轻蔑地眯缝起一双黑眼睛，冷冰冰地看着他。她在椅子上微微地摇晃，用几个手指在桌边上有节奏地敲打着拍子。巴维尔·叶戈罗维奇缄口不言，他的脸渐渐地流露出一种极其沉痛的责备的神情。

"您要对我说什么吗？"妻子收敛起笑容问道，把眼睛眯得更细了。

巴维尔·叶戈罗维奇一只手扶着桌子，身子奇怪地晃了晃。

"请快点！我要去散步了，"她平静地加上了一句，用一只手整了整衣裙，把一条腿架在另一条腿上。现在她的镇定自若而又冷漠无情的姿态显得更富有挑衅性了，而她整个人变得那样美丽、高傲和富于魅力，好像整个房间也因之发生了变化，变得更加宽敞、明亮和生气盎然了。

巴维尔·叶戈罗维奇短叹了一声,然后也平静地开始说话,但一只手却神经质地抚弄着上衣的反襟,并不时地摸摸衬衣的领子,就像是想要把它解开似的。

"听着,索菲娅·彼得罗夫娜!干吗要这样故作姿态,进行挑战呢?这一切不过是虚张声势而已!只不过是一种没有用的、但又令人痛心的虚张声势罢了。你以为,我会相信你的心境是坦然的,并且凭这种坦然就确定你是问心无愧、清白无辜的吗?这太可笑了!只是在你不爱我这一点上,你是对的;但是你对我的憎恨和你使我蒙受的侮辱,任何人,甚至上帝都无法为你辩解!为什么?!难道是我招惹的,是罪有应得吗?……我并没有招惹谁,也不该遭此记恨和侮辱。我对你说过:由你自己定夺,但你要做得光明磊落些,干脆些。你走吧,把儿子留给我。但你没走……居然还把情夫带到自己房间里,当着孩子的面,当着儿子的面和他接吻……你究竟为什么要这样做?为什么?为什么你不想把这一切做得干净利落,体面些,却干得这样粗野下贱、卑鄙龌龊而又冷酷无情?你有什么权力侮辱人?!在你对待我的态度上你表现得更多的是兽性,而没有一丝一毫精神上的东西!……你瞧:我痛苦,我受着摧残和折磨,悲恸欲绝!……凡是丑恶可怕的事你统统对我做了出来……你想知道这个吧?那就请吧!我说!……你满足了吧?……是不是?……"

他在颤抖,脸色苍白,虽然说话的语调已含着痛楚和嘲讽,但仍旧在克制着自己。他直盯盯地注视了一会她的眼睛,而她只是肯定地微微地点了点头作为回答,随之一语不发,整了整衣裙,还继续看着他的脸,嘴角上挂着一丝讥讽的微笑。

"你心满意足了吧?……是不是?……那,好吧!现在我说完了。要是别人处于我的境地,他就会叫嚷、大发雷霆、咒骂、甚至痛打你一顿……但我知道,这样做是触动不了你的自尊心的。你的自尊心太强……这个我知道!但我不想,看来,甚至不能仇恨你,因此也就请你快些离开我,不然我走。不过在和你分手的时候,我只想对你说一点……我不想以此来使你难受,我只不过要提醒你:你的女性太多了!这会毁了你的。这种禀性是粗野而又缺乏理性的。你随便上什么地方去吧……不,我自己离开!……"

他从座位上蓦地站了起来向门口走去,脸色煞白,嘴唇直打哆嗦,他一面走,一面把手指撅得咯咯响。

"您等一等!我也有话要说!"她很快在椅子上转过身来,阻拦他。"您等一等!您坐下!"

她说话的口气是那样咄咄逼人,眼神是那样高傲、趾高气扬,因而使他几乎是不由自主地止住了脚步,并且坐了下来,痛苦地喃喃说道:"快说吧!……快说!……"

"嗯,我很快就和您说完!"她长长地、自若地舒了口气。"您问:'为什么?'为了我的青春。这一切只不过是为了我那被您毁了的青春所做的一点小小的报复,——别无其他。我痛恨您,恨不得把您撕得粉碎、折磨个够,因为我曾耐心地和您在一起生活了八年,现在当我把我身心最美好的东西都已奉献给您之后,我爱上了别人……而他虽然也同样以爱来回答我,但在同我接触中他却流露出一种使我气恼的宽宏大度的情调!他所以这样做,就因为我比他年纪大。我不愿意这样,但要消除这种情况我却无能为力!……我想得到的只是和我所付出的相当……而我付出的是我的全部身心!但对您我从来没有献出自己的全部身心,从来没有!您听着!就是这样。我也痛苦。我痛苦的原因是您,所以我要报复您!在您身上没有诗意、力量、气魄,您容易冲动而又可笑!……您是个可怜的人,是个可怜的人!而当您追求我时,您曾是个新鲜有趣的人。啊,那时您和现在简直判若两人!……以往的这一切都在哪儿呢?您那时候是在说谎。您欺骗了我,您用花言巧语骗取了我的欢心,吞噬了我的青春,在和您朝夕相处的八年中我没有真正生活过。没有诗意、没有生活,只有过华而不实的、因此是娓娓动听的高谈阔论。您还企图把您的观点、您的思想、您那鄙俗的自我强加于我!统统都是夸大和虚妄的。您把我洗劫一空,您欺骗了我！难道这个可怜、渺小的您是那个曾允诺给我生活的人吗？您给了我什么？在和您朝夕相处中哪里有生活的诗意呢？……没有诗意。噢,当我所爱的人不知不觉地向我表露出,我比他年纪大,我的精神和活力不如他饱满充沛的时候,我是多么憎恨您,并感到多么难以忍受的痛苦啊！我高兴,我使您感到了痛楚,终于达到了目的！我高兴！我真高兴！……我终于能击穿了您用以护身的基督教道德的盔甲。好,够了！走吧！我并没有把一切都说完……但够了！不过,我倒是很愿意再次和您谈谈这个话题的。走吧……走吧！……"

他像个醉汉一样摇摇晃晃地向门口走去,她冲着他的背影发出轻轻的狞笑声,而当别的房间里也听不见他那蹒跚的脚步声的时候,她站起来,拿上自己的书,到露台上去了。

在那儿她深深吸了一口芳香馥郁的新鲜空气,看了看洒满春天明媚阳光的花园。

依次交植的枫树和菩提树在微风吹拂下轻轻地摇曳着,散发出春天浓郁而清新的芳香。鲜嫩翠绿的树叶、树丛上方湛蓝深邃的天空,以及露台前花坛中的一簇簇鲜花——整个花园都鲜明地、清晰地呈现出一派春天的景象,这被人人歌颂赞美、而又没有一个人能尽述其美的绝妙迷人的春天景象……春天本身的美丽永远是那样富有魅力,除了她自己以外,要对谁去说明这一点是毫无必要,同时也是可笑的。

索菲娅·彼得罗夫娜坐到藤椅上,把一张小凳子挪过来垫在自己的脚下,把书放在膝盖上读了起来。

科利亚的响亮的声音从花园深处传到了她的耳际,他在问娘姨:

"难道小鸟不会在天上迷路吗？瞧,这天空有多大呀！……"

周　圣　译

叶美良·皮里雅依[*]

"除了到盐场去,再没有事情可做了!这个该死的工作实在太苦,可是你还得做,因为再像这样下去,说不定会饿死的。"

我的朋友叶美良·皮里雅依说完了这几句话,就从衣袋里掏出皮子做的烟口袋来,这已经是第十次了;等到他明白它还是像昨天那样的空袋子以后,不觉叹了一口气,吐了一口痰,转过身仰天躺着,望着散布暑气的无云的天空。我跟他两个人饿着肚子躺在离敖德萨[①]三俄里[②]光景的沙滩嘴上,我们因为找不到工作才离开了敖德萨。叶美良直挺挺地躺在沙滩上,头朝着草原,脚朝海,发出不太高的响声、冲上岸来的波浪洗着他那双肮脏的赤脚。太阳使他把眼睛眯缝起来,他一会儿像一只猫那样地伸个懒腰,一会儿又把身子朝海那面慢慢地往下滑,那个时候波浪差一点儿就打到他的肩头来了。他很喜欢这样。

我朝港口那面望去,在那个地方高高地耸立着树林一样的桅杆,厚厚的深蓝色烟球把它们包在里面,从那儿飘送过来锚链的听不清楚的响声和机车的汽笛声。我在那边看不到任何一个东西,可以使我那个逐渐消失的挣钱吃饭的希望再生起来,我就立起身子,对叶美良说:

"那么,怎样,我们到盐场去吧!"

---

[*] 本篇最初发表于一八九三年八月五日《俄罗斯新闻报》。译自《高尔基三十卷集》第一卷。
[①] 黑海上的一个重要港口。
[②] 一俄里约合1.067公里。

"好……走吧！……不过你干得了这个吗？"他不相信地拖长声音问道，也不看我一眼。

"我们在那儿瞧吧。"

"那么，就是说，我们走吗？"叶美良又说了一遍，他连手脚都不动一下。

"是啊，当然啦！"

"啊哈！是啊，这是个主意……我们走吧！可是这个该死的敖德萨，让魔鬼吞掉它！它还是照样不动地留在原来的地方。一个海港城市！让它沉到地底下去吧！"

"好啦，快站起来，我们走吧；咒骂并没有一点儿用处。"

"我们到哪儿去？是到盐场去吗？……好吧。只是老弟，你看见吗，即使我们到盐场去了，在那儿也不会有什么好处。"

"你不是说过应当到那儿去吗？"

"我的确说过。我说过就说过；我不否认我自己说过的话。不过不会有什么好处，这也是的确的。"

"那为什么呢？"

"为什么？你以为那边有人在等着我们，会说：'请吧，叶美良先生和马克西姆先生，做做好事吧，做断你们几根骨头吧，收下我们这几个钱吧！'……不，不会是这样的！事情明明是这样：你我现在是我们皮肤的全权主人……"

"啊，好啦，得啦！我们走吧！"

"等一下！我们得去见这个盐场的经理先生，恭恭敬敬地对他说：'仁慈的先生，非常可尊敬的强盗同吸血鬼，我们是来献上我们的皮请您饱餐的，您是不是高兴用一天六十戈比的代价来剥我们的皮呢！'这以后才跟着……"

"喂，尽说这种话，你起来，我们走吧。不到晚上我们就会走到渔场，我们帮忙拉网——人家也许会招待我们一顿晚饭。"

"晚饭？这倒是不错的。他们会招待晚饭的；打鱼的人都是好人。

我们走吧,我们走吧……可是我的老弟,好处,你我是得不到的,因为——整整一个星期来你我碰到的全是倒霉事情,就是这么一回事。"

他站起来,浑身都湿透了,他伸了一个懒腰,把手插进他那条用两个面粉口袋缝的裤子的袋里,在那儿摸了一阵,然后伸出手来放到脸孔前面,幽默地看了看这两只空空的手。

"什么也没有!……这是第四天了,可是我仍旧什么也没有找到,我的老弟,就是这么一回事!"

我们沿着海岸走,偶尔交谈几句话。我们的脚陷在掺杂得有贝壳的软软的沙子里面,冲上来的波浪轻轻拍打着贝壳,使它们发出悦耳的沙沙声。我们有时候碰到了一些给波浪扔到沙滩上来的胶质水母、小鱼同形状古怪的又湿又黑的木头片……从海上吹起一阵叫人感到舒畅的清凉的微风,给我们送来了凉爽,它扬起一串小小的砂尘的旋涡,吹进草原里去了。

一向高高兴兴的叶美良·皮里雅依现出了垂头丧气的样子,我注意到这一层就设法来提高他的兴致。

"喂,叶美良,讲点什么故事吧!"

"朋友,我很愿意跟你讲讲故事,不过舌头不灵活了,因为——肚皮空了。人的肚皮是主要的东西,任凭你去找哪一个畸形的怪物来看,你绝不会找到一个没有肚皮的,那是胡扯!可是肚皮安静的时候,就可以说是灵魂也活起来了;人类的一切活动都是从肚皮里产生出来的……"

他静了一会儿。

"唉,朋友,要是现在海给我扔过来一千卢布——吧嗒一声!我马上就开一个小酒馆;请你当伙计,我自己在柜台下面放一张床,在酒桶上安一根管子直接通到我自己的嘴里。我只要想从那个欢欣愉快的源头喝它一点儿的时候,我马上就命令你:'马克西姆,把龙头转开!'就咕嘟——咕嘟——咕嘟地对直流进喉咙去了。叶美利雅①,你痛快

---

① 叶美良的爱称。

121

地喝吧！好事情，见它的鬼！可是这个乡下人，这个黑土的主人——嘿，你！——去抢他，剥他的皮！……把他的心肝五脏完全翻出来。他又来喝解醉酒：'叶美良·巴甫雷奇①，赊一小杯吧！'——'啊？……什么？赊账？我不赊！'——'叶美良·巴甫雷奇，发个善心吧！'——'好吧，赊给你：你把大车赶来，我给你一杯酒。'哈——哈——哈——我要把他这个大肚皮的魔鬼狠狠地刺一下！"

"喂，你怎么这样残忍！你瞧——这个乡下人，他正挨饿呢！"

"那又怎样，先生！他正挨饿？……我不是正挨饿吗？我的老弟，我从生下来那天起就挨饿，可是这个并没有写在法律上。唔，不错，先生！他挨饿——为什么呢？收成不好吗？起先是他的脑袋里收成不好，后来就是田里收成不好！就是这么一回事！为什么别的帝国里面没有收成不好的事情？就因为在那些地方人们的脑袋不是专为给人搔后脑勺子才长出来的；在那些地方人们的脑袋是用来思想的——就是这么一回事！我的老弟，在那些地方，要是今天不需要雨，雨可以推迟到明天下，要是太阳太卖力气了，也可以把它向后面移动。可是我们有什么措施呢？一点儿措施也没有，我的老弟……没有，这是什么！这全是笑话。不过要是真有一千卢布同小酒馆的话，这倒不是开玩笑的事情了……"

他不作声了，习惯地伸手去摸烟口袋，掏出它，把它里朝外地整个翻过来，看了看，狠狠地吐了一口痰，就把烟口袋扔到海里去了。

波浪接住这只肮脏的小袋子，带着它离开了海岸，可是波浪仔细地看了一下这件礼物，便又不高兴地把它扔回到岸上来了。

"你不要吗？哼，你还是得收下的！"叶美良一把抓起湿淋淋的烟口袋，塞了一块石子进去，然后举起手，把烟口袋远远地扔到海里去了。

我笑了起来。

---

① 教名加父名，这是一种客气的称呼。

"喂,你露出牙齿干吗?……也有这样的人!他念书,他还把书带在身边,可是他却不会了解人!四只眼睛的怪物!"

他这番话是对我发的,根据叶美良管我叫"四只眼睛的怪物"这一点看来,我可以断定他生我的气生得很厉害:他只有在对现存的一切都怀着极大的憎恶和仇恨的时候,才会挖苦我的眼镜。大体上说来,在他的眼睛里,我这个并非出于自愿的装饰品,却给我增加了很大的分量同重要性,因此在我们认识的头几天里面他只能用"您"的称呼和十分尊敬的口气跟我讲话,虽然我跟他一块儿给一只罗马尼亚轮船装过煤,我们都是一样地穿得破破烂烂,满身擦破的伤痕,而且黑得像魔王那样。

我向他道歉,我想使他稍微安静一点,就对他讲起国外的那些帝国的事情来,我极力想使他明白他那些关于控制云和太阳的知识是属于神话的范围的。

"真有你的!……原来是这样呀!……啊!……对,对……"他偶尔插嘴说;我觉得他今天跟往常不同,对于国外的那些帝国和那儿的生活情况并没有多大的兴趣——叶美良差不多并没有听我讲话,他固执地望着前面远远的地方。

"是这么一回事,"他打断我的话头说,随便挥了挥手。"可是我来问你:要是我们现在碰到一个有钱的,而且是很有钱的人,"他从侧面朝我的眼镜底下偷偷地瞧了一眼,着重地说,"那么你为了获得你自己需要的一切,是不是会干掉他呢?"

"不,当然不,"我答道。"谁也没有权利拿别人的生命做代价去买自己的幸福。"

"啊哟!不错……这在书本上说得头头是道,不过这只是为着良心罢了,事实上就是那位最先想出这些话来的老爷,要是他碰到困难的话,只要机会方便,他为了保全自己的性命也会杀死人的。权利!这就是权利!"

叶美良的那个盛气凌人、青筋暴露的拳头在我的鼻子跟前神气地晃了一下。

"不管是什么人——只有方式不同——都永远受着这种权利支配的。什么权利不权利！……"

叶美良皱起了眉头，把眼睛深深地藏在他那褪了颜色的长眉毛下面。

我不答话，我根据经验知道：在他生气的时候，反驳他，是没有用的。

他把他的脚碰到的一块木头片扔进海里去，叹一口气，说，

"要是现在抽一会儿烟……"

我朝我们右面草原那边望了一下，我看见两个牧羊人①，他们躺在地上，正在瞧我们。

"你们好，潘们！"叶美良向他们大声招呼道，"你们有烟草没有？"

一个牧羊人把头掉向他的同伴，嘴里吐出来他嚼烂了的草叶，懒洋洋地说：

"他们要烟草呢，喂，米哈尔！"

米哈尔望了一下天，分明是在要求天允许他跟我们谈话，然后他就朝我们转过身来。

"你们好！"他说，"你们到哪儿去？"

"到奥恰科夫的盐场去。"

"嘿！"

我们不作声，在他们旁边的地上坐下来。

"喂，尼基塔，把口袋收起来，不要让寒鸦啄光了。"

尼基塔狡猾地暗笑着，收起了口袋。叶美良在那里咬牙切齿。

"那么说，你们是要烟草吗？"

"我们好久没有抽烟了。"我说。

"怎么会这样呢？你们本来应当抽点儿烟啊。"

---

① 这里的两个牧羊人是乌克兰人。

"嘿,你这个鬼霍霍尔①!闭嘴!你愿意给,就给,可别捉弄人!你这个不成器的东西!你是不是在草原上荡来荡去连魂都荡掉了?我只要在你鬼脑袋上这样一下,你要叫也来不及了!"叶美良转动着眼珠大声嚷起来。

牧羊人大吃一惊就跳了起来,抓起他们的长木棒,两个人身子靠得紧紧的。

"嘿!小兄弟,你们就是这样求人的吗!……好,那就来吧!"

这两个鬼霍霍尔想打架,我看这是毫无疑问的。叶美良呢,照他捏紧的拳头和燃烧着怒火的眼睛看来,他也不会退让的。可是我却没有参加战斗的兴趣,我就出来给他们两方面调解。"朋友,等一下!我这个伙计脾气大一点——这不是什么大事情!不过是这样,你们要是不太可惜的话,请给点烟草,我们就会走自己的路。"

米哈尔望望尼基塔,尼基塔望望米哈尔,两个人都笑起来了。

"你们为什么不早讲呢!"

接着米哈尔把手伸进长外衣袋子里去,好容易才掏出一只很大的烟口袋来,递给我:

"好吧,拿烟草吧!"

尼基塔把手伸进口袋里,拿出来一大块面包同一块撒了很多盐的猪油递到我的手上。我接了。米哈尔笑了笑,又给我添了一点烟草。尼基塔咕噜了一声:

"再见!"我谢了他们。

叶美良板着脸蹲下身来,声音相当高地骂了一句:

"鬼猪!"

两个霍霍尔跨着笨重、缓慢的步子走进草原深处去了,他们不断地回过头来望我们。我们坐在地上,不再去注意他们,拿猪油就着味道很好的半白不白的面包吃起来。叶美良嚼得很响,鼻子大声出气,

---

① 这是革命前俄罗斯人对乌克兰人的轻蔑的称呼。

不知道为了什么缘故他拼命躲开我的眼光。

黄昏近了。远远地在海上黑暗诞生了,它在海的上空飘来浮去,用浅蓝色的混浊东西盖住了海上的微波。在海的尽头升起了重重叠叠的镶着粉红色金边的紫黄色云片,朝着草原飞去,它们使得黑暗变得更浓了。可是在那边草原上,在很远很远的草原的边上,晚霞的紫红色大扇子打开了,它把天和地都染上一层柔和悦目的颜色。波浪拍打着海岸,海在这个地方是粉红色,在那个地方又是深蓝色,它显得非常美,非常雄伟。

"现在我们抽烟吧!魔鬼把你们这两个霍霍尔抓去吧!"叶美良这样把霍霍尔的事情结束了以后,畅快地吐了一口气。"你说我们往前走呢,还是在这儿过夜?"

我懒得往前走了。

"过夜吧!"我决定说。

"好,就过夜吧。"他伸直地躺在地上,出神地望着天空。

叶美良抽烟,吐痰;我在看我们的周围,欣赏这幅十分美妙的傍晚的图画。波浪拍岸的单调声音响亮地在草原上飘来荡去。

"不管你怎样说,对着有钱人的脑袋来一下,倒是非常痛快的;特别是在把事情安排得巧妙的时候。"叶美良意外地说。

"你不要再瞎扯啦!"我说。

"瞎扯?!这怎么是瞎扯!这件事情是要实现的,请你相信我的良心。我四十七岁了,二十多年来我就一直在绞脑筋想这个办法。我过的是一种什么样的生活?狗的生活。没有一个窝,没有一块面包——比狗的生活还不如!难道我是个人?不,朋友,不是人,比虫、兽都不如!谁能够了解我呢?没有人能够!不过要是我知道人们能够好好地生活,那么——为什么我不能够这样生活呢?唉!让魔鬼抓了你们,这群鬼东西!"

他突然翻一个身,脸朝着我,急急地说:

"你知道吗,有一回,我差一点儿要那个了……可是并没有成功……我该倒霉,该死,我做了傻瓜,我心肠软了。你要我讲出来吗?"

我连忙表示同意,叶美良抽了一口烟,就讲起来:

"这是在波尔塔瓦的事,我的老弟,……已经过了八年多了。我在一个木材商人那儿当伙计。我过了一年不算坏的顺利的日子;以后我就突然喝起酒来了,把老板的钱喝掉了六十多个卢布。我因此吃了官司,认真按照法律办事——关在苦工队里三个月。期满了我出来了,——现在到哪儿去呢?城里大家都认得我;要到另外一个城市去,我没有钱,也没有衣服。我就去找我认识的一个走黑道儿的人;他开了一家小酒馆,干着偷盗的买卖,包庇各式各样的小伙子同他们的贼赃。他是个心肠好的年轻小伙子,正直得叫你吃惊,脑子又聪明。他的学问很渊博,书念得非常多,生活方面的知识也很丰富。我就是到他那儿去,我说:'喂,巴维尔·彼得罗夫,您救救我吧!'他说:'为什么不行呢,可以!只要是同类的话,人对人是应当帮忙的。你住下吧,吃吃喝喝,仔细地瞧瞧。'我的老弟,这位巴维尔·彼得罗夫脑子很聪明啊!我对他非常尊敬,他也很喜欢我。白天他老是坐在柜台后面,念那些讲法国强盗的书——他的书全是讲强盗的;你就听他念,听他念……他们全是些了不起的人,干的全是了不起的事情——却总是整个垮台。看起来,脑子同手都很不错——唉!可是书的结尾总是突然——吃官司了——给抓住了!够啦!一切都化成灰了。

"我在巴维尔·彼得罗夫那儿住了一个月,又一个月,听他念书,听他谈各种各样的事情。我看见——那些走黑道儿的小伙子到他那儿来,带来一些贵重东西:像表啦,镯子啦等等,我也看出来——他们这种买卖里面连一个钱也见不到。一样东西到手了——巴维尔就付出一半的价钱——朋友,他老老实实地付钱,从来不少一个——马上就,喂,来吧!……大吃大喝,拼命挥霍,叫嚣,结果——一个钱也不剩!我的老弟,这简直是些儿戏!一会儿这个落网吃了官司,一会儿那个又掉进去了……

"由于什么重大的原因呢?因为有破门偷盗的嫌疑,盗去的数目是一百卢布！——一百卢布！难道一个人的生命只值一百卢布吗？笨蛋！……我就对巴维尔·彼得罗夫说：

"'巴维尔·彼得罗夫，这一切都是傻事情，不值得干的。'他说：'哼！跟你怎样说呢？'他又说：'一方面，母鸡总得一粒一粒地啄谷子，另一方面在所有这种事情上面人们的确并不尊敬自己，要点就在这儿！'他又说：'一个明白自己价值的人难道肯让自己手上沾染窃盗二十戈比的污点吗？！绝不会的！'他又说：'现在，就像我这样一个用自己的智慧接触过欧洲文化的人，我肯为了一百卢布卖掉自己吗？'接着他就举了些例子向我说明，一个明白自己的人应当怎样干法。我们这样地谈了好久。后来我就对他说：'巴维尔·彼得罗夫，我很早就在想试一下我的运气，现在，您是个生活经验很丰富的人，请您帮助我跟我讲讲，究竟我应当怎样干而且干什么。'他说：'哼！可以！不过你干一桩小买卖，自己一个人来冒险，一个人来计划，不让人帮忙行不行？'他又说：'那么，比方说……那个奥巴依莫夫，他是一个人坐小马车从木场经过沃尔斯克拉河回家的；你是知道的，他身上总带得有钱，他在木场柜上拿到了进账。这是一个星期的进账；他们每天都有三百多卢布的生意。你觉得怎么样？'我在打主意了。奥巴依莫夫，就是我跟他做过伙计的那个商人。这个买卖——是一举两得：一则报他那样对付我的仇，二则可以搞到一块肥肉。我就说：'得考虑一下。'巴维尔·彼得罗夫答道：'当然得考虑考虑。'"

他不作声了，慢慢地在卷一根纸烟。霞光差一点儿全隐灭了，只有一根小小的粉红色的带子，一秒钟一秒钟不断地在褪色，一片绒毛似的云好像疲倦得不能动弹似的凝固在逐渐阴暗的天空。粉红色光带在它的边上稍微染了一点颜色。草原上是这样静，这样忧郁，从海上接连送过来的温柔的波浪拍溅声拿它那单调柔和的声音越发衬托出这种忧郁同静寂来。在海的上空，小小的星星一颗接着一颗鲜明地亮了起来，星星是这样纯洁，这样新鲜，它们好像是昨天才做出来点缀天鹅绒一般的南方天空的。

"哦,老弟,我把这个买卖考虑了一下,当天夜里我就躲在沃尔斯克拉河边灌木丛中,身边带着一根大约七磅重的铁轴。事情出在十月,我记得是在月底。夜——是再适当没有的了:黑得像在人的心灵里一样……地点——用不着盼望更好的了。旁边就有一道桥,桥头有几块板掉了——这就是说,他得步行。我躺在那儿,等着,我的老弟,在那个时候我满怀仇恨,即使对付十个商人我也毫不在乎。我把这个买卖想得非常简单,再简单不过了:咚的一声!——就够了!……唔,不错!……我就这样躺着,你知道,我什么都准备好了。一下!——钱就到手了。是这样,吧哒一下!就没事了。

"你也许以为人可以照自己意思行动吧?老弟,这是胡扯!你讲讲你明天要做什么事情?废话!你无论如何也讲不出来明天往右还是往左走。我躺在那儿,等一个人,可是发生的完全不是那一回事。完全没有料到的事情发生了!

"我看见:一个人从城里出来——好像喝醉了似的,身子摇摇晃晃,手里拿着一根棍子。那个人嘴里叽里咕噜地讲着什么,讲了些不连贯的句子,又在哭,又在呜咽……那个人走得更近了,我一看——原来是一个女人!我心里想:呸,倒霉!我要好好地给你一顿教训,你过来吧。她一直朝着桥走来,突然叫了一声:'亲爱的,为什么呢?'啊,朋友,她大声嚷起来了!我大吃一惊。我心里想:'怎么出了这样的怪事?'她一直朝我走来。我躺着,身子紧紧贴在地上,浑身发抖——我的仇恨躲到哪儿去了!眼看着她就到了我跟前,脚马上要踏在我身上了!可是她又大声哭起来:'为什么?!为什么?!'接着扑通一声,她一下子就扑倒在地上,差一点儿就躺在我旁边了。我的老弟,她哭得那么伤心,我简直没法跟你讲——我听着,我的心都碎了。可是我仍旧一声不响地躺在那儿。她还是在哭号。我苦恼得没办法。我心里想,我还是溜掉吧!可是就在这个时候月亮从云里钻出来了,非常清明,非常亮,真有点叫人害怕。我用胳膊肘支住身子稍微抬起头来看她……朋友,这个时候什么都化成灰了,我的全部计划都飞到魔鬼那儿去了！我一望——心就跳得厉害了：一个小妞儿，完全是个小孩子——皮肤白白的，鬘发披在两边小脸蛋上，眼睛这样地大——这样地望着……小小的肩头一耸一耸地，抖个不停，越来越大的泪珠一颗接着一颗地从她的眼睛里跑出来，跑出来。

"我的老弟，我动了怜悯心了。我就故意咳起嗽来：喀哼！喀哼！喀哼！——她叫起来了：'这是谁？谁？谁在这儿？！'这就是说，她给吓了一跳了……好吧，我马上就那个……站起身来，说：'是我。'她说：'您是谁？'她的眼睛睁得这么大，浑身抖得像肉冻一样。她说：'你是谁？'"

他笑了起来。

"我就说：'我是谁吗？小姐，首先请您不要怕我，——我不会害您的。'我又说：'我是个普通人，是从光脚队里面出来的。'不错，这就是说，我对她撒了谎；你这个怪人，我可不能对她说，我躺在这儿等着谋杀一个商人啊！可是她却回答我说：'我并不在乎，我是到这儿来投水自杀的。'听她说话的口气，我不由得起了寒战——我的老弟，事情已经非常严重了。啊，现在叫我怎么办呢？"

叶美良痛苦地举起双手，他望着我，爽朗地、好心地微微笑起来。

"我的老弟，这个时候，我突然讲起话来了。我讲了些什么——我自己也不知道；可是我讲得连我自己也注意地听起来了；我讲的大半都是这样的话：她年轻而且这么漂亮。我说她是个美人儿，她就真是我所说的那样，她就是——一个绝世美人儿！唉，我的老弟！啊，真是这样！她叫莉莎。我是说，我就这样讲了一阵；可是讲些什么——谁知道它呢——什么呢？这是我的心在讲话。不错！可是她一直在望我，这样严肃地、不转眼地望着我，她突然微微地笑起来了！……"叶美良大声吼着，整个草原都听得见他的声音，他的声音里、眼睛里都含得有泪水，他在空中抡起捏得紧紧的拳头。

"我看见她笑起来，我的心就软了；扑通一声跪在她面前，我就说：'小姐，小姐！'我再也讲不出别的话了！可是，我的老弟，她却用两只手捧住我的脑袋,出神地望着我的脸,微微笑着,就像在画里面一样;她微微动一下嘴唇——要说什么话;后来她鼓起了勇气,说:'我亲爱的,您也是个像我这样的不幸的人!是吗?请告诉我,我的好人!'——唔,不错,我的朋友,就是这么一回事!不过这还没有完呢,朋友,她还在这儿我的前额上亲了一下——就是这样!你懂吗?这是的的确确的!唉,你,好朋友!你可知道,在我整整四十七年的生活里面就从来没有过比这更好的事情!啊!?就是这样啊!可是我干吗出来的呢?唉,你,这就是生活啊!……"

他把头埋在手上,不作声了。我给这个故事的怪诞性压得透不过气来,我也不说话,默默地望着像谁的宽胸膛一样在沉睡中发出均匀、深长的呼吸的海面。

"后来呢,她站起来对我说,'您送我回家吧。'我们就走了。我走着——并不感觉到自己还有一双脚,可是她一直在跟我讲她的事情,你明白吗,她是她爹娘的独养女儿,他们是商人,——唔,那个,这就是说,她是娇生惯养的;后来就来了一位大学生,这就是说,他在那儿教她念书,他们就恋爱了。后来他走了。她在等着他——据说,他在那儿念完他的课程就来结婚;他们是这样约定的。可是他并没有来,却寄了一封信给她,他说:你配不上我。妞儿当然觉得受了人欺负。这就是说,她现在要那个了……就是这样,她把这些全讲给我听了,我跟她就这样地走到了她住的地方。她说:'喂,好朋友再见!'她又说:'我明天就离开这儿,您也许需要钱吧?您说吧,不要不好意思啊。'我说:'不,小姐,我不需要,谢谢您!'她坚持地说:'啊,您,我的好朋友,不要不好意思,您说吧,您拿去吧!'我身上虽然穿得破破烂烂,可是我仍然说:'小姐,我不需要。'朋友,你知道,在这个时候无论如何,我想不到钱上面来,我跟她告别了。她非常亲热地对我说:'我永远忘不了你;虽说你是个完全陌生的人,可是你对我这样……'咳,讲下去有什么意思!"叶美良截断了自己的话头,又抽起烟来。

"她走了。我坐在门口长凳上。我忧郁起来了。守夜人走过来。

他说:'你干吗老待在这儿,是不是你要偷点什么?'这些话扎实地刺痛了我的心!我就照他的狗脸——一个嘴巴!叫声,警笛声,……到警察分局去!好吧,又怎么样,到警察分局去就到警察分局去;即使到所有的警察局去,我也不在乎;我就再给他一下!我坐在条凳上,并不想逃走。我在那儿过了一夜;大清早他们就把我放了。我到巴维尔·彼得罗夫那儿去。他带笑问我:'你到哪儿玩去了?'我望着他——他还是跟昨天一样的人;可是我好像看到了新的东西。唔,不用说我把事情原原本本地对他讲了。他很认真地听着,过后他便对我说:'叶美良·巴甫雷奇,您是个傻瓜,又是个笨蛋;'他又说:'您好不好给我滚蛋!'——你瞧,这一下子怎么办?是不是他不对呢?我走了,事情也就结束了。兄弟,我那个小买卖就是这么一回事情。"

他不作声了,伸直地躺在地上,两只手放在脑袋下面,仰望着天鹅绒一般的布满了星星的天空。四周静极了。拍岸波浪的响声也显得更低、更柔和了,等它传到我们耳边来的时候,已经成了睡梦中的微弱的叹息。

巴　金　译

在盐场上[*]

一

"老兄,到盐场上去吧!那儿总能找到活儿干的。找得到的……因为那是一种很累的活儿,重得要命,谁都干不长。人们总是从那儿跑掉……受不了啊!你就去干它一天。也许运一车盐会给你七戈比……过一天倒是差不多够了。"

那个向我作了这番介绍的渔夫,朝旁边吐了口唾沫,眺望着大海蔚蓝色的远方,翕动着下巴上的大胡子,用鼻音忧郁地哼着一支小调。我跟他一起坐在窝棚墙壁的阴影里。他在缝补一条粗麻布的灯笼裤,打着呵欠,从牙缝里一字一句迸出一大串令人伤心的有警世意味的话语,谈到人们在世界上多么难找到工作,谈到一个人为了寻找工作要费多么大的力气。

"假如你受不了啦……你就到这儿来歇歇……同我谈谈……这儿离得不算远,大概五俄里……好吧……你去试一试吧!"

我感谢他的指点,向他告了别,顺着海岸朝"盐场"走去。那是一个炎热的八月的清晨,天空晴朗,大海柔和而空旷,碧绿的波浪,一个

---

[*] 本篇写于一八九三年,最初发表于一八九五年一月二十二日和二十六日《萨马拉报》。译自《高尔基三十卷集》第一卷。

接着一个涌上来拍打着海滩,发出忧郁的声音。在我的前方,远远的黄色的海岸上,有一些白色的斑点被炙热的淡蓝色的烟雾笼罩着——那是奥恰科夫;回头望去——渔夫的窝棚已经消失在金黄色沙丘的背后,那些沙丘被蓝宝石似的海水衬托得格外耀眼⋯⋯

在昨晚过夜的那个窝棚里,我听到了各种各样令人费解的怪诞故事和议论,我的情绪极为低落。海浪的喧哗似乎与我的情绪相吻合,并且使我的情绪更加低沉。

不久,我的面前出现了盐场采盐的情景。三块四四方方的盐田,面积足有二百平方俄丈①,四周筑有土埂,并围着一道道窄窄的小水沟。这三块盐田代表着采盐的三个工序。其中一块蓄满了海水,盐不断在这里蒸发出来,沉淀成浅灰色的盐层,在太阳的照耀下,发出粉红色的闪光。在第二块盐田里——盐已经耙成一堆一堆的了。耙盐的妇女们,两手拿着铁铲,双膝深陷在黑色发亮的污泥中,她们既不叫喊,也不交谈,真是死一般的沉寂。她们那些肮脏的灰色身影缓慢而无精打采地在一片又黑又亮的背景上移动着。这背景就是那油腻腻的、咸的、带腐蚀性的、通常被他们称为"盐卤"的污泥。第三块盐田里的盐已经陆续被运走了。那些运盐工人,把腰弯得很低,缓慢地、闷着头一声不吭地推着车子前进。车轮咿咿呀呀地呻吟着,时而发出几声尖叫。这声音好像是那一长串弯腰曲背的人们对苍穹发出的怨恨和愤怒的控诉。天空大量倾泻着难以忍受的烤人的暑热,它把龟裂的灰色土地晒得滚烫。在这块土地上,有些地方生长着赤褐色的盐沼地上的野草,有的地方覆盖着细小的、晶光闪闪的盐粒。除了车轮单调的咿呀声外,还可以听见工头粗野刺耳的咒骂声,他用肮脏的字眼诅咒着那些把盐倒在他脚边的运盐工人。他一面从桶里把水洒在盐堆上,一面把盐堆成长长的尖尖的一堆。工头是个彪形大汉,黑得像煤一样,穿着一件蓝衬衫和一条肥大的白色灯笼裤。他站在高高的盐堆上,在空中挥动

---

① 俄丈,一译沙绳。一俄丈约合 2.134 米。

着铁铲,大声地指挥那些沿着木板把盐车推上去的运盐工人:

"往左边倒!往左边倒,穷鬼!嘿,打断你的脊梁骨才好呢!你瞎了眼啦!你往哪儿倒?!……往哪儿倒呀?!……嘿,你这个鬼爪子!……"

接着,他愤怒地撩起衬衣的下摆擦着脸上的汗水,恶狠狠地叫了一声,不住嘴地骂着人,使劲用铁锹拍打着,把盐堆扒平。运盐工人们机械地把车子推上去,又机械地随着"往右!往左!"的吆喝声把车一翻把盐倒出来,然后费劲地直直腰,迈着沉重的、摇摇晃晃的步伐,拖着车子,顺着陷入油光闪亮的黑色淤泥中的颤动着的木板走着,重新去装盐。这时,小车的吱呀声已经不那么响亮,并且显得更加无精打采。

"你们这些鬼东西,快点儿运吧!"工头又在他们背后大声地嚷着。

运盐工人还是一言不发,忍气吞声地干着。他们那阴沉沉的、劳累过度、疲惫不堪的面孔沾满了污泥和汗水,紧闭着的双唇有时恶狠狠地、愤怒地抽搐着。间或有辆盐车的车轮从木板上滑下来,陷进污泥里。前面的盐车已经走远,后面的车子却只好停了下来。那些推车的工人,也就是一些衣衫褴褛、满身泥污的流浪汉,呆呆地无动于衷地看着他们的伙伴怎样吃力地把十六普特重的车子从污泥里拖出来,拉回木板上。

这时,万里无云的天空笼罩着一层暑热的烟雾,南方如火的太阳愈来愈猛烈地熔炼着整个大地,似乎它无论如何定要在今天让大地知道它的厉害似的。

我站在一旁观看了这一切,便决定试一试我的运气。我尽可能作出一副满不在乎的样子,走到运盐工人们正拉着空车走着的那条踏板跟前。

"伙计们,你们好啊!上帝保佑你们!"

但他们对我的态度完全出乎我的意料之外。走在最前面的是个头发灰白、身体健壮的老头,他把裤腿卷到膝盖上,衬衣的袖子卷到了肩头,袒露出古铜色的结实有力的身躯,他好像什么也没听见,从我面前走过，丝毫不加理睬。第二个是个长着淡褐色头发的小伙子，长着一双灰色的凶狠的眼睛。他恶狠狠地盯了我一眼，做了个鬼脸，还饶上了一句骂人话。第三个显然是个希腊人，他黑得像甲虫一样，头发是卷曲的，他同我走到并排的时候，向我表示遗憾，因为他双手没空，否则准会用拳头朝我的鼻梁上来一下。他说这话时那副淡漠的神气同他想要做的似乎有些不相称。第四个人却向我大声地、讽刺地叫道："你好啊，四眼狗！"说完似乎想踢我一脚。

假如我没弄错的话，这就是那种文明社会里所谓的"极不客气的接待"，它表现得如此激烈是我从来也没遇到过的。我垂头丧气，不由摘下了眼镜，把它放进衣袋里，向盐堆走去，我想问问工头——能不能找点儿活干。但我还没来得及走过去，工头已经向我大叫起来：

"喂，你呀！你要干什么？想干活吗？"

我说明了来意。

"可你会推车子吗？"

我说我过去运过土。

"运土吗？那可不行！土——完全是另一码事，这里是运盐，不是运土。你还是到村子里去跟猪打交道吧！喂，我说那个丑八怪，你就倒在脚边吧！"

他说的"丑八怪"，是一个头发灰白、穿得破破烂烂的大力士，留着很长的胡须，鼻子红里透青，上面鼓出几个小脓包。忽然"丑八怪"嘿的一声，就把盐车翻了个个儿。盐撒了出来。他骂了一声，工头也回了一句。这时，他们两人满意地笑了，同时两人也都注意到了我。

"喂，你到底要什么？"工头问我。

"喀查普①，你想来盐场吃甜馅饺子吧！"那个"丑八怪"一边说，一边向工头挤了挤眼。

我请求工头把我收下，并向他保证，我一定能干得惯这种工作，决

---

① 旧时乌克兰沙文主义者对俄罗斯人的蔑称。

不会比别人干得差。

"得啦,恐怕你还没干顺手,你的脊梁骨早就扭断了。但愿上帝保佑你,去吧!头一天干活,我顶多给你五十戈比。喂,给他辆车子吧!"

一个小伙子不知从哪里突然钻了出来。他穿着一件衬衣,两条腿用肮脏的破布一直缠到膝盖上面,他怀疑地看了看我,从牙缝里挤出了一句:

"喂,来吧!"

我跟着他来到胡乱放在一起的一堆车子跟前,想给自己挑选一辆比较轻便的车子。那个小伙子搔着腿,一声不吭地打量着我。

当我看中了一辆车子,刚想把它拉出来的时候,他对我说:"你挑的是什么呀?难道你没看见这辆车子的轱辘是歪的吗?"说完,便走到一边去,往地下一躺,不再理我了。

我又选出一辆车子,加入了运盐的行列。我觉得,似乎有一种模糊的、沉重的感觉在压迫着我,不允许我和同伴们交谈。尽管大家的面孔都因疲劳而变得很难看,但是在他们的脸上,仍然可以清楚地看出一种潜在的、暂时还是隐蔽着的愤怒的情绪。太阳无情地晒伤了他们的皮肤。木板在车轮下晃动。"盐卤"这种肮脏、油腻、饱含盐分的淤泥,和刺激性很强的盐粒掺和着。盐粒常常擦破人的脚,并且把擦伤沤成大片溃疡。由于这一切,运盐工人个个被折磨得精疲力竭,脾气也变得极为暴躁。这种愤怒的情绪,可以从他们彼此之间常常以白眼相看,以及从他们干得发哑的喉咙里偶尔发出的辛辣而恶毒的咒骂中看出来。他们谁也不理睬我。后来我们进了盐场,大家推着车子沿着纵横交错的踏板走向盐堆的时候,我忽然觉得脚后跟被人打了一下。我转过身,立刻听到一句恶毒的咒骂:

"你这个长脚鬼,抬抬脚后跟吧!"

我赶紧把脚后跟往前挪了挪,放下车子,开始用铁铲往车上装盐。

"装满点儿!"站在我旁边的那个乌克兰大力士命令我。

我把车子尽量装满。这时后面的人对前面的人吆喝着:"快走!"

于是前面的人往手里吐口唾沫，哼了一声，推动了车子。他们重又将全身向前探着，几乎弯成了一个直角，而且不知怎的都古怪地伸长了脖子，好像这样会省些力气似的。

我也学着别人的样子，尽可能地弯着腰，全身向前躬着，把车子稍稍一提，车轮便吱吱扭扭地尖叫了起来。我感到锁骨一阵酸痛，两只手由于极度紧张而发抖……我摇摇晃晃地向前跨了一步，两步，——车子带着我东歪一下，西歪一下，接着又往前一冲……车轮滑出了踏板，我便脸冲下一勐头栽到污泥里。车的一个把手撞在我的后脑勺上，狠狠地给了我一下，接着车子慢慢地整个翻了过来。一阵震耳欲聋的口哨、叫喊和狂笑在欢庆我的摔跤，这仿佛使我更深地陷在热烘烘的油腻的污泥里。我在污泥中挣扎了一阵子，想把车子拉出来，然而徒劳无功。我觉得，好像有什么冰冷，尖利的东西在刺着我的心。

"喂，朋友，劳驾——帮帮忙吧！"我向身边的乌克兰人求援，他正在放声大笑，捧着肚子，笑得东倒西歪。

"噢，他妈的！……呸—呸—呸，不好受吧？站到踏板上来！把车子往左边歪！呸！……让盐卤把你吸进去才好呢！……"他又哎呀呀地叫着，捧腹大笑，笑得眼泪都流出来了。

"鬼东西，顺着木头走吧！"前面一个白头发的老头看着我，懊丧地挥了挥手说。他哼了一声，推着车子走了。

我前面的那些运盐工人全走了。后面的人站着不动，相当不怀好意地看着我。我使劲把车子拉出来，弄得满头大汗，全身沾满了厚厚一层污泥，泥水从我的身上直往下淌。谁也不愿帮我的忙。这时，从盐堆上传来了工头的声音：

"你们这些魔鬼，待着干吗？狗东西！……蠢猪！……你们以为我看不见你们，就可以偷懒了吗？！你们这些妖魔！……鬼怪！……快运吧，该死的家伙！……"

"滚开！"乌克兰人在我身后厉声呵斥着，把车子往前一推，车的一侧险些蹭着我的头。

只剩下我一个人了。我好不容易把车子拖了上来。因为盐全撒了,整个车身又粘满了泥,我只好把这辆空车推到场外去,打算再挑一辆。

"怎么,老兄,摔啦吗?没关系,刚开头谁都会这样!"

我回头一看,只见盐堆后面有一个年约二十岁的青年,蹲在污泥中的踏板上,正在吮自己的手掌。他从指缝中和善地、笑眯眯地看着我并向我点了点头。

"没关系,兄弟!这是因为不习惯。你的手怎么啦?"我问道。

"刚才给擦伤了,伤口会烂的;要是不嘬嘬它,就得丢下工作,还会痛得要命!干吧,干吧,快走吧,要不工头又得骂人了!"

我走了。我推第二车的时候是顺利的,于是又推了第三车,第四车,之后又推了两车。谁也不理睬我。我对于这种一般说来相当凄惨的处境倒很满意。

"收工啦!吃午饭去!"有人在嚷着。

大家都松了口气,走去吃午饭。但即使在这时,也没有谁由于得到休息而精神振奋或喜形于色。干什么都好像是被迫的,带着难以掩饰的厌恶和激愤的神情。看来,休息并未使这些累得浑身筋骨酸痛、热得疲惫不堪的人们感到丝毫的愉快。我的整个脊背,两只脚和两个肩膀都痛得要命,但我竭力不让别人看出来,仍然打起精神往汤锅那边走去。

"慢着!"一个脸色阴沉的流浪汉模样的老工人拦住了我。他穿着一件破烂的蓝布短衫。他的面孔由于酗酒过度同这短衫的颜色一样,也是铁青的。在他那郁闷的紧锁的浓眉下面,一双发炎的红眼睛射出了粗野、嘲笑的目光。他说:

"慢着!你叫什么名字?"

我告诉了他。

"啊!要是你父亲给你取了这么个名字,他准是个傻瓜。在我们这儿,凡是叫马克西姆的人,第一天干活时不让他吃公共的伙食。叫马克西姆的人第一天干活,都吃自己带来的东西。就是这样!假若你叫伊凡或者别的,那就是另一码事了。比方我叫马特维,——我就可以去吃午饭,而马克西姆就只能看着。你离汤锅远点儿吧!"

我目瞪口呆地望着他,走到一边去,坐在地上。他们这样待我,是我不曾经受过的,而其原因又不在我,因此我感到莫名其妙。我曾好几十次跟别人搭伙干活儿,我总是很快就和他们处得很好。这一次可真叫我十分迷惑不解。可是,这种处境虽然艰难险恶,却引起了我极大的好奇。我决心要解开这个使我极感兴趣的谜,就不动声色地观察着这些吃午饭的人,并等待工作的开始……必须搞清楚,他们为什么要这样对待我。

二

人们终于吃完了午饭,离开汤锅,打着响嗝,抽起烟来。那个乌克兰大力士和腿上缠着破布的小伙子走到我的身边。他们坐下了,正好坐在我和停放在踏板上的那排车子的中间。

"老兄,怎么样?"乌克兰人问。"你想抽烟吗?"

"给我抽点儿!"我说。

"你自己就没烟吗?"

"要是有,我就不会跟你要了。"

"对!喏,你抽吧。"他把自己的烟斗递给了我。"你怎么样,还要运盐吗?"

"是呀,只要干得了,我就要干。"

"是吗?可你是从哪儿来的呢?"

我告诉了他。

"嘿嘿!怎么,这很远吗?"

"大概有三千俄里。"

"哎呀!真够远的。可你为什么要到这儿来呢?"

"也跟你一样,反正在哪儿都一样。"

"啊哈！这么说来,你也是因为偷了东西让人从村里赶出来的啰?"

"怎么?"我问,感到十分狼狈。

"我上这儿来,是因为偷了东西被人从村里赶出来的,可是你说你到这里来,也是同我一样……"他对自己的机灵劲很是满意,于是哈哈大笑起来。

小伙子默默地坐着,向乌克兰人使着眼色,狡黠地微笑着。

"等一会儿……"我又开始说。

"老兄,没工夫等了！该干活了。咱们走吧,你在我后面,用我的车子。我的车子又好使,又牢靠。咱们走吧!"

我们走了。我刚要推他的车子,但是他赶紧说:

"慢着,我自己推走。把你的车子给我,我的车子搁在你的车子上面,让它兜兜风,歇一会儿。"

我觉得他的这种殷勤很可疑。于是,我一面和他并排走着,一面好奇地仔细看着他那辆翻过来搁在我车子上的盐车。我想弄清楚,他们是否在暗地里给我安排了什么恶作剧。可是我什么也没看出来,只觉得自己突然间成为众人注意的中心。这种注意他们虽然是有意地加以掩饰着的,但掩饰得并不高明。从他们不断地向我这边丢眼色,频频地点头和他们之间令人怀疑的相互交头接耳等动作中,我清楚地意识到了这一点。我明白,自己一定要格外小心。我戒备地等待着将要发生的事。这件事,从种种迹象看来,一定是颇为别出心裁的。

"我们到了!"乌克兰人说。他取下他的车子,把它交给我。"老兄,装盐去吧!"

我环视四周……大家都在努力干活,于是我也动手装盐。除了铁铲铲盐的沙沙声之外,别的什么声音也听不见。可是这种寂静却重重地压迫着我的胸膛。我心想,看来最好我还是离开这里。

"喂,动手吧！睡着了吗?！推走吧!"脸色发青的马特维吆喝着。

我抓住车的把手,使劲将车把稍稍端起,向前一推……突然,手掌

141

上的一阵剧痛使我狂叫起来,我慌忙丢下车子,猛然把手抽了回来。可是疼得更加厉害了,原来我把夹在车把里的手掌上的皮肤扯下来了。我又疼又气地咬着牙,细细察看了一下车把,只见两个把手都被人用斧头从侧面劈开,在裂缝中塞了一些碎木片。这一切做得很巧妙,一点也看不出来。他们指望的是,当我使劲抓住车把手时,碎木片一定会从裂缝里飞出去,把手重新合在一起,就会夹住我手上的皮肤。他们如愿以偿了。我抬头看看周围。叫喊声、讪笑声和口哨声,从四面八方向我飞来。我处处看到的都是一副副凶狠的、幸灾乐祸的面孔。虽然从盐堆上传来了工头难听的谩骂声,但没有一个人理他,——大家都忙于看我的笑话。我呆呆地、莫名其妙地看着四周,觉得胸中的愤怒在沸腾,我渴望着对这些人进行报复,我愈来愈痛恨他们。他们结成一伙捉弄我,你一言他一语地嘲笑我、谩骂我。我渴望、非常渴望着羞辱他们,使他们受到奚落。

"你们这些坏蛋!"我大声嚷着,向他们挥动着紧握的拳头,朝他们走去,像他们刚才骂我那样用下流话骂他们。

他们似乎震动了一下,有点发窘,纷纷向后退却。只有乌克兰大力士和脸色铁青的马特维仍然原地不动,沉着地挽起他们的袖子。

"喂,来吧,来吧!喂,喂!"乌克兰人小声地高兴地嘟囔着,目不转睛地看着我。

"加弗里拉,给他点厉害瞧瞧!"马特维怂恿他。

"你们为什么要欺侮我?!"我叫道,"我做了什么对不起你们的事?!究竟为了什么?!……难道我和你们不是一样的人吗?……"我还喊了一些可怜的、荒唐的、凶狠的、毫无意义的话。无名怒火烧得我浑身发抖。同时又密切地注视着,提防他们再对我搞出什么花招来。

但是他们的那些愚蠢的没有表情的面孔已经不像刚才那样无动于衷地望着我了。他们之中有一些人似乎由于这种恶毒的玩笑而开始感到很对不起我。乌克兰人和马特维也往后退了几步。马特维扯了扯自己的短衫,乌克兰人把手插进了衣袋。

"喂,究竟为什么?为了什么呀?!……"我一再追问他们。

他们呆呆地沉默着。乌克兰人手里摆弄着一支烟,低头看着自己的脚。马特维突然退到大家后面去,其余的人想去推车,神色阴郁地搔着痒,什么话也不说。工头一边大声嚷着,一边挥动着拳头,走到大伙这边来。这一切都发生得非常迅速。那些离我二十来步,听到了我的叫喊就走过来的耙盐的妇女们已经走拢来了,而男人们却散了开去。只剩下了我一个人,由于受了冤屈而未能报复,我心里十分难过。这更加重了我的委屈和痛苦。我想要找到问题的答案,渴望着复仇。我又向他们嚷起来:

"伙计们,站住!"

他们停了下来,阴沉地看着我。

"请你们告诉我,你们为什么要折磨我?你们总该有点良心啊!"

他们一声不吭,这种沉默好像在代替他们回答我。我感到稍微平静了一些,又开始对他们讲话。我说,我和他们一样是人,我也需要糊口,为了糊口我必须干活,我到他们这里,就像来到自己人那里,来到与我处境相同的亲人身边一样,我一点也不认为他们比我低贱,比我坏……

"我们大家都是平等的,"我对他们说,"因此我们应该互相谅解,每个人都应该尽力帮助别人。"

他们围在我的身旁,极力避开我的眼光,却聚精会神地听着我讲。我发现,我的话对他们起了作用,这使我大为振奋。我环视四周,对这一点更加深信不疑。一种强烈又鲜明的喜悦之情控制了我。我扑在盐堆上,放声大哭。哭个痛快吧!……

当我重新抬起头来的时候,周围一个人也没有了。已经收工了。运盐工人每五六个人聚成一组,坐在盐堆旁。在夕阳光辉照耀下的淡红色盐堆的背景上,他们就像几大块笨拙、肮脏的斑点。四周寂静无声。凉风从海上吹来。只有一小片白云从容地在天空飘动,它化成几缕纤细透明的轻烟,渐渐地在蔚蓝色的天空中变得模糊起来,终于消失了。这一切显得十分凄凉……

我站起身,向盐堆走去,下决心离开他们,再回到渔夫的窝棚那里去。当我走近了乌克兰人、马特维、工头以及还有三个上了年岁的流浪汉那一伙时,还没来得及同他们讲话,他们便迎着我站了起来。马特维向我伸出手来,看也不看地对我说:

"听着,朋友!你还是离开我们,走你自己要走的路吧。嗯!我们这里凑了几个钱给你当路费。你拿着吧!"

他的手里放着几个铜钱,当他递给我的时候,他的手在发抖。我茫然不知所措,莫名其妙地看着他们。他们沮丧地低着头,一声不响地站着,尴尬地整理着自己的破衣服,把它们拉平,两只脚在原地倒换着,眼睛看着旁边。他们的每个动作和手势都表示出,他们感到很难为情,要快点把我打发走。

"我不要!"我说着,推开了马特维的手。

"不,你别生我们的气,还是拿着吧。我们怎么啦?凭良心说,我们并没有安什么坏心……兄弟,我们心里明白,我们欺侮了你。不过,说句公道话,事情真是这样吗?兄弟,完全不对。主要的原因是生活!我们过的是什么样的日子呀!苦役般的生活!车子——足有十六普特重,'盐卤'把脚都沤烂了,太阳火似的整天烤着你。干一天活,只能得到五十戈比!难道这一切还不足以使人变成野兽一样的残暴吗?你整天地干活,干活,把工钱全喝光——又去干活!情况就是这样。这么过上三年五载,那就……不成人样了,——成了野兽,也就完蛋了!兄弟,我们自己人也欺侮自己人,比欺侮你还要厉害,可我们互相之间到底是了解的,你呢,你是外来的人……怎么会可怜你呢?就是这样!你刚才说的那番话,有什么用呢?当然,你讲得挺好,挺对,应该……可是讲这些都是白搭。你别见怪……这是开玩笑……我们还是有良心的……对呀!好吧,你带着你的道理,去你想去的地方,我们带着我们的道理留在这儿。拿着这几个钱吧!再见,兄弟!我们没有什么对不起你的地方,你也没有什么对不起我们。我们刚才搞得挺不好,这是确实的。得了,算了吧!我们这儿没什么好的。你留在这儿不合适。咱们哪是一路人呢?兄弟,我们在一块都待惯了,你是偶然跑到我们这儿来的……和我们是搞不到一块儿的……好吧,那么说,你还是走吧!走你的路吧!……再见!"

我看看周围的人,看出大家确实都同意马特维的话,于是我背好背包,准备离去。

"慢着,你这个家伙!让我也说上几句!"乌克兰人抓住我的肩膀说。"要是换了别人,不是你,那我就用拳头把他赶走。你懂吗?可现在却让你自由自在地走开,我们还送几个钱给你当路费。你总该对我们说声谢谢吧!"他说罢向一旁吐了口唾沫,用手指转动着烟袋,得意扬扬地看看四周,好像想说:你们瞧,我有多聪明啊!

这一切使我心头十分郁闷,我匆匆同他们告别,沿着海岸走着,向我昨天过夜的窝棚那边走去。此刻天空晴朗,暑热灼人,大海空旷而威严。碧绿的海浪喧嚣着,滚到了我的脚边……我感到难忍的痛苦和羞愧。我缓慢地垂头丧气地在晒得滚烫的沙滩上大步走着。在阳光的照耀下,大海平静地闪闪发光,海浪在忧伤地含糊不清地诉说着什么……

当我走近窝棚时,我认识的那位渔夫起身来迎接我。他由于自己的预言得到证实,用一种颇为得意的口吻对我说:

"怎么样,兄弟,吃够苦头了吧?"

我没有吭声,只瞧了他一眼。

"瞧!真有点够呛吧!"他打量着我,深信不疑地说,"你想吃东西吗?来吧,喝点粥吧!粥熬多了……大概剩了一半。来吧,用匙子多喝点儿!粥真不赖……里面搁了点比目鱼,搁了点鲟鱼……"

两分钟后,满身污泥、又累又饿的我,坐在窝棚后面的阴影里,喝着里面掺了比目鱼和鲟鱼的粥,心中感到无限痛苦,无比惆怅。

谭得伶　译

报　仇[*]

几个类似的故事

一

　　当! ……钟声从钟楼上飞出来,沿着峡谷飘去,忧郁地在峡谷里消失了。随着这一声,是第二声,第三声……铜钟的声浪向着那边阴沉的山巅涌去。山巅镇静地、傲慢地望着深邃的、万里无云的蓝天。

　　松软的白雪像一顶帽子似的覆在最高的一座山上,现在,它被落日的余晖照耀着,发出鲜红的金光。但是,这最后的光辉越来越苍白,两侧散布着灰色的土房的峡谷也变得愈来愈阴暗了。谷底,一条小小的山溪湍急地奔流着,激起高高的水花;溪水在昏暗中闪耀着钢铁似的寒光,水流的喧声毫无生气而又郁郁寡欢,有时水流中还听得出嘶哑的、愤怒的音响。这些音响和钟声融合在一起,被钟声盖没了……

　　山顶上,夕阳已经熄灭,峡谷就像张开的大口,要把这消逝的白昼吞没。可是一个隐藏在峡谷里的小小的格鲁吉亚村庄还没有入睡;有时从那里传来人声和羊的咩叫声……高高躲在村庄高处山石后面的老马克西姆·布阿泽听到这些声音时,就很不耐烦地用手指弹着他的

---

　　[*] 本篇最初发表于一八九三年八月十八、十九和二十一日《伏尔加通报》。译自《高尔基三十卷集》第一卷。

闪闪发光的枪筒,从灰白的浓眉底下投去锐利的目光,朝着下面村庄望去,——从那边不断传来铜钟的钟声和河水的嘶哑的低语声。他觉得时间长得难以忍受,他在想,这一天是故意消逝得这么慢,是要阻挠他这个老头去清偿一笔宿债,一笔血债……

但是不!什么东西也阻挠不了他。他下了决心,就非要达到目的不可,为了这,哪怕要他在这里的乱石中间,在深渊和像一条狭带那样镶着峭壁的小径上空埋伏上一个星期也行。等那个该死的家伙沿着小径策马进山,他这个老头就可以紧握自己的好枪,朝他的左侧,直对着心脏,发出一弹。这就足以使他从马背上翻下深渊,叫那个魔鬼连一根完整的骨头都不剩。

罗曼诺兹·格瓦土亚!老马克西姆设想着这个格瓦土亚,杀害他儿子的凶手,如何惊叫一声,把头一仰,就翻身落马掉进了万丈深渊……一定会掉下去的,因为这里的山径是这么狭窄!他欣喜地笑了笑,重又全神贯注地透过微微飘动的暮霭望着下面。那边,从土房里不断有人走出来,他们是这样的渺小、可笑,他们向那恳切地、响亮地召唤着他们的教堂鱼贯走去。

河水老是发出嘶哑的叫声,夜色在河面上愈来愈浓,勉强让人可以透过波浪望见那条银练。老马克西姆注视着这条银练,一直到它消失在乱石中间,接着,他脱下帽子,跪了下来。

"主啊!"他低声说道,"你是知道我到这儿来干什么的,这一点我知道。主啊,别妨碍我!该发生的事情总要发生的,如果你老人家在我身边的话,就帮帮我吧!你也知道我是多么爱我的儿子,好汉子瓦诺,你也看到他浑身是血,倒在地上,我伏在他身上哭,而强盗罗曼诺兹却带着他用来刺杀我儿子的匕首逃到了山里。这一切你都看到了,可你谁也没有妨碍!那么现在你也别妨碍我,主啊!你是公正的,你永远会是公正的;当我这个老头到你那里去的时候,——这不会很久了,——公正的主,你再审判我吧!明天是你的节日,你宽恕我吧!"

他还跪了一会儿,然后戴上羊皮高帽,拿起枪,又聚精会神地注视着下面。

峡谷上空,一个接着一个地亮起了星星;天幕垂得更低,显现出柔和的、天鹅绒般的色彩;月亮从积雪的山峰背后冉冉地升起,于是山峰就闪耀着蔚蓝色的银光;一棵茁壮的石枣树的枝丫在和风窃窃私语;钟声停了;最后一响久久在峡谷上空飘荡着,仿佛在为自己寻觅着葬身的地方;阴沉的峭壁不断把它推开,最后它终于消失在弯弯曲曲的山坳和山缝里。下面有人弹起昌古丽琴;有人忧郁而温存地唱起歌来……于是老马克西姆的耳际时而传来温柔颤抖的琴音,时而又传来低低的如怨似诉的歌声。歌者用柔和婉转的嗓音歌唱他这样惋惜的、他所失去的东西,哭泣着,请求把这东西还给他。他在歌唱他那颗被不幸和痛苦咬噬过的年轻的心,——琴弦颤动着,和他一起唱着,时而轻轻地配合着他,时而用响亮的、热情的声音盖过他。山下,已经非常暗了,既看不见如练的河水,也看不见峭壁的深棕色背景上点点淡灰色的土房,——除了在黑暗深处惊骇地抖动的两盏橙黄色灯火,什么也看不见。

老马克西姆从乱石后面探出头来,用手撑起身子,屏息凝神地听着。

"这是他在唱!这是他的嗓音,狐狸似的、狡猾的声音;它能使听到它的抑扬顿挫的音调的人们心肠发软,它又会变得无情、锐利,好像匕首和匕首相击的声音。这是他,格瓦土亚,在歌唱。你快来了吗?你快来了吗?该死的!?"马克西姆咬牙切齿地低声说着,一面集中视力,竭力想透过黑暗辨认出村里人上山必须经过的弯弯曲曲的小径。

那边——下面——琴声和歌声都停止了。歌声唱到一半戛然而止;它最后的音符是很高的,而且还要再高,但是歌者也许是不愿意,或者是嗓音不足,所以它突然中断,连回声都没有,仿佛落进了湍急的河流,被水流的泡沫淹没了。昌古丽琴的琴弦还沉思地颤动了一阵,后来也沉默了。

传来了笑声、马嘶声和响亮的愤愤的"嗨"声,这"嗨"声在峡谷里引起了几次喑哑的回声……马蹄踏在石子路上发出坚硬的声音,接着便听到马的呼吸声和小石子滚下深渊的沙沙声。是他骑着马走过来了! 这是他,他! 老头抓起了枪,卧倒,把枪筒放在石头上,屏息凝神地计算着——他马上要拐一个弯,然后再拐一个弯,然后朝后走,再朝前走,朝上走,再来一次,——这条小路盘旋而上,马每走三十步都要拐个弯。在他把枪口瞄准以前,还可以做两次短短的祷告……于是老头迅速地摘下头上的皮帽,仰望着天空,随着马蹄的节奏,低声祷告起来……

"瞧,他来了!……"祷告结束了……老头的手紧紧握住枪,他俯身向前,热切地希望快些看见杀害他儿子的凶手。瞧,他来了!……

"心里不痛苦,就不能爱上一个人……"骑者这样唱着,突然从小路转弯处一块见棱见角的巨石后面出现。他的马从容而平稳地走着,打着响鼻,摇摆着头,马蹄敲打出咯咯的响声;浓密的鬃毛在它那美丽的、弯弯的脖子上沉甸甸地一起一落地飘动着。骑者老练地、随随便便地坐在鞍上。他仰起头,望着繁星在温柔地、耀眼地闪着光的天空,一手握着缰绳,一手在刀鞘上打着拍子,轻轻地唱着:"心啊,你何必哭? 让我们去爱另外一个姑娘……"

老头咬牙切齿地望着,把枪慢慢瞄向那个杀害他儿子的凶手的浴着月光的漂亮身形。一种疯狂的喜悦压紧他的心,他真想大叫一声,扑上前去,把这个受女性宠爱的、勇敢、高傲而强壮的美男子咬上几口,撕扯和折磨一通。瓦诺也是像他那样的一个人。

"哼,瞧你坐在鞍上摇摇晃晃,神气活现! 你等着瞧吧。来吧,走近些,再走近一些!……该死的!"马克西姆低声说道。

可是那一个还是一边走,一边唱着:

"如果这个姑娘也把咱欺骗,咱就再把第三个来找寻……"

马克西姆老头像猫一样从乱石后面跳到小径上,直对着马头;他把枪举到肩上,大喝一声:

"你好,罗曼诺兹! 你落到我手里了,该死的!……"

好像被子弹射伤似的,受惊的马两只前蹄腾空而起;骑者狂叫了一声;马蹄下的石子哗啦啦地滚进深渊,接着,只听得那马哀鸣了一声,连同紧紧抱住它的颈脖的罗曼诺兹,也坠入了深渊。

老头还没有来得及扣扳机。他从肩上取下枪,用手摸了摸覆着一绺绺浓发的额头,走到小径的边上。悬崖峭壁上的石子还在滚动,在它们的沙沙声中还可以隐约听见轻轻的、痛苦的呻吟和低低的马嘶声。月亮和星星尽管看到了这一切,却依旧放射着静谧、皎洁的光辉。老马克西姆倚着枪,站在小径边上,朝下望去。那边黑得怕人。峭壁上怪石嶙峋,在石头中间稀稀落落地长着细瘦的灌木,过了一会儿这一切都汇合成一片深沉无底的黑暗——从这黑暗中有低低的呻吟声和马嘶声轻轻地、轻轻地飘上来。从村庄里传来小溪的絮语,但是现在这种絮语声有些喑哑了,因为黑夜已经把它压了下去;此外任何地方也听不到什么声音了。

"现在算是了却一桩心愿了!"老头轻轻地说了就叹了口气,把枪扛上了肩。接着他又把枪放在地上,自己跪了下去,高声说道:

"谢谢你,上帝,因为你没有让我仇人的污血沾污我的手,你亲自惩罚了他,把他扔到了下面!他现在已经粉身碎骨了。感谢你,上帝,我的主!"

接着他就沿着小径走上山去。他那浴着柔和的银色月光的高大身影显得美丽魅人,光滑的枪筒闪着寒光。老人安详地、精神饱满地从一块石头跨上另一块石头,很快就在乱石中间消失了。他的脚步声还响了一阵,随后也消失了……一切变得死一般的寂静,小溪的喑哑的怨诉更衬托出这种寂静。月光透过生长在乱石中间的石枣和带刺滨枣的丫枝,落到小径上,在石块上映出一簇簇花边似的影子;只要风儿微微摇动丫枝,影子就像活的一般在小径上前后移动……现在,再一次,也是最后一次,从那黑洞洞的深渊里,朝着黑暗并不那么浓密的崖顶,飘来轻轻的声音——轻轻的呻吟声和在尖石上撞得粉身碎骨的马的嘶鸣。

二

"去阿廖什基！去阿廖什基！"

这是把人和行李从赫尔松运往阿廖什基的船夫们在喊叫。从赫尔松往阿廖什基要顺着第聂伯河和它的弯弯曲曲、芦苇丛生的支流康卡河走十二俄里光景。

"去阿廖什基！去阿廖什基！"

最后的阳光有一会儿把城对岸的杨树梢染成紫色,在湍急的河浪上滑过,接着就消失了。天变得混沌沌的。柔和的、薄薄的暮霭从远方飘来,轻轻地笼罩在城里、河上、河后边的树木上;而在城那边的岸上,菜贩们都在匆匆地收拾自己的货物。大筐大筐鲜红的西红柿同紫色的茄子、翠绿的芹菜和胡萝卜混杂在一起,很快地被菜贩们堆成一堆一堆;在腾出来的空地上留下一块块凄凉的黑色斑点;岸上空荡荡的;船夫们在招徕乘客;不时有载满了人和一筐筐货物的小船驶离岸边;空中飘散着谈话声和船桨击水声;小船相继消失在河湾后面,——随着暮色的降临,万物都蒙上了一层倦意。

城里已点起灯火,它们一会儿在这里,一会儿在那里突然地、高兴地亮了起来;天上的星星也一颗接着一颗发出光辉。

岸上几乎收拾停妥了;还有几个灰暗的人影匆匆地来回跑着,但是现在,他们也消失了,仿佛被夜色吞没了似的。

四个船夫没有招徕到生意。其中三个坐在一只小船上——一个坐在船尾,另外两个坐在船当中的长凳上,面对着河。他们沉思地、不乐意地唱着什么歌……一个唱的时候,另外一个沉默着,等第一个有时中途停住不唱的时候,第二个就接下去唱,轻轻地、感伤地继续唱下去,后来也是那样莫名其妙地、疲倦地中断;于是第一个又重新唱起来,歌声像条轻柔的、连续不断的带子在那寒光闪闪的青灰色的河浪上萦回缭绕,浪花也拍打着河岸,懒洋洋地应和着歌声。

第三个,也就是坐在船尾的那一个,点起了烟卷。烟卷的火星时明时暗,烟头亮起来的时候,就照亮了抽烟人的肥大的红鼻子、满是粉刺的面颊和火红色的浓密的口髭。

　　第四个不跟他们一起,拄着桨站在岸上,望着城市。一个路灯工人从暗中钻了出来,很快地点起路灯;一条光带笔直落在船夫身上。这是一个敦敦实实的人,约莫四十五岁光景,粗壮的胳臂裸露到肘部,红衬衫敞着领,露出满是汗毛的、粗壮的身体;他头上戴着破草帽,他就从破烂的帽檐下面目光炯炯地望着那远远通向城里、灯光暗淡的街道。街上,有一个人跨着轻快而匆促的步子朝岸边走来,他边走边高兴地吹着口哨。瞧,他已经沿着梯级向河岸走下来,船夫就迎着他走上去。

　　"您老请跟我来吧!老相识了。"

　　"好吧!既然是老相识,我就坐你的船,不过要快些。"

　　"保您满意;您坐我的船不止一次了!"

　　"是吗?那好。"

　　乘客轻快地跳上小船。船夫把小船从岸边推开,笨拙地跳上船头,朝手掌吐了一口唾沫,就划起船来。小船朝前冲去,乘客晃了一下;桨有节奏地划着水,水悄悄地在船头下面发出潺潺的声音。长长的、沉思的树影落在河上,月光和树影轮流出现,在水里反射出柔和的、银色的光点。小船进入一个窄窄的支流,岸边高高的芦苇在沙沙作响;船儿几乎是无声地在沉睡的水上滑行。船夫向身后远远地荡着双桨,桨翼上就有水珠滴到河里,发出轻柔悦耳的声音。苍穹用千千万万欢快的星星凝望着大地,而星星映在船头平滑如镜的水面上的影子却显得那样暗淡而悲伤。但是周围的一切却是这样的可爱、幽静和温柔。乘客脱下帽子,在船尾伸开四肢,半像遐想,半像沉思。这条河以及沿岸的芦苇,还有芦苇后面的黑黝黝的、葱郁的树木,在美妙而柔和的月色里显得真美啊!乍临的夜晚是这样的明澈和清新;夜色投掷到周围一切上面的影子轻轻地摇曳着;胸膛自由而轻快地呼吸着,除了美好的东西,真不愿去想别的什么事。生活……瞧,这就是生活!小船轻轻地在朦胧欲睡的水波上滑行,芦苇的沙沙声温柔地抚慰着心灵——船上的人和河底总共只有一板之隔。这是这样的简单,由此可见:应当尽情地享受生活的乐趣,而根本不必为活得更长久去操心。情愿喝一瓶香槟,也不愿喝五瓶红葡萄酒……

摇桨人望着陷入梦想的老爷的漂亮、白皙、清秀的脸,用力地划着,不时把小船一会儿转向右面,一会儿转向左面。这条支流有几个汊道,汊道之间形成一些灌木丛生的小岛,而从灌木林深处,一棵棵白杨像巨大的火炬似的高耸入云,忧郁的黑杨感伤地把自己柔韧的丫枝垂向地面。

乘客在想:他年青,又受人喜爱,他是去和一个爱他的女人幽会;她正在一间沉没在翠绿的丁香和金合欢当中的小屋里急不可耐地等着他,小屋里一切都是那么舒适、那么美丽,花园里的花香飘进打开的窗口,天鹅绒般的、深蓝色的天空朝窗口窥望!她会坐到他的膝头上,用她的柔软的,白嫩的双手搂住他的脖子,含情脉脉地望着他的眼睛,沉思地望着花园的暗处和天空……接着,她突然为一种非常甜蜜的冲动所支配,颤抖一下,就紧紧地把他搂到怀里,他呢,就会连连亲吻她……

有人觉得这一切都很可笑。是的,是有这样的人……他们是不幸的,他们是可怜的。也许,他们笑,只是因为他们过分强烈地希望体验这一切而又无法实现。唉,如果是那样,他们就是加倍的可怜!……

"好,到了!"船夫高声说,他停止划桨,从桨架上取下一根桨,把它拿在手中。

"真快!多谢了!"乘客回答说,他从口袋里掏出钱,环顾了一下四周。

"这是怎么回事?!"他惊讶地问道。

小船一动也不动地停在一个宽阔的小湖的中央;平静的、暗黑色的水,闪着寒光;周围岸上,树木像一堵连成一片的墙似的耸立着,在树影落到水面的地方,水深得好像没有底。四面静悄悄的。芦苇没有沙沙作响,小船底下的水也没有发出潺潺的声音;从什么地方传来了钟声;钟敲得无力,勉强能听到,钟声像一声叹息似的飘过水面,消失在黑黝黝的、屹立不动的树林中;寂静得可怕。乘客打了一个寒战。

"城市呢？城市呢!?"他声音高得不自然地问道。

岸上传来了回声:"城市呢!?"

船夫站起身来,手里握着桨。

"老爷,离城还远着呢。我们用不着到那边去。可是你呢:向上帝祷告吧,做好准备吧……我朝你脑袋上敲一下,你就完了。啊!"

他把桨举到肩上。他的嗓音是暗哑的,但却是坚决而果断的。

老爷无力地颓然坐到长凳上,轻轻地叹了口气,用双手捧住头。

"嗳,嗳！快些,要是你想照基督徒那样去死！你犯过多少罪？记得吗？祷告吧！快!"

老爷哆嗦了一下,抬起头。周围的一切都静得可怕、一动也不动,一切都好像死了一样;钟声还在响,一声声地飘过水面——现在,最后一声也消失了。

水从桨上滴下来……一滴……两滴……仿佛在数着人的生命的最后几分钟。

船夫站着,摆出严厉的、守候的姿势,他一只手握着桨,另一只手冷漠地理着他的胡须。他就这样望着,既像刽子手,又像法官。

而周围,一点声音也没有!

老爷呻吟起来,把手伸向那个扛着桨站在他面前的阴森森的黑影。

"你听我说,为了什么？……把我的钱拿去,都拿去……只是别打死我！……拿去吧……"

哀求声在水面上轻轻地飘过,在黑暗和沉寂中消失了。

小船开始左右摇晃。这是船夫在倒换着脚。现在,他仍旧那样喑哑而镇静地说:

"你这个该死的家伙,难道要我说为了什么吗?你可记得有个卡秋什卡①吗?你母亲的丫头?记得吗?你这个坏蛋?是谁把她搞得有了孩子?是你!可是卡吉卡②是我的闺女。懂吗!哈哈,你这个该死的,猜到了吧!我说,你做好准备,快些,不然的话,我一桨打下来,那就完蛋了。你连叫喊都来不及!"

老爷吓得直望着说话的人的脸,脸是镇静的、冷冰冰的,还龇着牙齿。如果脸上有着他的话里包含的仇恨和嘲弄的神色,它也许不会那么可怕。

老爷哆嗦起来,倒在船夫的脚下号啕大哭。小船开始轻轻地晃动,使水面上起了一圈一圈的波纹……湖水仿佛在咧开黑黝黝的大嘴,可怕地笑着。船夫坐了下来,把桨放在膝盖上,望着那个像蛆虫一样在他脚下蠕动的人,听着他的可怜的哀求和嚎哭。

"饶我一条活命吧!如果你打死我,人家会知道的,你自己也会完蛋。饶了我吧!……我把我所有的都给你……以后你要是来……我再给你……随你要多少!……你知道我有钱……饶了我吧!……别打死我,亲爱的!……"

"可是我的闺女现在落到了什么地步啊?她现在每天夜里陪着军官老爷们游逛。昨天他们把她的脸都打出了血。为什么会这样?是谁把她赶到这种人人都能打她耳光的地方去的?!啊?你这个可恶的畜生!……"

然后一切都沉寂下来。

老爷躺在船底,不作声了;船夫也不作声,带着冷笑瞅着他。

老爷一动不动地躺着;船夫的身子左右转动着,小船微微摇晃着,水面上这些黑黝黝的、冷冷的笑容向着岸边浮去……岸上的树木发出喧声,水面突然起了涟漪,这涟漪好像是水在做着鬼脸,免得发出响亮的笑声。

---

① 叶卡捷琳娜的爱称。
② 叶卡捷琳娜的卑称。

"嗳,你!哭够了!你身上有多少钱?"

老爷连忙跪起来,从衣袋里掏出一个白纸包,害热病似的哆嗦着,喘息着,把它塞到船夫手里。

"呐!拿去吧!……全在这里了……暂时是……七十三个卢布……这里还有一个戒指……一块表……这是一副耳环……我带去送礼的……拿去吧,亲爱的!……不过,看上帝的面上,饶了我吧!……我真想活啊!……我亲爱的!……啊?能饶我吗?"

"住嘴!钱,我拿了,可是这些——去你的吧!全是废物!……把它们往哪儿藏?难道我是贼?偷东西的事我不干,收买赃物的人我不认识,要是我拿去卖,就会落网。是这样……"

"那么钱呢?……钱你会拿吧?!……就是说,我可以保住一条命了……你不打死我了……啊?我的好人,快些告诉我!……别折磨人了!……"

"那么卡吉卡呢?"船夫问道。

"卡吉卡?……"好像岸上的树木询问似的重复了一遍。

湖水笑着,扮着鬼脸……对于卡吉卡的事无人回答。

老爷又重重地坐下去,躺到船底,双手捂住头。

船夫拿起桨,望了望它,朝手掌吐了口唾沫……然后他望了望老爷,咧开嘴笑了笑……一个敏捷有力的动作——双桨都到了桨架上;双手一摇,小船便离开了原地。河水痉挛地动荡了一阵,一、二、三……船桨重又有节奏地划着水,小船像箭似的在平静的水面上飞驰起来……河水轻轻地、高兴地发出潺潺的声音。

老爷一动也不敢动。

"喂,你听着,朋友!你站起来!得啦,是时候了!别害怕,什么事也不会发生,我这都是闹着玩的。难道你以为,就能这样把一个人打死吗?不,老兄,这是大事情;这不是我们干的事。至于我让你受惊——请原谅!这都怨我们穷,日子不好过,这种日子真该去他妈的!不过,你大概吓坏了吧,是吗?哈,哈,哈!……"

这笑声是一个高高兴兴的人的温厚的、响亮的笑声。

老爷跳起来,坐到长凳上,愕然望着船夫。船夫扔下桨,双手叉腰,脑袋朝后一仰,哈哈大笑着。

"你听着!……"老爷轻声说。"你这是……"

"怎么?当然是闹着玩的。人哪能把一个人干掉呢?绝对不行!至于我敲你一笔竹杠,那是应该的。如果我去找你,你大概会给五个卢布就打发我走了!可是我摸到这个窍门,就到手七十三个卢布!这七十三个卢布,照眼下的情况,我十个月也挣不来。至于卡吉卡,她陪军官们玩,那又有什么了不起的?真是的!也算不了啥!对我反而更好些:我去找她,说:'卡吉卡,嗳,你这瘦丫头!'她马上就会对我说:'爹,请拿一张红票①去吧。'啊!?至于你玩过她,那又会碍着谁呢?真是的!老兄,我自己见了她们这种小娘们儿也不会放过的……"

老爷望着望着,——一种强烈的受辱的感觉和报复的愿望充满了他的身心。他觉得遗憾,因为他身边什么都没有——没有手杖,没有手枪。否则他就会干掉这个坏蛋。

可是这个坏蛋却得意扬扬,他的每一句话和每一个动作都在明显地炫耀他的胜利。

"瞧,这就是城里。咱们到了!喂,在哪儿靠岸?"

"随便什么地方都行!快些!"老爷简短地高声命令道。

"马上就好!……请吧,老爷!……"

小船靠了岸。老爷站起身来,跳到地上。船夫微微抬起帽子,一本正经地、平静地祝他一路顺风。老爷望了望他,恶狠狠地自言自语道:"他要跑掉啦!……要跑掉啦!……"

"坏蛋!"等他离开河岸更远一些,他忽然向船夫大叫一声。"下流的东西!为了七十三个卢布,把自己的女儿都出卖了。骗子!……"

小船缓缓地离开,船上响起了冷漠的声音:

---

① 指帝俄时代票面为一百卢布的钞票。

"亲爱的朋友,你要骂就该早点骂。那还凑合,到了现在再骂,那还显得出什么威风,又有啥意思呢?"

老爷恨恨地高声叫道:

"我会找到你的,会找到的,你这个杀人犯!我会让整个警察局都行动起来!"

河上传来了这样的声音:

"好,好!你去吧,咱们等着瞧!你去想办法吧,老兄!暂时再见了!"

大声喊出来的"再见了"几个字久久地在空中盘旋着。

老爷站了一会儿,用一个神经质的动作把帽子压到额头上,急急地走进整个儿淹没在无数花园的深色绿荫中的城市里去。

河上一切都是静悄悄的;城里远远的什么地方,有一条狗在哀嚎;长长的黑影横在地面上,清晰的月光用银辉洒满了杨树的尖尖的树梢。

起了一阵微风……河面覆上了薄薄的、细密的涟漪,树木的柔和的喧声像宽广的波浪似的在潮润清新的空气里滚过。

三

一封信的片断

是的,你问我目前同瓦尔瓦拉·瓦西里耶夫娜的关系如何。我高兴地告诉你:我同她一刀两断了。

这件事的结果是非常独特的,我想,你一定很想知道它的详细经过。我要把一切都讲给你听,而且讲的时候并非没有喜悦之感,因为你知道,最伟大的胜利——就是战胜自己。

现在你听吧!

你看见我的时候,我在她面前的作用之一是做靶子,她可以用这个靶子把她的机智锻炼得非常敏锐,还有一个作用是做陪衬,这对烘托出她那雍容华贵的形象,是好得不能再好了。你知道,我是迷上她了。我是说迷上,而且是非常认真的。我向她请求,央求,我说服她,证明给她看……她听着,冷冷地微笑着,默默地磨炼着各种各样冷冷的、针刺般尖刻的格言,然后就将这些格言异常冷酷地、"苍白的脸上带着可爱的微笑"刺进我的心。

我痛苦过,但是限于上流人物所容许的程度,我也向她透露过我的痛苦,但仍保持着一定分寸,决不过分。

我痛苦,忍受,但在灵魂深处深信我能胜利。这种信念在我身上得到了被刺得发痛的自尊心的支持。自尊心随着每一次相会而发展,渐渐地熔化了我当时称之为对她的爱情的那种东西。熔化了爱情,而从爱情的灰烬中又重生出——起初我自己都没有发觉——新的不死鸟①,一种要想"以其人之道,还治其人之身"的愿望。

现在,不死鸟已经完全形成,一切都让位于它了。

我当然不去妨碍它。我甚至可以说,我非常高兴,因为有可能卸下身上的锁链是不能不高兴的,即使这是爱情的锁链也罢:要知道,这种锁链只不过是在诗中——连这也非常罕见——被称为甜蜜的锁链……人总是想做一个自由的人,既然他确实是个人,而不是暂时执行人的职务的生物。这种生物熟悉使用裤子和口才,并且依仗这一点善于巧妙地掩盖真理。

唔,就这样,我很高兴,我使用我才智的所有的线索去编织一张网。一旦坠入这张网,统治我心灵的女皇就能凭她个人的经验认识到:作为自己同类的玩物是多么甜蜜。

我想着,绞尽脑汁地想着,你会见到,这远不是徒劳的。

我继续对她比以前更加体贴、更加温存,对她百依百顺,讨得她的欢心;使她越来越感到少了我不行,同时我对所有其他的人的态度却

---

① 古埃及神话中的一种鸟,它把自己烧死,又从灰烬中复生。

比任何时候都更为高傲、更为独立不羁。这就不能不使她产生某种对我十分有利并且可以保证我的成功的想法。我见到,她跟我更亲密了,开始有些怜惜起我来了。在和她单独谈话的时候有两三次我觉察到,她望着我的目光是温和的,也可以说是温柔的,在对我的态度上则露出了一种女性的、狡猾的小心,这种小心是出自某种不安,一种模糊的、朦胧的不安,而这种不安以它自己的出现向我们预告:堡垒很快即将放弃。我加倍努力。她动摇了……但是一切事物都有自己的结局。现在我要转到事情的本质方面来了。

我和她坐在花园里池塘边的亭子里。夜色刚刚来临。事情发生在六月……夜莺、月亮、树影、花香——样样具备,在数量上比事情的进展所需要的还要多得多。

我侃侃而谈,而且谈得很好,很热情,谈得很多……正像大家常说的,我已经进入了角色。如果我没有弄错的话,我的眼睛里还闪着泪花,这,她当然不会觉察不到。我讲呀讲的,不停地讲……甚至在胜利在望的时候还继续在讲。但是我坐的地方虽然离她近在咫尺,却没有向她伸过手去。

到了该跪下的时候,我就跪下了。

临到该握住她的小手,恭敬而热情地亲吻它的时候——我就握住她的小手,恭敬而热情地亲吻它。

我一步也不离开世世代代所确立的规范,一步也不离开——一直到底,我的朋友!

最后,我沉默了,当然,同时也忐忑不安地期待着,我从睫毛底下偷偷观察着她。她很激动,呼吸断断续续,她的眼睛挑逗地、热情地闪烁着……乌拉!……

瞧,她把她美丽的小手——它们微微哆嗦着——向我伸过来,用低低的声音,你懂吗,用这样热情的、低低的声音说道:

"到我那里去,去吧,我的宝贝,我的好人,我心爱的!……快去!……去吧……我爱你……"

这时我站起来。她搂住我,紧紧偎在我胸前,激动得透不过气来,不断低声说着:

"去吧……去吧!……"

那时我松开她紧紧绕住我颈脖的手,用一只手托住她的下巴,把她的头抬起来,直对着她的脸,哈哈大笑了一声,镇静地说道:

"我不乐意!"

接着,便转过身来背向着她,一次也不回头……你懂吗?……一次也不回头,只是高声吹着口哨,慢慢地沿着被月光照得通明的园中小径走去。

我听到她低沉地、充满恐怖地呻吟了一声,倒了下去。

干得好吗?

唔,现在我已经把全部有趣的故事都告诉你了。

是的,还有一句话……我的贝蒂生了小狗,现在我有一对小小的、讨人欢喜的、大脸盘的牛头狗了。

再见!你的……

水 夫 译

撒谎的黄雀和爱真理的啄木鸟[*]

这是一段很真实的故事,我就这样开始讲这个故事吧。

在那个曾经发生这件有趣的事情的小树林里,所有会歌唱的鸟雀中间有一只歌唱着的小鸟突然引起大家的注意,它的歌唱不但充满着希望,而且表达出坚定的信心。

在这以前,所有由于突然来临的灰暗与阴霾的天气而受惊的和抑郁的鸟雀都唱着歌,这些歌,仅仅因为是唱出来的,所以称为歌;在这些歌子里大多数是沉重、忧郁和绝望的音调,鸟雀听众起初把它们唤作垂死者的嘶叫,但是后来渐渐地听惯了,甚至于开始在这些歌子里发现各种不同的优美之处,不过这需要它们费很大的气力才能发现。

在林子里给大家定调子的是乌鸦,乌鸦在其本质上是悲观的鸟,它们除了或高或低地发出呱呱的叫声之外,任什么都不行。别的时候本来不会对它们加以注意,但是现在它们的声音占大多数,所以大家就听它们唱,甚至认为它们是很聪敏的鸟。而它们呢,也觉察到这一点,所以便阴郁地唱了起来:

呱、呱!……同严酷的命运作斗争,
渺小的我们简直难活命。

---

[*] 本篇最初发表于一八九三年九月四日《伏尔加通报》。译自《高尔基三十卷集》第一卷。

> 一切的一切,你睁眼一看,
> 都是痛与苦,死灰与腐烂……

呱……呱!多么无聊的歌唱!……但很有力,它使整个林子都感到压抑得透不过气来。

突然响起了流畅的勇敢的歌声……

听过许多歌唱的整个林子,精神抖擞起来,惊奇地低声地簌簌动着枝丫。甚至于一向唱得很不错的夜莺(因为它们是献身于纯艺术的艺术家),也高兴地听着,并且说道:

"这位歌手不是很有才华吗!……"

这样说着,暗地里颇为自己的公正而得意。

这位歌手唱道:

> 我听见被黑暗和被寒冷
> 挫伤的乌鸦的呱呱叫声
> 我看到黑暗,——那与我何干,
> 我智慧既这样清明乐观?
> 有胆的跟我来,冲破黑暗!
> 活生生的,不甘暗中残喘!
> 用智慧之火点燃我们的心,
> 让各处各地都充满光明……

"唱得很有力!"夜莺评论道……"但幼稚,过于自信,音乐性差——不过很有力……"于是,深有所思地清一下鸟喙,它们又听下去:

> 战斗中谁诚实接待死神
> 他难道会阵亡和被战胜?
> 只有那懦怯地掩住胸膛

临阵脱逃,才会跌倒阵亡……
还有那些怕劳动怕烦扰
受了伤怕痛的才会死掉,
他只会钻进哲学的迷宫,
口头议论如何陷阵冲锋……

"唔……他的观点倒很新奇突出!"夜莺赞扬说。"倒很想知道,这是一种什么鸟!……"它们很好奇。

朋友们!让倒下的别作声。
怀疑的烟迷住它们眼睛;
心中荣誉与骄矜已经死沉。
朋友们!我们来唤醒它们:
你们的念头像黑雾一般,
把这黑夜弄得更加黑暗,
这黑雾像毒药似的毒害
青年的灵魂和智慧,……走开!
走开!……这里已向诸神宣战,
为了争取那长子的特权!

"这真勇敢!"夜莺说,"啊,是的!……这是很勇敢的歌!……"

小林子听着,感觉到一种美好的、有力的东西,这感觉使它充满温暖和光明,甚至于衰老的、覆盖着灰色苔藓的树枝也窃窃私语地议论起过去的日子来了。那是绚丽的春天的日子,那时小林子里刚刚开始绽放花朵与希望,那时鸟雀们给太阳唱出自由的、响亮的赞歌,驱散了云雾的天空显出无边无涯的蔚蓝,好似招呼小鸟们去试试翅膀的力量——去达到天空的深远之处。那是美好的日子,那时用不着迫不得已地去生活,因为那时是自愿地去生活,——生活有目的,并且有达到目的的希望。于是这些日子出现在小林子的面前,像星星似的在那把天空和小林隔开的迷雾中间闪烁着。

鸟雀们抖擞一下,活跃起来。这位歌手在哪里?让它来接受对它表示钦佩和感谢的献礼吧!这一定是一只了不起的、美丽的鸟雀!

它们聚集起来,像一大片云彩似的,往那向它们迎面扑来的精神焕发的、豪放的歌声疾飞过去。

但是当它们飞到那里的时候,它们所看到的,不过是一只黄雀,一只最平凡的、小个儿的、灰溜溜的、长着蜡黄色鸟喙的黄雀而已。它停在榛树的枝丫上,它受到这样光荣的礼遇,颇为羞涩;小得可怜的、羽毛蓬乱的、无谓忙乱的它引起大家的狐疑,使大家都不喜欢它。

走开!……这里已向诸神宣战,
为了争取长子的特权!

要是这是鹫,是鹰,即使是鸲这样鸣叫的话,——这就又动听,又有力;可惜却是一只雀儿——向诸神宣战的黄雀!这里有些不相称的地方,有些奇怪和可笑的地方。并且这简直对于所有其他的鸟雀都是很难堪的。为什么正就是黄雀,而不是金翅雀、云雀、灰雀呢?……

吃惊的和受辱的鸟雀们看着黄雀,想道:"现在怎么办呢?"

它们不禁想起那只可笑的,曾经有一次想要燃烧大海的山雀……

但是这时有一只机灵的以新闻记者为业的金翅雀问黄雀道:

"喂,刚才是你在歌唱吗?"

"是我……"黄雀回答说,"是的,是我在歌唱。"

"唔……可是你拿什么来证明这一点呢?那就是说,我们,当然,并不怀疑你的才能,但是……"

黄雀哆嗦一下,它的羽毛竖立起来,又唱道:

暗黑中飞过灰色的鸱枭——

暗黑的夜是我们所创造,……
它们阴沉的眼闪闪有光,
并且凶暴、阴恶,严如冰霜……
它们来和往,轰轰地啼叫,
它们狂笑,它们高声哭嚎,
它们发誓声诅咒白天,
它们用笑声迎接黑夜……
啊,要是漆黑夜色的镣铐,
从我嫩绿的树林里去掉,
也可以驱走这些鸱枭鸟,
鹰就可以飞来低翔高翱!……
鹰却这样又虚弱又无力,——
只是胆小地藏在山谷里。
没有荣誉、气力,只是愤恨,
听着别的鸟雀欢乐之声。
它们的翅膀沮丧地下垂,
它们的心也羞愧地昏睡,
但自由的鸟雀却听不进
诚实和有思想性的歌声,

某些鸟雀觉得这歌涉及了自己,它们便嘘黄雀,但是金翅雀却说:

"好,这对于我们已经足够了!可是,倒要请你说说看:你是不是在所谓唤醒大家的觉悟……唔!……你究竟是哪来的权利做这种事情?那就是说,我是要说——你是为了什么歌唱的?!"

黄雀吃了一惊,默默地看着群众。

"我们,你要知道,要保证自己不犯错误,这样的错误,你是知道的,我们有许多许多,为了这个目的,我们想要知道你的出发点和最终目的是什么,——要知道,号召我们到什么地方去,并且去做什么?"金翅雀提出了问题,自己觉得颇为满意,并且嗯哨似的唱起别人的歌来;我们知道,金翅雀是没有自己的歌唱的。

黄雀精神抖擞起来了……

"我的出发点是坚定不移地深信禽鸟的崇高使命,即确信我们终极的、最复杂和最明智的行动就是创造大自然。我们不应该失去耐心,我们应该永久斗争并且无往而不胜,为了亲眼看到,事实证明自己是正确的,为了有权利说一句:过去的,现在的和将来的一切——都属于我们,而不属于盲目的自然力。我们应该循着行进的道路,我虽不认识,但是我确信,应该往前走。前面有一个地方,值得作为我们在路上所受的那些劳苦的奖赏!那里有永世的,用之不竭的光明,那里有我们所不知道的种种神奇事物;在那里我们这些伟大、自由和战胜一切的禽鸟能尽情地享受我们自己力量的彻底发挥,整个世界都将是我们活动的舞台,我们活动的这个舞台的宏伟广大,我们现在简直不可能想象,在那里,我们的思想将决定一切,多样化得神奇的我们的感情将在我们前面展开未曾经历过的享乐的新世界;那里的生活是我们应配过的生活!……请你们互相尊敬和爱护吧,骄矜而勇敢地走向胜利,请你们任什么都不要怀疑:因为还有什么比你们更高的呢?请你们回过头去看看吧,在那里,在生活的黎明时期,那时你们是什么样子?那时你们的全部信仰不值得一点一滴的怀疑……现在……你们学会了这样极端地怀疑,现在你们到了相信自己的时候了,因为只有伟大的实体才能达到像你们所达到过的这样的怀疑!……

"到那里去吧——到幸福之国去吧!那里有伟大的胜利在等待我们,在那里我们将是世界的立法者和主宰,在那里我们将是一切的主宰……到那里去——向那个奇妙的地方'前进'!……"

"前进!"鸟雀们呼叫,因为在它们心里已经燃起自傲。

感动和信仰的眼泪充满了黄雀的眼睛。所有的鸟雀都歌唱了,大家都开始觉得这样地轻快,大家都觉得,心里产生了一种要生活、要幸福的炽热的愿望。

"对不起,对不起!……我请求发言……让我发言!……"

这是啄木鸟从白杨树顶上呼叫,当它的话被大家听到的时候,大家立刻就让它发言,因为它叫得很响亮。

"诸位先生和诸位女士!"啄木鸟开始说道,"我来自我介绍:我是啄木鸟。我吃虫子过活,我爱真理,我不偏不倚地为真理服务,真理驱使我对你们说句话,你们被肆无忌惮地欺骗着。你们在这里所听见的歌唱和词句,诸位先生,不过是无耻的谎话,所以我诚恳地用事实来向你们证明……用事实,诸位先生!你们倒是问问黄雀先生看,可以用来证实它所说事情的那些事实在什么地方?它并没有那些事实,但是正就是这些事实,它比我更需要;事实就是一切,诸位先生,我们大家也不过是证实大自然之英明与强大的伟大事实的那些渺小事实罢了,而对于大自然,我们是应该服从的,正如孩子服从母亲一样。

"我们来公平地看看吧,那里,在前面,黄雀号召我们去的地方,究竟有些什么东西。你们大家飞到小林子的边上,你们就可以知道,林子的外边就是田野,夏天田野是赤裸裸的被太阳烧炙着,冬天则覆盖着冰冷的白雪;那里,在田野的边沿上,是一个村庄,村庄里有个格里斯卡,他是一个从事养鸟的人。这便是'前进'路上的第一站,就是黄雀先生在这里谈论了很多的'前进'!

"假定说,我们依照它的意愿,——这意愿的纯洁无私,恕我不客气,我颇为怀疑,因为我知道,黄雀也和其他一切生物一样,不免有名誉心、虚荣心和其他等等,——假定说,我们平安地越过了格里斯卡的网,飞过村庄,我们又将是处在田野里;而在田野的边上又是遇见村庄,然后又是田野,——村庄,——田野……因为地球是圆的,所以我们一定会飞回这个现在我在这里颇为荣幸地和你们说话的小林子。

"这就是那个,照黄雀先生的说法,我们为了我们的劳苦而获得的奖赏的地方吗?……这就是那个地方吗?!……

"我知道你们,诸位先生和女士,我知道你们能飞多高,但是……这话跟你们说,我很伤心,——我也知道,你们中间谁都没有并且也不能飞得比自己更高。

"黄雀先生企图争取你们对它自己的注意,用漂亮的响亮的词句来蒙蔽你们,这企图显然表明它对于你们这些神智健全的先生和女士们的看法已到何等低下的程度了?!这企图应该受到严厉的惩罚,诸位先生和女士!⋯⋯"

聪明的啄木鸟,充满着执行它的社会义务的自觉,用扬扬得意的目光扫视一下听众之后,便开始啄白杨树的树皮,它就停歇在那棵白杨树的枝丫上。

鸟雀们都默默地看着黄雀,它们看见,小泪珠怎样一颗一颗地从它的眼睛里滚出来。它若不是哭它对于它们所犯的罪过,它会哭什么呢?!这样一只微小的、灰溜溜的和虚伪的黄雀!

它沮丧地看着那遥远的地方,它的小眼睛好像和那里的什么东西在告别。

小林子无声无息了,鸟雀们也都无精打采地各自飞回自己的地方去了。啄木鸟也带着大家对它的英明的敬意,飞走了。

是这样一个悲哀的日子,这日子好像要去痛哭什么似的。

就是那只撒谎的黄雀,独自一个留下了。它一动也不动、垂头丧气地停歇在榛树的枝丫上,只有一只松鸡从胆怯的抖动着的白杨树叶中好奇地看了它一眼。但是看了一眼,它就很快地感到无聊起来,便嘲笑地嗯哨了一声,飞走了。

黄雀留下了,栖息在榛树的枝丫上,它想道:"我撒了谎,是的,我所以撒了谎,是因为我不知道,小林子那一边是什么,但是能怀着信仰和希望是多么好呀!⋯⋯我不过就是要唤起大家的信仰和希望罢了,——这便是为什么我撒了谎⋯⋯它,啄木鸟,也许是对的,但是要它的真理又有什么用呢,那真理既然像块石头似的压在大家的翅膀上?"

向四周环顾了一下,可怜的小小的黄雀羽毛逆竖起来。

这便是全部故事⋯⋯你读完了这个故事,当然,你看得出黄雀是善良的,但是没有信仰,所以精神是贫乏的;啄木鸟是聪明的,但却是庸俗的;鸟雀听众们所以有反应,只是出于好奇,但是实际上它们的心地是冷漠无情的,并且是渺小的,渺小得可耻的……你看到了这一点,你会想,我是不真实地讲这个可笑得流泪的故事。你就这样想吧,假使这能安慰你,就这样想吧!

林 陵 译

开诚布公的谈话*

一个不大确切却完全可能的故事

先生们、女士们,在一条河流——时代之河的岸上,善神态庄重地肃立着;对岸——恶在暴躁地来回走动。

善犹如一座最坚实的大理石雕像,冰冷而又威严;而恶——则是如此卑微,并且充满着种种丑恶的毒素,乃至苍蝇叮他一口,立即就被毒死。

善站着,沉溺在自我陶醉的泥泞里;而恶在岸上来回踱步,寻思着施展伎俩的最好办法,希望以此来维护他的名誉。

总的说来,一切都很顺遂。

在他们的面前,时代之河奔流不息,而在那浑浊的浪涛里,有人在挣扎、抽搐,恶的活动和善的视线都集中在他们身上。浪头上,恶的崇拜者在胡作非为;浪涛下,善的爱好者被河水呛得难以呼吸,而在他们之间有时闪现出另一部分人,这些人还未来得及形成自己任何的观点和信念,他们只是口张目瞪,被喧嚣声震聋了耳朵,满心希望赶快靠到什么东西上去。

---

* 本篇最初发表于一八九三年九月十二日《伏尔加通报》。译自《高尔基三十卷集》第一卷。这是高尔基的一篇讽喻性小说。通过善与恶的对话,揭露龌龊的现实,批判俄国文坛上一批卑微文人宣扬怀疑主义、悲观主义和超道德的世界观,劝告人们对生活采取积极的态度。结尾的一句话:"对于生活,必须有一贯的、巨大的、使它变得有生气的行动"是全篇的点睛之笔。

恶在行动,而善却在静观,她口头上同情在恶的魔掌下的牺牲者,暗地里却真正地无情地蔑视他们:

"咳,他们多么鄙俗!呸,他们多么懦弱!……他们竟不能反抗恶!不能反抗恶——呸!"

说完,善不易察觉地作出蔑视的脸色。

而恶却来回走着,快活地唱起歌来:

　　生命是瞬息……
　　感觉——
是整个生命的实质和真谛。
　　生活中
　　罪行
应受到最少的责备!
让爱的说教见鬼去吧!
　　难道我们能了解它么?……
　　生命是片刻——而你要
　　生活得简单而快活!……
生活刚刚开始,但你看——
冥王星已经走近……
赶快把花朵折掉吧!……
饭吃光了,把碗摔碎!
　　实在,比现在的道德更为简便的是:
什么也不许说,
为的是不叫别人大声呼喝!
毫无疑义,
朋友们,
训诫可以听,
然而,

感觉——

是生命的实质和目的！……

他唱,大家都听他唱。善满腔怒火,愤愤然立即拿出两千首各种规模和种类的颂扬自己即将胜利的诗篇置恶于彻底失败的威胁之中。有讽喻诗、打油诗、挖苦诗、道德诗、抒情诗、朗诵诗、长诗、短诗……但是,恶根本不当一回事,他不仅在作恶之余的空闲时间里高兴地阅读了全部这些诗篇,而且还亲自写了对这些诗篇的评论,在评论中他根据自己心情的好坏,辱骂或赞扬一番,并始终不渝地指出,要掺入更多一点纯粹的美学才好,说什么,那就会更有力量。

善见诗歌不能取胜,便改用散文。在卷帙浩繁的大部头书籍里,用二乘二等于四那样的不可摧毁的正确性来重新证明自己即将而且必然要战胜卑鄙的恶。

可是恶却满不在乎,他把这些书也都读了;当然,对于那些写得不大枯燥的书,他读的时候,是非常赞许的。

"没有什么,"他说,"写得有分量,有说服力,我也可以接受某些东西！"于是,他就接受了,真见鬼！ 全书——总共八千页,是针对他而写的,你瞧他怎么样！——却从书中引出了新的行动计划,这样就更加充实了他那本记载毒害人类灵魂的诡计的账册。

总之,尊敬的先生们、女士们,直到我荣幸地向你们讲述下面的事情为止,情况就是这样的！下面我将带着真诚的敬意来讲述一切值得这种尊敬的事情……

有一回,他,也就是恶,一面忙着,哼着他心爱的曲子,一面在命运指定的地方进行活动。

他穿着巴黎最新的时装,手里拿着一束茶花,道貌岸然,不过,他当然仍旧是可恶的。而她,也就是善,却披着一件已经有点破旧的古罗马人穿的托加①,冷漠而威严。

---

① 托加是古罗马的男长衫,用一块布从左肩搭过缠在身上。

一般说,她生活得并不快活,然而这一天她却比任何时候都更为烦闷。她的信徒们处处遭到悲惨的失败。那些善于逃避并成功地逃脱了这种失败的人,都顺利地从战场上溜走了,他们四处漂泊,垂头丧气,由于他们已没有了活的灵魂,因此不能做任何别的事情了。

于是,忧郁地想到同恶斗争的失败而十分激动的善倾听着自己敌人唱的凯歌,忧愁地瞧着他的优雅而庸俗、无耻而美丽的身姿。

但突然,她感到自己产生了一种新的主意——一种奇怪的、同她的品格不相称的、同她从事的活动不协调的,甚至同她的本质相矛盾的主意。最后,她这样地表述这个主意:'我是不是可以同他开诚布公地谈一谈呢?要知道,实际上我还从来没有同他开诚布公地谈过话。也许……有人会说,这可能吗?……我先跟他说说……对,先说说!……人们会说,这对我是一种耻辱……可是,我的天呀!……难道我是第一次听到关于我不坚定和精神不振的指责吗?……"

"先生!"她向对岸招呼起来,"请听我说!……"

那位先生刚为自己的健康干了一杯香槟酒,正准备再干一杯。

"女士!"他十分殷勤地鞠了一躬。"我能替您做点什么呢?……"

"我想……就是说,不!……说得更正确一些,我想……"

"想要一杯香槟酒么,女士?……"

"先生!……请您不要用这种猜疑来侮辱我!"善高傲地昂起头说。

"女士!……对不起!……您的闻名的宽宏大量使我敢于希望您原谅我吗?……不过,真的,我曾经怀着敬意请您干一杯,现在我以同样的敬意荣幸地请您饮整整一瓶。"

"先生,我不喝酒……难道您不知道我不喝酒么?……"善严肃地说。

"知道,哎呀,知道!……女士,对此我衷心地表示遗憾,因为您剥夺了自己一种崇高的享受。您也使我诧异,因为同人们打交道,就不能不喝个酩酊大醉——同他们打交道是多么使人感到厌恶和难受!"

"对不起！我想和您严肃地谈一谈,我想把您当作一种势力来与您谈话,这势力……"

"随时为您效劳,女士！随时为您效劳……"

"请不要打断我的话！……这势力——在生活中具有几乎像我一样的意义,而且这势力正在同我斗争。但是为什么呢？……我就是想同您公正地、全面地讨论这个问题,讨论之后,也许能订出某种协定……"

"女士！……我郑重地以我的胜利发誓(顺便说说,这胜利我已相当腻烦了),您想出了一个十分理想的合乎道德的主意。嘿！……要是能有个短短的假期多好啊！我和您都总是坚守在自己的岗位上,从未有过一分钟的休息……老是斗争,斗争……我斗胆问一声,这究竟是为什么呢?!"

"对不起,请您严肃地对待我认为必须对您说的话！"善严厉地指出。

但是,恶突然激怒起来——某种奇怪的事情发生了。他非常高傲而沉重地说：

"不,对不起！我想说的是:见你的鬼!……"

"先生！您骂人……"善责备地说。

"是的,我骂人！……我——就让我受诅咒吧,我骂人,我想骂就骂！……我要说出我的意见！……我有权利说出我的意见……我愤怒,我受了侮辱,此外,我要求对我关心！也许,人们以为我不会感到屈辱吗？……啊！……我……"

"请原谅,我亲爱的恶,——您想用这些号啕和感叹来说明什么呢？……我可以使您相信,您对我说不出任何新的东西。像您一样,我也充满痛苦,像您一样,我也被人诬蔑,像您一样,我也受到侮辱和屈辱……"

"哎,女士！这就是为什么人们也不爱您的缘故。您过分热衷于长篇大论了！……"

"对不起,请您明智一些,冷静一些!……"

"我……冷静?!让我周围的一切荒唐事见鬼去吧!……我是被这种生活毁掉了的,就是这么一回事。我疲倦了……是的!……我坦率地说,我早就怀疑我们的敌视是否合乎理智,我早就想建议我们暂时休战,以便讨论一下:为什么我们需要相互诋毁?这使谁高兴?——但是,某种东西又妨碍我这样做。因此,我由于思考和苦恼,几乎成为像我的信徒——人们这样的反省者了。我非常不幸,女士……我的生活中有多少苦恼和痛苦,啊!……"

"不过,最后还是请您听我说!"善打断了自己敌人对忧郁情绪的发泄。"您干吗叫苦不迭呢?您想得到怜悯么?要知道,我们是彻底坦率的——您应当明白,我除了口头上的同情外……不会有别的同情……您需要口头上的同情么!……我有理由认为,由于我是女性,我具有作为善所必需的全部属性,但显然,随着时间的流逝以及同您的斗争——这些属性变小了,丧失了,而现在,与其说我是某种真实的存在,毋宁说是一个幻影……到哪里去寻找这种可悲现象的原因呢?……除了在人们对我的关系中,就再没有别的地方可以去寻找了!这些关系……"

"且慢,女士!……别向我谈这些关系!我根据我的沉重的痛苦经验能理解它们!我把我最好的品质贯注给我的崇拜者了,而他们却背叛了我,投向您,正如人们背叛您,投向我一样!难道我现在是从前的那个恶?!……难道这个庸俗、下贱、龌龊、卑微的东西是我?女士,我的尼禄①在哪里?加利古拉②在哪里?鲍尔查父子③在哪里?!!

---

① 尼禄,公元五四年至六八年的罗马皇帝,暴君,曾杀死他的母亲、哥哥、妻子和老师。在他统治的末期,各地暴发大规模起义,他逃出罗马,自杀而死。
② 加利古拉是公元三七年至四一年的罗马皇帝盖乌斯·凯撒的绰号,意为"军靴",暴虐无道,行为乖戾(曾企图让他的爱马担任执政官——古罗马的国家最高职位),后为其禁卫军谋杀。
③ 鲍尔查父子,在意大利历史上起重要作用的贵族。父是教皇亚历山大六世,子名凯撒,他们曾企图独揽意大利政权,广泛地采用贿赂、暗杀、毒杀等手段。

德·萨德侯爵①在哪里?——他们,这些恶的天才们在哪里呢?——他们都不在了,女士!……而且再也不会有他们了!我不能再创造他们了,这既由于我本身已没有过去的力量,也因为不再有我赖以铸造的模子,不再有能够在恶或善方面成为伟人的人物了。女士,我被人掠夺了!就像您一样,我也被掠夺了!他们由于喜欢可恶的反省,而把自己的艺术严整性和完美性剥夺后,我们的最好的品格,最好的行为也被他们破坏了。他们从您那边转到我这边,又从我这边转到您那边,鬼晓得他们之中谁恶谁善!该死的分析家们!……"说到这里,恶气得喘不过气来,就不作声了。

这时善又说起话来。

"尽管我有狭隘性和局限性,我仍旧理解您,先生,并且同意您的意见。正如您问:您的优秀的人物在哪里?——我也要问:伟大的公民布鲁图斯②在哪里?公正的阿里斯泰迪斯③在哪里?愉快的、每一句话都倾注了全部热情的奥古斯蒂努斯④在哪里?伟大的善良的人们在哪里?完美的人在哪里?在我周围降临的是影子,冷漠的、没有血肉的影子,而不是人!他们忏悔又哭泣,哭泣又忏悔,尽管他们做得很好,但是,难道这就是对我的效劳吗?……现在什么样的行为才有权得到善者这个称号呢?……如果某人不偷盗,不杀人,不撒谎,不诽谤,而且当他走过正在起劲地干这些事情的人的身边时,不加入他们一伙,而是悄悄地走开的话,他就是善者么?不过,这个迟钝的冷漠的人为什么要走开呢?是因为他对这样的行为和干这种事的人感到厌

---

① 德·萨德侯爵(1740—1814),法国作家,写有《道德的不幸》等小说。他的小说以描写虐淫狂为能事,他本人就一再因强奸、毒杀案受到法院审讯,锒铛入狱。死于神经病。
② 布鲁图斯(前85—前42),古罗马共和派反对独裁者尤利乌斯·凯撒(前100—前44)的领袖和谋杀凯撒的参加者。后人把布鲁图斯的形象加以理想化,使之成为争取共和、反对暴君的战士形象。
③ 阿里斯泰迪斯(约前540—约前467),雅典国务活动家,温和民主派的领袖。
④ 奥古斯蒂努斯(354—430),天主教教会的主教,教会作家,《忏悔》与《上帝颂》是他最著名的作品。

恶,还是他暗地里也羡慕他们有办法,他害怕加入他们的行列,只是由于他没有力量干一切卑鄙的事和犯罪行为呢?……这是一个问题,先生!……

"不是我们统治人们,而是他们统治我们,这不也是很清楚的吗?对他们来说,我们不过是一种消遣品,不过是一种能使他们的不稳定的生活变变花样的东西,一种他们实际上并不需要的东西,这不是很清楚的吗?……您已经听见了他们对我的那些讥笑和挖苦,而我也被他们对您的诅咒吵聋了耳朵,不过,先生!他们这样做是不是出于要遵循他们祖先的传统,并非出于真诚的、在他们心里真正占有一席地位的爱和恨的感情呢?……一般地说,在他们身上除了不同程度、不同形式的自我安慰外,有没有什么感情呢?最后,我和您,作为两个具有截然不同的个性的、相互直接对立的本质,需要这样的感情吗?我和您是否应该共同去迎接可以实现的事实?……"

"我和您是否也结合成一个整体呢?……"恶快活地高声喊道。"乌拉!多么伟大的思想!……多么了不起的思想啊!……女士,这是个好主意!……这甚至不是一种思想,而是一种启示,而是……一种在恶的语言中和善的嘴里都找不到定义的博大精深的东西。"

"对不起,先生!……"

"女士,得啦!……我明白,我应当作什么,是的,我明白自己的任务!女士,我向您求婚,如果您多少还有点心意的话!……女士……可以吗?……"

吃惊的善急忙躲到一旁,并恐惧地向空中举起双手。

"先生!……"她好容易才鼓起力量小声地回答恶。

"决定了,女士?……啊!……这桩婚事在我们的面前展现出一幅多么美妙的前景!……我们将亲密地结合在一起,享受荣华,带着一种讪笑来观看已经从好与坏、善与恶的观念中彻底地解放了出来的人类,在重重疑惑中徘徊的人类,自由地去完成它想要完成的一切事情的人类。首先,会出现多少啼笑皆非的奇事!多少被关闭了的心扉会怦然打开！多少至今还隐藏在良心闸门后面的卑鄙愿望会喷吐出来！善者与恶者将友好地同乘一辆双套马车驶向他们朝夕思慕的目的地——智慧与心灵的平静境界。整个地球将变成一个庞大的猪圈，而终于平静下来！我和您也将在互相拥抱中平静下来，并将永远安宁和幸福！另一方面，我们也怜悯那被分裂成两半并被白与黑的斗争弄得疲惫不堪的人类的心。我们怜悯它，女士！……它自己与自己作战的时间太长久了，这种战争的意义和道理太小了，——我们怜悯它，让我们结合成一个统一的、不可分割的人，并用长久的热烈的吻去消灭黑色与白色，创造出一个广阔无垠、完全融洽的灰色！……女士，对吗？"

善沉默了。她从一开始就受到恶的建议的侮辱，她慢慢地把这种受侮辱的感情淹没在实利主义考虑的海洋中，到恶说话的末尾，她除了希望尽量牢靠地保障自己在这种重要的问题上不犯可能犯的错误之外，已经没有什么感觉了。

"先生！在接受您的建议之前，我认为需要对这个建议向自己和向您作全面的说明。"

"您要用一个星期的时间去考虑么？哼，——对不起，不过我有许多材料使我怀疑您的考虑能得出什么有益的结果。是合乎善的考虑么？！哎！？"恶怀疑地笑了笑。

"不，先生，毕竟……当然，您知道，除非是合法的婚姻，其他的我不能同意……"

"哼……我见鬼了！但是您这是十分愚蠢和死板的……哪怕就这一次，不必多余的礼仪，投入恶的怀抱吧！……要知道，你堕落，我也堕落，而且不论是您还是我都将不存在，存在的只是一大堆乱七八糟的概念——如此而已！我们还是离开生活好，让人们自己管理自己，随他们去吧。您打听一些完全不值得注意的事，我却询问物资供应的情况，不过，观点嘛……嗯……嗯……"这时恶起了一个很坏的念头，突然将善搂在自己的肮脏的，说得更正确些是庸俗的怀里。

"先生！"被突然的事变怔住了的善惊叫起来。

"女士,您好像还想当一个善行家吧?"恶恳切地柔声絮语地说,并且在错吻了她的鼻子之后,吐了一口唾沫。

"恶棍！……滚开！……"善大声呵斥道,并挣脱了恶的拥抱。

"就这样吗？……"恶沉着地问道,这情景并没有使他十分困惑。

善目光炯炯,高傲地默不作声。

"这就是说……"恶冷笑了一下……

"到您的岗位上去,先生！"善严厉地说。

"那您为什么要安排这么一场愚蠢的谈话呢,女士？……"恶恶狠狠地喊道。

"您太放肆了！……"善用手指点点他,威胁地回答说。

"好啦……那么现在怎么办呢？重新无聊地纠缠下去么？……好,那就重新无聊地纠缠下去吧……就这样吧,不过,这是愚蠢的、不必要的。如果我们自己不去帮助人们,把他们归成一个种类,他们是不会让我们安宁的,他们会折磨我们,压迫我们。我们需要结合起来,我们需要融为一体——这是我的意见。不过,再见吧！……我走了！……"

于是,他回到了自己的岗位上,她却仍然站在原来的地方,他走时,暗自小声地唱道:

　　生命是瞬息……
　　感觉——
是整个生命的实质和真谛。
　　生活中
　　罪行
应受到最少的责备！……

周围是一片静寂……天空中星星奇异地闪烁着,有时,乌云从星星的身旁飘过,急速地向什么地方奔驰;当乌云穿过时,星星便羞涩地躲在它们的后面;月亮却张开大口,俯瞰着大地,它的面容变得比任何时候都更愚笨得多了。由于紧张地期待着这一阴郁的景象的结束,在天空的皱折褶里冒出了一粒粒大汗珠①。这些冰凉的沉重的汗珠落到了土地上和我的额上。我依旧留在我的幻想的丛林中,我的心由于同情可怜的恶和不幸的善而颤抖着。因此,先生们,女士们,我决定把它们的悲惨处境告诉你们,同样的,也是为了在你们的心里引起对它们的同情,从而提醒你们:对于生活,必须有一贯的、巨大的、使它变得有生气的行动。

李辉凡　译

---

① 指雨点。

阿尔希普爷爷和廖恩卡*

他们在等候渡船,两个人都躺在岸上悬崖的阴影里,一声不响地朝脚下库班河①流得很急的浑浊的波浪望了好久。廖恩卡打起瞌睡来,阿尔希普爷爷却觉得胸口有点痛,是一种迟钝的、压紧了的痛法,他睡不着。他们穿着破衣服的蜷缩的身体在大地的深棕色的背景上,只现出可怜的两个小块,一块大些,另一块小些;他们的疲倦的、晒黑了的、粘满尘土的脸跟褐色的破衣服完全是一样的颜色。

阿尔希普爷爷的瘦长身子横伸在窄小的沙滩上,这沙滩像一根黄带子沿着河岸在悬崖与河水之间伸展出去;正在打瞌睡的廖恩卡躺在爷爷的身边就像面包卷似的。廖恩卡人小,身体又弱,穿着破衣服,好像是一根从爷爷身上折下来的弯弯的树枝,爷爷就像一棵给河浪卷来扔到这儿沙滩上的干枯的老树。

爷爷稍微抬起头来,用胳膊肘撑着它,一面望着一片阳光的对岸,岸边寥寥地种了点枝叶稀疏的柳树;树丛中露出来渡船的黑色船边。对岸显得荒凉、空旷。路像一条灰色带子从河边一直伸到草原深处去;它看起来是笔直、干燥,而且使人心烦。

他那对昏暗不明、眼睑红肿的发炎的老花眼一直不安地眨着,那

---

* 本篇最初发表于一八九四年二月十三、十六、十八、二十和二十三日的《伏尔加人报》。译自《高尔基三十卷集》第一卷。

① 库班河在北高加索,高加索主要河流之一。

张刻满了皱纹的脸带着痛苦难堪的表情僵住了。他时常忍不住要咳嗽,可是他看了一下孙子,就用手蒙住嘴。爷爷直咳得声音嘶哑,喘不过气,逼得他从地上稍微抬起身子来,而且在他的眼睛里挤出了大滴的泪珠。

除了爷爷的咳嗽声和波浪拍打沙粒的轻微声音外,草原上并没有任何的响声……草原就在河的两岸伸展出去,是很大的两片:棕色,让太阳烤着,只有在老年人眼睛差一点看不见的远远的天边,金黄色的麦海起着很好看的浪涛,鲜明耀眼的明朗的天就紧紧压在麦海上面。麦海那儿隐隐约约地现出远远三棵白杨的细长身形:看起来好像它们一会儿缩小了,一会儿又长高了,可是天空和天空下面的小麦却时起时伏地一直在摆动。突然间所有这一切全隐在草原上蜃气①的灿烂的银色帷幕后面不见了……

这种流动的、明亮的、虚幻的帷幕有时候从远方流过来,差不多要挨到了河岸,那时它本身就像是一条突然从天空降下来、而且跟天空一样清澄、一样平静的河流。

阿尔希普爷爷平日没有见过这样的景象,这时候他擦了擦自己的眼睛,他痛苦地想,他脚上那点剩余的气力已经早让炎热和草原消耗尽了,现在他的眼力又给这炎热和草原耗费光了。

今天他比近来任何时候都更不好过。他觉得他快要死了,虽然他把这件事情看得很淡,并不放在心里,就像看待应当尽的义务一样,可是他却愿意死在远远的地方,不在这里,是在家乡,而且他一想到他的孙子,他就更难过……廖恩卡到哪儿去安身呢?……

他每天总有好几次拿这个问题来问自己,每次他都觉得有什么东西紧紧压在他的心上,一下子就变冷了,而且使他起了一种非常厌恶的感觉,他恨不得马上就回家去,回到俄罗斯去……

可是到俄罗斯去,太远了……横竖走不到,会死在半路上。在库

---

① 蜃气,空气的不透明体,霜气。并不是海市蜃楼。

班①这儿,人们施舍起来倒很慷慨;他们虽然又严厉又爱挖苦人,可是日子过得很富裕。他们不喜欢讨饭的人,因为他们有钱……

爷爷用含泪的眼光望着孙子,他的粗糙的手小心地抚摩着孩子的头。

孩子动了一下,抬起他的浅蓝色眼睛望爷爷,这一对又大又深的眼睛带着跟小孩不相称的沉思的表情,在他那张配上一个尖鼻子和两片没有血色的薄嘴唇的又瘦又小的麻脸上显得特别大。

"船过来吗?"他问道,一面用手护着眼睛朝反射着太阳光的河上望了望。

"还没有,没有过来。船不走了。它为什么要到这儿来?没有人叫船,它就不走了。"……阿尔希普爷爷慢慢地说,一面还在摸孙子的头。"你瞌睡了吗?"

廖恩卡含糊地扭一下头,就伸直身体躺在沙滩上面。他们沉默了一会儿。

"要是我会游水,我就去洗澡了,"廖恩卡不转眼地望着河水说,"河水流得真快!我们那儿就没有这样的河。为什么要这样急?就像害怕会迟到那样,拼命跑……"

廖恩卡不高兴地掉开眼睛不看河水了。

"那么这样吧,"爷爷想了一想就说,"我们解下腰带,把它们接起来,我拿它拴在你的腿上,你就可以下去洗澡了……"

"唔——唔!……"廖恩卡很懂事地拖长声音说。"你怎么想出这个来!难道你以为它不会把你也拖下水去?两个人都会淹死的。"

"这倒是真的!会给拖下水去。你瞧,跑得多快……春天的时候大概要涨大水——啊哟……那边的牧场——要倒霉了!那一片看不见边儿的牧场!"

廖恩卡不愿意讲话,他放下爷爷的话不回答,却把一块干土拿在

---

① 库班是旧俄高加索的一个省份,在高加索北部。

184

手里,脸上带着一本正经的、精神贯注的表情,用手指把干土捏散成了粉末。

爷爷眯起眼睛望着他,一面在想心事。

"就是这样……"廖恩卡单调地、轻轻地说,一面抖落了手里的粉末。"现在这块土……我把它拿在手里,捏一下,它就成了尘土……只有一些眼睛差一点儿看不见细小的粉末……"

"喂,这是什么意思?"阿尔希普问道,眼光穿过满眼的泪水望着孙子的干燥地闪光的大眼睛,又咳嗽起来。"你为什么这样说?"他咳好了,又加一句。

"这样……"廖恩卡摇了摇头。"我是在说,它整个都是这样!……"他伸起手朝河对岸指了一下。"一切都建筑在它上面……我们走过了多少城市!多得很。到处都有多少人啊!"

廖恩卡捉摸不到自己的思想,便又不作声地沉思起来,一面朝四周看了看。

爷爷也沉默了一会儿,过后紧紧靠着孙子,爱怜地说:

"你是我的乖孩子!你说得对——一切都是尘土……城市,人,你我都是同样一种尘土。唉,你,廖恩卡,廖恩卡!……要是你认得字的话……你就有个好前程了。你以后会怎么样呢?……"

爷爷把孙子的头搂在怀里,亲了它一下。

"等一等……"廖恩卡把他的亚麻色头发从爷爷的打战的、弯曲的手指中间挣脱出来,有点兴奋地叫道:"你怎么说的?尘土?城市跟一切都是尘土?"

"不过那都是上帝安排好的,宝贝儿。一切都是土地,可是土地本身就是尘土。一切都死在土地上面……就是这样!所以人应当在劳动同谦虚中生活。你瞧,我也快要死了……"爷爷突然换了话题,痛苦地加上一句:"那个时候你没有我又到哪儿去呢?"

廖恩卡常常听到爷爷的这句问话,他已经讨厌谈论死亡了,他不作声地掉开了头,折下一根小草,把它放进嘴里,慢慢地嚼起来。

然而这正是爷爷痛心的地方。

"你怎么不作声！你说，你没有我，将来怎样？"他小声问道，就朝他的孙子弯下身去，又咳嗽起来。

"已经讲过了……"廖恩卡斜起眼睛看爷爷，漫不经心地、不高兴地说。

廖恩卡不喜欢这样的谈话，还因为他们谈到后来总是吵架了事。爷爷老早就在说他的死期近了。廖恩卡起初很注意地听爷爷说话，他还因为爷爷让他知道的这种新的情况害怕过，而且哭过，可是他渐渐地讨厌起来，只顾去想自己的心事，不听爷爷讲话；爷爷看出了这一点，就生起气来，抱怨廖恩卡不爱爷爷，不重视爷爷的关心，最后还责备廖恩卡，说他就在盼望爷爷早死。

"你讲过——什么了？你还是个小傻子，你还不懂你自己的生活是怎么一回事。你生下来才几年？这不过是第十一年。你身体弱，不宜于做工。你到哪儿去好呢？你以为好心的人会帮助你吗？你要是有钱的话，他们倒会帮你花掉——就是这样的。至于求人施舍，连我这个老头子也觉得不好受。要向每个人鞠躬，向每个人哀求。他们骂你，有时候还要打你，赶走你……你以为人家会把讨饭的人当人看待吗？没有这种人！我讨饭讨了十年——我知道。连一块面包人家也看得跟一千卢布一样。他们给了你一点儿，就以为做了天大的好事了[①]。你想他们是为了什么多施舍一点呢？为了使他们良心平安罢了；就是因为这个缘故，孩子，并不是出于怜悯心！他们塞一块面包给你，自己吃起来就不害臊了。吃饱的人都是野兽。他从不可怜饥饿的人。吃饱的人跟饥饿的人是彼此不能相容的仇人，他们永远互相把对方看作眼中钉。所以他们不可能互相怜悯，互相了解……"

爷爷由于怨恨和苦恼激动起来了。他的嘴唇在打战，那对昏花的老眼在睫毛和眼睑的红眶子里面转动得非常快，阴沉的脸上的皱纹也

[①] 原文是："就以为天堂的门马上为他们打开了。"

显得更深了。

廖恩卡不喜欢看见爷爷这样,他有点害怕起来。

"所以我问你,你将来在世界上怎样办?你是个软弱的小孩,世界却是一只野兽。它要把你一口吞下。可是我不愿意这样……我爱你啊,我的好孩子!我就只有你一个,你也只有我一个……我怎么可以死呢?我不能够死掉,孤零零的留下你一个……留给谁呢?……上帝啊!……为什么您不爱您的奴隶呢?我没有活下去的力量,可是我又不能够死,因为——有孩子,我得保护他。我抚养了他七年……在我……老年人的……手里……上帝啊,求您帮助我!"

爷爷坐着,把头埋在自己两只发抖的膝盖中间哭起来了。

河水急急忙忙地奔向远方,大声拍打河岸,好像它想用这种拍打的声音压倒老头子的哀哭。无云的晴天露出灿烂的笑容,它散布火一样的炎热,一面静静地倾听混浊波浪的喧闹声。

"够了,爷爷,不要哭了,"廖恩卡眼睛望着一边,声音严肃地说,过后他又把脸掉向爷爷,再说几句:"我们不是已经全讲过了吗?我不会完蛋的。我会到什么地方的小饭馆去找事做……"

"人家会打你的……"爷爷含着眼泪呻吟地说。

"也许,不会打的。决不会打的!"廖恩卡有点不服气地说,"那个时候又怎样?我决不会让每个人打!……"

廖恩卡说到这里,不知道为了什么缘故突然闭上了嘴,沉默了一会儿,才小声地说:

"不然我就进修道院……"

"你要是进得去修道院!"爷爷兴奋地叹息道,可是由于一阵使他透不过气来的咳嗽,他又把身子蜷缩起来了。

在他们的头上响起了人的叫声和车轮的响声……

"渡——渡船!……渡——喂!"什么人的响亮的声音把空气震动了。

他们跳起身来,拿起背包和拐杖。

一辆双轮马车在沙滩上跑过来,车轮发出尖锐的响声。车上站着一个哥萨克人,头朝后仰着,一顶毛茸茸的帽子歪戴在一边耳朵上;他准备大声叫唤,正张开嘴在吸空气,他的又宽又挺的胸膛显得越发挺了。他的黑胡子是从他那对充血的眼睛一直长下来的,在这个黑胡子的丝一样的框子里他的雪白的牙齿发着亮光。他那敞开的衬衫和随便披在肩头的上衣①下面露出来给太阳晒黑了的多毛的身体。他那又结实又高大的全身,那匹也是畸形地高大的、多肉的花马,那对装着厚车胎的高高的车轮——这一切都在散发一种饱满、力量和健康的气息。

"喂!……喂!……"

祖孙两个脱下头上的帽子,深深地鞠躬。

"你们好!"赶车来的人声音洪亮地、短短地答道,他朝对岸望了望,黑色的渡船从对岸树丛中慢慢地、不灵活地爬了出来,然后他仔细打量着这两个讨饭的人。

"从俄罗斯来的吗?"

"从哪儿来的,恩人!"阿尔希普鞠一个躬回答道。

"你们那儿闹饥荒吗,是不是?"

他从车上跳下地来,动手拉紧车辄上套的东西。

"连蟑螂也饿死了。"

"哈,哈!连蟑螂都死了吗?这就是说连一点儿也不剩了,全吃光了吗?你们真能吃。可是做起工来一定很不行。因为要是好好地做工,绝不会有饥荒的。"

"救命的恩人,这儿主要的原因是土地啊。它不长东西。我们已经把土地吸干了。"

"土地,"哥萨克人摇了摇头说。"土地永远得长东西,就是为了这个用处才把它赐给人类的。应当说:不是土地不行,是手,手不行。碰

---

① 这是一种有翻折的宽袖子的上衣。

到好的手,连石头也不得不听话,也要长出东西来。"

渡船近了。

两个身体强壮的红脸的哥萨克人把他们的粗壮的脚在渡船船板上踏定,带着轧轧的响声推动渡船向河岸靠拢,身子摇了两摇,把缆绳从手里抛下水去,然后你望着我、我望着你喘起气来。

"热吗?"赶车来的人露着牙齿笑问道,他把马牵上了渡船,他伸手挨了一下自己的帽檐。

"唉!"船夫中间有一个回答了一声,就把手深深地插进马裤的裤袋里,走到马车跟前,看了马车一眼,拿鼻子闻了闻,用力吸了一大口气进去。

另一个却在船板上坐下来,哼哼唧唧地在脱靴子。

爷爷和廖恩卡上了渡船,身子靠在船舷上,望着那几个哥萨克人。

"喂,开船吧!"马车老板发出了命令。

"你带得有好喝的东西吗?"刚才看过马车的船夫问了一句。他的同伴已经脱下了靴子,正眯起眼睛在看靴筒。

"一点儿也没有。可是什么?难道库班河里水很少吗?"

"水!……我不是讲水。"

"那你是讲烧酒吗?我没有带烧酒。"

"你怎么不带呢?"问话的人拿眼睛盯着渡船船板,在想什么。

"喂——喂,我们开船吧!"

哥萨克人朝手掌心上吐了口唾沫,就动手去收缆绳。那个客人帮忙他。

"啊,爷爷,你怎么不去帮忙?"那个一直在弄靴子的船夫对阿尔希普说。

"哪儿用得着我帮忙啊,亲人!"爷爷摇摇头,用诉苦的调子哼道。

"而且也用不着帮忙他们。他们自己对付得了!"

他好像要使爷爷相信他说的是真话,跟着就重重地跪下去,直挺挺地躺在渡船的甲板上。

他的同伴没精打采地骂了他两句,看见他不答话,便抵住甲板很响地顿了一下脚。

流水带着低沉的响声拍打渡船的两边,渡船迎着流水的冲击,颤抖着,摇晃着,慢慢地向前移动。

廖恩卡出神地望着河水,他觉得头在旋转,而且转得很舒服,他的眼睛给波浪的不停的奔流弄得很疲倦,现在瞌睡地睁不开了。爷爷的含糊的唧唧哝哝,缆绳的轧轧声,波浪的响亮的拍溅声把他催眠了;他瞌瞌昏昏地想躺到甲板上去,可是突然间有什么东西把他震摇一下,他跌倒了。

他把眼睛睁得大大的,朝四面望。那些哥萨克人一面取笑他,一面把渡船拴在岸边烧焦了的树桩上。

"怎么,睡着了吗?你身体太差。坐到马车上来,我把你带到村子①里去。还有你,爷爷,你也坐上来。"

爷爷故意做出一种难听的鼻音向哥萨克人道谢,哼哼唧唧地爬上了马车。廖恩卡也跳了上去,他们就在叫爷爷咳得喘不过气来的一股一股的黑色细尘中坐车走了。

哥萨克人唱起歌来。他唱得很古怪,常常把音符在中间截断,吹一下口哨来结束它们。听起来好像他把声音当作线一样从线球上放出来似的,一遇到打结,他就把它们割断了。

车轮诉苦地发出嘎吱的声音,尘土飞扬着;爷爷摇着头,不停地咳嗽,廖恩卡却在想,他们马上就要到哥萨克村子,得用难听的鼻音在窗子底下唱:主,耶稣基督……村里的小孩又要拿他开玩笑;女人又要拿关于俄罗斯的问话来麻烦他。在这个时候看爷爷,也叫人感到不舒服——爷爷咳得更厉害了,身子弯得更低,因此他自己就很不好过,很痛苦,加上他又用诉苦的声音说话,时时哭哭啼啼并且讲着在任何时候、任何地方都不曾有过的事情……他说,在俄罗斯,人们

---

① 这里提到的村子是哥萨克人的大村庄。

死在街上,就像这样地躺在那儿,也没有人来收尸,因为所有的人都饿昏了……事实上他同爷爷无论在什么地方都没有见过这样的事情。可是为了要人家多施舍,这些话都是少不了的。不过在这儿把施舍用到哪儿去呢?在家乡——那儿一普特总可以卖到四十戈比,说不定还卖得到半个卢布,可是在这儿却没有人要买。所以后来就只好把这一块一块的面包,有时候还是很好吃的,从背包里拿出来扔到草原上去。

"你们就要去讨饭吗?"哥萨克人回过头去望望那两个蜷缩的身形,这样问了一句。

"自然得去啊,老爷。"阿尔希普爷爷叹了一口气回答他说。

"站起身子来,爷爷,我指给你看我住在哪儿;你们到我那儿去过夜吧。"

爷爷勉强站起来,可是马上就倒下去了,腰撞到马车边儿上,哼哼唧唧地呻吟起来。

"唉,你,老了!……"哥萨克人怜悯地咕哝道。"好吧,反正一样,用不着看;到过夜的时候你找乔尔内伊,安德列伊·乔尔内伊,那就是我。现在下去吧。再见!"

爷爷同孙子两个就站在一座小小的白杨和黑杨①的林子前面了。树干后面露出来屋顶、围篱,左面右面,到处都是这种耸向天空的树丛。它们的绿叶披上了灰色尘土的外衣,又粗又直的树干上的树皮因为天热发出响声裂开了。

在两个讨饭的人的正前面,两排篱笆中间,有一条狭巷,他们像走了很多路的人那样移动着脚步,摇摇晃晃地朝这条小巷走去。

"喂,廖尼亚②,我们怎么走法——一块儿走还是分开走?"爷爷问道,可是他不等回答又接着加上一句,"一块儿走好些——人们给你的太少。你还不会讨饭啊……"

---

① 黑杨,白杨的变种。
② 廖尼亚和廖恩卡都是列奥尼德的爱称。

"多了用到哪儿去?反正你吃不光……"廖恩卡朝四面看了看,心里不痛快地答道。

"用到哪儿去?你这个小怪人!……假如突然遇到一个人想买东西呢?那你就知道该用到哪儿去了!……他会付钱。钱是了不起的东西:你有了钱,我死了,你也不会受罪的。"

爷爷慈爱地笑了笑,伸出手摸摸孙子的头。

"你知道我一路上积了多少吗,嗯?"

"多少呢?"廖恩卡毫不关心地问道。

"十一个半卢布……你瞧!"

可是这个数目和爷爷的得意的口气并没有带给廖恩卡什么印象。

"唉你,小孩儿,小孩儿!"爷爷叹口气说。"那么我们就分开走吧?"

"分开……"

"嗯……有事情,你到教堂来。"

"好吧。"

爷爷朝左面转弯,进了小巷,廖恩卡一直往前面走。他大约走了十来步光景,就听见刺耳的叫声:"行善的人们跟好心的恩人们!……"这个叫声很像一个人用手掌心在音调没有校准的古琴上乱摸,从最粗的弦一直摸到最细的弦所发出来的声音。廖恩卡打了一个战就加快脚步走了。他总是这样:一听见爷爷的乞讨声,就觉得不舒服,而且有点伤心;可是倘使别人不给爷爷钱,他还会胆小起来,担心爷爷立即会放声大哭。

爷爷声音的那种颤抖、可怜的调子好像在哥萨克村子的昏沉炎热的空气里迷了路似的,仍旧传到他的耳边来。四周清静得像在夜里一样。廖恩卡走到篱笆跟前,坐在一棵樱桃树的阴影里,树枝越过他的头上伸到了街心。在什么地方有蜜蜂的营营的叫声。

廖恩卡甩下了肩膀上的背包,又把头搁在背包上面,眼光穿过他头上枝叶的缝隙望了望天,就沉沉地睡去了,茂密的杂草和篱笆格子的影子给他挡住了过路人的眼光。

他让一种古怪的声音惊醒了,这声音在那因为接近傍晚而变得新鲜的空气中飘来荡去。离他不远的地方有人在哭。这是小孩的哭声——哭得很厉害,一直不停。哭声逐渐地变成了尖细的短调,可是突然又带着新的力量爆发了,而且越来越近地向他倾泻过来。他抬起头,从杂草的这一面朝大路望过去。

一个七岁光景的小女孩在大路上走着,她穿一身干净的衣服,有一张红红的、哭肿了的脸,她不停地用白裙子的边儿去揩脸上的眼泪。她走得很慢,一路上拖着她那双赤脚,扬起了大股的尘土,显然是她不知道要到哪儿去,去干什么。她有一对乌黑的大眼睛,这对眼睛现在却带着受屈的、忧愁的表情,而且是眼泪汪汪的;她那两只又小又薄的粉红色耳朵顽皮地从披到她前额、她脸颊和她肩头的蓬松的栗色鬈发下面露了出来。

不管她淌着眼泪,廖恩卡仍然觉得她可笑——又可笑又快活……她一定是一个顽皮的女孩……

"你干吗哭?"她走过他面前的时候,他就站起来问道。

她吃了一惊,站住了,马上止了哭,可是还在轻轻地抽泣。过一会儿,她望了他几秒钟以后,她的嘴唇又颤抖起来,脸也皱起了,胸口一起一伏,接着她又放声大哭,走过去了。

廖恩卡觉得心里有块什么东西堵着,他突然也跟着她走了。

"你不要哭。你已经长大了——难为情啊!"他还没有走到她跟前就这样地说了,等到他赶上她的时候,他望着她的脸又问道,"喂,你干吗放声大哭?"

"是—是啊!……"她拖长声音说。"倘使你……"她突然拿双手蒙住脸,扑倒在大路的尘土上,伤心地哭起来。

"嘿!"廖恩卡瞧不起地挥了挥手。"女人……真是个——女人。呸,你!……"

可是这并没有给她或者他什么好处。廖恩卡看见一滴一滴的眼泪从她那细小的粉红色手指中间流下来,他心里也难过,真想哭起来了。他朝着她俯下身子,小心地举起一只手,差一点儿挨到她的头发;可是就在这个时候他却因为自己的大胆害怕起来了,连忙缩回手去。她还是在哭,一句话也不说。

"你听我说!……"廖恩卡沉默了一会儿,又说话了,他非常想帮助她。"你这是为什么?人家打了你,是不是?……这会过去的!……或者是别的事情吧?你说,小姑娘……喂?"

小女孩苦恼地摇了摇头,并不把手从脸上拿开,后来她耸了耸肩头,终于哭哭啼啼地回答他道:

"头巾……丢了……爸爸从市场带回来的……天蓝色,有花……我披着——就丢了。"她又哭起来,哭得更厉害,更响,她一面哭,一面用呻吟的声音叫着古怪的"哦—哦—哦!"

廖恩卡觉得自己没有力量给她帮忙,就胆怯地离开她一点,沉思地、忧愁地望着阴暗下来的天空。他觉得难过,很可怜这个小女孩。

"不要哭!……也许会找到的……"他小声地喃喃说,可是他发觉她并没有在听他这安慰她的话,他就离她更远一点,心里在想,她这回丢了东西,一定会受到父亲的责罚。他马上想象到:她的父亲,那个身材高大、皮肤带黑色的哥萨克人在打她,她满脸眼泪地在他脚跟前打滚,因为害怕和疼痛浑身都在发抖……

他站直了身子走开了,可是走了五六步又突然回转来,身子紧紧靠着篱笆,站在她面前,拼命想找出几句好意的、亲切的话来……

"小姑娘,你离开大路回去吧!你快不要再哭了!回家去吧,把事情全讲出来。就说,你丢了……你还难过些什么呢?……"

他起初用轻轻的、同情的声音讲话,等到他用愤慨的叫喊结束他的话的时候,他看见她从地上站起来,他觉得高兴了。

"这就很好!……"他笑了笑,兴奋地继续说下去,"现在就去吧。你要不要我陪你去把事情全讲出来?我保护你,不要害怕!"

廖恩卡朝四周看了看,骄傲地耸了耸肩头。

"不要……"她小声说,慢慢地抖掉衣服上的尘土,一面还低声哭着。

"那么——我就去?"廖恩卡像有了很充分的准备似的大声说,把他的鸭舌帽朝耳朵上面一挪。

现在他站在她的面前,两只脚大大地叉开,因此他身上的破衣服好像也英勇地挺起来了。他使劲地拿他的木棒敲地面,固执地望着她,他那对忧郁的大眼睛也射出了骄傲和勇敢的光芒。

小女孩揩着自己小脸上的眼泪,斜起眼睛看了看他,接着又叹一口气,说:

"不要,你不要去……妈妈不喜欢讨饭的人。"

她离开他走了,还回过头来望了两次。

廖恩卡觉得扫兴。他不自觉地用缓慢的动作改变了他那种坚决的、挑战的姿势,他又弯下身子,安静下来,把他在这个时候以前一直挂在胳膊上的背包甩到背上去,看见小女孩已经弯进了巷子的转角,便在后面对她叫了一声:

"再见!"

她边走边回过头来望望他,就不见了。

已经接近傍晚了,空气中有一种预报大雷雨消息的特别的闷热。太阳已经很低,白杨树的树梢也染上了一层浅红。可是在那紧紧包住树枝的傍晚的阴影里,不动的高高的白杨树却显得更密、更高了……树上面的天也阴暗了,变成了天鹅绒的样子,好像离地面更近了似的。远远地在什么地方,有人讲话,在更远的地方,不过是在另一个方向,有人唱歌。声音都很低,却很深沉,而且好像也浸透了闷热。

廖恩卡觉得更无聊,他甚至于害怕起来了。他要到爷爷那儿去,他看了看四周,就急急忙忙地顺着巷子往前走去。他不愿意向人乞讨。他走着,觉得胸口上心跳得这样快,这样快,使他特别懒得走,懒得想了……可是他却没有把小女孩忘掉,他一个人想着:她现在怎样了呢?倘使她是有钱人家的孩子,她就会挨打;有钱人全是吝啬鬼;不过倘使她是个穷家孩子,那么她也许不会挨打……穷人更爱自己的孩子,因为要靠他们长大去做工。这些思想一个接着一个地在他的脑子里不停地骚动,同时像影子一样跟着他思想的那种难堪的、折磨人的苦闷感觉,一分钟比一分钟地变得更沉重,而且更厉害地抓住了他。

  傍晚的阴影变得更浓、更使人透不过气来了。男男女女的哥萨克人迎着廖恩卡走来,他们一点儿也没有注意到他,就走过去了,他们对于从俄罗斯涌来的逃荒人已经完全习惯了。他也懒洋洋地用他那开始有点看不清楚的眼光把他们那些吃得很饱的高大的身子瞥了一眼,急急忙忙地朝教堂走去,——教堂的十字架已经在他前面树丛背后放光了。

  归栏的牲畜的喧闹声迎着他飘送过来。教堂已经在他面前了,又低又宽,有五个漆着天蓝色的圆顶;教堂四周都种得有白杨树,树梢比教堂的那几个浴着晚霞在绿叶丛中发射浅红色金光的十字架还要高。

  就在这儿,爷爷给背包压得弯下了身子,正向着教堂的台阶走来,他把手放到前额上,朝四面张望。

  爷爷后面跟着一个村子里的人,帽子低低扣在前额上,手里捏着一根木棒,迈着沉重的大步走来。

  "怎么,你的背包空空的?"爷爷走到正站在教堂围墙旁边等待他的孙子跟前,问了一句。"你瞧,我有多少!……"他一边呻吟,一边把他那个塞得满满的麻布袋子从肩头扔到地上。"啊!这儿的人给得真多!啊哈,真多!……喂,你为什么这样板起脸孔?"

  "头痛……"廖恩卡轻轻地说,他就靠着爷爷在地上坐了下来。

  "喂?……你累了……你吃不消了!……我们马上就找地方睡觉去。那个哥萨克人叫什么名字?嗯?"

  "安德列伊·乔尔内伊。"

  "那么我们就这样问:说,安德列伊·乔尔内伊住在哪儿?现在就有一个人朝我们走来了……对……都是好人,吃得饱饱的!他们全吃小麦面包。您好,好心的人!"

哥萨克人一直走到他们跟前,慢吞吞地回答爷爷的问好:

"你们好!"

过后他把两只脚叉得很开地站在那儿,他那对毫无表情的大眼睛盯在两个讨饭的人身上,一声不响地搔自己的头发。

廖恩卡好奇地望着他,爷爷询问地眨着自己的老花眼睛,哥萨克人还是不作声,后来他伸出半截舌头去捉他的胡子尖①。这个动作成功了,他把胡子拖进嘴里去,嚼了一下,又用舌头把胡子从嘴里推了出来,最后他才打破了已经变得叫人很难受的沉默,没精打采地说道:

"喂,我们到会议堂②去!"

"干吗去?"爷爷大吃一惊。

廖恩卡心里也震动了一下。

"可是应当去……有命令。喂!"

他掉转身把背朝着他们,正要动身走了,可是他回头一望,看见他们两个连动也不动一下,便又叫了一声,而且这一回他已经生气了:

"还要等什么!"

这个时候爷爷同廖恩卡连忙跟着他走了。

廖恩卡不转眼地望着爷爷,他看见爷爷的嘴唇和脑袋一直在打战,看见爷爷害怕地东张西望,连忙在自己怀里摸什么东西,他就觉得爷爷又干了像以前在塔曼③干过的那种把戏。他想到塔曼的故事,就害怕起来。在那个地方爷爷在人家的院子里偷了一件衬衫,他跟爷爷一块儿让人捉住了。嘲笑、辱骂、甚至于鞭打,最后是半夜里赶出村子去。他同爷爷只得在海峡岸上一个沙滩上面过夜,海整夜凶猛地啸个不停……沙滩让那些朝它冲过的波浪推动着,接连发出嘎吱声……爷爷整夜都在呻吟,小声向上帝祷告,把自己叫作贼,哀求饶恕。

"廖恩卡……"

---

① 哥萨克人的上唇胡子,是一种很长的两撇八字胡。
② 村公所开会的屋子。
③ 高加索地峡上的半岛。

廖恩卡的腰部给人一推,他不由得打了一个战,望了望爷爷。爷爷的脸拉长了,它变得更干瘪了,更灰白,而且一直在抖动。

哥萨克人走在前面五六步的光景,抽着烟斗,一面用木棒敲掉牛蒡的头,他并没有回过头看他们。

"这儿,拿去!……扔在……草里……看好扔在哪儿……以后好拿……"爷爷的声音轻得差一点儿就听不见了,他一边走,一边紧紧靠着孙子,把一块卷成一团的布片塞到孙子的手里去。

恐怖使得廖恩卡一下子浑身发冷,他打了一个战,稍微躲开一点,走近了墙边杂草丛生的围墙。他一边紧张地望着哥萨克解差的阔背,一边向旁伸出手去,他朝手里看了一眼,就把布片扔到杂草中间去了……

布片落下去的时候展开来了,在廖恩卡的眼里现了一下天蓝色的花头巾,可是它立刻就给那个哭哭啼啼的小姑娘的面影遮盖了。她像活人一样在他面前站了起来,把哥萨克人、爷爷和周围的一切全遮盖了……她的哭声又很清楚地在廖恩卡的耳朵边响起来了,他仿佛又看见亮晶晶的泪珠一滴一滴地落到地上……

他就在这种差不多是恍恍惚惚的状态中,跟在爷爷的后面,到了会议堂;他听见一阵不太响的嗡嗡声,这种声音他现在不能够而且也不想去辨别;他好像透过一层雾似的看见一块一块的面包从爷爷的背包里倾倒在一张大桌子上,这些块面包带着松软的、不太响的声音落下来;敲着桌面……过后就有许多戴高帽子的脑袋朝他们俯下来;脑袋同帽子都是灰暗的、阴惨的,它们透过那层罩住它们的雾摇来晃去,发出可怕的威胁……后来爷爷突然声音嘶哑地咕噜了两句,就像陀螺一样在两个强壮的年轻人手里旋转起来了……

"冤枉,你们信正教的人啊!……我没有罪,上帝看见的!……"爷爷尖声哀号起来。

廖恩卡哭着,倒在地板上。

这个时候人们走到他面前。他们抬起他,放到一条长凳上去,把遮盖他小小身体的破衣服完全搜了一通。

"达尼罗夫娜撒谎,那个鬼女人!"有人大声说,好像用他那低沉的、发怒的声音在打廖恩卡的耳朵一样。

"也许他们藏在什么地方吧!"有人用更大的声音接嘴道。

廖恩卡觉得仿佛这些声音都在敲打他的脑袋,他非常害怕,后来就失掉了知觉,好像他突然掉进了一个在他面前张着无底大口的黑洞里一样。

等到他清醒过来的时候,他的头枕在爷爷的膝盖上面,爷爷那张可怜的、皱得比任何时候都厉害的脸正俯在他的脸上;从爷爷那对害怕地眨着的眼睛里小颗的浑浊的泪水滴到他廖恩卡的前额,顺着脸颊滚到颈项,使他觉得很痒……

"你好些了吗,好孩子?!……我们离开这儿吧。我们走吧,那些该死的东西把我们放了!"

廖恩卡站起来,他觉得好像脑袋里装满了什么重的东西,又觉得这个脑袋马上就要从肩膀上掉下来了……他用两只手捧住它朝左右两边摇晃了一阵,同时发出了小声的呻吟。

"头痛吗?我亲爱的孩子!……他们把你我两个折磨得好苦啊……这群野兽!你瞧,一把短剑丢掉了,还有一个小丫头丢了一块头巾,哼,他们就来欺负我们!……啊,上帝啊!……您干吗要惩罚我们?"

爷爷的尖锐的声音不知道怎样伤了廖恩卡,他觉得自己的心里燃起了强烈的火花,逼着他避开爷爷。他把身子移开一点,又朝四周望了望。

他们坐在村口一棵弯曲的黑杨树的浓荫下面。夜已经来了,月亮也升起了,倾注在浑然一片的草原空间的乳银色月光,仿佛把草原变得比它在白天里更窄,更窄,而且更荒凉,更忧郁了。在远处草原跟天相接的地方升起了朵朵的云,它们静静地在草原的上空浮动,把月亮遮住了,在地下投下了浓影。影子紧紧地贴在地上,慢慢地、沉思地在地上爬着,一下子就消失了,好像它们穿过那些由灼热的日光造成的裂缝钻到地底下去了一样……村子里传来了人声,在那儿有些地方燃起了灯火,它们好像在跟金光灿烂的星星交换眼色。

"我们走吧,孩子!……该走了,"爷爷说。

"再坐一会儿吧!……"廖恩卡小声说。

他喜欢草原。白天他在草原上走着的时候,他喜欢看前面,看天空靠在草原的宽胸膛上的地方……他想象着那儿有些非常好的大城市,住的都是些他从来没有见过的好人,用不着向他们讨面包——他们不等你要,自己会给的……可是等到草原越来越广阔地在他的眼前展开,突然给他送出来一个他早已熟悉的村子,这个村子,拿房屋和人来说,都跟他以前见过的所有的村子完全一样,那个时候他就感到悲哀,而且因为自己受骗又愤慨起来了。

现在他又沉思地望着远方,云正慢慢地从那儿爬了出来。他觉得云就是从那个他非常想看到的城市的几千根烟囱里冒出来的烟……爷爷的干咳声打断了他的沉思。

廖恩卡注意地望着正在拼命吸进空气的爷爷的那张满是泪痕的脸。

这张脸映着月光,罩上由破帽子、由眉毛和胡子投到脸上来的古怪影子,再配上一张痉挛地动着的嘴和一对睁得大大的、闪露出一种暗中欢喜的眼睛,——这张脸显得可怕又可怜,它给廖恩卡引起一种完全新的感觉,使他跟爷爷更疏远了……

"好吧,我们坐一会儿,坐一会儿!……"爷爷喃喃说,他带着愚蠢的笑容在怀里掏了一阵。

廖恩卡掉转身子,又望着远方。

"廖恩卡!……你瞧啊!……"爷爷突然高兴地呜咽了一声,接着一阵透不过气来的咳嗽使他的全身蜷缩起来,他把一样长的、发亮的东西递给孙子。"银子的!真是银子啊!……值五十个卢布!"

他的手和嘴唇都因为贪心和疼痛一直在打战,整个脸扭成了怪相。

廖恩卡打了一个冷噤,把他的手推开了。

"快藏起来!……啊,爷爷,藏起来!……"他恳求地小声说,连忙朝四周望一下。

"喂,小傻瓜,你怎么啦?你害怕吗,好孩子?……我朝窗里一望,它正挂在那儿……我一把抓住它,就放在衣服下面……后来又把它藏在灌木丛中。我们走出村子的时候,我故意落下帽子,就弯下腰去拾起它来……他们真是傻瓜!……我还拿了那块头巾——它就在这儿!……"

他用两只颤抖的手从自己的破衣服下面掏出了头巾来,拿它在廖恩卡的脸前抖了抖。

在廖恩卡的眼前,雾幕裂开了,现出了这样一幅画:他同爷爷两个拼命放快脚步在村子里街上走着,躲开迎面来的过路人的眼光,他们提心吊胆地走着,廖恩卡觉得每个人只要高兴,都有权打他们两个,唾他们,辱骂他们……他们周围的一切——围墙、房屋、树木都在一种古怪的雾中摇来晃去,好像给风吹动一样……什么人的严厉的、发怒的声音嗡嗡地响着……这一条艰难的路长得没有尽头,从村子出去到田野的路给密密层层一大堆摇摇晃晃的房子挡住了,这些房子一会儿向他们挨近,好像要压碎他们似的,一会儿又退到什么地方去了,却用它们那些黑洞洞的窗眼当面嘲笑他们……突然从一个窗口发出来响亮的喊声:"贼!贼!贼,小贼!"廖恩卡偷偷地朝旁边看了一眼,他在窗口看到了他刚才还看见她在哭、而且自己还想保护她的那个小姑娘……她碰到了他的眼光,朝他吐了吐舌头,她那对深蓝色的眼睛射出来凶狠的、锋利的光,像针一样地刺着廖恩卡。

这幅画又在小孩的记忆里出现了,可是一下子就消失了,只给他留下一个带恶意的笑容,他就把这笑容投到爷爷的脸上去。

爷爷老是在咕噜着什么,却常常给咳嗽打断了,他挥着手,摇着头,擦着他脸上皱纹里的大颗汗珠。

一朵拉破了似的、毛茸茸的浓云遮住月亮,廖恩卡差一点儿看不见爷爷的脸了……可是他却想象那个哭着的小姑娘就在爷爷旁边,他把她的形象唤到自己的面前,在想象中拿他们两个比较一番。身体虚弱的、声音吱吱嘎嘎的、衣服破破烂烂的、贪心的爷爷在那个受过他欺负的、哭哭啼啼的、但是身体健康的、鲜活的、美丽的小姑娘旁边,却显得是个不中用的东西,而且几乎就像童话里的科谢伊①那样恶毒、那样坏了。这怎么可能呢?他干吗要欺负她?他又不是她一家的人……

可是爷爷又在吱吱嘎嘎地说话了:

"只要积下一百卢布就好!……那我就是死也放心了……"

"得啦!"有什么东西突然在廖恩卡的心里爆发了。"你闭嘴!说什么死啊,死啊……可是你并没有死……你做贼!"廖恩卡痛苦地大叫一声,突然浑身发抖地跳了起来。"你这个老贼!哼!哼!"他捏紧他那个小小的、干瘪的拳头,拿它在忽然静下来了的爷爷的鼻子前面晃了晃,又很重地一下子坐在地上,咬牙切齿地接下去说:"你偷小孩的东西……唉,很好!……已经老了却还要……为了这件事你在那个世界里得不到饶恕的!……"

整个草原突然震动了,一阵蓝得耀眼的光芒笼罩了它,它渐渐地扩大起来……压在它上面的暗雾抖了一下,马上就消失了……雷响了,隆隆地在草原的上空滚了过去,震摇着草原,也震摇着天空,在天空现在正有成团的黑色浓云很快地飞过,把月亮完全淹没了。

现在黑暗了。远远地在什么地方一道闪电默默地、可是吓人地亮了起来,过了一秒钟又轻微地响了一声雷……接着就来了仿佛没有尽头的静寂。

廖恩卡画着十字。爷爷动也不动地、一声不响地坐在那儿,好像他跟他背靠着的树干连在一块儿似的。

---

① 科谢伊是当时流行的俄国童话的主人公,他是一个又丑又贪心的人。

"爷爷……"廖恩卡在折磨人的恐怖中等待着新的雷声,他小声说,"我们到村子里去吧!"

天空又颤抖一下,又燃起了蓝色的火焰,向地面投下一个有力的金属的打击声。好像千万张铁片互相撞击地一齐落在地上。

"爷爷!……"廖恩卡叫起来。

他的叫声给响雷的回声盖住了,听起来就像有人在敲打一只破了的小钟。

"你怎么啦……你害怕吗?……"爷爷声音嘶哑地说,并不动一下。

大雨点落了下来,淅沥的雨声神秘地响着,好像在发出什么警告似的。在远处雨声已经变成了一片大的声音,好像一把大刷子在干地上擦着一样;可是这儿,在爷爷和孙子的近旁,每一滴雨落到地上的时候都发出短短的、断断续续的声音,而且没有回声就消失了。雷声越来越近,天空中时时闪着电光。

"我不到村子里去!让我这条老狗,贼……淹死在这儿雨里面……给雷劈了吧……"爷爷气喘地说。"我不去!……你一个人去吧……村子就在那儿……去吧!……我不要你坐在这儿……走开!去,去!……去!……"

爷爷已经叫得声音嘶哑,而且含糊不清了。

"爷爷!……饶恕我吧!……"廖恩卡靠近爷爷哀求道。

"我不去……我也不饶恕……我养了你七年!……一切都是为你……我活下去……也是为你。难道我还需要什么东西?……你瞧,我就要死了……我就要死了……你却说我——贼……我做贼是为了什么?为了你……全是为你……好,你拿去……拿去……带走吧……为了你的生活……为你的一切……我积钱……我还做贼……上帝看见一切……他知道……我偷东西……他知道……他要惩罚我。他—他不会宽恕我这条老狗……的盗窃罪。他已经惩罚了……上帝啊!您惩罚了我了!……怎么?惩罚了?……您借孩子的手杀死我

203

了!……真的,上帝啊!……做得对!……上帝啊,您是公平的!……您收了我的灵魂去吧……啊!……"

爷爷的声音升高到刺耳的尖声大叫,把恐怖注入了廖恩卡的心中。

震摇着草原和天空的雷声现在响得这么厉害,而且这么匆忙,好像每一声雷响都要告诉大地一桩对它非常重要的事情;雷声一个一个地互相追逐,差不多一直不停地在吼叫。给闪电拉破了的天空在打战,草原也在打战,一会儿有一道深蓝色的火光照亮了整个草原,一会儿草原又陷进一种冰冷的、沉重的、浓密的黑暗里去(这黑暗正在古怪地压缩着草原)。有时候一股电光照亮了远处。那个远远的地方仿佛正在急急忙忙地逃开喧闹和吼声似的……

雨倾盆地落下来,雨点在电光里像钢一样地发亮,它们遮住了那些正在欢迎的闪烁着的村里灯光。

恐怖、寒冷以及爷爷的叫声所引起的痛苦的犯罪感觉使得廖恩卡变呆了。他那对睁得大大的眼睛一直朝前面凝望,甚至在一滴一滴的雨水从他那给雨打湿了的头上流进眼里的时候,他还不敢眨一下眼睛,仍然在倾听早已沉没在一片巨响的海洋里面的爷爷的声音。

廖恩卡觉得爷爷一动也不动地坐在那儿,可是他以为爷爷一定会走开,到什么地方去,把他一个人留在这儿。他不自觉地渐渐挨近了爷爷,拿胳膊肘触了爷爷一下,他吃了一惊,他等待着一件就要发生的可怕的事情……

一道电光拉破了天空,照亮了他们两个人:并排坐着,蜷缩着,显得很瘦小,树枝上流下来大股的水,淋在他们的身上。

爷爷在空中挥着手,仍然在咕噜着什么,可是他已经没有一点气力,而且喘得厉害了。

廖恩卡望着爷爷的脸,吓得大叫起来……在闪电的蓝光里,这张脸就像是死人的一样,可是那对在脸上转动的昏暗的眼睛却是疯狂的了。

"爷爷！……我们走吧！……"他用脑袋顶了一下爷爷的膝盖,悲痛地叫起来。

爷爷朝着他俯下头去,用那两只瘦得见骨的胳膊抱住他,紧紧地搂在怀里,把他夹得紧紧地,一面拼命地尖声叫起来,就像一只落在陷阱里的狼一样。

廖恩卡差一点儿让这个叫声弄得发狂了,他挣脱了爷爷的手,一跳就站起来,眼睛张得大大的,箭一样地朝前面什么地方奔去;电光使他的眼睛看不清楚,他跌下去又站起来,越来越深地跑进黑暗里去了,这黑暗一会儿给蓝色电光赶走了,一会儿又把那个吓疯了的小孩紧紧包围着。

雨落下的时候声音还是那样地冷酷、单调、凄凉。好像草原上除了雨声、电光和刺耳的雷鸣以外,就再没有过什么了。

第二天早晨村子里的小孩们跑到村外去,马上就回来了,在村子里引起一阵惊扰,他们说,看见昨天那个讨饭的人在一棵黑杨树底下,他一定给人杀死了,因为有一把短剑丢在他的身边。

可是那些上了年纪的哥萨克人去看是不是这么一回事的时候,他们发现事情并不是这样。老头子还活着。人走到他跟前去,他还想从地上站起来,可是他不能够了。他的舌头麻痹了,他只有用泪汪汪的眼睛向众人问什么话,他一直拿眼睛在人丛中找寻什么,可是什么都没有找到,也没有得到任何答复。

到傍晚的时候他死了,人们把他埋在他们找到他的地方,就在那棵黑杨树底下,他们认为不应该把他葬在公墓里面,因为:第一,他是个外乡人;第二,他是个贼;第三,他没有忏悔过就死了。他们在他身边污泥里找到了短剑同头巾。

过了两三天廖恩卡也给找到了。

离村子不远有一个草原的峡谷,一群乌鸦正在峡谷上空盘旋,有人到那儿去看一下,就发现了这个小孩,他两手摊开,脸朝下,躺在雨后淤积在谷底的污泥里面。

人们起先决定把他埋在公墓里,因为他还是一个小孩,可是后来想了想,他们还是把他葬在他爷爷的旁边,就在那棵黑杨树底下。他们还筑了一个土堆,并且在土堆上立了一个粗劣的石头十字架。

巴　金　译

女 乞 儿[*]

"现在我要去散散步了!"巴维尔·安德列耶维奇自言自语地说,扔下笔,打了个哈欠,在圈椅里伸了伸懒腰,忧郁地吹起了口哨。

他工作得很不错,感到精神抖擞,称心如意。明天他将在法庭上作两篇无关紧要的发言,然后再出庭两次,这样开庭期就算结束了。他可以得到短期的休假,去克里米亚观赏温柔可爱的大海和炎热的南方天空……他已经享有一个有才气的演说家和优秀的法学家的声誉,并且有理由指望在不久的将来出任检察官的职务。他对生活既未觉得厌倦,也未觉得不好;假使过分认真地看待生活,那么它是枯燥无味的,可是又何必这样认真看待它呢?认真地对待生活,除了给人无数的苦恼外,几乎不会有任何什么别的东西,人们曾多次企图参透生活之谜都没有参透得了,而且也未必有参透的一天……

"我们的整个生活全部由命运来决定!"巴维尔·安德列耶维奇想,不知不觉地被拉姆别尔图乔的哲学引入了歧途。他以不相称的悲伤的调子,用口哨吹完一段轻歌剧中的曲子,笑了笑,又打了个哈欠,便从圈椅里站起身来,喊道:

"叶菲姆!"

随后,他颇为自得地向自己的周围环视了一下。

---

[*] 本篇最初发表于一八九三年十月三十一日至十一月五日《伏尔加人报》。译自《高尔基三十卷集》第一卷。

他的工作室里摆设着一套舒适的家具,这套家具并无阔气的外表,却很大方、美观和适用。现在室内充满了四月末的生机盎然的明媚阳光,墙壁和各种陈设显得那样柔和而光亮,这一切更增加了他对生活所怀有的美好、温暖的甜蜜感。

"叶菲姆!"他又呼唤了一次。

"来啦!"

从挂在房门上的带有蓬松褶子的沉重的褐色门帘外伸进来一个毛茸茸的、白发苍苍的头,一双老人的和善的眼睛隐在银色的虬髯和眉毛之间,富有表情地凝视着巴维尔·安德列耶维奇。

"老伙计,我要散步去了;七点钟以前准备好茶炊。别的不需要什么了。"

"要是有人找您呢?"

"我很快就回来。不过,不会有人找我的。"

"万一有客人来呢?"

"得啦,哪会有什么客人到咱们这儿来呀,叶菲姆?"

"对,不会有人来!"

"那你还问什么?"

"这是规矩。在像样的人家老爷们外出时,仆人总是要这样问的。"

"喔,原来是这样!"巴维尔·安德列耶维奇和气地但又不以为然地笑了笑,穿上大衣,走出门来。

街道扫得干干净净,由于积雪融化不久,还有点儿潮湿。街上空空荡荡,反而具有一种经久不变而又稍带粗犷的美。屋檐下和窗户之间带有雕塑装饰的高大的白色楼房被春天的夕阳染上了一层薄薄的淡红色,它带着一种凝神深思和傲岸的神色瞧着世界。融雪洗掉了房屋上的尘埃,房屋鳞次栉比地耸立在那里,显得如此洁净、清新、壮观。连房顶上的天空也同样庄重、明亮而满意地泛着光芒。

巴维尔·安德列耶维奇往前走着,感到自己与周围的事物十分和谐,他懒洋洋地思忖着,只要对生活没有什么苛求,生活是可以过得蛮好的,那些有了几个铜板还要向生活索取几个卢布的人是多么不知足、多么愚蠢啊。奇怪的人们!生活在教训他们,并且是毫不容情地教训着他们,可是他们却继续发狂,不善于给自己找个恰当的立足点,不善于使自己的才能和自己的愿望协调一致起来……

他心不在焉、泰然自若地这样想着想着,不知不觉走到了滨河街。

在他前面的低处,一片汪洋的河水在阳光下闪着寒光,在远方地平线上太阳正在慢慢地沉入水中。河像映在水里的天空一样庄严而平静。冷冷的光滑的河面上既看不到波浪也看不到稠密的涟漪。这段河面变得很宽阔,河水也仿佛由于拓展河面时弄得疲惫不堪,便安安静静地入睡了。落日的赤金色丝绒般的光带慵懒地消融在河面上。远方,在灰蓝色的薄暮笼罩下的天水相接的地方,可以看到一条狭长的土地。天空没有一丝云彩,就像被它覆盖着的河水一样,空荡荡的一片……假如能像自由的鸟儿翱翔于天水之间,奋力搏击于清澈的碧空,该有多好呀!……

"好心的老爷!看在上帝的面上,赏一个戈比买面包吧!没有活儿干,整天饿着肚子……实在熬不下去了……好老爷,为了上帝行行好吧!……"

巴维尔·安德列耶维奇哆嗦了一下,转过身来。

一个颤抖的男高音和一个嘶哑绝望的男中音发出哀求,那凄切的声音一个劲儿地震荡着空气,使巴维尔·安德列耶维奇感到十分刺耳。

他面前站着两个人:一个是二十来岁的小伙子,他一手拎着把斧头,另一手捏着一顶破帽子,身上穿着一件又脏又破、露着累累棉絮团的敞胸女式短袄。另一个是五十岁左右的庄稼汉,他穿着一件短皮袄,一双草鞋,腰里掖着一顶褐色的脏帽子。在小伙子那张饥饿、干瘦、枯黄的脸上,凝聚着一种辛酸而贪婪的神色,他巧妙地做出一副既是期待施舍又是乞求谄媚的表情。那庄稼汉的脸整个儿被挂在前额的硬发和揉成辫条的络腮胡子遮得满满的,他执拗地瞧着地上,懒懒地拉长着声音,无望地叨念着。那小伙子用快速的宣叙调央告着,好像生怕别人不听完他的话,或者他自己来不及充分申诉迫使他行乞的全部原因似的。

"够了!"巴维尔·安德列耶维奇不满地大声说了一句,很快地把手伸进了口袋。

可是就在这时发生了一件怪事,使他惊愕得差一点没失去知觉。

"老爷,好心的!别给他们……别给!……他们已经讨到了三十五个戈比……你瞧,这些贪心的家伙!……好老爷,给我吧!!亲爱的,行行好,给几个钱让女孩子买块面包吧!……"

巴维尔·安德列耶维奇感觉到,有人紧紧地抓住了他伸进口袋里的手,拉扯着它,用清脆的童声哀求着,情词恳切,动人怜惜。

这是一个用肮脏的败絮裹作一团的小生物,它的头深深地钻进了巴维尔·安德列耶维奇的大衣的褶子里,这个小团团就像泥鳅一样在一个地方很快地绕来绕去打着转转,因此根本不可能仔细地看清楚它是个什么东西……三条喉咙争先恐后地哀告着,震聋了他的耳朵,惹得他十分恼怒。

"住嘴!滚开!"他喊了起来。

但是他那威风凛凛的呵斥没有发生什么作用。

"哎,老爷!"男中音深深地叹了一口气,从内心深处发出了呼喊。

"你是我们的活恩人!"男高音高声附和着。

"他们胡说,好老爷,你别信!他们已经讨到三十五个戈比了!……回头做晚弥撒的钟声一响,他们到教堂门前去,在那儿还要捞到好多呢……这些该死的贪心的家伙!……"

"我说,滚!……"巴维尔·安德列耶维奇再一次大声地呵斥道,他狠狠地骂了一句,马上又很不好意思地回头看了看。

但是滨河街是空空的,因此没有一个人能看到他的恼怒。这时,他使劲地推开了紧紧抓住他大衣的小团团,用一只手把它举到了自己的面前……可是他立即吃了一惊,很快地松了手,因此在他手中挣扎的小生物便滚到了人行道上,依旧不停地用尖细的童音乞求着。

巴维尔·安德列耶维奇闭了一下眼睛,深深地叹口气,把一枚小钱塞进伸向他的几只手中的一只,得到钱的人用一种忧郁得有些异样的、很勉强的音调向他致谢祝福,他摆摆手,作为对致谢者的回答。随后,正当他向着那个用破布裹着的生物俯下身去时,它像一个皮球似的从马路上跳了开去,那挂在它身上的一堆败絮由于这飞快的动作而抖动了起来,使它像一只又大又丑的灯蛾。

"好老爷,你也给我一个戈比吧!……行行好,给吧……"那个小东西又在他腿边像陀螺般旋转起来。

"等一等,等一等!……"巴维尔·安德列耶维奇有点儿不知所措地嘟哝着,仔细地审视着她。

这是一个面皮白净,大约六、七岁的小女孩,身子像水银一样灵活,衣服破得无法想象。用一块破烂的红布束着腰部的褴褛衣衫,完全遮盖住了她那小小的躯体,只有伸在外面的小脑袋使人有可能把她当作一个人。正是这个小脑袋使巴维尔·安德列耶维奇,这个美的鉴识家、一切优雅事物的崇拜者大吃一惊。尽管盖在她身上的是些污秽不堪的破布,但是也许正是由于这破布的衬托,她的小脸蛋反而更加显得优雅,鲜艳得像朵花儿,使这稚气的小姑娘美得惊人。一圈圈薄薄的、小小的发鬈从头巾下面落在前额和面颊上,轻轻地颤动着,极其生动地掩映着娇艳的红晕。仿佛是用刀具雕琢而成的小鼻子,由于激动而神经质地鼓动着粉红的、薄薄的鼻翼;神经质地翕动着的殷红的双唇,小巧而丰润;圆圆的下颏上有一个柔和可爱的小小的酒窝儿;一对大大的蓝眼睛像天鹅绒般的柔和——所有这一切和她那一身破烂衣衫配在一起,使她非常像一朵盛开在一小堆垃圾中央的妍丽异常的诱人的鲜花。可是她用尖细的童音不停地说着可怜和讨厌的奉承话,这就使他的幻想破灭了。

"等一等嘛,等一等!……"巴维尔·安德列耶维奇说,已经光火了。

　　他很想让她安静下来,别那样转来转去,使他有可能仔细端详她一番。他慢慢地顺着人行道走去,目不转睛地看着她,思索着用什么法子使她沉默下来……给她钱吗?她会道谢一番。把她带到自己家里去吗?这太荒唐!……他一面这样想着,一面自言自语地赞不绝口:"但她是多么的美丽啊!天使般的,正是天使般的美丽呀!"

　　"老爷!好心的先生,施舍施舍吧……我妈病了,家里还有一个吃奶的小弟弟,施舍施舍吧,看在上帝分上……"

　　"停一停嘛,等一会儿。我一定给你,你明白吗?一定给你!给你很多钱。别嚷了。等一等。你先告诉我,你是哪里人?你是谁家的孩子?你父亲、母亲是干什么的?你干这个……就是说要饭要了很久吗?"

　　在她仰起的小脸蛋上,一对蓝蓝的眼睛用赤子般的信任神情瞧着他的脸,这对眼睛不知怎地使巴维尔·安德列耶维奇不由自主地产生了某些模模糊糊的、他所不熟悉的感情,使他想要采取不寻常的举动。他环顾了一下四周……街上空无一人,薄薄地笼罩着一层柔和的暮霭。于是他便拉着小女孩的手走去,努力地使自己的脚步合上她那急促的连蹦带跳的步伐。但他做得很不成功,因此他自己也似乎在跳着走,时而跳到她前面,时而又落在她后头;而她却在他旁边迈着碎步,揪着他的手,大声嚷嚷着,嚷得整条街都听得见:

　　"我是本地人。我们住在那边,下游的镇子上。父亲已经死了。喝酒喝的。妈妈也死了,因为爸经常打她,打得很厉害。现在我和尼霞婶婶住在一起。她对我说:'淘气鬼,要是你钱讨得少,我就揪着你头发把你拎出去。'尼霞婶婶还说……她脾气也很坏。好老爷……"

　　"等一等嘛,我说过要给你!可你说家里你妈妈和弟弟都有病……"

　　"这是尼霞婶婶让说的,她教我装得可怜些。她说,要是说得不可怜,人家就不给钱,她说:'你这个小魔鬼,你给我小心点儿,拿回来少了可不行。'她说,使劲儿撒谎吧……要装得可怜些……不然人家不给钱……"

孩子的响亮而尖细的童音在他心里激起越来越强烈的不寻常的怪念头。他把大衣裹得紧紧的,沉思地、慢慢地跨着步子,仔细谛听着她音乐般的话语,心想,在这清凉的春日黄昏她想必是很冷的,他无意识地瞧了瞧她的脚,不由产生了一种被刺痛的不快之感。每当她高高地抬起脚,又快又响地踏着马路时,小脚上又脏又破的鞋子便咧开大口,露出冻得红红的、湿漉漉的光脚趾。她穿得多么肮脏多么破烂呀!……他抬起头顺着街道望去。

两排冷冷清清的大房子上的黑洞洞的窗户冷落地望着他和他的女伴。它们似乎带着一种讥讽的、坚定不移的神态。它们似乎对他巴维尔·安德列耶维奇很不满意,因为他竟允许这个女乞儿这样大声地叫喊。

她的话把巴维尔·安德列耶维奇带进了一种抑郁的、昏昏欲睡的境界,他感到困倦和精疲力竭,不知怎的突然想到,假如有个熟人看到他同她在一起,那……就太荒唐了。人们本来已经不公道地认为他是一个厌世者了,只因他不愿与人亲密交往,其实他不愿同人亲近完全不是出自对人类的憎恶。其所以不应把自己与别人置于所谓亲密的、友好的关系之中,只是因为这样的关系常常要带来一种荒谬的义务:听取对方叙述许多关于各种卑下的行为、关于隐秘的私情、关于他们的妻子的健康状况和性格以及其他种种生活琐事乃至胃口不佳等等。这些空洞而庸俗的谈话有什么用处呢?所有这一切都是无关紧要的,都是多余的。安宁,沉思,偶发的好奇心,不动情感、不失去自我控制的好奇心,——这才是正常的生活。现代人的内心世界如此复杂如此多样,以致对它加以研究,就完全可以充分满足强烈的求知欲和虚荣心。而外部的世界——它使愿意生活得简朴而平静的人过分地感到激奋,过快地感到疲倦。一个人越是和别人隔绝,他就越是幸福,因为幸福无非就是安宁。对于他巴维尔·安德列耶维奇,检察官的同僚和对生活有定见的人来说,为什么需要这衣衫褴褛的天使般美丽的小姑娘呢?她是他不愿看到的一出沉痛而愚蠢的悲剧的序幕。

他是很熟悉甚而厌恶这些常见的悲剧的。怜悯她吧;可是往后又怎么样呢?他能用什么办法帮助她呢?当然不是用钱,尼霞婶子会吞掉这些钱的。其他的出路他又找不到……为什么她在他的耳边唱着蚊子叫似的哀歌呢?为什么需要这一切?呸,这一切多么反常和愚蠢呀!……

巴维尔·安德列耶维奇放开了小女孩的手,掏出钱夹子,沉思了起来。给她多少呢?一个卢布可以暂时减轻她的困境,可是它却可能增大尼霞婶婶的胃口,三天之后,这孩子的处境就会变得更坏。

"那两个贪心的家伙……已经有了三十五个戈比啦,他们还一个劲儿讨。要是我讨到了三十五个戈比,我就回家去!"女孩用责备的口吻,很认真地说。

巴维尔·安德列耶维奇看到她眼里闪耀着绝非儿童所固有的冷漠的光芒。她那小小的身躯冷得紧缩成一团,显得更加矮小,破烂的衣服怪模怪样地竖了起来,使她很像一只被痛打了一顿,又被揪掉好多羽毛的小猫头鹰。他想象着,黑夜里,她一个人沿着寒冷寂静的街道,在这些大得可怕的房子中间走着的情景。这是一幅非常凄惨的图画……他拿她有什么办法呢?可是转念一想他又感到应该想想办法。一个慈善为怀的人会很快找到出路,摆脱这一困境;一个普通人根本不会注意到她,可是他却不知所措,左右为难。

他对自己十分着恼;就在这时,他发现他已经站在自己住宅的门前,于是他想,最好的办法是把她留在叶菲姆的房间里过夜,明天早晨也许会想出什么好办法来。

"你到我家来吧!"他拉着门铃的把手,对冻得紧靠在门上发抖的女孩说。

她并不奇怪,什么也没有说,甚而赶在他的前头在叶菲姆的脚边一下就钻进门里去了。

巴维尔·安德列耶维奇对自己仆人的无声的询问报以苦笑,脱掉外衣,命令自己的女客:"脱衣服吧!"又对叶菲姆说:"给她洗洗!"随之使劲地搓搓有些冻僵了的手,走进自己的房间,坐在了桌前那张深深的软圈椅里。

茶炊在他面前咕嘟嘟地响着,噗噗地冒着气,从盖子的小孔中带着轻微的哨声冲出一缕细细的蒸气。在这哨声中,巴维尔·安德列耶维奇听到了某种嘲笑,而在水的闷闷的咕嘟声中,他似乎听到了某种不满的表示。

他把臂肘支在桌上,闭上了眼睛(这是他喜爱的习惯),想象着自己的女客在梳洗以后穿上洁净的衣服时的样子……美貌非凡。

"您盼咐把她安顿在哪儿呢?"叶菲姆把头伸进房门来问道。

巴维尔·安德列耶维奇向他转过身来:

"你觉得呢,叶菲姆,把她安顿在哪儿好?"

"还能有什么别的办法呢?……让她喝足了茶,送她回家就是了。我来送她,"叶菲姆想出了办法。

"嗯!"巴维尔·安德列耶维奇又沉思起来,"好,就这么办。"

接着,他给自己倒了茶。他喜欢喝晚茶。在这充满玫瑰色灯光的小房间里,在茶炊忧郁的歌声中思考人生,休养生息,该是多么惬意呀。这里的一切都是这样温暖、柔和、可亲……又是这样寂静,给人以慰藉的寂静……可是今天在他的住宅里却增添了新的声音:这是叶菲姆屋里的女客的尖细的嗓音。她不住口地在那儿讲着,偶尔叶菲姆用低沉的声音说句把话,打断她的话头。明天等待着这个女孩的是什么呢?十年后等待着她的又会是什么呢?……

"可是我太沉湎于这种悲天悯人的情绪了!其实,对此能有什么考虑呢?考虑怎样帮助她吗?这是目光短浅的蠢事。像这样流浪街头的孩子有成千上万,任何个人的努力都改变不了他们的处境。这是社会的责任,假使社会愿意管的话。再说,这女孩八成已经沾染上了某些恶习,教育也很难改变它们,随着时间的推移它们还会愈演愈烈。

愿上帝保佑她,保佑这个小姑娘!……充其量她将是一个娼妓,当然,如果她头脑聪明……"

可是巴维尔·安德列耶维奇感到,无论他怎样思考,他今天不知为什么总是想不出好主意来,想到的都是一些老生常谈的东西,没有一点自己独创的见解……为什么会这样呢？不管他怎么思索,有关这女孩的问题他总是想不彻底,总还留下某种说不清道不明的模糊的、不快的东西……是否产生了对她的责任感呢,她毕竟是人呀？未必,未必……也未必存在这种责任。公共生活和道德的准则,以及一般可能有的法律,这最多不过是一种人为的逻辑伦理,只能很好证明立论者的良好的感情和心意,如此而已。

"叶菲姆!"巴维尔·安德列耶维奇叫了一声:"喂,她怎么样了?"

"睡着了,巴维尔·安德列耶维奇!"叶菲姆动情地报告说。

"睡着了?！嗯!……现在怎么办？"

"明天早晨再说吧。明早我会把她安顿好的。她有啥？现在睡了,不碍事。一直叽叽喳喳地说个没完。老是说,三十五个戈比……看来,三十五个戈比在她眼里就等于一百个卢布。招人喜欢的小姑娘!看来是有人讨到了三十五个戈比。"

"是的,是的,这我知道。好,就让她在那儿睡吧!"巴维尔·安德列耶维奇漫不经心地说。

"就这样,就这样!上帝保佑她!巴维尔·安德列耶维奇,我想要出去一下,让我去吧!"叶菲姆说道。

"那女孩可怎么办？"

"她有什么？正在睡觉。我不会耽搁很久的。"

"好,去吧,去吧。你可以走了。快去快回,不然她醒过来,我可不知道该怎么办。"

"还有什么怎么办？没什么要做了。我去告诉厨娘一声,要是……"叶菲姆有些诧异地说了几句便走了。

巴维尔·安德列耶维奇点了一支烟卷,躺到沙发上去。茶炊已经不响了。现在整个房间里只听见钟摆摆动的滴答声。

"需要换掉这座钟,它的钟摆响得太厉害……"可是此刻巴维尔·安德列耶维奇发觉自己的心情十分异样。这是一种害怕思考的心理;完全是一种新的东西。他的心中活动着一种陌生的、模糊的、极需作出明确表述的感觉。

"这没什么!全都没什么!"他竭力回避这些想法。可是躺了不多一会儿,他又觉得非起来去看看她,看看这个女孩在那儿睡得怎样不可。

他站起来迈步走去,经过镜子时,他看到自己脸上有一丝不好意思和不知所措的微笑。这使他很不自在。

"我今天多愚蠢呀!"他试图为自己找些理由,可是没有成功。

叶菲姆的床已在他的面前,床上挂着印花布帐子。可以听到帐子里均匀而深沉的呼吸。巴维尔·安德列耶维奇从墙上取下灯,拉开帐子看了起来。

女客舒展开四肢,仰面睡着。一环环的鬈发撒满了她的小脸蛋,两片小嘴唇半张半合地微笑着,露出了细小洁白的牙齿。小小的胸脯均匀地起伏着,她整个儿看上去是那样娟秀而小巧,可又是如此的孤单和可怜……

巴维尔·安德列耶维奇紧锁双眉,很快地离去了。当他躺到沙发上时,感到心情已被破坏并将久久不能复原,而且看来这一切还没有完……"也许,这将会使我悔恨自己的自私,使得信奉理想主义的先生们以及其他感伤主义的爱好者们感到极大的满足?"他这样冷酷而刻薄地扪心自问道。"我该忏悔、该老老实实地去为别人及其命运好心好意地劳神操心吗?"他觉得这些想法给他留下了郁闷和咄咄逼人的不快之感。然而,不论他怎样努力,他都无法忘却在他家里除了他的平稳、安宁的生命之外,还有一个生命,一个处于萌芽状态、暂时还很弱小的生命;也许将来她会有一段污秽而难堪的遭遇,而且可能历时很长……好吧,即便她懵懵懂懂,浑浑噩噩,可是如果她觉醒起来了呢?……那将会有一场漫无止境的、痛苦的斗争,到头来将以她的堕落告终。"那时我也许已经当了检察官,我将要向陪审员先生们像证明二二得四一样明白无误地证明:必须把这个姑娘关进监狱。多么辛辣的讽刺呀!"

他把灯芯捻小些,闭上眼睛,在沙发里一动不动地直挺挺地躺着。

一个念头接着一个念头在他脑子里翻腾着。当他竭力排除这些念头得到片刻安宁时,他觉得自己是个无能为力的可怜虫,像是被什么东西所征服,犯了什么罪似的。所有这些乱七八糟的感觉对他来说都是非常模糊、含混的。"我为什么把这女孩领回来?"他发愁地自问道,"别的人,十个有十个都会在给了她施舍以后,便走开去不再管她了,这些人准是些比我更少主见而又比我更加多情善感的人。呃,准是这样! 为什么正是我该为她操心呢?"想到这里他自己笑起自己来了……"提这样的问题,就等于问为什么墙檐上的砖头正好掉在这个人的脑袋上? 这个女孩也是命运之神开的一个偶然的玩笑嘛……"

他的额上冒着冷汗,他感到有一件什么东西压在他的胸口上,使他呼吸艰难。他脱下了上衣和〔坎肩〕①,解开了衬衫的领扣,又合上了眼。

在他脱衣服的时候,他发现门帘奇怪地抖动了一下,但他没去理会这个。他沉湎在自己的遐想中,闭眼躺在令人愁闷的半明半暗的房间里,虽然时钟在急促地滴答滴答响着,他却感到时间过得令人难以忍受的缓慢……

突然他仿佛觉得有一种簌簌的响声……他半睁开眼一看,吓了一跳,只见吊在环子上遮住整扇门的门帘正在轻轻地移动,有一只孩子的小手把它拉到一边。巴维尔·安德列耶维奇一动不动,半睁着眼观察着,屏住呼吸,极力不出一点响声,使人不知道他在屋里。在门帘深色的背景上出现了他的女客人的金色小脑袋,它小心翼翼地转来转

---

① 方括号内的词系《高尔基三十卷集》的编者所加,表示原稿的字迹不清楚。

去,察看着房间。稚气的蓝色小眼睛张得大大的,目光严肃,神志像成人一样坚决。粉色的灯光足以让人看清她脸上的每一根线条。神情紧张使她美丽的脸庞有些减色,但似乎却使它更加不可思议、更具有吸引力。几缕鬈发调皮地在前额上竖起来,形成了一顶镂花似的王冠。洗得干干净净的小脸蛋,虽然在恬淡而柔和的玫瑰色的灯光照耀下还显得有点苍白,但巴维尔·安德列耶维奇却感到她的眼睛比以前更加美丽了。

她小心翼翼地举起了右脚,一只肮脏但又纤瘦美丽的赤脚,向桌边跨了一步,桌子上放着一盏灯和许多小摆设。接着她又跨了一步,把头转向巴维尔·安德列耶维奇一边……她立刻哆嗦了一下,挥了挥两臂,又向前伸了伸,很快向门口移动了一步,像是打算逃跑。巴维尔·安德列耶维奇努力使呼吸均匀而响亮,以便让她听到他的呼吸声。

她一动不动地站着,半张着嘴,在她天使般的脸上流露出孩子式的惊恐,她望着他那边,仔细谛听着。

她的肮脏的裙衣又窄又短,在衣服下面两腿直露到膝盖,两只手臂大半截都裸露在袖口外;只在腰间扣了一个扣子,袒露着白嫩而纤细的脖子和一部分胸脯。

巴维尔·安德列耶维奇真希望悄悄地离开这里,只把自己的眼睛留在此地。

她显然是确信他已经睡熟了,便像小猫一般迅速而机灵地三纵两纵来到桌旁。在这儿她将臂肘支在桌边上,用两只手掌托起小脑袋,整个小脸都乐开了花,不知为什么还把左腿高高地蜷在了衣裙里。随后她的脸上又流露出惊奇和满意的神情,来回摇晃着脑袋,小心地把一个装饰着一只母熊带领两只小熊的吸墨器拿在手中,把它移向自己跟前,在它的上面低着小脑袋,仿佛不敢再用手去碰它,晃着头,脸上带着赞叹的表情细细端详着它,她微笑着,鲜红的小嘴唇低声地轻轻说了些什么,而她的鬈发却抖动着落到了桌面上。后来,她毕恭毕敬、小心翼翼地把吸墨器推开，又拿起了烟灰缸，对着它像刚才那样玩赏了一番，随后也将它推到一边去了。就这样她把桌上所有的东西逐个看了一遍，之后叹了口气，又把臂肘放到桌上，开始观察……突然她似乎想起了什么，急忙离开了桌子，转身向着巴维尔·安德列耶维奇，用像猫那样悄然无声并带有弹性的步伐向他走过去。

巴维尔·安德列耶维奇惊讶万分，不知怎的完全愣住了。她走近他放衣服的椅子，开始在衣服里搜索，最后把它扔下，几乎紧靠着巴维尔·安德列耶维奇腿边，坐在地板上，这时，他惊愕得差点儿没叫出声来。

他一点儿也摸不着头脑。现在他看不到女孩正在做什么，他几乎按捺不住要转过身，换一个便于观察她的活动的姿势。他感到一种火烧火燎似的好奇心。

忽然听到一阵哗啦啦的响声，一些硬币不知从哪里掉出来，落到了地毯上。

巴维尔·安德列耶维奇哆嗦了一下，他完全明白是怎么回事了……

他首先想到的是站起身去制止她，可是有一种想法不允许他亲自这样做。他躺在那里，听着硬币在她手中一个蹭着一个的响声。

"她在偷……小偷！！！……"巴维尔·安德列耶维奇默默地自言自语着，但又觉得把这两个词安到一个沿街乞讨的小美人、金色鬈发的小姑娘身上，是很不恰当的。他听着硬币的响声，一个接一个的想法像针一样刺痛着他的心……

他听到了一阵悄悄的低语：

"这是十戈比的银币……这也是十戈比的。这个也是……这个也是……只有这个是大的。这儿已经有三十五个戈比了，有更多的了！噢噢噢！……好！现在瞧吧！你还会嫌少吗?！你这个贪心的老太婆！……"

巴维尔·安德列耶维奇感到心情十分沉重，他觉得这个局面该结束了。可是怎么结束,用什么办法结束呢?他装着醒过来了吗?这会把她吓坏的……

忽然在叶菲姆的房里传来了窸窸窣窣的声响和脚步声。巴维尔·安德列耶维奇如释重负,轻轻舒了一口气。

"这个小东西!"传来了叶菲姆惊讶的叫声。

小女孩既没听到窸窣声,也没听到脚步声,但她听到了叫声。

她跳了起来,向门口奔去,银币和铜币撒落在地上,在她身后滚动着,发出响声,使她露出了马脚。叶菲姆带着满脸惊恐的神色站在门口。她正好落到他伸向她的手臂里。

"好叔叔!……"她凄惨地央告道。

"哎呀,你这个不识抬举的!……"叶菲姆狠狠地低声骂着。"你这个小偷!……啊?!我给你点厉害看看!……"

巴维尔·安德列耶维奇认为是他上场的时候了。

"叶菲姆!……"他从沙发上站了起来,叫了一声,走到门口,严厉地问道:"吵吵嚷嚷干什么?"

"嗳……她偷东西,巴维尔·安德列耶维奇!……"叶菲姆不知所措地嘟囔着,两只手紧紧抓住女孩,有点儿奇怪和纳闷地把眼睛从女孩身上转移到巴维尔·安德列耶维奇身上:"她偷……可是……"

女孩又惊又怕,浑身哆嗦着,紧紧地靠着他,尽量不瞧老爷。

"咱们可以说是好心好意地收留了她,可她……倒来了这么一手!……"叶菲姆说,"想偷咱的东西!这么个小不点儿!想得到吗?!还是个小娃娃,也干这种事!……倒长得蛮像个人。咳,你……你……你……你这个可恶的小丫头!咳,你呀……你……你!……哎呀……哎呀!……这么小的年纪,难道可以偷东西吗?!……"

巴维尔·安德列耶维奇满心希望这件事快些结束……于是他用十分淡漠的语调,并带着一种比他的语调更使叶菲姆惊诧的、异常急切的神情说道:

"拿一个卢布去,雇一辆马车送她回家。快些!……听见了吗?

收拾收拾马上就走！把她送回去，交给她家里的人！不过，在她家里什么也别说……不，或者都说了吧。最好还是说，如实地说！嗯，去吧，去！"

叶菲姆住了嘴，并且不知为什么特别注意地看了老爷一眼，穿上自己的皮大衣，又急急忙忙地把那件破衣服裹在一声不响、仍然怯生生地紧偎住他的女孩身上。

他给她穿好衣服后说："好，我们走吧！"他很快地走出了房间，轻轻地把女孩推到自己的前面。

巴维尔·安德列耶维奇依旧在门口站着。

"马车！……"他听到从街上传来一声吆喝。马车轰隆隆地驶过，在大门前停下来。后来又闷声闷气、不太乐意似的隆隆响了起来……

这时巴维尔·安德列耶维奇走进房间，捻亮了灯，在桌旁坐下，五分钟以前小女孩曾在这儿仔细地察看过他的东西。巴维尔·安德列耶维奇感到，这些东西对他来说似乎打上了某种新的、与他格格不入的印记。他坐着，忧郁而专注地瞧着它们。

"这件事很久也忘不了，活见鬼！"他小声说："噢，是啊，很久也忘不了！"

他从圈椅里站起来，心情激动地走近窗前。

夜是昏暗而寂静的。窗户对面在夜色笼罩下的房屋显得那样阴沉和冰冷。

"多么奇怪！……多么卑鄙！"巴维尔·安德列耶维奇阴郁地嗟叹了一番，然后把前额贴到冰冷而潮湿的窗玻璃上。他感到心力交瘁……他很久以来就逃避现实生活，而且他觉得他已经达到了这个目的，他觉得现实生活再也不会触痛他、破坏他对它的冷漠态度了，他觉得他已经摆脱了那些曾经使他激动、后来又被远远地抛在身后的沉重的忧思和焦虑……可是你瞧，现在它们又闯过来……又闯进了他的心灵！……

"难道不能作一个自由的人吗？不感到自己有责任要做些什么，

没有什么可激动的,难道不行吗?不行就不行吧。但是果真如此,那不就等于是受奴役!"他用手擦了擦湿润的前额,在房里来回踱着。"也许,这是我的神经质?仅仅是神经质吗?因此……很快就会过去吗?……"

时钟滴答、滴答地匆忙而刺耳地响着。房间里空空荡荡、冷冷清清,似乎显得格外寂静。这间房子里还从来没有这样寂静过。

陆桂荣　译

一件罕有的事*

尼古拉·彼得罗维奇·杜陀奇卡认为自己是哲学家,这是他常常在星期天逛墓地的原因之一。他知道三个养成了自己某些特点的哲学家:贝内迪克特·斯宾诺莎①喜欢观察蜘蛛的生活和习性,当蜘蛛互相吞食的时候,他笑得很开心;伊曼努尔·康德②按时作息,分秒不差,成了哥尼斯堡③居民用来对时间的一块活表;而尼古拉·彼得罗维奇的同事——阿卡基·特沃叶托奇耶,按职业是土地测量员,但按天赋来说,也是一个哲学家,每当他谈到某种玄妙的和崇高的事物时,便若有所思地拉拉自己的左耳朵,然后意味深长地伸伸舌尖,好像既是逗弄听众,也是对他所谈到的那些事情的一种揶揄。

尼古拉·彼得罗维奇也开始有了自己的特点——常常在星期天上午十一点到下午三点逛游墓地。

事情是这样开始的:有一天,他不知道如何消磨自己的空闲时间,便在城里随便走走,心里想着一些事情,不知不觉竟来到了死人的领地上。

---

* 本篇最初发表于一八九三年十一月二十四日《伏尔加通报》。译自《高尔基三十卷集》第一卷。
① 贝内迪克特·斯宾诺莎(1632—1677),荷兰哲学家,形而上学唯物主义的著名代表之一。
② 伊曼努尔·康德(1724—1804),十八世纪末至十九世纪初德国唯心主义哲学家。
③ 哥尼斯堡原属德国,第二次世界大战后划归苏联。今名加里宁格勒。

这时正是春天。坟堆密布的古老墓地上,丛生的灌木和遮天的大树刚刚披上华美的新装。柔软的树枝爱抚地荫蔽着墓碑和长着丝绸般绿茵的坟头。阳光是如此的煦和而明亮……当墓地上空飘过一阵柔和而芬芳的春风时,草和树叶便哀伤地叹息,仿佛在悼念那些躺在土里,永远再也看不到春天、听不到春天的音乐的人们。沉重的墓碑隐没在绿荫里,看起来是如此的阴沉和凝神,好像不满意这个快乐的春天,埋怨她扰得连墓地也不得安宁,夺走了它的庄严肃穆和悲哀的美,而在秋天,这种美与光秃的树枝和地面上枯黄的落叶,与灰暗而凄凉的天空点缀起来却是十分和谐的。现在所有墓碑都失去了严整性。这明媚的春光、悦目的绿茵、成群飞舞的蝴蝶,春天所带来的一切——使这些墓碑退居到次要地位,给涂上一层阴影,而且好像要把它们洗劫一空似的。

尼古拉·彼得罗维奇在墓地里走着,思索着大自然的冷漠,人们可怜的命运,死的永恒的宁静,以及洒满了春天生气勃勃的阳光的墓地景象在他心里所引起的一切。他喜欢这个悲哀的地方,这地方十分强烈地刺激着思想,使他感到愁闷并深深地陷入沉思。他也喜欢这些思索的性质本身,最后,他觉得他是一个善于思考、而且完全按照时代精神来思考生活的人而自我欣赏起来了。

他不喜欢读书,不过,他熟悉一种在日常生活中常见的悲观主义,这种悲观主义多半是夸张或做作的,很少是聪明和真诚的,而且从来不具有哲理性,他喜欢它的玩世不恭。

已故的阿卡基·特沃叶托奇耶曾对他说,悲观主义——这是世界上惟一聪明的理论,所有非悲观主义者——都是懦夫和白痴:"你,我的老弟,只要细细想一想:整个生活都是泡影!明白吗?整个生活!这就是悲观主义!这是人类智慧最高的飞跃,我的老弟,因为你再也不能走得比否定生活更远了。如果有人说什么大家都应当为活着而活着,那么,你就朝他脸上啐一口!我的老弟,这种生活不可能有任何意义。我阿卡基·特沃叶托奇耶,在这一点上可以向你保证!我们再干一杯！……"他们常常喝酒，——而可怜的阿卡基终于喝到发了酒疯，就这样结束了自己的生涯，也给了自己的同事多一个常去拜访墓地的借口。

后来他的习惯已经到了这样的程度：如果有一个星期天因故不能游逛墓地，他便会觉得这个星期天白过了。在墓地的绿荫下随便找块地方坐下来，想想躺在这下面的人，想想这人生前一天天的生活——这使他感到一种病态的愉快。临了便编出种种悲伤的故事，而且这些故事愈是编造得合情合理，尼古拉·彼得罗维奇就愈是自我欣赏，并愈来愈远地离开健康的生活，陷入病态的忧郁的幻境，陷入晦暗的美丽世界，这个世界排挤了他从一个星期天到另一个星期天这一周内亲眼看见的普通的现实生活。公务、同事、女人、一切都慢慢地在尼古拉·彼得罗维奇的眼里失去了价值，在他看来都是微不足道的、可笑的……

人们发现他回避社交后，便开始嘲笑他，说他想步那个被生活所毁了的、缺乏意志的可怜虫——酒鬼特沃叶托奇耶的后尘。人们嘲笑他，中伤他，但像通常一样，谁也没有想到要认真地探察一下他的内心世界。他生气了，结果很快地便成了一个完全孤独的人，更喜欢在自己悲观主义的种种臆想和描绘中讨生活了。他越来越顾影自怜，为自己与众不同的处境感到骄傲。终于他对超出他那忧郁的幻想圈子的一切都失去了兴趣。既然你自己不够坚强，又没有珍惜和重视你的存在的人，那么，在这种生活里，在既没有共同的目标，又不相互尊敬和彼此信任的人们中间，是很容易很快被毁掉和变得消沉的。

一天，尼古拉·彼得罗维奇亲眼看到了一件罕有的事。这件事差点儿使他脱离了悲观主义的轨道。他后来讲起这件事时，用一种怀疑主义的语调和微笑来掩饰自己的难为情。这事发生在八月的一个干燥而又炎热的日子里。

尼古拉·彼得罗维奇摘下帽子扇着风，漫步在墓地蜿蜒曲折的小道上。他第一百次地读着十字架和墓碑上的题词，像对老相识那样流露出忧伤的微笑。尼古拉·彼得罗维奇给这些静穆而安详地躺在十字架和墓碑下面的死人分别编造了传记。他来回走着,其阴沉的调子和忧伤一点也没有减少,反而越来越加强了。他越编越起劲,把不幸和灾难添到死人生前本来也许就不十分欢快的生活史上去。

墓地上静寂而荒凉。在酷热的空气里,树木和灌木丛呆然直立,叶子纹丝不动,似乎也像尼古拉·彼得罗维奇一样,在想着死亡、不幸和悲伤,想着其他不愉快的事情。坟头上的草落满了灰尘,也忧郁地弯下了腰……

尼古拉·彼得罗维奇在一个阔绰的陵墓旁边走过,这陵墓有奇巧精致的栅栏围着,里面还辟了几个花坛。尼古拉·彼得罗维奇看见这些花,不禁微笑起来。

"坟墓上栽花!"他想道……"那个栽花人,无疑是怀着善意栽的,不过,即使这样,坟上栽花也是不合适的。我觉得,这些花好像在对躺在地里(这土地为花儿提供着生命的养料)的人说:'瞧,你死了,但这丝毫不妨碍我开花!'你的死亡于事无碍;你可能有过自己的打算,有点自负?这是枉然的。过去你活着时,生活存在,现在你死了——生活依然存在。生活里有没有你,并不给生活带来任何特别的色彩。也许你以为可能有人需要你,可能有人为你难过?我常常经过你这个地方,却从来没有看到你墓碑栅栏周围的草被人踏过。显然,你这里谁也没有来过,朋友!……也许你活着时曾一心奔向某处——是否正是这一点使你自己的生活变得难受和不安呢?……唉,你最好永远记住一点:一切向高处奔的行动都只会加速我们朝下——落到土里去的一天的到来。土里是十分潮湿和寒冷的,既然你已经出生在世界上,就不必急于入土,因为反正你是逃脱不了不可避免的事情的……"

尼古拉·彼得罗维奇叹了一口气,并向四周望了一下。

在这炎热的日子里,墓地上的情景同它的本性是合拍的:静默、荒凉、充满暑气,它的一墓一碑,一草一木是如此凝神而阴沉,并且一动不动地望着酷热的天空,好像是在对天空说:"你的一切造物和生灵都属于我。你仍旧想创造吗?谢谢你的操心。不过,说实在的,我不知道,我和你需要不需要这份操心。"

"玩弄创造与破坏的老把戏——是一种残酷的游戏!"尼古拉·彼得罗维奇想道。不过他已经容忍了这种游戏。这游戏是必要的。我们如此容易地容忍一切,如此迅速地习惯于一切,因为我们早就习惯于关于存在的无目的性的思想了,如果这样的思想不使我们的虚荣心受到伤害的话。

"啊!这就是它,一个有名的坟墓!喂,怎么样,老幻想家?你在那边怎么样?"尼古拉·彼得罗维奇在一个放满花圈的新坟墓跟前停下来。"离开自己的劳动生活休息去吧。这些鄙俗的花圈就是对你劳动生活的酬谢——如此而已。你的出殡场面被安排得盛大而豪华,给了人们很多的消遣,而且你的死为人们的谈话和报刊文章提供了三天发表议论的现成题材。这就是全部。你少说也已经工作四十多年了!……而至今谁也不关心把你在地球上的最后一个安身之处整理一下……"

尼古拉·彼得罗维奇继续往前走,向一个坟墓点点头。他记起了躺在里面的那个人:一个枯瘦的病老头,说起话来慷慨激昂,有一双不是年迈的、而是精力充沛和炯炯有神的眼睛,他好像永远在忙着点什么,坚持点什么,咒骂着某人。他觉得此人完全不可理解。"什么是他的推动力呢?"当尼古拉·彼得罗维奇看到他生气、高兴、忧愁和千方百计地缩短自己的日子时,暗自问道。他觉得,这个老人尽管有其内心世界的全部美,没有一点杂念,但他并不聪明。难道他不明白,他的一切忙碌只不过是可怜的瞎忙吗?难道他以为自己有能力改造生活吗?改造生活——这意味着至少是创造新人……当他听到这个老怪物的成功或失败时,他都怀疑地暗自好笑。

一个半月以前,这个怪人进了阴间。在他的坟地上人们谈了一番他的功绩,同他告别了。在所有谈论他的演说中,最好、最真诚的是一个青年醉汉的演说。

"再见了,老兄!"他说道,"再见了,老武夫!你死后留下的扬扬得意的敌人大大多于忧伤的朋友。这很好!这很值得赞扬!……"

尼古拉·彼得罗维奇想起对死者的这个简短的却是正确的评价,悲戚地笑了一下。这些话每一个字都说得对……留下的敌人多,朋友少……只有优秀的、正直的战士才会有许多敌人。

尼古拉·彼得罗维奇所走的小道拐向一座巨大的大理石墓碑,从墓碑后面朝尼古拉·彼得罗维奇径直走来两个乡下人,他们不好意思地靠边让路,紧靠着墓碑的栅栏,默默地、用猜疑的眼光望着迎面走来的这位老爷,让他从自己旁边过去。

"问问他……"尼古拉·彼得罗维奇听见了有人低声地叫唤。

"嗯,干吗?我说,我知道在什么地方,我看过人们给他送葬……"

"他们在说谁?"尼古拉·彼得罗维奇想道,并继续往前走。但,过了一会儿,他却想打听一下,他们在找谁,于是便转回去,沿着小道悄悄地跟在他们后面。在他前面大约十步远的地方,穿过灌木丛的树枝,在墓碑中间出现了两个灰色的衣衫褴褛的身影,他们时而停下来向周围望望。

"瞧,就是它!"尼古拉·彼得罗维奇听到了满意的喊声。

"噢,这大概是两个木匠!"尼古拉·彼得罗维奇想道,立刻想起今天是星期天。"他们不过是来量栅栏的……"但是这个结论并没有消除他对这两个乡下人的兴趣。他加快步子,走得更近一些,便看见这两个阴沉的人跪在老怪物坟墓旁干燥的粘土块上,恭恭敬敬地画十字,不时地叩着头。

"咦!……原来如此!"尼古拉·彼得罗维奇感叹一声。他感到某种尖刻的、愉快的东西刺痛了他的心。他再走近一些,站在灌木丛后面离做祈祷的乡下人两步远的地方。他们虔诚而长久地在祈祷。

"主啊!"年纪大一点的人叹息道。他穿着破烂的敞开的短皮袄,头发斑白,肮脏而又蓬乱。他边叹息,边仰头朝天,许久地望着天空。

另一个是年轻小伙子,长着一张瘦削而阴沉的脸,他默默地祈祷,每当他叩头时,淡褐色的留成圆形的头发便抖动一下,落在前额和太阳穴上。他用左手理一理头发,右手仍不停地画十字。

在夏日的酷暑中,槭树一动不动地伫立着,在这两个人的头上伸展开奇异的叶子,为他们遮着阳光。周围一片静寂,显得特别森严、荒凉……

尼古拉·彼得罗维奇想看到他们的脸。他要绕坟墓一圈,转到他们的对面去。但是,这时那个年纪大的人叹了一口气,大声地说:"主啊!让他的灵魂同你的侍奉者一起安息吧!"他结束了祈祷,坐在地上,侧面对着坟墓,面孔朝着尼古拉·彼得罗维奇。年轻人也并排坐下,把帽子放在坟上,旁边就是那凋萎了的鲜花做的花圈。年长的人面朝着尼古拉·彼得罗维奇,他的左脸颊上慢慢地流着浑浊的眼泪,这眼泪并没有把直接投射在衰老而多皱纹的脸上的阳光反映出来。年轻人的脸是凝神的而且干瘦的,额头被一道深深的沉思的皱纹分开,他从自己灰粗呢上衣兜里取出沾满油污的烟袋,慢慢地卷着纸烟。年长的人双手抱着膝盖,默默地坐着,前倾后仰地摇晃着身子。

"原来,就是在这个地方,那个……"他叹息地说。

"他倒是叫什么名字呢?"年轻的人问道,没有抬起头来。

"名字?"年长的人扬起了头,不知为什么紧紧咬着嘴唇,并用手指捋着自己蓬乱的胡须。"名字我忘了,是个很怪的名字。我们要知道名字干吗呢?!死者是热心人,嗳,是什么样的一个人啊!正是他为了保险的事把地方自治会代表教训了一顿!我的老兄!……真厉害!他说,您算什么?您不过是个不劳而食者!他说,该给农民的就要给,不能老叫他们等着!咳!主啊,他对农民的心肠该有多好呀!……"

老人一往情深地沉默起来,用粗糙的手掌抚摸着脸。

"有一次,我也看见过他……"青年边抽烟边说道。

"你看见过?"老人又活跃起来。

"当然啦,是我赶车把他从乡里送到车站去的。他头发斑白,样子很严肃。'您生活得怎么样?'他问我。我说,'唉,老爷,这叫我咋说呢。我们自己也弄不清我们生活得怎么样。也就是说,如果我们今年没有饿死的话,你就写下来——出现了大奇迹.'我说,'我们的粮食,连耗子和蟑螂都不要吃的,就是这样!'就是说,我一五一十地给他说了,他好半天都不吱声,后来说:'喏,你也别那么愁眉不展,苦让婆娘们去诉。尽管是这样,可是你们也并不是没有过失的.'他说,'要当心,要注意。学习吧,给你智慧就是干这个用的.'他一个劲儿地说呀说呀……他说的话很简朴,有条有理,明白易懂,我心里想:咳,你这个人呀! 我把马喝住,听到他说:'你的车怎么不动呢?'我说,'您瞧,车轮轰隆作响,就听不见您的话啦.'他笑了。'哎呀,你们这些小青年!'然后他拍了一下我的背说:'你以后进城的时候到我家里来。你想听,我就给你讲讲……'"

"唔,你后来去过他家里吗?"老人问道。

"没有,没去过。有一次都走到他家门口了,真的,走到他家门口了,我一看,一辆轿式马车停在台阶前,我站了一会儿,看了看,有点害怕。我干吗找他呢? 后来又来了一个人,也是一位挺神气的先生。一个,又一个……于是我就走了。"

他结束了自己的话,抽完烟后,把烟头扔在地下,忧郁地向坟墓扫了一眼。

"是的,是农民的热心人。现在,老弟,可不行了,因为我们已失去他了!"老人说道,重又摇晃起来。

两人都沉默了。在他们的姿态里有许多如此忧郁、消沉的东西。在他们心事重重、像失去了亲人似的悲哀的脸上,时而闪现出一些思索的影子。这两个阴沉的人变得更阴沉、粗笨了。尼古拉·彼得罗维奇觉得他们的沉默富于一种不可思议的表现力,尽管他们的嘴唇没有张开,但他觉得这两个失去亲人的人仍在谈着自己的"热心人",而且用的是二、三分钟之前他们说话时所用的那种畸形结构的句子和很少表情的语调。

尽管坟墓累累,墓地上仍是一片凝神的冷漠的寂静,充满酷暑和荒凉。十字架、墓碑以及绿荫等，整个墓地对于尼古拉·彼得罗维奇来说早就熟悉了，而现在，他却觉得墓地有了某种新的、冷酷而又残忍的特点，突然地改变了它的整个面貌。他觉得，从绿荫里露出来的每一部分十字架和墓碑，以及死一般呆板的绿荫本身——这一切在炎热的明亮的天空里都流露出一种死亡的寒气以及对一切有生命、有感觉、渴望生活的东西的一种带讽意的否定。

尼古拉·彼得罗维奇深深地叹了一口气，并用手心搓了一下自己的前额。他正想同这两个失去亲人的人谈谈，但这时其中年纪大的人转过脸去对着自己的同伴重新说起话来：

"有一天，也是在地方自治会里，他把捷列肖夫村的老爷大骂了一顿。咳，我的上帝，你瞧怎么样……那人说：'不长粮食，就让他们去种燕麦好了！'这是在说我们。而他却站起来，立即给那人一个难看，他说，'您、我、农民——都是人！一样的人，就是这么回事！'是的，不仅如此，'庄稼人，他说，是我们的供养者，而我们，他说，是无力偿债的负债者，因为，他说，如果不是他们，那么您第一个就得把裤腰带扎紧，因为如果没有庄稼人，您就没有吃的！'他批驳得真妙，而那人却火了。是啊！是一个好人，但愿他进入天堂！……"

老人边画十字边深情地望着坟墓。

"是他把叶夫斯特拉多夫·尼科尔卡培养成材的。尼科尔卡成了一个多好的小伙子啊，是一个聪明人！去年他回到他父亲那里，完全是一个大学生。他说，'过两年，我就要当大夫了。'"年纪轻的人说道，重又卷一支烟。

"学校也是……"年老的人刚要开始说话，但挥一挥手又沉默了。

尼古拉·彼得罗维奇感到腿站累了，他想坐下来。他坐下来时，大衣袖子给树枝挂住了。树枝发出一种悲戚的嘎嘎声。两个失去亲人的人颤动一下，脑袋转到他这方面来，猜疑地、留心地看了他一眼，便转过脸去了。年轻的人抽着烟，响亮地啐一口唾沫，冷漠地朝两旁望望；年长的人把下巴搁到自己的膝盖上，就像一团暗灰色的干透的泥土那样,一动不动了。

尼古拉·彼得罗维奇闭上眼睛,力图回忆两个人片刻间望着他的那种目光。在年轻人的眼睛里表现出冷漠的好奇心和生硬的不信任态度;而年长的人则是用发红的含着眼泪的小眼睛冷淡地并带点宽容的神情望着他。尼古拉·彼得罗维奇心想,该离开这里了。

"也有人给他送花圈,真是!……叶菲姆,我们走吧!……"老人站起来说道。

"走吧!"那一个简短地回答,从地上站起来。

然后,他们脱下帽子,重又开始祈祷。年轻的默默地祈祷,而年长的则气喘吁吁地低声诉说些什么。

"好吧,再见了!"青年跪下来并叩了一个头。

"下次再见!"老人低声说道。

尼古拉·彼得罗维奇默默地望着他们的背影。他们摇摇晃晃地以缓慢的步子走在弯弯曲曲的小道上,再也没有回过头来看坟墓,便消失了。

尼古拉·彼得罗维奇走近他们坐过的地方,看看坟墓和盖在上面的花圈,笑了笑。花圈已经凋萎、干枯了,满是灰尘,有点令人怜惜,又觉得有点可笑。尼古拉·彼得罗维奇感觉自己很不舒服,他对这些花圈的样子以及还有一些别的什么都不满意,不过,他已不想解剖自己了。

"啊呀!这是怎么一回事呢?算了,这是一件罕有的事,一件罕有的事,如此而已!……"于是,他耸耸肩膀,匆匆地向墓地围墙走去。

后来,当他讲述这件事时,他是这样开头的:

"有一天,我看到了一件很动人的,罕有的事……"

李辉凡 译

我跑掉了*

雷日克又饿又冷,在城里闲荡了一整天,快到午夜的时候,来到一个堆满旧木材的院子,在一些圆木和板子中间找到一个他认为更夫和巡逻的警察不易发现的角落,把那饿得瘦骨嶙峋、被四个月的疾病折磨得不成样子的身子胡乱塞进里面去。他用木板挡住风,极力想忘却那难受得犹如刀割的辘辘饥肠,紧紧地瑟缩成一个小团,沉思起来。

他在令人作呕的医院的四堵黄墙里,在与伤寒病、与医生那套规矩和要求、与医院的治疗条件的斗争中度过了四个月。四个月来,他已经习惯于长时间地思索,而且思索得很多,这些思绪在他心中留下了极其不快的、痛苦的感觉,使他的心情变得易怒而暴躁,对现存的一切都抱着挑衅、好斗的态度。

这种态度和情绪首先使雷日克与医院里的工役吵了一架,而在昨天刚刚出院以后,在他和对他十分有用的经售赃物的同伙米什卡之间又发生了一场对他说来颇为关键的口角。雷日克从医院出来,直接就去找他,想预支一点钱,准备将来窃得别人财物时加以偿还。可是,米什卡看了看老主顾被伤寒病折磨得干瘦的身子,对他甚表怀疑,他说,他未必能很快收回雷日克要预支的钱,因为,照他米什卡看来,雷日克的情况很不妙,身体垮了,所以他的本领也势必会随之丧失掉。

---

* 本篇最初发表于一八九三年十二月二十三日、二十九日和三十一日《伏尔加人报》。译自《高尔基三十卷集》第一卷。

雷日克感到这是对他的凌辱,虽然在别的时候比这再严重一些的事也不会使他感到受这么大的窝囊气。

"喂,你到底是怎么看的?我再也不中用了吗?"他两眼闪着好斗的、凶狠的光芒,问米什卡。

"不是那个意思……不过,总归是……"米什卡含糊其辞地回答说,一双小眼睛死盯着他的酒馆的熏黑了的天花板。

"不,你说,依你看,我该躺到炕上歇着去了?"雷日克追问道,他感到胸中有一股抑制不住的怒火,只有把米什卡臭骂一顿才能得到发泄。

米什卡打开进款箱,一声不吭地把铜钱弄得哗啦啦地响着。雷日克耐着性子等待着……但是,一看见米什卡穿得又暖和又干净的肥胖壮实的身躯,黑卷须一直长到眼角的红润健康的面孔,一看见他那双在俊俏地紧蹙着的黑眉下悠闲自得、贼溜溜地忽闪着的小眼睛,雷日克真想把这个酒足饭饱的家伙狠狠地臭骂一顿。

"得了吧!"他看着墙角,好像自言自语地说,"偷盗使一个人发了大财,却榨干了另一个人的骨髓。"

"你这是说的谁?"米什卡盯着主顾诘问道。

"我说的是谁?说的是一个熟人……你以为是说你吗?那就是说,说得差不多喽!"

说完之后,雷日克冲着米什卡的脸恶狠狠地冷笑了一声。米什卡不动声色地扫了一眼站在他对面的这个衣衫褴褛、面色发青、干瘪的瘦高个子,不由地打了个冷战。雷日克直瞪瞪地盯着他,两眼怒火如焚,射出咄咄逼人的光芒,他紧咬着牙齿,使得他那消瘦的双颊和突出的颧骨越发显眼,面孔上增添了某种绝不妥协的、凶狠的表情。

"哼!"米什卡嘟哝了一声,他很想摆脱这位来客,于是,他把拿着的铜钱递给雷日克,说:"拿去吧!你出院出得太早啦,你还没好呢!"

"这是多少钱?"雷日克一面神经质地撕扯着自己的破衣服上的布条,一面问道。

"你问多少吗？……半个卢布……"

听到这话，雷日克没有伸手接钱，他哈哈大笑起来，笑得浑身颤抖，胸中充满了仇恨，他提高嗓门儿大声叫道：

"谢谢啦！留给你自己买裹尸布吧！……你这个小气鬼！……财迷！……强盗！……"

他每叫一声，就颤抖一下，一句话要重复喊几遍，最后，已听不清楚他喊的是什么了。他隔着柜台向米什卡探过身去，显然是想揪住米什卡的胡子……

这时，米什卡若能想到问问雷日克，给他半个卢布怎么得罪了他的话，雷日克准会回答不上来，并会为此感到不好意思，大概反而会平静下来的。但是，米什卡嫌恶地看了看被疾病折磨得衰弱无力的老主顾，没想到这样问，他除了感到必须马上摆脱雷日克之外，再也没有其他的想法了。于是，他用一个饱食者的冷酷语调回答雷日克的咒骂：

"咦，老弟，我看，"他说，这时，雷日克已经不再喊叫，伏在柜台上喘着粗气，咳嗽着，把牙齿咬得咯咯响。"你给我滚开！听见没有？滚！……没什么可嚷嚷的！你爱怎么想就怎么想，随你的便，可就是不许你喊叫。你要不走，我就掐着你的脖子把你推出去……要不，我去叫警察……"

"叫警察？！"雷日克吃惊地嘀咕着。米什卡·叶弗列伊托尔这个警察局早已闻名的窝主，城里所有的法官都审理过他的案子，就是这样一个人，居然要叫警察来，想把和他米什卡一起共过大事的雷日克送到警察局去！……警察，是他们共同的敌人呀！！

米什卡平静地关上钱柜，对雷日克又重复了一句："滚开！听见没有？"他脊背靠在酒柜上，两手抱着肩膀，严厉地看着雷日克。

雷日克被他的镇静弄得目瞪口呆，不知所措地环顾了一下四周。

酒馆里没有一个顾客，它那被烟草和炉烟熏黑的墙壁比酒馆的主人更加冷淡、更加平静地注视着雷日克。

"我走！把那半个卢布给我！"雷日克闷声闷气地对米什卡说。

"噢,老弟,我也不欠你的,"米什卡打了个哈欠,说。

"你这是什么意思?"雷日克问,但是,从米什卡对他作出的带威胁性的动作已经领会到米什卡的意思,他把手一甩,摇摇晃晃地朝门口走去。

"米哈伊尔,你这个坏蛋!"他在门口转过身来,回敬了一句,和自己的老伙伴一刀两断了,使劲把门一摔,便走掉了。

这个场面在一段时间里把他的愤懑情绪压了下去。他在城里转了很久,寻找伙伴们,但一个也没有找到,最后,他感到又累又饿,浑身冻得发僵,就又发了一通火,蜷缩在木材堆里,打算在这里过夜。

从木板之间的空隙里,他看见城市路灯昏暗的光亮。灯光微弱地照着一团团浓重的乌云,潮湿阴冷的秋风驱赶着云团飞快地向远处奔去。冷风吹打着空地上的木板,发出轰隆隆的响声……

雷日克把身上的破衣服尽量裹得紧些,辗转反侧,无法入睡,他饿得腹内像刀绞一样越来越难受,就默默地强忍着饥饿的痛苦,想着心事。在他生病的四个月中,没有一个伙伴去看望过他,没有一个人去过,好像他们都已经不在人世了似的!……可他们都活着。他们那蓬头垢面饿狼般的模样一个接一个地异常清晰地浮现在他的眼前,他们的面孔、语言、行当各不相同。他仿佛看见他们每一个人都正在"干着自己的勾当"。

喏,库尔季克——他是专偷人家晒在外面的衣服的专家。两条被风湿病损伤了的颤抖的长腿支撑着他那瘦弱的身躯,像野兽扑食一样猫着腰,贴着篱笆悄悄地挨近晒着床单、衬衣、头巾的绳子……

库尔季克在一阵突如其来的昏暗中消失了,接着登场的是面色阴沉的盗马贼阿寥什卡。他站在一匹马跟前,一面拍着马屁股,一面用低沉而嘶哑的声音咕哝着,"吁,亲爱的,吁!……喝,喝,喝!亲爱的!……"说着说着他那强壮的身躯突然爬上马背,抽了一鞭,连人带马一起跑掉了,只听见一阵马嘶和呱嗒呱嗒的马蹄声……雷日克觉得,这些声音似乎还在他脑袋里回响,他感到疼痛,又冷又怕,浑身不停地打战。他觉得,他昏睡过去了,发着谵语,在自己藏身的洞穴里折腾了很久,当他十分疲倦,重新躺好以后,另一个伙伴的身影浮现在他的眼前……他觉得,他们每个人欠他的情,比他欠他们的情多得多。当兵的萨维利喝醉了以后,跟警察打架脸上受了伤,他哑着嗓子嘟嘟囔囔地说:"雷日克,我一辈子也忘不了你,是你救了我,一辈子也忘不了!"……雷日克甚至觉得,萨维利的手似乎在拍着他的肩膀……

"嘿,你们这些家伙!……"他想,随之回忆起,为了从一个认识的警察手里搭救萨维利,他可费了不少力气呀!这个粗心大意、笨手笨脚的士兵是在企图撬开一家铺子的门锁时被警察碰上的。他那次真给了这个外勤警察不少钱!……现在有这些钱该多好!……

秋风唱着沉闷的曲子,雷日克觉得,风也仿佛在为那些忘恩负义的人感到难堪和痛心……

后来,他的思绪中断了,他又在医院里了……令人厌烦的黄墙,助理护士和杂工的疲惫不堪、阴沉沉的面孔,在他的眼前构成了一副忧郁的背景,在这个背景上异常鲜明地勾画出一桩桩不愉快的、痛苦的往事……

这件事发生在他的病开始好转的时候。他闭着眼睛躺着,听见两个人走到他的床边,其中一个说:

"喝!这个来路不明的家伙看来是活过来啦!"

"完全正确!体温已经下降到三十八度三。他们这种人且死不了呢!这些地道的豺狼……"另一个恭敬地回答……

他们在他的头顶上把一个纸片弄得沙沙响,之后,离开了他的病床。

雷日克感到,每一个字都像一块尖利的小冰凌落到他的心上。他们是怎么议论他的呀?……就像谈到一只狗……

于是,他想起他的那只狗……这是一只非常好的大黑狗,叫古利亚伊,除了自己的主人,它不许任何人走近它。有条狗可真好……它很快就跟你搞熟啦,并且对你几乎一无所求,跟人可不一样。而今这只狗到底在哪里呢?……

风在旷野里奔驰,怒吼,向旧木垛袭来,高声敲打着木板。

雷日克从自己的藏身处探出头来,看了看四周,沉重地叹了口气。

周围是那么黑暗、可怕、寒冷……也许要很长的时间才能挨到天亮……

附近的什么地方传来了巡夜人的响板的嘎啦嘎啦声。雷日克哆嗦一下,又钻到木垛里去了。

"他干吗要闯到这里来?干吗?这儿是一片荒野呀……除了木头,这儿还有什么呢?鬼东西,往这儿来了!哎,这些家伙,这些家伙!……"

雷日克觉得,更夫已经嗅到他了,正朝这儿走来,要把他赶走……还会叫嚷、骂人,甚至会吹起哨子来……

"这块空地上有什么呢?我没有房子住,我当然可以在空地上过夜呀!"

响板粗野地响着,声音越来越近。

"只要他没有带狗,他就发现不了我,怎么也发现不了。他要是带着狗……我病了一场,怎么变得这么胆小了!……更夫算得了什么?他敲就敲吧!这碍我什么事!请吧,敲吧!他窜过来了,这魔鬼!……完了,瞧!……呶,他闯来了!……还有狗……"

更夫走近了。传来了沉重的脚步声和狗的亲热的哼唧声……

雷日克感到恐惧,继而是满腔怒火。他甚至想爬出去,面对面地站到更夫眼前……这些更夫,都是些胆小鬼!……可是,被寒冷、饥饿和疾病折磨得虚弱不堪的身躯却不肯听他使唤,加之,又传来了狗的狂吠声,而且这一次已经近在身边了。

更夫用手杖敲了敲木板,用浑厚的低音威严地喝了一声。

"准是个挺厉害的魔鬼!"雷日克发愁地想着,小心地移动着身子,尽量往自己的洞穴深处钻去,但是,他一不当心,碰到遮住洞口的一块木板,传来了一阵响声,可怕的犬吠声,雷日克看见就在他眼前出现了一只大狗的黑乎乎的嘴脸。他看见的只是一团圆圆的、毛茸茸的东西,但是,他觉得,他似乎已经看清那上面龇着的牙齿和恶狠狠的、凶光闪闪的眼睛。

"滚开!!"他狂叫了一声,想跳起身来,却把肩膀和脑袋撞得很痛。

狗被他的喊声吓慌了,跳到了一旁。

雷日克蹲下来,一筹莫展,他心乱如麻,吓得呆若木鸡,纹丝不动地蹲在那里,似乎是听天由命了。

一阵长得令人难以置信的沉默持续了片刻,接着被可疑的犬吠声所打破。

"喂,爬出来!"传出喑哑的声音,随后那只狗又把它的头伸了进来。

雷日克听到有人讲话,全身为之一震,恢复了神志。

"爬出来,听见没有!"有人不耐烦地、威严地命令他说。

但是,这会儿这样的腔调并没有使他感到惶恐不安。反正是要爬出去的。

"爬出来,魔鬼,不然我要吹哨子啦!"更夫已经是第三次叫喊了。

"你要—吹—哨子?"雷日克反问道,"噢,这个,老兄,你慢点儿!你没这个权力。我也会用同样的办法对付你的!"雷日克最后用一种自信的、甚至带点寻衅的口气说。

"我吹哨子叫警察来!爬出来,魔鬼!……"

"啊哈,叫警察来!……"雷日克拉长声音说,"为什么?为了把一个病人抓到警察局去?抓吧!你要是丧尽天良,就请便吧!只是你把狗赶开,我不能落到它的嘴里去呀!"

"滚开,古利亚伊!"更夫嘟囔了一句。

狗嗥叫着跳开了,但雷日克没有往外爬。

"喂,你干吗不动窝呀,该死的家伙!怎么不爬出来?!"更夫催促说。

"我就爬出来,就爬!你等等。可是,我的好人,你这是从哪儿弄到这只狗的？请问,这是谁的狗?"雷日克探出头来,死盯住蹲在更夫脚边的那只狗,问道。

"你是爬出来呢？还是我用棍子狠狠揍你一顿呢?!"

"等等,别叫唤!"雷日克轻蔑地回答说,"你干吗叫个没完？你以为我没有认出你来？当兵的,我的记性可比你强得多呀,我听到你的声音立刻就认出你来了,虽说我没有看见你的嘴脸,可我知道,这是你。"

雷日克胸中突然迸发出希望的火花,他指望得到这位老伙伴的帮助。他边说边从洞穴里笨手笨脚地钻了出来。

"古利亚伊!"雷日克引逗着狗,咔咔打着响指,咂着嘴,"你难道不认识主人了么？古利亚伊,到这儿来,狗!"

古利亚伊懒洋洋地爬了起来,摇晃着尾巴,看了看更夫,仿佛在征得他的同意似的。

"你是什么人？你是谁?"更夫用一种惶惑不安的口气说,踢了狗一脚,然后整理起他那件厚厚的灰色羊皮大衣的大领子来了;穿着这件皮大衣,他活像一个笨重的大树墩。

"你说说看,你是怎么得的势、发的迹？连老朋友都认不出来啦!……古利亚伊,到这边来!哎,你这该死的狗!……"

但是,狗没有到雷日克身边来,它躲到一旁,坐在地上,对它的主人们不理不睬,用心地搔起痒来。

这可惹火了雷日克。他从地上抓起一块干泥巴,边骂边朝狗扔去。狗叫着跑远了。

"噢,是你吗,格里戈里?"更夫把头从衣领里伸出来,阴郁地问道。

"这么说,认出来啦？太谢谢你啦!"雷日克讥讽地说,"我的老兄,吃饱了记性就变坏啦！对吧？"

"都说你死了,"更夫用几乎是惋惜的语气说,"说是得伤寒病死在医院里的……"

"我可没有死,没有死。你是怎么高升的呀？嗯?"

雷日克站在那儿,把两只手拼命往破破烂烂的衣袖里面揣,在冷风底下缩着身子,紧靠在木垛上,好像怕被风吹倒一样。裹在又暖又厚的皮大衣里的伙伴的巨大身躯,使他心头产生一种说不出的滋味。痛苦和愤懑使他那辘辘饥肠隐隐作痛,他很想把这个大块头狠狠敲打一顿。这种愿望是那么强烈,竟然使他暂时忘记了饥饿和刚刚出现过的求援的想法。雷日克默默地瞧着一动不动的、被这次相逢惊呆了的老伙伴,他觉得,他不由得越来越想说些尖刻、激烈的话,可又不知道怎样开口。

"都说,你死了,说什么……"更夫说,他被奇怪的沉默弄得很窘,又觉得应该说点什么,"老弟,你现在怎么样?啊?"

雷日克那被疾病搅乱了的、被愤恨磨炼得锋利的神经,像绷紧了的琴弦一样,变得十分敏感。他的伙伴那种莫名其妙的、抱歉的语调更加惹他生气。他发现他的伙伴见到他雷日克并没有丝毫愉快的表示,不禁心头火起,觉得萨维利这家伙实在可恨。他越发想对萨维利、对这只狗乃至整个世界狠狠地报复一下……

"喂,你怎么样,高兴见到我吗?"雷日克尖刻地笑着问。

萨维利手足失措,傻呆呆地不知如何是好。

"我吗?我高兴。你现在到底怎么办?怎么办?"

他感到自己的处境很危险,就没有继续说下去。面临的危险又突然鼓起他的勇气,他走到雷日克身边,匆忙说:

"老弟,就这么办吧!你再钻到那儿去……我得离开这里。因为巡逻的马上就到,我不能留在这儿。天一亮我就来接你……那时候咱们再好好谈谈……你知道,我是个打更的……就是说,一发现什么,就得立即把人抓起来送到警察局去。老弟,这是公事,没办法呀!……"萨维利沉重地叹口气,就不再言声了。

雷日克没有搭理他,一声没吭。

接下去的片刻令人十分难堪,很不好受,特别是适才在旷野上呼啸的狂风也突然停了下来,似乎想要留心听听他们还要谈些什么。在天上缓缓移动着的乌云也裂开了一会儿,乳白色的冷森森的月光好奇地向旷野瞥了一眼,它那暗淡的光芒把默默无言、相对而立的两个人和站在他们身旁的那只狗以及沉甸甸的一大堆木头照亮了一下,随后,又闷闷不乐地躲藏到乌云后面去了。

"古利亚伊!过来,古利亚伊卡!"雷日克用嘲讽的尖嗓子呼唤了一声。这阵沉默使他感到惬意,他明白,这种沉默使萨维利很难堪,"古利亚伊!……"

狗向他这边走来,摇晃着尾巴,同时又抬头望望新主人。它的新主人站在原地,心烦意乱,犹豫不决,胆怯地向四周望了望。

"你知道,"他用一种悲切的、有些低沉而又难于启齿的口吻说,"我当了更夫。碰上个机会,我也就当上了,就是说……现在我正在查夜。这是公事,老弟!难—难哪!只要有一点儿差错就要开革我的……好不容易才雇佣了我,不容易啊。这是什么人?是当兵的萨维利!哦,知道他!不行!幸好,安季普·米特里奇说:'来吧,'他说,'给我看守木材垛吧,一月给你三个卢布,还要帮帮看院子的。由东家管饭。'我去了,因为,浪浪荡荡的日子我过够了。这样我就当了值夜的更夫。"

"古利亚伊卡!……你这长毛鬼!认出主人来啦!……啊,啊,调皮鬼!……认出来啦!……"

雷日克抚摸着走到他身边的狗,往萨维利胡子拉碴的脸上扫了一眼。萨维利被他的举动弄得窘迫不堪,狼狈已极,满脸通红,这使雷日克感到非常快意。他虽然冷得发抖,但他仿佛没有觉得似的,小小的报复使他心里暖烘烘的,他甚至不想把破衣裳裹得更紧一些。

"可爱的狗!……"他咂着嘴,抚摸着狗,但古利亚伊却对他的抚爱相当冷淡。

"唉,你呀,上帝啊!"萨维利用一只手动了动头上的帽子,叹口气,又无精打采、干巴巴地说了起来,"他说,'你只要改邪归正,我就设法让你负责一个地段。'他说,'你能挣十二个卢布呢。可是,'他说,'你得小心！记住，你是什么人。'呶，我也就那个……老弟，你还是钻到洞里呆到天亮好。我一下班，马上就那个……现在我这样可危险。巡逻队马上就要来的。为了你，我会丢掉饭碗，还会遭到别的麻烦。老弟，别犹疑啦，快钻进去吧！"

雷日克听到他那乞求的、胆怯的嗫嚅声，高兴起来了。

"古利亚伊！亲爱的狗！你大概不会为了三个卢布出卖我吧？是不是？噢，你呀！……"

萨维利低下头，不停地用手杖戳着地。

雷日克接着说：

"你是我的朋友，古利亚伊！你是一条狗，可人是比不上你的。你有良心，你可怜我吗？我看得出来，你是可怜我的！因为，我也是一条狗……"

"你就是一条狗！"萨维利突然扬了一下头。

"什么？"

"我说，你就是一条狗！别人诚心诚意地求你别坑害人，可你一个劲儿地没完没了。讨人嫌的鬼东西，你快给我钻进去！"

雷日克没料到萨维利会发这么大的火，他没有思想准备，因而被镇住了。

"我要不钻呢？！"他终于想出了个问题。

"那我就硬把你塞进去，要不，我就把你送到警察局去。懂吗？你以为怎么样？老弟，对我反正都一样。上一次我把斜眼米什卡送去啦。他们对我很满意。你这号人逼得我实在没有办法，也只好这么办了！"

萨维利振作了起来，他觉得自己既有理又有某种依靠。

"傻瓜，我对你说过了——钻进去！巡逻队已经过来了，你听见没有？钻进去，鬼东西！他们会把你抓走的！要不，我马上吹哨子啦！听见了吗？"

但是，雷日克没有钻进去。他感到一股热血从胸口冲到喉咙，使

244

他窒息,他哼了一声,把牙齿咬得咯咯响,突然狂叫起来:

"我不愿意!我不钻!古利亚伊,到这儿来!我是你的主人!古利亚伊!咱们来偷吧!当兵的,你瞧,我在偷哪!我想从你这儿把木板偷走,当兵的,你怎么不抓呀?啊?喂,吹哨子吧,吹吧,下流胚!你这个坏蛋!咬住他,古利亚伊!撕碎他!!撕碎他,撕碎这个犹大!!……"

雷日克气得发狂,他粗野地喊叫起来,抓住狗脖子,想把它抛到萨维利的身上去。

狗在他手中挣扎着,大声嗥叫起来,突然一下子死死地咬住了他的一只脚。

雷日克像被砍了一刀,怪叫了一声,摔倒在地,他像落进陷阱中的狼一样,号叫着在地上打滚。

狂怒的古利亚伊围着他转来转去,想咬住他的喉咙。萨维利不知所措地站在那里,在空中乱舞着手杖,扬着头,猛烈地吹着哨子。

传来了马蹄声,随后,出现了两个骑在马上的灰色的身影。

"出了什么事?"其中的一个从马上跳下来,急忙对还在吹哨子的萨维利问道。

萨维利用呆滞的目光回头看了看滚到一旁去的雷日克。这时,另一个警察正弯下身去,把雷日克从地上拎了起来。

"吵嚷什么?说呀!"警察抓住萨维利的衣领把他摇晃了几下又问了一遍。

"来了……一个人……"萨维利喃喃地说,"来偷木板。我,就是说,就吹起哨子来啦……上帝啊!……"他沉重地叹了口气。

"来了一个人!……"警察学着萨维利的口气说,对着被带过来的低声抽泣的雷日克的脸晃了晃拳头,又加了一句,"这也算是人吗?你这个蠢猪!把他带走!"

萨维利莫名其妙挥了一下手,站在原地没有动窝。

"把他带走,听见没有?"警察对他喊了一声。

于是，他走近雷日克，抓住他的衣袖，低声说：

"走吧！"

"当心，别让他跑掉！"警察临行时叮嘱他说，随后，跨上马，消失在黑暗中。

雷日克走着，默默地啜泣，时而弯下身去摸摸脚。

他们顺着一条荒凉的小巷穿行在两旁的篱笆中间。难看的树木把它们光秃秃的枝条从篱笆上面伸到街上来。街道很窄，树枝密密地交织在它的上空，好像许多细长的手臂向对方伸去，想紧紧握住一样，但是，风吹动着树枝，不让它们接触，树木就发出沙沙声，轻轻地抱怨着。透过枝条编织的图案，望得见天空中浮动着不祥的乌云，它们那缓慢沉重的动作显得那样悲愁，漫无目的。

远处，一些建筑物的昏暗的轮廓依稀可见，其中，间或有些星星点点的路灯在闪烁着惨淡的光芒，使得黑夜显得更加凄凉、阴森。

"让我教训教训你，该死的！"雷日克一只手在空中一挥，高兴地尖叫一声，随后是古利亚伊的一声惨叫。

萨维利停住了脚步。

"你干吗这么打狗？……"他斜眼看了看雷日克，忧郁地问。

"我用石头给了它一下打得很准。怎么，魔鬼，你在吼吗？吼吧，吼吧！我也吼过，我还想吼，可是嗓子已经哑了。"

雷日克发出了阵阵短促而响亮的笑声，然后，沉重地瘫坐在地上。

"我再也不走了。我累极了，冻僵了。我就死在这儿，一步也不往前走了！够啦。"

他在地上挺了挺身子，接着蜷缩成一个奇形怪状的、乱蓬蓬的团团，不再作声了。

萨维利也停了下来，默默地拄着手杖，双眼盯着他，两只脚在原地踏动着，打算说点什么。

古利亚伊趴在不远的地方，小声哼唧着。

缓慢的、令人烦恼的时间一分钟一分钟默默地逝去，像石头一样压在萨维利身上,他站在雷日克旁边,弯下身来呼哧呼哧喘着气。最后,他小心翼翼地碰了碰雷日克的肩膀。

"老弟,走吧!"他说,这句话仿佛是从口中挤出来的。

"到那儿去?"雷日克头也不抬地问。

"到警察局去,"萨维利轻轻地小声说。

"我不—不去!"雷日克蠕动着身躯说,"我不能去。那儿我去过好几次啦……你给我滚开!滚!"他坐起身来,一只手指着远方,高喊了一声,"滚开!"他看见萨维利站在原地没有动,又固执地重复了一句。

"我不能走开,"萨维利叹口气说,"这不行。一定得把你带去。你别生我的气,老弟!去那儿有什么呢?!那儿很暖和,又能填饱肚皮。再说,瞧你病得这个样子,你会死在街上的,那还要得了多久吗?"

"哎,你这个犹大!……你是叛徒犹大!出卖了伙伴!我真想像打狗一样用石头砸你,狠狠揍你一顿,可我一点力气也没有啦。我冻僵了……我有病,这是真的。我要是有力气,我就揍你……就狠狠地揍你……你这个下流胚!"说完雷日克又直挺挺地躺在地上了。

"哎,老弟!"萨维利说,"你可真不懂道理。我们过的是什么样的日子?像豺狼一样!这日子好过吗?喂,你说呀!实在不好过呀!"萨维利看见雷日克默默不语,他满怀自信地结束了他的话,"我很高兴,我能像一个人那样有吃有喝,可你会把我一辈子的生活都给毁了的……结果就成了这个样子……"他停住了,说不清怎么会搞成了这个样子。

"那,我怎么办?"雷日克挖苦地问,看了看他,咳嗽起来。他咳了很久,像蛇一样在冰冷的土地上扭动着。"你说,我怎么办?"他咳得喘不上气来,又重复说。

他的问话在秋天寒冷的夜空中刺耳地回响着,随后,被树木悲切的沙沙声所淹没,消失了。

萨维利没有回答,他在想主意。

"你吗!……你是命该如此呀!"萨维利不好意思地用手杖磕着

地,最后,说了这句话。

"命该如此!……不,不是命不好,是因为你是个坏蛋。没有什么命不命的,只有坏蛋!懂吗?"他突然叫了一声。

又是一阵沉默。古利亚伊已经不再嗥叫,它走到躺在街心的雷日克身旁,低声哼唧着。

"滚开!"萨维利对它怒斥一声,挥了一下手杖,"听我说,格里沙,咱们走吧!"

"到警察局去吗?"雷日克问。

"到警察局去!"

"我再也没有活路了吗?啊?……哼,你这个坏蛋!……"雷日克几乎是呻吟着说。

萨维利默不作声。

"你要我走吗?我走了就再也不回来了,除了最后的审判①,我和你在任何地方再也不见面,行吗?!"他突然从地上跳起身来,站到萨维利的对面。

"不能这么做,老弟!不管怎么说也不行!我一定得把你带走。你别再争了。有什么办法呢?你是命该如此呀。你想逃脱这样的命运是怎么也逃不掉的!"萨维利像是深明哲理似的肯定地说,甚至还轻轻拍了拍对方的肩膀。

"我逃不掉?无处可逃吗?你胡说,我一定要逃走,我要躲开你们所有的人,让你们从我身上什么也得不到。就这样!"

"老弟,你能逃到哪儿去呢?没处可逃呀,格里沙。你也别想逃啦!"萨维利叹口气说。

"要是跳河呢?"雷日克的牙齿打着战,好不容易迸出这句话。

萨维利吓了一跳。

"这是什么话?这可绝对不行!"他急忙说,"怎么能说得上这个

---

① 据《圣经》里传说,到了"世界末日",神将对世人作"最后的审判"。

呢？这算得了什么呢,老弟!"

他这样说着,不由地感到恐惧,而当他仔细端详雷日克那铁青的、龇牙咧嘴、牙齿打战、尖削而不知为什么坚决得令人可怕的面孔时,就更加害怕起来。

"走吧!"雷日克突然拉了一下他的衣袖,纵身向前跑去。

"噢,早该这样了!"萨维利高兴地喊叫一声,两条腿被皮大衣的长下摆裹绊着,脚步凌乱地紧跟在他后面。

又瘦又高的雷日克跑着,冷笑着。笨重的大块头萨维利把皮靴在路面上踏得山响,像火车头一样呼哧呼哧喘着粗气,勉勉强强跟在后面。

雷日克的笑声像疯子的狂笑一样,非常难听,它使萨维利产生了一种十分压抑的感觉。但是,一切都顺利地过去了,他感到满意,因而尽量不落在快步向前飞跑的伙伴后头。

"站住,格里沙! 不是往那边走! 往左走! 往左! ……你这个怪人,往左!"

"你老是胡说!"雷日克加快了脚步,又大笑起来。

"格里沙,亲爱的,你是想跑吗？哎,别那么想了! 这是不可能的! ……我怎么办呀？ 可怜可怜我吧!"他在伙伴身后苦苦央求。

空旷的街道寂静无声。只有长长的一排篱笆和篱笆后面的树木,到处一片黑暗。两个人影和跑在他们中间的一条狗不会引起任何人对他们的注意。

萨维利叫喊着,由于害怕雷日克跑掉而吓呆了。

突然,他醒悟过来,发现他们现在正向河边的悬崖跑去,雷日克可能跳河。想到这里,他几乎吓得晕了过去,拼命地跑起来。

但是,雷日克已经离他很远了。他长长的身影像是拦腰截断了一样,弯曲着,越来越深地钻进了一片黑暗之中,最后终于消失得无影无踪。

萨维利喘息着。

"我跑掉了！……"空中响亮地传来了雷日克最后的一句话。

只听见一阵恶狠狠的、刺耳的笑声，接着便是河水溅起来的响亮的声音。

……萨维利伸出两只手，累得直喘粗气，站在悬崖边上，呆呆地望着下面。河面上一片漆黑，静得怕人。黑乎乎的、冰冷的河水无声地缓缓流着，它流得那样缓慢，那样无声无息，好像完全静止不动似的；当乌云渐渐散去时，看得见风儿在水面吹起一层涟漪……但乌云又一堆堆地涌了上来，水面又变得那样一动不动，漆黑而可怕。

萨维利盯着水面望了许久。最后，他才想起应该做什么。他仰头朝天，喊了一声："救命！"紧接着，趁着叫喊的回音还没有消失，他急忙从脖子上扯下哨子，拼命地吹起来。哨音打破了凄凉的秋夜的寂静……

"有人……跳河啦！……"他扯开喉咙叫着，看见黑暗中有人跑来，他用手抓住第一个跑近他身边的人，惊慌失措地喃喃地说：

"这能怪我吗？……啊？……"

孙静云　译

醒　悟[*]

他躺在一张垫着柔软的羽毛褥子,使人感到浑身舒坦的宽床上,透过薄薄的白色帐子,迫不及待地观察着房间里的动静。在这间收拾得颇为雅致的,挂着褐色窗帷,亮着一盏带有粉红色灯罩的台灯的小房间里,一个匀称而优美的身影在活动着,不慌不忙地脱着衣服,然后把脱下的衣服整整齐齐地分放在几张椅子上。

楼上传来一阵低沉的喧哗,它带着一种明显的挑逗,越发厉害地刺激着人的感情。在这阵声浪的冲击下,在床上散发的气味的诱惑下,在这种把白色的帐子染成柔和的玫瑰色的若明若暗的光线的感染下,一个人即使有千千万万高尚的理性的信条,也会被淹没殆尽。他仔细回味着刚才在楼上的那些纷乱的感觉,不屑地把它们远远地抛在脑后,努力把自己深深地埋藏在忘却和享乐的境界里。

刹那间,楼上全部喧哗声被一阵浑厚而柔和的女低音的歌声所湮没,随后又疯狂地喧哗了一阵,便无声无息了,它就像一路蹦跳着,落进了深渊里似的。一支全部由伤感而又悲壮的音符组成的曲调,犹如一股汹涌的巨流倾泻了出来……歌曲的旋律时而一句紧接着一句,仿佛在祈求着什么,时而又像是在绝望地放声恸哭。它们忽而直冲云霄,忽而又静悄悄地落到地上,在走廊里散开去,好像要寻觅一个能够

---

[*] 本篇写于一八九三年,最初发表于一八九四年二月六日《伏尔加人报》。译自《高尔基全集》第一卷。

躲藏和葬身之地似的。

突然之间，旋律在大厅和走廊里轰响了一阵，然后化作一支节奏迅疾、情调轻佻的曲子，在这间小小的房间里跳跃着，这支曲子抒发着无法遏止的兽性或兽性美的感情，它向可能遏制这种感情的一切勇敢地挑战。

在尖厉的叫喊声中，在吉他和铃鼓的伴奏下，又响起一阵似在挑逗和嘲弄的、拉得长长的放荡的曲调——这一切都在跳跃、旋转，煽动着情欲。

"主啊，救救你的奴隶伊凡、马尔法和幼子科斯佳！主啊，救救我，饶恕我，饶恕你的卑贱的女奴吧，千万别让我没能忏悔我的罪过就死去！……"

这清晰的、充满深切悲哀的、顺从而低微的祈祷声，使那个急切地等待着她的人觉得非常刺耳，迫使他从床上跳起来，他拉开帐子，呆住了，仿佛有一件沉重的物体自天而降，把他击昏了似的。

柔和的、玫瑰色的灯光沐浴着那个跪在地板上的女人的身躯。她系着一条黑色头巾，头巾的流苏披在她的双肩上。奴隶般的恐惧和虔诚而热烈的信仰使她那张痛苦得发抖的面孔焕发着光彩。在她的脸颊上，静静地淌着的泪珠儿在闪闪发光。她的整个姿态都异常真挚而鲜明地表明，她已经痛苦地意识到自己的罪孽，自己的卑鄙，意识到自己应该逆来顺受。她没有画十字，双手无力地垂在身子的两侧。接着她用双手摆弄和拉扯着内衣。也许她认为，她这样的手是不配画十字的。她偶尔抬起低下的头，眼睛望着那边墙角里依稀可辨的小小的圣像，但她看了一眼之后，又立即抑郁地垂下了眼睛。

他意识到自己的堕落而又无能为力，这种感觉使他惊恐不安地跳下床来。他面对着人类的苦难，立即懂得了这种苦难是被这一切专为操皮肉生涯而设的卑污的排场所屈辱地掩饰着的。他跳下床，搂着她的肩膀，把她扶了起来。他百感交集，脸上流露出令人断肠的悲哀和痛苦的羞愧神情，凝视着她的眼睛。他由于没有力量把充塞着他心灵和头脑的一切感受表达出来而沉默着。

"您听我说,管闲事可不好啊。"她不满意地皱着眉头对他说,"那会怪罪您的,去吧!"于是她把他推开,"喂,您这是怎么啦?"

"你听我说,"他突然脱口而出。"你意识到了,你是懂得的,不是吗?这使你感到痛苦,感到龌龊不堪,感到屈辱,是不是?那么究竟为什么,为什么你要待在这儿呢?究竟为什么?啊?要知道,这里是污水坑,又黑暗,又肮脏,令人厌恶的可怕的肮脏,你是看见了的,你分明看见了这一切呀!你祈祷,把自己称为卑贱的女人。但你跟别人不同,你比她们好,你意识到了,你信仰上帝……那么这一切到底是为了什么?为了什么呢?……啊,这是令人感到多么耻辱啊!……"

他跪倒在她面前,一头撞在她的腿上。

"原谅我!……原谅我吧!……我没想到……我不可能想到……这里会有人懂得,有人祷告,有人信仰……"他低沉地喃喃地说。"我曾经认为并且深信,一切都已经死了,还活着的也失掉了常态,沉溺在罪恶之中,沉睡着,永远也醒不过来了!……啊,不,我连这一点也没想过,我什么都没有、什么都没有想过!……你听我说,原谅我吧!我没有过错!大家都这样……啊,多大的磨难和痛苦啊!……"

"亲爱的!你怎么啦?!"她惊讶和害怕得流出了眼泪,全身颤抖着对他说。"喂,别这样,亲爱的,冷静一下吧!"说完,她吻他的脸,搂着他的头和肩膀,把他从地板上扶起来。"这是你一时的冲动。没关系,常有这样的事,会过去的!哎呀,我真傻!都是我惹出来的!……喂,快点躺下吧,喝点酒就躺下吧!"

她的一番话使得他呆若木鸡,不知所措,他便躺了下来。这番话既简单而又清楚地表明了他们之间存在着鸿沟。他一边喝酒一边想着:应该冷静下来,然后再……然后又怎么样呢?她却坐在床边,用一只丰腴的小手默默地若有所思地抚摸着他的头,抚弄着他的头发,带着善意和朴实的微笑,不时地看看他的面孔。

他拉着她的手,又开始说:"你听我说!你是否有时也能记起你的父亲、母亲、你们住过的村子,也能记起你的童年和你一生中别的美好的东西呢?"

她若有所思地笑了笑,摇摇头,但突然又皱起眉毛,严厉而不大友好地说:

"咳,别废话了!快别说了!"

他不吭声了,感到羞愧得无地自容。

"我走吧!不,赶快、赶快离开这里!怎么?!这就走吗?!"

他责备起自己来。他从床上坐起,直盯着她的眼睛,突然用极其诚恳的、亲切的口吻对她说了起来,他觉得必须向她讲清她的处境。他谈到家庭和天伦之乐,谈到她的丈夫,一个热爱着她的、善良而年轻的小伙子,谈到一间布置得很舒适、干净,以诚实的劳动挣得的小房间。房间里有两个孩子在爬来爬去,喊她"妈妈!妈妈!",并且咿咿呀呀地说一些可爱的、稚气的话。他还向她描述她自己,把她描绘成一位操心的、诚实的女工,在她的周围有许多女友,同她一样都是贤妻良母……他不惜浓墨重彩地描绘着。他越是陶醉于自己所描绘的情景之中,就越是不惜添油加醋,谈了许多家庭生活的细枝末节,向她巧妙地揭示出其中美好的、富有人情味(就这个词最好的含意而言)的成分。他意识到,在这种奇特的场合,在这个徒有奢华外表而内藏污垢以及对女性的肆意玩弄的乌烟瘴气的环境中,他的所作所为是高尚的,他由于能自我克制,又讲了这一番道理而沾沾自喜。于是他把意识到的这片真挚的感情,一股脑儿倾注到他的谈话中去……

他完全被自己描绘的情景所吸引,似乎看见她已经变成一个健康、严肃的女人,卷着衣袖,正在炉旁忙碌着,孩子们在她身边蹦蹦跳跳,放开嗓子欢叫。他们都长得那么漂亮、活泼,身上弄得挺脏……门开了,这是她丈夫回来了。他亲热地拍拍她的肩,她对他笑了笑,多么纯洁而温柔的笑啊!……丈夫亲昵地抚摸着孩子们,孩子们在他怀里欢跳着……丈夫对她说:"喂,亲爱的,是不是该吃饭了?"于是她就赶忙……

突然,他感到腰部一阵难忍的剧痛,有个什么又尖又凉的东西慢慢刺进了他的腰部。他尖叫一声,跳下床来。他跑到桌子旁边,拧开电灯的开关,很快看了腰部一眼。

他的衬衣有一个地方紧贴在他身上。他扯了一下衬衣,又疼得咬了咬牙。他发现一枚很粗的铜别针透过衬衣扎了进去。他莫名其妙,忙把铜别针拔了出来,衬衣上留下一小块血斑,他诧异地看了看铜别针。

"怎么,痛吗?"她从紧紧拉上的帐子里用嘶哑的声音问他。"没事儿!你就忍受一次吧!"

他明白了,立即马马虎虎地穿上衣服,走了出去。从他身后那间小小的房间里,传来一阵阵闷声的哀泣,但它被充斥在走廊里的大声喧哗所淹没。

她不哭了,因为泪水已干涸。她的悲哀似乎已经在她的胸中凝固和硬化,并以千钧之力压迫着她。她从床上起来,心不在焉地穿好衣服,来到走廊里,后来又到了装着玻璃窗的肮脏而满是灰尘的凉台上,坐到凉台角落的一堆柴火上。她觉得自己已经心力交瘁,不久于人世了。

在今晚以前,她一直走着一条肮脏而艰难的路,她走着,没有任何奢望。只是有的时候,由于烦闷无聊,她才记起在她所走的道路之外,还有某种别的东西;但对她来说,那东西就像在云雾里一样,模模糊糊。事实上,她也没有功夫去想这些没用的、于事无补的东西。而且,一个出卖肉体的人有什么可想的呢?没什么可想的。

可是忽然间,有几缕阳光固执地、变化无常地向她展现了那已成为遥远过去的美好、光明、温暖的事物,她要回到那儿已经为时过晚……而且,别人恐怕也不会让她去。尽管这里的一切都非常简单明了,而且未必有什么需要宽恕的,但人们是不会谅解也不愿宽恕别人的。

杜尼卡在角落里坐腻了,因坐着不动而感到很冷。窗外朔风乍起,发出悲惨凄厉的呼啸声,她走到窗边,用手压碎了一块玻璃。玻璃哐啷一声掉了下来。一团雪花被风卷进破洞,刮到了走廊里。她又压碎了一块玻璃。她非常喜欢把玻璃压碎。这仿佛能减轻几分她那已经变得麻木了的、积压在心头的痛苦似的。但是她已经冻僵,她紧紧地裹了裹身上的皮大衣,走开了。她想象着大厅里的情景,现在,那里所有的人大概都喝得烂醉、丑态百出了……

"该死的!"她低声说着,推开了一间堆放杂物的小屋的门。她走了进去,她的脚碰到了什么东西,发出难听的金属的响声。啊,这是装着煤油的铁筒儿。她坐在墙角的一堆垫子上,双手捧着头晃来晃去。她感到气闷、痛苦、委屈。她眼前浮现出一间明亮的小房间,健壮而善良的丈夫,一对孩子,还有作为妻子和母亲的她……

最好是再哭一场……但眼泪已经哭干了。钻心的痛楚愈来愈厉害,烦人的小调也传了进来。

"喂,你们这些混蛋,在那儿唱得入迷了吧!……"她大声说,再也找不到任何话来表达自己的烦闷和愤恨。她晃得愈来愈厉害,低声哼起了一支她有一次听到过的忧伤的歌曲,她没唱歌词,只哼旋律,而且刚开了一个头,就停下不唱了。

狂风一直在哀怨地、古怪地呼啸着。窗户上的玻璃碎片发出了尖细的响声,有时由于风雪的吹打,叮当作响。她孤独地待在这间堆满了各种破烂的小屋里,觉得愈来愈冷,愈来愈难受,愈来愈沉重。

"还不如死了算了……"她想,"但这是多么可怕啊!"她记起了近一个月前服毒自杀的一个女友的面孔:难看、发青、龇牙咧嘴……她想起这个就不寒而栗,马上站起身来。

这时,她的一只脚又碰到了那个洋铁筒儿,铁筒儿叮当作响,仿佛在召唤她似的。

于是,在杜尼卡的脑海里产生了一个非常出色的念头……

"我要报复你们!……"她高兴地笑了,急忙在裙衫的衣袋里摸索着。

她划燃了一根火柴,照亮了房间里的破桌椅。这些东西和那些残缺不全、凌乱不堪的垫子堆在一起。

杜尼卡双手捧着煤油筒儿,仍然快活地笑着,开始把煤油泼在自己的周围……然后她小心翼翼地把铁筒儿放在地板上,急忙把划燃的火柴一根接一根地扔在麻束上……

现在,除了寒风猛烈的呼啸声外,还加进了消防马队的铃声,以及消防队员和一些热心的人们的喊叫声。他们正用沉重的钩竿摧毁这座阴暗的旧房子。房子被火焰团团围住,火光把白雪以及热心观看火灾的观众的面孔映照得通红。

"小心点儿!……"几名威武的、满脸胡须的士兵神气地喊着,有些故意卖弄自己的勇敢。他们正在运水。

那座老房子轰隆一声塌了下来,火焰快活地哔哔喇喇地响着,用火舌舔着这栋房子历尽沧桑的肋骨,——大伙儿都十分满意:看热闹的人们因看到这幅美景而心满意足;消防队员由于有机会活动一下自己的筋骨而高兴;火焰对于能够显示一下自己的威风很满意;那座老房子则因为终于结束了它腻透了的生活而感到庆幸。只有房屋的主人,一个好心肠的老头,伊萨伊·彼得罗维奇·查尔斯基不满意。

"大人,这里准有坏人,这准是他的脏手干出来的坏事,大人!"他这样向区警察局局长诉着委屈。因为心情沉痛,他的嘴可笑地抽搐着。

谭得伶　译

一个诗人的故事*

曾经有一个诗人,他没有写过一行诗,便死于贫困,因而他没有玷污自己清白的灵魂——他没有暗地里或公开地轻视过众人,没有吹嘘过自己,没有贪图过荣誉,没有失掉诗人心灵中那种值得人们敬重的圣洁的品德。

请您相信我,曾经有过这样一个诗人,确实有过,而我想要讲的是:是什么东西使他未能活下去并闻名于世。

他住在一座大城市的近郊,一条弯弯曲曲、污秽不堪的街道上的一个小阁楼里。从阁楼的窗口望出去,整个城市尽收眼底,它是那样拙劣、杂乱,在明媚晴朗的日子里,从上面看去,它就像一只肥胖的乌龟,喧闹,肮脏,并由于背上落下如此多的阳光而兴高采烈。

他不喜欢这个城市,虽然他怜悯它。他有自己的天地,在那儿他建造起许多别样的城市,让与这个城市和地球上所有城市的居民迥然不同的人住进去……这是一个漫无边际的幻想的天地,在那儿非常容易迷路,在那儿更容易失掉心灵和理智的力量。

如同大多数诗人一样,我的诗人在年轻时就认为,在他脚边展开

---

* 本篇大约写于一八九三年,最初发表于一八九四年六月二十九日《伏尔加通报》。译自《高尔基三十卷集》第一卷。作品反映了青年高尔基的美学观点:文学艺术应为人们指出获得幸福的真正途径,鼓舞人们去建立功勋,有助于清除人们心灵上的个人主义污垢;反对文学艺术脱离生活,强调作家和诗人对人民应具有高度责任心,而作品则应是"简洁、朴实、真诚,像火一样的炽热"。

的这个城市的生活,并不是人们应该得到的称得上幸福的生活。由于有这样的想法,他认为自己是一个负有指出真正幸福道路使命的人,以自己灵感的光芒照亮生活的黑暗,以自己的精神汁液洗涤人们心灵上卑下欲望的污垢……

在寂静的夜晚,他坐在窗前,谛听着为争取生存权利而斗争的低沉的嘈杂声。这声音从城里传入他的耳中并飘向柔和的天空,在经过一天神经上的狂乱不安而倦乏的大地上方,天空若有所思地张挂了绣满金色星星的天鹅绒般的帐幕,——他一面听,一面忧郁地摇着头,因为这声音是那样干巴,从中听不到使人对美好的未来抱有希望,给人心灵上以慰藉的柔和的调子。

于是他奋笔疾书,把自己的爱与恨,非议与赞许,充满他心灵的一切倾吐在纸上……可是每当灵感消耗殆尽,而他读着刚完成的诗篇时,深切的悲痛便渗透着他的心,渗透到那个不久以前还充满着创造生活的热切愿望的心。那写在纸上的与心灵里沸腾的东西迥然不同;出现在纸上的不是坚强的信念而是冷冰冰的、众所周知的老生常谈,不是新颖的思想,而是含混不清的陈词滥调和暗示……

于是他哭泣,愤懑,抱怨,重又提笔写作,并暗笑第一个把创作的痛苦称为甜蜜的痛苦的人。

在发生我要讲的这件事情之前,我的诗人一直这样生活着。

有一次,在一个月明之夜,当他搜索枯肠,推敲着新的诗句,坐在窗边,俯瞰已经入睡的城市,仰望空中那些欢愉而又若有所思的光华灿烂的繁星时,——在这个夜里,在他看累了的眼睛前面闪过了一种像影子一样透明、像梦幻一样不可捉摸的东西,它一闪而过,一个只有他的心才能听到的声音悄悄地、但清晰地对他说:"你听我说!"

他没有发慌,因为以前这神秘的声音就曾和他谈过话,——他没有发慌,并且全神贯注地谛听着。

"我们是诗神缪斯①,我们来了三个女神,和我们一起飞来的还有千百万你所需要的诗句……我是第一个缪斯。我的诗句像一块块大理石那样凛冽而美丽;只有卓越的智慧和心灵才能欣赏的不朽之作正是用我的诗句创作的。你要知道,只有卓越和纯洁的心灵才能充分理解美好事物,理解那总是那样哀婉动人的美好事物。它之所以哀婉,那是因为孤独并意识到自己不能使生活轻松,不能用自身的力量给生活涂染柔和、鲜艳、赏心悦目的色彩。

"我的诗句像冬天的阳光一样寒冷;人们不常从我这里取用它们,可是只有伟大的作品才用它们来创作。那些过去创作的作品已经湮灭,而为它们建立起来的纪念碑很快将在岁月的冲击下倒塌,但是你看得到生活并且了解人们,你也知道伟大的沃尔夫冈②歌唱之时和比他更早的时代所遗留下来的一切并没有改变。我应当提醒你这件事,因为我是诚实的,对我说来既不存在悲哀,也不存在喜悦,既不存在善,也不存在恶,我是服务于美的,它是至高无上的真理,这真理无论几百年、几千年也不会被摧毁,你是否愿意用你的心来获取我美好的诗句,把我当成你的女友呢?"

"干吗要它们呢?"我的诗人忧郁地回答说,"既然它们和你对生活的影响是如此的微不足道,干吗要它们呢?我爱人们,我爱我的理想,我希望大家都幸福,我希望生活像阳光明媚的日子里拍击海岸的波浪那样美丽和富有生气,我希望生活同样发出轻盈悦耳的声响。我要教会人们只期望一种幸福——为自己的思想和行为的纯洁与伟大而尊重自己的那种幸福。在这方面你能帮助我吗?"

"生活像河一样,但是它的源头是浑浊的,因为这些源头从泥土里流出,而它们的水又是顺着土地流淌的。你想澄清生活的源泉吗?把

---

① 缪斯是希腊神话中司文艺、美术、科学的九个女神,其中三个是分别司抒情诗、爱情诗、叙事诗的女神。
② 德国伟大诗人歌德名约翰·沃尔夫冈。这里说的"没有改变",指在十九世纪九十年代恢复了对歌德的浪漫主义的崇拜。

它们搬到天上去吧。我是为美而效劳的,而我知道,恶常比善更美。因此我想,假如善同恶一样的有力,一样的普遍,那么后者便会是你希望的目标了。凡是多的东西就是庸俗和无聊的。常胜者由于骄傲、战斗的疲乏、对胜利的厌倦而总是要蜕化和毁灭的。请看太阳,它永远是年轻的,它明亮地照耀着自己的光芒所及的地方,对于它并不存在什么善与恶……这叫作采取客观态度,这就是世上可能有的最高的正义。"

可是我的诗人立刻愤慨地说道:

"可这里也没有心灵。思索得太多了,要重新学会感觉!因为正如根本没有十全十美的东西一样,现实生活中也没有纯真的感情。一切都被理智的强大打击所粉碎和动摇了,人的思想像针一样尖利,像蛇一样曲折隐蔽,它往生活之杯中斟进了过多的毒液。请看,生活中有着多么伟大的思想家,可是请指给我看,有伟大心灵的人在哪里呢?所以对生活的渴望正在消失。另一些人像海里的珊瑚礁石一样,在生活中耸立着,生活在他们周围沸腾,并不断把那些渴望找个地方停靠一下的泅水者在他们这些硬石上撞得粉身碎骨。所有的人都在希望一件东西,即幸福,但是他们正在到处寻找它……因此必须擦亮他们的眼睛,给他们指出通向真正幸福的道路……"

"好吧,我走了!"第一个缪斯说,并发出了像叮当响的金子那样冰冷而清脆的笑声。

"我是第二个缪斯,愿为你效劳,想必你是要我的。我的诗句简单、易懂而亲切,而且同她的诗句一样美丽。我怜悯。我赞许。有时我的诗句像金针一样锐利,刺进心房能使心忧伤痛苦。我用它们来引起眼泪和幸福的笑声,用它们使人忆起生活中最美好的东西。它们听上去就像海浪在那南方寂静的夜晚发出的暖融融的乐曲;南方的夜晚是充满了悦目的、柔和的阴影,充满了甜蜜的动人心弦的幻想的。……静谧的,助人遐思的月色,树叶的簌簌声,鸟儿的鸣啭——这一切都是生活所必需的。你将把悲哀、痛苦和你的全部希望都化作诗句倾吐出来……"

"可是人们已忘却了自己要建立丰功伟绩的使命,你将提醒人们这一点吗,你将唤起对功勋的渴望吗?"我的诗人说道,"你的抒情诗是否会洗净人们心灵上相互猜疑的烟垢呢?它是否会擦去他们在争取生存权利的搏斗中变得冷酷的心灵上的自私的锈斑呢?"

"你要明白,"缪斯说,"我要给人以温存并促使人们幻想比现实更好的东西。"

"幻想这并不等于生活。需要的是功勋,功勋!需要这样的诗句,它们能像警钟一样响亮,能惊动一切,震撼一切,推动人们前进。让人们对错误有明确的认识,对过去感到羞耻。让人们对现实的憎恶成为使人坐卧不宁的剧烈痛苦,而对未来的渴望成为炽烈的焦心的悬念。"

"你不知道你要的是什么。唤起爱吧,这就是所需要的一切。"缪斯说道。

"咳,爱还不等于帮助!爱和温存是不够的,还需要恨和做一个强者。一切都在于:要在不忘记自己的同时记得别人,在不贬低自己的同时抬高别人。"

"我来帮助你,我!"第三个缪斯说道,"我的诗句像长鞭和荆棘的针刺。什么东西都不像打击能推动人前进。呵,请相信,人们对侮辱比对抚爱更能理解,他们是那样千方百计挖空心思地来彼此凌辱和凌辱自己!……可是他们,这些人有着适应一切的本领,因此爱他们的人不应忘记这一点。为了要推动人们前进,必须在一切方面都超过他们。还要像雪一样的冷,石头一样的无情,在他们身旁走过而不为他们的呻吟所动。同样不应该让他们觉察到你对他们的爱,因为他们会把这看作软弱,如果他们认定你爱他们,就不会再怕你了。"

"这多可怕呀!"我的诗人说。

他有一颗温柔的心。

"是这样的。可你知道,世界在幼年时期就第一次听到了关于善的说教,至今还能听到它,所以世界仍然像幼年时期一样。它动摇,它一直在动摇,然而现在它是否比过去更坏呢?让我们来试一试使它再经受一次火辣辣的责难和尖刻的良心责备吧。让我们试一试吧,尽管很难作一个比约拿旦·斯威夫特①更强的强者。"

缪斯说到这里就不再作声了,我的诗人却沉思起来。他差不多已经懂得,要决心教育人们,自己应当作怎样的人,于是他对这一角色赋予他的责任感到胆战心惊。他想起了,不存在有罪的和无辜的人,有的只是想要生活的人……当他想到,要做一个生气勃勃的、正直的人需要具备很多条件时;想到为了能在临终时有理由说一声"不管我做了什么,我是一个正直的人",需要向生活付出很多代价时,他就越来越深地陷入了疑惑的无底深渊。当他正在想着这一切的时候,突然听到一阵低语,这是诗句在低声说话:

"我们请求你作为一个诚实和纯洁的人,不要强迫我们!不要用我们来编写对偶像的颂歌,不要用我们来把理想表述得含含糊糊!不要像许多人由于怯弱,另一些人由于无耻,再有一些人由于灵魂卑贱而把我们弄得模棱两可。应该了解我们每个诗句的词儿的本质,只有这样我们才能成为黑暗中的星星和火炬。"

"请不要滥用我们,不要滥用我们吧!……"

我的诗人听到这些话以后,觉得他的心马上就要愁碎了。

周围已经寂静下来,他还久久地倾听着这一片寂静。他已经开始明白:无论他作怎样的人,他都不可能是正直的;他无力承担错待他人的责任;任何行为都不会在生活中不留痕迹,人们已经因错误而弄得疲惫已极;谬误的学说或劝告都会产生不幸。而生活中不幸的事情已是如此之多,以致整个生活简直就像一个不幸的汪洋大海。

于是他折笔焚稿。我再说一遍:"他折笔焚稿"。后来,他充分意识到自己的无力,满怀着对人们的担忧和爱,忧郁而绝望地死去了。实质上,他的死正是由于他异乎寻常的正直。

---

① 斯威夫特(1667—1745),英国讽刺作家和政治家,在其主要著作《格列佛游记》中对当时英国统治阶级作了尖刻辛辣的讽刺。

现在，当讲完所有这一些以后，我应当承认，这类事情并没有发生过。

假若果有此事或类似的事，那么生活中便会少一些考虑不周的理论、不公正的责难、含混不清的议论，便会少一些当前屡见不鲜的情况，即每个人都认为：他既然会说话，就可以教训别人，为别人出主意，指点别人，责难别人，每个人都这样认为，便把生活搞得乱七八糟。而即使没有他的干预，生活就已经够乱了。假如他想清除生活中的污浊，那就让他首先清洗掉自己灵魂中的虚荣心吧，就让他排除自己的头脑对动荡不定的时代的依赖性吧。待到理想不可动摇和永恒不变的时候，再让他认清自己和自己的道路，只有到了那时再让他勇于发表自己的见解吧。这种见解应该是简短、朴实、真诚和火一样的炽热。

在生活中有如此之多的导师，学生却很少；学说很多，可真理呢？

有谁知道真理在哪里，寓于何处呢？

打消性急的而又并非总是纯洁的好为人师的愿望，默默无闻地死去，比扩大生活中的虚伪面和增加人们的错误要好得多。

这就是整个的故事……

陆桂荣　译

伊则吉尔老婆子*

一

这些故事是我在比萨拉比亚的海岸上,靠近阿克尔曼①的一个地方听到的。

有一个晚上,我们做完了一天的采葡萄工作以后,那一群跟我在一块儿做工的摩尔达维亚人都到海边去了。我和伊则吉尔老婆子却留下来,我们躺在葡萄藤浓荫里的地上,默默地望着到海边去的人们的身影渐渐溶化在蔚蓝的夜色里面。

他们一边走,一边唱着,笑着。男人都有青铜色的脸和又浓又黑的胡髭,他们的浓密的鬈发一直垂到肩上;他们都穿扣领短上衣和宽大的裤子。妇人和少女都是又快乐又灵活,她们有深蓝色的眼睛,她们的脸也是青铜色的。她们的丝一样的黑发松松地垂在她们的背后,暖和的微风吹拂着它们,把那些结在发间的铜钱吹得叮当地响。风吹得像大股的均匀的波浪,可是有时候它仿佛在跳过什么看不见的障碍似的,产生一股强劲的气流,把女人的头发高高地吹起来,成了奇形怪

---

* 本篇写于一八九四年,最初发表于一八九五年四月十六、二十三和二十七日《萨马拉报》,译自《高尔基三十卷集》第一卷。
① 比萨拉比亚的一个小城。

状的鬃毛,在她们的头上飘动。这给她们添了一种奇怪的、仙女似的样子。她们离我们越去越远;夜和幻想给她们披上了一身美丽的衣裳,使她们越来越美了。

有人在拉提琴……一个少女唱起了柔和的女低音。传来一阵一阵的笑声……

空气里渗透着海的有刺激性的盐味和太阳落山前刚刚给雨水滋润过的土地所蒸发出来的浓烈的泥土味。现在还有几片残云在天空飘浮,非常漂亮,而且形状和颜色都是极其怪诞的——有的是轻柔的,像一缕一缕的烟,有暗蓝色的,也有青灰色的;有的陡凸尖峭,像断崖绝壁,有暗黑色的,也有棕色的。一片一片的深蓝色天空从这些云朵中间和善地露出脸来窥探,它们上面点缀了一颗一颗的金星。所有这一切——声音啦,气味啦,云啦,人啦——都显得是不可思议地美丽和忧郁,好像是一个奇妙的故事的开场一样。一切都像是停止了生长,快要死去似的。嘈杂的人声消失了,往远方逝去,变成了悲哀的叹息。

"你为什么不跟他们一块儿去呢?"伊则吉尔问我道,她朝着人们去的那个方向点一点头。

时间使她的身子弯成了两截;她那对曾经是乌黑的眼睛现在黯淡了,而且总是泪汪汪的。她那干枯的声音听起来很奇怪;它轧轧地响着,好像这个老婆子在用骨头讲话似的。

"我不想去。"我答道。

"哎!……你们俄罗斯人生下来就是老头子。你们全是像魔鬼那样地阴沉……我们的女孩子怕你……可是你年轻,强壮……"

月亮升起来了。月轮很大,而且像血一样地红,它好像是从草原的深深的地层中钻出来的,这个草原当年曾经吞过那么多的人肉,喝过那么多的人血,大概就因为这个缘故变得极富饶,极肥腴了。月光把葡萄叶的花边形的影子投在我们的身上,我和老婆子都仿佛给盖上了一张网似的。在我们的左边,云的影子在草原上飘浮着;这些云片渗透着浅蓝色的月光,显得更光亮,更透明了。

"你瞧！腊拉来了！"

我朝老婆子用她那指头弯曲的颤抖的手所指的方向望过去，我看见一些黑影在那儿浮动，影子很多，其中有一个比其他的影子更暗更浓，而且动得更快，也更低——这是从一片离地面较近，而且动得较快的云上面落下来的影子。

"我看不见一个人。"我说。

"你的眼睛比我这个老婆子的还差！你瞧！在那边！那个黑黑的东西，正在草原上跑着的！"

我再看那边，除了影子以外我还是什么也看不见。

"这是影子！你为什么叫它做腊拉？"

"因为这就是他。他现在已经只是一个影子了！是该成影子的时候了！他已经活了几千年了；太阳晒干了他的身子、他的血同他的骨头，风又把它们像尘土似的吹散了。你瞧：上帝为了一个人的高傲就会这样地对付他！"

"告诉我这是怎么一回事！"我向老婆子央求道，这时候我已经在期待着一个在草原上编成的出色的故事了。

她给我讲了下面的这个故事。

"这是好几千年前的事了。在海的那一边，很远的，很远的，太阳出来的地方，有一个大河的国家，在那个国家里太阳可热得厉害，那儿的每一张树叶、每一片草叶都投射出够给一个人遮蔽日光的影子。

"可见那个国家的土地是多么的富饶！

"在那儿有一族强悍的人，他们靠牧畜为生，并且把他们的气力同勇气消耗在打猎上面，打过猎以后，他们便设宴庆祝，大家唱歌，并且跟女孩子调情。

"有一回在他们的宴会当中，一只鹰从天空飞下来，把一个像夜一样柔和的黑头发的女孩子抓走了。男人们拔出箭来向鹰射去，那些可怜的箭都落回在地上。他们跑到各处去找那个女孩子，却始终找不到她。他们渐渐地忘了她,就跟人忘掉世界上的一切事情一样。"

老婆子叹一口气,她不响了。她那刺耳的声音好像是那一切给人忘记了的时代变成回忆的影子在她胸中复活起来,现在在这儿哀诉一样。海轻轻地给这个古老传说的开场白伴奏(这一类的传说也许就是在这个海岸上创造出来的)。

"可是过了二十年,她自己回来了,已经成了衰弱、憔悴的女人。她带来一个年轻人,强壮而漂亮,就像她在二十年以前的那个样子。他们问她这些年中间她在什么地方,她说鹰把她带到深山去,她跟他一块儿住在那儿做他的妻子。这个年轻人便是他的儿子;父亲已经死了。他看见自己一天一天地衰老了,便最后一次高高地飞到天空去,然后收起翅膀让自己从空中摔下来,重重地跌在峻峭的山岩上撞死了……

"众人惊奇地望着鹰的儿子,他们看出来他跟他们并没有什么差别,只除了他的眼睛是冷冷的,高傲的,跟那个百鸟之王的眼睛倒很相像。他们对他讲话,他高兴就回答,否则便一声不响;族里的长辈们过来对他讲话,他像对待平辈一样地回答他们。这使长辈们很不高兴,他们说他是一根箭头还没有削尖也没有装上羽毛的箭,他们告诉他,成千的像他这样年纪的人以及成千的年纪比他大一倍的人都尊敬他们,服从他们。可是他却大胆地望着他们,回答道,世界上并没有一个跟他相等的人,要是大家都尊敬他们,他也不愿意这样干。啊!……这时候他们真的生气了,他们气冲冲地说:

"'我们中间没有他的地方!他高兴上哪儿去,就让他上哪儿去。'

"他大笑,便到他高兴去的地方去——到那个一直出神地望着他的美丽的少女那儿去;他走到她跟前,搂住她。她的父亲就是刚才训斥过他的那些长辈中间的一位。虽然他很漂亮,可是她把他推开了,因为她害怕她的父亲。她把他推开,自己走开了;可是他打她,等她倒在地上的时候,他又拿脚踏在她的胸口上,踏得那么厉害,从她的嘴里喷出鲜血来朝天空溅去。这个少女喘一口气,像蛇一样地扭动一下,就死了。

"所有在场看见这件事情的人都惊呆了,——一个女人让人这样地杀死在他们的面前,这还是第一次。他们默默地站了许久,他们一会儿望着那个少女,她躺在那儿,眼睛睁开,满口是血,他们一会儿望着她旁边那个年轻人,他一个人站在那儿,高傲地面对着大家——他不肯埋下头,好像他要他们来处罚他似的。后来他们清醒过来了,捉住他,把他绑起来,放在那儿;因为他们觉得,马上就杀死他,未免太简单了,这不会使他们满意的。"

夜色在增长,在加浓,夜充满了奇异的、轻柔的声音。草原上金花鼠凄凉地吱吱叫着,葡萄藤的绿叶丛中响起了蟋蟀的玻璃一样的颤声;树叶在叹息,在窃窃地私语;一轮血红色的满月现在变成苍白色了,它离地越高,就显得越苍白,而且越来越多地把大量的浅蓝色暗雾倾注在草原上……

"他们聚在一块儿,要想出一个足以抵偿他的大罪的刑罚……有人建议用几匹马把他分尸,然而他们觉得这个太温和了。有人主张每一个人射他一箭射死他,但是这也让人反对掉了。有人提议把他活活地烧死,可是烟雾会叫人看不见他的痛苦。意见已经提得很多,却始终找不到一个可以叫大家满意的来。他的母亲跪在他们的面前,一声不响,她找不到眼泪同语言来哀求他们宽恕她的儿子。他们谈了很久,最后一位贤人想了好一会儿,便说道:

"'让我们来问问他为什么要做这件事!'

"他们这样问了他。他说:

"'先给我松绑!你们绑住我,我是不说的!'

"他们给他松了绑以后,他反倒问他们:

"'你们要什么?'他对他们发问好像把他们当作他的奴隶一样……

"'已经对你讲过了。'贤人答道。

"'为什么我要向你们解释我的行为呢?'

"'为着我们可以了解你。你这个高傲的人,你听着!反正你要死了……你让我们了解你所做的事情吧。我们还要活下去,我们能够多知道一些我们现在还没有知道的事,对我们会有好处。……'

"'好吧,我说,虽然也许连我自己还不十分明白先前发生的那件事情。我杀死她,因为我觉得——她好像在推开我……我却要她。'

"'可是她不是你的人呀!'他们对他说。

"'那么你们使用的就都是你们自己的东西吗?我明明看见每一个人就只有言语和手、脚是他自己的……可是他们却有牛羊,女人,土地……还有许多别的东西。'

"对他这个问题,他们回答他说,一个人占用任何一件东西,都是用他自己作代价换来的:譬如用他的智慧,他的气力,有时候甚至用他的生命。可是他说,他要保持一个完整的自己,不愿意分一点给别人。

"他们跟他谈了很久,后来终于看出来他把自己看作世界上的第一个人,而且除了他自己以外,他什么都不放在眼里。他们明白他给他自己安排了怎样孤独的命运的时候,他们觉得可怕极了。他没有种族,没有母亲,没有牲畜,没有妻子,而且他也不要这些。

"他们看到了这一点,便又讨论究竟用什么样的方法处罚他。可是这一次他们谈得并不久,那个贤人听了他们的意见以后,便出来说:

"'等着!刑罚已经有了。一个很可怕的刑罚。你们想一千年也想不出这个来!他的刑罚就在他自己身上!放他去吧,让他自由。这就是他的刑罚!'

"就在这个时候发生了一件神奇的事情。无云的天空中忽然响起一声霹雳。天上的神明同意了贤人的话。在场的人全躬身行礼,随后便散去了。然而这个年轻人(他现在得到了"腊拉"这个名字,这是"被抛弃","被放逐"的意思。)却望着那些把他抛在这儿的人高声大笑,他笑着,他现在是单单的一个人了,他是自由的,跟他的父亲完全一样。不过他的父亲并不是人……他却是一个人。现在他开始过起鸟一样的自由生活来了。他时常跑到那一族人住的地方去,抢走他们的牲畜和女孩子——以及一切他要的东西。人们用箭射他,可是箭头射不进他的身体,因为有一层最高刑罚的无形的外皮保护着它。他动作敏捷,贪得无厌,又强壮,又残酷,可是他始终没有跟人面对面地遇到过。人们只有在远处看到他。他就这样孤独地在人群附近荡来荡去,一直荡了好久,好久,——已经好几十年了。可是有一回他走近了人们,等到他们向他冲上来的时候,他却站住不动,连一点儿自卫的动作也没有。有一个人猜到了他的心思,便大声嚷起来:

"'不要挨他!他想死!'

"大家全站住不动了,他们都不愿意减轻这个对他们作过许多坏事的人的厄运,都不愿意杀死他。他们就站在旁边,笑他。他听到这些笑声,浑身抖起来,伸出两只手抓他自己的胸口,在胸口上找寻什么东西。他忽然拿起一块石头,向人们冲过去。他们避开他的攻击,却不还手打他;等到他疲乏了发出一声痛苦的哀号倒在地上的时候,人们退在一边,望着他。他站起来,拿起那把他们先前争斗的时候从一个人手里落下来的刀,朝他自己的胸口刺进去。可是刀折断了,好像它砍在一块坚硬的石头上一样。他又倒在地上,拿脑袋去撞地,撞了好久,可是地只是在退让,他的脑袋撞到哪里,那里便留下一个洞。

"'他不能够死!'人们高兴地嚷着。

"他们丢下他走开了。他朝天躺着,看见一些雄壮的鹰像黑点似的高高地在天空飞翔。他的眼睛里充满着痛苦,多到可以毒死全世界的人。从那个时候起他就在等待死——永远是孤独的,永远是自由的。他一直在飘来荡去,到处都去过了。……你瞧,他已经变成影子一样的了,而且他会永远是这样的。他不懂得人的话,也不懂得人的动作,他什么也不懂。他只是在找寻,飘来荡去……他不知道生,死也不欢迎他。人们中间没有他的地方了。……看,这就是一个人由于高傲而受到的惩罚!"

老婆子叹了一口气,不响了,她那个垂在胸前的头奇怪地摇了几下。

我望着她。我觉得这个老婆子给睡魔征服了。不知道为什么,我非常可怜起她来。她的故事的结尾的一段是用一种庄严的、警告的声音说出来的,可是这里面仍旧有畏怯的、奴隶性的调子。

海岸上有人唱起歌来了,唱得很奇怪。起初听见的是女低音,它唱了一支歌子的前两三节,然后另一个声音又把这支歌子从头唱起,而同时第一个声音仍旧继续领头唱着……于是第三个,第四个,第五个声音又照这样的次序一个跟一个地从头唱起。突然间一个男声合唱队又把这同样的歌子从头唱起来。

每一个女人的声音都是可以跟别的声音很清楚地分别出来的,它们像是五颜六色的溪水从上面什么地方流下来,流过一些阶状的山坡,带跳带唱地流进那个涌上来迎接它们的深沉的男声的浪涛里,它们沉在浪涛中,又从那里面跳出来,把它盖过了,然后它们,清澈而有力,一个接连一个高高地升腾起来。

海浪的喧响在这歌声的掩盖下再也听不见了。

二

"你在别的什么地方听见过这样的歌唱吗?"伊则吉尔抬起头来,张开她那没有牙齿的嘴笑问道。

"我没有听见过。我从来没有听见过……"

"你不会听到的。我们爱唱歌。只有美的人才能够唱得好——我说的美的人,就是爱生活的人。我们爱生活。你瞧,难道在那儿唱歌的那些人做完一天的工作以后就不会疲倦吗?他们从太阳出一直做到太阳落,可是一到月亮出来,他们就已经在——唱歌了!那些不会生活的人就会去睡觉的。那些喜欢生活的人就——唱歌。"

"可是健康……"我刚一开口说。

"我们都有可以活下去的足够的健康。健康!倘使你有钱,难道你就不花掉它?健康就是金子一样的东西。你知道我年轻时候做过些什么事情吗?我织地毯从太阳出织到太阳落,差不多就不站起来。我那个时候就像太阳光那样地活泼,可是我却不得不整天在家坐着,像石头一样动也不动。坐得我全身的骨头都发痛了。可是一到夜晚,我就跑到我爱的人那儿去,跟他接吻。我的爱情还没断的时候,我就这样一直跑了三个月;在那个时期我每夜都在他那儿。你瞧,我一直活到了现在——我的血不是足够了吗!我不知道爱过了多少!我不知道受过了多少吻,也吻过了多少!……"

我看她的脸。她那对黑眼睛暗淡无光,连她的回忆也不曾使它们发亮。月亮照亮了她那干枯的、破裂的嘴唇,她那长满了灰白色柔毛的尖下巴,和她那猫头鹰嘴一样的弯曲的、满是皱纹的鼻子。她的脸颊现在是两个黑洞,有一个洞里面还搁着一缕灰白色头发,那是从她头上缠的红布底下掉出来的。她的脸,她的颈项和她的手全起皱了,而且只要她动一下,我就担心这干枯的皮肤会裂成碎片,在我面前就只有一副赤裸裸的骷髅和它那两只暗淡无光的黑眼睛了。

她又用她那刺耳的破声讲下去:

"我跟我母亲一块儿住在法尔密附近,就在伯尔拉德河的岸上;他第一次到我们田庄上来的时候,我才只十五岁。他是高个子,身子灵活,长着乌黑的胡髭,他又是个多快活的人!他坐在一只小船里,朝我们窗口大声嚷着:'喂!你们有酒吗?……有什么给我吃的东西吗?'我向窗外看,我的眼光穿过桦树枝看见在月光下发蓝色的河面。他穿着白衬衫,束一根宽腰带,带子头松松地垂在腰间,他站在那儿,一只脚踏在船里,另一只脚踩在岸上,身子摇摇晃晃,一面在唱什么歌。他瞧见我,便说:'一个这样标致的美人儿住在这儿!……我以前怎么不知道!'好像除了我以外所有的美人儿他都知道似的。我给了他一点儿酒和煮好的猪肉……四天以后我已经把我自己完全给了他了。我们常常在夜里一块儿划船。他划着小船来,像金花鼠似的小声吹口哨。我就像鱼似的从窗口跳到河里去。随后我们就划起船走了……他是普鲁特河上的渔人,后来母亲知道了一切,打了我一顿。他拼命劝我跟他一块儿到多布罗加①去,然后再走远点到多瑙河口。可是那个时候我已经不喜欢他了——他只会唱歌,接吻,就再没有别的!我已经感到厌烦了。当时有一群古楚尔人②漂流到了这一带地方来,他们在这儿也有一些情人……现在那些女孩子要好好地快活一下了。她们里面有一个在等待,等待她那个喀尔巴阡③的年轻人,她担心他已经给关在牢里,不然就在什么地方跟人打架给杀死了——突然间他一个人,或者同两三个朋友一块儿来了,好像是从天上掉下来似的。他带给她多丰富的礼物——他们的一切东西全来得可容易啦!——他常常在她的家里请客,对他的朋友们夸奖她。这使得她非常高兴。我的一个女朋友也有个古楚尔的情人,我求她让我见见那些古楚尔人……她叫什么名字?我已经忘记了……我现在开始把什么都忘记了。这是很久以前的事情,全忘记了!她给我介绍了一个年轻人。是个漂亮的家伙……他是个红头发的人,他的胡髭和鬈发全是红的!真是个火一样的脑袋!可是他老带着忧愁的样子。有时候他也很温柔,不过有的时候他却像一匹野兽似的叫吼,跟人打架。有一回他打了我的脸……我就像猫一样地扑到他身上去,用牙齿咬他的脸蛋……从那个时候起他那边脸蛋上就有了一个酒窝,而且他喜欢让我亲这个酒窝……"

"那个渔人到哪儿去了呢?"我问道。

"那个渔人吗?啊……他……他加进那一群古楚尔人里面去了。起初他老是劝我,而且威胁我,说要把我丢到水里去,可是后来也就没有什么了;他加进那一群人里面,并且找到了另外一个女孩子……他们两个人——那个渔人和那个古楚尔人,一块儿给人绞死了。我去看过他们给人绞死的情形。这是在多布罗加。渔人上绞架的时候脸色惨白,而且一路上哭哭啼啼,可是那个古楚尔人却从从容容地抽着烟

---

① 在今保加利亚境内。
② 住在喀尔巴阡的乌克兰山民,以骁勇善战著名。
③ 喀尔巴阡山是中欧的山脉。

斗。他一边走一边抽烟,两只手插在他的口袋里面,他的两撇胡髭一撇搭在他的肩膀上,另一撇在他的胸前摇来晃去。他见了我,把烟斗从嘴上取开,大声说了一句,'再见!'……我为他整整伤心了一年。唉!……这件事情发生的时候,他们正要动身回自己的家乡喀尔巴阡去。他们参加一个罗马尼亚人家里的送行会,就在那儿给人抓住了。只抓到了两个人,有几个人给杀死了,其余的全逃走了……不过后来那个罗马尼亚人也偿还了这笔债……庄子给烧掉了,磨坊和全部粮食都烧光了。他变成一个乞丐了。"

"这是你干的吗?"我顺口问道。

"古楚尔人的朋友多着呢,并不单是我一个……只要是他们的好朋友,就会祭奠他们……"

海岸上的歌声已经停止了,现在只有海浪的喧响给老婆子的声音伴奏——那种忧郁的、骚动不息的喧响正是这个骚动不息的生活的故事最好的伴奏。夜越来越柔和了,它给浅蓝色的月光照得越发亮了,它那些看不见的居民①的忙碌生活的含糊不清的声音也渐渐地消失,给逐渐增大的海浪声掩盖了……因为风紧起来了。

"我还爱过一个土耳其人。我在斯库塔里②他的内院③里住过。我住了整整一个星期,——还不坏……不过我觉得厌烦了……就只有女人,女人……他有八个女人……整天家只是吃啦,睡啦,讲些无聊话啦……不然就吵架啦,叽里呱啦,跟一群母鸡一样……这个土耳其人已经不年轻了。他的头发差不多全白了,他却很神气,也很有钱,讲起话来像主教一样……他有一对乌黑的眼睛……它们对直地看着你……一直看到了你的灵魂里面。他很喜欢祷告。我是在布加勒斯特第一次看见他的……他在市场里走来走去,活像一位沙皇,样子很威严,很威严。我对他笑了笑。就在这天晚上我在街上给人抓走,送

---

① 大约指金花鼠和蟋蟀之类的小生物。
② 土耳其故都君士坦丁堡郊外的工商业区,那儿还有漂亮的花园。
③ 土耳其等国的宫院或大户人家的女眷的住房。

到他那儿去了。他是个贩卖檀香和棕榈的商人,到布加勒斯特来买东西的。'你到我那儿去吗?'他问我。'啊,对,我去!''好!'我就去了。这个土耳其人,他很有钱。他已经有一个儿子了——一个黑黑的小孩子,很灵活。他大约有十六岁。我带着他一块儿又离开那个土耳其人逃走了……我逃到保加利亚,逃到隆·帕兰加……在那儿一个保加利亚女人拿刀子在我的胸口上刺了一刀,是为了她的未婚夫,或者是为了她的丈夫的缘故,我已经记不得了。

"我在修道院里病了很久。这是一所女修道院。一个波兰女子看护我,她有一个兄弟,是一个修士,他常常从另一个修道院(我记得它是在阿尔采尔·帕兰加的附近)来看她……那个人老是像蛆一样地在我面前扭来扭去……等到我的身体好了起来,我就跟他一块儿……到他的波兰去了。"

"等一下!那个小土耳其人到哪儿去了呢?"

"那个小孩子吗?他死了,那个小孩子。我不知道他是为了想家,还是为了爱情,可是他憔悴下去了,好像一棵还没有长结实就受到太多阳光的小树那样……他就这样地枯萎了……我还记得,他躺在那儿,浑身发青,而且透明,好像是一块冰似的,可是爱情仍旧在他的心里燃烧。……他老是求我弯下身子去吻他……我爱他,我记得,我吻了他不知多少次……后来他已经完全不行了——差不多不能动了。他躺在床上,像一个乞丐哀求施舍那样,可怜地求我睡在他身边,使他的身体暖和。我睡下去。我刚睡到他身边……他马上浑身发烧。有一回我醒过来,可是他已经冷了……死了……我哭了他一场。谁能说呢?也许就是我把他害死的。那时候我的年纪比他大一倍。而且我是那么壮,又是精力饱满……可是他是什么呢?一个小孩子啊!……"

她叹了一口气,而且——我第一次看见她这样做——在胸前画了三次十字,她那干瘪的嘴唇在喃喃地念着什么。

"啊,那么你动身到波兰去了……"我提醒她道。

"是……跟着那个小波兰人去的。这个人又可笑,又下贱。他需要女人的时候,他就像雄猫那样来跟我亲热,说许多甜蜜蜜的话;可是他不要我的时候,他就用鞭子一样的话抽我。有一回我们正在河边走着,他对我说了一句傲慢无礼的话。啊!啊!……我生气了!我像柏油似的滚热了!我像抱小孩似的把他抱在手里(他的身材本来就矮小),朝上举起来,我使劲捏紧他的腰,弄得他的脸完全变青了。我这样转了一下,就把他从岸上丢到河里去了。他嚷着,很可笑地嚷着。我从上面看他,他不停地在水里挣扎。随后我就走开了。以后我也就没有再见到他。这倒是我的运气:我从来没有再碰到那些我爱过的人。像这样碰见是不好的,就跟碰见了死人一样。"

老婆子不讲话了,她在叹气。我想象那几个因她而复活起来的人。这儿是那个生着火一样的红头发、留着胡髭的古楚尔人,他从容地抽着烟斗走上绞架。他的眼睛多半是冷冷的、蓝色的,它们对任何人、任何东西都用一种坚定的、集中的眼光在看。那儿,站在他旁边的就是那个生着黑胡髭的普鲁特河的渔人;他在哭,他不愿意死,他的脸因为临死前的痛苦变成了惨白色,脸上那对本来是快乐的眼睛现在也显得黯淡无光,他的胡髭给眼泪打湿了,悲惨地搭在他那扭歪了的嘴角上。这儿是他,那个上了年纪的神气十足的土耳其人,他一定是定命论者,又是专制的暴君,他的儿子就在他的旁边,这是给接吻毒死了的一朵又苍白、又柔嫩的东方的花。那儿又是那个自高自大的波兰人,多情而残忍,会讲话却又冷酷……他们都只是些模糊的影子,然而他们所吻过的这个女人现在正坐在我旁边,她还活着,可是时间把她快消耗光了,她没有肉体,也没有血,心里失掉了欲望,眼睛里没有火——也差不多是一个影子了。

她继续讲下去:

"我在波兰的生活艰难起来了。住在那儿的人是冷酷的,虚伪的。我不懂得他们那种蛇的语言。他们全咝来咝去①。……究竟咝些什么

---

① "咝咝"是蛇叫声。

呢？一定是上帝因为他们虚伪才给了他们这种语言。那时候我到处飘荡,不知道去哪儿好,我看见他们在准备反抗你们俄罗斯人的暴动①。我一直走到波黑尼亚城。一个犹太人把我买了去,他不是为他自己买的,他是拿我的身体去做生意的。我同意了这个办法。一个人要生活,总得会做点事情。我什么事也不会做,所以我就得拿自己的身子去抵偿。不过当时我还这样想:要是我弄到一点儿钱够我回到伯尔拉德河上自己家去的话,那么不管我身上的链子怎样坚牢,我也要挣断它。我就在那儿住下了。有钱的老爷们常常到我这儿来,在我这儿摆宴请客。他们花了很多的钱。他们常常因为我打架,甚至倾家荡产。他们里面有一个人缠了我很久,你瞧,他就是这样地做法:有一天他到我这儿来,后面跟着一个听差,提了一个袋子。老爷拿过袋子,把袋子里的东西朝我的脑袋上倒下来。一个个的金钱敲着我的脑袋,我很高兴听它们落在地上的声音。然而我还是把那个老爷赶走了。他有一张浮肿的胖脸,他的肚皮就像是一个大枕头。他看起来活像一口喂饱了的猪。是的,我把他赶走了,虽然他告诉我,他卖掉了所有他的田地、房屋和马匹,来把金钱撒在我的身上。我那个时候爱上了一个脸上有伤疤的很体面的老爷。他的脸上有好多道刀疤,这都是他不久以前帮忙希腊人跟土耳其人打仗的时候,让土耳其人砍伤的。就是这么一个人！……他是个波兰人,希腊人跟他有什么关系呢？可是他去了,他跟他们一块儿打他们的敌人。他给刀砍伤了,打掉了一只眼睛,左手上也砍掉了两根指头……他是个波兰人,希腊人跟他有什么关系呢？原来是这么一回事:他喜欢英雄豪杰的行径。要是一个人喜欢英雄豪杰的行径,他总可以做出这种事来,而且也会找到可以做这种事的地方。你知道吧,生活里总有让人做出英雄行径的地方。凡是找不到这种地方的人要不是懒虫便是胆小鬼,不然就是他们不懂得生活,因为凡是懂得生活的人,都想死后在生活里留下自己的影子。那么生

---

① 指一八六三年波兰人反抗帝俄统治的起义。

活才不会把人不留一点儿痕迹地吞光了……啊,那个脸上有伤疤的人真正是个好人!为了做一件事情,就是走到天涯海角他也甘心。我想他大概是在暴动中给你们的人杀了的。可是为什么你们去打马扎尔人①呢?哦,哦,你不用讲什么!……"

伊则吉尔老婆子吩咐我不要讲话,她自己忽然也不作声了,她在思索。

"我也认得一个马扎尔人。有一天他离开我走了,这是冬天的事,一直到春天雪化了的时候他才给人找着了,他躺在田上,脑袋给子弹射穿了。原来就是这样!你瞧,爱情杀死的人并不比瘟疫杀死的少;要是你计算一下,我相信一点儿也不少……我正在讲什么?讲波兰……是的,我在那边玩了我最后一次的把戏。我遇见了一个波兰小贵族……他真漂亮!就跟魔鬼一样。我那个时候已经老了,唉,老了!我不是有了四十岁吗?大概是这样的……而且他还很骄傲,他给我们女人惯坏了。不错……我在他身上很花了些工夫。他想马上把我弄到手,可是我不肯。我从来没有做过奴隶,什么人的奴隶也没有做过。并且我已经跟那个犹太人完事了,我给了他很多的钱……我已经住在克拉科夫了。那个时候我什么都有,马啦,金子啦,听差啦。……他到我那儿来,那个骄傲的魔鬼,他老是想着我自己投到他的怀抱里去。我跟他吵架……我记得我甚至于为这件事情憔悴了。这种情形拖延了很久……可是我终于胜利了:他跪下来求我……然而他把我弄到手以后,马上就扔掉了……那个时候我才明白我老了……啊,这对我可不是愉快的事情!真不是愉快的事情!……你知道,我爱他这个魔鬼……可是他呢,他遇见我的时候总是笑我……他真下贱!而且他也在别人那儿笑我,我知道的。我对你说,这叫我苦透了!可是他就在离我很近的地方,而且我仍旧高兴看见他。到后来他出去跟你们俄罗斯人打仗的时候,我真难过极了。我努力管住自己,可是总没有办

---

① 匈牙利人自称为马扎尔人。

法……我便决定去找他。他在华沙附近的树林里。

"可是等我到了那儿以后,我才明白他们已经给你们的人打败了……他也给人抓住了,就关在一个没有多远的村子里。

"我暗中在想:这样看来,我不会再见到他了!可是我很想再见他一面。所以,我就设法去见他……我装扮成一个讨饭女人,假装瘸一只腿,脸也给包起来,我就这样到那个村子里去。到处都是哥萨克人和军人。……我费了很大的气力才走到那儿!我打听出来波兰人给关在什么地方,同时我也明白要到那儿去是很困难的。可是我得去一趟。夜里我爬到他们在的那个地方去。我经过一个菜园,正在畦沟中间爬着,却突然看见:一个哨兵站在那儿拦住了我的路……可是我已经听见波兰人在唱歌,在高声讲话了。他们唱的是一首……赞美圣母的歌……那个人也在那儿唱……我那个阿尔卡德克。我想到从前是人家爬着来求我……现在却轮到我像蛇一样在地上爬着找一个男人,而且也许还是爬着去送死,不由得我不伤心。哨兵已经听见了我的声音,他弯着身子走过来。啊,我怎么办呢?我从地上站起来,向他走过去。我身边没有刀子,除了一双手和一根舌头,我什么也没有。我后悔没有带一把刀子来。我小声说:'等一下!'可是那个兵已经拿他的枪刺对准我的喉咙了。我小声对他说,'不要刺我,等一下,听我说,倘使你有良心的话。我没有什么东西可以给你,不过我求你……'他把枪放低,也是小声地对我说:'走开,你这个女人!走开!你要什么?'我告诉他,我的儿子给关在这儿……'你明白吗,老总,——儿子!你也是什么人的儿子,对不对?那么请你看我一眼——我也有一个像你这样的儿子,他就在那儿!让我去见见他吧,也许他很快就要死了……也许你明天就会给人杀死的……你的母亲会哭你吗?你要是不看见她,不看见你母亲就死掉,你不会难过吗?所以我的儿子也会难过。你可怜可怜你自己,也可怜可怜他,还有我——一个母亲啊!……'

"唉,我跟他讲了多么久的话!天下着雨,我们都给淋得一身湿透了。刮起风来,而且叫吼得厉害,它一会儿吹打我的背,一会儿吹打我的胸口。我摇晃不定地站在这个石头一样的兵的面前……然而他总是说'不!'每一回我听到他这个冷冰冰的'不'字,我心里那种想看见阿尔卡德克的欲望倒越发强烈了。我一边讲话,一边用眼睛打量那个兵——他又瘦又小,而且在咳嗽。我倒在他面前的地上,抱住他的膝头,不住地用热烈的话求他,我把他推倒在地上。他倒在污泥里。我连忙把他翻过身去脸朝着地,把他的脑袋按在一个泥水塘里,不要他叫出声来。他并不叫,只是拼命地在挣扎,竭力想把我从他的背上弄开。我拿两只手用力把他的脑袋在泥水里按得更深些。他就给闷死了。……这个时候我就朝那座有波兰人歌声的仓库跑过去。'阿尔卡德克!……'我从墙壁缝里小声说。这些波兰人,他们机灵得很。他们听见我的话,还在不住嘴地唱。现在他的眼睛正对着我的眼睛了。我小声问道:'你能够从这儿出来吗?'他说:'能够,从地板下面!'我说,'那么就出来吧。'他们四个人就从仓库底下爬出来了:我的阿尔卡德克和三个别的人。'哨兵在哪儿?'阿尔卡德克问道。我说,'他躺在那边!……'他们把身子朝地上弯下去,静悄悄地、静悄悄地走着。雨下大了,风大声地叫吼。我们走出村子,默默地沿着树林走了好久。我们走得很快。阿尔卡德克握住我的手,他的手很热,而且在打战。啊!……他一声不响地跟我在一块儿走着的时候,我觉得真好。这是最后的几分钟——我那贪得无厌的一生里最后几分钟的好时间了。可是我们走出来到了一个草地上,就站住了。他们四个人全向我道谢。喔,他们对我讲了好久的我不大明白的话,而且讲了那么多。我一边听着,一边望着我那位老爷。瞧着他怎样对待我。他把我抱住了,郑重地对我说……他的话我已经记不得了,不过他的意思是这样:现在他为了感谢我搭救他的恩德,他要爱我了……他跪在我的面前带笑地对我说:'我的女王!'就是这样虚伪的狗!……哼,我就用脚踢他,本来我想踢他的脸,可是他躲开了,他一下子跳了起来。他站在我面前,脸色惨白,并且带着威胁的神气……那三个人站在旁边,也板起脸看我。大家都不讲话。我望着他们……我还记得,那个时候,我只觉得非常的厌恶,而且一种倦怠的感觉重重地压在我的身上……我对他说,'你们走吧!'他们这些狗还问我:'你要回到那儿去,向他们指出我们的去路吗?'他们就这样下贱!哼,他们到底还是走了。随后我也走了……第二天我就让你们的人抓住了。可是不久他们就放了我。那时候我就看出来我已经到了应当给自己造个窝的时候了,像布谷鸟①那样的生活我过得够了!我已经变得不灵活了,我的翅膀也没有气力了,我的羽毛也失掉光彩了……不错,到了时候了,到了时候了!随后我就到加里西亚去,从那儿又到了多布罗加。我已经在这儿住了将近三十年了。我有一个丈夫,是摩尔达维亚人;他在一年前死掉了。我还活着!我一个人活着……不,不是一个人,我是跟那些人在一块儿。"

老婆子向海边挥了挥手。在那边现在一切声音都没有了。偶尔也飘起来一个短短的、隐隐约约的声音,但是它马上又消逝了。

"他们很爱我。我给他们讲了许多各种各样的故事。这倒是他们需要的东西。他们大家都还很年轻……我觉得跟他们在一块儿也很好。我一边看一边想:我从前就是这个样子……不过在当时,在我那个时候人们有更多的气力和更多的热情,所以生活也更快乐,更好……是的!……"

她不响了。我在她的身边,突然感到了悲哀。她把头一摇一摆地打起瞌睡来了,同时她小声地在念着什么……好像在做祷告似的。

从海上升起来一朵云——又黑又浓,而且外形险峻,看起来好像是山脊一样。它正向草原上爬过去。在它移动的时候,有几片小云从它的顶上离开了,它们急急地走在它的前面,把星子一颗一颗地弄灭了。海大声吼着。在离我们没有多远的葡萄藤里,有人在接吻,在小声讲话,在叹息。远远地在草原上响起了一只狗的叫声……空气里有

---

① 伊则吉尔说她从前没有定居在一个地方,就像布谷鸟春来秋去一样。

一种搔人鼻孔的古怪气味,刺激着人的神经。云投下很多浓密的影子到地上来,它们在地上爬着,爬着,一会儿不见了,一会儿又现出来……在月亮的位置上只有一个朦胧的乳白色的点子,有时候连这个也让一朵暗蓝色的云完全遮住了。草原现在变得又黑又可怕,好像隐藏着什么东西在里面似的,在这草原的远处,闪亮着一粒一粒的蓝色小火花。它们一会儿在这儿,一会儿在那儿,亮了一下,马上又灭了。好像有几个人散在草原上,彼此隔得远远的,他们点着火柴在那儿找寻什么东西,火柴刚点燃,马上又让风吹灭了。这些奇怪的蓝色的火舌头使人想到一种不可思议的东西。

"你看见火星吗?"伊则吉尔问我道。

"什么,你说那些蓝色的吗?"我指着草原对她说。

"蓝色的? 不错,就是它们……那么它们还是在飞了! 哦,哦! 我已经再看不见它们了。现在我有好多东西都看不见了。"

"这些火星是从哪儿来的?"我问老婆子道。

我从前听见人讲过一点这些火星的来源,可是我却想听听伊则吉尔老婆子对这个怎样地讲法。

"这些火星是从丹柯的燃烧的心里发出来的。从前在世界上有一颗心,它有一天发出火来了……这些火星就是从哪儿来的。我现在把这个讲给你听……这也是一个古老的故事……古老的,完全古老的!你瞧,古时候一共有多少东西? ……可是现在,像那样的东西连一个也没有——像古时候那样的伟大的行为啦,人物啦,故事啦,全没有……为什么呢? ……哼,你说吧! 你说不出的……你知道些什么呢? 你们这班年轻人知道些什么呢? 唉! ……要是你们好好地去看看古时候,——那么你们所有的谜都找到解答了……可是你们不去看,所以你们就不懂得怎样生活了……难道我没有见过生活吗? 啊,我全见过的,虽然我的眼睛不好! 我看见人们并不在生活,却只是在盘算来,盘算去,把一生的光阴全化在这上面。等到他们发觉一切有一点儿价值的东西全弄光了,他们白白地活了一辈子的时候,他们就悲叹起自己的命运来了。命运跟这个有什么相干？各人决定各人自己的命运！各种各样的人我现在都见过了，就只没有见到强的人！他们在哪儿呢？……美的人也是一天一天地少起来了。"

老婆子在沉思了，她在想，那些强的、美的人躲到哪儿去了呢？她一边想，一边凝望着黑暗的草原，好像在那儿找寻一个回答似的。

我在等待她的故事，我一声不响，我害怕，要是我问她一句话，她又会岔到一边去了。

后来她又讲起故事来。

三

"古时候地面上就只有一族人，他们周围三面都是走不完的浓密的树林，第四面便是草原。这是一些快乐的、强壮的、勇敢的人。可是有一回困难的时期到了：不知道从什么地方来了一些别的种族，把他们赶到林子的深处去了。那儿很阴暗而且多泥沼，因为林子太古老了，树枝密密层层地缠结在一块儿，遮盖了天空，太阳光也不容易穿过浓密的树叶，射到沼地上。然而要是太阳光落在泥沼的水面上，就会有一股恶臭升起来，人们就会因此接连地死去。这个时候妻子、小孩们伤心痛哭，父亲们静默沉思，他们让悲哀压倒了。他们明白，他们要想活命就得走出这个林子，这只有两条路可走：一条路是往后退，可是那边有又强又狠的敌人；另一条路是朝前走，可是那儿又有巨人一样的大树挡着路，它们那些有力的枝丫紧紧地抱在一块儿，它们那些虬曲的树根牢牢地生在沼地的粘泥里。这些石头一样的大树白天不响也不动地立在灰暗中，夜晚人们燃起篝火的时候，它们更紧地挤在人们的四周。不论是白天或夜晚，在那些人的周围总有一个坚固的黑暗的圈子，它好像就想压碎他们似的，然而他们原是习惯了草原的广阔天地的人。更可怕的是风吹过树梢、整个林子发出低沉的响声、好像在威胁那些人、并且给他们唱葬歌的那个时候。然而他们究竟是些强的人,他们还能跟那班曾经战胜过他们的人拼死地打一仗,不过他们是不能够战死的,因为他们还有未实现的夙愿,要是他们给人杀死了,他们的夙愿也就跟他们一块儿消灭了。所以他们在长夜里,在树林的低沉的喧响下面,泥沼的有毒的恶臭中间,坐着想来想去。他们坐在那儿,篝火的影子在他们的四周跳着一种无声的舞蹈,这好像不是影子在跳舞,而是树林和泥沼的恶鬼在庆祝胜利……人们老是坐着在想。可是任何一桩事情——不论是工作也好,女人也好,都不会像愁思那样厉害地使人身心疲乏。人们给思想弄得衰弱了……恐惧在他们中间产生了,绑住了他们的强壮的手,恐怖是由女人产生的,她们伤心地哭着那些给恶臭杀死的人的尸首和那些给恐惧抓住了的活人的命运,这样就产生了恐怖。林子里开始听见胆小的话了,起初还是胆怯的、小声的,可是以后却越来越响了……他们已经准备到敌人那儿去,把他们的自由献给敌人;大家都给死吓坏了,已经没有一个人害怕奴隶的生活了……然而正是在这个时候出现了丹柯,他一个人把大家全搭救了。"

老婆子分明是常常在讲丹柯的燃烧的心。她讲得很好听,她那刺耳的破声在我面前很清楚地绘出了树林的喧响,在这树林中间那些不幸的、精疲力竭的人给沼地的毒气害得快死了……

"丹柯是那些人中间一个年轻的美男子。美的人总是勇敢的。他对他的朋友们这样说:

"'你们不能够用思想移开路上的石头。什么事都不做的人不会得到什么结果的。为什么我们要把我们的气力浪费在思想上、悲伤上呢?起来,我们到林子里去,我们要穿过林子,林子是有尽头的,世界上的一切都是有尽头的!我们走!喂!嘿!……'

"他们望着他,看出来他是他们中间最好的一个,因为在他的眼睛里闪亮着很多的力量同烈火。

"'你领导我们吧!'他们说。

"于是他就领导他们……"

老婆子闭了嘴,望着草原,在那边黑暗越来越浓了。从丹柯的燃烧的心里发出来的小火星时在远远的什么地方闪亮,好像是一些开了一会儿就谢的虚无缥缈的蓝花。

"丹柯领着他们,大家和谐地跟着他走——他们相信他。这条路很难走。四周是一片黑暗,他们每一步都碰见泥沼张开它那龌龊的、贪吃的大口,把人吞下去,树木像一面牢固的墙拦住他们的去路,树枝纠缠在一块儿;树根像蛇一样地朝四面八方伸出去。每一步路都要那些人花掉很多的汗和很多的血。他们走了很久……树林越来越密,气力越来越小。人们开始抱怨起丹柯来,说他年轻没有经验,不会把他们领到哪儿去的。可是他还在他们的前面走着,他快乐而安详。

"可是有一回在林子的上空来了大雷雨,树木凶恶地、威胁地低声讲起话来。林子显得非常黑,好像自从它长出来以后世界上所有过的黑夜全集中在这儿了。这些渺小的人在那种吓人的雷电声里,在那些巨大的树木中间走着;他们向前走,那些摇摇晃晃的巨人一样的大树发出轧轧的响声,并且哼着愤怒的歌子,闪电在林子的顶上飞舞,用它那寒冷的青光把林子照亮了一下,可是马上又隐去了,来去是一样地快,好像它们出现来吓人似的。树木给闪电的寒光照亮了,它们好像活起来了,在那些正从黑暗的监禁中逃出来的人的四周,伸出它们的满是疙瘩的长手,结成一个密密的网,要把他们挡住一样。并且仿佛有一种可怕的、黑暗的、寒冷的东西正从树枝的黑暗中望着那些走路的人。这条路的确是很难走的,人们给弄得疲乏透顶,勇气全失了。可是他们不好意思承认自己的软弱,所以他们就把怨恨出在正在他们前面走着的丹柯的身上。他们开始抱怨他不能够好好地带领他们——瞧,就是这样!

"他们站住了,又倦又气,在树林的胜利的喧响下面,在颤抖着的黑暗中间,开始审问起丹柯来。

"他们说:'你对我们只是个无足轻重的、有害的人!你领导我们,

把我们弄得精疲力竭了,因此你就该死!'

"'你们说:领导我们!我才来领导的!'丹柯挺起胸膛对他们大声说。'我有领导的勇气,所以我来领导你们!可是你们呢?你们做了什么对你们自己有益的事情呢?你们只是走,你们却不能保持你们的气力走更长的路!你们只是走,走,像一群绵羊一样!'

"可是这些话反倒使他们更生气了。

"'你该死!你该死!'他们大声嚷着。

"树林一直不停地发出低沉的声音,来响应他们的叫嚷,电光把黑暗撕成了碎片。丹柯望着那些人,那些为着他们的缘故他受够了苦的人,他看见他们现在跟野兽完全一样。许多人把他围住,可是他们的脸上没有一点高贵的表情,他不能够期望从他们那儿得到宽恕。于是怒火在他的心中燃起来,不过又因为怜悯人们的缘故灭了。他爱那些人,而且他以为,他们没有他也许就会灭亡。所以他的心又发出了愿望的火:他愿意搭救他们,把他们领到一条容易走的路上去,于是在他的眼睛里亮起来那种强烈的火的光芒……可是他们看见这个,以为他发了脾气所以眼睛燃烧得这么亮,他们便警戒起来,就像一群狼似的,等着他来攻击他们;他们把他包围得更紧了,为着更容易捉住丹柯,弄死他。可是他已经明白了他们的心思,因此他的心燃烧得更厉害了,因为他们的这种心思使他产生了苦恼。

"然而树林一直在唱它那阴郁的歌,雷声仍在隆隆地响,大雨依旧在下着……

"'我还能够为这些人做什么呢?'丹柯的叫声比雷声更大。

"忽然他用手抓开了自己的胸膛,从那儿拿出他自己的心来,把它高高地举在头上。

"他的心燃烧得跟太阳一样亮,而且比太阳更亮,整个树林完全静下去了,林子给这个伟大的人类爱的火炬照得透亮;黑暗躲开它的光芒逃跑了,逃到林子的深处去,就在那儿,黑暗颤抖着跌进沼地的腥臊的大口里去了。人们全吓呆了,好像变成了石头一样。

"'我们走吧！'丹柯嚷着，高高地举起他那颗燃烧的心，给人们照亮道路，自己领头向前奔去。

"他们像着了魔似的跟着他冲去。这个时候树林又发出了响声，吃惊地摇动着树顶，可是它的喧响让那些奔跑的人的脚步声盖过了。众人勇敢地跑着，而且跑得很快，他们都让燃烧的心的奇异景象吸引住了。现在也有人死亡，不过死的时候没有抱怨，也没有眼泪。可是丹柯一直在前面走，他的心也一直在燃烧，燃烧！

"树林忽然在他们前面分开了，分开了，等到他们走过以后，它又合拢起来，还是又密又静的；丹柯和所有的人都浸在雨水洗干净了的新鲜空气和阳光的海洋里。在那边，在他们的后面，在村子的上空，还有雷雨，可是在这儿太阳发出了灿烂的光辉，草原一起一伏，好像在呼吸一样，草叶带着一颗一颗钻石一样的雨珠在闪亮，河面上泛着金光……黄昏来了，河上映着落日的霞光，显得鲜红，跟那股从丹柯的撕开的胸膛淌出来的热血是一样的颜色。

"骄傲的勇士丹柯望着横在自己面前的广大的草原，——他快乐地望着这自由的土地，骄傲地笑起来。随后他倒下来——死了。

"充满了希望的快乐的人们并没有注意到他的死，也没有看到丹柯的勇敢的心还在他的尸首旁边燃烧。只有一个仔细的人注意到这个，有点害怕，拿脚踏在那颗骄傲的心上……那颗心裂散开来，成了许多火星，熄了……

"在雷雨到来前，出现在草原上的蓝色火星就是这样来的！"

现在老婆子讲完了她的美丽的故事，草原上开始了一阵可怕的静寂，这草原好像也因为勇士丹柯所表现的力量而大大地吃惊了，那个为了人们烧掉自己的心死去、并不要一点酬报的丹柯。老婆子在打瞌睡。我一边瞧着她，一边在想：她的记忆里还剩得有多少的故事，多少的回忆啊？我想到丹柯的伟大的燃烧的心，又想到创造出这一类美丽而有力的传说的人类的幻想。

起了一阵风，把这个睡得很熟的伊则吉尔老婆子身上穿的破衣服刮起来,露出她的干瘪的胸膛。我把她的年老的身子又盖上了,自己躺在她旁边的地上。草原上黑暗而静寂。云仍旧缓慢地、寂寞地在天空飘移……海发出了低沉的、忧郁的喧响。

巴 金 译

切尔卡什[*]

南方的蓝天由于尘土弥漫而显得昏昏沉沉、浑浊不清;炎热的太阳,宛似透过一层薄薄的灰色面纱,望着碧海。太阳几乎没有在水面上反映出来,因为水面被桨橹和轮船螺旋桨的拨击、被那些在狭小的港湾中朝四面八方航行的土耳其帆船和其他船只的尖头龙骨搅得支离破碎。被束缚在花岗岩堤岸里的海浪,受到在浪峰上驶过去的巨轮的抑压,冲击着船舷,冲击着海岸,它们冲击着,抱怨着,起着泡沫,被各种各样的垃圾弄得肮脏不堪。

锚链的银铛声,运货车辆的联钩的碰撞声,从什么地方落到路面石块上的铁片的铿锵声,木料的闷声闷气的撞击声,运货马车的辚辚声,轮船的时而尖细刺耳、时而低沉地吼叫的汽笛声,装卸工人、水手和税警的叫喊声,——所有这些音响汇合成劳动日的震耳欲聋的音乐,骚乱地飘荡着,低低地滞留在港湾的上空。迎着这些音响,不断有新的声浪从地面上升起:这些音响时而是喑哑的、隆隆作响的,无情地震撼着四周的一切,时而是刺耳的、雷鸣般的,撕裂着充满尘埃的、炎热的空气。

花岗岩、钢铁、木料、港口边的马路,船只和人们——一切都充满

---

[*] 本篇写于一八九四年夏,最初发在于一八九五年第六期《俄罗斯财富》。译自《高尔基三十卷集》第一卷。

着歌颂墨丘利①的热情赞歌的强有力的音响。可是人的声音在这赞歌里几乎听不到,它是微弱而可笑的。而最先产生这喧声的人们本身,也是可笑而又可怜的:他们的沾满尘土、衣衫褴褛、动作麻利、被背上的货物的重量压得弯着腰的身形,在漫天的尘土里,在暑热与音响的大海中忙碌地来回奔跑着;比起他们周围铁制的庞然大物、堆积如山的货物、隆隆响着的车辆以及他们所创造的一切东西来,他们显得很渺小。他们创造出来的东西倒奴役着他们,使他们失去了独立自主的精神。

几艘沉重的巨轮正升火待发,发出咝咝嘘嘘的声音,深深地吁着气,在每一种它们所产生的声音里都可以感觉到蔑视这些满沾尘土的灰色人形的嘲笑的音调,这些人在轮船甲板上爬着,用自己奴隶劳动的果实去填满很深的货舱。令人笑出眼泪的是装卸工人的长长行列,他们用自己的肩膀把几千普特的粮食扛进船只的铁腹,目的只是为了弄到几磅同样的粮食来果腹。一面是衣衫褴褛,汗流浃背,由于疲倦、喧闹与炎热而变得迟钝的人们,一面却是这些人创造出来的强有力的、迎着太阳闪闪发光的又高又大的机器,——归根结底仍旧不是由蒸汽,而是由它们的创造者的筋肉与血液来推动的机器,——在这一对照里存在着整整一首残酷的讽刺诗篇。

喧闹声压迫着人,尘土刺激着鼻孔,使眼睛看不清,暑热烤着身体,使人疲惫不堪,周围的一切都显得很紧张,耐性逐渐丧失,准备爆发一场大灾难,一场大爆炸,在这以后,在被爆炸弄得清新的空气里就可以自由地、轻快地呼吸,宁静将统治着大地,而这尘土中震耳欲聋的、激恼人的、使人苦闷得发狂的噪音则将消失,那时在城市里,在大海上,在天空中,将变得又宁静,又明朗,又可爱……

响起了十二下有规律的、响亮的钟声。当最后一下钟声消散之后,粗野的劳动音乐已经响得轻些了。不多一会,它已经变成了喑哑

---

① 墨丘利,古罗马神话中的商业神,商人和旅客的保护神。

的、不满的嘟哝声。现在,人的声音和海水的拍溅声可以听得分明些了。这是午餐的时候到临了。

一

装卸工人们放下工作,一群群吵吵嚷嚷地四散在港湾上,向女商贩购买各种食物,就在马路上遮阴的角落里,坐下来吃起来。正当这个时候,葛里什卡·切尔卡什出现了,他是港湾上的人都很熟悉的、经常被追捕的一头老狼,一个嗜酒成性的酒鬼,一个机灵大胆的偷儿。他光着脚,穿一条破旧的绒布裤,没有戴帽子,穿着一件肮脏的印花布衬衫,领口已经破了,露出他那干瘦的、嶙峋的、紧包着棕色皮肤的骨头。看了他那蓬乱的略带斑白的黑发和压皱的、瘦削而凶狠的脸,就可以知道他是刚刚睡醒。在他一边的栗色口髭上戳着一根稻草,还有一根稻草嵌在剃过的左边面颊上的胡楂里,耳朵后面他插了一根刚折下的椴树小枝。他身材很高,瘦骨嶙峋,有点驼背,他慢慢地在石板路上跨着步,动着他那凶相的鹰钩鼻,锐利的目光朝自己周围扫射着,冷冷的灰色眼睛时时闪着光,在装卸工人中间寻找着什么人。他那栗色的口髭,浓而且长,不时像猫须一样抖动着,背着的双手互相擦着,神经质地搓着弯曲有力的长手指。甚至在这里,在几百个像他一样引人注目的流浪汉中间,由于他的模样酷似草原上的鹞鹰,由于他凶猛而瘦削的身材,以及貌似从容平静,内心却亢奋激动、聚精会神,就像和他相似的猛禽的飞翔似的攫食步伐,顿时引起人家的注意。

当他走近一群坐在一大堆煤筐底下的阴影里的当装卸工的流浪汉时,站起来迎着他的是一个一副蠢相、满脸紫红斑痕的敦实的小伙子,他颈脖被抓破,大概是不久前被打伤的。他站起身来,挨着切尔卡什一起走,一面小声地说道:

"水兵们发现有两捆布失窃了……正在查呢。"

"唔?"切尔卡什泰然自若地用眼睛打量了他一下,问道。

"什么'唔'？说是在查。就是这么回事。"

"是不是有人问起我，要我帮着找？"

于是切尔卡什含笑向那边志愿船队①的仓库所在地望了望。

"见鬼去吧！"

伙伴回过身去走了。

"嗳，等一等！是谁给你装扮成这副模样的？瞧，把脸毁成这样……你没有在这里看见米什卡吗？"

"好久没有看见了！"那一个高叫了一声，就向自己的伙伴们走去。

切尔卡什举步向前，大伙都把他当作一个老相识来对待。但是向来是高高兴兴、说话尖刻的他，今天显然情绪不好，回答别人问他的话都是有一搭没一搭，态度粗暴。

从什么地方的一堆货物后面突然拐出一个穿暗绿色衣服、灰尘满面、威武挺直的海关看守。他拦住切尔卡什的去路，在他面前摆出一副挑衅的架势，左手握着短剑的剑柄，右手要想抓住切尔卡什的衣领。

"站住！你上哪儿去？"

切尔卡什后退了一步，抬起眼睛望了望看守，冷笑了一声。

那军人的红润、温厚而又狡猾的脸要想装出一副恫吓的神气，因此鼓着腮，脸涨得滚圆、发紫，动着眉毛，圆睁着两眼，样子非常可笑。

"告诉过你——不许你在港口上走，否则就打断你的肋骨！可是你怎么又来了？"看守恫吓地叫着。

"你好，谢苗内奇！咱俩少见了。"切尔卡什神色不变地问了好，向他伸出手去。

"最好是一辈子不见你！走！走！……"

但是谢苗内奇还是握了握伸过来的手。

"告诉我，"切尔卡什继续说下去，不让谢苗内奇的手从自己的有力的手指中抽出去，并且像朋友似的亲热地摇着它，"你没有看见米什

---

① 志愿船队是一八七八年由私人集资开办的轮船企业，拥有大量的轮船、仓库与码头。

卡吗？"

"什么米什卡？什么米什卡我全不知道！走吧，老弟！要不然让仓库看守看见，他就会把你……"

"就是上次我同他在'柯斯特洛马'号船上一起干过活的那个红头发，"切尔卡什坚持要打听。

"同他一起偷过东西来的，你就这样说吧！他，你的米什卡，已经被送进医院了，腿给铁块压坏了。走吧，老弟，现在还是客客气气地请，走吧，要不我就要揪着颈脖把你带走了！……"

"哈哈，瞧你！你说'我不知道米什卡'……原来你是知道的。你干吗生这样大的气，谢苗内奇？……"

"听着，你别跟我胡扯，滚吧！……"

看守开始发火了，他四面张望着，要想把手从切尔卡什结实的手中抽出来。切尔卡什神色自若地从自己的浓眉下望着他，不放他的手，继续说道：

"你别催我。我要和你谈个痛快才走呢。来，告诉我，你近况如何？……老婆、孩子们身体好吗？"他眼睛炯炯发光，龇着牙齿，嘲弄地微笑着补充道，"我一直想到你家做客，可老没有工夫——一天到晚老喝酒……"

"得啦——别来这一套！你这瘦鬼，别开玩笑！我，老弟，实在是……你难道打算到大街上挨家挨户去抢劫吗？"

"那何必呢？这里的东西已经够你我享用一辈子了。说真的，足够了，谢苗内奇！你呀，似乎又偷了两捆布？……谢苗内奇，你可要小心点儿！别让人抓住！……"

谢苗内奇气得发抖，他涎沫四溅，要想说什么。切尔卡什放开他的手，悠闲地迈着长腿，转身向港口的大门走去。看守跟在他后面发疯似的咒骂着。

切尔卡什变得快活起来；他轻轻地、不屑地吹着口哨，把手插进裤袋，慢悠悠地走着，向左右投出挖苦的讥笑和笑话。人家也以同样的玩笑回敬他。

"你瞧,葛里什卡,首长把你保护得多好啊!"一群已经吃过午饭、正躺在地上休息的装卸工人中间有人喊了一声。

"我光着脚,所以谢苗内奇留意着,别让我的脚给戳破了。"切尔卡什回答说。

他们走近大门。两个兵士把切尔卡什搜了身,就轻轻地把他推到了街上。

切尔卡什穿过大路,在一家酒店对门的石桩上坐下。从港口的大门那边隆隆地驶出一长串满载货物的大车。迎着它们另有几辆空的大车驶过,车上的车夫被颠簸得跳动着。港口吐出哀号似的轰隆声和刺鼻的灰尘……

在这疯狂的混乱中切尔卡什觉得自己很自在。前面,一笔很可观的收入在对着他微笑,需要花的力气不多,但要很多机智。他深信机智他有的是,于是眯缝起眼睛冥想着明天早晨,他口袋里有了钞票的时候,该怎样去乐一下……想起了朋友米什卡——今天夜里他倒是很有用的,如果他没有把腿折断的话。切尔卡什暗自咒骂着,思量着孤零零的一人,没有米什卡,他恐怕孤掌难鸣。今天夜里天气怎样呢?……他望了望天空,又顺着街道望了一下。

离开他约摸五六步光景,人行道旁,一个年轻小伙子背倚着石桩坐在马路上,他穿一件蓝色粗布衬衫和同样布料的裤子,脚上穿着树皮鞋,头戴一顶破旧的棕黄色便帽。他身旁放着一个小小的背囊和一把无柄镰刀,镰刀上绕着用一根精细地和细绳搓在一起的草辫。小伙子阔肩,敦实,淡褐色头发,风吹日晒的脸上的那对蓝色的大眼睛,信赖而温厚地望着切尔卡什。

切尔卡什龇了龇牙,伸出了舌头,做出一副可怕的嘴脸,用圆睁的眼睛盯着他。

小伙子起初不解地眨了眨眼睛,但是接着突然哈哈大笑起来,边笑边高喊道:"啊,你这个人真怪!"然后他几乎没有从地上站起来,就笨拙地把屁股从自己坐的石桩上挪到切尔卡什坐的石桩上,在尘土里拖过自己的背囊,镰刀的背碰着石板发出响声。

"喂,老兄,看来你是喝多了!……"他拉一拉切尔卡什的裤子,同他攀谈起来。

"是的,娃娃,是这么回事!"切尔卡什微笑着承认了。他立即看中了这个壮健、忠厚、长着一对孩子般明亮的眼睛的小伙子。"是割完草回来的吧?"

"可不是!……割了好大一片——只挣得几文小钱。事情糟透了!人多得数不清!逃荒的人涌过来——他们就压低价钱,你爱干不干!在古班付六十戈比。还算不错啦!……可是从前,据说,价钱是三个卢布,四个卢布,五个卢布哩!……"

"从前!……从前单是看一眼俄罗斯人,他们也会付三个卢布。我十来年前就曾干过这行当。你走进一个哥萨克村庄,说'我是俄罗斯人!'——马上就会有人来看你,摸你,对你惊叹不已,你就可以得到三个卢布!他们还让你吃饱喝足。你愿意住多久就住多久!"

小伙子听着切尔卡什,起初张大了嘴,在圆圆的脸上现出困惑莫解的赞赏的神气,但是过了一会,明白了这个衣衫褴褛的家伙是在吹牛,就咂了一下嘴巴,大笑起来。切尔卡什却保持着一本正经的面孔,把微笑隐藏在他的口髭里……

"怪人,你说得好像真的一样,我听着听着,竟相信了……不过,说实在的,从前那儿……"

"嘿,我说的是什么?我不是也说那儿从前……"

"你得了吧!……"小伙子挥了挥手。"你是鞋匠呢?还是裁缝①?……你到底是什么人?"

"我吗?"切尔卡什反问道,接着,想了一想,说道:"我是个打渔的。"

---

① 旧俄时代,鞋匠和裁缝最喜欢喝酒,所以小伙子这样猜测。

"打渔——的！真有你的！怎么,你捉鱼?……"

"捉鱼干什么?这儿打渔的不光捉鱼,捉得更多的是淹死的人、旧铁锚、沉没的船——什么都捉！有特制的钓竿……"

"撒谎！撒谎！……也许你是那种打渔的,他们关于自己是这样唱的:

我们把网
撒在干燥的岸上,
也撒到贮藏室和粮仓……"

"那么你见过这种人吗?"切尔卡什问,一面带着讥笑望着他。

"没有,哪里能见到！只是听说……"

"你喜欢他们吗?"

"他们?怎么不喜欢！……这些家伙真不错啊,自由自在,无拘无束……"

"你要自由干啥?……难道你爱自由?"

"当然啰！自己做自己的主人,你爱去哪儿就去哪儿,爱干啥就干啥……可不是！要是你能规规矩矩地过日子,又没有亏心事,——这是头等好事！你可以爱怎么着就怎么着,只是时刻要记住上帝……"

切尔卡什鄙夷地吐了一口唾沫,转过身去不理睬这个小伙子。

"现在,来说说我的事情吧……"小伙子说道。"我爹已经死了,家产很少,我妈是个老太婆,地又被榨干了——我该怎么办呢?得活下去。可是怎样活法呢?不知道。到有钱人家去招女婿吗,行啊,要是他们肯分一笔财产给女儿！……不会的——丈人这个老鬼不肯分。这样我就只好替他卖命了……要干很久……要干好多年！你瞧,事情就是这样！要是我能挣到一百五十个卢布,我马上就可以翻身了,那时候那个老鬼安吉普,就什么也得不到！你愿意分给马尔法一笔财产吗?不愿意?那就别给！谢天谢地,村子里的姑娘又不是只有她一个。就是说,我是完全自由的,谁也管不了我……就是这样!"小伙子叹了口气。"可是现在,毫无办法,只好去招女婿,我曾经想过:到库班去,捞它两百卢布,就够了,我就是一个地主了!……可是不成功!现在只好去当雇农了……我永远也搞不好自己的家业!唉,唉!……"

小伙子非常不愿意去招赘。甚至他的脸色都悲伤得阴暗起来。他坐在地上显得烦躁不安,心情沉重。

切尔卡什问道:

"那么现在你到哪儿去呢?"

"是啊,到哪儿去呢?自然是回老家。"

"唔,小兄弟,这个我可不知道,也许,你打算去土耳其……"

"去土——耳其!……"小伙子拖长声音说。"正教徒有谁愿意到那边去?你居然说出这样的话!……"

"你真是个傻子!"切尔卡什叹了口气,又转过身去,不理睬这个对话者。这个健壮的农村小伙子在他心中引起了某种想法……一种模糊的、缓慢成熟的、懊丧的感觉在他内心深处起伏着,妨碍他集中思想去考虑今天夜里该干些什么。

挨了骂的小伙子低声嘟哝着什么,偶尔向这个流浪汉投出怀疑的目光。他的两颊可笑地鼓起,嘴唇张开,眯缝着的眼睛不知为什么过度频繁而可笑地眨巴着。他显然没有料到他同这个留口髭的流浪汉的谈话会结束得这样快、这样可恼。

流浪汉不再理他了。他坐在石桩上,沉思地吹着口哨,一只肮脏的光脚后跟在石桩上打着拍子。

小伙子想向他报复。

"喂,你这个打渔的!你常喝酒吗?"他正要发作,但是就在这时候那个打渔的很快地转过脸来冲着他问道:

"听着,娃娃!今天夜里你愿意同我一起干吗?快说!"

"干什么啊?"小伙子怀疑地问道。

"唔,什么!……我叫你干啥你就干啥……我们去捉鱼。你可以划船……"

"原来是这样……行吗?也好。干就干。不过……但愿别跟你一起遇到麻烦。你这个人实在叫人看不透……摸不清你的底细……"

切尔卡什感到胸口好像被烧伤似的,就怀着冷冷的激愤压低声音说道:

"你不懂的事,就别多嘴。我把你的脑袋敲一下,你就会开窍了……"

他从石桩上一跃而起,左手捋了捋他的口髭,右手握成结实的、青筋凸起的拳头,眼睛闪闪发光。

小伙子害怕了。他迅速地四面环顾了一下,胆怯地眨巴着眼睛,也从地上跳起。他们互相打量着,都不开口。

"怎么样?"切尔卡什厉声问道。这头非常年轻的小牛犊给他的侮辱使他怒火如焚,浑身发抖,在同他谈话时他瞧不起这头小牛犊,可是现在却一下子变得憎恨他了,因为他长着一双这样纯洁的蓝眼睛,一张健康的、被太阳晒黑的脸,一双短短的、结实的胳膊,因为他在什么地方的村子里有一个家,因为有一个富裕农民要招他做女婿,——因为他整个过去的和未来的生活,而尤其是因为他,同他切尔卡什相比不过是个娃娃,竟敢爱他所不懂得其价值和他所不需要的自由。如果看见一个你认为比你不如、比你低下的人居然也要爱或恨你所爱或恨的东西,因而显得和你一样的时候,总是不舒服的。

小伙子望着切尔卡什,已经认他是主人了。

"可是我……没有反对啊,"他说话了。"我不是在找活干吗?给谁干活,给你或者给别人,对我还不是一样。我不过是说你不像一个做工的人罢了,——你穿得太……破烂。其实,我知道随便谁都可能穿得这样。主啊,难道我没有看见过酒鬼吗!唉,见得多啦!……而且还有比你更不如的。"

"行啦,行啦!你同意吗?"切尔卡什再问一遍,口气已经比较温和了。

"我吗？去！……好得很！你说个价钱吧。"

"我是按工作出价钱的。什么样的活儿，就是说，捕多少鱼……你可以得到五个卢布。明白吗？"

但是现在一谈到钱，农民就要认真对待，而且要求雇主也同样认真。小伙子又起了疑心和怀疑。

"这对我不合适，老兄！"

切尔卡什就摆起雇主的架子：

"别多嘴，等会再说！现在我们上馆子去！"

于是他们俩就肩并肩地沿街走去。切尔卡什——带着主人的威严的神色，拈着口髭；小伙子——带着一副完全准备服从的表情，可是依然充满疑心和害怕。

"你叫什么名字？"切尔卡什问。

"加弗里拉！"小伙子回答。

他们来到一家肮脏的、熏得乌黑的小饭馆，切尔卡什走到柜台跟前，用老主顾的亲昵口吻要了一瓶伏特加，要了菜汤、煎肉和茶，他算了算账，就简短地向侍者投过一句"都记在账上！"，侍者听了也默默地点了点头。这样一来加弗里拉就立刻对自己的主人充满了敬意，这个主人，别看他样子像骗子，竟享有这样的声望和信用哩。

"来吧，现在我们可以吃点东西，好好地谈一谈了。你先坐一会，我到一个地方去一下。"

他走了。加弗里拉环顾了一下四周。小饭馆设在一个地下室里；里面又潮又暗，整个充满了变味的伏特加、烟草的烟雾、松脂以及还有一种什么刺激品的气味，使人窒闷。加弗里拉对面的另一张桌子旁边，坐着一个水手装束的红胡子醉汉，浑身都是煤灰和油污。他不断地打嗝，一面呜噜呜噜地唱着歌，歌词没头没尾，不合语法，一会充满了可怕的咝咝声，一会发出喉音。显然，他不是俄罗斯人。

他的后面坐着两个衣服破烂的摩尔达维亚妇人，她们的头发乌黑，面孔晒黑，也在用醉醺醺的声音刺耳地唱着歌。

后来从昏暗中又出现各色各样的身形,全是怪样地蓬头乱发,都喝得半醉,吵吵闹闹,不肯安静……

加弗里拉害怕起来。他盼望主人快些回来。馆子里的喧闹声融成一种音调,似乎这是一只巨兽在咆哮,它,有着几百种不同的声音,正怒气冲冲地、盲目地要想从这个石砌的陷阱里冲出去,但是又找不到出路……加弗里拉觉得有一种使人昏昏欲醉的难受的东西渗入他的身体,使他的脑袋旋转起来,使他的好奇而又恐怖地朝馆子里扫射着的眼睛蒙眬起来……

切尔卡什回来了,他们开始吃喝,交谈。三杯落肚,加弗里拉有了醉意。他变得快活起来,想对自己的主人说几句讨好的话,因为他——真是个好人!——请他吃一顿这样的美餐。要说的话像滚滚而来的波浪涌到他喉咙口,可是舌头突然发硬,不知怎的,总不能把它说出来。

切尔卡什望着他,嘲弄地微笑着说:

"醉了吗!……唉,你这窝囊废!才五杯!……那你怎么干活呢?……"

"朋友!……"加弗里拉嘟嘟囔囔地说着。"别害怕!我尊敬你!……让我亲亲你!……行吗?……"

"得啦,得啦!……来,再来一点!"

加弗里拉喝着,喝着,到末了,所有的东西都以均匀的波浪似的动作在他眼前晃动起来。这很不舒服,使他要呕吐。他的脸露出一副兴奋的傻相。他可笑地颤动着嘴唇,发出哞哞的声音,要想说出什么。切尔卡什凝视着他,仿佛在回忆什么,一面捻着自己的口髭,老是阴沉地微笑着。

小饭馆里仍旧乱哄哄的,充满酒醉的喧声。红胡子的水手把臂肘撑在桌子上睡着了。

"喂,我们走吧。"切尔卡什站起来说。

加弗里拉试了试要想站起来,但是做不到,于是把自己臭骂一顿,

301

发出醉汉的无意义的大笑。

"醉倒了!"切尔卡什说,重又在他对面的椅子上坐下。

加弗里拉不住地哈哈大笑着,用迟钝的眼睛望着主人。主人机警地、沉思地凝视着他。他看见他面前这个人的性命已经落入他的狼爪。他,切尔卡什,觉得自己能够任意摆布这条性命。他能够像撕一张纸牌那样地把它撕碎,他也能帮助它在稳固的农民的小天地里成家立业。他一面感到自己是另一个人的主人,一面想,这个小伙子大概再也不会去喝命运让他切尔卡什喝过的那杯苦酒……他羡慕和怜惜这年轻的生命,嘲弄它,却又替它担忧,怕它会再一次落到像他那样的手中……所有这些感觉最后都在切尔卡什心里融成一种父亲和主人般的感情。这个小伙子是可怜的,可是这小伙子是需要的。于是切尔卡什就扶着加弗里拉的胳肢窝,轻轻地用膝盖从后面抵着他,把他搀到小饭馆的院子里,放到柴垛阴影下的地上,自己也在他身旁坐下抽起烟来。加弗里拉稍稍转动了一会,哼唧了一阵,就入睡了。

二

"喂,准备好了吗?"切尔卡什低声问正在摆弄桨的加弗里拉。

"马上就好!桨架有点松了,可以用桨敲一下吗?"

"不——不!不能出一点声音!用手把它压紧些,它自然会回到原位。"

他们两人在悄悄地收拾一只小船,小船系在一队帆船和土耳其式大帆船中间的一只船的船尾上,帆船装的是橡木桶板,土耳其式大帆船上放着棕榈、檀香木和粗大的柏树原木。

夜是漆黑的,天空中浮动着一团一团厚厚的乌云,海是平静的、黑色的,浓得像油。海散发着湿润的、咸味的芳香,发出温柔的声音,拍打着船舷和堤岸,微微摇晃着切尔卡什的小船。在离岸很远的空间,从海上矗立起黑幢幢的船只的骨架,顶端挂有五颜六色的小灯的尖尖的桅杆伸向天空。海水反射出灯火,好像上面撒满了无数黄色的斑点。它们在天鹅绒般柔软的、暗黑色的海面上颤动着,非常好看。海像一个白天劳累不堪的工人一样甜蜜地睡熟了。

"我们出发吧!"加弗里拉说,把桨放到水里。

"是!"切尔卡什用力掉转舵,把船送到小帆船中间的一条窄窄的水道,小船在平滑的水面上疾行,海水在桨的拨击下激起了淡蓝色的磷光,它长长的光带在船尾后面飞舞,闪耀着柔和的光辉。

"喂,头怎么样?疼吗?"切尔卡什亲切地问道。

"疼得要命!……像铁罐子在嗡嗡地响……我得马上用水把脑袋淋一淋。"

"干吗?你,把这拿去,淋一淋肠胃,也许可以快些清醒过来,"接着他就把一个瓶子递给加弗里拉。

"真的吗?主保佑我!……"

只听到轻轻的饮酒声。

"嗨,你啊!开心吗?……够了!"切尔卡什止住他。

小船又疾驶起来,无声地、轻快地在大船中间回转着……突然它从船堆中钻了出来,大海——无边无际,雄伟有力——在他们面前展现,通向碧蓝的远方,那边,从海面向天空涌起高山般的云层和使人烦闷的、铅色的乌云;云层有的是淡紫暗蓝的,边上镶着黄色的柔毛,有的是浅绿的,像海水的颜色,乌云则从自己身上投出忧郁的、沉重的暗影。壮丽的或者阴沉的云片缓缓地爬动着,时而汇合成一片,时而互相追逐,它们的颜色和形状很难分得清楚,它们自己吞掉自己,重又形成新的轮廓。在这些无生命的块体的缓慢运动中蕴藏着某种不祥的东西。似乎,在,海天相接的地方,云片多得不可胜数,它们总是这样冷漠地爬向天空,怀着凶险的目的:永远不让天空再用它千千万万的金睛——活泼的、梦幻似的闪耀着的绚烂的星星——在沉睡的大海上空发出闪光,在那些珍视它们纯洁的光辉的人们心中激起崇高的愿望。

"海美吗?"切尔卡什问道。

"真不错!只是在海里有点害怕。"加弗里拉回答,一面平稳而有力地在水中划着双桨。海水几乎听不见地发出洪洪的声音,在长桨的重击下溅起水花,不断闪耀着淡蓝色的、柔和的磷光。

"害怕?你这小傻瓜!……"切尔卡什带着嘲笑的口吻咕噜道。

他,一个偷儿,却是喜欢海的。他那激烈的神经质的天性,渴望得到种种印象的天性,喜欢对着这黑沉沉的、无垠的、自由而有力的广大空间沉思冥想,从不感到腻烦。所以听到对于他心爱的事物美不美作出这样的回答,他很生气。他坐在船尾,掌着舵,好像在劈着水,一面镇静地向前眺望,充满了要在这天鹅绒般平滑的水面上久久地而且远远地航行的愿望。

在海上,他心中总是涌起一种开阔的、温暖的感觉,这种感觉充溢着他整个灵魂,稍稍洗涤掉他灵魂中尘世的丑恶。他珍视这种感觉,喜欢在水天之间看到较为美好的自己,在这里,对生活的挂虑总是丧失尖锐性,生活本身也总是丧失它的价值。夜间,睡梦中的大海的柔和的呼吸声在海上无拘无束地飘荡着,这无边无际的声音把安宁注进人的灵魂,而在温柔地遏止着灵魂中罪恶的冲动时,就孕育出雄伟的想望……

"渔具在哪里?"加弗里拉突然问道,一面不安地环视着小船。

切尔卡什震颤了一下。

"渔具吗?在我旁边,在船尾。"

但是他觉得在这个毛头小伙子面前说谎心里不好受,又因为这个小伙子的问话打断了他的遐想和感觉而惋惜。他发怒了。他感到胸口和嗓子里有一种他所熟悉的剧烈的灼痛,他威严地厉声对加弗里拉说:

"你听着——坐着就好好地坐着!别多管闲事。雇你来划船,你就划。你要是多嘴多舌,会有你瞧的。明白吗?……"

船震动了一下,停住了。桨停在水里,激起了泡沫,加弗里拉不安地在凳上挪动着。

"划啊!"

粗暴的咒骂声震动了空气。加弗里拉用双桨一划。小船似乎吃了一惊,就哗啦啦地划破海水,急速地、神经质地跳动着前进。

"放稳一点!……"

切尔卡什从船尾略微站起,手中的桨并不放下,冷酷的眼睛盯住了加弗里拉的苍白的脸。他弯下腰,俯身向前,活像一只准备跳跃的猫。听得到狠狠的咬牙切齿声和骨头的轻轻的挤压声。

"谁在喊叫?"海上响起了严厉的吆喝声。

"嗳,鬼东西,摇啊!……轻一点!我要打死你这条狗!……嗳,摇啊!……一,二!你敢说个不字!……我就把你撕成两半!……"切尔卡什低声骂道。

"圣母啊……童贞女……"加弗里拉喃喃地说着,由于恐怖而直打哆嗦,由于用力而疲惫不堪。

小船平稳地掉转头,向港口回驶,那里,灯火聚集成五光十色的一簇,桅杆也可以望得见了。

"喂!谁在喊叫?"又传来了这声音。

现在声音比第一次要远些。切尔卡什放心了。

"那是你自己在喊叫!"他朝着喊叫的方向说,接着就向还在喃喃祷告的加弗里拉说道:

"啊,小兄弟,算你走运!如果这些魔鬼追上我们,你就完蛋了。懂吗?我会马上把你喂了鱼!……"

现在,切尔卡什说得很镇静甚至很温和,加弗里拉却因为恐怖仍旧在哆嗦,他哀求道:

"你听我说,放了我吧!我用基督的名义求你放了我吧!让我到什么地方上岸吧!唉,唉,唉!……我彻底完蛋了!……啊,看在上帝的分上,放了我吧!我对你有什么用呢?我干不了这种事!我从来没有做过这种事……这是第一次……主啊!我真的要完蛋了!老兄,你是怎么骗我的？啊？你太不应该了！……要知道,你是在毁掉一个人！……唉,这样的事情……"

"什么样的事情？"切尔卡什厉声问道。"啊？你倒说说,什么样的事情？"

小伙子的恐惧使他觉得好玩,加弗里拉的恐惧和他切尔卡什为人的厉害使他感到莫大的乐趣。

"不明不白的事情,老兄……看上帝的分上放了我吧!……我对你有什么用呢？……啊？……亲爱的……"

"喂,不准作声! 不需要,我就不会带你来了。明白吗？——别出声!"

"主啊!"加弗里拉叹了口气。

"得啦,得啦! ……别给我愁眉苦脸的!"切尔卡什打断他说。

但是加弗里拉现在已经不能自制了,他悄悄地呜咽着,哭着,擤着鼻涕,在板凳上不安地挪动着,但仍用力地、拼命地划着。小船箭似的疾驶着。途中又是黑幢幢的船身耸立着,小船就在这些船只的船舷中间的一条条狭窄的水道上像陀螺般旋转着,消失在其中了。

"喂,你! 听着! 要是有人问你什么——你别作声,如果你想活命的话! 明白吗？"

"唉,我的妈啊! ……"加弗里拉绝望地叹息了一声,算是回答这一严厉的命令,接着又悲伤地加了一句:"我的命完了! ……"

"别诉苦!"切尔卡什威严地低声喝道。

这一声低喝,使加弗里拉丧失了思考的能力,冷冰冰的大祸临头的预感攫住了他,他一下子发呆了。他机械地把双桨投入水中,身子往后一仰,把桨提起,重又放下,同时一直目不转睛地望着自己的树皮鞋。

充满睡意的浪涛声阴沉地响着,很是可怕。已经到港口了……在港口的花岗石墙后面可以听得到人声、水的拍溅声、歌声以及尖细的汽笛声。

"停!"切尔卡什低声喝道,"放下桨! 两手扶着墙! 轻些,鬼东西! ……"

加弗里拉用手攀着溜滑的石块,使船挨着墙走。小船的船舷挨着生长在石块上的苔藓的黏液滑过去,一无声息地移动着。

"停! ……把桨拿过来! 拿到这里来! 你的身份证在哪里? 在背包里吗? 把背包拿过来! 喂,快些拿过来! 这,亲爱的朋友,是为了使你不能逃走……现在你可逃不掉了。没有桨你还能想办法逃,可是没有身份证你就不敢逃了。等着我! 小心,要是你敢说个不字,不怕你跑到海底我也能找到你! ……"

突然,切尔卡什双手抓住什么东西,身子腾空而起,就在墙上消失了。

加弗里拉震抖了一下……这来得如此的快。他觉得,他在这个留着口髭的、瘦削的偷儿面前感到的可诅咒的重压和恐怖已经从他身上卸下来了,移开了……现在逃走吧! ……于是他松了口气,环顾了一下四周。左面,耸立着一个没有桅杆的黑压压的船身——很像一口很大的、没有装人的空棺材……浪涛每一次冲击着它的两侧,里面就发出一种喑哑的、空洞的回声,像是沉重的叹息。右面,在水上蜿蜒着防波堤的潮湿的石墙,宛似一条冷冰冰的、沉重的蟒蛇。背后,也露出了一些黑幢幢的骨架,而前面,在石墙和这口棺材的一侧中间的空隙里,可以看见沉默的、空旷的、上面挂着黑云的大海。大片的、沉重的黑云慢慢地移动着,从黑暗中散发出恐怖,准备用自己的重量把人压碎。一切都是冷冰冰的、黑压压的、不祥的。加弗里拉害怕起来。这种害怕比切尔卡什在他的心中引起的害怕还要厉害;它紧紧攫住加弗里拉的心胸,压得他害怕地缩做一团,使他坐在小船的板凳上不敢动弹……

可是四周的一切都默不作声。除了海的叹息,一无声息。乌云还是像先前那样慢腾腾地、无聊地在天空中爬动着,但是从海上升起的乌云愈来愈多,当你仰望天空的时候,会以为它也是海,只不过是一个波涛汹涌的、覆盖在另一个沉睡的、宁静的、平滑如镜的海上的海罢了。乌云宛如用灰色的、蓬松的浪峰冲向地面的波涛,宛如深渊(这些波涛就是被大风从深渊里刮起来的),也宛如新生的、还没有被狂暴和愤怒的淡绿色泡沫所覆盖的巨浪。

  加弗里拉觉得自己已被这阴森森的寂静和美压倒了,又觉得他想快些见到主人。可是如果他在那边留下来呢?……时间过得很慢,比在天空爬行的乌云还要缓慢……而寂静却渐渐变得更不祥了……但就在这时,堤墙后面传来了拍溅声、窸窣声和像是耳语的声音。加弗里拉觉得他马上要死了……

  "喂!睡着了吗?接住!……小心点!……"响起了切尔卡什的喑哑的声音。

  从墙头上放下一包沉甸甸的立方形的东西。加弗里拉把它接到船上。又有一包同样的东西放下来。跟着,切尔卡什长长的身形就翻过墙头上挂下来,桨也从什么地方出现了,加弗里拉的背包也落到他的脚旁,喘着粗气的切尔卡什也已经坐到船尾上了。

  加弗里拉望着他,快活地但是胆怯地微笑着。

  "累吧?"他问道。

  "哪能不累,小傻瓜!现在你好好摇吧!使劲摇吧!小兄弟,你可以大大地赚一笔了!事情已经完成了一半。现在只要趁魔鬼们不备,偷偷溜过去,你就可以拿了钱去见你的玛什卡①了。你有一个玛什卡吗?喂,孩子?"

  "没——有!"加弗里拉用他那风箱般的胸膛和钢条般的双臂,使出全身的气力摇着。海水在船底下发出低沉的轰轰声,船尾后面的蓝色水带现在更宽阔了。加弗里拉浑身冒汗,但仍继续使劲摇着。这一夜两次经历了这样的恐怖后,他现在害怕再来第三次,他只希望:赶快了结这该死的工作,到岸上去,避开这个人,趁他现在还没有真的把自

---

① 玛什卡——玛丽亚的卑称,俄国妇女最普通的名字。

己杀害或是拖进监狱。他打定主意无论什么都不跟他谈,也不违背他,他吩咐干啥就干啥,如果能顺顺当当地把他摆脱掉,明天马上就向显灵的尼古拉去还愿。热情的祈祷词已经要从他胸中冲出。但是他克制着,像火车头似的喘着气,默不作声,只是不时皱起眉头望望切尔卡什。

可是那个家伙,干瘦、细长,向前曲着身子,好像一只准备飞到什么地方去的鸟儿,用鹰隼似的眼睛望着船前的黑暗,动着凶猛的鹰钩鼻,一只手紧握舵柄,另一只手捋着因为微笑而颤抖着的口髭,微笑使他的薄嘴唇歪扭了。切尔卡什对他的成功、对他自己和这个被他吓得要死并且变成他的奴隶的小伙子,都感到满意。他望着加弗里拉在卖命,不禁起了怜悯心,想鼓励鼓励他。

"喂!"他含笑轻声说道,"你吓得够呛吧?是吗?"

"没——什么!……"加弗里拉呼了口气,干咳了几声。

"现在你可以不必这样使劲摇了。现在已经完事了。只要再通过一个地方……你休息一下吧……"

加弗里拉听话地停下来,用衣袖抹掉脸上的汗,又把桨投入水中。

"现在,轻些摇。别让水发出声音。有一个闸门要通过。轻些,轻些,……不然的话,小兄弟,那边的人可厉害哪……他们正巧会拿枪闹着玩。你连叫喊都来不及,他们就会把你的额头打出一个大疙瘩。"

现在小船几乎全无声息地在水上偷偷地行进。只有从桨上滴下一滴滴淡蓝色的水珠,当水珠落到海面上,在水珠落下的地方就短暂地激起也是淡蓝色的小涡纹。夜逐渐变得更黝暗、更寂静了。现在天空已经不像波涛汹涌的大海——乌云在天空向四外扩散,用一张均匀厚实的帐幕覆盖着大海,低低垂到水面上,一动也不动。大海也变得更为平静,更为深黑,更强烈地散发出温暖的、盐腥的气味,而且显得没有以前那样浩瀚无边了。

"啊,要是下场雨就好了!"切尔卡什喃喃地说。"下了雨我们就可以像在帘子后面那样溜过去了。"

小船的左右两边，从深黑色的水中升起了好像一座座的建筑物——原来是几只平底船，静静地停在那里，阴森可怕，也是深黑色的。在一只平底船上有火光在游动，是有人拿着灯在走动。大海抚摸着这些平底船的船舷，发出有所请求的、喑哑的声音，可是它们却以空洞的、冷漠的回声答复它，仿佛在争论，不愿向它让步似的。

"巡逻队！……"切尔卡什几乎听不见地低声说。

自从他吩咐加弗里拉摇得轻些的时候起，加弗里拉重又被一种有所等待的极度的紧张控制住了。他全身俯向前面的黑暗中，他觉得他在长大，骨头和血管在身体里面伸张着，使他感到钝痛，老在转一个念头的脑袋感到疼痛，脊背上的皮肤战栗着，脚上好像有又尖又冷的小针在扎。眼睛也因为紧张地注视着黑暗感到酸痛，他预料黑暗中马上会有什么人出现并向他们厉声吆喝道："停下，偷儿！……"

现在，当切尔卡什低声说出"巡逻队！"的时候，加弗里拉哆嗦了一下：一个强烈的、灼痛人的念头钻进他的心，钻进去，触及了绷紧的神经，他想大声呼喊，叫人来搭救他……他已经张开嘴，在座位上略微欠身站起，挺起胸脯，吸了一大口气，再张开嘴准备叫喊，可是突然之间，一种恐惧心理像鞭子般抽了他一下，使他吃了一惊，他闭起眼睛，从座位上滚了下来。

……在小船的前面，远远地在地平线上，从深黑色的海水中升起一柄带有火光的淡蓝色的巨剑，它升起来，劈开了黑夜，用剑尖在天空的乌云上划了一下，就像一条宽阔的蓝色绸带似的横在大海的胸脯上。它横在那里，在它的光带上从黑暗中浮出了以前看不见的、黑压压的、默然无声的、笼罩着轻柔的夜雾的船只。似乎它们长期沉在海底，是被风暴的强大的力量刮沉的，现在却奉了大海所产生的火箭的敕令而从那里升了起来，——升起来看看天空和水面上的一切……它们的索具缠绕着桅杆，好像是附着力很强的水草，连同这些布满水草的黑压压的巨怪一起从海底升起。现在，这柄可怕的淡蓝色的巨剑，又从大海深处朝上升起，闪闪发光地升了起来，又劈开黑夜，又落了下去,但已经是在另外一个方向了。跟着,在那边,在它落下的地方又浮起了在它出现之前看不见的船只。

切尔卡什的小船停了下来,在水面上晃荡着,似乎感到困惑不解。加弗里拉躺在船底,双手掩住脸,切尔卡什用脚踢他,暴怒地、但是低声地说道:

"傻瓜,这是海关缉私船……这是探照灯……起来,笨蛋!灯光马上就要照到我们这里来了!……鬼东西,你会毁了你自己,也会毁了我!嗳!……"

最后,当靴后跟最重的一脚踢到加弗里拉背上时,他跳起来了,但仍不敢睁开眼睛,他坐到座位上,摸到了桨,把船向前摇去。

"轻些!看我不打死你!喂,轻些啊!……傻瓜,你这该死的……你怕什么?啊?丑八怪!不过是只探照灯罢了。桨划得轻些!……可恶的鬼东西!……这是监视走私的。不会来碰我们——它们已经走得远远的了。别害怕,不会来碰我们的。现在我们……"切尔卡什扬扬得意地四面环顾了一下。"完事了,我们溜出来了!……呸!……唔,你的运气不错,你这笨头笨脑的家伙!……"

加弗里拉一声不响,只顾划桨,他沉重地喘着气,斜眼望着这柄火剑仍在起落的地方。他说什么也不能相信切尔卡什,说这不过是探照灯。这冷飕飕的蓝光,能劈开黑暗,使大海发出银色的闪光,一定蕴藏着某种神秘的东西,所以加弗里拉重又陷入了苦恼的恐怖的催眠状态。他像机器似的划着,老是蜷缩着,仿佛等待着上面来的打击,他心里已经没有任何东西也没有任何愿望了——他成了一个空空的、没有生命的人。这一夜的激动,最后已经把他身上一切人性的东西都吞噬掉了。

可是切尔卡什却得意扬扬。他的习惯于震动的神经已经安静下来。他的口髭热情地颤抖着,眼睛闪闪发光。他情绪好极了,他高傲地轻声吹着口哨,深深地吸着海上潮润的空气,环顾着四周,当他的眼光停在加弗里拉身上的时候,他温和地微笑着。

一阵风吹过,惊醒了大海,海上陡地起了密密的波纹。乌云仿佛薄了一些、透亮一些,可是天空仍旧被乌云布满。尽管风——虽然还是微微的——已经在海面上自由地吹动,乌云却仍旧一动不动,仿佛在转着一个无聊的乏味的念头一般。

"喂,小兄弟,你清醒清醒吧,是时候了!瞧,你怎么啦,好像整个灵魂都从你的皮囊里榨出来了,只留下一包骨头了!一切都完成了。嗳!……"

对加弗里拉说来,这时只要听别人的声音,哪怕是切尔卡什在说话,也是很高兴的。

"我听见了。"他轻轻地说。

"这样就好了!软骨头……好吧,你来掌舵,我来划桨,你大概累了吧!"

加弗里拉机械地换了位置。切尔卡什和他交换位置的时候,看了看他的脸,发觉他摇摇晃晃,两条腿哆嗦个不停,他就格外可怜起这个小伙子来了。他拍了拍他的肩膀。

"嗳,嗳,不要怕!这一来你挣了笔大钱了。我,小兄弟,要重重地赏你。你愿意到手二十五卢布的票子吗?啊?"

"我——什么都不要。只要到岸上去……"

切尔卡什挥了挥手,吐了口唾沫,就用自己的长胳膊把双桨远远地向后投过去,开始划起来。

海醒了。它翻起细浪,它一面孕育着波浪,用泡沫镶起边,一面却又使波浪互相撞击,碰得粉碎。泡沫在消融的时候发出咝咝的声音和叹息的声音,于是四周的一切都充满了悦耳的音响和拍溅声。黑暗似乎比较有生气了。

"来,告诉我,"切尔卡什开口说,"你回到乡下去,讨了老婆,你翻地,种庄稼,老婆会生上一群孩子,吃的东西会不够;这样你就得一辈子劳碌了……啊,怎么样?这里面有很大的乐趣吗?"

"这算是什么乐趣!"加弗里拉畏缩地、战栗着回答说。

风在什么地方突破了乌云,几小块蓝天和上面的一两颗星星从裂口中俯视着。这几颗星星被嬉戏的海面反射出来,在波浪上跳跃着,一忽儿消失,一忽儿又发出光来。

　　"向右一点!"切尔卡什说。"我们快到了。好!……事情完了。干得真棒!你瞧见了吗?……一夜工夫——我就捞到了五百!"

　　"五百?!"加弗里拉怀疑地拖长声音说,但他马上就害怕起来,用脚踢踢船里的货包,急急问道:"这到底是啥玩意儿啊?"

　　"这玩意儿可值钱啦。要是照价出卖,就能到手一千卢布。可是我不要大价钱……妙吗?"

　　"哦?……"加弗里拉询问地拖长声音说。"我要是也能这样该多好!"他叹了口气,马上想起了自己的村子、微薄的家产、自己的母亲以及一切辽远的但很亲切的东西,为了这些他才出来做工,为了这些他才在今夜受这般的折磨。一阵对故乡的怀念向他袭来,他记起了自己那个村子,它沿着陡峭的山坡往下,朝一条小河延伸,隐藏在白桦、白柳、花楸、稠李的丛林里……"唉,那多好啊!……"他悲哀地叹了口气。

　　"是啊!……我想,你马上就可以乘火车回家去……村子里的姑娘们都会爱上你,真的!……随你挑!你还可替自己盖一所房子——唔,要盖房子,钱似乎还嫌少一点……"

　　"这倒是确实的……盖房子钱不够。我们那边木料很贵呢。"

　　"那咋办呢?把旧的修一修吧。马怎么样?有吗?"

　　"马吗?马倒是有,不过已经老掉牙了,他妈的。"

　　"好,就是说要一匹马。要一匹好马!牛……羊……各种家禽都要……是不是?"

　　"别说了!……噢,主啊!如果能过这样的日子就太好了!"

　　"是啊,小兄弟,要是那样,你的小日子就蛮不错了……这种事我也懂得。我也有过自己的窝……父亲是村子里的一个大财主……"

　　切尔卡什缓缓地摇着。小船在顽皮地拍打着船舷的波浪上摆荡着,在这黑沉沉的海上几乎没有移动,而海水却玩得愈来愈欢了。两个人都陷入幻想,他们在水上摇晃着,沉思地眺望着自己的周围。切尔卡什开始把加弗里拉的思想引到思乡上,希望借此对他稍加鼓励,稍加安慰。起初他一面说,一面还暗自觉得好笑,但是过了一会,当他简短地回答了几句,使他的对话者回想起农村生活的快乐,那种他自己对之早已失望了的、忘掉了的、只在这时才回想起来的快乐时,他自己也逐渐心向神往了,于是,他不去向小伙子询问关于农村和农业的情况,不自觉地自己向他讲述起来了:

"农村生活中最主要的,小兄弟,就是自由!你是你自己的主人。你有自己的房子,哪怕它只值一文钱,可它是你自己的。你有自己的地,哪怕只有巴掌大,可它也是你自己的!在自己的土地上你就是一个皇帝!……你有面子……你能要求随便什么人尊敬你……是不是?"切尔卡什兴奋地结束了他的话。

加弗里拉好奇地瞅着他,也兴奋起来。在这次谈话中他竟忘掉是在跟谁打交道,他在自己面前只看见一个像他一样的农民——这农民被世世代代的汗水永远粘在土地上,被童年的回忆同它联系在一起,但却擅自离开了它,不去照料它,因而遭到应得的惩罚。

"这,老兄,是确实的!啊,是千真万确的!只要看一看你自己,失去了土地你现在成了什么样子?土地,老兄,就好比是母亲,你是不能长期忘掉的。"

切尔卡什醒悟过来……他觉得胸口有一种刺痛;只要他的自尊心——一个不顾一切的勇敢汉子的自尊心——受到别人的触犯,尤其是受到一个在他心目中没有价值的人的触犯时,这种刺痛总要出现。

"唠叨!……"他恶狠狠地说道,"你大概以为,我说这些都是当真的……别给我做梦啦!"

"嗳,你真是一个怪人!……"加弗里拉又害怕了,"难道我是在说你吗?我想,像你这样的人多得很!唉,世上有多少不幸的人啊!……那些流浪汉!……"

"你来划桨,笨蛋!"切尔卡什简短地发出命令,不知为什么他竟抑制住了冲到他喉头的一连串激烈的咒骂。

他们又对换了位置,当切尔卡什越过货包爬到船尾时,他觉得心里有一股强烈的愿望,要把加弗里拉一脚踢到水里去。

短短的谈话终止了,但是现在,甚至加弗里拉的缄默也撩起了切尔卡什的乡思……他想起了过去,忘掉了掌舵,小船被浪打得改变了方向,在海上漫无目的地漂浮着。浪涛似乎知道这只小船已经迷失了目标,就不断地把它抛得越来越高,轻轻地戏弄它,在桨下面闪烁着温柔的蓝光。而在切尔卡什面前,这时正飞快地闪过一幅幅过去的画面,和现在相隔着整整十一年流浪生活的高墙的遥远的过去的画面。他看到了自己在孩提时的情景,看到了自己的村子、自己的母亲,一个身材丰满、两颊红润、长着一对和蔼的灰色眼睛的妇人,还有父亲,一个脸色严峻的红胡子大汉,他还看见了自己做新郎时的情景,看见了妻子,黑眼睛、梳着长辫、丰满、温柔、快活的安菲莎,又看见自己是一个美男子、一个近卫兵时的情景;又看见了父亲,已经须发灰白,因为劳累而驼着背,还有母亲,也皱纹满面,身子弯向地面;他还看见他服役归来全村欢迎他的场面;看见父亲如何在全村面前夸耀自己的葛里戈里——蓄着口髭的健儿,机警的美男子……回忆,这苦命人的鞭子,甚至使过去的石块也复活了,甚至在以前喝下去的毒药里也注进了几滴蜜糖……

切尔卡什觉得自己被一股故乡的令人心平气和的、温柔的气流笼罩住了,这气流使他听到母亲的亲切的话语,听到规规矩矩的农民父亲的庄重的话,听到刚刚解冻、刚刚翻耕过、并且是刚刚覆盖着绿绢般的秋播作物幼苗的大地母亲的很多被忘怀了的声响,闻到它的许多浓郁的气味……他觉得自己孤孤单单,永远脱离了他血管中奔流的血液赖以形成的生活秩序,被扔了出去。

"咦!我们这是往哪儿去啊?"加弗里拉突然问道。

切尔卡什震颤了一下,以猛禽的惊慌的目光环顾了一下。

"啊,鬼把我们带到这里来了!……用力些摇……"

"在想心事吗?"加弗里拉含笑问道。

"累了……"

"那么,我们现在不会和这些东西一起落网了吧?"加弗里拉用脚踢踢货包。

"不会……你只管放心。马上我就送去换钱……唔!……"

"五百?"

"少不了。"

"这——好大一笔钱啊!如果给我这个苦命人哪!……唉,那我就要好好利用它一下了!……"

"买地?"

"当然!我马上就……"

于是加弗里拉展开幻想的翅膀飞了起来。切尔卡什却不作一声。他的口髭下垂着,右半边身子受波浪拍打已经湿了,眼睛陷下去,失去了光芒。他身上的一切凶猛的气质都变得柔和了,都被抑郁的沉思冲淡了,这沉思甚至从他的脏衬衫的褶皱里都透露出来。

他陡地掉转了船头,把它驶向一个黑黝黝的、露出水面的东西。

天空又布满了乌云,下着温暖的细雨,雨落在浪峰上,愉快地发出淅沥声。

"停!轻些!"切尔卡什命令道。

船头撞到了一艘帆船的船身。

"是不是在睡觉,这些鬼东西?……"切尔卡什一面抱怨,一面用钩竿勾住从船舷上挂下来的什么绳索。"把舷梯放下来!……还落着雨,不能早一点下吗!唉,你们这些家伙!……唉!……"

"是谢尔卡什①吗?"上面发出了温柔的鼻音。

"喂,把船梯放下来!"

---

① 即切尔卡什,外国人发音不准,把"切"念成"谢"。

"卡里梅拉①！谢尔卡什！"

"放下舷梯来,你这黑炭鬼!"切尔卡什咆哮起来了。

"啊,今天你的火气怎么这么大……哈啰!"

"爬上去,加弗里拉!"切尔卡什对他的伙伴说。

转眼之间,他们已经到了甲板上,那里有三个大胡子的暗色身形,用一种奇怪的语言在热烈地聊天,一面望着船舷外面切尔卡什的小船。第四个人,披着一件长长的厚呢斗篷,走到他跟前,默默地握了握他的手,后来又怀疑地打量了一下加弗里拉。

"明天早晨把钱准备好,"切尔卡什简短地对他说,"现在我要去睡了。加弗里拉,走吧！你想吃点东西吗?"

"睡吧……"加弗里拉回答说,过了五分钟,他已经鼾声如雷了,切尔卡什则坐在他旁边,把不知是谁的一只靴子在自己脚上试着,沉思地朝一边吐着痰,忧郁地轻轻吹着口哨。过了一会他躺到加弗里拉身边,双手枕在头下,不时动着口髭。

帆船轻轻地在嬉戏着的水上摇晃,不知在什么地方,木头发出抱怨的吱吱声,雨点轻柔地洒在甲板上,波浪拍着船舷……一切都是忧郁的,发出的声音就像一个对自己儿子的幸福失去希望的母亲的催眠曲一样……

切尔卡什龇着牙,略微抬起头,四面环顾了一下,接着喃喃说了几句什么,又躺了下去……他叉开两腿,活像一把大剪刀。

三

他第一个醒来,惊愕地向周围环视了一下,但立即镇定下来,望了望还在熟睡的加弗里拉。那一个正甜蜜地发着鼾声,在梦中用他整个稚气、健康、被太阳晒黑的脸孔对什么东西微笑着。切尔卡什叹息了

---

① 希腊语:"晚上好!"

一声就攀着狭窄的绳梯爬上去。一块铅色的天瞅着船舱的洞孔。天已经亮了,但却像秋天一样令人烦闷、单调乏味。

约摸过了两小时,切尔卡什回来了。他的脸是红红的,口髭雄赳赳地朝上翘着。他穿着结实的长筒靴子,穿着短上衣和皮裤,很像一个猎人。他全部的服装都是破旧的,但很结实,而且非常合身,使他的身躯显得宽阔一点,掩盖了他的棱棱瘦骨,使他具有一种威武的风度。

"喂,小犊儿,起来吧!……"他用脚推了推加弗里拉。

加弗里拉跳了起来,睡梦中一时认不出他,只是害怕地用蒙眬的眼睛瞪着他。切尔卡什哈哈大笑起来。

"瞧你变成这副样子!……"加弗里拉终于张开嘴笑了。"成了个老爷了!"

"对我们来说,这费不了多少时间。你的胆子真小!昨天夜里你有多少次想死啊?"

"可是你自己想一想,干这种事我还是第一遭啊!要知道,可能良心要痛苦一辈子呢!"

"嘿,再干一次怎么样?啊?"

"再干一次?……这——怎么对你说呢?有什么样的好处?……问题就在这儿!"

"唔,要是两张红票呢?"

"就是说两百卢布吗?还不错……这倒可以……"

"且慢!那么良心痛苦怎么办呢?……"

"要知道,也可能……不会痛苦!"加弗里拉微笑了。

"不会痛苦,那就一辈子可以做人了。"

切尔卡什高兴地哈哈大笑着。

"好!玩笑开够了。我们上岸去吧……"

于是他们又到了小船里。切尔卡什掌舵,加弗里拉划桨。他们的头上是均匀地布满着乌云的灰色的天空,暗绿色的大海耍弄着船儿,用波浪刷啦啦地颠簸着它,波浪暂时还很小,它们兴冲冲地把亮晶晶的、盐腥的白沫掷向船舷。船头前方的远处,看得见一带黄色的沙岸,在船尾后面退向远方的大海被一堆堆镶着轻柔、雪白的泡沫的波涛搅得凸凹不平。就在那边的远方,看得见许多船只;左边的远处,桅杆林立,还有城里一簇簇白色的房屋。从那边有喑哑的隆隆声向海面涌来,这种隆隆声和波涛的拍击声一起形成了优美雄壮的音乐……一切都给一层灰色迷雾的薄暮罩住,使物体与物体之间的距离加大了……

"啊,晚上可有得瞧了!"切尔卡什朝大海点点头。

"暴风雨吗?"加弗里拉问,一面用力地用双桨划着波浪。这些被风刮得在海面上四溅的水沫,已经使他从头到脚都湿透了。

"对!……"切尔卡什证实道。

加弗里拉探究地望了望他……

"喂,他们给了你多少?"看见切尔卡什并不准备谈话,他终于问道。

"你瞧!"切尔卡什边说边把从口袋里掏出来的什么东西递给加弗里拉看。

加弗里拉看见了花花绿绿的钞票,于是在他的眼睛里一切都带有绚烂的红票的色调。

"啊!……我还当你向我吹牛哩!……这是多少?"

"五百四十!"

"真能干!……"加弗里拉轻声说,贪婪的眼睛伴随着重又藏进口袋的五百四十卢布。"唉,我的妈!……我要是有这么多钱哪!……"他抑郁地叹了口气。

"咱俩去玩个痛快,小伙子!"切尔卡什快活地喊了起来。"唉,我们去好好地喝一次……别担心!我,小兄弟,要分给你的……分给你四十!好吗?满意吗?要不要我马上给你?"

"如果你不觉得可惜的话……那好。我会收下的!"

加弗里拉浑身都因为一种使他胸口隐隐作痛的强烈的期望而战栗起来了。

319

"啊,你这鬼东西!'我会收下的!'小兄弟,请收下吧!我真心诚意地求你收下吧!我不知道把这许多钱往哪里藏!你帮帮我的忙,收下吧,呐!……"

切尔卡什把几张钞票递给加弗里拉。加弗里拉用颤抖的手接过去,扔下桨,把钞票藏进怀里的什么地方,贪婪地眯起眼睛,大声地吸进空气,仿佛在喝什么滚烫的东西。切尔卡什含着嘲弄的微笑望着他。加弗里拉已经重新抓起桨,神经质地、急急忙忙地划着,好像害怕什么似的,垂下眼睛。他的肩膀和耳朵都在哆嗦。

"你很贪财!……这不好……可是,有什么办法呢?……农民嘛……"切尔卡什沉思地说。

"要知道,有了钱,好办事啊!……"加弗里拉突然兴奋起来,感叹地叫道。他急急忙忙,好像在追赶自己的思想,来不及考虑用词就断断续续地大谈起农村里有钱和无钱的生活。有了钱,就受人尊敬,生活富裕,充满乐趣!……

切尔卡什注意地听着他,脸色严肃,眼睛因为在想什么念头而眯缝着。他时不时地露出满意的笑容。

"我们到了!"他打断加弗里拉的谈话。

一阵浪头把小船托起,巧妙地把它推上沙滩。

"唔,小兄弟,现在完事了。把船往上拖些,免得给水冲走。有人会来找它的。现在我要跟你分手了!……这里离城里大约有八里地。你怎么样,再回到城里去吗?啊?"

切尔卡什的脸上露出和蔼而狡猾的微笑,他的神气好像是打算要做一件使自己非常愉快而对加弗里拉则是意外的事情。他把手插进口袋,把钞票弄得窸窣作响。

"不……我……不去……我……"加弗里拉喘着气,似乎喉咙头被什么卡住一样。

切尔卡什看看他。

"你难道不舒服吗?"他问道。

"这……"加弗里拉的脸一会儿发红,一会儿又变成灰色,他逡巡不前,不知是想向切尔卡什扑过去呢,还是又被另外一种他觉得难以实现的愿望所打断。

切尔卡什看到这小伙子这样激动,觉得很不痛快。他等待着这激动的爆发。

加弗里拉开始发出怪异的笑声,就像号哭似的。他的头下垂着,他脸上的表情切尔卡什看不见,隐约可见的只是加弗里拉的耳朵,一会儿发红,一会儿又变得苍白。

"见你的鬼!"切尔卡什挥了挥手。"你爱上我了吗?像姑娘一样扭扭捏捏!……难道同我分手心里难受吗?唉,你这娃娃!说啊,你怎么啦?不然,我可要走了!……"

"你要走吗?"加弗里拉响亮地叫了起来。

荒凉的沙岸因为他的喊声而震抖了一下,被海浪冲洗过的波浪似的黄沙似乎也晃动了一下。切尔卡什也震抖了。加弗里拉猛地站起来,扑到切尔卡什脚下,用双手抱住后者的两腿,用力往自己这边拉。切尔卡什晃了一晃,重重地坐倒在沙上,他咬了咬牙,攥起拳头,用他的长臂在空中猛挥了一下。但是他还没有来得及打下来,就被加弗里拉的羞愧的、恳求的低语声止住了:

"亲爱的!……把这些钱给我吧!为了基督,给我吧!这些钱对你算得了什么呢?……要知道,一夜功夫——只不过一夜……可是我呢,就得好几年……给了我——我会替你祷告!永生永世——在三个教堂里——祈祷你的灵魂得救!……要知道,你会把钱随便乱花……而我却是用到地里去!唉,把钱给我吧!钱对你有什么意义呢?……难道你在乎这些钱吗?一夜功夫——就发财了!行行好事吧!你是毁了的人……你是没有前途的……可是我——噢!你把钱给我吧!"

切尔卡什吓了一跳,又是惊讶,又是痛恨,他坐在沙滩上,身子后仰,双手撑在沙上,他坐着,不作一声,可怕地睁大眼睛瞪着小伙子。小伙子把头埋在他的膝上,气喘喘地低声哀求。切尔卡什终于推开他,跳起来,一只手伸进口袋,把钞票扔给加弗里拉。

"呐!吞下去吧……"他叫道,由于激动,由于对这贪婪的奴隶的强烈的怜悯与憎恨而浑身哆嗦着。他扔出钞票以后,觉得自己是一个英雄了。

"我本来就想多给你一点。昨天我起了同情心,我想起了农村……我想:让我来帮助这个小伙子吧。我等着,看你怎样办,会不会求我?可是你……唉,你这软骨虫!叫花子!……难道为了钱就可以这样折磨自己吗?傻瓜!贪婪的魔鬼!……你简直发疯了!……五个戈比就会出卖自己!……"

"亲爱的!……愿基督拯救你!现在这算是我的了吗?……我现在……是一个富翁了!……"加弗里拉欣喜若狂,尖叫了一声,他哆嗦着把钱藏进怀里。"唉,你,真是个好人!……我永世不会忘掉你!……永远不会!……老婆、孩子,我都叫他们替你祈祷!"

切尔卡什听着他快乐的号叫,望着那容光焕发的、因为贪婪的喜悦变了形的面孔,他觉得,尽管他是一个贼,一个和一切亲属断了关系的流浪汉,却永远不会这样贪婪、这样下贱、这样忘乎所以。永远不会这样!……这种想法和感觉,使他充分意识到自己的自由,使他留在荒凉的海岸上,站在加弗里拉旁边。

"你赐给我幸福了!"加弗里拉高喊道,随即抓住切尔卡什的手,用它戳自己的脸。

切尔卡什不作一声,像狼一样龇着牙。加弗里拉还是滔滔不绝地讲下去:

"你可知道我是怎么想来的?我们向这里划的时候……我想……我用桨打他——就是打你……着!……钱就是我的了,把他——就是你——扔到海里去……啊?有谁会来找他?即使找到了,也不会查究是怎么死的,是谁弄死的。不值得为这种人惊动大家!……一个世界上不需要的人!谁肯为他出头呢?"

"把钱拿过来!……"切尔卡什一把抓住加弗里拉的喉咙,大喝道……

　　加弗里拉一再想挣脱,但是切尔卡什的另一只手像蛇一样绕住他……发出衬衫被扯裂的声音——加弗里拉便倒在沙滩上了,他发狂似的圆睁着眼,手指向空中乱抓,双腿乱蹬。身子笔直、干瘦、凶狠的切尔卡什恶狠狠地龇着牙,断断续续地冷笑着,他的口髭在高颧骨的尖削的脸上神经质地颤动着。他有生以来从未受过这样厉害的打击,他也从来没有这样激怒过。

　　"怎么样,你幸福了吧?"他边笑边问加弗里拉,跟着就掉转身子,背向着他,朝着城市的方向走了。但是他走了不到五步,加弗里拉已经像猫一般的弓起背,跳了起来,手臂用力在空中一挥,向他掷去一块圆石,恶狠狠地叫道:

　　"着!……"

　　切尔卡什哼了一声,双手捧住头,朝前一个踉跄,向加弗里拉转过身子,扑倒在沙滩上。加弗里拉望着他,愣住了。过了一会儿,他动了一下腿,试着抬起头来,但是又像琴弦似的抖了一下,直挺挺地躺下了。这时加弗里拉拔腿就跑,向着远方跑去,那边,毛茸茸的黑云高悬在雾气腾腾的草原上,天色昏暗。波浪涌向沙滩,和沙子混合起来,又向上涌去,发出沙沙的声音。泡沫发出咝咝的声音,水花在半空飞舞。

　　下雨了。起初稀稀疏疏,但很快就变成稠密的、大点的雨,就像细流一样从天空倾泻下来。这些细流交织成一张水线的网——一张立即遮住草原的远方和大海的远方的网。加弗里拉在网后面消失了。除了大雨和躺在海边沙滩上的那个高个子以外,好久看不见别的东西。但是再过一会,雨中又出现了奔跑的加弗里拉,他像鸟儿般飞着;他跑到切尔卡什跟前,伏倒在他面前,把他在地上翻来翻去。他的手触到了温暖的、血红的黏液……他哆嗦了一下,脸色发白,好像发疯似的,往后退了一步。

　　"老兄,起来吧!"他在哗哗的雨声中凑着切尔卡什的耳朵细语着。

　　切尔卡什恢复了知觉,把加弗里拉从自己身旁推开,嘶哑地说道:

323

"滚开！……"

"老兄！饶恕我吧……这是魔鬼叫我……"加弗里拉哆嗦着低声说，一面吻着切尔卡什的手。

"走……滚……"切尔卡什声音嘶哑地说。

"消除我灵魂中的罪孽吧！……亲爱的！饶恕我！……"

"该死……给我滚开！……滚到魔鬼那里去！"切尔卡什突然叫了一声，在沙滩上坐起。他的脸是苍白的、恶狠狠的，眼睛是浑浊的，常常闭上，仿佛他困得要命似的。"你还要什么？你已经干完了你的事……走！滚吧！"他想用脚去踢那悲痛万分的加弗里拉，但是不行，要不是加弗里拉抱住他的双肩，扶住他，他又要倒下去了。现在切尔卡什的脸和加弗里拉的脸并在一起了。两张脸都苍白可怕。

"呸！"切尔卡什对着自己的伙计的张得很大的眼睛吐了一口唾沫。

加弗里拉温顺地用袖子擦干净，喃喃地说：

"随你怎么着……我绝不回嘴。为了基督，饶恕我吧！"

"贱胚！……连偷东西都不够格！……"切尔卡什鄙夷地叫了一声，从短上衣里面的衬衫上撕下一块布，默默地、偶尔咬着牙，开始包扎自己的脑袋。"钱拿了吗？"他傲慢地透过牙缝说道。

"钱没有拿，老兄！我不要了！……钱会惹祸的！……"

切尔卡什把手伸进短上衣的口袋，掏出一扎钞票，只把一张红票放回口袋，其余的都塞给了加弗里拉。

"拿了走吧！"

"我不拿，老兄……我不能拿！饶恕我吧！"

"拿去，我说！……"切尔卡什咆哮起来，可怕地转动着眼珠。

"饶恕我！……那我才拿……"加弗里拉胆怯地说，接着就跪倒在切尔卡什脚前被雨水慷慨地冲洗过的湿漉漉的沙滩上。

"你撒谎，你会拿的，贱胚！"切尔卡什有把握地说，接着就用力抓住他的头发，把他的头提起来，把钞票塞到他的脸上。

"拿去,拿去!你不能白干!拿去,别害怕!不要因为差点打死人不好意思!为了像我这样的人谁也不会来追究。他们知道了,还要谢谢你呢。呐,拿去!"

加弗里拉看见切尔卡什笑了,他觉得轻松一些。他把钞票紧紧地握在手中。

"老兄,你饶恕我吗?不肯吗?啊?"他哭着问道。

"亲爱的!……"切尔卡什模仿着他的腔调回答,一面慢慢站起来,身子摇摇晃晃。"为了什么呢?没有什么可饶恕!今天你打我,明天我打你……"

"唉,老兄,老兄!……"加弗里拉摇着头,悲伤地叹了口气。

切尔卡什站在他面前,异样地微笑着,他头上的布片有点染红了,变得像土耳其菲斯卡①。

大雨倾盆。海喑哑地发出抱怨的声音,浪涛狂暴地、愤怒地冲击着海岸。

两个人都沉默了半响。

"那么,再见了!"切尔卡什一面动身上路,一面嘲弄地说。

他摇摇晃晃地走着,他的腿在哆嗦,他异样地捧着头,仿佛怕它丢了似的。

"饶恕我,老兄!……"加弗里拉再一次请求道。

"没关系!"切尔卡什冷冷地回答,一面上了路。

他踉踉跄跄地走着,一直用左手手掌按住头,右手轻轻地捋着他那棕褐色的口髭。

加弗里拉目送着他,直到他消失在大雨中。雨愈来愈密地像无穷无尽的细流般从乌云里倾注下来,用不透光的银灰色浓雾罩住草原。

过了一会,加弗里拉脱下淋湿的便帽,画了个十字,望了望攥在掌中的钞票,舒畅地、深深地吁了口气,把钱藏进怀里,跨着坚定的大步,

---

① 菲斯卡是一种平顶圆锥形的带穗的小帽子。

沿着海岸,向着和切尔卡什离去的相反方向走去。

　　海呼啸着,把又大又重的浪头抛向沿岸的沙滩,把浪头粉碎成水花和泡沫。雨起劲地抽打着海水和土地……风怒号着……四周的一切都充满了咆哮声、呼啸声、轰轰声……隔着雨,看不见海,也看不见天。

　　不多一会,雨水和浪花就洗去了切尔卡什躺过的地方的红斑,洗去了沿岸沙滩上切尔卡什和那个年轻小伙子的足迹……在这荒凉的海岸上,丝毫没有留下什么痕迹,可以令人想起这两个人之间展开的一出小小的悲剧。

水　夫　译

两个流浪汉[*]

特　写

我第一次看见他们,是在塞瓦斯托波尔。大约有二十来人的一群"俄罗斯灾民"在向一个土方工程承包商乞求挖运河的活。承包商坐在自己的充满欢快的小屋的雕花台阶上,小屋四周种着杨树。颓丧的灾民在院子里挤做一团。在这群人里面有两个瘦高个子截然与众不同。从他们的衣着、外貌,从他们在这群灾民中间所持的那种放荡不羁的独立神情,一眼就能看出他们是流浪汉。

灾民们脱下帽子,没精打采地站着,他们轻声轻气地,并且是以恳求的语调说话。他们的破旧农民上衣的每一条皱褶都显示出一种孤立无援和精神压抑的愁苦感受。这种精神压抑使人沮丧,把人变成某种没有知觉的、随时随地都准备屈从别人的意志的机器。

那个正在和承包商说话的农民个子矮小,黄脸庞,黑胡须,一双机灵的、蒙上了一层淡淡的忧郁的眼睛。

他的嘴角下垂,从鼻梁到嘴角有两条明显的皱纹。这种皱纹是俄罗斯派圣像的面部所特有的,它们赋予圣像一种痛苦的、疲惫不堪的表情。他说得缓慢而平稳:

"行行好,先生,雇用我们吧！给多少钱我们都干,哪怕只够买一

---

[*] 本篇最初发表于一八九四年十月十六日、二十二日、二十七日和三十日《萨玛拉报》。译自《高尔基三十卷集》第一卷。

块面包,我们已经饿得支持不住了!"

从他身后发出一阵叹息。承包商是个肥胖而萎靡的中年人,有一张病态的脸和一双灰色的眯缝眼。他若有所思地一边用手指敲打着自己的肚子,一边仔细地打量这个包工组。

"发发善心,请把我们收下吧!我们向您深深致敬!"这个农民说着,就深深弯下腰去。

"得啦!得啦!不必了,"承包商挥着手说。"好吧,收下你们,全部收下。半卢布一天,吃你们自己的……"

农夫着了急,长长地叹口气,回头看看自己的包工组。在他几个同伴的愁苦的脸上仿佛掠过一条几乎觉察不到的阴影,他们也同样叹了口气。长着黑胡子的农民发出咯咯的声音,并且挪动了一下脚。

"在您那里干活的人是六十戈比一天,吃您的伙食……"他胆怯地说道。

"什么?"承包商严厉地问。

"没什么……我们也不会比他们差……"

"不会差!我知道,那些斯摩棱斯克人,素来是挖土工。"

"好像大都是我们那儿的人……"

"你们的人都是哪儿的?"

"有萨马拉的……有平扎的,有辛比……"

"就这样吧:愿意干的,过来,站到那边;不愿干的,就走开……怎么样?这就对啦!过来……多少人?"

"我们吗?我们十八个人……那三个不是我们的人……"农民用头朝我和两个流浪汉站的地方点了点。

承包商站起来,看看我们,他那肥胖的脸上现出一副凶狠相。

他的面颊和嘴唇都突然颤抖了一下,他把手握得紧紧的,然后,举起拳头喊叫道:

"你们又来啦,鬼东西?你们这号人呀!……快让你们去服苦役啦！铁锹哪儿去了？丁字镐哪儿去了？贼！坏蛋！我要是有工夫，早就把你们送去蹲……"

那个身材比较矮、戴一顶没有边的红褐色帽子、脸刮得精光的流浪汉，耸了耸肩，平静地说：

"谢尔盖，你别乱咬人……要不然，为了你侮辱我们，我们先把你拉去见调解法官。明白吗？铁锹！……镐！……胖傻瓜。你看见我们拿了你的铁锹吗？"

承包商气得直跺脚，嗓门更高起来：

"滚开，魔鬼们！……滚吧！小伙子们，把他们赶出去，把这三个全赶走！赶……"

小伙子们犹豫不决地望着我们，并让开了一条道。另一个流浪汉，戴着旧式士兵帽，留着宽阔、波浪式的浅灰胡须，长着乌黑、忧郁的眼睛。他深沉而响亮地说：

"不给活干吗？"

"走开！滚出去！"

"谢尔盖，你不要喊叫，你要倒霉的！咱们走吧，马斯洛夫。"脸刮得精光的那一个劝说着。

他那浅灰胡子的伙伴倏地转过身去，高傲地大摇大摆地往院外走去。

灾民们在他那庄重而魁伟的身姿前面，急忙向两边闪开。他越过矮壮的伏尔加人向远方眺望着。

"好吧，谢尔盖，那就再见啦！如果在见面以前你死了，反正一样，我到阴间也要揍你一顿……"

他也从院里走出去，我就跟着他们出来，在他们后面走着。

马斯洛夫穿着蓝珠皮呢①短衫，绒布裤子；他的朋友空身穿着一件曾经是白色的，现在已脏得变灰的厨师式的短上衣，和一条新的带格

---

① 一种结实的平纹棉织品，上面有色纱构成的小直条。

子的灰色裤子。

"你看,米沙,我们又一无所有了。不走运,真倒霉!我们得离开这个鬼地方……你说呢?"脸刮得精光的那一个开口说。

"走吧……到哪儿去呢?"他的同伴一边回答,一边问。

"到哪儿去?想去哪儿,就去哪儿呗。条条大路都在咱们面前敞着。想到哪里,就到哪里。譬如说吧,阿斯特拉罕……顺路到库班……现在,那里很快就要打场了。"

"顺路到阿尔汉格尔斯克……现在,那里快到冬天了……可能,还……"

"咱们会冻死吗?常有冻死的。但是你可不要灰心丧气。留着这样的胡子可不大好……"

"咱们什么都没有了吗?"

"你是说吃的吗?干干净净!……"

"怎么办呢?"

"不知道。要去找一找……天无绝人之路……咱们最好是……"

两个朋友都默不作声了。脸刮得精光的那一个倒背着手,轻轻打着口哨。他的朋友一只手拢着胡须,另一只手插进裤腰带里。

"谢廖沙的火多大!……不会知道……铁锹的事。……要是咱们现在有把铁锹多么好啊!就可以捞它十五、二十戈比了。他叫咱们'滚开'!……因为咱们,那一个人也被轰出来了……就是站在那里的那个高个子,你看见了吗?"

"他就在后面走着……"马斯洛夫说道,没有转身。

无疑,他的朋友也知道,我在他身后两步远的地方走着,他不可能没有听到我的挂棍触地和我的脚步声,但不知为什么,他显然不想让我看出这点来。

"啊!……"他回头一看,惊诧地说,他那带着嘲讽神色的深褐色眼睛用怀疑和搜寻的眼光从上到下打量了我一遍。"怎么,老弟,他们把你赶出来了?这是受了我们的连累。从哪儿来的?"

我说了从哪里来的。

刮光脸的那一个和我并肩走在一起,他的第一件事就是毫不客气地摸我的背包。

"你不是有面包吗?"他用有所发现的口吻说。

马斯洛夫也站住了,同样用自己那双忧郁的眼睛怀疑地衡量着我。

"有!"我说,"钱也有。"

"还有钱!"刮光脸的那一个惊奇异常。"很多钱?"

"八十四个戈比。"我骄傲地告诉他们。

"给我二十戈比。"马斯洛夫毫不犹豫地说,把自己多毛的沉重的手搭在我的肩上。同时,他那双闪烁着贪欲的眼睛一直盯着我。

"咱们大家一块走吧,"我建议说。

"可以!"刮光脸的那一个叫道,"你呀!真可爱!……好样的!……只是请告诉我:你有钱,有面包……"

"还有两俄磅①乌克兰腌猪油呢!"我一步步提高了自己在新相识的眼中的身价。

马斯洛夫满意地笑起来,并且很有把握地说:

"全部吃光,一粒渣也剩不下。"

"两磅腌猪油!……"脸刮得精光的人惊讶地问,"你有这些东西还给谢廖沙去做雇工?!"

"怎么?"我问道,不明白是怎么回事。

"为了什么呢?要知道,你有吃的,有钱!难道你想要盖石头房子?呸!……我们如果有这么多……马上就到酒馆去了。茶!酒!白面包!……嘿!……"

一个小时之后,我的钱只是在胃里留下了一阵使人兴奋的热乎乎的快感和头脑中的一丝恍惚。我们坐在烟熏火燎的酒馆里。在我们

---

① 俄磅,一译封特。一俄磅约合409.5克。

的周围回荡着沉浊的、使人昏昏沉沉的嘈杂声和吸烟喷吐的烟雾,透过敞开的窗子,我们看到蔚蓝的、在太阳下闪闪发光的海。

马斯洛夫望着海,而那个叫作斯捷波克的脸刮得光光的人两肘支在桌上和我谈话。谈了很多物质的东西之后,我们的话题就转到谈论灵魂。于是,斯捷波克便向我滔滔不绝地说起自己对这件事的看法来。

"朋友,我想,灵魂是各种各样的。全看生活这股风怎样吹拂它。吹拂得温和,灵魂就好过,就快乐、明朗。如果像九月的风那样吹,那么灵魂就将黯然失色,萎靡不振。人在这里是没有作用的。人能做什么呢?他自己在成长,灵魂也在成长。譬如说吧,他长到二十岁……如果他想要成为主宰自己的命运的人,那他就要当心……在这个时候,灵魂是敏感的……像一根弦。要忍耐,就是说……不要让一切琐碎的小事使它咯吱的响起来……要掌握住自己。做不到这一点——那就一切都完了!立刻就把你或者捏成一团,或者把你四分五裂……撕成碎块……明白吗?因为生活好比机器,要走得谨慎……这儿是带钩的轮子,那儿是锋利的锯齿;这儿又是各种笨重的大物件在飞行……要时时留意,不要疏忽,否则就要皮裂骨折。心灵是不能没有外壳的……正像地段警察所长不能没有办公室一样。"

斯捷波克用这种形象的比喻结束了自己的话之后,拉了一下伙伴的短衫,对他说:

"米沙!怎么办,到库班去,怎么样?在这里我们不会走运的,人家都非常讨厌我们……"

"去。我喜欢到处走走……"马斯洛夫连头也没有回地说。

"我知——道!这就是说——走?!好!朋友,你怎么办?跟我们一块儿走么?"斯捷波克问我。

"我也到那里去。"

"上那里去吗?好极了!就是说,三个人一块走。真巧!咱们赚的钱——要用口袋装!另外,我在那儿还有一个黑眼睛的星期六派女教徒①……"

"是分裂派教徒吗?"我问。

"没错!是个旧教徒……嫁人啦,可是还像从前一样爱我……"

"我还以为真是星期六派女教徒呢……"我说。

"向天发誓,真是星期六派!"斯捷波克发誓说,"她每逢星期六总是找我到她那儿去过夜……"他也笑了。

马斯洛夫把胳臂肘支在窗台上,一直在注视着大海的遥远的地方。他留着长发,披散到肩上,再加上穿的是短衫,这就使他很像一个艺术家。

又过了一个小时,我们已经走在去雅尔塔的道路上,我们决定沿着海岸走到刻赤。

太阳落山的时候,我们在山上找到一个适意的小山洞,就在这里停下来过夜。这个山洞好像是克里米亚和蔼可亲的大自然特意为流浪汉过夜而设置的。山洞的入口处生长的茂密蓬蒿给洞口挂上一块天然的绿色帷幔。从铺在洞里的大堆枯叶和篝火的灰堆来看,我们并不是这里的第一批客人。

斯捷波克一路上塞了满满一衣袋苹果和梨,他离开我们半个小时之后,竟然不知以什么神秘的办法弄到一大块小麦圆面包。现在,他舒展开身体躺在树丛下面,愉快地消灭着苹果。同时,像猴子一样挤眉弄眼,这倒同他那副粗糙的、不端正的、生满浓密的硬胡须的面孔很相称。马斯洛夫一声不响地在拾枯枝。我在不远的地方发现了一条小溪,就用冰冷的水冲洗起来。

树木在我们的四周投下斑斑点点的阴影……

"你在干什么,想生篝火吗?"斯捷波克问伙伴。

"是啊……"

"这不是够暖和的了……"

---

① 星期六派原是俄国教会的一个派别,把星期六当作星期日,故名。此处系双关语,同时指与男人同居过星期六。

"夜里要冷的。"

"那就生吧……"

马斯洛夫走开了,又抱了一大捆小树枝回来。篝火熊熊燃烧起来。填满了我们住处的潮湿的黑暗颤抖了,浓密的阴影顺着岩石忽上忽下地蠕动着。

马斯洛夫一声不响,望着篝火微笑着。

"眼下咱们活像强盗!"他突然冒出了一句。

我向他看了一眼,感到有些惊讶。说他是一个陷入幻想的儿童,远比说他是一个强盗倒更像些。他那双黑眼睛已经不是阴郁的了,目光虽然还是深沉的,但眼中流露的却只是和蔼、亲切、善良和一种非常哀伤的神采。笑出来的皱纹使他那椭圆的脸型更圆了,抹去了破坏他的面型的那副气呼呼的令人不快的神色。尽管他的两眼下面有些水肿,在晒得黝黑的面颊上裸露出条条红色的脉络,但这副面孔还是很有生气,很端正的。

"小孩子!全都是玩物……"斯捷波克微微一笑。"马克西姆,你看,"他对我说,"人的心灵是怎样生活的!……一半像雪,另一半像烟黑。为什么?说来说去还是因为生活的呼吸不一样:从一方面呼吸到的是温暖,从另一方面呼吸到的是寒冷。结果是,人独自一人时是小孩,在别人面前就是鬼……"

"别啰唆了!……"马斯洛夫不满意地插了一句,转身离开了火堆。

透过把通向我们这里的入口遮住了的灌木丛可以看见,在灌木丛的边缘上有一条狭窄的石路;路的那一边是急转直下的悬崖陡壁,从峭壁上可以看到沐浴在月光中的树顶,在树的后方的远远的地平线上,是一片平静的海面,像玻璃一样闪烁着光芒……

斯捷波克的话引起了响亮的回声……再也没有别的声响了。

"难道我说了什么不中听的话吗?没有。刚才马克西姆说……人,他说,应该珍惜自己的心灵……就是说,要教它……或者是怎么说的？可是我说,人在这上面是没有办法的。人就像羽毛:风往哪边吹,它就往哪边飘。那么该怎样做呢?那就是——藐视一切!什么都不介意地愉快翱翔吧,什么都不用去想。有什么好想的?不管你怎样生活——终归是要死的。说不定什么时候就会死,——可能是现在,也可能是明天。这种事上司是不告诉你的。我就遇到过这么一件事,那还是我在莫斯科做搬运工的时候……"

"这件事你不是已经说过了?说过不止一次了……不要说了吧!现在,……你听,多么静……树叶一动也不动……"马斯洛夫开始说的时候显出烦躁的样子,结束的时候却变得沉思和忧郁了。

"树叶——管它呢。我想说说我自己,"斯捷波克没有住嘴,不知为什么反而更加兴奋起来,他的朋友却越来越深沉、阴郁,"我想说的是,我是在这里吗?我活着,还有……米沙!来吧,咱们唱支歌!唱支伏尔加的歌,好不好?我不能眼看着你这样愁闷。我们莫斯科人的精神是快活的,我们愿意看到别人也是这样的。真是这样!咱们也很久没有唱歌了……唱吧!你要是尽情地唱唱就好了……"

斯捷波克愉快活泼的语调突然变成了恳切的哀求。

"唱唱是可以的……这不碍事。"马斯洛夫表示同意了,他向朋友挨紧一些说:"好,你开个头!"

"唱你喜欢的那支歌吗?"斯捷波克又振作起来。

马斯洛夫点点头。他们坐火堆的另一边,在我对面,他们的脸有时被火照得通明,有时隐没在团团的浓烟中。斯捷波克跪在地上,手摸抚着喉咙,头稍稍向后仰着,把手指贴在咽喉上。

哎嗨,驱散……

——斯捷波克看了我一眼,唱起了男高音。他不时地用手指按压喉咙,这使他的长音变成细碎的颤音。

风啊,你把那孕育着雷雨的乌云驱散吧!……

——马斯洛夫以宣叙调恳求着,而且奇怪地摇着头,似乎并不指望风能满足他的请求。

你要吹——散……

——斯捷波克把手在空中一挥,又从容地放下来,接着唱下去。他提高了声音,发出了命令。

你要吹散我的忧郁和苦闷……

——马斯洛夫拉长了宣叙调,歌词渐渐抒发出一种时而被短促的呼号所打断的忧郁的俄罗斯旋律,这种旋律总是促使听者通过想象去描绘被毁灭的人,描绘他那绝望的哀怨、呻吟和正在熄灭着的精力的最后闪光。马斯洛夫唱的是非常浑厚、柔和的中音;在他的嗓音中有时发出一种颤抖的、嘶哑的声音,但是这并没有损坏那歌子,反而使它显得更加真挚,赋予它更多的朴素的美,也就是那种真正的美。

……让太阳光辉灿烂……

——斯捷波克眯缝着眼睛,声音越提越高,由于用力过大;脸都涨红了。

让我这善良的小伙子,生活过得……

——马斯洛夫在恳求,在申诉,他也提高了声音。

> 嘿,无忧无虑,自由……快乐!……

斯捷波克故意发出的颤音突然中断了,而马斯洛夫的中音则更加雄壮动听:

> 哎,自由……快——乐!……

斯捷波克站立起来,一挥手,紧紧眯缝着眼,放开了喉咙:

> 嗨,在天空浮动着……
> 孕育着雷雨的乌云……

——马斯洛夫忧郁地接口唱道。

> 寂寞腐蚀了我的心……

"哎——嗨!……"斯捷波克没睁开眼,大声叹了口气。

马斯洛夫却睁着眼,面色苍白。他伸直着腿坐在那里,两手支在地上,身躯向后仰着。向前凸出的胸膛一起一伏,忧伤的、哭号的……越来越嘹亮的歌词像波涛一样从他张开的口中倾泻出来。

我目不转睛地注视着他。我体验到一种奇异的、强烈的感受,用"扣人心弦"这句成语来表达这种感受是最恰当不过了。

两个朋友的歌声时而汇合在一起,为了突出、加强另一歌声的表现力,时而又各自分开。

马斯洛夫一动也不动。斯捷波克站立着,向左右摆动着。在他粗糙的脸上焕发出怡然自得的神情,而马斯洛夫美丽的面孔则在神经质地颤动着,而且使人感到,它越来越苍白,似乎是血也与歌声一起从歌手的胸膛中流出来了。他那忧郁的黑眼睛直愣愣地望着我,但是我感觉到,他什么也看不见——无论是我,还是他背靠着的山……可以看出,这个人的心里积满沉重的、剧烈的痛苦,歌是减轻他的痛苦的惟一良药。他同时既唱出自己的痛苦,也唱出了安葬自己的丧歌……有时掠过他面部的抽搐使我不能不等待着,他立刻就要哭出来……这时我产生出一种离开这个人的愿望,离开这个强壮的、美丽的、被折磨得要哭出来的人……

哭号的歌声时而弱,时而强……每一个新的音调都越来越像哀悼死人的挽歌,而马斯洛夫把身体向后一仰,就把胸挺得更加高,好像要使填满他胸中的声音更容易发放出来。斯捷波克用手指弹着自己的喉咙,来了个绝妙的花腔和三连符,他没有睁开眼,向左右摇着头,摆动着肩膀,在空中挥舞着手……他整个人都沉浸在歌中了。

"Mon dieu! Comme c'est beau! Quellepoèsie! …… Feuau montagne et la chanson。① 这多像地神! Je veux lesvoir②……"传来了女人的清脆声音。

"喂!什么人在唱?走过来!"一种老爷腔调的低音呼喊道。

歌声中断了。马斯洛夫张大着嘴,呆板地向路那边望着……斯捷波克打个冷战,他咬咬牙,恶狠狠地眯眯眼。

我们透过树木的枝丫看见两匹马;其中一匹马上坐着一位戴白面纱的纤细的女人,从另一匹马上跳下一个穿着浅色衣服的男人。他把缰绳扔到鞍鞯上,朝着女人转过身去。

"你等着瞧吧!……"斯捷波克小声说,突然,他飞快地冲到路上,碰得树丛簌簌响,同时狂叫着:

"来了……老爷!!……"

"哎呀!……"女人尖叫一声。

"噢,混蛋!……站住!……"

但是两匹受惊的马猛然往旁边一闪,疾驰而去……从远处,和马

---

① 法语:噢,上帝,这是多么美啊!多么有诗意啊!山上有火还有歌声!
② 法语:我想看看他们。

蹄声一起，传来女人的尖叫。

"蠢驴！捉住！……"老爷喊叫着，向斯捷波克扬起鞭子。

"可别飞到山下去！……"斯捷波克避开鞭子说，朝着吵闹的方向转过头去。

老爷打了个转，也跟着跑去，把脚抬得高高的。斯捷波克哈哈大笑着坐在路上。

"跑的真够快！……噢嗬—嗬—嗬！……让他见鬼去吧！……"

马斯洛夫阴郁地、冷漠地沉默着。马蹄声和跑走的老爷的脚步声都消失在远远的地方……

"我把他们对付得多妙！……是吗，米沙？"斯捷波克发出嗤嗤的鼻音说。"我拣了个什么东西？……看见了吗？"他给朋友看了一条很好的皮鞭和一块绣着花边的手帕。

对方默默地看了一眼。

"小姐颠碎了，……看他跑得多快！……一条真正的水牛！……凭这些东西我们可以得到半个卢布。"

"扔掉！把它们都扔了……"马斯洛夫挥着手说。

"扔掉？！为什么？他们不是听了歌吗？这就是门票钱！也许，我不吓唬他们，向他们讨点茶钱更好吧？是不是？见鬼！……真没有想到！……"

"不值得，斯捷波克——你怎么不害羞！……"马斯洛夫生气地喊道。

"有什么可羞的？要茶钱可耻吗？！他们是听了唱的！"

"闭嘴！……"马斯洛夫把朋友狠狠骂了一句。"不然，我就要动……"他向对方伸出拳头，用立刻就充满血的怒气冲冲的眼睛看了他一眼。

"算了吧！……"斯捷波克不信任地打了个口哨。"摆什么老爷派头！呸！……什么时候学来的？怎么，你自己没有干过这种事么？……在敖德萨，记得吗？向法国人……说起来……可笑！"

339

"斯捷波克！别来这一套，住口！……小心我揍你……"马斯洛夫轻声但威严地说。

斯捷波克躺到地上。

"可是你也不要欺侮朋友……"他像道歉似的说了一句。

……歌像梦一样消逝了。歌唱时的气氛也消逝了……篝火已经减弱。马斯洛夫折断干柴，沉思着一根根扔进火堆。斯捷波克不大一会就发出鼾声……我透过树枝眺望着海，透过篝火的烟看着马斯洛夫的脸。海寂静又空旷……马斯洛夫却心事重重。火光照出的影子在他的胡须、面颊和额头上来回跳动着……

"你瞪着大眼睛看我干什么？"他冷淡地对我说。

看来，他想一个人呆一呆。我就转过身去躺下了。夜里，我朦胧地听见轻轻的歌声，一睁眼就看到了马斯洛夫。他依然坐在篝火旁边，摇晃着头，望着火，小声唱着……

早晨，我醒来的时候，两个朋友已经不见了。他们没有叫醒我就走了，从我的背包里拿走我的两件衬衣，很讲义气地把第三件留给我。我明白了，他们不想去库班了，我感到惋惜。

我受雇到库班一个村庄去打谷。与我同车到草原去的有一群活泼的哥萨克姑娘，还有一个格鲁吉亚人——我的同路人。姑娘们唱着歌，说着闲话。村庄隐没在远方，在我们的周围展开了一片广阔的草原……

"喀查普站在打谷机旁边……嘿，真像个恶魔！两只乌黑的大眼，大胡子，凶狠狠的！……递谷捆的人递得稍微慢一点，他立刻就吼叫！……干活像火一样急……喊叫起来像只小号！不住地催！……开机器的人就跟他吵闹：'你要把机器毁坏了。'可是他也说自己的理：'你啊，他说，又要收租金，又想不废机器！'喀查普还是喊：'加油，快递！'你刚一蹲下，他就骂！……"

一个到过草原的姑娘诉说着。

"喀查普全都爱骂人……"一个粗发辫、面颊肥胖红润的机器般强壮的姑娘以低沉的嗓音插嘴说。车从院里一开出来,她就不停地吃,她用衣襟兜了满满一兜苹果。

"都是那么丑!……又瘦又弱!……"一个黑发、伶俐、蛇一般纤细的姑娘以轻蔑的惋惜口吻说。

"不是都一样!……"第三个长着栗色头发和一副椭圆形的果敢脸庞的姑娘插了一句。

她的女伴们都看着她哈哈大笑起来。

"看她,为自己那个人抱不平啦!……"

在远方影影绰绰地出现了烟雾。

"那就是打谷场,在冒烟呢……"栗发姑娘说。

"快到啦,你高兴吗?"她们问她。

"当然高兴……谁都会高兴的……"

"心眼多么好!……"她的一个女伙伴不信任地说道。

"我说哥萨克人更好……"

"各有各的喜好。物以稀为贵……"栗发姑娘不肯服气。

在前面耸立着一垛垛金黄色的谷捆,谷垛后面是脱粒机的黑烟囱……矮小的人们在机器周围忙乱着,传来一阵阵嘈杂、说笑声和机器特有的急促、贪婪的碰击声……尘埃和谷壳形成的乌云与烟囱中冒出的黑烟搅和在一起,凝聚在空中,在微黄的莽莽旷野中,像一顶黑色的帽子,悬在一块生气勃勃的绿洲上空。

大车还没走到地方,姑娘们就纷纷跳下车,向用谷草搭的棚子跑去,这些棚子排列成一行,在阳光下反射出耀眼的光芒。

"开饭啦!"不知什么地方有人喊道。

机器的嘈杂声猝然中断。满身尘土和谷草的人们,还有带着大面罩的人们,都朝一个方向蜂拥过去。有个人从我身后走过来,在我的肩膀上拍了一下。

"马斯洛夫!……"

"是啊……你也来了?真巧!那一次我们改变了主意……到底还是到这里来了。你还要到什么地方去?!……"

"斯捷波克也在这里吗?"

"在这里……在汉斯卡娅村,离这儿十五里。放荡着呢……他在那儿有个干亲家。你递过谷捆吗?会吗?好!那你就给我递……没有一个人能跟得上我。他们不好好干,这些鬼东西!……他们的心思没有放在工作上。可是我不能……只要这台机器还在往下吞,还要吃,我就觉得不舒服。我总想往它的喉咙里塞,噎死它……让它这个恶魔也不好过。它揉搓,我就给它往上添,往上添!……给你,吃吧,叫你噎死,叫你打哆嗦……这个结实的家伙,坏蛋!——一天大概打到一万二千捆谷……我已经喂坏两台了……坏啦。轰隆!噗……完蛋!停!打谷机手喊叫,主人叹气。我觉得高兴……真是高兴!想出这种可恶的东西!……一定是德国人……要是这个鬼畜生明天也在这儿干,我来喂它!……把轮轴藏到谷捆里……轰隆!牙齿就全断啦……这个猪猡!……"

"你为什么不喜欢它们?"我用头点点打谷机问他。

"不知道……就是不喜欢嘛……它们都是木头做的,没有一点头脑,可是竟像活的一样。把谷捆送进它喉咙——它就吞下去,伸进手去——就扭断手,放一个小孩进去——它也会嚼碎他。如果是我的话,我要禁止一切机器,除开轮船和铁路上的火车……那些机器没有什么不好的,自己喷气,运输……其他的全是恶棍。我在托马舒夫[①]城的一个纺织厂呆过……在那里像这种乌七八糟的东西多极了!旋转、翻滚、跳动……都是自己做,人在它旁边成了十足的傻瓜……难堪啊!稍微一大意——喀吱!咔嚓!就完了!本来是个人,剩下的都是一些碎块……这种事我看过很多了!……主要的是,这些玩意使人变野了。待着,待着,就产生一种念头,忽然想做点凶狠的事!……没有任

---

① 托马舒夫城在今波兰境内。

何原因,就是想找点什么,捣毁……破坏……你知道,愤怒是那么强烈,甚至连小孩子似乎都想吞掉……真的。就是因为这个,工人个个都蛮干,不顾命,……行凶杀人的原因也在这里。"

我们坐在已经垛了一半的干草垛下;受惊的田鼠在草堆里东奔西窜,干草沙沙地响着。马斯洛夫兴奋起来,他那乌黑的眼睛炯炯有光。他的胡须、眉毛都粘满谷草,他那漂亮、魁梧的身体散发出一种强壮、健康的气息。

"哎!……"他吸了一口气。"我喜欢在草原上干活!辽阔!……空气好!……就是人——卑鄙……下流。都贪心——每个人都打算吸你的血,而吃得饱饱的人,哪怕是为了使你记住他,也要咬你一口。你给谁干活?给男顾主,还是给女顾主干?斯捷波克揽了两家的活——开始同男顾主讲妥,干一个星期,十个卢布——支了一个卢布的定钱……然后,又同女顾主耍了花招,——从她手中也拿了定金,——一共两个卢布,夜里就从村子溜走了!迟早他要倒霉的——会把他打个半死。顾主们都责怪我,说:'原来,你的朋友真是个骗子!'我说,'有什么办法呢,又不是我教他怎么做人的……'这件事当然……斯捷波克是猪猡。可是他们自己难道不是骗子吗?今年闹饥荒的人很多,这使他们高兴,本来是干一天给两个卢布,现在只给八十或六十戈比!多么好的年景啊!……比去年一捆也少不了,大概,比去年还要多。今年给去年一样的工钱,对他们来说,不是一样的吗?都是小气鬼!……该让他们自己动手去干干!……"

看来,马斯洛夫很久没有同谁谈过话了,现在想把没说的话全倒出来,不管我听没听,也不看我。

"你怎么不去吃午饭?不想吃!……这里的伙食,老弟,纯粹是垃圾……除开面疙瘩还是面疙瘩……简直像喂猪。招雇的时候,说得天花乱坠,就差答应顿顿有鸡吃了。就连她,他的胖老婆,也说:'我们的伙食是上等的!……'这个肥牡蛎!你注意她的那双眼了吗?没注意吗?……漂亮的眼睛……老是望着你。他本人也是一个体格匀称的哥萨克。这地方的人长得也漂亮！不像我们俄罗斯——全是些退化的人，瘦弱的人……你想不想喝酒？我有一瓶多酒。我带了四分之一来。这里的酒贵。走吧，我请你。我不会忘记，在塞瓦斯托波尔那时候，你把所有的东西都给我们吃了！做得对！咱们弟兄们就该这样。有——你就拿去吃吧，没有了——咱们就去找。像鸟那样。不，也不是那样……因为鸟还是户主，她有家，有家当……可是咱们更干净……这就是说，咱们应该更紧密地互相依靠。咱们这号人是很多的，依我看，一年比一年多。今年增加的更多，风暴把人们从大地上卷起来了……我困了。咱们睡一会怎样？等一会起来再去喂反基督的大肚子①。"

我们躺在干草堆上，又说了几句话就扎实地睡着了。

"起来！……上机器！……喂！……"

机器已经响起来。一辆装满谷捆的大车停在机器旁，另一辆也到了。马斯洛夫敏捷地爬上机器，对我喊道：

"递车上的！再来两个姑娘解谷捆！车上站两个！快！……干起来！"

我拿到一把好杈子，我还记得马斯洛夫的愿望，就开始接连不断地用力向姑娘们扔谷捆。我的同伴，头发有些淡黄的维亚特卡人是个"逃荒的"、但机敏、快活的小伙子，他不愿落在我的后面，他呼哧呼哧喘着，老是想用谷捆把直接从杈子上取谷捆的姑娘打倒。

"小伙子们，加油，把劲全使上！……"马斯洛夫狂热地呼喊着。

我有时看看他，我看到，他几乎是从姑娘们的手中夺过打开结的谷捆，塞到机器里。他的身子弯得低低的，冒着把胡子也塞进去的危险。

"递，递，递！……快点，动作快点，转身！……让这个恶魔吃！……"他红着脸吼叫着。

---

① 指打谷机。

"慢点递！谷秸卡在里面了！……"有人喊道。

"能吞下去！……姑娘们，往上撒！……马克西姆，权给她们！……转转身，你这个厨娘！……把手抢起来！……"

四个埋到谷捆中的姑娘发疯似的忙乱着，小心谨慎地把打开结的谷捆推给马斯洛夫，他把谷穗摊成均匀的厚厚的一层送进机器，他乌黑的眼睛闪烁着光芒，紧皱着眉头，心中充满着愤恨，这是那种经过深思熟虑的、复仇的、总是能够达到目的的愤恨。

"哎哟！……"维亚特卡人扔着谷捆叹了口气。

从我们的大车上卸下一匹马，牵走了，因为现在是从紧挨着这辆车的另一辆上递谷捆给我们。汗像雨一样从我身上往下流，但是，马斯洛夫的叫喊声鼓动了我，我使出全身的力气挥舞着权子，全神贯注地喂这个由于贪婪而呻吟的呆板无情的野兽，这是件具有奇特诗意的、粗犷的事情。马斯洛夫满脸通红，浑身是汗，龇着牙，不停地嘶哑地喊叫着：

"动作快点，姑娘们！……牡蛎们，爬吧！……小伙子们，把她们埋在谷草里！……"

姑娘们就是这样也已经来不及解捆了……

"谷草进不去啦……堵住啦！……恶魔！魔鬼！慢一点！……"有人从后边的什么地方大声叫喊道。

"好样的！我拿出一桶酒！续谷手，加劲！……谢谢！可以……好！……"男哥萨克主人大声嚷嚷着。

"慢一点，魔鬼们！……我刹车啦！……"打谷机手在喊叫。

"不要紧！……能吞下去……马克西姆，干！……维亚特卡人，弯下你的腰！……姑娘们！……我宰了你们，你们这些魔鬼！！……"马斯洛夫狂暴地呼喊着。

我脚下的车开动了，周围的一切似乎都在摇晃，想要脱离大地。机器的上下颌发疯一样急促地咔嚓咔嚓响着，嘶叫着。嘈杂声震耳欲聋，使人昏昏沉沉。该死的机器以惊人的速度把谷捆一捆一捆地吞了下去，对我们真的是毫不怜悯。我要是处在马斯洛夫的位置，也会想打掉它那贪婪的大嘴的。姑娘们把裙子卷得高高的，在机器盖子上忙乱着，被马斯洛夫催促得像发了疯一样。他把衣袖卷到肩上，身体弯到机轮上，披散着头发，面孔涨得通红，狂热的劲头使他的模样显得很可怕……他突然低低弯下身子去，全身颤抖了一下，好像有人从下面猛拉了他一下……一股热乎乎的东西溅到我的手上和脸上……维亚特卡人轻轻叫了一声，急忙从大车上跳下去就跑开了，机器还在疯狂地轰鸣……

"天啊！！……"一个姑娘用刺耳的尖声叫喊起来。

马斯洛夫扑腾几下，就不动了。

"喂！……停车！"另一个姑娘喊道。

"停车！司机，停车！！"几个人异口同声地喊叫起来。

我想跳到打谷机的盖子上去，可是跌了下来，落在地上。机器扬扬得意地轰隆几下，也沉寂下来……寂静得令人难受。人们默默地忙碌着或者轻声轻气地说着话……

"……死啦？"

"不，这哪能要命！……"

"住口！"雇主喊道，"瞎嚷嚷干什么？把他径直送到村子里去……"

"要赶快包扎上……免得尘土……"

"叫娘儿们给包一下……"

人们把马斯洛夫从机子上面放下来。他脸色苍白，完全失去了知觉。人们抓住他的头、脚和右肩抬着他。他的左胳膊轧断了，那地方晃荡着一块染红了的破布，血从那里面一股股往外流着，滴着，向四外溅着。锋利的白骨茬掺杂在一块块血肉模糊的肉里，也有突露在外面的，一条条筋也露了出来……

"哎呀！"留小胡子的矮个子司机说，"轧成什么样了！……连骨头都碎了。多大的劲，这鬼玩意……"

显然,他心爱的东西干的事使他满意,他带着沉思的表情微微一笑,摇着头离开了马斯洛夫。马斯洛夫的脸色苍白得发青,纹丝不动。

"放下!"

人们把马斯洛夫放在地上。

"好吧,我来给他包扎……"一个女人轻轻地说,她立刻当着人们的面解开自己的衣服。脱下长裙后又脱下衬衣,然后不慌不忙地穿上长裙,动手撕衬衣。"干净的! 早晨刚换的。真是干净的!"她向受伤的人俯下身去,抬起他那轧得不像样子的胳膊。"上帝保佑吧!"

"全掉了吗?"马斯洛夫睁开眼问了一声,向右边转过头去,似乎是不愿看见轧坏了的左胳膊。

"天呀,全压成碎块啦。看样子,胳膊全得丢啦。"女人和蔼地说。

马斯洛夫平静地往旁边啐了一口。

"轻一点! 你不是在摆弄长袜子……"女人开始包扎时,他提醒说。

我也俯下身去,想给她帮忙。

"有件事,马克西姆,"他对我说,"你到汉斯卡娅村去找斯捷波克。教堂对面,哥萨克马卡尔沙的家……你去把这事告诉他,这个可恶的……把我咬了……我没留心,碰上了……大概,说不定这个魔鬼的玩物还是好好的,我的骨头没有崩坏它的牙……快点去……做个朋友! 没有他我就会死掉……我没有一个亲人……去吧,可以吗? 离这儿不远。"

"好……别了,朋友! 我这就去。"

"你不再回到这里来啦?"

"不,不回来了。"

"别了。咱们都会活下去的……"他摆摆手,轻轻一笑……"很快就会见面的。咱们的路线互相都知道……别了!"

他又以自己那双乌黑的眼睛向我微微一笑,但是在这双眼里,激昂的表情早已熄灭了,从那里流露出来的只是忧郁和痛苦。我去找斯捷波克……

我在晚上七点钟走到汉斯卡娅村,立刻就找到了哥萨克马卡尔沙的房子,走进他的院子。一个哥萨克姑娘正坐在井边的栏杆上编发辫。

"你有什么事?"她问我。

我说明来意。

"你到那边的菜园去……棍子可要扔掉,要不,那些狗能把你撕碎……"

我把棍子扔下,向菜园走去。走过两只狗来,它们闻了闻我的脚,显然,它们认为不值得纠缠我,冷淡地走进树丛去。从前面传来了斯捷波克的话声:

"你是说——不行吗?——甭管它行不行!……你这个傻瓜——怪物!我说,可——以!……咱们怎么都行,……你不是我的干亲吗?那么你就也可以……你是不是以为,干亲,那也不行?可是,干亲是什么?夜里我去敲你家的门……是不是?谁呀?是我,放我进去过夜吧。好!……你说:'进来,好人,进来!我老婆正在生娃娃,进来!'是这样吧?啊哈!……我来了,你的妻子生了孩子;你说——咱们结干亲吧,因为有这么一个老规矩……"

"噢,好啦!……朋友!……是你呀!……哪股风把你吹来的呀!……我的好人!……你是从哪儿来的?"他看见我就喊起来。

他坐在樱桃树荫下面,在他对面坐着一个喝醉了的哥萨克,他穿着一件衬衣,痴呆地瞪着雕鹗似的迟钝的圆眼望着我。在他们面前的一块破花布上放着一壶酒,一堆苹果、熟肉和一些黄瓜。

"马卡尔沙!你看见这个人了吗?"斯捷波克大声说着,把我推到哥萨克的跟前。

"看见啦!"不知为什么,他愁闷地、哀伤地眨眨眼,又摇摇头,显出一副要哭的样子。

"等一等,斯捷波克……"我说。

"看见了吗?……"斯捷波克不愿停下,用拳头和膝盖使劲地从后面推我。"喂,和他亲吻……因为你们两个都是大酒鬼……就是说,一对亲兄弟,就是这么回事。你知道吗,这个人是谁?过来,你这个草人!……"

斯捷波克到底把我推到哥萨克的面前,哥萨克张开了胳膊,啧啧地咂着嘴唇。斯捷波克按着我弯下身来,推着我,于是我用鼻子擦了擦哥萨克的湿漉漉的胡子,哥萨克立刻搂住我的脖子……但是我从他的手中挣脱出来。

"好,就这样!"斯捷波克满意了,"现在,一切都妥了!就是说,现在是朋友了!你马卡尔沙,要尊敬他……你知道他是谁吗?莫斯科商人的儿子!知道吗?……他喝掉了四幢三层的楼房和七个布匹商店!……一百万!明白了吗?"

"明白了!全喝光了……只剩下一条裤子!……"哥萨克说,同时忧伤地挥一下手。

"哈—哈!……就是说他喝得只剩下一条裤子!……就是说,一直喝到他的干亲家把他的裤子从身上脱下来,全都喝光了!……这个哥萨克进不了酒馆啦!可是在家里还请人喝酒!懂了吗?"斯捷波克又向我解释说。

"马斯洛夫死了,"我终于抓到一个机会告诉他。

斯捷波克马上沉默下来,带着可怜的、不相信的微笑看着我。

"在打谷机上受了重伤……"我补充说。

"果然是这样!我说中了!!"斯捷波克绝望地嚎叫起来,他脸色苍白,不知所措地挥动着手。"我对这个傻瓜说过:要当心,鬼东西,不要管闲事……可是他固执地说:'我不喜欢他们!'把他害了,是吗?……是哥萨克们?……就是这些人?……是这些醉鬼吗?"斯捷波克用手指在干亲家的额上戳了一下,接着朝着他的腰部踢一脚。"哎咳!……现在可怎么办?我怎么办?……马斯洛夫在哪里!……你这个木头人怎么一句话不说?!"他突然对我凶狠起来。"你说说,这到底是怎么回事?他破坏了机器,是不是?于是他们就打他……是

349

吗？他就死了……是不是？打死了？你这个魔鬼，怎么不说话？！"他的脸变得可怕，他握着拳头向我走来："说呀，你这干木棍子！！……怎么啦？真见鬼！我喝醉没喝醉？"

他在原地直打转，一会搓手，一会拍手，又擦前额，又揪胡子，脸一阵白，一阵红。酒劲慢慢过去了。我没有急着把实话告诉他，因为我想看看，他的朋友死亡的消息所引起的反应，在多大的程度上是酒起的作用，等酒劲过去后，他还有什么反应。马卡尔沙看看我，又看看他，然后，突然放声号起来……

斯捷波克茫然不知所措地看他一眼，看我一眼，又看看自己的手掌，一声不响地坐到地上。我也沉默着，心中在琢磨着，结果会是怎样的，同时等待斯捷波克的头脑完全清醒过来。

"你号什么？"他惊奇地问哥萨克。

哥萨克还在号，并用手抹着自己的脸。

"你号什么，黄毛鬼？！"斯捷波克又厉声地重复问道。

"人死啦！……"哥萨克流着泪说。

"这关你什么事？闭嘴！不是你的亲人。混蛋……跟你说，闭上嘴。"

"我要哭……可怜死了的人！……"

"我要抽你一顿嘴巴！……"

哥萨克一边哭，一边摇头。

"咱们走，马克西姆！"斯捷波克忽地站了起来，"找个地方去说。"

他站得稳稳当当，他的激动心情也缓和了一些。不知为什么他还在不断地把腮帮鼓起来，呼哧呼哧地喘着，使劲挥舞着手。

"我的酒醒了吗？啊？鬼知道，头是怎么回事！疼得厉害……喝了三天啦……什么也不清楚……是真的吗？他已经死了？哎，老弟，你说呀！"

"没有，没有死……"

斯捷波克停止了动作，注意地打量着我。

"朋友,你不要开这样的玩笑……"他威严地说,并且,握紧拳头,深有含意地晃晃肩膀。"不要开玩笑!……不然,我就要你的命。听明白了吗?现在你就从头到尾地说吧。"

这时,我从头到尾全都告诉了他,在我叙述的时候,他渐渐清醒了。我讲完了。他思索着皱起眉头,沉默不语。还醉着的哥萨克在离我们不远的树丛那边一边忙乱,一边嘟囔着:

"干亲家!哎,干亲家,汪汪叫的狗来了,什么都吃。唉咳!……斯捷潘!你为什么不吃肉,这群狗……咳!……这是干亲家的!……咳!……"

"原来是这样……就是说,机器咬掉了胳膊?!不像话,也不愉快……到他那里去……看来,他完了……完全完了。哎,你们都见鬼去吧!……我就去……送进医院了吗?好吧,我去。就这么办!你上哪儿去?继续朝前走?好,继续朝前走吧……再见!你说说,你觉得这个小伙子可怜吗?可怜……咳!……可是,我更可怜他啊!我们在一块,以心换心,相处已经第五年了……再见啦,朋友……你上别斯兰去吗?好,咱们还会见面的。你到那里打听打听科斯奇卡·伊格罗卡。一个很好的小伙子……他是我们很要好的朋友,爱唱歌……就是太爱偷东西。把马斯洛夫的事告诉他。问候马斯洛夫?我问候他……好啦,我立刻就走,不过要见见干亲家……你走吗?在这过夜吧。那么就走吧。他的胳膊全掉了吗?从肩膀那里……应该把那个玩意烧了!是不是?这是非常容易干的,几根火柴放进它的大肚子就成了……粮食也会全都烧掉……是么?说真的,该烧光……快啦。好啦,走吧。再见,朋友。今夜我也到那里去。"

他的面色变得阴沉,说话的时候,低垂着头。他那短短的语句,像一块块石头往下落,他又说了几句话后,抬起眼睛看看我。在他的眼里有很多东西,使我不能不深深相信斯捷波克对朋友的爱。我们紧紧地握了握手就分别了。

别斯兰是当时刚刚开始敷设的外高加索－彼得罗夫斯克铁路上的一个站,在那里我没有找到斯捷波克。

我打听了科斯奇卡·伊格罗卡之后才知道,这人因为偷窃螺丝钉和螺丝帽进了监牢。但是,"这都无所谓,这不能把科斯奇卡怎么样。"把科斯奇卡的业绩的本末讲给我听的是一个衣着褴褛、说话俏皮的人。他把愉快的消息告诉我之后,接着就解释说:

"什么事也不会有了!为什么?……因为科斯奇卡在牢里患伤寒死了……懂了吗?"

我明白了,我为科斯奇卡感到庆幸。在这以后,过了两天我就离开别斯兰到外高加索去了。

大约一年之后。我从巴库来到阿斯特拉罕,在这里等候去伏尔加河上游的轮船。我乘机在城里逛逛,走到库土姆。我穿的是崭新的带格子花纹的长大衣,背后有松紧带,头上戴的帽子也是新的,脚上穿的套鞋也是新的……打扮得相当文雅……鼻梁上还架着一副墨镜……

一个女人端着托盘卖冒酸气的、变成灰色的、可疑的肉,在她的身边站着斯捷波克。他没戴帽子,瘦骨嶙峋,但仍然像往常那样快活,背着纤绳,提着挂钩,把那女人的香喷喷的食物大块大块往嘴里塞着,暂时在用俏皮话来抵她的债。最初,我为自己考究的打扮感到羞愧,拿不定主意是否走到他跟前去。但我还是战胜了自己,走了过去,事先摘下眼镜藏在衣袋里。

"斯捷波克!……"

"哎呀呀!……看啊!嘿—嘿—嘿!呸!……怪呀!你怎么这样阔气起来了?!老爷!赏给朋友五戈比吃面包,十戈比喝酒吧!……"

接着,他流露出报复的心情,粗鲁地挤挤眼,一只手行举手礼,另一只手手掌向上伸到我面前。

经过这样一番问候,我那考究的大衣不能不使我窘得脸红了,套鞋失去了光泽,帽子也缩成团。我突然觉得所有这些东西都变得又瘦又小,紧绷绷的,沉甸甸的……斯捷波克抽回手去,递个眼色说:

"抢了多少？一千？一千多！告诉我，在哪儿抢的，我也去。真是怪事，伊凡诺夫娜！"他转向卖熟食的女人说。这女人正以强烈的好奇心瞪着黑黑的、圆鼓鼓的虾眼在看我。"他本来是我的同伴！你要相信上帝，上帝看到了我们两人怎样在一起，到各处流浪和我们干的别的事情……我要是说谎，就让我拉痢！你问问他，他自己会告诉你！还有这样奇怪的人……真怪！"被这场戏剧性的惊异弄得不知所措的斯捷波克在我面前蹲下来。"先生！这可让我怎么和您一块走路啊？为了区别……我该用手走。"

我对斯捷波克说了几句亲切而又带有责备意味的话，然后请他到酒馆去，但这并没有对他产生什么影响。

"伊凡诺夫娜！你注意！我要上酒馆去了……喝香槟，吃烤夜莺！伊凡——诺夫娜！！……"斯捷波克喊得全库土姆都能听见，他在地上翻了个筋斗——噢，这个下流东西！——并且用他的大手掌抹脏了我的考究的大衣的鲜艳的下摆……

我感到自己处境极其尴尬……在我们的周围已经聚拢了一群人。

"斯捷波克，假如你愿意的话，咱们就走吧！"我板起脸说。

"是，老爷……"他摘下帽子，骄傲地环视着四周，连走带跑地和我并排走着。

噢，他真会巧妙地进行报复，在离酒馆门口十俄丈远的地方，他使我感受到的不愉快，比在足足五俄里的长途上遇到的还要多。但是酒馆的门终于在我们身后关上了。我在桌旁坐下并问他：

"想吃茶吗？"

他突然皱紧眉头，疑心重重地向我打量了一眼。

"要不喝酒？"

"你想要……"斯捷波克欲言又止。

"你要说什么？"我问道。

"给我一个卢布……我就走了……"他小声说。

但是我劝他留下，并且向他打听马斯洛夫的情况。他看了看我，忽然露出了我熟悉的笑容,这个微笑使我产生了希望:我们能谈到一起,他不会再嘲弄我了。

"你还记得马斯洛夫吗?好样的!……马斯洛夫死了……坏疽病烧死了他。死啦……全身长满了黑斑,就像和烟囱拥抱了一样。死啦!唉,你看!他是个多么好的小伙子……对我说来……简直就是灵魂!"

他又沉默起来,好像一时发了呆,蔫了,蜷缩了。……端来了茶和酒。斯捷波克看看这些东西,又微微一笑,但已经是带有怀疑的神情。

"喂,说说你是怎样发财的……有意思……"

于是,我就对他说了。他一声不响地聚精会神地听着。我说完了。

"是这么回事!……就是说……有什么办法呢?你本来不是什么流浪汉……只是试一试,是出于好奇吗?……"

"是……"

"你原来是这么个人?还有这样的好奇心……现在再倒退回去……不愿意了吧?干得真高明!……"

"我还想各处走走。"

"喂……不知道……就是说,你只是各地走走,就是这样吗?……"

"那还怎样呢?"

"没什么……我是随便说说……"他咬咬胡子。"没有任何任务,就是说……到处走走就回家去?就爬到热炕上去吗?……"

"不是,有任务。我想了解了解人们……"

"为什么?"

"为了熟悉……"

"啊!再也没有别的了?纯粹是看一看。就是这些吗?"

"也许写出来……登在报纸上。"

"登报?!谁需要知道这些事?或者这只不过是为了受到称

赞,——看我多么能干?!"

公正地说,这个小伙子击中了要害。小伙子懂得人的心灵。凭良心说,他提出的问题使我感到十分难堪。

"不是,总的说来……就是让人们了解。"

"了解我们?!"斯捷波克满脸都出现了笑容,并嘲讽地把眼眉往上抬了抬。

"了解你们……"

"原来这样!原来这样!……特拉—达—达!"

他站起来,用他那眯缝着的眼睛恶狠狠地看了我一眼。

"你知道吗,马克西姆?"他问我。

"什么?"

"这是极端的卑鄙无耻!"他愤愤地说了一句,用拳头向我示了一下威,就不辞而别了。

我依然坐在那里,看着茶具,酒瓶……一面看,一面想,斯捷波克为什么骂我?他对还是不对?

"给一个卢布吧!"他从窗口伸进手来。

我给了他。

"呸!……阔气,看来,很阔气——三个卢布!……乌拉!你是不是因为好奇也往污水坑里钻呢?啊?"

"不。"

"真可惜!……不然我倒愿意帮你钻呢!把你往污水坑最深的地方塞!"

说完他就走掉了。

张 羽 译

我的旅伴[*]

一

我是在敖德萨港口遇见他的。一连三天,他那短矬壮实的身材以及生一把漂亮胡子的东方人脸型,一直引起我的注意。他不时在我眼前晃过去。我看见他一连几个钟头站在花岗石防波堤上,把手杖柄塞进嘴里,睁大扁桃形的黑眼睛,忧郁地瞧港口的浑水。他一天总有十次迈着无所牵挂的闲人的步子走过我面前。他是什么人呢?……我开始注意他。他呢,仿佛故意嘲弄我似的,越来越常常扑进我的眼帘,于是我终于看熟,远远地就能认出他那身时新的花格浅色衣服和黑帽子,他那懒散的步态和烦闷无聊的目光了。至于他为什么来到这儿,来到港口,夹在轮船和机车的汽笛声、铁链的锒铛声、工人的喊叫声中,夹在码头上那种从四面八方把人卷进去的、疯狂紧张的奔忙中,那是完全没法解释的。所有的人都繁忙,疲劳,东奔西跑,扑满尘土,汗水淋漓,喊叫,相骂。在劳动的忙碌中,这个奇怪的人却慢条斯理地走来走去,脸容烦闷,显得死气沉沉,对一切都漠不关心,格格不入。

最后,直到第四天吃午饭的时候,我碰见他,才下定决心无论如何

---

[*] 本篇最初发表于一八九四年十二月十一日、十五日、十六日、二十五日、二十九日和三十一日《萨马拉报》。译自《高尔基三十卷集》第一卷。

要弄清楚他是什么人。我拿着西瓜和面包,在离他不远的地方坐下,吃起来,打量他,心里暗自盘算:该怎样才能比较客气地跟他搭上话呢?

他站在那儿,倚着一堆茶叶箱,没有目标地往四下里看,手指头敲着他那根手杖,仿佛在吹笛似的。

像我这么一个流浪汉打扮的人,背上挂着装卸工人的绳索,周身满是煤灰,要跟他这么一个大少爷攀谈,是困难的。然而使我吃惊的是,我看见他目不转睛地瞅着我,眼睛里燃起不中看的、贪馋的、兽性的亮光。我断定我的观察对象必是饿了,就很快地往四下里看一眼,小声问他说:

"您想吃东西吧?"

他打个哆嗦,贪婪地龇出似乎多得不计其数的坚硬结实的牙齿,也怀疑地往四下里看。

没有人注意我们。于是我塞给他半个西瓜和一块白面包。他抓住这些东西,溜到货箱后面蹲下去。他那戴着帽子的头偶尔在那儿探出来,帽子推到脑后,露出汗湿的黑额头。他脸上现出畅快的笑容,神采焕发。不知什么缘故他总是向我挤眼睛,嘴里一刻也不停地咀嚼。我对他做个手势,要他等着我,然后去买牛肉。我买完回来,就交给他,我自己站在货箱前面,完全挡住大少爷,免得让外人看见。这以前他一边吃,一边老是瞪起眼睛东张西望,仿佛生怕人家夺走他的吃食似的,这时候他才吃得安静点,不过仍旧很快很贪,惹得我瞧着这个饿汉不由得心痛。我就转过身去,背对着他。

"谢谢!多谢!"他摇撼我的肩膀,然后抓住我的手,捏紧,使劲摇它。

过五分钟,他对我讲起他是个什么人。

他是格鲁吉亚人,沙克罗·普塔泽公爵,父亲是库泰依斯县富有的地主。他在家里是独生子。他在外高加索铁路某车站上做职员,跟一个朋友住在一起。这个朋友席卷沙克罗公爵的钱财和贵重物品,忽然不见了，于是公爵马上去追他。有一次他偶然听说朋友买车票到巴统去了，沙克罗公爵就也动身到那儿去。可是在巴统，他又发现朋友到敖德萨来了。这时候沙克罗公爵就拿另一个朋友，理发师瓦诺·斯瓦尼泽的身份证，赶到敖德萨来，理发师虽然跟他同年，面貌却不像。他到这儿后，向警察局报告盗窃案，警察局答应给他破案，他等候两个星期，把钱都买了吃食，如今已经有两天没东西吃了。

我听他一边讲一边骂，瞧着他，相信他，为这个孩子难过。他只不过十九岁，可是天真得很，人会觉得他还不到十九岁。他屡次极为愤慨地提到他和那个朋友的密切友谊，不料那人是个贼，偷去那么贵重的财物，如果沙克罗找不回来，他严厉的父亲就一定会"用刀子捅死"儿子。我心想，要是不帮助这个青年人，这个贪婪的城市就会把他吞掉。我知道，有的时候一点点微不足道的事由就会给流浪汉队伍增添新人，照眼前这种情形，沙克罗公爵是有种种机会落进这个可敬的却又不受尊敬的阶层的。我一心想帮助他。我劝沙克罗到警察局局长那儿去请领一张火车票，他却犹犹豫豫，告诉我说他不去。为什么呢？原来他住在一家旅馆里，没付房钱，人家向他要钱，他却动手打人，后来溜掉了。现在他正确地认为，警察局是不会因为他不付房钱和打人而向他道谢的。况且，顺便提一句，他已经记不大清他究竟打过一下，两下，三下，还是四下了。

局面变得复杂了。我决定我去做工，攒足钱，给他买一张到巴统去的火车票，可是，唉！看来这不会很快就实现，因为饥饿的沙克罗，食量抵得过三个人，甚至还不止三个人呢。

当时由于"饥民"源源而来，港口零工的工钱很低。我一天挣八十戈比，可是我俩的伙食却要用掉六十戈比。此外，我在遇见公爵以前原已经决定动身到克里米亚去，不想在敖德萨久留。于是我向沙克罗公爵建议我们一起步行到克里米亚去，条件是如果我另外找不到旅伴陪他到梯弗里斯去，就由我自己送他去，如果找到了，我们就分手。

公爵瞧瞧他的漂亮皮鞋，瞧瞧帽子，瞧瞧裤子，摩挲上衣，想一想，叹好几口气,终于同意了。于是我和他就从敖德萨动身到梯弗里斯去。

二

等我们走到赫尔松城,我已经知道我的旅伴是个天真而粗野的年轻人,思想极不开展,吃饱了就高兴,一挨饿就垂头丧气。我觉得他像一头强壮而温和的野兽。

一路上他对我讲高加索,讲格鲁吉亚地主们的生活,讲他们的娱乐和对农民的态度。他的故事有趣,显出独特的美,可是在我面前却把讲故事的人描画得对他自己极其不利。比方说,他讲起这样一件事:

有个公爵很阔绰,邻近的地主们有一天聚到他家里去赴宴。他们喝葡萄酒,吃高加索饼和烤羊肉串,吃大饼和抓饭,然后公爵把客人们领到马房去。马加上了鞍子。公爵骑上一匹骏马,往野外奔去。那是匹烈马!客人们称赞它的体态和疾速,公爵就又急驰而去,可是忽然间,一个农民骑着白马来到原野上,赶到公爵的马前面,他不但赶过去,而且……得意地笑起来。公爵在客人面前丢了脸!……他就严厉地皱起眉头,招手叫农民过来,等农民来到他跟前,公爵就挥刀砍去,一刀砍掉农民的头,又拔出手枪,朝白马耳朵里放一枪,把它打死,然后到官府去自首。他被判做苦工去了。……

这件事沙克罗是用怜悯公爵的口气讲给我听的。我极力对他说明公爵没有什么值得怜悯的,可是他谆谆教诲地对我说:

"公爵少,农民多。不能为一个农民就判公爵的罪。农民算得了什么?喏,农民就像这个!"沙克罗指着一个土块给我看。"公爵却像一颗星!"

我们争吵起来,他生气了。他一生气就像狼似的龇出牙来,脸变尖了。

"闭嘴,马克西姆!你不懂高加索的生活!"他对我嚷道。

我的道理在他的直率面前变得毫无力量。凡是我觉得一清二楚的事,他都觉得可笑。临到我举出各种理由证明我的见解正确,逼得他无话可说的时候,他也决不动摇,却对我说:

"你到高加索去住一阵好了。那你就会看出我说的是实话。大家都这么做,可见理当如此。既然只有你一个人说这不对,成千上万的人都说对,那我怎么能相信你的话呢?"

于是我沉默下来,心里明白:一个人要是相信目前这样的生活十分合理而且正确,那就不能用话语,而要用事实才能驳倒他。我沉默了,他呢,却吧嗒着嘴,有声有色地讲高加索的生活,如何充满野性的美,充满烈火和新奇。这些故事使我发生兴趣,吸引我,同时却又惹我愤慨,气得我发疯,因为它们充满残忍,充满对财富和暴力的崇拜。有一次我问他说:他知道基督的教义吗?

"当然知道!"他耸耸肩膀,回答说。

可是后来仔细一问,原来他所知道的不外乎从前有个基督,反抗犹太人的法律,犹太人为此把他钉在十字架上。不过他是神,因此没死在十字架上,却升到天上,在那儿赐给人类新的生活戒律。……

"什么戒律呢?"我问。

他瞧着我,露出讥诮的困惑神情,问道:

"你是基督徒吗?喏!我也是基督徒!世界上,几乎人人都是基督徒。是啊,你还问什么呢?你没看见大家怎样生活吗?……那就是基督的戒律。"

我激动起来,开始对他讲基督的生平。他先是注意地听,后来注意力渐渐松懈,最后他打呵欠了。

我看出他的心听不进我的话,又诉之于他的头脑,对他讲互助的益处,讲知识的益处,讲遵守戒律的益处,讲到各种益处,讲个不停。……可是我的道理撞在他的世界观的石墙上,都碰得粉碎。

"谁强有力,谁就是自己的法律!他用不着学习,他瞎了眼也会找到路的!"沙克罗公爵懒洋洋地反驳我说。

他一贯忠于自己,始终不渝。这倒在我心里引起对他的敬意。可是他野蛮,残忍,我感到有的时候我心里对他燃起憎恨。不过我没失去希望,仍旧想在我们之间找到共同点,找到我俩能够谐和一致,互相了解的基础。

我们穿过彼列科普城,走近亚依拉山。我幻想南方的克里米亚海岸,公爵咬着牙关哼奇怪的歌曲,闷闷不乐。我们的钱都花完了,目前找不到地方干活挣钱。我们就往费奥多西亚城走去,当时那边修建港口的工程刚开工。

公爵对我说,他也要干活,说我们赚到钱后,就过海到巴统去。他在巴统有很多熟人,一下子就能给我找到扫院人或者守夜人的差事。他拍我的肩膀,津津有味地啧舌头,俨然像保护人似的对我说:

"我会把你的生活安排得好极了!啧啧!你会有酒喝,要喝多少就喝多少,羊肉呢,要吃多少就吃多少!你会娶个格鲁吉亚女人,胖乎乎的,啧啧啧!……她给你烤大饼,生孩子,生许许多多孩子,啧啧!"

这种"啧啧"声起初使我感到惊讶,后来却惹得我冒火,最后引得我闷闷不乐而又气得要命,在俄罗斯,这样的声音是用来叫猪的,在高加索却用来表示赞叹、怜悯、愉快、痛苦。

沙克罗那身时新的衣服已经穿得很破,皮鞋有许多地方开绽。他的手杖和帽子在赫尔松卖掉了。他买一顶铁路职员的旧制帽来代替原来的帽子。

他头一次把它戴在头上,戴得很歪,然后问我说:

"我戴着合适不合适?漂亮吗?"

三

后来我们到达克里米亚,穿过辛费罗波尔城,往雅尔达走去。

我一面在这块由海洋爱抚着的土地上行走,一面默默地赞叹眼前景物的美丽。公爵唉声叹气，愁眉苦脸，用悲伤的目光往四处张望，极力采些奇异的野果填饱空肚子。他想从中吸收营养，结果并不总是很顺利。他常常没好气地对我说：

"既然我的肚子饿得哇哇叫，我怎么还能往前走？啊？你说说看：怎么往前走呢？"

我们没碰到做工挣钱的机会。我们买面包的钱已经一个都没有了，只好靠果子和对未来的希望充饥。沙克罗已经开始责备我懒惰，按他的说法，我"张开嘴巴不干活"。总之他变得讨厌了，不过最惹我听不下去的是他讲他离奇的胃口而说的那些话。原来他中午十二点钟吃早饭，吃一头"小羊羔"，喝三瓶葡萄酒，到两点钟又吃中饭，可以毫不费力地吃下三碟高加索菜，一大碗羊肉抓饭、一铁签的羊肉串，"要吃多少就吃多少"，另外还有许多各种高加索名菜，同时痛饮葡萄酒，"爱喝多少就喝多少"。他一连好几天讲他在美食方面的爱好和知识，一面讲一面吧嗒嘴，闪着眼睛，龇出牙，而且把两排牙磨得嘎吱嘎吱响，馋涎从他雄辩的嘴里滔滔不绝地往外流，他就稀里呼噜地把它往回收，咽下肚去。

有一次在雅尔达附近，我给人雇去清理果园里剪下来的枝子。我预支一天的工钱，把半卢布统统用来买了面包和牛肉。我刚把买下的东西带回来，花匠就把我叫去，我临走把买来的东西交给沙克罗，他呢，推托头痛，不肯做工，过一个钟头我回来，这才相信沙克罗所讲的关于他胃口的那些话果然千真万确：我买来的吃食一点也没剩下。这是不够朋友的行动，可是我什么话也没说。后来事实证明，我这样做反而给我带来了不幸。

沙克罗瞧见我默不作声，就按他自己的想法利用这一点。从这以后，一种荒唐得惊人的局面开始了。我干活，他呢，制造各种借口推脱工作，光是吃饭，睡觉，催着我干。我瞧着他，这个健康的小伙子，不由得又好笑又难过。每逢我做完工，筋疲力尽地走回来，看见他坐在有树荫的角落里等着我，他总是睁大眼睛，那么贪婪地望着我！然而更可悲可气的,却是看见他因为我做工而讥笑我。他讥笑是因为他学会了讨饭。他开始沿街乞讨的时候,起初当着我的面还感到难为情,可是后来我们走近鞑靼人的小村子,他索性当我的面装扮成讨饭的样子。为此他拄着拐杖走路,一只脚在地面上拖着,装出那条腿有病,知道吝啬的鞑靼人对健康的小伙子是不肯给钱的。我跟他争论,对他说明干这种事是可耻的。……

"我不会干活!"他简短地反驳我说。

他讨来的钱很少很少。这时候我开始常常生病。赶路一天比一天艰难,我跟沙克罗的关系也越来越不好。现在他干脆要求我非养他不可了。

"你带着我走?那就带吧!难道我能走这么远的路?我没走惯。这会活活累死我!你干吗折磨我,要我的命?万一我死了,大家会怎么样?我妈会哭,我爹会哭,我的朋友会哭。那会流多少眼泪啊?"

我听着这些话,却并不因此生气。这时候我的头脑里开始形成一种古怪的想法,使得我甘愿忍受这些。有的时候他睡着了,我在他身旁坐下,瞧着他那平静不动的脸,仿佛有所领悟似的,暗自反复说道:"我的旅伴,……我的旅伴……"

有时候我的脑子里隐约生出一种想法,认为沙克罗这么坚定大胆地要求我帮助他,关心他,只不过是行使他的权利罢了。这种要求表现了他的性格,表现了他的力量。他奴役我,我呢,顺从他,揣摸他,注意他面部肌肉的每一下颤动,极力推想他这种掠夺别人的行为会干到什么程度,什么地步。他却感到很自在,唱歌,睡觉,想嘲笑我就嘲笑我。有的时候我们各走各的路,分手两三天。要是有面包和钱,我就留给他,还说明他应当在哪儿等我。他总是带着怀疑的神情,用愁闷而怨恨的目光把我送走,可是等到我们重又见面,他却那么高兴而得意地迎接我,老是笑着说:

"我还当是你一个人跑掉,丢下我不管了呢!哈哈哈!……"

我给他东西吃,讲起我见到的美丽的地方。有一次我说到巴赫切萨拉伊城,顺便讲起普希金,引用了他的诗句。这些话一点也没给他留下什么印象。

"哦,诗!可这是歌,不是诗!我认识一个人,格鲁吉亚人,很会唱歌!这是歌!……他哇哇地唱!……很响,……唱得响极了!就像拿把小刀子塞进他的喉管里,搅来搅去似的!……他杀过一个小酒铺老板,如今发配到西伯利亚去了。"

我一次次回到他身边来,我在他心目中的地位也就一步步降低,他也无意向我掩饰这一点。

我们的局面不妙。我很难找到机会一个星期挣一个卢布到一个半卢布,而且,不消说,这点钱远远不够养活我俩。沙克罗讨来的钱也不足以使我们的食物大大增加。他的肚子是个小小的无底洞,不管他见着什么,无论它是葡萄、甜瓜、咸鱼、面包还是干果,总是不加选择,一概吞下肚去,而且随着时间的推移,这个无底洞似乎不断加大,要吞下去的东西也就越来越多。

沙克罗开始催我离开克里米亚,不无道理地对我说明如今已经是秋天,前面还有很远的路要走。我同意他的话。再者克里米亚的这一地区我已经看够,我们就到费奥多西亚去,渴望在那儿"赚到点钱",因为我们仍旧没有钱。

我们离开阿卢什塔城,大约走出二十俄里远,停下来过夜。我已经说服沙克罗沿海岸走,虽然那是一条绕远的路,可是,我想多呼吸点海上的空气。我们点起篝火,在旁边躺下。夜色美极了。深绿色海水拍打我们下边的岩石,上边的蓝天保持庄严的沉默,灌木林和树木在我们四周轻微地沙沙响。月亮升上来。水青冈树稀疏的绿叶投下阴影。有一只鸟在歌唱,声音激昂而嘹亮。它那银铃般的颤音消融在空气里,空中充满轻柔亲切的海浪声。等到鸟声停下来,就又响起一个虫子烦躁的吱吱声。篝火燃得很旺,火焰像是点燃的一大束红花和黄花。它也产生阴影,那些阴影在我们身旁欢蹦乱跳,仿佛在月亮投下的懒洋洋的阴影面前卖弄它们的活泼。大海远处,辽阔的水面空荡荡,上边的天空万里无云,我感到我处在地球的边沿上,观察广漠的空间,这迷惑人心的谜。……人挨近一种伟大的东西而产生的惶恐心情,填满我的灵魂,我的心战兢兢地缩紧了。

忽然,沙克罗放声大笑说:

"哈哈哈!……你那张脸好一副蠢相!完全跟山羊一样!啊,哈哈哈!……"

我吓一跳,仿佛突然当头打了个响雷似的。可是这比打雷还糟。固然,这是可笑的,可是这又多么使人痛心!……他,沙克罗,笑得流下了眼泪,我呢,却感到自己由于别的原因而想哭。我的喉咙里堵着一块石头,说不出话来。我睁大眼睛茫然瞧着他,这倒惹他越发笑得厉害了。他捧腹大笑,满地打滚,我呢,受到了侮辱却一时还回不过味来。……我遭到沉重的凌辱;凡是自己或许也经历过类似情形而了解那种凌辱的人(我希望只有少数人),心里一定会重新体会到我的难堪。

"不许笑!"我气冲冲地嚷道。

他吓一跳,打个哆嗦,可是仍旧按捺不住。一阵阵涌上来的笑意仍然抓紧他,他鼓起腮帮子,睁大眼睛,忽然又大笑不止。这时候我就站起来,躲开他,走到一边去。我走了很久,什么也没想,几乎失去知觉,心里满是火烧般的屈辱的毒汁。我本来在拥抱大自然,带着略微懂点诗意的人的热爱,默默地,用整个心灵向它诉说我的爱慕……可是它却借沙克罗的口,对我的痴迷哈哈大笑!我本想更进一步,严厉责难大自然、沙克罗和整个世道,可是我的背后响起了急促的脚步声。

"你别生气!"沙克罗轻轻拍我的肩膀,难为情地说。"你原来在祷告吧?当时我不知道。"

他是用淘气孩子的胆怯声调说的。我尽管激动,却不能不看见他那可怜的面容给困窘和恐惧弄成一副滑稽相了。

"我再也不惹你了!真的!决不惹你了!"

他不以为然地摇头。

"我看出你忠厚。你总是干活。可是你不逼我干。我心想:这是什么缘故呢?可见他蠢得跟公羊一样。……"

这就是他安慰我的话!这算是他对我道歉!当然,经过这样的安慰和道歉后,我没有别的办法,只好原谅他,不但原谅他的过去,也原谅他的将来了。

过半个钟头,他睡熟了,我在他身旁坐下,瞧着他。在睡眠中,连强有力的人也显得软弱无力。沙克罗露出一副可怜相。厚嘴唇,加上扬起的眉毛,使他脸上现出天真而胆怯的惊讶神情。他的呼吸平稳安静,然而有的时候他翻身,说梦话,用恳求和匆忙的口气讲格鲁吉亚语。我们四周是一片紧张的寂静,在这样的时候人总料着会出什么事,要是持续很久,那种十足的安静和万籁俱寂(而声音是动作的明显的影子)简直要逼得人发疯呢。轻微的波浪声传不到我们这儿来。我们像是陷在一个深渊里,四周长满坚挺的灌木林,弄得这个深渊像是一头野兽化为岩石,却张开了毛茸茸的嘴。我瞧着沙克罗,暗想:

"这人是我的旅伴。……我可以把他丢在这儿,可是我躲不开他,因为像他这样的人多得数不清。……他是我终身的伴侣……他要一直把我送进坟墓才罢休。……"

费奥多西亚辜负了我们的期望。我们到达那儿,当地已经有将近四百个人像我们一样盼望工作,却不得不无可奈何地也扮演建港工程的旁观者角色。在那儿工作的有土耳其人、希腊人、格鲁吉亚人、斯摩棱斯克人、波尔塔瓦人。城里和城外,到处都有苦恼的"饥民"的灰色身影成群地游荡,亚速和塔夫里奇的流浪汉迈着狼一般的快步跑来跑去。

我们往刻赤城走去。

我的旅伴说话算数,不来惹我了。可是他饿得厉害,见到人家吃东西,简直像狼那样不住磨牙。他说他要吞吃各种食物,数量之大吓坏了我。不久以前他想起女人。起初他只是捎带说几句,歉然地叹气,后来却常常谈起,露出"东方人"贪婪的笑容,最后变本加厉,见到女性走过身旁,不管她多大年纪,外貌怎样,总要对我说些明明暗暗的淫词秽语品评她们的体态。他大谈女人,讲得那么放肆,知识那么广博,用露骨得出奇的观点对待她们,弄得我只能啐口唾沫走掉。……有一次我试着对他证明说,女人是一种在任何方面都不比他差的生物。可是我看见他不但为我的见解生我的气,甚至认为我故意贬低他而怒气冲冲,我只好放弃这种说服工作,等他吃饱肚子再说了。

我们到刻赤去不再沿着海岸走,而是穿过草原,为的是缩短路程。我们的袋子里一共只有一块大麦饼,大约三磅重,是我们用剩下的最后一枚五戈比硬币在鞑靼人那儿买来的。沙克罗在各村乞讨,没有什么成效,到处都只听到简略的回答:"你们这号人多的是!……"这倒是个很确切的真理:在这艰苦的一年,找饭吃的人确实多得吓人。

我的旅伴受不了那些"饥民",认为是他乞讨的劲敌。他尽管旅途困苦,吃食很差,却生命力充沛,没露出枯瘦可怜的外貌,在这方面那些饥民却发展到颇为完善的地步,可以公正地为此自豪哩。他远远地看见他们,就说:

"又来了!呸呸呸!他们干吗乱跑?他们来干什么?莫非俄罗斯就这么小?我真不懂!俄罗斯人蠢得很!"

每逢我对他解释什么原因促使愚蠢的俄罗斯人走遍克里米亚找饭吃,他总是怀疑地摇头,反驳说:

"我不懂!怎么能这样呢!……我们格鲁吉亚就没有发生过这种蠢事!"

我们来到刻赤,天色已晚,不得不在岸上轮船码头旁边的桥下过夜。我们还是躲起来为妙:我们知道在我们到达此地以前不久,所有外来的人,流浪汉,都从刻赤驱逐出境了。我们有点害怕落在警察手里,既然沙克罗拿着别人的身份证旅行,这就可能惹出严重的麻烦来,影响我们的命运。

一夜之间海浪往我们身上溅了不少水花,临到天明我们从桥下爬上来,浑身都淋湿冻僵了。我们在岸上徘徊一整天。挣来的钱只有一枚十戈比银币,是我在市场上给一个教士太太背一袋香瓜挣来的。

我们得渡过海峡到塔曼去。没有一个船夫肯雇我们做划桨手,渡到对岸去,我苦苦央求也没用。大家都跟流浪汉做对,因为在我们到达以前不久他们在这儿干出许多英雄业绩。别人也不无理由地把我们归在那类人当中。

傍晚来了,我怨恨我的挫折,怨恨全世界,决意干一件略为冒险的事,等到夜深就动手。

四

夜里我和沙克罗悄悄走到海关巡逻船那儿。那旁边放着三条小船,用链子拴在堤岸石墙上钉着的铁环上。天黑,风大,小船互相碰撞,链子叮当地响。……我摇松铁环,把它从石墙上拔下来,很方便就做成了。

我们上边,大约相距五俄尺远,有个海关哨兵走来走去,从牙缝里打唿哨,吹曲子。每逢他在我们附近站住,我就停止工作,然而这是过于慎重,他不可能料到下面有人泡在水里,水齐到脖子上。再者链子不用我动手也响个不停。沙克罗已经平躺在小船的船底上,小声跟我说话,可是海浪声太响,我听不清。铁环落在我手里了。……一个浪头抓住小船,把它卷到海岸外边去。我抓紧链子,在船旁边游泳,后来爬上船去。我们卸下两块铺垫的木板,拴在桨架上当船桨用,把船划走。……

海浪汹涌澎湃。沙克罗坐在船尾,时而跟船尾一起消失,我看不见了,时而升到我的高处,哇哇地嚷,几乎摔到我身上来。我劝他别嚷,免得让哨兵听见。于是他不出声了。我看不清他的脸,只看见一块白斑。他一直掌舵。我们没有功夫换位子,而且我们也不敢在小船上从这一头走到那一头。我对他嚷叫,教他怎样驾船,他一下子就领会我的意思,很快照办,仿佛天生就是水手似的。那些当船桨用的木板对我帮助不大。风往我们的船尾那边吹,我不大管船往哪儿走,只是极力让船头朝着海峡对面。这倒很容易办到,因为刻赤的灯火还可以看见。海浪不时在船舷外边窥探我们,气愤地哗哗响。船往海峡里走得越远,海浪也就越高。远处响起吼声,野蛮而威严。……木船飞驰前进,越走越快,很难掌握航向。我们不时陷进蔚蓝色深渊,随后又飞上海浪的高丘。夜色越来越黑,乌云越压越低。船尾后面的灯火淹没在昏暗中,这局面使人害怕。仿佛在辽阔的海面上,那些怒涛无边无际似的。眼前什么也看不见,只有从黑暗里飞出来的海浪。海浪打掉我手里的一块木板,我把另一块丢在船底里,双手使劲抓住船舷。每次小船跳到高处,沙克罗就用发疯的声音大叫。我呢,处在这种黑暗中,四周是惊涛骇浪,给澎湃声震得耳朵发聋,感到自己可怜而无力。我心里没有一点希望,充满凶险的无可奈何情绪,放眼望去,只看见一个个海浪,挂着白花花的长鬃,喷出咸味的水花,还看见乌云压在我头上,密密层层,参差不齐,也像海浪。……我只明白一点:我四周发生的这一切本来还可以强大可怕一千倍,可是它隐忍不发,不愿意变成那样,这却惹得我不痛快。死亡是难以避免了。可是这个公正无私、一视同仁的法则却需要用一种什么东西来加以掩饰,因为它太沉重,太粗暴了。假如我非死不可,或者在火中焚化,或者在沼泽的泥潭里淹死,我就会极力选择前者,那样毕竟像样一点。

…………

"咱们扯起帆来!"沙克罗叫道。

"哪儿有帆?"我问。

"拿我的长外衣做帆好了。……"

"你把它扔过来!别放松舵!……"

沙克罗不出声地在船尾忙乱起来。

"你接住!……"

他把长外衣丢给我。我就在船底爬来爬去,从铺垫的木板里又抽出一块来,把麻布外衣的一条袖子套上去,竖在小船座位上,用脚夹住。我刚用手曳住另一条袖子和衣襟,不料出了一件意想不到的事。……小船往上一窜,特别高,随后又往下冲,船翻了。我觉得我掉在水里,一只手抓住长外衣,一只手揪住船舷外边系着的一根绳子。海浪哗哗响地跳过我的头顶,我吞下又咸又苦的海水。海水填满我的耳朵、嘴、鼻子。……我双手使劲抓住绳子,时而在水里升上来,时而沉下去;头撞在船舷上。我把长外衣抛在翻过来的船底上,我自己也极力爬上去。我用力爬了十来次,最后总算成功了。我骑在船底上,立刻看见沙克罗,正在水里翻筋斗,双手也抓住我刚放手的那根绳子。原来那根绳子围着小船绕一周,穿过船舷上的铁环。

"活下来了!"我对他叫道。

他给海浪抛得很高,随后也一下子摔在船底上。我抓住他,我们就脸对脸,坐在一块儿了。我骑在船上就跟骑马一样,把脚伸进绳圈里好比踩着马镫,可是这不可靠:一个浪头飞过来,很容易就把我从马鞍上打下去。沙克罗双手抓住我的膝盖,头抵住我的胸。他周身发颤,我感到他的下巴在打抖。总得想个办法才行!船底是滑的,像是涂了油。我叫沙克罗再下水去,抓住这边船舷的绳子,我也抓住另一边。他没答话,却用头撞我的胸。海浪发疯般地舞蹈,不时跳过我们头顶,我们很难坐稳。绳子把我的一条腿勒得痛极了。我举目四望,到处都高高地耸起浪峰,然后又哗哗响地消失了。

我用命令的口气把刚才的话再说一遍。沙克罗反而更用力地把头抵着我的胸。时机不能再蹉跎。我拆开他抓紧我的两只手,把他推下水去,极力要他双手抓住绳子。这时候却发生了一件这天晚上最使我惊吓的事。

"你要淹死我吗?"沙克罗小声说,眼睛瞧着我的脸。

这的确吓人!他问的这句话可怕,不过更可怕的是问话的口气,带着胆怯的温顺和请求怜恤的音调,还夹着在劫难逃、失去希望的人的最后叹息声。然而尤其可怕的是嵌在那张死白的湿脸上的一对眼睛!……

我对他嚷道：

"抓紧点！"同时我自己也跳进水，抓住绳子。我的脚碰着一个什么东西，起初我光觉得痛，却不明白是怎么回事。不过后来我明白了。有个火烧般的思想在我脑子里燃起来，我心花怒放，感到自己从没这么强有力过。……

"陆地！"我喊道。

也许，发现新大陆的大航海家见到陆地，喊出这句话的时候，比我带着更多的感情，不过我怀疑他们未必喊得比我响。沙克罗大叫起来，扑进水里去。可是我俩很快又冷静下来：海水还齐到我们胸上，到处都见不到任何重大迹象表明我们已经靠近干燥的海岸。这儿的波浪弱多了，也不再汹涌澎湃，而是懒洋洋地卷过我们的头顶。幸好我手里没放掉那条小船。这时候我跟沙克罗站在船舷两旁，抓住救命的绳子，小心地走去，身后拖着那条船。

沙克罗嘴里咕咕咕咕说话，笑。我呢，忧心忡忡地往四下里看。天色很黑。我们后边和右边，波浪声响得厉害些，前边和左边却轻得多，我们就往左边走。土壤硬了，有沙粒了，然而净是陷坑。有的时候我们脚下碰不到底，就一只手抓住小船，另一只手和两条腿划水。有的时候水只没到膝头。在水深的地方，沙克罗总是哀叫，把我吓得发抖。忽然，有救了！我们前边闪出火光来了。……

沙克罗扯开嗓门大叫起来，可是我倒记牢那条小船是官府的，立刻叫他想起这一点。他不出声了，可是过几分钟，他痛哭失声。我不能安慰他，也无法安慰他。

水越来越浅，……只没到膝头，……没到踝骨了。……我们本来一直拖着官府的小船，然而这时候我们没有力气，就把它丢掉了。我们的路上横着一段乌黑的粗木块。我们跳过它去，可是光着脚踩到一种带刺的草。这挺痛，而且从陆地那方面来说，未免太不客气，不过我们都没介意，往火光那边跑去。它离我们有一俄里远，熊熊地燃着，似乎在迎着我们笑。

371

五

　　……三条蓬松的大狗从黑暗里不知什么地方窜出来,直朝着我们扑来。沙克罗一直哭得哽哽咽咽,这时候哀叫着倒在地上。我把那件湿外衣往狗身上抛去,然后弯下腰,伸手摸索石头或者木棒。可是地上什么也没有,只有野草刺痛我的手。那些狗一齐奔过来。我把两根手指塞进嘴里,使足了劲打个唿哨。它们就跑掉了,不过立刻有人跑来,响起脚步声和说话声。

　　过几分钟,我们已经在篝火旁边坐定,另外有四个牧人把篝火团团围住,一概穿着熟羊皮外衣,毛皮朝外。

　　有两个牧人坐在地上吸烟,另有一个高个子,生一把大黑胡子,戴着哥萨克皮帽,站在我们身后,拄着木杖,木杖顶上有个圆疙瘩树根。第四个是年轻的金发小伙子,帮着哭泣的沙克罗脱衣服。离我们大约五俄丈远,那一大片土地上,布满厚厚的一层紧密而灰白的、波浪般起伏的东西,类似春天刚开始溶化的雪。只有经过长久而仔细的观察,才能认清那是一只只绵羊的身体,互相偎紧。那儿的羊有好几千只,合成紧密、温暖、厚实的一层,布满草原,给睡眠和漆黑的夜色压得动弹不得。有时候它们凄凉而惊慌地咩咩叫。

　　我一边在火上烤干那件长外衣,一面对牧人们照实讲出事情经过,还说明我们用什么方法弄到小船的。

　　"它在哪儿,那条小船?"面容严峻的白发老人问我说,眼睛盯紧我。

　　我照实说了。

　　"你去一趟,米哈尔,看一下!……"

　　米哈尔就是那个黑胡子牧人,把木杖扛在肩上,往海岸那边走去。

　　沙克罗冷得发抖,要我把那件暖和却还湿着的长外衣递给他,可是老人说:

"慢着！先跑一阵，叫血热起来。绕着火跑一圈，快！"

沙克罗起先没听明白，可是随后忽然离开原地，光着身子，开始发疯般地蹦蹦跳跳，皮球般地从篝火上飞过去，在一处转个不停，在地上不住顿脚，使足力气喊叫，挥舞胳膊。那是招人发笑的场面。有两个牧人扬声大笑，在地上滚来滚去。可是老人露出严肃沉着的脸色，拍着手给舞蹈打拍子，却又跟不上。他观赏沙克罗舞蹈，同时他摇头，活动唇髭，老是用浓重的男低音喊叫：

"嗨嘎！对，对！嗨嘎！崩崩！"

篝火的光照亮沙克罗全身，他像蛇那么扭动，跷起一只脚蹦来蹦去，或者两只脚踩出一连串响声。他的身子在火光中亮晶晶，布满大汗珠，看上去红得像是血。

这时候三个牧人一齐拍手。我呢，冷得发抖，烤着火，心想我们经历的冒险故事倒会叫库柏①和儒勒·凡尔纳②的崇拜者听得心旷神怡呢：先是翻船，然后是待客殷勤的土著，然后是篝火四周的野人舞。……

后来沙克罗也坐在地下，把长外衣穿在身上，嘴里吃东西，黑眼睛瞧着我，眼睛里闪闪发亮，惹得我很不愉快。他的衣服挂在篝火旁边土地里插着的木棍上晾干。他们还给我们面包和腌猪油吃。

米哈尔回来，默默地挨着老人坐下。

"怎么样？"老人问。

"小船在！"米哈尔简短地说。

"它会给水冲走吗？"

"不会！"

他们都沉默下来，瞅着我。

"怎么样呢，"米哈尔问，不是专对一个人讲话，"把他们押到镇上去见镇长吗？也许，直接送到海关上去？"

---

① 库柏(1789—1851)，美国小说家。
② 儒勒·凡尔纳(1828—1905)，法国科幻、探险小说作家。

没人回答他的话。沙克罗平静地吃着。

"可以送到镇长那儿去,……也可以送到海关去。……这个办法和那个办法,都挺好。"老人沉吟一下,说。

"等一下,老大爷,……"我开口说。

可是他根本不理睬我。

"原来是这样!米哈尔!小船在吗?"

"哦,在。……"

"那么……它不会让水冲走?"

"不会的……冲不走。"

"那就让它摆在那儿好了。明天那些船夫到刻赤去,可以把这条小船捎去。一条空船罢了,他们哪能不肯捎呢?啊?好,那就这么办。……可还有你们……这两个浑身破烂的小伙子,……那个……该怎么说呢?……你俩就不怕?不怕?啧啧!……再有半俄里拢不到岸,你们可就一准沉到海底去了。要是浪头把你们卷进海水里,你们可怎么办?啊?那就像斧子似的沉底了,你俩!……你们就淹死了,就是这么的。"

老人停住嘴,唇髭里露出讥诮的笑意,瞧我一眼。

"你怎么不说话了,小伙子?"

他那些话惹得我腻烦,我没听懂,以为是嘲笑我们。

"喏,我在听你讲嘛!"我相当生气地说。

"哦,那你听得怎么样?"老人关心地问。

"嗯,没什么。"

"你说话怎么这样调皮?莫非跟一个岁数比你大的人说话调皮是应该的?"

我不出声。

"你还想再吃点东西吗?"老人继续问。

"不想了。"

"好,那你就不用吃了。不想吃就不用吃。说不定,你想带点面包在路上吃吧？"

我高兴得打个哆嗦，可是不动声色。

"带点上路也好……"我平静地说。

"啊！……你们就拿点面包和腌猪油什么的给他们上路吃吧。……也许还有什么别的吃食？那也给他们好了。"

"莫非就让他们这样走掉？"米哈尔问。

另外两个牧人抬起眼睛看着老人。

"叫他们留在我们这儿干什么呢？"

"我们不是要把他们送到镇长那儿去吗……要不然就送到海关去……"米哈尔失望地说。

沙克罗在篝火旁边活动起来，从长外衣里好奇地探出头来。他很平静。

"他们在镇长那儿有什么事干呢？我看，他们在他那儿没事可干。以后……要是他们乐意，再让他们到他那儿去好了。"

"可是小船怎么办呢？"米哈尔没有让步。

"小船？"老人反问道，"小船怎么样？它摆在那儿吗？"

"摆在那儿……"米哈尔回答说。

"好，就让它摆在那儿吧。明天早晨伊瓦什卡会把它送到码头那边去，……在那儿人家总会把它捎到刻赤去。这以后小船就没有事了。"

我凝神瞧着老牧人，却看见他那张恬淡的、晒黑的、给风吹得挺粗糙的脸纹丝不动，只有些篝火的阴影在那上面跳动。

"只要不惹出什么麻烦来就好了……"米哈尔开始让步了。

"要是你不张扬出去，我看，就准定不会惹出麻烦来。要是把他们押到镇长那儿去，我想，我们也好，他们也好，都消停不了。我们有我们的事要干，他们要赶他们的路。喂！你们还要走很远吗？"老人问。其实我已经告诉他还要走多远的路了。

"要到梯弗里斯去。……"

"路远着哩！你瞧着吧，镇长会把他们扣下的。他一扣下他们，他们什么时候才走得到呢？所以，让他们去赶他们的路好了。啊？"

"行啊！让他们走吧！"临到老人慢吞吞地说完话，抿紧嘴，用手指捻着灰白的胡子，抬起询问的目光对大家扫一眼，老人的同伴们就都同意了。

"好，那你们就走吧，小伙子，求上帝保佑！"老人挥一下手说。"我们会把船送回去的。这样行吗？"

"谢谢你，老爷爷！"我脱下帽子说。

"这有什么可谢的？"

"谢谢，亲人，谢谢！"我激动地又说一遍。

"可是谢什么呢？这才怪！我说了一句你们赶路去吧，求上帝保佑，他却跟我道谢！莫非你怕我打发你去见鬼吗，啊？"

"我做了错事，我害怕！……"我说。

"哦！……"老人拧起眉毛说。"我怎么会打发人走坏路呢？我最好还是叫他们走我自己走的路。也许我们以后还会见面，那我们就是熟人了。有的时候，人是要互相帮助的。……再见！……"

他脱下蓬松的羊皮帽，对我们鞠躬。他的同伴们也鞠躬。我们问清楚去阿纳帕的路，就登程了。沙克罗不知什么缘故笑起来。……

六

"你笑什么？"我问他。

我暗自赞叹老牧人和他的生活道德，赞叹黎明前凉爽的清风，它照直往我的怀里吹来。由于乌云已经消散，太阳不久就会升到晴朗的天空中，一个灿烂美丽的白昼就要诞生了。……

沙克罗狡黠地向我挤一挤眼，笑得越发厉害了。我听见他那欢乐健康的笑声，也微微地笑。我们在牧人篝火旁边那两三个钟头的休息，那些可口的面包和猪油，消除了我们旅途的劳顿。只觉得骨头有点痛,可是这种感觉并不妨碍我们高兴。

"咦,你笑什么?你快活是因为你活下来了,是吧?你活下来了,而且还吃得饱饱的,对吗?"

沙克罗否定地摇一下头,用胳膊肘戳一下我的腰,对我做个鬼脸,又放声大笑,最后用不流畅的俄语开口说:

"你不明白我为什么笑?不明白吗?你马上就会明白!你知道万一他们把我们押到镇长或者海关那儿去,我会说什么?不知道?我会这样说你:他要淹死我!然后我就哭。那他们就会可怜我,不把我关进监牢!你明白吗?"

我起初有心把这话当作玩笑,可是,唉!他终于使我相信他真有这种意图。他使我非常牢固而且明白地相信这一点,弄得我不但没有因为他这种天真的无耻而对他大发脾气,反而对他感到深深的怜悯。眼看一个人带着极其喜悦的笑容,用最诚恳的口气向你讲起他存心害死你,那你对他还能生出什么别的感情来呢?既然他把这种行为看作可爱而聪明的捉弄,你拿他有什么办法呢?

我开始激烈地向沙克罗说明他的意图十分不道德。他却很简单地反驳我说,我不理解他的利益,忘记他用的是别人的身份证,这是会惹出麻烦来的。……

忽然,一个残忍的想法闪过我的心。……

"别忙,"我说,"莫非你相信我真要淹死你?"

"不!……当初你推我下水,我倒相信。后来你自己也下水,我就不信了!"

"谢天谢地!"我叫道。"嘿,为此我倒要感激不尽了。"

"不,你不要道谢!我要对你道谢!刚才在篝火那边,你冷,我也冷。……长外衣是你的,可是你自己没穿。你把它烤干,给我穿了。你自己根本没穿。这得给你道谢!你是很好的人,我明白。等我们到了梯弗里斯,为这些事我会报答你。我会带你去见我的父亲。我对父亲说:这是好人!你供他吃,供他喝吧,我呢,把我送到厩房里去跟驴一块儿过好了！我就这么说！你在我们家里住着，做花匠好了。你会有酒喝，要吃什么就吃什么！……啊，啊，啊！……你那日子会过得很舒服！很简单！……咱俩一个碗里吃，一个碗里喝！……"

他把日后打算在梯弗里斯他家里为我安排的生活的种种妙处详细地讲了很久。可是我听着他谈话，心里却想起有些人不幸极了，因为他们脑子里装满新思想、新愿望，孤独地往前走去，在路上遇到的旅伴却跟他们格格不入，不能理解他们。……这种孤独的人的生活沉重得很！他们处在地面之上，悬在空中。……可是他们像是好的植物种子，飘在空中，很少落到肥沃的土壤中去发芽结果。……

天破晓了。远处海面上已经闪着玫瑰色的金光。

"我想睡觉！"沙克罗说。

我们停下来。离海岸不远的干沙地上有一个由风刮成的坑，他躺下去，把头蒙在长外衣里，不久就睡熟了。我在他旁边坐下，瞧着海洋。

海洋过着广阔的生活，充满强大的活动。成群的波浪哗哗响地滚上岸来，在沙土上粉碎。沙土把水吸进去，微弱地嘶嘶响。前边的海浪挥舞白花花的长鬃，哗哗地响，胸膛撞在海岸上，于是遭到反击，节节败退，其他奔来支援的海浪又迎上前去。它们紧紧地拥抱，喷着泡沫和水花，重又滚到岸上，拍打岸边，极力要扩大它们的生活范围。从天边到岸边，在整个广漠的海面上，坚韧有力的海浪一个个诞生出来，不住前进，由于目标一致而紧密地团结在一起，成群结伙地前进不已。……太阳越来越明亮地照着天边那些遥远的海浪的峰巅，看上去一片血红色。成群的海浪这种翻江倒海的活动中，连一滴水珠也不会白白地消失。那些海浪仿佛由一种自觉的目标鼓舞着，马上就会凭广阔而有节奏的冲击达到目标似的。跑在前头的海浪生龙活虎般窜到沉默的海岸上来，那种美丽的勇敢着实迷人。在海浪后面，整个海洋，强大的海洋，平静而协调地活动，给太阳照得彩色缤纷，充满美丽和力量的感觉，使人看得心旷神怡。……

从海岬后面,一条大轮船劈开波涛驶来,在海洋起伏不定的怀抱里庄严地摇摆。海浪疯狂地冲到船舷上去,轮船却腾空越过浪峰。那条轮船美丽而强大,它的金属在阳光下闪闪发光,换了在别的时候也许会使我想到人类以其骄傲的创造力征服了自然力。……可是现在我的身旁却躺着一个人,他本身就是野性未驯的自然力。

七

我们顺着捷列克省赶路。沙克罗蓬头垢面,衣衫褴褛,而且一肚皮的怨气,其实他现在不再挨饿,因为我做工挣来的钱够买吃的了。他却任什么工作也做不来。有一次他上工,在打谷机旁把谷草扒开,可是做了半天就走掉,因为耙子把他的手心磨出血泡来了。另一次他动手刨滨枣树,不料抡起鹤嘴锄来,把脖子上的皮擦破了。

我们走得相当慢,干两天活,走一天。沙克罗吃起东西来狼吞虎咽,由于他贪吃,我总也攒不起钱来给他添置一点衣服。他周身的衣服破了许多窟窿,形状不一,好歹用各色补了盖住。

有一次,在一个镇上,他从我的背包里偷去五个卢布,那是我瞒着他费很大的劲才攒起来的。傍晚,我正在人家菜园里干活,他回到这家人的房里来,醉醺醺的,带着个哥萨克胖女人。她跟我这样打招呼:

"你好,该死的邪教徒!"

我对这种称呼感到惊讶,问她为什么叫我邪教徒,她理直气壮地回答我说:

"因为你不准小伙子爱女性,魔鬼!难道法律上允许的事,你也能禁止?……你这天杀的!……"

沙克罗站在她身旁,肯定地点头。他喝得醺醺大醉,不管做什么动作,总是有气无力地周身摇晃。他的下嘴唇耷拉下来。昏花的眼睛茫然而又固执地瞧着我。

"咦,你瞪大眼睛瞧着我们干什么?给他钱!"强横的女人叫道。

"什么钱?"我惊讶地说。

"给他,给他!要不然我就把你押到哥萨克军统领那儿去!你在敖德萨拿走他一百五十卢布,现在还给他!"

我怎么办呢?这个醉眼蒙眬的母夜叉也许真会到统领那儿去,而镇上的长官对各种漂泊的人素来是严厉的,那就会逮捕我们。这一逮捕不要紧,谁知道我和沙克罗会落到什么下场!于是我开始耍手腕诓哄她,当然这是用不着费多大劲的。我借助于三瓶酒,好歹把她稳住。她倒在瓜地里,睡着了。我服侍沙克罗睡下,第二天一清早,把女人撇在瓜地里,我和他从镇上走掉了。

沙克罗醉得一副病恹恹的样子,脸部浮肿,显出皱纹,每分钟都在啐唾沫,唉声叹气。我设法跟他攀谈,可是他没回答我的话,光是摇他那乱蓬蓬的头,像山羊似的。

我们抄小路走,那条路上前前后后有些小红蛇爬来爬去,在我们脚旁不住扭动。四周一片寂静,使人沉入幻想和昏睡的境界。这以后紧跟着,一团团乌黑的浓云在天空缓缓移动。在我们身后,那些乌云连成一片,布满天空,然而前面的天空还是晴朗的,只有几朵浮云在天空飘游,追上我们,很快地飞往前边去了。远处什么地方,雷声响了,它那怨恨的声音越来越近。雨点落下来。青草沙沙地响,像是金属的声音。

我们没有地方避雨。随后天黑下来,青草的沙沙声越发响了,像受了惊吓似的。雷声咔嚓一响,乌云就由一道蓝光照亮,震颤一下。大颗雨点倾泻而下,雷开始一个接着一个,在荒凉的草原上连续不断地隆隆响。青草给风雨压弯,倒伏在地上。一切都发抖,激动。电光明亮夺目?撕裂乌云。……在蔚蓝色电光中,远处连绵不断的山峦出现了,银白而冰冷,闪着青色火焰,可是等到闪电过去,山峦也就消失,仿佛堕入漆黑的深渊里去了。一切隆隆地响,索索地抖,推开声音而又产生声音。仿佛混浊而愤怒的天空,用火焰烧尽从下界升上来的尘土和各种秽物,土地在天空的震怒下吓得颤抖似的。

沙克罗怨声不绝，像是一条吓坏的狗。我却欢天喜地，好像稍稍升到世俗事物之上，观察草原风暴这种强大阴森的画面。奇异的混乱吸引人，使人生出英雄的气概，给人的灵魂装满风暴的和声。……

　　我一心想参与这种活动，心里洋溢着对这种威力的向往感情，我想设法表达出来。淡蓝色火焰不仅充斥天空，似乎也在我胸中燃烧。我该怎样表达我巨大的激动和我的痴迷呢？我就唱起来，声音很响，用尽我的力量。雷声隆隆，电光闪闪，青草窸窸窣窣，我放声歌唱，感到我自己跟那一切声音血肉相连。……我像着了魔，这是可以原谅的，因为这除我自己以外，没伤害别人。海上的风暴和草原上的雷雨啊！比这更壮丽的自然现象，我还没见识过呢。

　　这样，我只顾大嚷大叫，坚定地相信这种行动并没惊扰任何人，也没惹得别人不得不严厉批评我的活动方式。可是忽然间，我的腿给人使劲一拉，我不由自主在水洼里坐下。……

　　沙克罗用严肃而愤怒的眼睛直望着我的脸。

　　"你发疯了？没发疯？没有？好，那就闭嘴！不准喊！我要掐断你的喉咙！明白吗？"

　　我吃一惊，开口问他我碍他什么事。……

　　"你把我吓坏了！明白吗？天上打雷是天神在说话，可是你哇哇地嚷。……你在想些什么呀？"

　　我对他声明说，要是我高兴，我就有权利歌唱，他也一样。

　　"我不想唱！"他干脆说。

　　"那你就别唱！"我同意道。

　　"你也别唱！"沙克罗厉声教训我说。

　　"不，我就是要唱。……"

　　"你听着：你在想些什么？"沙克罗气愤地讲起来。"你是什么人？你有房吗？你有母亲吗？有父亲吗？有亲人？有田地？你在世上算是什么东西？你以为你也算是人？我才是人！我什么都有！……"他敲着他的胸膛说。"我是公爵！……可是你，你，什么也不是！什么也

381

没有！库塔伊斯城,梯弗里斯城的人全认得我!……明白吗?你别跟我作对!你不是在为我服务吗?将来包管你满意!我加十倍还给你!你不是在为我干活吗?你也非这样做不可:你自己说过,上帝吩咐人为大家服务而不要报酬!我会给你报酬!你凭什么折磨我?你为什么教训我,吓唬我?你要我变成跟你一样吗?这不行!哎哎哎!……呸呸!……"

他说话,吧嗒嘴,喷鼻子,叹气。……我瞧着他的脸,惊讶得张开了嘴。在我们旅行的这段时期他对我积下种种愤慨、委屈和不满,如今显然统统在我面前发泄出来了。为了加强说服力,他伸出手指戳我的胸脯,摇我的肩膀,每逢讲到特别有力的地方,总把他魁梧的身材凑过来,逼近我。雨水向我们浇下来,雷声在我们头上不断地隆隆响,沙克罗为了叫我听见他的话,扯开嗓门大声嚷叫。

我极其明白地看出我的啼笑皆非的处境,这就使得我放开喉咙大笑不已。……

沙克罗啐口唾沫,掉转身,离开我走了。

八

……我们越走近梯弗里斯,沙克罗就变得越是心事重重,阴沉不语。他那消瘦然而仍旧呆板的脸上出现一种新的东西。离弗拉基高加索不远,我们走进切尔克斯人的一个山村,在那儿给人雇去收玉米。

那些切尔克斯人几乎不讲俄语,不住嘲笑我们,用他们的话骂我们。我们在他们中间干了两天活,村民们对我们不断增长的敌意把我们吓坏了,我们决定离开山村。沙克罗走出山村大约十俄里远,忽然从怀里取出一卷列兹金薄纱,得意地拿给我看,嚷着说:

"再也不用做工了!我们卖了它,什么都买得来!到梯弗里斯去的一路上,够花的了!明白吗?"

我气愤得发疯,夺过薄纱来,往旁边一扔,回头看一眼。跟切尔克斯人是开不得玩笑的。前不久我们听到哥萨克人讲过这一件事：有个流浪汉在山村里干活，临走偷去一把铁汤匙。切尔克斯人追上来，搜他，在他身上找到汤匙，就用刀子剖开他的肚子，把汤匙深深地塞进伤口，然后平心静气地走掉，把他丢在草原上不管了。有些哥萨克人把他半死不活地抬走。他就把这件事讲给他们听，他没到达村子，半路上就死了。哥萨克人不止一次严厉警告我们要提防切尔克斯人，用开导的口气讲了些诸如此类的故事，我没有理由不相信他们。

我开始提醒沙克罗记住这一点。他站在我面前，听着，忽然，一言不发，龇出牙来，像猫似的扑到我身上来。我们认真相打了大约五分钟，最后沙克罗对我气愤地嚷道：

"够了！……"

我们筋疲力尽，沉默很久，面对面坐着。……沙克罗凄凉地瞧着一边，那就是我扔掉偷来的薄纱的地方。他讲起来：

"我们干吗打架？呸呸呸！……荒唐得很。难道我偷了你的东西？你干吗这么心疼？我是心疼你才偷东西的。……你干活，我干不来。……我怎么办呢？我原是想帮你的忙。……"

我极力向他解释偷窃是怎么回事。

"劳驾，闭上你的嘴！你的脑瓜子像木头一样，……"他轻蔑地对我说，然后解释道："一个人要饿死了，还不偷吗？哎，难道这也算是生活？闭嘴！"

我怕再惹他冒火，就不说了。这已经是他第二次偷东西。先前我们在黑海边上，他偷了一个希腊渔民的小秤。那一回我们也差点打起来。

"好，我们再往前走吧？"他说，这时候我俩有点安静下来，和好了，而且也歇息了一阵。

我们再往前走。他一天天变得阴沉起来，古怪地瞧着我，皱起眉头。有一次我们已经走过达里亚尔隘口，从古达乌尔山上走下来，他开口讲道：

383

"再走一两天,咱们就到梯弗里斯了。啧啧!"他啧着舌头说,眉开眼笑。"我回到家里,他们就会问:你上哪儿去了?我就说:我旅行了一趟!我要到澡堂里去洗个澡,……啊哈!我要大吃一顿,……嘿,吃它一大堆!我对母亲说:我饿得很啊!我对父亲说:请你原谅我!大海,我看见了不少,生活也阅历过,五花八门!流浪汉是很好的人!往后我碰见流浪汉,就给他一个卢布,带他到小酒馆去,我就说:你自管喝酒吧,我自己就做过流浪汉!我要对父亲讲一讲你。……我就说:你瞧这个人,他像哥哥一样待承我。……他开导我。他打我,这条狗!……他一直养活我。我就说:现在,你得为此养活他。养活他一年!养活他一年,得养活这么久!你听见了吗,马克西姆?"

每逢他这样讲话,我总喜欢听。在这样的时候,他脸色总有点朴实,天真。对我来说,这样的话是中听的,因为在梯弗里斯城我连一个熟人也没有,冬天却已经临近,我们在古达乌尔山上已经遇到过暴风雪。我有点把希望寄托在沙克罗身上了。

我们走得很快。伊比利亚①的古都姆茨亥特到了。明天我们就到达梯弗里斯了。

远远的,约摸五俄里开外,我已经看见夹在两山当中的高加索首府。旅途到达终点了!我有点高兴,可是沙克罗冷冷淡淡。他目光呆呆地瞧着前面,往一旁啐饥饿的唾沫,不时做出病态的鬼脸,捧住肚子。这是他在路边挖到没熟的胡萝卜,不小心吃下去的缘故。

"你当是我,堂堂一个格鲁吉亚贵族,能够大白天,这么破破烂烂,肮里肮脏地走回故乡去吗?不行!……咱们得等到傍晚再回去。在这儿停一下!"

我们在一所空房子墙根那儿坐下,用剩下的烟草各自卷一支纸烟,冷得索索地抖,抽起烟来。从格鲁吉亚军道上刮来刺骨的大风。沙克罗坐在那儿,从牙缝里吹着一支悲伤的曲子。……我呢,想着温

---

① 格鲁吉亚东部和南部一部分地区的古代名称。

暖的房间以及定居的生活胜过漂泊生活的其他种种好处。

"咱们走吧！"沙克罗带着果断的脸色站起来，说。

天黑了。城里点起灯火。那是很美的：那些灯火，一个连着一个，不知从什么地方逐渐跳进黑暗里来，笼罩着掩藏那座城的峡谷。

"你听着！你把你的长耳风帽给我，让我盖住脸，……要不然熟人也许会把我认出来。……"

我把长耳风帽拿给他。我们顺着奥尔格街走去。沙克罗果断地吹口哨，哼一个曲子。

"马克西姆！你看见公共马车的停车站，韦里斯基桥吗？你在那儿坐着等我！劳驾，你等着！我要到一个人家去，向我的朋友打听一下我家里的人，我的父亲和母亲。……"

"你不久就回来吧？"

"我马上就来！一忽儿！……"

他很快地钻进一条乌黑狭长的巷子，不见了，而且就此没有回来。

我以后再也没遇到过这个人，这个共同生活过几乎四个月之久的旅伴。不过我倒常常带着善意想起他，不禁快活地笑起来。

他教会我许多东西，那却是在贤哲们笔下的皇皇巨著里找不到的，因为生活的智慧总是比人的智慧深奥广大。

汝 龙 译

错　误[*]

不在职的乡村教师基里尔·亚罗斯拉夫采夫，两个胳膊肘子撑在桌子上，手掌紧紧压住太阳穴，眼睛迟钝地看着散布在他面前的一些统计卡片，竭力想从他那劳累不堪的脑子里挤出一些思想：现在对这些四方形的纸片可怎么办呢？

可是怎么也做不到。脑子里嗡嗡地响着，他觉得，脑子里好像灌满了一些又浓又重的东西，从里边疼痛地压迫到眼睛上，竭力要流到外边来。卡片上的数目字一会儿忽然隐没，一会儿又出现，冷漠地、枯燥地表明一些什么东西；有时候它们缩小成极细极细的、模糊潦草的笔迹，忽然又长大成为又大又怪的、狭长的、强劲有力的形状。亚罗斯拉夫采夫注视着它们的变化，感觉到，在他自己内心深处正在产生和形成一个沉重的、不安的思想。这个思想，他觉得还不清楚，但是它一定会出现，到那时候他就将比现在更糟糕、更痛苦了。

---

[*] 本篇写于一八九四年，最初发表于一八九五年《俄罗斯思想》月刊九月号。译自《高尔基三十卷集》第一卷。本文中主人公克拉夫措夫的原型是戈拉·奇塔泽（1863—1892），他是第比里斯最早的马克思主义传播者之一，与高尔基同在一个学习小组。他因精神上的过度劳累与生活上的极度贫困、饥饿而精神分裂。住院期间由同志们轮流看护。高尔基曾单独看护他九天，在他的病床边记下了自己当时的感受以及病人的谈吐。高尔基借描写精神病患者，提出了人的使命、生活的意义及人类的未来等问题，认为人生的"错误"在于生活安排得不合理，并对九十年代初期的俄国知识分子脱离生活实际、热衷于空谈的现象持批判态度，但对他们追求真理的"狂热"却给予充分的肯定。

最近以来,这些使心灵感到压抑的思想越来越折磨着他。这些思想还不成熟,但却是冷冰冰的,就像是秋天的浓云,把一切都涂上了阴暗的色彩,在心灵上留下了烦恼和对一切都漠不关心的铁锈似的痕迹。在意识中形成这些思想的缓慢的过程中,有着一种宿命的东西,他永远无法阻挡它滋长和发展。他做过这样的尝试:他从桌子后边站起来,在房间里踱来踱去,唱唱歌,或者到哪一个朋友家里去走走,但是这些思想压倒了歌声,到处紧跟着他,在他离家出去时也不放过他。

起初他顽强地同这些思想斗争,但是后来他看到,这种斗争除了造成精神疲劳之外不会有任何结果,而且结果总是这些思想对他压迫得更加厉害,而且由于他的抵抗而变得更生动、更鲜明,所以他就让步,既然已经感觉到那些思想来了,他就倒在沙发上,两手放在脑后,任凭这些思想去摆布自己。

他常常这样的度过两三个小时,有时候甚至整整一个夜晚,他仿佛被一分为二,一部分常常变得越来越小,它抱怨地、无可奈何地注视着被那些难受的思想所控制着的另一部分,而那些思想像磨盘似的把生活中所有美好的、光明的一切和生活的幻想所赋予的一切都碾成枯燥、单调而又刺鼻的尘烟。

他躺着,发呆似的望着天花板,倾听着自己心脏的跳动和女房东房间里钟摆的声音。嘀——嗒!嘀——嗒!——钟摆有节奏地响着,仿佛以它那自信而坚定的声音证明,强制基里尔·伊凡诺维奇接受的那些思想是正确的。最后他对那些思想也习惯了,只是在那些思想使他知道它们已经向他袭来的时候他感到惶惶不安地恐怖而已。然后,这种恐怖又被那些思想的活动所压倒而暂时消失,可是过些时候这种恐怖忽然又出现了。

然而这次出现的恐怖却是另一种新的形态——一种烦恼的、等待的、纠缠不清的恐惧的形态。这种恐惧不断增长,越来越紧张地等待着什么可怕的事情。基里尔·伊凡诺维奇觉得,好像马上就要出现一种严酷无情而又扬扬得意的东西,它一出现,就将站在沙发旁边,挖苦地威吓道：

"我看见您在想什么！我看见了。我什么都看见了；您脑子里最微细的皱纹我都看得清清楚楚。您怎么竟敢认为这不是属于您管的，——不是属于一个与生活无关和脱离生活的人管的，啊？您怎么能这样，我的先生？您要知道，要是这样，那您可要……"于是它将指出，要是"这样"就会发生什么后果。

亚罗斯拉夫采夫想象到这样一种情景，感到不寒而栗，他怨艾地望着房门。

房门很单薄，很不结实，门上的铰链是铁丝做的。如果这个无所不知的东西要来造访，这房门是挡不住的，——没有东西能挡住它的来访。亚罗斯拉夫采夫觉得，它好像连石墙也能穿过。他痛苦地等待着它，听到一点响声就发抖，他感觉到，这种烦恼的恐惧随着一次又一次的重复发作而变得越来越强烈，把他控制得越来越紧，仿佛它立刻就要生长起来把他吞下去……这种想象终于在一种黑暗的、充满着毛骨悚然的恐怖的东西面前停止下来。

"怎样摆脱这一切呢？"他在心情比较好的时候这样想道，然后又自己回答自己说："屈服吧。让它完全控制我吧，这样我就不会再有这种感觉了……"

这一次他又想倒在沙发上，但是忽然听见背后的房门急促地咿呀作响，接着是一阵迅速的脚步声和疲惫不堪的人声：

"您在家里？哦，总算找到了一个了……嗨！"

基里尔·伊凡诺维奇在椅子上回过头去，看见一个相识的统计员，他在局子里的外号叫"小调"①。他在椅子上坐下，一手拿着一顶白色制帽，一手擦着前额上的大汗珠。他脸色苍白，满脸皱纹，眼睛红肿，他全身给人一种疲惫不堪的印象。

亚罗斯拉夫采夫默默无言，高兴地同他握手。这个人的出现排除

---

① "小调"（"минорный"），或译"短调"，原来是西洋音乐的一种调式，用这种调式高的乐曲通常带忧郁的色彩。以此为外号，大概暗示其人性情忧郁。

了思潮的袭击。

"我在大热天奔走,像一个疯子,——一个人也找不到!""小调"说,他不乐意地抿紧了嘴唇,眯缝着眼睛,激动地举起一个手指沿着眼睛抚摩了一下,像要拂去眼睫毛上的什么东西。

"您要找谁?"基里尔·伊凡诺维奇想问,但是没有来得及开口。

"您瞧……不过,请您不要推辞……因为我再也不能这样下去了!一连折腾了两夜,够了!周围都是些可恶的家伙。对了,我还没有告诉您怎么回事……这个……他叫什么来着?……克拉夫措夫!他疯了……是的!第三天了……您知道吗,他老是说话,没完没了的说,鬼知道他在说些什么!不过有时候他也说些非常清醒和聪明的话。哦,就这样……我一连陪了他两天,我再也陪不下去了……累得要命。他很粗暴,要是不顺着他,他就要跟你打架。他简直是胡言乱语!他要把鞋油抹在墙上……他脱得赤条条的,用刷子刷自己赤裸裸的胸膛。他想象自己是善的化身,要跟人打架。既可笑又可怜……有一位医生去过几回。正在设法把他送医院,但总是那么慢吞吞的。主要是我们都太形式主义了,死板得要命!知道吗,他们来了,从门缝里对他张望了一下,表示了一下同情,就走了。大家都没有工夫,大家都有事。我再也陪不下去了,请您相信我!您去吧,亲爱的,好吗?现在雷任在那里……我知道,您不太熟悉这个不幸的人;可是现在反正还不都是一样?是不是?您去吗?"

"嗯,我——当然去。我可以去——马上去也成!"基里尔·伊凡诺维奇慢吞吞地说。

"就是要马上去!""小调"有力而又急促地喊叫起来,并解释道:"这个雷任留在那里也是有条件的,就是说,过两个来小时就要有人去接替……现在好了……您去吧!您很刚强,这对您不会有困难。怎么我前两天没有想到来找您呢?要不然我就不至于累成这样了……哦,那您去吗?"

"好……我们走吧。"

"小调"离开椅子站起来,用一个迅速的手势把制帽扔在自己头上,把它拨拨正,打开房门,回头看了亚罗斯拉夫采夫一眼。

亚罗斯拉夫采夫沉郁地、慢慢地穿上大衣,咬紧下嘴唇,固执地看着"小调"的腿。

"我看这样吧?""小调"精神抖擞地说。"您不是知道他住的地方吗?那您就一个人去吧,亲爱的,我就直接回家了,怎么样?好吗?哦,谢谢您!您不会相信,鬼知道我搞得……"

"小调"说最后几个字的时候,已经走到门口过道的尽头,在那里他说话的声音又被轻轻的关门声所压低了。亚罗斯拉夫采夫听到关门声,哆嗦了一下,扮了一个痛苦的鬼脸,在椅上坐下来,这时候他被"小调"报告的消息深深地激动了。

"小调"刚说出克拉夫措夫的姓氏,基里尔·伊凡诺维奇面前就重新出现了一个人的身影:中等身材,瘦骨嶙峋,神经质,留着老是抖动的黑须,扁桃形的黑眼睛露出热烈的迷惘的神色。一对浓眉在他那布满皱纹的白脑门上可怕地动着,一会儿向上爬到粗硬地竖立起来的头发根上去,一会儿忽然往下跳跃,完全盖没了眼窝。说话的时候,他有时用左手的一个细长的指头按住左边的那道眉毛;但是却并不妨碍另一道眉毛向上爬到头发根上去,于是这个说话的人的面孔整个都歪了,露出非常紧张的表情,仿佛竭力想深入到别人难以达到的什么地方去,并想理解谁也无法理解的什么东西。这时候眼睛就发出火花,洋溢着既不是烦恼,也不是令人受不了的狂喜。

大家早就认为他是一个神经不正常的人,他也每天证实这种看法,今天他表示愿意学数学,以便精通天文学;明天又表示愿意下乡,以便使精神得到平衡;或者到美洲去,在草原里游荡和护送畜群;或者下工厂,以便在工人中间传播社会主义理论;或者学音乐、手艺、绘画。他总是自信而明确地证明这一切对他自己的必要性,如果同他争辩,他就暴跳如雷。他认为他之所以抱着这些愿望,主要是出于自我保全的感觉。

"什么事也不干,人就要非常愚蠢地灭亡。所有的牲口都得干些什么,而我是人,总得有所作为!"基里尔·伊凡诺维奇回忆起了他的两句话。由于他常常讲诸如此类的话,人们通常都说他是"空想家"。他从来不会引用最有理的论据来说明自己的这样那样的观点、行为、愿望,他总是只说些教条式的简短的警句,由于他爱说这样一些警句,他被认为是一个首先是为了说大话而活着的人。大家对他习惯了,对他也就并不特别注意。亚罗斯拉夫采夫遇见他时,从来没有想过这是一个怎么样的人,他完全相信,人们给克拉夫措夫加上神经不正常的人和精神病患者的形容词的看法是敏锐而正确的。

　　但是现在这个克拉夫措夫忽然变得非常有意思了。大约在五天前,基里尔·伊凡诺维奇和他一起划船玩儿的时候,没有发觉他有什么特别的地方。他们并排坐在小船里,他用断断续续的、但是对他基里尔·伊凡诺维奇来说却是很有分量而且十分清楚的口吻证明,恶魔主义、象征主义和其他一些病态的思想方式是对唯物论的传播的一种疯狂的、但却又是必然的反动,唯物论的信用不久一定将在一切有思想的人们心目中破产。基里尔·伊凡诺维奇又回忆起了一些铿锵有力的句子:

　　"当前思想动摇的原因是在于理想主义的衰微不振。有些人从生活中完全排除了浪漫主义,因而把我们剥得精光;这就是为什么我们变得互相冷酷无情、互相厌弃对方的原因。我们在心理上还没有坚强到可以使自己无害地彻底听从真理。谁知道,也许最高的真理对我们不但没有好处而简直是有害处的呢?"

　　"这个人——现在当他疯了的时候,——现在他会说些什么呢?发疯又是怎么回事呢?"

　　亚罗斯拉夫采夫回忆起来,有人曾给发疯下过定义,说这是某一种心理性能的活动压倒了其他一切心理性能,也有人说,这是记忆力被某一件事或某一个思想所损坏了。

　　他想象一个弹簧机器的内部:许许多多螺旋形的弹簧一会儿收

缩,一会儿扩张,它们互相传送力量和运动,而从这运动中产生出思想来。忽然其中有一个弹簧不知为什么开始收缩得比别的弹簧更强烈——在其余的弹簧中间造成了一片混乱,直到别的弹簧采取了新的节奏或者直到那一个弹簧采取了旧有的节奏为止。或者忽然从外部有一种沉重的打击的力量闯进它们的体系,刚好落在那个记录往事的弹簧上,这个弹簧受到了打击,就不能再记录别的什么东西,而永远只是记录同一个思想和重复产生同一个印象。

"所有这一切都很简单,很可怜。为什么人要发疯呢?难道他遭遇到其他种种疾病和不幸还嫌少吗?"亚罗斯拉夫采夫想道,但是又想起来,他要到病人那里去。

可是他没有站起来,没有走,而是穿上了大衣,戴上了制帽,坐在椅子上继续想下去。

"说不定忽然他现在成了天才呢?……不是有人证明天才就是疯子吗?谁也没有说过,天才是怎么造成的。也许,发了疯,就专心一致地沉湎于思想了……"

基里尔·伊凡诺维奇觉得自己想把每个字重复几遍,可是不知为什么不敢这么做。这些字他觉得好像是五颜六色的斑点,仿佛是散布在无边无际的空间的一些轻盈的云彩。他飞起来追逐它们,捕捉它们,把它们都推到一起;因此成了一条彩虹,这也就是思想。如果把它同空气一起吸收到自己的肚子里去,然后再吐出来,那它就发出声音,成为语言。

"这一切可多么简单!"他微笑起来。"颓废派都是些很尖刻的人。尖刻和敏锐得像针一样,——他们深深地钻到了不知哪里去了,"他满意地用手指头打了个榧子说。

房门打开了,门缝里伸出了女房东的脑袋。

"穿了大衣坐着,有说有笑地自言自语……也是工作吧!把茶炊端上来呢,还是要上哪儿去?"

女房东唠唠叨叨地说着话,温柔地看着。她的眼睛很小,但是很活跃;从眼睛到太阳穴的地方横着一些细小的皱纹,因而使眼睛添上了微笑的光泽。

亚罗斯拉夫采夫听了她说的话,觉得自己仿佛从什么地方回来,感到非常疲乏。

"茶炊?不……不必了!"他挥了挥手。"我要出去……也许到明天早晨才回来,您知道,我有一个熟人疯了。您看这是怎么搞的?"

"哎哟,我的老天爷!不久前刚有一个人开枪自杀,现在又有一个人发疯了……哦,您那些朋友可真是……哎——哟——哟!怎么搞的——您说!很清楚——那是上帝的意志。"

"上帝的意志?"基里尔·伊凡诺维奇沉思地说,然后脱下头上的制帽。"这很奇怪,您知道……非常奇怪……嗯!"

"是哪一个人发疯了,是那个乱糟糟一头淡褐色头发、穿着灰色裤子的,还是那个快活的、戴着金丝夹鼻眼镜的?"女房东问道。

在她那肥胖的、布满皱纹的脸上,在她那询问的口气中,流露出深为惋惜的意味,这使基里尔·伊凡诺维奇忧郁起来。

"不,不是这两个,您知道,就是那个黑不溜秋、披着披肩、拿着手杖、眉毛跳动的,"基里尔·伊凡诺维奇严肃地低声回答,他感觉到他嗓子里发痒,眼睛里流出泪水来了。

"我没有注意到这样的人。大概他难得来,我没有遇见过。您去吧。不过不要在那边待得太久……瞧你自己也是脸色黄黄的!"女房东严峻地说。

亚罗斯拉夫采夫又把制帽戴上,站起来,沉默地从房间里走出去,充满着忧郁的情绪和疲劳的感觉。

"把门锁上吧!"女房东在后面对他喊叫了一声。

"不必了!"他忧愁地点了点头。

已经是傍晚六点钟了,但是七月的暑气尚未消失,——铺在马路上的石子,建筑物的墙壁,晴朗的天空都散发出暑气来。落满了尘土的树叶垂过栅栏,一动不动;一切都静止不动,仿佛是在等待什么东西来推动似的。

　　从一所白色房子开着的窗户里,波浪似的倾泻出支离破碎的、不谐和的钢琴声;琴声杂乱地在空气中跳跃,亚罗斯拉夫采夫哆嗦了一下,环顾周围,想看看街上由于这种吵闹声会发生什么事。可是依然是毫无动静,那琴声已经像出现时那样的无缘无故地消失了。

　　"这琴声多么短促!"基里尔·伊凡诺维奇心里掠过一个不相干的思想,仿佛是这思想的回声似的在他的心里冒出了一种迫切的愿望,他想用很高的假嗓子喊出几个音来——阿—噢—埃—噢—阿!——像歌唱家们所做的那样。但是他克制了心里的这种愿望,继续往前走去,他低头思索那些涌现出来的新的思想,努力想合着脚步的节拍把这些新的思想化作语言。因此每一个字像击大鼓似的在他内心什么地方发出声来。这些思想配合着脚步的节拍在胸部、在肚子里、在全身引起了轻松愉快和空虚的感觉。好像那些肌肉热得溶化了,只剩下了一些纤细而富有弹性的神经,这些神经充满着忧郁的、但却像周围一切那样等待的情绪。

　　"现在他在说什么和想什么呢?"亚罗斯拉夫采夫思考着克拉夫措夫的情况。"我对他怎么办?要理解他恐怕是办不到的……那我为什么要到他那儿去呢?……而且有什么道义上的理由呢?出于好奇心吗?发疯——这差不多就是死亡。如果他还没有完全疯,那我就将看着他咽气。好极了,为什么一个人要在他临死的时候而不在他健康和安全的时候才引起人们更注意他呢?一个人活着的时候,我们常常完全不注意他,对他一点不关心,忽然听说他要死了或者已经死了,我们才惋惜他,谈论他……仿佛死亡或者临死才使我们互相接近。这里恐怕有着很深的含义……要是这里没有自古以来我们就习惯、因此我们没有觉察到的极大的虚伪,那就好了。也许观察到别人灭亡,我们就想到自己必然要死亡,因而借别人来惋惜我们自己。这里面有一种狡猾的、也可说是可耻的东西……可是在这生活中常见的一切都是狡猾而可耻的……所以这种惋惜是残酷的……惋惜和残酷!……这岂不是两个同一类的词儿！……奇怪,这一点怎么至今谁也没有发觉？应该就这一点写一篇论文……让我们少犯一个错误。"

在发现这一点的同时,基里尔·伊凡诺维奇回忆起了他住在乡下时发生的一件事:有一头小牛掉到山沟里,折断了两条前腿。几乎全村的人都跑来看它……那小牛那么可怜地躺在沟底,悲哀地哞哞叫,用水汪汪的大眼睛望着大家,它不时地努力想爬起来,但是又倒下了。人群站在它周围,与其说是怀着同情,不如说是怀着好奇心观看它的动作和听它的呻吟声。它也在观看,虽然这并不有趣,而且很惨。忽然不知哪里来了一个铁匠叫马特维的,高高的个子,神色严峻,一脸煤灰。他的衣袖是卷起来的,他一手拿着一根很重的铁条。只见他那对黑眼睛露出严厉的、沉痛地责难的神气,扫视了大家一眼,皱起眉头摇了摇头,大声说:

"傻瓜蛋！有什么好看的？"

然后他抡起铁条,向小牛头上猛击一下！这一击发出了沉闷而柔软的声音,可是脑盖骨还是破裂了,那是非常可怕的。小牛不再哞哞叫了,也不再用它那水汪汪的大眼睛诉苦了……那马特维也镇静地走了。

"瞧他是怎样惋惜那小牛的,这个马特维！也许,他也会这样对待不治的病人的。这道德不道德呢？"

"亚罗斯拉夫采夫！等一等,您上哪儿？"传来一阵响亮的呼喊声。

他哆嗦了一下,在一所漂亮的小房子的台阶上站着雷任,他两手插在口袋里。亚罗斯拉夫采夫记起来了,克拉夫措夫就住在这里。

"我就是上您这儿来……就是说,上他这儿来的……"

"啊哈！哦,谢谢您赶来了,要不然,您知道,我的工作多得做不完。我是被'小调'拉来的,克拉夫措夫的胡言乱语听得厌烦透了。您知道,他老是说话！现在刚睡着。据医生诊断,暂时还没有危险,不过是神经受了强烈的刺激,依我看来,也就是这样。的确,他说的话并不比平时说的更乱,不过说得太多了,——就是这样。哦,那您可以让我走了吧。李亚霍夫来的时候,请您告诉他:医生来过了,他吩咐服的药是氧化钾,氧化钾和氧化钾……再见。"

他向亚罗斯拉夫采夫伸出手来,后者沉默地紧紧握住他的手不放,低声问道:

"据您看,他是怎么会变成这样的?"

"怎么会?嗯……这怎么说呢?您知道,他的脑子本来就有毛病……如果他要喝水,就从窗台上的瓶子里倒一点给他喝,这也是一种氧化钾之类的镇静剂。哦,我走了!Addio①!"

他把大衣挽在手上,走了。

亚罗斯拉夫采夫看着他走了,开始思考,现在怎么办:到躺着那个人的房间里去呢,还是在这里等到他醒过来开口喊叫时再进去?他想象,只要克拉夫措夫醒过来,他立刻就要喊出又高又响的声音,接着就开始又快又响地说话,像一些泼辣的女小贩说话那样,这将像是一阵阵急速的击鼓声。

他低下了头,一边想,一边走,自己也不知道要上哪儿去。他的一切思想忽然好像烧光了,心灵上撒满了这些思想的灰烬,——撒满了而且铺上了一层温暖的淡淡的哀愁。

刺鼻的药味使他清醒过来。他站在那通向一个小房间的门口,房间里乱得一团糟:几把椅子移到了房间中央,在床前摆成一个不整齐的半圆形;地板上狼藉着破碎的纸片、书籍、碟子的碎片、一条手织的红围巾。床前放着一张圆桌,桌子上一杯淡茶。从桌面后边看不见那个安静地、直挺挺地胸脯朝天躺在床上的人的脑袋。房间里有两个窗户,一个窗户上挂着一块蓝色的旧布,另一个窗户里摆满了花盆,穿过这些花盆可以看到小院子里的一片野蔷薇、几棵洋槐树和紫丁香。

把这一切观察了一番之后,亚罗斯拉夫采夫踮起脚尖,举起右手

---

① 意大利语:告辞了。

的食指,仿佛对他自己警戒什么似的,走到床跟前去,左手合着自己的动作的节拍从容不迫地挥动着。他走到桌子跟前,俯身越过它,屏住气息,看看病人的脸。

病人的脸,自从亚罗斯拉夫采夫上次见到他以来,是瘦多了,不过也只是如此而已。一般说来,他脸色安详,像一切睡着的人一样。亚罗斯拉夫采夫轻松地透了口气。他本来想象,疾病一定在克拉夫措夫的脸上留下了某种难看的痕迹,使它变形了,毁坏了。他含着微笑走开去,对于自己猜错了感到十分满意。

但是他回过头去,忽然看见墙上有一个不知是谁的脸望着他,这张脸被一副奇怪的笑容扭歪了,而且脸色苍白,眯缝着眼睛,整个脸由于克制着兴奋的情绪而不住地颤抖着。一只手伸出食指举到和这脸一样高的地方,——这只手仿佛在威吓,同那脸一起,充满着讥讽似的得意的样子。

亚罗斯拉夫采夫的血管里流过一阵令人寒心的烦恼,它以一种不可抗拒的不幸的预感揪住了他的心,他被它压倒了,轻轻地坐在椅子上。后来他感觉到,在他左腰的皮下有一个水泡似的东西膨胀起来,立即破裂了,因此他觉得又烦恼又不舒服。他重新站起来,努力不去看那垛威吓他的墙壁,他非常恐怖地回想起了,这个扭歪了脸有些轮廓他很熟悉,他以前是在什么地方见过的呢?

"难道这就是它,——就是那无所不知的东西吗?"

亚罗斯拉夫采夫面前忽然展开了一个无边无底的深渊,那里充满了无形的、令人难以忍受的黑暗。他紧紧眯着眼睛,退后一步。他被拉下去,他感觉到,如果不睁开眼睛,他将立刻飞到那深渊里去,而且将无尽止地飞下去,他吓昏了,一秒钟一秒钟的越来越强烈地感觉到这种恐怖。

他哆嗦了一下,急忙看看面前,他自由而轻松地透了口气:他在这里,在克拉夫措夫的房间里,他脚底下是坚硬的地板,基里尔·伊凡诺维奇用脚使劲踩了一下,相信这是真的。于是他又是热切地想再一次看看那一边,看看那面墙壁……他小心翼翼地从椅子上稍稍抬起身来,同时向后面转过身去,他看见了它,那个脸;可是现在它只是一副可怜相,表现出紧张而惧怕地等待着什么似的样子,它为这种神态愣住了。他认出了那就是他自己。

"这是一面镜子……是——啊!"他猜对了,他看见,镜框上边、右边和左边都被一块挂着的白毛巾遮住了,下边被几个照片的镜框挡住了;房间里的糊墙纸也是白色的,——因此那镜子不容易被发现,把他吓了一跳。但是这一发现并没有消除他心里的烦恼的预感,甚至还带来了一种使这预感加重的情绪。基里尔·伊凡诺维奇看看他在镜子里反映出来的容貌,沉思起来。

"这可是我自己发疯了!"忽然他产生了一个思想,这个思想像针刺一样在他全身引起了一阵阵轻微的疼痛,仿佛他全身肌肉立刻渗透了地下室的腐败的湿气。他想叫喊,想呼救,他感觉到他已经脱离大地,穿过冒着暑气的大气层掉到什么地方去了。他胸部疼痛得难受,——他双手抓住了胸膛,使劲地按摩,——他脑子里跳跃着一个毁灭性的思想,这个思想还没有冲淡,另外一些片断的思想和回忆像一阵旋风似的旋转起来,仿佛他脑子里一切都破裂、粉碎和毁坏,而恐怖地在这个要发疯的思想面前溜掉了。他张开嘴,深深地透了口气,把房间里的浊气吸进去,他鼓起胸膛,想叫喊一声。

"笨蛋!多么丑的嘴脸!"只听见传来一阵轻蔑的嘲笑的声音。"你自己本来就是天生的丑陋不堪的鬼脸,还装什么鬼脸?奸细!嗤!……"

基里尔·伊凡诺维奇挺起胸膛,猛然回过头去。床上的克拉夫措夫用两个胳膊肘子撑在枕头上,手掌托着下巴,眼睛里充满着恶毒的讽嘲和狂热的光辉望着他。他的胡须带有讥讽意味地抖动着,眉毛向上爬到粗硬地耸立在头上的短发边上去。嘴唇歪扭成冷嘲的微笑;他翕动着鼻孔;他的整个面孔不停地发抖,一会儿在这里一会儿在那里形成各种弯弯曲曲的皱纹的花样——他的容貌又丑陋又可怕。

"瞧谁是疯子！是他，——不是我！"亚罗斯拉夫采夫爆发了一个新的思想，这个新的思想消灭了那个压迫着他的思想。

他透了一大口气，感觉到那些束缚住他的脑子的寒冷和恐怖消失了。他看着克拉夫措夫的歪扭的脸，感到说不出的高兴，他看得越久，越充分地认识了自己。

"瞧这才叫作疯子！"他内心喊叫起来，"他像谁？……像被一位圣徒捉住了放在他的钵里并用十字架标记封住的那个魔鬼！"

这样的比较在基里尔·伊凡诺维奇的心目中更鼓舞了他，接着他立刻怀着更深的自信和喜悦想道：

"难道这不对吗？难道一个被疯狂蒙蔽了思想的人，能这样跨出一大步，到往事中去寻求他所需要的思想形式吗？"

克拉夫措夫用热烈的眼睛盯住他，不停地讲些刺激的话。

"喂，你这奸细！"

亚罗斯拉夫采夫将一把椅子挪到床跟前，露出愉快的笑容，向克拉夫措夫伸出手去说：

"马尔克·达尼洛维奇，您怎么啦？是我呀！"

"哦，是的，是你！我知道，你是奸细，你是来观察我在想什么。你无法知道，你发现不了我的任何一个思想。我是要拯救他们所有的人，我知道他们需要什么……我理解！"

"马尔克·达尼洛维奇！"亚罗斯拉夫采夫明确地、温柔而高兴地说。"难道您把我忘了吗？"

"你？忘了？不，你们我是忘不了的，你们到处都是……你们是苍蝇，你们是蟑螂、臭虫、跳蚤、尘土、墙上的石头！只要给你们一下命令，你们就会变成各种形状，化成各种东西，你们什么都研究，——你们观察人们怎么思想，思想什么和为什么思想。可是你们终究是弱者！我才是强者！我心里燃烧着渴望建功立业的不灭的火焰！你瞧我,就像埃及的摩西①那样,要把你们从生活中,从你们觉得在那里呼吸得很舒畅的脏水坑里拯救出来。我要把你们拯救出来,让我们一同到天国里去,那里的空气对你们是太干净了,所以你们在那里是生活不下去的。在那里,我将给我的弟兄们喝卡斯塔里亚的自由的泉水②,他们的灵魂就将振奋起来,去过创造性的生活……去过建功立业的生活……过宽恕一切和再造人的生活!而你们呢,却像埃及人一样,追逐我们,并将在自己卑鄙的海洋中消失,沉没淹死,你们将找到死亡!因为你们自己本身就包含着死亡!"

"他在说些什么?"亚罗斯拉夫采夫想道,他听了这些激昂慷慨的豪言壮语,渐渐失去喜悦的心情。克拉夫措夫的眼睛发出锐利、明亮的光辉,像灼人的细针似的刺痛着面孔和胸脯。

"啊!他是在念教会神父的书……念奥古斯蒂努斯……和兹拉托乌斯特的书。为什么他念这些?难道除此以外就没有什么可念的了吗?可见,他早就……真是个荒唐可笑的人!……他在说些什么?唉!"亚罗斯拉夫采夫容光焕发起来。"他叫我好细,——可见他是犯了迫害狂的病了!他说他自己:'我像摩西一样!'——可见他是犯了迫害狂了!我的老天爷,这一切是那么简单!科学!这就是科学!它永远像火炬一样。可怜的人!"

他感觉到,他为了惋惜克拉夫措夫而要哭了,他又充满着温暖而欣喜的心情意识到自己思想的正确。

和他的贫乏的思想一起,还产生了一种奇怪的感觉:这种思想一会儿降落到一个阴暗的坑里去,缩小了活动的天地;一会儿忽然又高高地、自由地上升到某处去,占据着广阔的空间;一会儿缓慢地、懒洋洋地流动,仿佛有气无力的样子;一会儿迅速地向某处冲去,一路上碰

---

① 传说,摩西是古代以色列人的领袖。据《旧约·出埃及记》记载,摩西把在埃及王压迫下的哥鲜地方的同胞救出来,率领他们出走埃及,渡红海,过西德安沙漠,想到加兰定居,但没有成功。
② 卡斯塔里亚泉在古希腊迪尔菲附近巴纳斯山上,当时朝神者在进入迪尔菲神殿前要用此泉水沐浴,在古希腊罗马文学中,诗人们把这泉水描写为诗的灵感的象征。

到大量不同种类的物体；接着又好像降落下去消失了。这时候，基里尔·伊凡诺维奇只觉得自己的心脏不安地跳动，别的什么也没有了。

克拉夫措夫忽然全身像蛇一样的扭动了一下，坐在床上，只穿着内衣，敞开了胸膛，露出兴奋的、阴沉而扬扬自得的神情。

"你听我说！我要去招呼他们大家到田野里去集合。所有我们这些精神贫乏的人都到那边集合起来，让我们悲哀地离开生活吧，精神贫乏的人们！不过——别高兴！所有你们那些人——让他们不要因我们的失败而高兴，虽然我们承认是失败了，因为我们离开的时候是手里拿着粉碎了的希望的盾牌，我们也失去了在战斗中丧失了的信仰的甲胄。我们回来的时候，将是丰富了创造力和武装了坚强的信心，再没有更坚强的武器了！你懂了吗？你让我去建立这样的功业吗？这样的话，我回到生活中来的时候，第一个就宽恕你。哎，你啊！让我去吧！"

"他要拯救谁，使谁成为新人呢？"基里尔·伊凡诺维奇脑子里慢慢地转着这样的念头。

他不再惋惜克拉夫措夫了，他甚至对他有点生气了，因为他不停地说些庄严的话，这些话在他脑子里铮铮作响，妨碍了他去捕捉某种重要的思想。问题是在亚罗斯拉夫采夫的脑子里忽然一切都染上了各种不同的颜色，他清楚地感觉到和看到这一切：他眼前浮动着和转动着一些圆形的斑点——黄色的，蓝色的，红色的。这样的斑点为数很多，它们都转动得很快，其中有一个淡绿色的含有深意的斑点竭力想从里面冲出来，可是怎么也冲不出来。这一定是关于信仰之类的什么东西。但是克拉夫措夫的声音震动着空气，一切都在抖动，融合，互相纠缠在一起。

"啊，他说得多么漂亮！"亚罗斯拉夫采夫心里烦恼地喊叫。"他想干什么？唉，这个丑八怪！离开生活——这是什么意思呢？"

他回忆起了有一次的情景：有一个人嘴里衔着一支笛子，站在河岸上吹他的笛子，有许多大大小小的老鼠从四面八方向他跑来。在这个人身上,有些地方和马尔克·克拉夫措夫很相似。真可笑！亚罗斯拉夫采夫忽然哈哈大笑起来,身子在椅子上左右摇摆。

那病人向后一仰,背靠在墙上,不再说话,把头低垂在胸口。

"瞧——这犹大可得意了！"他高声喃喃地说。

他们默默无言地向对方互相观察了好一会儿,基里尔带着等待和小心翼翼的样子,而克拉夫措夫则是带着试探和阴郁的神色。亚罗斯拉夫采夫感觉到,那病人的发光的眼睛吸引着他,他坐在椅子上俯下身子,用胳膊肘子撑在克拉夫措夫腿旁的床上。

开始安静了。街上已经昏暗,傍晚的阴影从庭院里的树丛延伸到玻璃窗和窗槛上。最后克拉夫措夫忽然微笑了一下,轻声说:

"啊,我可认识您！"

"当然啰！"亚罗斯拉夫采夫肯定地点了点头,并且几乎像耳语似的又说,"您早就该说了。要不然多可怕……已经天黑了。"

"该说！跟您说吗？我可认识您！您不是统计员亚罗斯拉夫采夫吗？您现在觉得可耻吗？"

"我？不,没什么。不过——觉得可怕！"

"嗯！是这样！可怕！您害怕未来吧！"

他们两人现在低声地说话,两人都是竭力把每一句话说得比前一句话的声音更低。尽管房间里已经一片昏暗,基里尔还能看见病人的面孔和脸上的笑容。他越来越强烈地被这个眼睛发光的人所吸引了。

"您以为您的统计就能限制一切了吗,啊？"克拉夫措夫庄重地低声说,"不,您错了！还有良心的统计,它是我管的！我是毫不容情的——我知道事实的价值！我已经把您估计过了！"

"不要吓唬人了！"基里尔·伊凡诺维奇哀求他的对话者。

"对人——不要吓唬,可是对奸细——就是要吓唬！为什么您要当奸细？为什么您要追究我在想什么？我的上帝,我不过是思想罢了！因此而受害的是我,仅仅是我！思想——这甚至是善意的,因为人为了思想是自己要灭亡的,而您却不必花钱就可以毁了他！"

克拉夫措夫的自言自语忽然中断,然后又铿锵地说出响亮的话:

"金——钱!啊,是的!您想拿金钱来换取我的思想自由吗?您要出卖自己吗?多少钱?"

"听我说!"亚罗斯拉夫采夫坚信地、但仍是轻言细语地说。"别嚷嚷,要给人家听见了!他们总是就在附近!"

"要给人家听见了?……你也怕吗?为什么?你是坏蛋,你可以大声说话。听我说,让我去干吧!我要去做一件普通而有益的事。这是合法的事,我向你保证。我想使一切虽有污点,但却是生活中最光明的人离开生活……他们由于孤独的烦恼和你们对他们的迫害而要毁了。他们在生活的臭气中要憋死了,而你呼吸这种臭气却很轻松。这是你的要素——可是他们……让我拯救他们吧!"他高声喊叫起来。

亚罗斯拉夫采夫被一股强烈的愤怒的浪潮所激动了。他在床前站起来,对着克拉夫措夫的脸,用低声地、清楚得令人受不了地耳语说道:

"你别嚷嚷!我告诉你……你是疯子,哼!懂吗?你发——疯——啦!嗯……拯救!……拯救谁?我是亚罗斯拉夫采夫,基里尔·亚罗斯拉夫采夫,而你是发疯了!……躺下!懂吗?!哦?!就这样……"

他又坐到椅子上,呼吸艰难,不时的眨眼。克拉夫措夫抓住自己的脑袋,身体猛烈地左右摇摆。

又是安静得惊人而可怕。月亮升起来了,淡蓝色的月光穿过窗户泻到室内闷热的暮色中来,像一条带子似的照在地板上。

愤怒的爆发使基里尔·伊凡诺维奇软弱了,他心里对未来的一刻越来越感到恐惧。在室内一片寂静和深沉的昏暗中,正在悄悄地发生一件神秘而谐和的事——正在进行一种破坏的工作。

窗户上参差的花影映在地上那道蔚蓝色的月光中,这一切好像是在一张羊皮纸上密密麻麻地写满了说明人生的奥秘和人的智能对之无能为力的象形文字。基里尔对此看了一下,迅速地扭转了脸,胸中感到一种冲动。

"一切都完了！"他轻轻地说，开始感到说不出的悲哀。

克拉夫措夫抬起头来，默不出声地看了他一眼，掀动了一下眉毛。基里尔忽然哭起来，他抱住了克拉夫措夫的两条腿，紧紧地抓住它们，脑袋钻到他的两腿中间，像婴儿似的啜泣着。

"我……害怕……"

"害怕未来吗？"克拉夫措夫弯下身去看他，全身微微颤抖，轻轻地、得意地扬声说道。

"说吧……说吧！"基里尔低声说。

"啊哈！我又征服了一个！"克拉夫措夫也低声说，并从自己的两腿中间把他的脑袋抱出来。"这就好……旗开……得胜！……你悔悟了，是吗？坐下……到这儿来，我把一切都告诉你。"

他想拉开基里尔抓住他两腿的手，把他的脑袋抬起来，但是基里尔不肯向他让步，反而抓得更紧，而且一面哭一面嘟嘟囔囔地诉说着什么。

最后，克拉夫措夫就不再惊动他；他两手撑在床上，俯下身子对他轻声地、但是庄严地说：

"你知道被生活所俘虏的人吗？这些人，他们想成为英雄，却成了统计员和教员。他们曾经向生活进行过斗争，但是被生活征服了，被生活琐事俘虏了……我说的就是这些人，也就是我想拯救的那些人……你懂了吗？他们要毁了，因为他们受到迫害，因为大家把他们当作敌人看待，而他们本身就是自己的敌人。他们散布在各处，他们由于怀疑和苦闷……由于不能自由地行走、说话和思想……而要毁了。我就是想把他们集合在一起，把他们从生活中救出来，送到荒漠中去，在那里给他们设立一所普度众生的房舍。你看——是房舍，不是公社，不是法朗斯特①，房舍——这是合法的，可不是吗？只有我一

---

① 十九世纪法国空想社会主义者傅利叶于一八三二年在马赛附近组织了一个空想的社会，它的基层的生产消费单位由一千五百至两千人组成，名为"法朗格"，供成员居住和工作的地方名为"法朗斯特"（phalanstère）。

个人将站在他们全体之上,我将把我所知道的一切教给他们。我知道许多东西,比知识所需要的资料还要多,因为我知道一切,再加上——我的知识!我们将把我们的精华一点一滴的流在荒漠的沙土上,使它活跃起来,建设成一座座幸福的大厦!在我们中间将在众人之上耸立起一所普度众生的房舍,而在这房舍的顶上,在玻璃的屋顶下,将永远由我来亲自主持和监督那把命运托付给我的人们的秩序。我将是很严格的,但并不是像人那样的公正。我知道的是更高的公正。我将授予大家一种责任——就是创造。'创造吧,因为你是人!'——我将这样命令每一个人。这将是多么的宏伟壮丽!当我们创造了我们自己的一切都谐和的世界,我们就召集世界上的一切奸细和一切坚强的人,还要召集一切愚蠢的民族,我们将对他们说:'瞧——你们迫害过我们,可是我们却给你们创造了一种永恒的生活的范本!它就是这样的,你们照这样去生活吧!我们是从灰烬中复活的,我们正在创造,永远创造……这就是我们的任务。'我们这些曾经是贫民的人,使那曾经是克雷兹①的人们有了精神和生命力的财富之后,就离开去。这就是胜利!……到那时候,我将告诉全世界:'人们呀,穿上光明的东西吧,因为黑夜已经消失,而且不会再来了。'这就是我这个受过压迫和毒害的人,我这个受尽磨难的人,从我的不幸和苦难的生活中产生的思想。你愿意做吗?——创造新生活吧!给人们一些什么东西吧,给他们吧,因为他们可怜而贫乏!到那时,你——就同我在一起了,也就是说——你就同真理结合在一起了。你将是我的第一个学生——别哭啦!唉,你这孩子,你还脆弱!你也受了委屈吗?没什么。不久你将更新起来过新的生活,在我们最终将参加的这种新的生活里,我们将无所畏惧地大声说出我们想说的一切!你不相信我吗?相信吧!……虽然这似乎是不可能实现的,不过还是相信我吧。我是你的保佑者,我是未来的鹰!我向你保证,你所有一切感情和理智的话都

---

① 克雷兹是传说中古代吕底亚的国王,据说,他拥有无数财富,后世就称呼最大的财主为"克雷兹"。

将获得生命,都将被人们所听见,被人们所思考,被人们所理解,因此你将受到应有的尊敬——一个为了生活和为了人们而生活过的人的光荣。相信我,我们将满满地干一杯生命之酒,我们的一切情感都将得到满足。你知道格里戈里·博戈斯洛夫谈到尤利安努斯①的话吗?那尤利安努斯也就是背弃了真理和信仰压迫的抽象的公式。而你呢,也许像所有的人一样,也以为尤利安努斯就是凯撒②吧?亲爱的!别相信这种庸俗的说法,这种说法太旧了;你可以从中汲取思想,但是要忘记它。生活是在未来,那时候的生活才是我们的。过去只有思想,那时候没有人物。你我才是人物,所以我们将汲取我们为了建造幸福的阶梯所需要的思想,我们将沿着这幸福的阶梯,作为生活的创造者、精神的革新者,像雅各③梦见天使那样进入永恒的极乐世界!"

他那庄严的低语声最后变成滔滔不绝的语言,越来越少思想的活力,最后简直变成相互之间仿佛只是用统一的声音联系起来的没有意义的语言了。

"拯救……帕斯卡④……暂时……"

基里尔早已抬起头来,跪在床前,还是抱住了克拉夫措夫的两腿。现在他稍稍向后仰起了头,欣喜地、目不转睛地看着他的脸。

地上还铺着那月光和影子的蔚蓝色的羊皮纸,不过纸上画的象形文字起了变化,形状变得更简单,但是颜色却更暗了。整个房间充满了激动的庄严的低语声。宁静和黑暗的夜色窥视着窗内。

两个人影面面相觑,他们没有注意到,有一个裹着黑头巾的女人的脑袋,还有一个戴着帽子、留着黑胡子的男人的脑袋,轮流探到门里来张望。门外也传来窃窃私语的声音。克拉夫措夫仍然双手支撑在

---

① 尤利安努斯,一译儒略,公元三六一年至三六三年间的罗马皇帝,曾试图恢复异教徒的统治地位,因而被称为叛教徒。
② 凯撒,古罗马的独裁者。他姓尤利乌斯,与尤利安努斯读音近似,并非一人。
③ 雅各是耶稣的门徒,《新约》中有一章记载他的事迹。
④ 布莱兹·帕斯卡(1623—1662),法国著名数学家、物理学家、哲学家。他的哲学作品充满了宗教性和神秘主义。

床上,身子倾向基里尔的脸,没完没了地说着话。这样几乎一直继续到天明。直到窗外泛出鱼肚色,他才疲惫不堪地倒在枕头上,立刻失去了知觉。

基里尔·伊凡诺维奇迅速地站起来,惊慌地回头看看,急忙走到他跟前。天亮了。他脱下身上的大衣,拿它遮住了窗户,又走到床前,低声说:

"没关系,说吧!"

但是克拉夫措夫大概已经不能说话了;他只是点了点头,叹了口气,转过身子,脸朝着墙壁。基里尔就坐在床上他的腿旁,双手抱住自己的膝盖,用充满着爱和欣喜的眼睛看着这位普度众生的房舍的创造者。

在那四方形的白点似的枕头上,他那黑色的脑袋起初显得很清楚,后来开始融化并渐渐消失了。于是在那个地方出现了一片黄色的、无边无际的、干燥的荒漠,在那荒漠里到处都是尸体——许许多多以各种姿势躺着和由于旅途劳顿而在歇息的人们的尸体。而在荒漠的远方,一个血红的圆球发出灿烂的光辉,它正在下降到什么地方去,天空中掉下一些柔和的黑影,裹住了疲惫的人们……后来黑夜来临,出现了梦境,宁静的荒漠中传来睡着的人们的呓语。其中有一个人没有睡,他站在睡着的人们中间,目光炯炯地看着满天星斗,在星空下面的空气中一动不动地停留着三个黑点。这是荒漠上的鹰,那个人疑惑不定地怀着等待的心情望着它们。

后来基里尔看见一条道路,路上挤满了从生活的牢笼中出来的人。他们人数很多。其中还有孩子;他们在父母的怀抱里哭。父母们衣衫褴褛,默默无言地在尘土里行走,基里尔从他们的眼睛里看到了他们的烦恼和破碎了的心灵,许多受苦受难的人们的受尽损伤和衰竭不堪的心灵。走在一切人的最前面的就是他这一位伟大的人物,大家都听从他,怀着希望看着他,而在他旁边,基里尔看见了他自己。接着是一片黑暗,一切都隐没了。

基里尔·亚罗斯拉夫采夫看见了普度众生的房舍的创建……又重新看见了黑暗……他看见了庄严地回返到生活中去……又重新看见了黑暗……最后他就只看见那没有边没有底的一片黑暗,这一片黑暗像一股悲哀的寒气似的对着他——对着他的脸和对着他的心灵吹来。他被黑暗吹得摇晃起来,觉得好像他立刻就要脱离大地,飞到什么地方去,他就是依靠这种阻止他去作最小的动作的敏锐的感觉而生活的。因此他觉得悲痛,寒冷,可怕。

他越来越紧紧地缩成一团,他睁大了眼睛,努力想从黑暗的远方看出他要遇到的事,因为他感觉到,不久,立刻,在下一秒钟就将出现使他从恐怖的势力中解救出来的某种东西。

阳光落在他的脸上。他哆嗦了一下,眯缝了眼睛,露出像一个害病的婴儿似的惨淡的微笑。

然后,他还是像以前那样一动不动,不过是闭上了眼睛,坐了好久好久……

到了早晨,大约七点钟光景,李亚霍夫、"小调"同一个戴金丝眼镜和满脸自信的人来了。他们一个一个轻轻地走进门来,在他们后面过道里停留着一些奇怪的人物。

"哦,怎么啦?他没闹吗?"李亚霍夫对基里尔说。李亚霍夫是一个高个子、脸色忧郁而苍白的人。基里尔,在他们出现的时候,把两腿从床上放下来,含着明朗的微笑望着他们。

基里尔握了一下李亚霍夫向他伸出的手,微露欣喜的神色,朝着他的脸看了一眼。

"你们来了?……那么是时候了?"

"是啊……"李亚霍夫一面说,一面注意地看看那睡着的克拉夫措夫。

"怎么办,等他醒来吗?""小调"问那位戴眼镜的先生。

"我看,就这样抬上车吧。上这儿来!"

他向自己这边挥了下手,门里进来了两个穿白围裙的健壮的小伙子。

"小心一点把病人抬起来!"

这时候基里尔·伊凡诺维奇走到床跟前,站在头旁边,挡住了克拉夫措夫的脸,惊异地看看所有的人,低声而有力地问道:

"抬到哪儿去?……把他抬走?抬到哪儿去?"

"当然是抬到医院里去。""小调"说。

"抬到医院里去。"同时医生也说,他透过眼镜聚精会神地看着亚罗斯拉夫采夫的脸。

亚罗斯拉夫采夫使劲地擦擦自己的前额,仿佛要努力回忆什么事似的。

"嗯——是的!到医院里去!……可是那究竟是为什么呢?……您是谁?"基里尔轻轻地碰了一下医生的袖子。

"我是医生,是精神病院的院长。"那位戴眼镜的先生说,他不停地打量亚罗斯拉夫采夫。

"那么是个有学问的人啰!"基里尔一面心里琢磨,一面向他伸出手来。

"我很高兴能见到您……我很高兴,您也来看他。"他用脑袋点点克拉夫措夫说。

"我们是坐马车来的。""小调"插嘴说,他也疑惑地打量着基里尔。

"哦,那不必了,"亚罗斯拉夫采夫挥了挥手,"我们都可以步行走去,特别是他。"

"可是他到了街上会闹的!""小调"轻轻地叹息说。

"那怎么会呢?"基里尔很诧异。

"您怎么啦,我的爹?……您清醒清醒!说不定您也像他那样的疯了?……"

"得了!"医生制止了"小调"。

基里尔突然爆发了,他带着不信任的微笑,眼露恐怖的神气,环顾了一下所有的人。三个人站在那里,怀着恐惧的好奇心和揣测看着他。基里尔一会儿脸色变红,一会儿由于内心活动而脸色变得苍白。笑容从他的眼睛里消失了,眼睛奇异地睁得大大的,忽然鲜明地爆发出思想来了。

"诸位先生!"他恳求地低声说,他紧紧地握住两手,把手指按得格格作响。"诸位先生!你们怎么啦!这是错误!你们以为他疯了吗?这是难以忍受的错误,先生们!是侮辱性的错误!请你们听我说——让他这样待着吧。让他去完成他所设想的事业吧。这是伟大的必要的事业!你们了解他的思想吗?不了解吧?那你们,诸位先生,怎么能决定这样对待他呢?……这……真奇怪!请你们听我说!我理解他了,我吸收了他的思想了。你们会同意,我是一个有理智的人。巴布金能证明这一点,还有李亚霍夫。是啊!……你们怎么啦?……这真令人气愤!你们不应该这样!请你们研究研究他的学说的实质:我们正在变坏,正在道德沦亡,我们正在疯狂地死亡,我们在肉体上正在卑劣地死亡。这一切之所以发生,是由于达不到愿望而苦闷,由于孤独而哀伤,由于生活的缺陷,在生活中我们没有地位。难道我说得不合理吗?诸位先生!……我们是被禁止生活的。为什么被禁止呢,诸位先生?难道我们是犯了罪吗?……还要请问,难道他劝我们同他一起走出生活的境界到没有人烟的荒漠中去——难道他不对吗?他将领我们回到这儿来……当我们在精神上复活的时候。诸位先生,诸位先生!……你们想干什么……在你们看来人人都是疯子,凡是希望别人幸福的人,伸出手来援助别人的人……凡是热忱地怜悯和非常爱护被生活所迫而又互相迫害的穷人的人,所有这些人都是疯子……"

最后,他叹了口气,不说话了,他用吃惊的眼睛看看大家,眼睛里流出大滴大滴的泪水。他的嘴唇颤抖着。好像他马上就要号啕大哭。"小调"的嘴唇也在颤抖。

"你们看,这多么有传染力!……我陪了两天两夜……"他对医生低声说。

医生用一个手指头搔搔鼻梁,把眼镜往上推一推,显然也感到吃惊,他喃喃地说:

"是的,您知道……真是怪事!"

李亚霍夫站着,看看大家,奇怪地微笑着,不时的咬咬自己的嘴唇。大家都默默无言。基里尔擦去面颊上的眼泪,面如土色地站着。他眼睛里闪耀着无限的忧郁。他站着,向室内四面八方看看。在他对面三个人背后,还站着两个穿白围裙的人,门外过道里还露出几个人头……他们都顽强地、沉默地在等待着什么,就是等待着他,因为大家都朝着他那个方向看。基里尔怅惘地微笑了一下,胆怯地说:

"请原谅我,诸位先生!你们是对的,因为你们人多!我不来争夺你们的权利……我走了……如果可以的话?"

"等一等!"医生做了一个亲切的手势制止他。

"好吧!"基里尔按照医生的指示,顺从地坐在椅子上。

克拉夫措夫醒了。他迅速地抬起身来,坐在床上,严峻地环顾房间里挤满的人,高声问道:

"你们是谁?"

"听我说,马尔克,愿意出去逛逛吗?"李亚霍夫问他。

"别欺骗我,伪君子!你是有事来的……我知道你……你们这些人我都知道!啊!你们是来把我带走!……可是不经过斗争我决不让步!……不!我要使你们成为灰尘!想把我带走!不!……"

在他身上套上了一个长形的口袋。他在口袋里挣扎,直到他像婴儿似的被裹起来为止。就这样用手把他抬起来带走,他全身扭动着,放声号啕大哭地喊叫:

"不!……不!……不!……"

房间里只留下了李亚霍夫。他走到墙跟前,从墙上取下一幅照片,转向基里尔,基里尔眼睛里露出呆板得令人害怕的、全神贯注的目光,望着屋角。李亚霍夫温和地对他说:

"哦,我们也走吧!"

基里尔顺从地站起来，一句话也不说就走了。

"我过一个小时回来！"李亚霍夫一面把克拉夫措夫的房门锁上，一面对一个女人说。

"我过一个小时回来！"基里尔·亚罗斯拉夫采夫用他那死气沉沉的眼睛注视了他一下，像回声似的跟着他重说了一遍。

现在他们两人——基里尔·伊凡诺维奇·亚罗斯拉夫采夫和马尔克·达尼洛维奇·克拉夫措夫都在医院里。克拉夫措夫有恢复健康的希望，他的学生却没有恢复健康的希望了。

他们在病院的花园里散步时相见，当基里尔从远处一看见马尔克的留着黑须的、总是神色兴奋热烈的脸，他就跨着小步跑到他跟前，脱下帽子，低声说：

"说吧，老师！……"

基里尔说得很少，而且总是胆怯地低声说话。要是克拉夫措夫走动，基里尔就弯着腰，跳跳蹦蹦地跟着他奔跑，要是他坐下，亚罗斯拉夫采夫就坐在他脚跟前，可怜地望着他的脸，不时低声恳求他说：

"说吧，老师！"

那老师就向他的学生愤慨而严厉地谈论精神上的压抑和精神上的痛苦，庄严地、郑重地谈论那普度众生的房舍，高傲地谈论他自己，也就是被生活所损害的人们的伟大的导师和先知。

陈冰夷　译

有一次,在秋天*

……有一次,在秋天,我处在很不惬意、很尴尬的境地:在我刚到的、一个熟人都没有的城市里,我弄得口袋里一个钱都没有,也没有房子住。

头几天我就把可以不穿的衣服统统卖掉了,之后便离开那里到一个名叫"河口"的小地方去,这里有轮船码头,在航行的时节,沸腾着紧张的劳动生活,但是现在却空荡荡的,寂无一人。事情发生在十月的末了几天。

我在潮湿的沙滩上拖着沉重的脚步,用心地细看沙地,想在它上面发现些什么能果腹的残渣,孤独地在空房子和货摊之间踯躅着,心里想着,吃饱了该是多么好……

在现下的文化状态之下,精神的饥饿倒比肉体的饥饿可以快些满足。你在街上漫步,你四周是些外表并不难看的房子,并可以正确无误地说,里面也陈设得不坏,这可以唤起你关于建筑学,关于卫生学,再有是关于许多别的明哲而高雅事物的慰藉的思想;你可以碰到穿着得舒服而且温暖的人们,——他们很有礼貌,由于想客气地无视你的存在这一悲惨事实,总是避着你。天晓得,饥饿者的心灵总是比饱食者的心灵更美、更健康,——从这一论据出发可以得到对饱食者有利

---

* 本篇写于一八九四年,最初发表于一八九五年七月二十日和二十二日《萨马拉报》。译自《高尔基三十卷集》第一卷。

的极妙的结论!……

……天黑下来了,下着雨,风从北面遒劲地吹来。风在空空的柜台里和摊架上嗖哨着,它击打着钉有板条的客店窗户,河里的浪头由于它的击打而起着泡沫,喧闹地扑到岸上的沙里,高高地卷起它白色的浪峰,后浪推前浪,一浪高一浪地向模糊的远方推去……似乎河水已经感觉冬令的逼近,正惶恐地向某处奔流,以免就在今夜被北风可能带来的寒冰封住。天色沉滞而阴暗,肉眼几乎看不见的小雨点,绵绵不断地从天上落下来,两棵被折断而变得畸形了的柳树和一只委弃在树根旁的、底朝上的小船使我四周的景色增添了几分凄凉的情调。

一只被弃的、船底已经破坏的独木舟和几株被寒风洗劫过的可怜而苍老的树……周围的一切都是被毁坏的、凋零的和死沉沉的,天则洒滴着流不尽的眼泪。四周荒凉而阴暗——似乎一切都将死去,活着的很快就只剩下我了,而我也即将冻死。

我那时才十七岁——是年华正好的时候!

我在寒冷和潮湿的沙滩上走着,走着,为了对寒冷和饥饿有所表示,牙齿撞击出颤抖的声音。在寻找食物一无所得的时候,我走到一个售货亭的后面去,突然,——看见那售货亭后面有一个蜷伏在地上的穿女人衣服的身形,衣服被雨打湿了,紧贴在倾斜的肩上。我在她的身后站住,细看她在做什么?原来她用双手在沙里挖坑,往一个售货亭下面挖着。

"你这是做什么?"我在她身旁蹲下,问道。

她轻轻地喊叫一声,迅速地跳立起来。现在,当她站着,张大着灰色的、充满惧怕之色的眼睛向我看的时候,——我看见,这是一个和我差不多年龄的少女,小脸儿的模样长得很可爱,可惜点缀着三块很大的青伤。这把她的脸损毁了,虽然伤痕分布得非常匀称——在两眼下面,各有一块同样大小的,在额上,有一块较大的,正巧在鼻梁上面。在这齐整中可以看出一位艺人的工作,这位艺人在毁伤人面的工作上,也很有手法。

那少女看着我,惧怕在她的眼睛里渐渐地熄灭了……于是她把手上的沙粒撒去,整一整头上的花布头巾,身子紧缩起来,说道:

"你,大概,也是要吃吧?……那么,来挖吧……我的手乏了。那里面,"她用头指指售货亭,"一定有面包……这个售货亭是还在卖东西的……"

我开始挖掘。她呢,等了一会,看了我一会之后,也坐在旁边开始帮助我……

我们默默地工作着。我现在不能说,在这时候我是否记得刑法、道德、私有财产和依照许多有见识人的意见一生中应该随时随地记得的其他东西。为了要尽可能更加符合事实,我必须承认——当时我似乎非常专心注意于在售货亭底下挖掘的事情,所以除了那售货亭里面可能有些什么之外,我把其他一切统统抛到九霄云外去了。……

黄昏了。我四周潮湿、沉闷、寒冷的黑暗愈加稠密起来了。浪涛的喧闹声似乎比以前更加低沉,雨像鼓点似的越来越响,越来越频繁地敲打着售货亭的木板……不知从什么地方已经传来了更夫敲打更板的声音……

"它有没有底?"我的女助手低声地问。我不明白,她是说什么,所以我默不作声。

"我说,这售货亭有底板吗?假使有的话,那么我们就白挖了。要是我们挖出一个坑,——可是售货亭下面可能还有很厚的底板……那可怎么把它们弄掉呢?最好是砸锁……锁倒不怎么坚实……"

女人的头脑是很难想出好主意的;但是,你们看,它们终于想出好主意来了……我总是重视好主意的,并且总要尽可能利用它们。

我找到了锁,拧开它,和圈环一同拔了下来……我的同谋者顿时屈着身体,像蛇似的向售货亭上已经打开的四角形的洞里钻进去。她的赞美的呼声从里面传出来:

"你真能干!"

女人一个小小的赞美对于我比男子整首的赞歌都宝贵,即使他像古今一切演说家那样善于演说。但是那时我还没有现在这么有礼貌，所以对于一个少女的称赞，并没有加以注意，只是简短地、怀着恐惧问她道：

"有什么东西吗？"

她单调地给我历数她的发现：

"一筐瓶子……几个空袋子……一把伞……一只铁桶。"

这一切都是不能吃的。我觉得我的希望落空了……但是她突然高兴地喊道：

"啊！他在这里……"

"谁？"

"面包……大圆面包……不过是湿的……拿去！"

一个大面包滚到我的脚前，随着，她，我的勇敢的同谋者也跟了出来。我已经掰下一小块，塞在嘴里嚼了起来……

"来，给我……应该离开这个地方。我们上哪里去呢？"她探索地向四周暗处看看……四周一片漆黑，潮湿、喧闹……"看，那里有只底朝天的小船……到那里去好吗？"

"好！"

于是我们便去了，一面走一面把我们的战利品掰开，塞进嘴里……雨愈下愈大，河水怒吼着，不知从哪里传来一声长长的嘲笑的哨声，——好似这是一个无名的、谁都不怕的巨人向一切人间的秩序，向这个讨厌的秋晚以及向我们，这秋晚的两个主人公，长啸……由于这个长啸，心隐隐作痛；然而我还是贪婪地吃着，在我左面走着的那少女也不亚于我。

"你叫什么名字？"我不知为什么问她。

"娜塔莎！"她回答说，很响地嚼着。

我朝她看看，我的心紧缩起来了，我看看我前面的黑暗，我觉得，我的命运之神的讥嘲的丑脸正向我谜样地、冷冷地微笑着……

……雨点在小船的木板上不停地敲打着,柔软的雨声撩起人们的愁思,风也唿哨着,刮进破船底里——缝隙里,缝隙里有一个小木片在抖动,发出如泣如诉的不安的声音。河里的浪涛拍打着河岸,单调而绝望地喧响着,好似诉说什么难于忍受的寂寞和痛苦,使它们厌恶透顶的事情,诉说它们本想逃避却又不得不倾诉的事情。雨声和波浪的拍击声混合在一起,在底朝天的小船上方似乎浮动着拖长的、沉重的大地的叹息声;明朗和暖的夏天与寒冷潮湿、浓雾迷蒙的秋天永无止息的交替变化蹂躏着大地,弄得大地精疲力竭。风在空旷无人的河岸上和白浪滔滔的河面上吹着,吹着,唱着阴郁的歌曲……

待在小船底下是没有什么舒适的:里面很挤、很湿,细小的寒冷的雨滴经过破船底洒落下来……一股股寒风也吹进来……我们默默地坐着,冷得直发抖。我记得,我想睡觉。娜塔莎背靠着船舷,缩做小小的一团。双手抱着两膝,把下巴搁在膝上,她目不转睛地望着河水,睁大着眼睛——在她的白脸上眼睛由于眼下的青痕显得很大。她一动也不动,我觉得她的木然不动和沉默渐渐地使我对她产生恐怖……我想和她攀谈,但是我不知道,从什么说起。

她自己说起来了。

"这可恶的生活啊!……"她明晰地、一字一顿地、清楚地、声调里对此坚信不疑地说。

但这并不是诉苦,要说是诉苦,那这几个字就太轻了。仅仅是一个人照他所能想的那样想了一想,想了之后,便得到某一个结论,再把这结论大声地说出来,这结论与我没有矛盾,我也就不能反对,所以我默默无声。但是她,好像没有注意到我似的,仍然一动不动地坐着。

"去死呢,还是怎的……"娜塔莎又说了,这一次是低声地、沉思地。在她的话语里仍旧没有一丝诉苦的味道。看来,一个人把生活想了之后,看看自己,于是便冷静地得到一个结论,为了使自己不被生活所揶揄,他除了"死去"之外,无力再做别的什么事情。

由于思想的如此显明,我无法形容地烦恼起来了,我觉得,假使我再沉默,那么一定要哭起来了……而这在女子面前是可耻的,尤其是,她并没有哭。我决定和她谈谈。

"这是谁把你打成这样的呢?"我问,没有想出什么更聪明的话。

"这都是帕什卡呀……"她心平气和地回答道。

"他是谁呢?……"

"情人……一个做面包的……"

"他常常打你吗?……"

"一喝醉了就打……"

突然,她移近前来,开始讲她自己,讲帕什卡,讲他们之间的关系,她是"一个浪荡的姑娘,那种……",而他是长着红胡子的面包工人,手风琴拉得很好。他上"窑子"里去玩她,被她看上了,因为他是个快乐的人,穿得也很整洁。他那腰部带褶的外衣值十五卢布,靴子上带有"褶子"①……就为了这些原因,她爱上他了,于是他做了她的"长客"。他做了她的"长客"之后,便搜去她的别的客人给她买糖果的钱,拿去喝酒,渐渐地还打起她来了——,这还没有什么——,而且还当着她的面和别的姑娘"胡搅"……

"难道这不使我难堪吗?我并不比别人坏……这就是说,是他欺负我,这混蛋。前天我向老板娘请假出去玩,我上他那里去,喝得醉醺醺的杜尼卡坐在他那里。他也醉了。我对他说:'你是混蛋,混蛋!你是骗子!'他把我打得浑身是伤,拳打脚踢,揪头发——什么都来……这还没有什么!还把衣服都扯破了……现在可怎么办?我怎么好去见老板娘?什么都扯破了:衣服和裙子——还完全是簇新的呢……把头巾都从头上扯下去了……天呀!我现在可怎么办呢?"她突然用心痛欲裂的声音叫喊道。

风咆哮着,渐渐显得愈加强烈和寒冷起来……我的牙齿又打起架来了。她也冷得紧缩起来,她移到我的跟前,靠得这样近,我可以透过

---

① 俄国曾经流行过的一种靴子,筒子很高,皮筒折叠如手风琴的折页。

黑暗看见她眼睛在闪光……

"你们男人都是些什么坏蛋啊!我要把你们一个个都踩死,都扯得不像人样。你们无论哪一个,就是死……我也要唾他的脸,毫不怜悯!下贱的嘴脸!……你们硬来软来地恳求、恳求,摇头摆尾地献殷勤,像无耻的狗一样,要是一个傻女人向你们屈服了,事情那就成了!你们就立刻把她踩在自己的脚下……狠毒的坏蛋……"

她什么话都骂了出来,但是在她的骂声中并没有力量;我从中并没有听到对于"狠毒的坏蛋"的恶意和憎恨。总而言之,她说话的语气毫不符合内容,是很平静的,声调悲哀而平淡。

但是这些话对于我所起的作用,要比我以前和后来所听见过的,以至今天还听着和读着的不少最雄辩的和最有说服力的悲观主义的书籍和演讲更要有力。你们知道,这是因为垂死者的挣扎总是比对"死亡"的最准确的和艺术的描写要自然得多,有力得多。

我很难过,——大概主要是由于寒冷,也由于破船下女邻的这番话。我低低地呻吟着,牙齿打着战。

几乎就在那一瞬间,我感到身上有两只冰冷的小手——其中一只手摸着我的脖子,另一只手挨着我的脸,同时发出惊慌的、低声的、亲昵的问话:

"你怎么啦?"

我刚以为,这是另外一个什么人在问我的,而不是刚才还声言一切男子都是坏蛋,并且诅咒他们该死的娜塔莎。但是她已经迅速而急促地说起话来了……

"你怎么啦?啊?冷还是怎的?冻着了吗?哎呀,你这人!坐着,不作声……像只猫头鹰!你早该告诉我,怕冷,呵……喂……躺在地上……伸直了……我也躺下……就这样!现在你用双手抱着我……紧一些……就这样,现在你一定可以暖和了……然后——我们再背对背地躺一会……我们总得把黑夜熬过去……你怎么啦,酗酒了还是怎的?从做事的地方被赶出来了吗?……没有关系!……"

她安慰我……使我打起精神来……

让我备受诅咒吧！在这件事中，对于我有多少讽刺啊！因为我那时已经严肃地关心到人类的命运，幻想改造社会制度，幻想政治变革，读过各种异常明智的书籍，这些书籍的思想深度，大概连它们的作者都是达不到的，那时我还竭力要把自己培养成一个"巨大的积极力量"。而我却是由一个卖身的女人用她的肉体来温暖着，一个不幸的、被殴打的、被驱逐的人，她在生活里没有地位，没有价值，我还没有想到帮助她，而她自己却先来帮助我了，即使我想到了，几乎也不会给她什么帮助。

啊，我正要想，这一切事情都是发生在梦里，在一个昏迷的梦里，在一个沉重的梦里……

但是——唉！——我没法这样想，因为冰冷的雨点落在我的身上，女人的胸膛紧紧地贴住我的胸膛，她的温暖的呼吸，喷在我的脸上，虽然稍微带着一些酒味，但是这样有生气……风呼号着、呻吟着，雨点打着小船，浪花扑击着，我们两个互相紧抱着，仍旧是冷得发抖。这一切是这样的现实，我相信，谁都没有做过像这现实那样沉重的噩梦。

而娜塔莎还是说着话，说得这样亲切、这样深情，只有女子才能够这样说。在她天真和亲切的话语的影响之下，我的内心微微地燃起一点火星；这火星使我心里的什么东西溶化开来了。

于是，今夜之前在我心里所翻腾着的许多愤恨、苦恼、愚蠢和污秽，都被泪水从我的心里洗去，泪珠从我的眼睛里夺眶而出……娜塔莎又劝我道：

"喂，够了，亲爱的，别哭吧！够了！上帝保佑，你会好起来的，能再找到事情做的……总会……"

她老是吻我……许多次，无数次，热烈地……

这是生活所赐给我的最初的女人的亲吻，并且是最美好的亲吻，因为以后所有的一切亲吻，代价都很高，而且几乎没有给我什么。

"喂,别哭呀,怪东西!你假使没有什么地方好去,我明天给你想法子……"好似透过沉梦,我听到低声的确信的耳语。

……直到黎明……我们互相拥抱地躺着。

黎明的时候,我们从小船底下爬出来,跑到城里去……后来友好地告别了,以后再没有碰见过她,虽然我半年来在所有的陋巷穷居里寻找过这位有一次,在秋天,和她度过我所描写的那一夜的可爱的娜塔莎……

假使她已经死了——这对于她是多么好啊!——就让她在平安中安息吧!假使她还活着——就让她的灵魂平静吧!让堕落的感觉不要在她的灵魂里苏醒吧……因为这对于生活是多余的、无益的痛苦……

林 陵 译

鹰 之 歌[*]

懒洋洋地在岸边叹气的大海在浴着淡青色月光的远方静静地睡着了。在那儿柔和的、银白色的海跟南方的蓝色天空融在一块儿,沉沉地睡去了,海面反映出羽毛形云片的透明的织锦,那些云片也是不动的,而且隐隐约约地露出来金色星星的光纹。天空仿佛越来越低地朝海面俯下来,它好像想听清楚那些不知道休息的波浪瞌睡昏昏地爬上岸的时候,喃喃地在讲什么。

山上长满了给东北风吹折成奇形怪状的树木,这些山把它们峻峭的山峰高高地耸在它们头上那一片荒凉的蓝空中,在那儿它们的锋利、粗糙的轮廓给包裹在南方夜间的温暖、柔和的黑暗里,变成浑圆的了。

高山在严肃地沉思。它们把黑影投在带绿色的重重浪头上,紧紧地罩住了浪头,好像想制止波浪的这种惟一的动作,想静息水波的不绝的拍溅声和浪花的叹息——这一切声音打破了四周神秘的静寂,在这四周除了这一片静寂以外,还弥漫着这个时候还隐在山峰后面的明月的淡青色的银光。

"阿—阿拉—阿赫—阿—阿克巴尔!……"纳迪尔·拉吉姆·奥格雷轻轻地叹口气说,他是克里米亚的老牧羊人,高个子白头发,皮肤

---

[*] 本篇写于一八九四年,最初发表于一八九五年三月五日《萨马拉报》。译自《高尔基三十卷集》第一卷。

给南方的太阳烤黑了,是一个聪明的干瘦老头子。

他和我两个躺在一块跟亲族的山隔断了的大岩石旁边的沙滩上,这块大岩石上长满了青苔,现在给罩在阴影里——这是一块忧愁的、阴郁的岩石。波浪把泥沙和海藻不断地投在岩石朝海的那一面,岩石上挂满了这些东西,就好像给拴在这个把海跟山隔开了的狭长沙滩上一样。我们篝火的火光照亮了岩石朝山的这一面,火光在颤抖,影子在布满深的裂痕的古老岩石上面跑。

拉吉姆跟我正在用我们刚才捉到的鱼做汤;我们两个人都有这样的一种心境:好像什么东西都是透明的、有灵魂的、可以让人了解透彻的,而且我们的心非常纯洁,非常轻松,除了思索以外,就再没有任何的欲望了。

海亲热地拍着岸,波浪的声音是那样亲切,好像在要求我们准许它们在篝火旁边取暖似的。偶尔在总的和谐的泼水声中间响起来一种更高、更顽皮的调子——这就是快爬到我们跟前来的一个胆子更大的波浪。

拉吉姆胸膛朝下地伏在沙滩上,头朝着海,两只胳膊肘支着身子,头搁在手掌心上,沉思地望着阴暗的远方。那顶毛茸茸的羊皮帽子已经滑到他的后脑勺上了,一阵凉风从海上吹来,吹到他那布满细皱纹的高高的前额上。他开始谈起哲理来,并不管我是不是在听他,好像他在跟海讲话一样:

"忠诚地信奉上帝的人要进天国。可是不信奉上帝、不信奉先知的人怎样呢?也许他——就在这个浪花里面……说不定水上这些银色点子就是他……谁知道呢?"

阴暗的、摇荡得厉害的海亮起来了,海面上这儿那儿出现了随便射下来的月光。月亮从蓬松的山峰后面出来了,现在沉郁地把它的光辉倾注在轻轻地叹着气、起来迎接它的海上,倾注在我们旁边的岩石上。

"拉吉姆!……讲个故事吧……"我向老头子央求道。

"为什么要讲?"拉吉姆问道,他并不掉过头来看我。

"是啊!我喜欢听你讲故事。"

"我已经把所有的故事全讲给你听了……我再也没有了……"他这是要我央求他讲。我就求他。

"你愿意听的话,我就给你讲个歌子吧!"拉吉姆同意了。

我愿意听他的古老的歌子,他极力保持歌子的独特的旋律,就用一种沉郁的吟诵调讲起来。

一

"黄颔蛇爬在高高的山上,它躺在山上潮湿的峡谷里,盘成一圈,望着海。

"太阳照在高高的天上,山把热气吹上天,山下海浪在拍打岩石……

"山泉穿过黑暗和喷雾,沿着峡谷朝着海飞奔,一路上冲打石子,发出雷鸣的声音……

"山泉满泛着白色浪花,它又白又有劲,切开了山,怒吼着落进海里去。

"突然在蛇盘着的峡谷里,从天上落下来一只苍鹰,它胸口受伤,羽毛带血……

"鹰短短地叫一声,就摔到地上来,带着无可奈何的愤怒,拿胸膛去撞坚硬的岩石……

"蛇大吃一惊,连忙逃开了,可是它马上就知道这只鸟只能够活两三分钟……

"蛇爬到受伤的鸟跟前,对着鸟的眼睛发出咝咝的声音:

"'怎么,要死吗?'

"'对,我要死了。'鹰长叹一声,回答道。'我过了很美好的一生!……我懂得幸福!……我也勇敢地战斗过!……我看见过天

空……你绝不会离得这么近地看到天空!……唉,你这个可怜虫!'

"'哼,天空是什么东西?——一个空空的地方……我在那儿怎么爬呢?我这儿就很好……又暖和,又潮湿!'

"蛇这样回答爱自由的鸟,可是它却在心里暗笑鹰的这些梦话。

"它这样想着:'不论飞也好,爬也好,结局只有一个:大家都要躺在地里,大家都要变做尘土……'

"可是这只英勇的鹰突然抖了抖翅膀,稍微抬起身子,用双目扫视了一下峡谷。

"水从灰色岩石缝中渗出来,阴暗的峡谷里非常气闷,而且散布着腐朽的气味。

"鹰聚起全身的力气,悲哀地、痛苦地叫:

"'啊,只要我再升到天空去一次!……我要把仇敌紧搂在胸膛的伤口上……用我的血把它呛死……啊,战斗的幸福!……'

"蛇在想:'它既然这样痛苦地呻吟,那么在天空生活一定非常愉快!……'

"它就给这只爱自由的鸟出主意:'你就爬到峡谷边儿上,跳下去。你的翅膀也许会托起你来,那么你还可以痛快地活一会儿。'

"鹰浑身发颤,骄傲地大叫一声,用爪子抓着岩山上的黏泥,走到了悬崖的边缘。

"鹰到了那儿,就展开翅膀,深深吸了一口气,两只眼睛发光——滚下去了。

"它像石头一样在岩石上滚着滑下去,很快地就落到下面,翅膀折断,羽毛散失……

"山泉的激浪捉住它,洗去它身上的血迹,用浪花包着它,迅速地将它带到海里去。

"海浪发出悲痛的吼声撞击岩石……在无边的海面上不见了鸟的尸首……"

二

"黄颔蛇躺在峡谷里,好久都在想鸟的死亡和鸟对天空的热情。

"它望了一眼远方,那个永远用幸福的梦想来安慰眼睛的远方。

"'这只死鹰,它在无底无边的虚空里看见了什么呢?为什么像它这一类的鸟临死还要拿它们那种对于在天空飞翔的热爱来折磨灵魂呢?它们在天空看到了什么呢?其实我只要飞上天空去,哪怕一会儿也好,我就会全知道的。'

"它说了就做了。它把身子卷成一个圈,往空中一跳,它像一根细带子在日光里闪亮了一下。

"生成爬行的东西不会飞!……它忘记了这一层,跌在岩石上面了。可是它并没有摔死,反倒大声笑了起来……

"'原来这就是在天空飞翔的妙处!妙处——在于跌下去!……这些可爱的呆鸟!它们不懂得土地,在土地上感到不舒服,只想高高地飞上天空,生活在炎热的虚空里。那儿只有空虚。那儿光多得很,可是没有吃的东西,也没有托住活的身体的东西。为什么要骄傲呢?为什么要责备呢?为什么拿骄傲来掩饰它们自己那种疯狂的欲望,拿责备掩饰它们自己对生活的毫无办法呢?可笑的呆鸟!……它们讲的话现在再也骗不了我了!我自己全明白了!我——看见过天空了……我飞到天上去过,我探测过天空,也知道跌下去是怎么一回事了,不过我并没有跌死,我只有更加坚信我自己。让那些不能爱土地的东西就靠幻想活下去吧。我认识真理。我绝不相信它们的号召。我是从土地上生出来的,我就依靠土地生活。'

"蛇扬扬得意地盘在石头上面。

"海面充满灿烂的阳光在闪烁,波浪凶猛地打击着海岸。

"在它们那种狮吼一样的啸声中响起了雷鸣似的赞美骄傲的鸟的歌声,海浪打得岩石发抖,庄严、可怕的歌声使得天空战栗:

"我们歌颂这种勇士的狂热!

"勇士的狂热就是人生的智慧!啊,勇敢的鹰啊!你在跟仇敌战斗中流尽了血……可是将来有一天——你那一点一滴的热血会像火花一样,在人生的黑暗中燃烧起来,在许多勇敢的心里燃起对自由、对光明的狂热的渴望!

"你固然死了!……可是在勇敢、坚强的人的歌声中你永远是一个活的榜样,一个追求自由、追求光明的骄傲的号召!

"我们歌颂勇士的狂热!……"

……远处蛋白色的海面静了下来,海浪哼着唱歌的调子在拍打沙滩,我望着远处的海面不作声。水上,月光的银色点子越来越多了……我们的水壶轻轻地沸腾起来。

一个浪顽皮地跳上了岸,带着无礼的闹声朝拉吉姆的头爬过来。

"你到哪儿来了?……退回去!"拉吉姆朝着浪挥一下手,浪恭顺地退回海里去了。

我并不觉得拉吉姆把波浪当作人一样看待的举动可笑或者可怕。我们四周的一切都显得十分有生气、温柔、亲切。海非常平静,是一种带着威严的意味的平静,使人觉得海吹到山上(在那儿白天的炎热还没有退尽)去的新鲜气息中有许多强大的、含蓄的力量。深蓝色天空中,星星的金色花纹透露出庄严的、使灵魂迷醉的以及甜蜜地期待着某种启示,而使人思绪波动的信息。

一切都在打瞌睡,不过这是一种紧张的、容易醒的瞌睡,好像在下一秒钟一切都会惊醒起来,共同发出一种异常好听的和音。这些音调会讲些关于世界的秘密的故事,会使人的智慧了解这些秘密,然后就像扑灭鬼火似的弄灭人的智慧,把灵魂高高地带到深蓝色的深渊里去,在那儿星星的闪烁的花纹会奏起启示的仙乐来迎接灵魂……

巴 金 译

没有冻死的男孩和女孩*

圣诞节故事

很久以来,在圣诞节故事里,每年总是让几个穷苦的男孩和女孩冻死。传统的圣诞节故事中的男孩和女孩,通常是站在某座大厦的窗前,隔着玻璃瞅着豪华房间里灯火辉煌的枞树,尔后感受了种种辛酸和痛苦,便冻死了。

虽然这些圣诞节故事的作者对自己作品中的人物是那么残酷无情,但我能理解他们的好意。我知道,他们让穷孩子冻死,为的是让那些有钱人家的孩子记起穷孩子的存在。但是要是让我来写的话,我是不忍心让任何一个贫苦的男孩或女孩冻死的,即使这样做的目的十分可敬……

我自己从没挨过冻,也从未亲眼见过贫苦的男孩或女孩冻死时的情景,我担心在描写挨冻的感受时,会闹出什么笑话来……况且,让一个活人冻死,目的只是让另一个活人想到前者的存在,我心里总觉得不是滋味……

这就是为什么我要讲没有冻死的男孩和女孩的故事的原因。

---

* 本篇最初发表于一八九四年十二月二十五日《尼日戈罗德报》。译自《高尔基三十卷集》第一卷。

没有冻死的男孩和女孩

那是一个圣诞节的晚上,约摸六点钟光景。寒风呼啸,卷起一团团轻云薄雾似的飞雪。它们变幻莫测,美丽而轻盈,像一片片揉皱了的薄纱,四下飘扬。飞雪落到行人脸上,像冰针一般,把人们的面颊刺得生疼。雪密密麻麻地撒在马脸上,——马摇晃着脑袋,大声打着响鼻儿,从鼻孔里喷出一股股的热气……挂着霜的电线,像白绒捻成的线绳……天空晴朗,繁星闪烁。星星是那么明亮,仿佛天黑之前有人用刷子和白粉用力地把它们擦干净了似的。实际上,这当然是不可能的。

大街上喧嚣而热闹。马儿在奔跑,行人川流不息,有的行色匆匆,有的不慌不忙。显然,这是由于前者有急事要办,或是没有暖和的大衣,而后者却无所事事,无牵无挂,他们不仅有暖和的外套,甚至还有皮大衣呢。

两个衣衫褴褛的孩子,跑到一个穿着毛茸茸的皮领大衣踱着方步的老爷跟前,他无忧无虑、神气十足,孩子像两个破布团似的在他脚边转来转去,用悲切的声音一唱一和地央告着:

"好老爷……"女孩拉长了清脆的声音。

"老爷,先生……"男孩用嘶哑的声音给她帮腔。

"给穷孩子几个钱吧……"

"过节啦!给个戈比买面包吧!……"末了他们两个齐声说。

这就是我要写的小主人公——两个贫苦的孩子,男孩叫米什卡·普雷希,女孩叫卡季卡·里亚巴娅……①

那位老爷走着,孩子们围着他迅速地转来转去,不时挡住他的去路。卡季卡喘着气,怀着焦急的期待心情,一再小声央告着:"给个钱吧!……"而米什卡则尽量拦住那位老爷,不让他走。

当他们把这位老爷弄得很不耐烦的时候,老爷就解开皮大衣,掏出钱袋,用鼻子呼哧着,同时把钱袋凑到眼前。然后,他取出一枚硬

---

① 为了不致使有教养的读者认为有伤体面,我建议把我的主人公改称米舍尔和卡特里亚——作者原注。按:男孩的姓普雷希意为"小脓包",女孩的姓里亚巴娅意为"小麻子"。

429

币,塞到那只向他伸过来的又小又脏的手里。

这两个衣衫褴褛的小孩立即离开那位穿皮大衣的老爷,一下子就消失了,但很快又出现在一家大门的门洞里。他们紧偎在一起,不时默默地望着街道两旁。

"还好,警察没看见咱们,鬼东西!……"穷苦的男孩米什卡非常得意地小声说。

"他到马车那边去了,拐弯了……"他的小女伴回答。"那个老爷给了多少钱?"

"十戈比银币!"米什卡淡淡地说。

"一共有多少了?"

"七十二个戈比!"

"哎呀,有那么多啦!……冷极了……咱们马上回家好吗?"

"别忙!"米什卡迟疑地说。"你小心,这会儿别跑出去,不然警察会发现你,抓你,揪你的头发……瞧,驳船来了!快上!"

"驳船"原来是指一位披着斗篷的太太。从这里可以清楚地看出,米什卡是一个没有教养、对大人很不尊敬的顽皮孩子。

"亲爱的太—太……"他拖着腔调说。

"看在基督的面上,给几—个钱吧!……"卡季卡也拉长了声调。

"给了三个戈比,真大方!哼!……这个鬼东西!"米什卡骂了一声,又钻进门洞里去了。

街上依旧是飞雪弥漫,寒风越刮越紧。电线杆喑哑地呜呜叫着,雪在雪橇滑木下尖声地吱吱叫着,街道远处传来了妇女们爽朗而清脆的笑声……

"安菲莎姨妈今天还会喝醉吗?"卡季卡一边更紧地挨着她的伙伴,一边问道。

"那还用说!她干吗不喝呀!会喝醉的……"米什卡大模大样地回答。

寒风把屋顶上的雪往下刮着,好像在轻轻地哼着圣诞节的小调。

不知什么地方的门咯吱一声,玻璃门又乒乒响了一下,接着就有人响亮地叫唤:

"马车夫!"

"咱们也回家吧!"卡季卡提议。

"得了吧!你又叫起苦来了!……回家有什么好呀?"米什卡小大人似的反驳她。

"暖和……"卡季卡简短地解释。

"暖和!……"她的伙伴学着她的腔调说。"可是大伙儿聚在一起,他们就会强迫你跳舞,——有什么好的?要不就用伏特加酒灌你,你又得吐啦……还要回家呢!……"

米什卡摆出一副了不起的、自以为一贯正确的神气,缩了缩脖子。卡季卡则瑟瑟地发着抖,打了个呵欠,蹲在门洞的角落里。

"别吭声……觉得冷——就忍一忍……不要紧!朋友,咱们会好好吃上一顿暖和暖和的……我可是知道!朋友,我想要……"

米什卡故意停了下来,想使他的同伴对他要干的事发生兴趣。可是卡季卡却无动于衷,她缩得更紧了。这时,米什卡有些不安地警告她说:

"卡丘什卡[①]?!你要小心点儿,可别睡着……不然,你会冻坏的!"

"不会……我不要紧……"卡季卡回答,牙齿直打战。

卡季卡要不是同米什卡在一起,很可能就冻死了。但这个淘气包很有经验,他千方百计地不让她遭到这种在圣诞节之夜经常发生的不幸。

"你站起来吧!不然更糟。你多站一会儿,冷就拿你没办法。寒气对付不了大家伙……你看,马从来就冻不着。可是人比马小……就容易冻着……我说,你还是站起来吧!挣够一个卢布——咱们就回家!"

卡季卡站起来,冻得浑身发抖。

[①] 卡丘什卡是卡季卡的爱称。

"真是太冷了……真冷……"她小声嘀咕着。

确实,天气变得愈来愈冷了。雪雾逐渐变成稠密的打着旋的雪团,在街上滚来滚去,忽而形成一根根银白色的柱子,忽而又像一条条镶满钻石的华丽的长带子……当它们在路灯上面盘旋,或是飞过灯火辉煌的商店的橱窗时,它们闪烁着五彩缤纷的火花,寒光熠熠,光彩夺目,那景象真是令人赞赏不已。

尽管这些景象非常美丽,可是我们这两位小主人公却丝毫不感兴趣。

米什卡从门洞里伸出头来说:"瞧!有人来啦!一大帮人!……卡季卡,别错过好机会!"

卡季卡连滚带爬地跑到街上,断断续续用颤抖的声音说,"好心的先生们!"

"请给穷—孩子……"米什卡刚接上口便突然尖声叫起来:"卡丘什卡,快跑!!"

"好哇,是你们呀!我要把你—你—你们!……"一个高个子警察出现在人行道上,大声地叫嚷着,嘴里发出咝咝的声音。

可是两个孩子已经跑得无影无踪了。他们像两个蓬松的大球,从他身边滚开不见了。

"跑了,小鬼头!"警察嘟囔着,顺着街道扫了一眼,又温和地笑了起来。

两个小鬼头嘻嘻哈哈地跑着。卡季卡被她的破衣烂衫绊着,常常摔倒,嘴里叫道:"颠(天)啊!又摔倒了……"

她爬起来,一面笑着,一面害怕地回头看看。

"追上来了吗?……"她问。

米什卡叉着腰,放声大笑,他老是撞到行人身上,被人敲了好几下脑壳。

"瞧—你真会翻筋斗!……够了……去你的吧!喂,你这个傻瓜!摔倒了!……颠(天)啊!又摔倒了!得了得了,真可笑!……"

没有冻死的男孩和女孩

卡季卡摔跤的样子,使米什卡变得和气起来。

"这会儿他追不上了,走慢一点吧!他……没什么……是个好人……上次那一个,吹起哨子来……我拔腿就跑——一头撞在打更的怀里!……脑门子碰在梆子上,咔嚓一响……"

"我记得!还起了个……大包哩……"卡季卡又咯咯地笑了起来。

"好啦!"米什卡认真地说。"得啦。说点正经的吧……"

他们俩肩并肩一步一步地走着,就像那些严肃和有心事的人一样。

"刚才我对你撒谎来着……那个老爷给了二十戈比的银币……以前也撒了谎……免得你说——该回家了。今天真是够走运的!你知道,一共得了多少钱吗?一卢布零五戈比!真不少啦!……"

"是—是呀!……"卡季卡喃喃地说。"如果在旧货摊上……用这么多钱,大概够买双短靴了……"

"得了,短靴!短靴我给你偷一双……你等等……我早就看上一双了……等等,我会把它偷到手的……你听着……现在咱们上馆子去……懂吗?"

"姨妈准会知道的,又得像上次一样……揍咱们一顿!……"卡季卡心事重重地慢慢地说;但她的声音中,毕竟已经流露出由于即将得到温饱而产生的快乐情绪。

"揍一顿?不会的!我们找一家谁也不认得的小饭馆。"

"那就好!……"卡季卡满怀希望地小声说。

"这么着……我们先买半磅香肠——得要八个戈比;一磅白面包,——要五戈比……这一共得花……十三戈比!再买三戈比一个的酥皮点心……买两个——要六戈比;这已经是——十九戈比了!还要一份茶①,六戈比……一共花掉二十五戈比!哎!还剩下……"

米什卡停下不说了。卡季卡疑惑而认真地看着他的脸。

---

① 一份茶,带两把茶壶,一壶盛水,一壶泡茶。

433

"这样花得太多了……"她怯生生地说。

"别说啦……慢着……一点儿也不多……还少呢。我们再吃掉八戈比……一共三十三个！快走！现在正是欢欢喜喜过节的时候……还剩下……如果花掉二十五戈比……那么还有八个十戈比的银币……如果花掉三十三戈比……那么还有七十多戈比！你看还有多少！这个老巫婆还要什么呢？走吧！……快！……"

他们手拉着手,蹦蹦跳跳地沿着人行道跑去。风雪迎面扑来,使他们睁不开眼。有时一团团白云似的飞雪盖满他们的全身,把他们小小的身子裹在晶莹透明的雪雾里,他们冲破它,快步跑着,急于要找到一个温暖的地方饱餐一顿。

过了一会儿,卡季卡又说话了:"你知道吗。"她跑得太快,连气都喘不过来。"随你的便,可是姨妈要是知道了……我就说,这些都是……你的主意……随你的便好了！你只要一跑掉,就没事了……可我就得倒霉……她总是能抓住我……打我比打你更狠……她不喜欢我……我就这么说,你小心点儿！……"

"走吧！你就那么说好了！"米什卡点点头说。"打我一顿,过两天就没事了……没关系……你就说吧……"

他显得神气十足,脑袋朝后一仰,一面吹着口哨,一面往前走。他面容消瘦,有一对狡黠的、孩子们所没有的、神情冷漠的眼睛,他的鼻子是尖尖的,有点鹰钩形。

"这里就有小饭馆……有两家！进哪一家呢？"

"进矮的那家。不,先到小店去一趟……走！"

于是,他们在小店里买了事先商量好的那些东西,然后走进那家饭馆里去。

馆子里烟雾腾腾,弥漫着酸臭、熏人的气味。在浓密的烟雾中,一些马车夫、流浪汉、士兵坐在桌子旁边,几个相当脏的堂倌迅速地在桌子之间穿来穿去,人们在这里又嚷、又唱、又骂,乱哄哄地吵成了一片……

米什卡一眼就发现了角落里的一张空桌子,他敏捷地绕了几绕来到桌子跟前,很快脱去了衣服,走到柜台旁边。卡季卡也脱去外衣,不时胆怯地看看四周。

"叔叔!"米什卡对掌柜说。"请给我来份茶!"他轻轻地用拳头敲了一下柜台。

"你要茶吗?好吧!自己拿吧……自己去打开水……注意可别打破东西。不然我就把你……"

但是米什卡已经跑去打开水了。

大约过了两分钟,他大大方方地同自己的小女伴坐在桌旁,身子靠在椅背上,像一个干了很多活的赶大车的那样,显出一副了不起的神情——聚精会神地用马合烟草卷着纸烟。卡季卡注视着他,佩服他能在公共场合这样举止从容。她自己却无论如何也不能习惯酒店里那种强烈的震耳欲聋的手风琴声,她暗地里提心吊胆,生怕有人把他们两个"掐着脖子"撵出去,或者还会发生更糟的事。但是她不愿意在米什卡面前流露出自己这种暗自担忧的心情。于是她用两只小手抚摸着自己亚麻色的头发,竭力装出一副随随便便、满不在乎的样子,往四下看着。这种努力使她肮脏的脸颊不时地泛出红晕,使她那双蓝色的小眼睛羞涩地眯缝起来。可是米什卡极力模仿扫院子的西格涅伊的腔调和话语,郑重其事地教着她。尽管西格涅伊是个酒鬼,不久前还因为偷窃案刚刚坐完三个月的牢,但在米什卡眼里,他是个挺有气派的人。

"比如,就拿你讨饭来说吧……你怎么个讨法呢?假如你只会讲实话:'请给一几个钱吧,给一几个钱吧!……'那一点也没用。难道这样能行吗?你得在他,在过路人的跟前转来转去……你得老缠着他,让他怕你把他绊倒了……"

"那我以后就这么办……"卡季卡顺从地应着。

"那就好!……"她的伙伴神气地点了点头。"就该这样。还有:比如说,如果安菲莎姨妈……安菲莎算个什么人呀?……第一,她是个酒鬼!再说呢……"

米什卡坦率地说出了安菲莎姨妈是个什么人。

卡季卡肯定地点点头,完全同意米什卡的看法。

"比方,你不想听她的……但不能直说。你得这么对她说:'我,好姨妈,没什么……我听你的话……'那就是说,你得先堵住她的大嗓门儿。然后你想干什么,就干什么……就该这样……"

米什卡不吭声了,煞有介事地搔搔肚皮,像西格涅伊讲完话时那样。他再也没什么话题了。于是他晃了一下脑袋说:

"好啦,咱们吃吧……"

"吃吧!"卡季卡表示同意,她早就在用贪婪的目光打量那些面包和香肠了。

于是他们就这样,在潮湿的、气味难闻的饭馆里,在几盏被熏得黑黑的油灯所发出的昏暗的光线下,在谩骂和歌唱的喧嚣声中,开始进晚餐。他们两个兴致勃勃、津津有味、不紧不慢地吃着,像那些讲究吃喝的行家一样。有时卡季卡没掌握好分寸,贪婪地咬下一大块,她的腮帮便顿时鼓起来,眼睛也可笑地睁得圆圆的,这时,老练的米什卡便讥讽地低声数落她:

"瞧你,姑奶奶,吃得太猛啦!……"

这使卡季卡十分难为情,她赶快把那块香甜可口的食物嚼一嚼咽了下去,差点儿没噎住。

好了,就这些了。现在我可以放心地让这两位小主人公去过他们的圣诞之夜了。请相信我,他们已经不会冻死了!他们呆得好好的……我何必要让他们冻死呢?

依我看,让那些完全有可能死得更简单更自然的孩子冻死,是极其荒谬的。

谭得伶　译